CINDA WILLIAMS CHIMA

Der Wolfsthron

GOLDMANN
Lesen erleben

Buch

Vor tausend Jahren trat ein Magier zur dunklen Seite über und zerstörte beinahe die Welt. Nur sein Tod stellte das Gleichgewicht wieder her. Seitdem gibt es ein Abkommen, das den Frieden regelt. Doch das Erbe des Magiers lebt weiter. Seine Kräfte sind gefangen in einem machtvollen Amulett, das durch Zufall in die Hände Han Alisters gerät – eines scheinbar einfachen Straßenjungen, der in Wahrheit jedoch der Nachkomme des legendären Dämonenkönigs ist, ausgestattet mit ungeheuren magischen Kräften …

Auf der Flucht vor dem machthungrigen Hohemagier Lord Bayar findet Han Zuflucht in Odenford, wo er zum Magier ausgebildet wird. Dorthin hat sich auch die junge Königinnentochter Raisa geflüchtet, um der Zwangshochzeit mit Micah, dem Sohn Lord Bayars, zu entkommen. Um nicht erkannt zu werden, gibt sie sich als einfache Frau aus dem Volk aus. Doch ihre Feinde sind ihr dicht auf den Fersen. Als Han die junge Frau, die er unter dem Namen Rebecca Morley kennt, dem Tode nahe in den Spirit Mountains findet, gibt es für ihn nichts Wichtigeres, als sie zu retten – um jeden Preis. Denn ihn und Rebecca verbindet etwas ganz Besonderes … Als er jedoch die wahre Identität des wunderschönen, geheimnisvollen Mädchens erfährt, bricht eine Welt für ihn zusammen: Nicht nur, dass es für ihn keine gemeinsame Zukunft mit einer Blaublütigen geben kann – darüber hinaus ist er fest davon überzeugt, dass Raisas Familie für den Tod seiner Mutter und seiner Schwester verantwortlich ist. Dennoch scheint Han nichts anderes übrig zu bleiben, als Raisa treu zur Seite zu stehen – hat er doch einst versprochen, alles zu tun, um der Prinzessin zu ihrem rechtmäßigen Erbe zu verhelfen. Und so treten Han und Raisa gemeinsam an, das Böse zu besiegen … und sich ihren eigenen Gefühlen zu stellen.

Autorin

Cinda Williams Chima schrieb schon zu Schulzeiten Romane, doch leider wurden diese häufig von ihren Lehrern konfisziert. Mittlerweile hat sie sich als Fantasyautorin einen großen Namen gemacht. Die Autorin lebt mit ihrer Familie in den USA im Staat Ohio. »Der Wolfsthron« ist der dritte Teil der »Dämonenkönig«-Reihe bei Goldmann.

Von Cinda Williams Chima
sind im Goldmann Verlag außerdem lieferbar:

Der Dämonenkönig. Roman (46974)
Das Exil der Königin. Roman (46975)

Cinda
Williams Chima

Der Wolfsthron

Der Dämonenkönig

Roman

Aus dem Amerikanischen
von Susanne Gerold

GOLDMANN

Die amerikanische Originalausgabe erschien 2011
unter dem Titel »The Gray Wolf Throne« bei Hyperion Books, New York,
an imprint of Disney Book Group.

FSC
www.fsc.org
MIX
Papier aus verantwortungsvollen Quellen
FSC® C014496

Verlagsgruppe Random House FSC-DEU-0100
Das FSC®-zertifizierte Papier *Super Snowbright* für dieses Buch
liefert Hellefoss AS, Hokksund, Norwegen.

1. Auflage
Paperback-Ausgabe August 2012

Umschlaggestaltung: UNO Werbeagentur, München
Umschlagmotiv: © from: »The Gray Wolf Throne« by Cinda Williams Chima.
Cover image by Larry Rostant. ©2011.

Redaktion: Kerstin Weber
Th · Herstellung: Str.
Satz: Uhl + Massopust, Aalen
Druck und Bindung: GGP Media GmbH, Pößneck
Printed in Germany
ISBN 978-3-442-46976-9

www.goldmann-verlag.de

Für meine Großmutter mütterlicherseits,
Dorothy Downy Bryan, eine begnadete Musikerin
und nicht sonderlich ambitionierte Hausfrau,
die das Andere Gesicht besaß.
Auf dem Schoß meiner Großmutter
fanden sieben kleine Kinder Platz –
während im Wandschrank immer
ein Gewehr bereitstand.

KAPITEL EINS

Im Grenzgebiet

Raisa *ana'*Marianna hockte wie üblich in einer dunklen Ecke im *Purpurreiher* und stocherte in ihrer Fleischpastete herum. Sie hatte inzwischen gelernt, ihre Mahlzeit und einen Becher Apfelwein so langsam zu verzehren, dass sie damit den ganzen Abend über auskam.

Es war riskant, sich Abend für Abend in einer Schenke blicken zu lassen, denn sie musste davon ausgehen, dass Lord Bayars Häscher nach ihr suchten. In Odenford hatten seine Attentäter versucht, sie zu töten, was ihnen nur wegen Micah Bayar, Lord Bayars Sohn, nicht gelungen war. Die Spitzel des Hohemagiers konnten überall sein, selbst hier in der Grenzstadt Fetterford.

Vor allem hier. Denn Bayar war sicherlich daran gelegen, dass sie die Grenze zu den Fells gar nicht erst passierte, sondern vorher abgefangen wurde. Auf diese Weise würde man den Mord an ihr leichter geheim halten können, sowohl vor ihrer Mutter, der Königin, als auch dem Volk ihres Vaters, den Spirit-Clans.

Aber sie konnte sich unmöglich die ganze Zeit in ihrem Zimmer verstecken. Abgesehen davon, dass sie für diejenigen, von denen sie gefunden werden *wollte*, sichtbar sein musste. Irgendwie musste sie es schaffen, nach Hause zu kommen, um sich mit Königin Marianna zu versöhnen und sich ihren Widersachern entgegenzustellen, die ihr den Grauwolf-Thron abspenstig machen wollten.

Der Name Rebecca Morley bot ihr keinen Schutz mehr. Zu viele ihrer Feinde kannten ihn bereits. Deshalb nannte sie sich jetzt Brianna Trailwalker und ehrte damit zugleich ihre Clan-Herkunft. Passend dazu hatte sie sich die Geschichte einer jungen Händlerin ausgedacht, die von ihrer ersten Reise in den Süden auf dem Rückweg war und durch den Aufruhr an der Grenze aufgehalten wurde.

Nachdem sie jetzt schon einen Monat in Fetterford festsaß, kannte sie die Stammgäste des *Purpurreihers* – hauptsächlich Lotsen von der Flussfähre, Eisenschmiede, Hufschmiede und Stallmeister, die den Reisenden ihre Dienste anboten. Allerdings waren die Einheimischen in der Minderheit. Die Stadt brodelte vom Hin und Her der kriegerischen Auseinandersetzungen.

Raisa ließ ihren Blick auf der Suche nach Fremden durch den Raum schweifen. Zwei Frauen aus Tamron saßen schon den zweiten Abend an einem Ecktisch. Die eine war jung und hübsch, die andere stämmig und mittleren Alters; beide waren für den *Purpurreiher* zu gut gekleidet. Vermutlich handelte es sich um eine Adelige, die mit ihrer Gouvernante floh, um den Kämpfen im Süden zu entgehen.

Drei schlanke junge Männer in ardenischer Zivilkleidung spielten an einem Tisch bei der Tür Karten. Ursprünglich waren sie zu viert hereingekommen, aber vor einer Weile war einer von ihnen wieder gegangen. Raisa hatte schon mehrmals den Blick von einem von ihnen aufgefangen, wenn sie hochsah. Sie spürte, wie ihr ein besorgtes Prickeln über den Rücken wanderte. Waren es Diebe oder Attentäter? Oder einfach nur junge Männer, die sich eben für ein junges Mädchen interessierten?

Aber es gab keine einfachen Antworten mehr.

Bei den Stammgästen handelte es sich überwiegend um Soldaten. In Fetterford wimmelte es nur so von ihnen. Einige trugen den Roten Falken von Arden, andere den Reiher von Tamron und wieder andere gar kein Wappen – was bedeutete, dass sie entweder Söldner waren oder Deserteure aus König Markus' Armee.

Jeder von ihnen konnte hinter Raisa her sein. Ein Monat war vergangen, seit sie Gerard Montaigne entkommen war, dem ehrgeizigen jungen Prinzen von Arden. Gerard hoffte, auf mindestens drei der Sieben Reiche Anspruch erheben zu können, indem er seinen Bruder Geoff, den gegenwärtigen ardenischen König, stürzte, ins – ehemals mit ihm verbündete – Nachbarland Tamron einmarschierte und schließlich Raisa *ana*'Marianna heiratete, die Erbin des Grauwolf-Throns der Fells.

Täglich rechnete man in Fetterford mit der Nachricht, dass die Hauptstadt Tamron Court an Gerard gefallen war. Der Prinz von Arden belagerte sie nun schon seit Wochen.

Eigentlich hatte Raisa vorgehabt, die militärischen Oberen von Fetterford darum zu bitten, einen Boten zum Garnisonshaus an der Westmauer der Fells zu schicken, von wo aus eine Nachricht zu ihrem Vater, Averill Lord Demonai, hätte gebracht werden können. Oder zu Edon Byrne, dem Hauptmann der Wache der Königin – den vielleicht einzigen beiden Menschen in den Fells, denen sie trauen konnte.

Als sie jedoch in der Grenzstadt angekommen war, hatte sie gar keine Oberen vorgefunden. Das Garnisonshaus von Fetterford war verlassen, die Soldaten waren geflohen. Manche waren vielleicht nach Süden gegangen, um die belagerte

Hauptstadt zu unterstützen. Aber die meisten hatten sich vermutlich unter die Bevölkerung gemischt und warteten den Ausgang des Krieges ab.

Raisa konnte nur hoffen, dass ihr bester Freund, Korporal Amon Byrne, ihr mit seinen Grauwölfen nach Norden gefolgt war und sie hier in Fetterford finden würde. Dann könnte sie im Schutz dieser Gruppe weiterreisen, wie schon im Herbst, als sie zur Akademie von Odenford unterwegs gewesen war.

Da Amon als zukünftiger Hauptmann ihrer Wache auf magische Weise mit ihr verbunden war, hätte er eigentlich ahnen müssen, wo sie sich befand. Trotzdem vergingen die Wochen, ohne dass er auftauchte. Wenn er sich tatsächlich auf den Weg zu ihr gemacht hätte, hätte er schon längst eintreffen müssen.

Raisa hatte noch einen anderen Plan gehabt: sich mit einem Clan-Händler zusammenzutun, der ebenfalls auf dem Weg nach Norden war. Sie war ein Halbblut; mit ihrer karamellbraunen Haut und den dichten dunklen Haaren konnte sie sich als Clan-Mitglied ausgeben. Aber auch diese Hoffnung hatte sich in Luft aufgelöst, nachdem – Woche um Woche – überhaupt keine Händler durch Fetterford gekommen waren. Angesichts des Aufruhrs in Tamron zogen die meisten Reisenden es wohl vor, die sumpfigen Fens und die unheimlichen Wasserläufer zu meiden und stattdessen den direkteren Weg über den Marisa-Pines-Pass und Delphi zu wählen.

Ein Schatten fiel auf Raisas Tisch. Simon, der Sohn des Schankwirts, stand wieder da und wartete. Wie immer musste er seinen ganzen Mut zusammennehmen, um zu fragen, ob er ihren Teller wegräumen dürfe. Meistens dauerte es eine Stunde, bis er mal drei Worte sagte.

Raisa vermutete, dass Simon in ihrem Alter war, vielleicht sogar etwas älter, aber in letzter Zeit fühlte sich Raisa deutlich älter als sechzehn – zynisch und abgespannt und voller Liebeskummer.

Du würdest dich nicht wirklich mit mir einlassen wollen, dachte sie mürrisch. Ich kann dir nur raten, dich einfach umzudrehen und die Beine in die Hand zu nehmen.

Noch immer verfolgte Han Alister sie in ihren Träumen. Manchmal wachte sie bei Nacht auf und spürte seine Küsse auf ihren Lippen, spürte die Erinnerung an das Brennen auf ihrer Haut, wenn er sie berührt hatte. Bei hellem Tageslicht dagegen konnte sie sich kaum vorstellen, dass ihre kurze Romanze überhaupt stattgefunden hatte. Oder dass er noch an sie dachte.

Als Raisa Han das letzte Mal gesehen hatte, hatte Amon Byrne ihn mit dem Schwert in der Hand davongejagt. Und dann war sie von der Akademie verschwunden, ohne irgendeine Nachricht zurückzulassen – verschleppt von Micah Bayar. Han hatte bestimmt keine netten Erinnerungen an das Mädchen, das er als Rebecca kannte. Aber es war ohnehin unwahrscheinlich, dass sie ihn jemals wiedersah.

Inzwischen war fast Sperrstunde, und ein weiterer Tag war nutzlos verstrichen, während sich zu Hause die Ereignisse überschlugen – ohne sie. Vielleicht war sie ja bereits enterbt worden. Vielleicht hatte Micah den Fängen Gerard Montaignes entkommen können; vielleicht fügte er sich genau in diesem Moment in die Pläne seines Vaters, ihre Schwester Mellony zu heiraten.

Jemand räusperte sich dicht bei ihr. Sie schreckte zusammen und sah hoch. Es war Simon.

»Mylady Brianna«, sagte er zum zweiten Mal.

Bei den Gebeinen, dachte sie. Ich muss mir endlich angewöhnen, auf den Namen Brianna zu reagieren.

»Diese Damen da drüben möchten gern, dass Ihr Euch zu

ihnen an den Tisch setzt«, sprach Simon weiter. »Sie sagen, dass es für eine Dame ziemlich unangenehm sein kann, ganz allein zu essen. Ich habe ihnen gesagt, dass Ihr bereits gegessen habt, aber …« Er zuckte mit den Schultern; seine Hände hingen an den Seiten herunter wie zwei Schinken.

Raisa sah zu den beiden Frauen aus Tamron hinüber. Sie saßen nach vorn gebeugt da und verfolgten das Gespräch mit erwartungsvollen Mienen. Frauen in Tamron, so hieß es, waren verzärtelte Treibhauspflanzen, die zwar gesellschaftlich skrupellos waren, körperlich jedoch zartbesaitete Wesen, die im Damensattel ritten und sich mit Schirmen vor der südlichen Sonne schützten.

Trotzdem war der Gedanke verlockend, sich einmal mit jemand anderem als Simon zu unterhalten – mit Menschen, die selbst etwas zur Unterhaltung beisteuern konnten. Und vielleicht hatten sie sogar neue Informationen über das Geschehen in Tamron Court.

Aber es war besser, wenn sie es bleiben ließ. Simon die Geschichte einer in der Grenzstadt gestrandeten Händlerin aufzutischen, war eine Sache. Simon *wollte* zum Narren gehalten werden. Sich mit hochgeborenen Damen an einen Tisch zu setzen, die begierig darauf waren, Geheimnisse aufzuspüren, war eine ganz andere Sache.

Raisa lächelte ihnen zu und schüttelte dann bedauernd den Kopf, wobei sie auf die Reste ihres Essens deutete. »Sag ihnen, dass ich ihnen danke, aber mich schon bald zurückziehen werde«, sagte sie.

»Hab ihnen schon gesagt, dass Ihr so was sagen würdet«, entgegnete Simon. »Aber sie sagten, ich soll Euch sagen, dass sie ein Ang … eine Arbeit für Euch haben. Sie wollen Euch als Begleitung für die Reise über die Grenze anheuern.«

»Mich?«, platzte Raisa heraus. Sie war nun wirklich nicht

der Typ, der sich als Leibwächter eignete, so schlank und feingliedrig wie sie war.

Sie starrte die Frauen an und dachte nach, während sie an ihrer Unterlippe knabberte. Nicht allein zu reiten wäre sicherer, aber die Frauen würden Raisa nicht viel Schutz bieten. Zwar mochten ihre gesellschaftlichen Waffen fein geschliffen sein, aber in einem richtigen Kampf würden sie ihr kaum helfen können. Und außerdem käme sie mit ihnen zusammen viel langsamer voran.

Allerdings würde sicher niemand auf die Idee kommen, dass Raisa *ana'*Marianna mit zwei Frauen aus Tamron unterwegs war.

»Ich werde mit ihnen sprechen«, entschied Raisa. Simon wollte sich schon umdrehen, als Raisa ihm eine Hand auf den Arm legte. »Simon, weißt du, wer diese Männer da sind?«, fragte sie und nickte, ohne hinzusehen, in Richtung der Kartenspieler.

Simon schüttelte den Kopf. Er war ihre Fragen längst gewöhnt, und er wusste, was sie wissen wollte. »Sie sind heute zum ersten Mal hier, aber sie bleiben nicht«, sagte er und grabschte sich ihren Teller. »Sie sprechen Ardenisch, aber sie bezahlen mit Münzen aus den Fells.« Er beugte sich näher zu ihr herunter. »Sie haben Fragen über Euch und die beiden Damen gestellt. Aber ich hab ihnen nichts gesagt.«

Simons Kopf zuckte hoch, als sich die Schenkentür öffnete und einen Schwall feuchte, kühle Nachtluft zusammen mit ein paar Regentropfen hereinließ – und einem halben Dutzend neuen Gästen, die alle noch nie hier gewesen waren. Sie trugen Umhänge aus Walkwolle, die zwar unauffällig wirkten, aber zugleich etwas Militärisches an sich hatten. Raisa ließ sich in die Schatten zurücksinken. Ihr Herz hüpfte wie ein zappelnder gestrandeter Fisch. Sie versuchte, irgendetwas von ihrer Unterhaltung mitzubekommen, um herauszufinden, in welcher Sprache sie redeten.

Wie lange soll das noch so gehen?, fragte sie sich dann. Wie lange konnte sie noch auf eine Eskorte warten, die vielleicht nie kommen würde? Wenn Gerard Tamron erobert hatte … wie lange würde es dann dauern, ehe er die Grenzen ganz dichtmachte und Raisa hier gefangen war? Vielleicht war es wirklich besser, sich so bald wie möglich allein über die Grenze zu wagen, statt weiter auf eine Eskorte zu warten.

Aber in den Grenzgebieten wimmelte es nur so von Deserteuren, Dieben und Flüchtlingen, und dementsprechend hoch war das Risiko, ausgeraubt, vergewaltigt und ermordet am Straßenrand zu enden.

Sollte sie bleiben oder gehen? *Bleiben oder gehen* … Die Frage hallte in ihrem Kopf wider wie der Regen, der auf das Blechdach der Schenke prasselte.

Einem plötzlichen Impuls folgend stand sie auf und ging zum Tisch der beiden Frauen hinüber.

»Ich bin Brianna Trailwalker«, sagte sie mit kalter, sachlicher Stimme. »Ich habe gehört, dass Ihr über die Grenze wollt und eine Begleitung sucht.«

Die stämmige Frau nickte. »Das ist Lady Esmerell«, sagte sie mit einer Kopfbewegung in Richtung der jüngeren Frau. »Und ich bin Tatina, ihre Gouvernante. Unsere Heimat ist von der ardenischen Armee überrannt worden.«

»Und wie seid Ihr auf mich gekommen?«, fragte Raisa.

»Von Händlern weiß man, dass sie mit Waffen umgehen können, selbst die Frauen«, sagte Esmerell. »Und wir würden uns sehr viel wohler fühlen, wenn wir gemeinsam mit einer anderen Frau reisen könnten.« Sie zitterte leicht. »Unterwegs lauern nur allzu viele Männer, um zwei behütet aufgewachsene Damen auszunutzen.«

Ich weiß nicht, dachte Raisa. Tatina sieht ganz danach aus, als könnte sie sehr gut ein paar Köpfe zusammenschlagen.

»Wollt Ihr den Weg über die Fens nehmen oder den durch die Fells?«, fragte Raisa.

»Wir werden den Weg nehmen, den Ihr uns vorschlagt«, sagte Esmerell. Ihre Unterlippe zitterte. »Wir möchten einfach nur von hier weg und im Tempel von Fellsmarsch Unterschlupf finden, bis die ardenischen Banditen wieder aus unserem Land vertrieben sind.«

Das kann aber dauern, dachte Raisa.

Esmerell griff in ihr Gewand und zog eine dicke Geldbörse hervor, die sie vor sich auf den Tisch knallte. »Wir können Euch bezahlen«, sagte sie. »Wir haben Geld.«

»Steckt das bloß weg, bevor es jemand sieht«, zischte Raisa. Die Geldbörse verschwand wieder.

Raisa sah auf die beiden hinunter und dachte nach. Sie konnte nicht ewig warten, dass jemand kam und sie holte. Vielleicht war es an der Zeit, ein Risiko einzugehen.

»Bitte«, sagte Tatina und legte Raisa eine Hand auf den Arm. »Setzt Euch doch. Vielleicht möchtet Ihr uns erst besser kennenlernen, um …«

»Nein.« Raisa schüttelte den Kopf. Falls irgendjemand Fragen stellte, sollte sich niemand daran erinnern können, wie sie in dieser Schenke mit den beiden Frauen an einem Tisch gesessen hatte. »Wir sollten besser bald zu Bett gehen, wenn wir morgen in aller Frühe aufbrechen wollen.«

»Dann seid Ihr also einverstanden?«, fragte Esmerell und klatschte vor Freude in die Hände.

»Still«, sagte Raisa und sah sich vorsichtig um, aber niemand schien auf sie zu achten. »Seid bei Tagesanbruch bei den Ställen, mit gepackten Sachen und dazu bereit, den ganzen Tag durchzureiten.«

Damit verließ Raisa die beiden Frauen und kehrte zu ihrem Tisch zurück. Sie hoffte, dass sie die richtige Entscheidung getroffen hatte. Sie hoffte, dass sie auf diese Weise schneller als gedacht nach Hause kam. Pläne und Ideen wirbelten durch ihren Kopf. Sie würde Simon bitten, ein Paket mit Brot, Käse und Wurst für sie zusammenzupacken. Wenn sie erst in den Fens waren, konnte sie mit den Wasserläufern Kontakt aufnehmen, und sie würden vielleicht …

»Ihr seht aus, als könntet Ihr ein bisschen Aufmunterung gebrauchen, junge Lady«, sagte eine raue Männerstimme auf Ardenisch. Ein massiger Fremder ließ sich schwer auf den Stuhl gegenüber von ihr plumpsen. Er gehörte zu der Gruppe, die gerade erst gekommen war, und sein Gesicht lag im Schatten einer Kapuze. Er hatte sich nicht einmal die Mühe gemacht, seinen Umhang abzulegen, obwohl sich dadurch Pfützen auf dem Boden bildeten.

»Du da!«, rief er Simon zu. »Bring der Dame noch einen Becher von dem, was sie vorher getrunken hat, und mir einen Krug Bier. Und ein bisschen flott, wenn ich bitten darf. Es ist bald Sperrstunde.«

Wut flackerte in Raisa auf. Allein in einer Schenke zu essen, barg auch die Gefahr, dass man von jedem Mann, der hereinmarschierte, als Freiwild angesehen wurde. Nun, sie würde ihn von diesem Irrglauben befreien.

»Ihr mögt vielleicht den Eindruck haben, dass ich Begleitung wünsche«, sagte Raisa eisig, »aber da irrt Ihr Euch. Ich ziehe es vor, allein zu essen, und wäre Euch sehr verbunden, wenn Ihr mich nicht länger belästigen würdet.«

»Jetzt habt Euch doch nicht so«, beklagte sich der Fremde so laut, dass er im ganzen Schankraum gehört werden konnte. »Für ein Mädchen wie Euch schickt es sich nicht, die ganze Zeit allein dazusitzen.«

Der Soldat beugte sich vor, und seine Stimme veränderte sich. Sie wurde leise und weich, auch wenn er immer noch Ardenisch sprach, als wäre er hier geboren. »Seid Ihr Euch sicher, dass Ihr nicht einen Moment für einen Soldaten erübrigen könnt, der schon so lange unterwegs ist?«

Er schob die Kapuze zurück, und Raisa blickte in die von Falten umgebenen grauen Augen von Edon Byrne, dem Hauptmann der Wache der Königin der Fells. Augen wie die seines Sohnes Amon. Die Ähnlichkeit war beinahe unheimlich.

Raisa fiel fast die Kinnlade herunter. Fragen brandeten in ihr auf und drohten herauszuplatzen. Wie hatte er sie gefunden? Was tat er hier? Wieso konnte er fließend Ardenisch sprechen? War Amon bei ihm?

»Nun«, brachte sie hervor. »Nun, na ja.« Sie räusperte sich, um etwas zu sagen, aber in diesem Moment brachte Simon ihnen die Getränke. Er knallte das Bier so hart vor Byrne auf den Tisch, dass es überschwappte. Byrne wartete, bis Simon wieder gegangen war, ehe er weitersprach.

»Fetterford ist nicht länger sicher«, murmelte er noch immer auf Ardenisch. »Wir sind gekommen, um Euch nach Hause zu holen.« Byrne sah an ihr vorbei und musterte den Raum. Er roch nach Schweiß und Leder, und sein Gesicht war von seiner tagelangen Reise stoppelig. Obwohl er sich in seinen Stuhl fläzte, entging Raisa nicht, dass er den Umhang zurückgeschoben hatte, um den Schwertgriff hervorblitzen zu lassen.

»Wir müssen uns unterhalten«, sagte Raisa und spürte, wie Hoffnung in ihrem Herzen aufkeimte. »Kommt in zehn Minuten in die Ställe hinter der Schenke.«

Sie stand abrupt auf. »Wenn Ihr nicht geht, tue ich es. Belästigt jemand anderen.« Sie wandte sich zur Treppe um. Die

Frauen aus Tamron waren ganz aufgeregt und kicherten mitfühlend; wahrscheinlich dachten sie, Raisa hätte ihr Angebot lieber annehmen und sich zu ihnen setzen sollen.

»Junges Fräulein! Ihr habt Euren Apfelwein vergessen!«, rief Byrne hinter ihr her, was einiges an Spott und Gelächter nach sich zog.

Raisa ging an der Treppe vorbei und durch die Küche, wo Simon gerade damit beschäftigt war, Brotteig zu kneten, der über Nacht aufgehen würde. »Mylady?«, fragte er und sah zu ihr hoch.

»Ich brauche etwas frische Luft«, sagte Raisa. Simon starrte ihr nach, als sie durch die Hintertür verschwand und in den Regen hinaustrat. Zitternd zog sie sich Fiona Bayars Umhang enger um die Schultern. Er war bei dem Pferd gewesen, das sie der Tochter des Hohemagiers entwendet hatte – eins der wenigen Dinge von Fiona, die ihr passten.

Im Stall war es warm und trocken, und es roch nach süßem Heu und Pferd. Ghost streckte den Kopf aus seiner Box, schnaubte und blies Haferstückchen in ihre Richtung. Sie strich ihm über die Nüstern. Zwei Boxen weiter sah sie Ransom stehen, den großen kastanienbraunen Wallach von Byrne – eine Bergponykreuzung.

Die Stalltür öffnete sich quietschend, und Byrne trat ein, gefolgt von einer Handvoll Blaujacken. Allerdings traf diese Bezeichnung im Augenblick eher weniger zu, da sie unscheinbare warme Kleidungsstücke in Braun- und Grüntönen trugen.

Raisa musterte sie rasch, aber zu ihrer Enttäuschung war Amon nicht unter ihnen, und auch keiner der anderen Grauwölfe. Diese Soldaten hier waren erfahrener als Amons Kadetten; Sonne und Wind hatten bereits ihre Spuren in den immer noch jungen Gesichtern hinterlassen.

Byrne verriegelte sorgfältig die Stalltür und stellte einen der Soldaten als Wache ab. Die anderen machten sich sofort an die Arbeit, holten die Pferde aus ihren Boxen und sattelten sie.

»Ihr wollt heute Nacht noch aufbrechen?«, fragte Raisa und nickte in Richtung der anderen.

»Je früher, desto besser«, sagte Byrne. Er stand da, starrte auf sie herunter, biss sich auf die Unterlippe und musterte sie prüfend, als suche er nach irgendwelchen Verletzungen. »Ich bin sehr erleichtert, dass Ihr noch lebt.«

Als ob er es nicht gemerkt hätte, wenn sie getötet worden wäre. Als ob er diesen Schlag gegen das überaus wichtige Geschlecht der Grauwölfe nicht gespürt hätte.

»Was ist passiert?«, fragte Raisa. »Woher wusstet Ihr, dass ich hier bin? Wo ist Amon? Und wieso ist es in Fetterford nicht mehr sicher?«

Byrne machte einen Schritt nach hinten, als wollte er vor dem Ansturm ihrer Fragen zurückweichen. Er nickte zur Sattelkammer hinüber. »Unterhalten wir uns dort.«

Da erinnerte sich Raisa an die beiden Frauen aus Tamron. »Oh – da ist noch was. Diese beiden Damen, mit denen ich im Schankraum gesprochen habe – ich habe mich bereiterklärt, morgen mit ihnen zusammen weiterzureisen. Könntet Ihr jemanden schicken, der ihnen mitteilt, dass sich meine Pläne geändert haben?« Es war feige, das wusste sie, aber sie war zu erschöpft, um sich um Lady Esmerells Enttäuschung zu kümmern.

»Corliss.« Byrne machte einem seiner Männer ein Zeichen und schickte ihn zurück zur Schenke, um Esmerell und Tatina die schlechte Nachricht zu überbringen.

Raisa holte Ghost aus seiner Box und führte den Hengst in die Sattelkammer, wo sie ihn zwischen zwei Wänden festband. Dann nahm sie sein Sattel- und Zaumzeug von dem Gestell, das an der Wand stand.

Byrne folgte ihr in den kleinen Raum und zog die Tür hinter sich zu. Er musterte Raisa einen Moment, während sie das Pferd bereitmachte. »Ist das der Flatland-Hengst, den Fiona Bayar geritten hat, als sie das letzte Mal zu Hause war?«

Raisa nickte. Fiona ging mit Pferden in etwa so um wie ihr Bruder Micah mit Liebschaften. »Ich habe ihn mir ausgeliehen.« Sie zog sich einen Tritthocker heran und stieg darauf, um die Pferdedecke über Ghosts breiten Rücken werfen zu können.

»Diese Geschichte würde ich gern hören«, sagte Byrne.

»Eigentlich wolltet Ihr mir eine Geschichte erzählen, nämlich die, wie es dazu kam, dass Ihr hier seid, Hauptmann Byrne.«

»Ja, Eure Hoheit.« Byrne neigte den Kopf und gab sich geschlagen. »Euer Vater hat eine Nachricht abgefangen, die darauf hindeutet, dass Lord Bayar weiß, wo Ihr seid, und Attentäter ausgeschickt hat, um Euch ermorden zu lassen.«

»Oh«, sagte Raisa und sah von ihrer Arbeit auf. »Richtig. Das weiß ich bereits. Er hat vier von ihnen nach Odenford geschickt.«

Byrne wölbte eine Braue, was sie so sehr an Amon erinnerte, dass ihr Herz einen Satz machte. »Und?«, fragte er trocken.

»Einen habe ich getötet, und die anderen drei hat Micah Bayar getötet«, erzählte Raisa.

»Micah?«, fragte Byrne scharf. »Wieso sollte er …?«

»Wie es aussieht, will er mich lieber heiraten als begraben«, sagte Raisa. »Er hat mich aus der Akademie entführt und war gerade dabei, mich zur Hochzeit nach Hause zurückzuschleppen, als wir von Gerard Montaignes Armee überfallen worden sind, die auf dem Weg nach Tamron war. Das war gleich nördlich von Odenford. Wenn Micah überlebt hat, wird er vermutlich glauben, dass ich zur Akademie zurückgekehrt bin, statt zu den Fells weiterzuziehen. Also ist es unwahrscheinlich, dass Lord Bayar weiß, wo ich jetzt bin, oder?«, versuchte sie sich selbst Mut zu machen.

»Die Nachricht ist noch nicht sehr alt«, sagte Byrne und runzelte die Stirn. »Ich bin mir nicht sicher, ob sie sich tatsächlich auf den früheren Versuch bezieht.«

Eine üble Situation, dachte Raisa zitternd, wenn so viele Leute versuchen, einen zu töten, dass man sie nicht mehr auseinanderhalten kann.

Byrne nahm Ghosts Sattel und legte ihn auf das Pferd. »Wenn Ihr Eure Sachen holen wollt, werde ich ihn für Euch satteln.«

Raisa kannte die Ablenkungsmanöver der Byrnes gut genug, um zu wissen, wann sie hinters Licht geführt werden sollte. »*Korporal* Byrne hat mir beigebracht, mich selbst um mein Pferd zu kümmern«, sagte sie und duckte sich, um den Sattelgurt zu befestigen. »Wer weiß sonst noch, dass Ihr auf der Suche nach mir seid?«

Byrne dachte einen Moment nach. »Euer Vater«, sagte er. »Und Amon.« Bei dem letzten Wort biss er sich auf die Lippe, als bedauerte er, es ausgesprochen zu haben.

Raisa stellte sich auf die Zehenspitzen, um ihn über Ghosts Rücken hinweg ansehen zu können. »Hat Amon irgendwie mit Euch Kontakt aufgenommen? Habt Ihr daher gewusst, dass Ihr mich hier finden würdet?«

Byrne räusperte sich. »Als Ihr von Odenford verschwunden seid, hat Korporal Byrne geglaubt, dass Ihr Euch möglicherweise auf dem Heimweg befindet, ob freiwillig oder nicht. Er hat vermutet, dass Ihr die westliche Route nehmen würdet, da Ihr diesen Weg auch im letzten Herbst genommen habt. Er hat einen Vogel mit der Nachricht geschickt, dass ich Euch hier abfangen soll, um einen möglichen Hinterhalt bei Westgate zu verhindern.« Raisa war klar, dass er sich diese Geschichte schon vor einiger Zeit ausgedacht hatte.

»Tatsächlich?«, fragte sie. »Und woher wusste er, dass ich überlebt habe? Der Kampf in Odenford war eine ziemlich blutige Sauerei.« Sie machte Ghosts Zaumzeug fest, während der Hengst an der Gebissstange leckte und versuchte, sie auszuspucken.

»Er… äh… hatte so ein Gefühl«, sagte Byrne. Raisa schnaubte. Er konnte kein bisschen besser lügen als Amon.

»Wenn er dachte, dass ich hier bin, warum ist er dann nicht selbst hergekommen?« Raisa zog erneut am Sattelgurt; sie war noch nicht ganz davon überzeugt, dass er richtig fest saß.

»Er dachte, ich könnte früher hier sein«, sagte Byrne und verlagerte sein Gewicht.

»Wieso? Wo ist er jetzt?«, wollte Raisa wissen.

Byrne sah zur Seite. »Ich weiß nicht, wo er gerade ist«, sagte er.

»Nun, wo war er denn, als er Euch die Nachricht geschickt hat?«, beharrte sie. »In Odenford gab es keine Vögel, mit denen wir eine Botschaft nach Fellsmarch hätten schicken können.«

»Er war in Tamron Court, Eure Hoheit«, sagte Byrne wie eine Auster, die gezwungenermaßen ihr Inneres preisgab.

»Tamron Court!« Raisa richtete sich auf und wirbelte herum. »Was hat er da zu suchen?«

»Er hat nach Euch gesucht«, antwortete Byrne. »Er hat die Nachricht erhalten, dass Ihr in ein Scharmützel zwischen

Montaignes Armee und einem Spähtrupp aus Tamron geraten wärt. Er dachte, Ihr hättet vielleicht Schutz in der Hauptstadt gesucht. Also ist er mit seinem Tripel dorthin gegangen, um Euch zu finden.«

Raisa starrte Byrne an. Ihr Magen verkrampfte sich, als sich die Gewissheit in ihr ausbreitete. »Er ist immer noch da, nicht wahr?«, flüsterte sie. »Und Gerard Montaigne hat die Stadt umzingelt.«

»Deshalb ist es wichtig, dass wir so schnell wie möglich aufbrechen, solange der Prinz von Arden noch glaubt, dass Ihr in Tamron Court seid«, sagte Byrne.

»Was?«, flüsterte Raisa. »Wieso sollte er glauben …«

»Das ist eine lange Geschichte.« Byrne rieb sich das Kinn, als würde er darüber nachdenken, ob er verhindern konnte, mehr als unbedingt nötig zu erzählen. »Montaigne hat damit gedroht, die Hauptstadt dem Erdboden gleichzumachen, wenn sie sich nicht ergibt. Niemand weiß, ob er das wirklich tun könnte, aber König Markus scheint davon überzeugt zu sein und hat daher die Nachricht durchsickern lassen, dass Ihr in Tamron Court seid. Er hat gehofft, dass der Prinz von Arden die Stadt nicht zerstören wird, solange Ihr Euch dort aufhaltet. Jetzt verlangt Montaigne, dass König Markus Euch ausliefert, ansonsten will er alle in der Stadt töten. Also hat Markus eine Botschaft an Königin Marianna gesandt und darum gebeten, eine Armee zu schicken, um Euch zu retten.«

»Hat er denn keine Angst, dass ich irgendwo anders auftauchen und ihn als Lügner entlarven könnte?«

»Korporal Byrne hat ihm erzählt, dass Ihr im Laufe des Scharmützels mit Montaignes Streitkräften getötet worden wärt.« Byrne zog eine Grimasse. »Tatsächlich war Korporal Byrne derjenige, der Markus diesen Plan vorgeschlagen hat, nachdem Montaigne die Stadt belagerte.«

»Aber wieso tut er so etwas?«, fragte Raisa verständnislos.

»Korporal Byrne hat vermutet, dass Ihr die Grenze noch nicht überquert habt. Er wollte, dass diejenigen, die hinter Euch her sind, Euch in Tamron Court vermuten und nicht hier im Grenzland. Also haben er und sein Tripel sich in der Stadt offen zu erkennen gegeben, damit irgendwelche Spione, die für Montaigne oder Lord Bayar arbeiten, sehen können, dass die Mitglieder der Wache der Königin immer noch da sind. Und daher davon ausgehen, dass Ihr es auch noch sein würdet.«

»Nein«, flüsterte Raisa. Sie schritt unruhig auf und ab. »Oh, nein. Wenn Montaigne herausfindet, dass er reingelegt worden ist, wird er fuchtsteufelswild werden. Es ist gar nicht auszudenken, was er dann tun wird.« Sie blieb stehen und sah zu Byrne hoch. »Was ist mit der Königin? Wird sie Hilfe schicken?«

»Angesichts der Situation zu Hause können wir keine Armee nach Tamron aussenden«, sagte Byrne mit ausdrucksloser Stimme. »Das würde die sowieso schon heikle Situation erst recht ins Wanken bringen. Je nachdem, was bezüglich der Thronfolge geschieht, kann zu Hause jeden Augenblick Krieg ausbrechen.«

»Aber … wenn Mutter glaubt, dass ich in Tamron Court gefangen bin«, flüsterte Raisa, »würde sie dann nicht so oder so eine Armee schicken?« Tatsächlich war Raisa sich nicht sicher, wie die Antwort auf diese Frage lautete.

»Ich habe ihr geraten, es nicht zu riskieren. Und ich habe ihr gesagt, dass Ihr gar nicht dort seid«, sagte Byrne, den Blick seiner grauen Augen fest auf sie gerichtet.

»Aber – aber – aber – das bedeutet, dass Amon – und alle anderen Grauwölfe – dass sie dort *sterben* werden«, rief Raisa. »Auf schreckliche Weise.«

»Diese Möglichkeit besteht«, sagte Byrne ruhig.

»Möglichkeit? Diese *Möglichkeit?«* Sie baute sich vor Byrne auf und ballte die Hände zu Fäusten. »Amon ist Euer Sohn! Wie konntet Ihr ihm das antun? Wie *konntet* Ihr nur so etwas tun?«

»Amon hat seine Entscheidung zum Wohle des Königinnen-Geschlechts getroffen, wie es seine Pflicht ist«, sagte Byrne. »Ich werde seine Entscheidung nicht in Frage stellen.«

Raisa erhob sich auf die Zehenspitzen und beugte sich in Byrnes Richtung. Sie war so wütend, dass ihr die Ohren klingelten und ihre Zunge sich löste. »Hatte er überhaupt jemals eine *Wahl*?«, fragte sie. »Er hat mir gesagt, was Ihr ihm angetan habt – er hat von dieser magischen Verbindung erzählt, die Ihr ihm aufgezwungen habt.«

Byrne runzelte die Stirn und rieb sich mit einem Daumen den Augenwinkel. »Wirklich? Hat er das gesagt?«

Raisa war nicht mehr zu bremsen. »*Hat* er jetzt überhaupt noch einen freien Willen, oder ist er dazu verdammt, sich zur Rettung dieses verfluchten Geschlechts zu opfern?«

»Hmmm«, machte Byrne und war immer noch aufreizend ruhig. »Nun, da er Euch von dem Band zwischen Königinnen und Hauptmännern erzählt hat, vermute ich, dass er sehr wohl noch einen freien Willen hat.«

»Was ist mit den Grauwölfen?«, fragte Raisa. »Hatten *sie* eine Wahl?« Sie dachte an die Freunde, die sie unter Amons Kadetten gefunden hatte: Hallie, die in Fellsmarch von ihrer zweijährigen Tochter erwartet wurde. Talia, die vermutlich ihre geliebte Pearlie in Odenford zurückgelassen hatte. Und der arme Mick, der Raisa als Trost für ihren Liebeskummer wegen Amon Byrne seine clangefertigte Satteltasche geschenkt hatte.

Tamron Court statt meiner, dachte sie. Natürlich wusste

sie, dass es arrogant war zu glauben, bei dem Einmarsch in Tamron würde es um sie gehen. Gerard Montaigne wollte Tamrons Reichtümer, eine größere Armee und den Thron. Sie war im Grunde nur das Sahnehäubchen – die Chance für ihn, auch auf die Fells Anspruch zu erheben.

»Wir müssen zu ihnen«, sagte Raisa. »Wir müssen irgendeine Möglichkeit finden, sie da rauszuholen. Was wäre, wenn – wenn ich mich zeige und Montaigne von da weglocke? Oder wenn ich signalisiere, dass ich verhandlungsbereit bin? Vielleicht ist es ja auch irgendwie möglich, zwischen ihren Linien hindurchzuschlüpfen und …«

Doch noch während sie all diese Überlegungen anstellte, begriff Raisa, dass keine davon funktionieren würde. Und das wusste auch Byrne, der sie einfach nur ungerührt ansah, während ihre Stimme allmählich versiegte.

»Wir können nicht einmal mit Gewissheit sagen, ob er überhaupt noch in der Stadt oder auch nur am Leben ist, Eure Hoheit«, sagte Byrne leise.

»Er ist noch am Leben«, entgegnete Raisa. »Diese Verbindung funktioniert in beide Richtungen. Ich würde es wissen, wenn er tot wäre.«

»Die Stadt könnte inzwischen gefallen sein«, fuhr Byrne fort. »Wie wird er sich wohl fühlen, wenn Ihr dort auftaucht und von Montaigne gefangen genommen werdet und alle seine Mühe umsonst war?«

Jetzt konnte sich Raisa nicht mehr beherrschen. Mit voller Wucht trat sie gegen die Tür der Sattelkammer – so kräftig, dass sie zersplitterte. Ghost riss den Kopf herum und zerrte an der Gebissstange. Tränen der Wut brannten in Raisas Augen und liefen über ihre Wangen, als sie sich wieder Byrne zuwandte.

»Amon Byrne ist besser als Ihr und besser als ich; er ist

zu wertvoll, um einfach so weggeworfen zu werden, und das wisst Ihr auch.« Ihre Stimme bebte. »Er ist – er war schon immer – mein allerbester Freund.«

»Dann vertraut ihm«, sagte Byrne. »Wenn es überhaupt irgendwie möglich ist, aus Tamron herauszukommen, wird er es schaffen.«

Raisa wischte sich mit dem Handballen die Tränen ab. »Hauptmann Byrne, wenn Amon irgendetwas zustößt, werde ich Euch das nie, nie, nie vergeben.«

Byrne legte seine Hände auf ihre Schultern; er packte so fest zu, als wollte er sie schütteln. Das Licht der Laternen übergoss sein Gesicht mit einem goldenen Schimmer. »Wenn Ihr etwas für Amon tun wollt, dann seht zu, dass Ihr am Leben bleibt«, sagte er. Seine Stimme klang heiser und irgendwie eigenartig. »Lasst sie nicht gewinnen, Eure Hoheit.«

Raisas Gedanken rasten vor Sorge um Amon und die Grauwölfe, während sie den Stallhof in Richtung Schenke überquerte. Sie suchte immer noch nach einem Rettungsplan.

Die Schenke hatte inzwischen geschlossen, und mit etwas Glück würde niemand mehr im Schankraum sein. Sie würde ihre paar Habseligkeiten holen, und dann konnten sie sich sofort auf den Weg machen.

Als sie aufblickte, sah sie Esmerell und Tatina im Regen auf sie zu eilen; sie hoben ihre Röcke an, damit sie nicht über den schmutzigen Boden schleiften.

Na toll, dachte sie und verdrehte die Augen. Das hat mir gerade noch gefehlt.

Dann stürzten zwei der Kartenspieler, die Raisa vorher schon bemerkt hatte, aus der Hintertür und jagten den Frauen hinterher.

Raisas Verstand ratterte, um das zu verstehen, was da vor ihren Augen passierte – und kam zu einem raschen Schluss.

Die Männer waren also *doch* Diebe, und vermutlich hatten sie mitbekommen, wie die wohlhabenden Damen mit der Geldbörse herumgewedelt hatten.

»Achtung, hinter Euch!«, rief Raisa und hechtete ihnen entgegen, während sie an ihrem Gürtel nach dem Dolch tastete, den sie normalerweise dort trug.

Die Frauen hielten sich gar nicht erst damit auf, sich umzudrehen, sondern rannten nur noch schneller. So schnell, dass es Raisa verblüffte. Die Kartenspieler, die hinter ihnen herspurteten, brüllten etwas, aber Raisa konnte es nicht verstehen. Stattdessen hörte sie, wie hinter ihr die Stalltür aufgerissen wurde, dann folgten Rufe und laute Schritte.

»Hinter mich!«, rief sie den Frauen zu, die immer näher kamen. Dann wurde sie von etwas getroffen und umgeworfen und landete seitlich im Dreck. Sie kam genau in dem Moment wieder auf die Beine, als die Frauen von den Kartenspielern zu Boden gerissen wurden.

Edon Byrne packte Raisa an den Schultern und hielt sie fest.

Es dauerte einen Augenblick, bis Raisa so weit wieder zu Atem gekommen war, um etwas sagen zu können.

»Was soll das?«, stieß sie hervor und versuchte, sich loszureißen. Sie war völlig durchnässt, schmutzig und zitterte. Ihre Zähne klapperten.

Die Männer rappelten sich auf, aber die beiden Frauen blieben rücklings auf dem Boden liegen. Sie rührten sich nicht, und ihre schönen Kleider saugten sich mit Blut und Regen voll.

Sie waren von den Kartenspielern erstochen worden.

»Gute Arbeit«, sagte Edon Byrne barsch und nickte ihnen zu. »Aber beim nächsten Mal seht ihr zu, dass sie gar nicht erst so nah an die Thronerbin rankommen.«

Die Kartenspieler rissen ihre Klingen aus den Leichen und wischten sie an den üppigen Kleidern ab. Einer von ihnen kniete sich hin und durchsuchte die Frauen mit geschickten Fingern. Er fand drei Messer und ein kleines, gerahmtes Bild, das er, nachdem er es gemustert hatte, ohne ein Wort an Raisa weitergab.

Es war das Porträt von ihr, das für ihren Namenstag angefertigt worden war.

Byrne stieß etwas mit dem Fuß an, das neben den beiden Leichen lag, bückte sich dann und hob es mit zwei Fingern auf.

Es war ein Dolch, filigran und weiblich gearbeitet und von tödlicher Schärfe.

KAPITEL ZWEI

Alte Kamellen

Auf der Straße nach Fetterford war viel mehr los, als Han Alister erwartet hatte. Ein Strom hohläugiger Flüchtlinge zog sich nach Norden, während Gerard Montaignes Armee im Süden das Land versengte. Die Flüchtlinge wirkten wie verhext, und manche von ihnen – die von der Katastrophe völlig überrascht worden waren – trugen immer noch die feine, aber mittlerweile zerschlissene Kleidung der Blaublütigen.

Han hatte den Eindruck, als wäre ganz Tamron auf den Beinen – die Landbewohner suchten Zuflucht in den Städten, während die Städter aufs Land flohen. Wie groß mochte da wohl die Wahrscheinlichkeit sein, dass er in all dem Chaos ein ganz bestimmtes Mädchen fand, das allein oder mit zwei Magiern reiste?

Die Straße folgte dem Tamron nördlich von Odenford. Östlich des Flusses befanden sich Arden und die dichten Laubwälder von Tamron; im Westen lagen Tamrons sonst so fruchtbaren Felder, die jetzt von kämpfenden Soldaten zertrampelt wurden. Rauchfahnen kräuselten sich über verkohlten Bauernhöfen und Herrenhäusern.

Die Schwertschwinger schienen gern etwas abzufackeln.

Tamron mochte zwar die Kornkammer der Sieben Reiche sein, aber im Augenblick war es oft nicht einmal mit viel Geld möglich, irgendwo etwas zu essen aufzutreiben. Kleine Dörfer, einen Tagesritt voneinander entfernt, säumten die Straße wie Knoten eine ausgefranste Schnur. Jedes einzelne Dorf schützte sich mithilfe einer bunt zusammengewürfelten Bürgerwehr aus Einheimischen, die sich mit Mistgabeln, Stöcken und Langbogen bewaffnet hatten und fest entschlossen waren, die räuberischen Horden, die sie zu überrennen drohten, in die Flucht zu schlagen – mochten sie nun aus Soldaten oder anderen Bürgern bestehen.

Glücklicherweise war der Hunger für Han nichts Neues.

In jedem Dorf gab es mindestens eine Schenke, und in jeder stellte Han die gleiche Frage. »Habt Ihr hier ein Mädchen durchkommen gesehen, ein Halbblut mit grünen Augen und dunkler Haut? Sie ist klein, etwa so groß.« Woraufhin er seine Hand auf Schulterhöhe hob. »Ihr Name ist Rebecca Morley. Möglicherweise reist sie zusammen mit zwei Amulettschwingern … Bruder und Schwester. An die würdet Ihr Euch erinnern – sie sind beide groß, die Schwester hat weißblonde Haare und blaue Augen, und der Bruder hat dunkle Haare und dunkle Augen.«

Manche von denen, die er befragte, versuchten sich als Witzbolde. »Na, ist dir dein Mädel weggelaufen?« Die meisten allerdings schienen die richtigen Schlüsse aus Han's Miene zu ziehen, oder aus dem Amulett, das um seinen Hals hing, oder aus seinem Äußeren, das in diesen hoffnungslosen Zeiten ziemlich mitgenommen von der Reise war.

In Zeiten des Krieges gab es keinen Grund, über vermisste Mädchen zu lachen.

Der Tod war überall. Leichen baumelten wie grausige Früchte von den Bäumen, drehten sich langsam im leichten

Südwind. Die Schlachtfelder waren von toten Soldaten übersät, an denen sich die Aasvögel gütlich taten. Fliegenschwärme erhoben sich in Schwaden von den Tierkadavern entlang der Straße, und viele Wasserläufe waren von Leichen verunreinigt.

An den meisten Tagen, an denen Han unterwegs war, hatte er den Verwesungsgestank in der Nase. War es wirklich erst ein Jahr her, dass er zusammen mit Dancer auf dem Weg nach Odenford durch Arden geritten war?

Dieses Gift, das Tamron befallen hatte, drohte auch die Fells zu überschwemmen.

Du solltest dich da raushalten, Alister, sagte Han zu sich selbst. Du hast auch so schon genügend Kämpfe vor dir.

Ein Schenkenwirt glaubte, sich an ein Mädchen erinnern zu können, auf das Rebeccas Beschreibung passte und das allein auf einem grauen, viel zu großen Flatland-Hengst unterwegs war. Ein magerer Hinweis, bestenfalls.

Han konnte nur hoffen, dass Rebecca unbehelligt durchgekommen war und dass die Gerüchte nicht stimmten, laut denen Rebecca Gerards Invasionstruppen in die Quere gekommen war.

Vielleicht war sie unterwegs irgendwo abgebogen und hatte Zuflucht in der Hauptstadt Tamron Court gesucht, die jetzt von Gerard Montaignes Armee belagert wurde. Han dachte daran, nach Westen in Richtung Hauptstadt zu reiten, aber er hatte nicht die geringste Ahnung, ob sie tatsächlich dort war oder nicht. Und wenn sie dort war, konnte er trotzdem nichts tun.

Er atmete tief durch und zwang sich, den Nacken und die Schultern zu entspannen und die Fäuste zu öffnen.

Wie auch immer, Korporal Byrne und seine Grauwölfe waren bereits nach Tamron Court unterwegs. Er selbst musste einem anderen Pfad folgen.

Hätte er sich nicht so große Sorgen um Rebecca gemacht, dann wäre er gar nicht so wild darauf gewesen, die Fells möglichst schnell zu erreichen. Wieso sollte er auch erpicht darauf sein, seinen Platz als magischer Söldner der Clans, die ihn getäuscht und betrogen hatten, so bald wie möglich einzunehmen? Wieso sollte er den Magierrat so rasch angreifen wollen? Wollte er wirklich den Helden für Marianna spielen – die Königin, die dafür verantwortlich war, dass er so vieles verloren hatte? Die Königin, die vermutlich immer noch einen Preis auf seinen Kopf ausgesetzt hatte?

Selbst wenn Han die Fells erreichte, konnte er den Clans nicht über den Weg trauen. Die Demonai-Krieger verachteten ihn, weil er die Gabe der Magie besaß. Er war für sie nichts weiter als ein Werkzeug, das nur den Zweck hatte, ihnen etwas Zeit zu verschaffen.

Wäre Rebecca nicht gewesen, hätte er genauso gut in die entgegengesetzte Richtung reiten können. Solange er sich von den Bergen fernhielt, konnte er möglicherweise denjenigen entkommen, denen er sich auf Monate oder gar Jahre verpflichtet hatte. Er konnte immer noch irgendwo in den Flatlands ein Versteck finden und untertauchen.

Er schnaubte. Als wenn das möglich wäre. Odenford hatte er zwar geliebt, aber die Flatlands liebte er nicht. Obwohl er ein Stadtjunge war, war er in einer Bergstadt aufgewachsen, und zu viel freie Fläche um sich herum verunsicherte ihn. Er wollte lieber wieder von Bergen umgeben sein.

Wie auch immer, er hatte noch nie Glück gehabt, wenn es darum ging unterzutauchen. Früher oder später würde er wieder eine Bande haben, eine Gang, die er unterstützen musste, und Leute, die von ihm abhängig waren. Leute, die den Preis für seine Fehler bezahlen würden.

Daher hatte er auch nie ernsthaft daran gedacht, seine Vereinbarung mit den Clans zu brechen. Oder jedenfalls nicht, indem er weglief. Es reichte ihm nicht, auf der Seite der Sieger zu stehen. Er würde alles Notwendige tun, um sicherzugehen, dass er, Han Alister, ganz oben landete.

Han und die Clans hatten einen gemeinsamen Feind, Lord Gavan Bayar, den Hohemagier der Fells – den Mann, der für den Tod von Han's Mutter und Schwester verantwortlich war. Bayar hatte Han's Freunde foltern und töten lassen, um ihn zu finden und das Amulett zurückzubekommen, das Han den Bayars abgenommen hatte. Das Schlangenstab-Amulett hatte einmal Alger Waterlow gehört, dem berüchtigten Dämonenkönig – und Han's Vorfahr. Jetzt trug Han es auf seiner Haut.

Und dann war Rebecca Morley zusammen mit Lord Bayars Sohn Micah einfach aus Odenford verschwunden. Wenn Han's Suche nach Rebecca erfolglos blieb, würde er Micah Bayar so lange jagen, bis er ihn ausfindig gemacht hatte und zwingen konnte, die Wahrheit auszuspucken. Wenn Rebecca noch lebte, war die Sache von höchster Dringlichkeit. Wenn sie tot war, würde er die Bayars dafür bezahlen lassen.

In Odenford war Han sich seiner selbst viel zu sicher gewesen. Jetzt fühlte er sich von seinen eigenen Worten verspottet.

Ihr Bayars müsst lernen, dass Ihr nicht immer alles kriegen könnt, was Ihr haben wollt. Ich werde es Euch beibringen.

Viel treffender waren da jene Worte, die er einmal zu Rebecca gesagt hatte.

Jedes mal, wenn ich etwas für die Zukunft beiseitelege, wird es mir weggenommen.

Er würde von Feinden umgeben sein, wenn er jetzt nach Hause zurückkehrte, genau wie damals, als er als Streetlord der Ragger nach Southbridge marschiert war. Mit dem Unterschied, dass das Blut, das möglicherweise vergossen werden würde, das der anderen war.

Und das bedeutete, dass er bessere Waffen brauchte. Und dazu musste er das Risiko eingehen und nach Aediion zurückkehren, um sich mit Crow zu treffen.

Crow, der mysteriöse magische Lehrmeister, hatte Han ebenfalls angelogen – er hatte ihn zum Narren gehalten, hatte ihn rücksichtslos benutzt, um ihre gemeinsamen Feinde, die Bayars, zu töten. Allerdings hatte Han während ihrer nächtlichen Unterrichtsstunden so viel über Magie gelernt, wie ihm das auf der Akademie niemals möglich gewesen wäre.

Han wollte sich von Crow eine Zusage geben lassen, ehe er die Grenze zu den Fells überschritt. Um Aediion aufzusuchen, musste er sich allerdings an einem sicheren Ort aufhalten, da sein Körper in der Zeit, in der er sich nicht in ihm befand, verletzlich sein würde. Schließlich fand er etwa einen Tagesritt südlich von Fetterford einen Lagerplatz in einer kleinen Schlucht, wo ein Bach in einen größeren Fluss mündete.

Er breitete seine Decken ein Stück oberhalb des Baches auf dem Hang aus. Dann kratzte er ein grobes Loch in die felsige Erde und entzündete darin ein kleines, rauchloses Feuer, das nur zu sehen sein würde, wenn man sich direkt über ihm befand.

Han aß seine übliche Mahlzeit aus Wegebrot, Käse, geräuchertem Fisch und getrockneten Früchten und spülte alles mit Tee hinunter, den er mit etwas Bachwasser zubereitete. Dann beugte er sich näher zum Feuer hin, um besser in seinem Buch mit Zaubersprüchen lesen zu können.

Crow konnte Illusionen erzeugen, aber er schien nicht in der Lage zu sein, selbst Magie zu wirken. Es mangelte ihm an dem Blitz, an der von Magiern erzeugten Energie, mit der sich die Amulette aufluden und die dafür sorgte, dass magische Dinge geschahen. Wenn also Magie das einzige Werkzeug war, das in Aediion Schaden anrichten konnte, sollte Han in Sicherheit sein, wenn er dorthin zurückkehrte. *Wenn* es so war.

Han trug noch immer den Talisman aus Eberesche und Eiche, den Fire Dancer für ihn hergestellt hatte; bei Han's letztem Besuch in Aediion hatte er Crow immerhin daran gehindert, von ihm Besitz zu ergreifen. Han musste darauf vertrauen, dass der Talisman ihn auch diesmal schützte. Es war ein kalkuliertes Risiko, aber Crow hasste die Bayars ebenso sehr wie er selbst, und Han brauchte einen Verbündeten. Crow war vermutlich das einzige Wesen, das verfügbar und willig war, Han das alles beizubringen, was er für seinen Sieg können musste.

Han holte tief Luft und konzentrierte sich in Gedanken auf den Raum ganz oben im Mystwerk-Turm, der all die Monate während seiner Zeit in Odenford als Treffpunkt gedient hatte. Er ging zwar davon aus, dass es nicht wichtig war, welchen Ort er wählte, aber dann eignete sich dieser ihm bereits vertraute auch genauso gut wie alle anderen. Er visualisierte also den abgenutzten Holzboden, die riesigen Glocken über seinem Kopf, das Muster, das vom Mondlicht an die Wand geworfen wurde. Dann schloss er die Hand um das Amulett und sprach die Beschwörungsformel, die ihn dorthin bringen würde.

Als er die Augen wieder öffnete, fand er sich im Glockenturm von Mystwerk House wieder und trug die elegante Kleidung der Blaublütigen. Er sah sich rasch um, behielt dabei aber die Hand am Amulett. Er war allein.

Er atmete die warme, feuchte Luft ein – die Luft des Südens. Draußen klapperte ein Wagen über das Straßenpflaster. Würde er ihn sehen können, wenn er zum Fenster eilte? Wenn er nach draußen ging, wenn er nach Hampton House ging – würde er dort Dancer finden? Er wusste es nicht.

Han wartete. Eine Minute verging. Dann noch eine. Vielleicht hatte er sich geirrt, und Crow würde nicht kommen. Enttäuschung wallte in ihm auf. Geduld, Alister, dachte er. Es ist einen Monat her, und ziemlich sicher rechnet Crow nicht damit, dass du überhaupt noch einmal aufkreuzt.

Schließlich zitterte die Luft vor seinen Augen, dann wurde sie heller, und schließlich schien sie sich zu verdichten.

Es war Crow, aber er unterschied sich deutlich von der Gestalt, die Han in Erinnerung hatte. Crow wirkte zerbrechlich, substanzlos, und seine Kleidung wogte wie Engelsflügel um ihn herum. Sein ehemaliger Lehrmeister stand ein Stückchen von ihm entfernt da, breitbeinig und mit erhobenen Armen, als wollte er sich verteidigen. Seine Haare, vorher kohlrabenschwarz, waren jetzt hellblond, beinahe durchsichtig. Nur seine Augen zeigten noch immer dieses strahlende Blau, an das Han sich erinnerte.

»Hallo Crow«, sagte Han.

Crow legte den Kopf schief und betrachtete Han, als würde dieser jeden Augenblick auf ihn losgehen. »Wieso bist du hier?«, fragte er. »Ich hatte nicht damit gerechnet, dich noch einmal wiederzusehen.«

»Das hier könnte auch das letzte Mal sein«, sagte Han, als wäre es ihm egal, wenn es so wäre. »Aber ich dachte, ich sollte dir die Chance geben, mir alles zu erklären.«

»Wieso sollte ich dir irgendetwas erklären?«, fragte Crow und kniff die Augen zusammen. »Du hast deutlich mehr von unserer Zusammenarbeit profitiert als ich. Ich habe dir die Möglichkeit gegeben, die beiden Bayars ein für alle Mal loszuwerden, und du hast es verpfuscht.«

»Schön«, sagte Han. »Schätze, das hier ist reine Zeitverschwendung. Dann also auf Wiedersehen.« Er nahm sein Amulett und öffnete den Mund, als wollte er die Worte sprechen, die den Zauber beendeten.

»Warte.« Crow hob die Hände und ließ sie dann langsam wieder sinken. Diesmal hatte er auf seine übliche extravagante Aufmachung verzichtet. »Bitte bleib.«

Han stand mit der Hand am Amulett da und wartete.

»Soll ich dir etwas ganz Bestimmtes erklären?«, fragte Crow seufzend. »Nur, damit wir nicht unnötig Zeit vergeuden.«

»Ich möchte wissen, wer du bist und wieso du nicht willst, dass ich weiß, wer du bist. Ich möchte wissen, warum du so einen Groll gegen die Bayars hegst und dich mit mir zusammentun wolltest«, sagte Han. »Das reicht erstmal für den Anfang.«

Crow rieb sich mit Daumen und Zeigefinger die Stirn. Er wirkte ziemlich mitgenommen. »Würde es nicht reichen, wenn ich dir verspreche, dich in Zukunft nicht mehr wie einen Dummkopf zu behandeln?«

Han schüttelte den Kopf. »Nein, das reicht nicht.«

»Du würdest mir die Wahrheit nicht glauben, selbst wenn ich sie dir erzähle«, sagte Crow. »So ist es immer. Die Leute beschränken sich ohne Not, und dann versuchen sie, dich zu beschränken.«

»Bis jetzt hab ich noch nichts von dem erfahren, was ich wissen will«, stellte Han fest. »Und ich bin kein sehr geduldiger Mensch.«

»Ich auch nicht«, gab Crow zurück. »Und doch musste ich über einen sehr viel längeren Zeitraum, als du dir vorstellen kannst, unglaublich geduldig sein.« Er dachte einen Moment nach. »Wer ich bin? Ich war einmal der Feind der Bayars. Ihr größter Rivale.«

Han war inzwischen klar, dass er die ganze Geschichte nur häppchenweise und in Rätseln aufgetischt bekommen würde. »Und jetzt bist du das nicht mehr?«, fragte Han.

Crow lächelte schwach. »Ich denke, man könnte sagen, dass ich ein Schatten meiner selbst bin. Ein Geist meines früheren Ichs. Ein Überrest desjenigen, der ich einmal zu sein pflegte, nur noch aus Erinnerungen und Gefühlen bestehend. Die Bayars nehmen mich nicht mehr als Bedrohung wahr. Und doch«, er tippte sich an die Schläfe, »habe ich etwas, das sie furchtbar gern hätten.«

»Wissen«, vermutete Han. »Du weißt etwas, das sie wissen müssen.«

»Ich weiß etwas, das sie wissen müssen, und ich habe vor, es einzusetzen, um sie zu vernichten«, sagte Crow nüchtern. »Das ist der Grund für meine Existenz.«

Han verstand nicht so recht. »Wenn du sagst, dass du ein Geist deines früheren Ichs bist, was meinst du damit genau?«

Crows Gestalt begann zu schimmern, und dann löste sich das Bild auf und setzte sich neu zusammen. »Das ist alles, was noch von mir übrig ist«, sagte er. »Ich bin eine Illusion. Ich existiere in deinem Kopf, Alister. Und in Aediion, dem Treffpunkt der Magier. Nicht in der Welt, die du als wirklich bezeichnest.«

»Willst du damit sagen, dass du … tot bist?« Han starrte Crow an. »Das ergibt keinen Sinn.« Zumindest passte es nicht mit dem zusammen, was man ihm im Tempel beigebracht hatte. Aber andererseits hatte er nie behauptet, sich mit Religionen auszukennen.

Crow zuckte mit den Schultern. »Was bedeutet es, tot zu sein? Den Körper zu verlieren? Den Lebensfunken zu verlieren? Wenn das der Maßstab ist, dann bin ich tot. Oder bedeutet Leben die Fortdauer der Erinnerung und des Gefühls, des Willens und des Verlangens?«, sprach Crow weiter, als würde er ein Selbstgespräch führen. »Wenn das der Maßstab ist, bin ich sogar sehr lebendig.«

»Aber du hast keinen Körper.«

Crow lächelte. »Ganz genau. Ich habe keinen physischen Körper, nichts, was über das hinausgeht, was ich in Aediion heraufbeschwören kann. Aber ein Körper ist nötig, um in der wirklichen Welt etwas erreichen zu können. Ein Körper ist nötig, um sich an den Bayars rächen zu können. Genauer gesagt, der Körper eines Magiers – der mir die Möglichkeit geben würde, mein beträchtliches Wissen über Magie anzuwenden.«

»Und so bin ich ins Spiel gekommen«, ergänzte Han. »Ich könnte den Körper zur Verfügung stellen, den du brauchst.«

»Und so bist du ins Spiel gekommen«, bestätigte Crow. Er legte den Kopf leicht schief und beäugte Han kritisch. »Es hat alles perfekt gepasst. Du bist – überraschenderweise – außerordentlich mächtig. Du hattest wenig bis gar keine Ausbildung, was dich für mich zugänglich gemacht hat und dein Verlangen verstärkt hat, Zeit mit mir zu verbringen. Du hasst die Bayars, und angesichts deiner bewegten Vergangenheit habe ich vermutet, dass du rücksichtslos wärst und keine Prinzipien hättest. So weit, so gut.«

»So weit, so gut?«, fragte Han und verdrehte die Augen. So viel Ehrlichkeit hätte es jetzt auch wieder nicht gebraucht.

Crow nickte. »Zuerst konnte ich dich ziemlich gut kontrollieren, vor allem dann, wenn du dein Amulett benutzt hast. Ich habe dich sogar manchmal unterstützt, wenn es so ausgesehen hat, als könntest du vorzeitig getötet werden.«

»Du sprichst von der Dornenhecke an der Grenze zu Delphi, als wir verfolgt wurden«, sagte Han. »Und davon, wie wir bei Ardenscourt Prinz Gerard entkommen sind.« Han hatte einige von Montaignes Soldaten getötet, ohne dass er das Gefühl gehabt hatte, selbst viel dazu beigetragen zu haben.

»Ja«, sagte Crow. »Aber als du im Laufe der Zeit immer besser wurdest, hast du behelfsmäßige Barrieren errichtet, mit denen du mich von dir ferngehalten hast. Das war ziemlich frustrierend, und ich habe nach einem Weg gesucht, wie ich dich wieder für meinen Einfluss zugänglich machen konnte.«

»Und dann bin ich nach Aediion gekommen«, sagte Han.

»Zu meiner großen Freude.« Crow warf ihm einen schrägen Blick zu. »In Aediion warst du immer noch offen für die Visionen, die ich heraufbeschworen habe. Ich konnte immer noch in deinen Geist eindringen. Wir konnten richtige Unterhaltungen führen, und ich konnte dich unterrichten. Dadurch hat sich mir ein ganzes Feld von Möglichkeiten eröffnet.«

»Aber…« Han runzelte die Stirn. »Sogar als wir schon angefangen hatten uns zu treffen, hast du hin und wieder im echten Leben von mir Besitz ergriffen, richtig?«, fragte er. Einmal hatte er sich auf dem Fußboden der Bayar-Bibliothek zwischen alten, verstaubten Büchern wiedergefunden. Unter seinem Umhang war eine alte Landkarte von Gray Lady und eine Liste mit Beschwörungsformeln gewesen. Hastig hingekritzelte Notizen, die jetzt in seiner Satteltasche steckten. »Ich hatte riesige Zeitlücken an den Tagen, an denen wir uns getroffen haben.«

»Die Barrieren, die du errichtet hattest, haben gegen Ende der Unterrichtsstunden, wenn fast keine Magie mehr übrig war, mehr und mehr nachgegeben. Ich konnte Besitz von dir ergreifen und mit dir tauschen, wenn du die Traumwelt verlassen hattest«, sagte Crow ohne den geringsten Hinweis darauf, dass es ihm leidtat.

»Hast du mich deshalb so hart arbeiten lassen?«, fragte Han. »Damit ich müde und erschöpft war und du Besitz von mir ergreifen konntest?«

»Nun … ja, und dann gab es natürlich auch so allerhand zu tun«, sagte Crow. Er zuckte mit den Schultern. »Dummerweise warst du in deiner Erschöpfung für magische Aufgaben unbrauchbar, sonst hätte ich mich gleich an Ort und Stelle um die Bayars gekümmert. Aber ich hatte die Möglichkeit, in die Welt hinauszugehen.«

Han bekam eine Gänsehaut, als er sich vorstellte, wie Crow seinen Körper *bewohnt* hatte. »Aber du hast dich trotzdem dafür entschieden, deine Zeit in einer alten, staubigen Bibliothek zu verbringen«, sagte er.

Crow sah ihn stirnrunzelnd an. Er wirkte bestürzt. »Du erinnerst dich?«

»Du hast mich ein paar Mal an den falschen Stellen abgesetzt«, sagte Han. »In den Magazinen.«

»Ich hatte nur ein kleines Zeitfenster, bis dein Amulett ganz entleert war«, erklärte Crow. »Und einige Male war es leer, bevor ich dich zu deinem Ausgangspunkt zurückbringen konnte.«

»Und ich dachte schon, ich würde den Verstand verlieren«, sagte Han. »Was hast du gesucht?«

»Ich wollte dir nur ein Stück voraus sein«, antwortete Crow und biss sich auf die Lippe. Er wandte den Blick ab. »Du bist ein sehr fordernder Schüler, Alister, immerzu stellst du Fragen und willst Antworten.«

»Ich glaube dir nicht«, sagte Han. »Ich glaube, dass du eigene Pläne verfolgt hast. Hast du vielleicht nach einer Möglichkeit gesucht, mich vollständig und dauerhaft kontrollieren zu können?«

Crows Augen glänzten, was Han verriet, dass er ins

Schwarze getroffen hatte. »Das wäre ein vollkommener Erfolg gewesen. Aber es ist unmöglich, wie es scheint.« Crow schloss die Augen, als würde er alles noch einmal durchleben. »Kannst du dir das vorstellen, Alister? Kannst du dir vorstellen, wie es für ein Geistwesen wie mich ist, die Welt wieder mit allen Sinnen zu erfahren – zu sehen und zu berühren, zu riechen und zu schmecken und zu hören?«

»Dann wäre ich sicher nicht in die Bibliothek gegangen, das kann ich dir sagen«, entgegnete Han trocken.

Crow lachte. »Du gefällst mir, Alister. Aber all das hier wäre einfacher gewesen, wenn du unausstehlich wärst. Und dumm. Du wärst dann deutlich lenkbarer.«

»Lenkbar zu sein bringt einen nirgendwohin«, sagte Han. Er fühlte sich wie ein Junge vom Land auf einem riesigen Stadtmarkt. Crow hatte ihm so viel vor die Füße geworfen, dass er die Einzelheiten im Augenblick gar nicht richtig erfassen konnte. Fragen ratterten durch sein Hirn.

»Also schön, ich war ungewöhnlich offen dir gegenüber«, sagte Crow und unterbrach Han's Gedanken. »Dafür solltest du mir jetzt erzählen, warum du zurückgekommen bist. Darf ich daraus schließen, dass du immer noch etwas von mir willst?«

»Ich bin auf dem Weg zurück zu den Fells, um gegen die Bayars und vielleicht den gesamten Magierrat vorzugehen«, erklärte Han.

»Ganz allein? Selbst für jemanden wie dich scheint mir das ein ziemlich ehrgeiziges Unterfangen zu sein«, stellte Crow fest. »Was genau willst du erreichen? Abgesehen davon, dass du dabei bist, dein Leben wegzuwerfen.«

Han wusste, dass er dem zynischen Crow einen Grund geben musste, den er verstand. Einen Grund, der Crow wenigstens für den Augenblick zu seinem Verbündeten machte.

»Die Bayars wollen Micah auf den Grauwolf-Thron setzen«, sagte Han. »Und das werde ich nicht zulassen.«

»Hmmm. Wenn die Bayars eine Eigenschaft haben, dann ist es sicherlich Beharrlichkeit«, murmelte Crow. »Zu schade, dass der junge Bayar nicht in Aediion gestorben ist.« Er machte eine Pause und blinzelte Han mit zusammengekniffenen Augen an, um festzustellen, ob sein Seitenhieb gesessen hatte. »Worum geht es bei dir und den Bayars? Was haben sie dir getan?«

»Sie haben vor einem Jahr meine Mutter und meine Schwester umgebracht«, sagte Han. »Die einzige Familie, die ich hatte. Und vor Kurzem war da ein Mädchen, Rebecca. Meine ... äh ... Lehrerin. Sie ist verschwunden, und die Bayars sind dafür verantwortlich. Ich glaube, sie wollten mir eins auswischen.«

Crow sah Han in die Augen. »Armer Kerl«, sagte er kopfschüttelnd. »Du hast dich in sie verliebt, ja?«

Verflucht, wieso ist mein Aediion-Gesicht so leicht zu deuten?, dachte Han und schaute finster drein.

Crow lachte. »Lass mich dir einen Rat geben – zieh nicht wegen eines Mädchens in den Krieg. Sie ist es nicht wert. Die Liebe macht aus weisen Männern Narren.«

»Ich bin nicht hier, weil ich irgendeinen Rat brauche«, blaffte Han. »Ich bin hier, weil ich magische Macht benötige. Blitzkraft für mein Amulett. Meine Chancen stehen ziemlich schlecht. Selbst dann, wenn du mir hilfst.«

»Nach alldem, was letztes Mal passiert ist, kommst du hierher, um mich um Hilfe zu bitten?« Crow wölbte eine Braue. »Ich hatte dich für klüger gehalten.«

»Das ganze Leben ist ein Risiko«, sagte Han. »Klar, es besteht die Möglichkeit, dass du mich erneut verrätst, aber jetzt bin ich wachsam, und ich glaube nicht, dass du es schaffen wirst, mir echten Schaden zuzufügen. Während die Gefahr, die von den Bayars ausgeht, real und unmittelbar ist.«

Crow stand erneut breitbeinig da, neigte den Kopf etwas und sah Han mit einem Blick an, als hätte er ihn noch nie zuvor richtig betrachtet. »Oh je, Alister, das sind große Worte. Diese junge Frau, deine Lehrerin, die hat dir aber einen richtigen Schliff verpasst, was?«

Rebecca. Han's Magen verkrampfte sich. Und als Gegenleistung hatte er ihr wahrscheinlich den Tod gebracht.

»Unter dem Schliff bin ich immer noch der Gleiche«, sagte Han. »Ich kriege, was ich brauche, und niemand wird sich mir in den Weg stellen. Auch du nicht. Wir tun das hier entweder auf meine Weise oder gar nicht. Mach mit oder lass es bleiben.«

»Na schön«, sagte Crow. »Tun wir es auf deine Weise. Aber ich werde dir Ratschläge geben, und du kannst dir überlegen, ob du sie annehmen oder ignorieren willst.«

»Das ist nur fair«, fand Han. Da flackerten erneut die Fragen in seinem Kopf auf. »Aber zuerst muss ich wissen – was ist zwischen *dir* und den Bayars passiert, und *wann* ist es passiert? Wo bist du in der Zwischenzeit gewesen? Und wie kommt es, dass du ausgerechnet mich ausgewählt hast?«

»Spielt irgendetwas davon eine Rolle?«, fragte Crow und wandte den Blick ab, sodass Han seinen Gesichtsausdruck nicht sehen konnte. »Das hier ist ein Zweckbündnis, nichts weiter. Genügt das nicht?«

»Ich hab gelernt, dass das, worüber du nicht sprechen willst, genau das ist, was ich wissen will, egal, worum es geht«, sagte Han und dachte nach. Wenn ich weiß, *warum* du dich an den Bayars rächen willst, wenn ich weiß, was dich antreibt, kann ich besser vorhersehen, wann ich die Klinge in den Rücken gerammt bekomme.

»Wie ich schon sagte – du wirst mir sowieso nicht glauben, wenn ich dir die Wahrheit verrate.« Crow ging auf und ab, und das Bild seiner Gestalt verschwamm wieder zu wogenden Wellen – was Han zu der Annahme brachte, dass es ein Zeichen seiner Aufregung war. War die Erinnerung für Crow so schrecklich, dass er sie nicht ertragen konnte?

»Versuch es«, sagte Han, während Crow weiter herumlief. »Komm schon. Erzähl mir wenigstens eine richtig gute Lüge, die mich überzeugen könnte.«

»Es spielt keine Rolle für dich, was passiert ist«, sagte Crow. »Es war lange vor deiner Geburt.«

So alt bist du nun auch wieder nicht, dachte Han, bevor er sich daran erinnerte, dass Crow jedes Alter haben konnte.

»Nichts von dem, was du sagst, wird mich schockieren können«, sagte Han. »Aber solange ich deine Geschichte nicht kenne, wird hier gar nichts passieren.«

Crow drehte sich abrupt herum und sah Han an. Ein bitteres Lächeln verzerrte sein Antlitz. »Das werden wir ja sehen«, sagte er. »Wir werden sehen, wie dumm du wirklich bist.« Seine Gestalt veränderte sich ein bisschen, wurde schärfer, klarer. Seine Haare blieben hell, sie glänzten und umrahmten seine kultivierten blaublütigen Gesichtszüge – mit Augen, die die Farbe von Bergastern hatten, und einem erstaunlich fröhlichen Mund. Wie schon bei ihren früheren Zusammentreffen wirkte er auch jetzt nur wenige Jahre älter als Han.

Seine Kleidung wurde kunstvoller – er trug jetzt einen edlen, wenn auch merkwürdig altmodisch geschnittenen Mantel aus Satin und Brokat. Der champagnerfarbene Ton war ein paar Nuancen dunkler als seine Haare. Er strahlte vor Macht und war der reinste Bilderbuchschönling.

»Du wolltest wissen, wie ich wirklich aussehe«, sagte Crow

und drehte sich einmal im Kreis. Er streckte die Arme von sich. »Weide deine Augen. So habe ich ausgesehen, als ich es mit den Bayars aufgenommen habe.«

Auf den Magierstolen um seinen Hals waren Krähen zu sehen, und auf seinem Mantel befand sich eine Stickerei – eine Schlange, die sich um einen Stab wand, dessen oberes Ende durch eine kunstvolle Krone ragte, in die Wölfe eingraviert waren. Das Ding kam Han vertraut vor – wo hatte er es nur schon einmal gesehen?

»Es war eine aufregende und gefährliche Zeit«, sagte Crow. »Ich war jung und kräftig, und ich habe mich mit den Bayars in allen Bereichen gemessen – politisch, magisch, und auch« – hier stolperte er etwas über seine Worte – »hinsichtlich jeglicher Beziehungen. Als es gerade so aussah, als hätte ich sie auf allen Ebenen endgültig besiegt, wurde ich verraten, und die Bayars nahmen mich gefangen. Als das geschah, suchte ich Zuflucht in dem Amulett, das ich so lange getragen hatte.«

Han klopfte mit seinem Zeigefinger auf das Amulett. »Willst du damit sagen, dass du dich in einem Zauberstück versteckt hast?«

Crow lächelte. »Ich sehe Ungläubigkeit – wie ich es erwartet hatte. Ich genieße es so sehr, immer recht zu behalten. Wie ich dir schon sagte, war ich sehr erfinderisch, wenn es um die Anwendung von Magie ging. Ich hatte gehofft, dass das Amulett letztlich in freundliche Hände gelangen würde. Unglücklicherweise begriffen die Bayars, dass der Schlüssel zu allem, was sie sich ersehnten, genau in diesem Zauberstück lag. Doch obwohl sie seit mehr als tausend Jahren versuchen, ihm seine Geheimnisse zu entreißen, sind sie außergewöhnlich erfolglos geblieben.«

Han bemühte sich, die Häppchen zusammenzusetzen, die er von Crow bekommen hatte. Es war so ähnlich, als würde er an einem Puzzle arbeiten, das das große Ganze erst enthüllte, wenn er das letzte Stück an seinen Platz gelegt hatte.

Abgesehen davon, dass das Bild, das sich herauskristallisierte, einfach *unglaublich* war.

Als hätte Crow Han's Gedanken gelesen, erschien ein Amulett an Crows Hals. Es hing an einer schweren Goldkette – und war das Spiegelbild von Han's Schlangenstab-Amulett.

»Ich bin der ursprüngliche Besitzer dieses Amuletts, das du jetzt trägst«, sagte Crow. »Ich hatte es für mich anfertigen lassen, als ich etwa in deinem Alter war. Ich brauchte etwas, das mächtig genug war, um Magie zu beschwören, wie sie die Welt noch nie gesehen hatte. Und es gibt nichts auf der Welt, das ihm gleichkommt.«

Han stand erstarrt da. Jedes Wort, das er hätte sagen können, blieb ihm im Halse stecken.

»Nachdem Hanalea mich verraten hatte, wagte ich es nicht, mich den Bayars zu offenbaren«, sagte Crow. »Also habe ich mich tausend Jahre verborgen. Als das Amulett dann in deine Hände fiel, ergriff ich die Gelegenheit. Natürlich habe ich mir alle Mühe gegeben, dafür zu sorgen, dass sie es sich nicht zurückholen konnten.«

Han sah auf sein Amulett herunter und fuhr mit den Fingern über den Schlangenkopf. Dann sah er wieder zu Crow hinüber, und in diesem Moment erfasste sein Geist das ganze Ausmaß dieser Worte. »Das kann nicht dein Ernst sein«, flüsterte er. »Das kann unmöglich wahr sein.«

Crow lächelte immer noch, aber seine blauen Augen waren jetzt so hart wie Gletschereis. »Mein Name war Alger Waterlow«, sagte er und strich sanft über das Schlangenstab-Zauberstück. »Der letzte Magierkönig der Fells.«

Han starrte Crow sprachlos an. Sein Geist schäumte wie

von einem Zaubertrank, dessen Zutaten nicht zusammenpassten.

Crow neigte den Kopf. »Du wirkst angemessen entsetzt, Alister. Aber bevor du etwas Voreiliges tust, lasse ich dich jetzt allein und gebe dir Zeit, über das nachzudenken, was ich gesagt habe. Ich bin, wie du zweifellos herausgefunden hast, immer hier und immer verfügbar. Komm nach Aediion zurück, wenn du bereit bist, dich mit mir zusammenzutun. Sofern das jemals der Fall sein sollte.«

Er starrte Han noch einen langen Moment an, als hoffte er, dass Han ihn zurückhalten würde. Dann erlosch er wie eine billige, kleine Kerze.

KAPITEL DREI

Gute und schlechte Gedanken

Während der langen Reise von Fetterford nach Delphi vergaß Raisa sogar hin und wieder, dass sie eigentlich ziemlich wütend war.

Wütend auf Gerard Montaigne, das Ungeheuer, in dessen Macht sich ihre Freunde befanden.

Wütend auf diejenigen, die zu Hause daran arbeiteten, sie um ihr Geburtsrecht zu bringen, und dabei nicht einmal vor Mord und anderen Mitteln zurückschreckten.

Wütend auf Hauptmann Edon Byrne, der offensichtlich dazu bereit war, seinen eigenen Sohn für das Grauwolf-Geschlecht zu opfern.

Vor allem aber war sie wütend auf sich selbst. Hätte sie damals, vor fast einem Jahr, das Königinnenreich gar nicht erst verlassen, wäre nichts von alldem passiert.

Aber es war nicht gerade leicht, wütend zu bleiben, während sie immer wieder im Sattel einschlief. Sie zuckte regelmäßig zusammen, wenn Hauptmann Byrne sie mit einer Hand im Rücken stützte und davor bewahrte, vom Pferd zu fallen. »Ihr müsst etwas essen, Eure Hoheit«, pflegte er dann zu sagen und reichte ihr einen Beutel mit getrockneten Früchten und Nüssen. »Das wird Euch helfen, wach zu bleiben.«

Für gewöhnlich nahm sie das Essen entgegen, ohne lange nachzudenken – ohne sich daran zu erinnern, dass sie ihm immer noch nicht vergeben hatte. Wenn es ihr dann wieder einfiel, hatte er sein Pferd schon längst weitergetrieben oder sich zurückfallen lassen; auf jeden Fall aber war er zu weit von ihr weg, als dass sie einfach hätte mit ihm reden können. Sie sprach sowieso nicht viel mit ihm – nur das Notwendigste –, da sie nicht vorhersehen konnte, was aus ihr herausplatzen würde.

Byrne trieb seine Soldaten wie ein Besessener an – Raisa vermutete, dass er sie wahrscheinlich sogar die ganze Nacht hätte durchreiten lassen, wenn die Pferde das ausgehalten hätten. So aber verließen sie noch vor Sonnenaufgang ihr Lager und ritten bis weit nach Einbruch der Dunkelheit – obwohl die Tage ohnehin schon länger wurden, während sich auf den Feldern um sie herum das erste Grün zeigte und der Schnee an den unteren Hängen der nördlichen Berge schmolz.

Byrne hatte sich entschieden, nach Osten durch das nördliche Arden zu reiten, statt direkt nach Norden, wie Raisa eigentlich angenommen hatte. »Wenn Lord Bayar weiß, dass Ihr in Fetterford wart«, hatte er seine Entscheidung begründet, »wird er davon ausgehen, dass Ihr das Königinnenreich bei Westgate betreten werdet. Also müssen wir etwas tun, womit er nicht rechnet.«

Ardens Streitkräfte waren nach Süden abgezogen worden, um die Grenze zwischen Arden und Tamron zu verstärken, während Gerards einziger noch lebender Bruder, König Geoff, das Ende der Belagerung von Tamron Court abwartete. In dem Land herrschte eine unheimliche Ruhe, als würde das ganze Reich den Atem anhalten.

Da sie im Dunkeln nicht querfeldein reiten konnten, entschieden sie sich, die Straße nach Delphi zu nehmen, die unterhalb der Berge durch das nördliche Arden führte. Von dort aus wollten sie dann über den Marisa-Pines-Pass die unteren Spirits überqueren.

Raisa wusste, dass sie alles daransetzten, schnell voranzukommen. Es würde ihr nichts nützen, diese lange, mühsame und gefährliche Reise durch Arden und Tamron zu bewältigen, nur um dann zu Hause der Tatsache ins Auge zu sehen, dass ihre Schwester Mellony bereits an ihrer Stelle zur Thronerbin ernannt worden war.

Abgesehen davon wollte Hauptmann Byrne bestimmt so wenig Zeit wie möglich mit einer verärgerten, launischen und niedergeschlagenen Prinzessin verbringen. Und ganz gewiss machte er sich auch Sorgen um Königin Marianna, zu deren Schutz er sich mit einem Blutschwur verpflichtet hatte.

Raisa machte sich ebenfalls Sorgen um ihre Mutter. So sehr, dass diese Sorgen ihren Körper einzuschnüren schienen wie ein allzu enges Korsett.

Während der langen Tage auf dem Pferderücken hatte sie viel zu viel Zeit zum Nachdenken. Raisas Gedanken reisten schneller als die Pferde – zurück nach Fellsmarch, zu dem Märchenschloss auf der Insel in der Drynne und zu den privaten Gemächern ihrer Mutter, in denen zweifellos Pläne geschmiedet wurden, um Raisas Thronanspruch zu vereiteln.

Vor ihrem geistigen Auge tauchte das Bild ihrer Mutter und Lord Bayars auf – wie sie über irgendeinem fragwürdigen Dokument die Köpfe zusammensteckten, Mariannas Haar wie helles, reinstes Blattgold, das des Hohemagiers silbern und schwarz wie Holzasche.

Bei Hofe waren Raisa und ihre Mutter wie Feuer und Eis gewesen, darauf aus, das Wesen der jeweils anderen zu ändern. Jetzt hoffte Raisa, dass sie in der Lage sein würden, einander zu ergänzen, die Stärke der jeweils anderen zu erkennen und sie zu vereinen wie zu einer Stahllegierung – sofern ihre Mutter ihnen beiden eine Chance gab.

Mellony war dazu nicht geeignet: Sie war erst dreizehn, und Mellony und Marianna waren sich einfach zu ähnlich.

»Mutter, bitte«, flüsterte Raisa. »Bitte warte auf mich.«

In ihren schwärzesten Stunden wusste Raisa, dass alles ihr Fehler war – die Krise zu Hause, die Invasion von Tamron und das, was voraussichtlich mit Amon Byrne und den anderen Kadetten passieren würde, wenn Gerard Montaigne die Mauern von Tamron Court niederriss. Wäre sie nicht gewesen, könnte Edon Byrne zu Hause sein, wo er hingehörte, und sich um die Königin kümmern, und Amon würde als Befehlshaber seiner Klasse in Odenford weilen.

Auch Han Alister hatte sie verloren; die gerade erst erblühende Romanze war mitsamt ihren Wurzeln ausgerissen worden. Dabei war er der Einzige, mit dem sie nichts anderes verband als das, was alle jungen Liebenden überall auf der Welt miteinander verband. Obwohl es keine gemeinsame Zukunft für sie gab, hatte er in ihrem Herzen ein riesiges Loch hinterlassen.

Es kam ihr so vor, als würde sich schließlich alles, was sie berührte, alles, was ihr etwas bedeutete, in Sand verwandeln, der ihr durch die Finger rann.

In ihrer Mutlosigkeit verschloss sie die Ohren vor der Stimme der Vernunft, die ihr sagte: *Du hättest dich nie in Han Alister verlieben können, wenn du die Fells nicht verlassen hättest. Du hättest Hallie oder Talia oder Pearlie nie kennengelernt. Oder erfahren, was es bedeutet, ein Soldat zu sein. Wenn du überlebst, wirst du genau aus diesen Gründen eine bessere Königin werden.*

Stattdessen hegte sie ihren Ärger, nährte und verhätschelte

ihn, denn er war die beste Alternative zu tiefster Verzweiflung.

Sie musste hoffen, dass Gerard Montaigne noch im Westen beschäftigt war, wo er Tamron Court belagerte. Solange sich die Stadt nicht ergeben hatte, konnte der Prinz von Arden nicht wissen, dass sie entkommen war. Und solange die Stadt Widerstand leistete, würde Amon am Leben sein.

Ein paar Figuren ihres Gedankenspiels wurden immer noch vermisst – Micah Bayar und seine Schwester Fiona zum Beispiel. Zuletzt hatte sie die beiden an der Grenze zwischen Tamron und Arden gesehen, als Tamrons Brigaden gegen Ardens sehr viel größere Armee gekämpft hatten. Hatten sie auch entkommen können? Oder waren sie in dem ersten Scharmützel eines unerklärten Krieges gestorben?

Raisa ballte ihre behandschuhten Hände zu Fäusten; sie war so launisch wie ein Dachs, der mit einem Fuß in einer Falle steckte. Die Wache der Königin hatte gelernt, sie mit Samthandschuhen anzufassen, um sich nicht einen unverdienten Rüffel einzufangen.

Die Landschaft wurde immer lieblicher, je weiter sie die sumpfigen Ebenen von Tamron hinter sich ließen und in das Bergvorland aufstiegen. Die Zypressen wichen den Ahornen und Eichen, die im frischen Grün des Frühlings erstrahlten und dann ihrerseits den Espen und Kiefern Platz machten.

Sie verbrachten die Nacht in Delphi, dem Stadtstaat zwischen Arden und den Fells, der Kohle, Eisen und Stahl an alle Länder der Sieben Reiche lieferte. Die Stadt wimmelte nur so von Flüchtlingen aus Arden und Tamron, denn solange noch Schneestürme um die Gipfel heulten und der Schnee noch hoch in den Tälern lag, wagten es nur Narren und Verzweifelte, über den Pass zu reisen.

Byrne tauschte Ghost bei einer Pferdehändlerin gegen ein

stämmiges Bergpony ein, das sich um diese Jahreszeit besser für den Weg über den Pass eignete. Die Händlerin war so erstaunt über das gute Geschäft, dass sie sogar einen schönen, clangefertigten Sattel und Zaumzeug mit Silberbeschlägen dazugab.

Das neue Pony war eine struppige, scheckige graue Mähre mit weißer Mähne und weißem Schweif. Raisa vermisste ihre Stute Switcher, die sie bei ihrer Flucht vor Gerard Montaigne zurücklassen musste. In Erinnerung an ihr treues Pferd taufte sie das neue Pony spontan auf denselben Namen – so musste sie sich wenigstens nicht auch noch an einen neuen Namen gewöhnen.

Diese Nacht verbrachte Raisa in einem Zimmer, das an die gesamte elfköpfige Truppe für den unverschämten Preis von je einer Krone pro Person vermietet worden war. Raisa lag allein in einem Bett, dessen Matratze sich klumpig anfühlte, während ihre Wache ausgestreckt wie eine Reihe übergroßer Welpen auf dem Boden um sie herumlag. Sie waren älter als sie, wenn auch nicht sehr viel.

Einige schliefen tief und fest, schnarchten und murmelten im Traum vor sich hin. Raisa beneidete sie um ihre Fähigkeit, sich einfach hinlegen und sofort einschlafen zu können. Andere spielten Karten oder lasen im Licht der Kerzen, von denen jede einzelne eine weitere Krone gekostet hatte. Selbst wenn Raisa zur Toilette ging, schickte Hauptmann Byrne eine Eskorte mit auf den Weg. Sie war sich nie ganz sicher, ob dies ihrem Schutz diente oder verhindern sollte, dass sie weglief. Als sie ihn einmal danach fragte, hatte er erwidert: »Um Euch zu beschützen, Eure Hoheit. Was sonst?«

Am nächsten Tag brachen sie erneut so weit vor der Morgendämmerung auf, dass die Sterne noch am Himmel standen. Byrne hoffte, bei Einbruch der Nacht den Pass hinter sich zu haben. Im Sommer war eine solche Reise lediglich eine mühsame Herausforderung; jetzt aber war diese Herausforderung nahezu unmöglich. Vermutlich war es sogar regelrecht dumm, sie überhaupt anzunehmen.

Oberhalb von Delphi verwandelte sich die gepflasterte Straße in einen losen, von Wagenspuren zerfurchten Weg, der sich schließlich zu etwas entwickelte, das kaum mehr als ein zu beiden Seiten von Granitblöcken gesäumter Wildpfad war. Der Pfad war so schmal, dass sie hintereinander reiten mussten. Es dauerte nicht lange, bis auf den im Schatten liegenden Flächen beiderseits des Pfades vereinzelte Schneeflecken auftauchten. Gegen Mittag war bereits alles weiß, und sie ritten über eine feste Schnee- und Eisdecke. Am Nachmittag fanden sich überall dort, wo der Wind hindurchfegen konnte, Schneewehen.

Von den Wacholderzweigen, die auf den Pfad hinausragten und die Luft mit ihrem scharfen und süßen Geruch erfüllten, rieselte Schnee auf die Reiter herab. Immerhin schützte sie der Wald bis zur Baumgrenze noch einigermaßen vor dem kalten Wind.

In der Nacht zuvor hatte ein Sturm die Zweige und Äste mit Eis überzogen, die jetzt im Sonnenlicht glitzerten, während sie sich in der Brise leicht bewegten. Spuren von Schneehasen und anderen kleinen Wildtieren kreuzten ihren Weg. Raisa bewegte die Finger in ihren Handschuhen; sie fragte sich, ob sie den Bogen wohl würde spannen können, den Byrne ihr gegeben hatte und den sie in der Satteltasche aufbewahrte.

Angesichts der Tatsache, dass sie verärgert genug war, um jederzeit auf jemanden losgehen zu können, wäre es der Wache wahrscheinlich lieber gewesen, sie wäre unbewaffnet geblieben.

Erst jetzt begriff sie, wie sehr sie das Reiten in den Bergen der Fells vermisst hatte. In Odenford war sie von der Arbeit so in Anspruch genommen worden, dass sie nur wenig Zeit gehabt hatte, einfach zum Vergnügen auszureiten. Und in den militärischen Reitstunden war es nur darum gegangen, wie die Flatlander ihre berittenen Soldaten im Krieg einsetzten. Die Kadetten der Flatlands ritten in einer präzisen Formation über die ausgedehnte Landschaft; sie führten ihre Pferde wie Tänzer bei Hofe – todbringende Tänzer, die vor Waffen nur so strotzten.

Raisa drängte Switcher, schneller zu laufen; aufgrund ihres leichten Gewichts konnte sie der Wache locker davonreiten. Höher und höher kletterten sie durch wogende Muster aus Sonnenlicht und Schatten, während ihr vereiste immergrüne Zweige ins Gesicht peitschten. Ihr Atem bildete Wölkchen und legte sich in Kristallen auf ihre Haare und ihre Wollkapuze.

Schließlich erklomm Raisa die Kuppe des Berges und zügelte ihr Pony.

Jenseits eines breiten Tals erstreckten sich vor ihr die Spirit-Mountains: eine ganze Reihe von Gipfeln, teilweise von Schnee und Wolken verhüllt. Die grünen Spitzen der Fichten und prächtigen Birken sorgten dafür, dass die unteren Hänge scheckig wirkten. In den Tälern, die von der Sonne noch nicht erreicht wurden, herrschte das kühle Blau der Schatten über die Schneeflächen. Nebel trieb durch die Luft, verbarg und offenbarte abwechselnd die düsteren Gipfel aus grauem Granit. Die kalte Stimme der Spirits rief nach ihr, und etwas in ihr antwortete.

Hier weilten ihre Ahnen, das Blut und die Gebeine der Highland-Königinnen. Ein Stück weiter vorn befand sich – verborgen im Vale – die Stadt Fellsmarch. Wo ihre Mutter wartete – jene Mutter, die möglicherweise an dem Plan, sie zu enterben, beteiligt war.

Switcher stand mit gespreizten Beinen da und keuchte trotz Raisas geringen Gewichts. »Tut mir leid«, murmelte sie und strich der Stute über den Hals. Sie wusste, dass ihnen der anstrengendste Teil des Weges erst noch bevorstand. Bei den südlichsten Königinnen-Gipfeln handelte es sich um sanfte, uralte Matriarchinnen, abgeschliffen von den Hexenwinden, die nach der Sonnenwende aus dem Norden herunterstürmten. Diese Berge waren so alt, dass niemand mehr ihre Namen kannte.

Direkt vor ihr jedoch befand sich die grübelnde Hanalea, der größte und schrecklichste Gipfel von allen. Dampfschwaden stiegen von den heißen Quellen, den Geysiren und Schlammlöchern empor, wo ihr feuriges Inneres durch die dünne Erdkruste stieß. *Ihr* Name würde niemals in Vergessenheit geraten, solange ihr Volk sich an die Große Zerstörung erinnerte und sich an die Fœgung hielt.

Südwestlich von ihr befand sich Tamron Court, wo Amon Byrne von Montaignes Armee festgehalten wurde. Ein Stück weiter östlich lag Odenford, wo Raisa Han Alister zurückgelassen hatte, ohne sich zu verabschieden.

Wieder sammelte sich der Schmerz unter ihrem Brustbein und schnürte ihr die Luft ab. Vielleicht war es kein richtiger Kummer, aber … nun ja, es war Trauer um die Worte, die niemals gesprochen werden würden, Trauer um eine Liebe, die nie vollzogen werden würde, und um einen Freund, dessen Leben in hoffnungsloser Gefahr war.

Vielleicht war es besser so. Besser für Han, zumindest. Sofern Raisa überlebte, war sie dazu bestimmt, eine politische Heirat einzugehen. Han hatte bereits seine Familie und die meisten seiner Freunde verloren. Wenn er sich weiterhin in die tückischen Machenschaften des Grauwolf-Hofes einmischte, würde ihm das wahrscheinlich den Tod bescheren. An der Akademie von Odenford hatte er eine gute Figur gemacht. Besser, er blieb dort und vergaß sie.

Vielleicht tat er das bereits.

Sie packte die Zügel fester und starrte geradeaus nach vorn, holte tief Luft und biss sich auf die Unterlippe. Plötzlich konnte sie nichts mehr von dem erkennen, was vor ihr lag.

Während ihre Wache sich um sie herum aufstellte, hörte sie das Knarren von Sätteln, Hufgetrappel auf felsigem Grund und die sanften Laute, mit denen die Pferde einander begrüßten. Sie atmete den Geruch von feuchter Wolle und von den Soldaten ein, die schon zu lange unterwegs waren.

»Eure Hoheit.«

Raisa zuckte zusammen; sie starrte immer noch nach vorn.

»Eure Hoheit, bitte«, sagte Byrne. »Ich wünschte, Ihr würdet nicht darauf bestehen, so weit vorauszureiten.«

Endlich drehte sie sich im Sattel um. Sie sah in sein vom Wind gezeichnetes Gesicht, das deutlich seine Besorgnis widerspiegelte.

»Ich dachte, Ihr hättet gesagt, dass wir es eilig haben«, entgegnete sie.

»Ja. So ist es auch. Aber Ihr solltet im Schutz des Tripels reiten und nicht so weit voraus. Wir können Euch nicht beschützen, wenn Ihr außer Sichtweite seid.«

»Bin ich eine Gefangene, die ständig beobachtet werden muss?« Raisa war unfähig, das Zittern in ihrer Stimme zu unterdrücken, daher schloss sie den Mund wieder und starrte auf den Boden.

Byrne blickte sie einen langen Moment an, dann drehte er sich im Sattel um und bedeutete den anderen mit einer

Geste seiner behandschuhten Hand, sich zu entfernen. »Ein paar Minuten, damit die Pferde sich ausruhen können, bevor wir weiterreiten«, rief er.

Er stieg ab und ließ die Zügel seines Pferdes fallen, sodass es von der spärlichen Vegetation fressen konnte. Raisa saß ebenfalls ab und stellte sich – einigermaßen vor dem Wind geschützt – zwischen die beiden Pferde.

»Wir sind hier, um Euch zu dienen und Euch zu beschützen, Eure Hoheit, nicht um Euch einzuschränken«, sagte Byrne. Die grauen Augen blickten sie vorwurfsvoll an.

Raisa wusste, dass sie unvernünftig war, aber sie konnte nicht anders. Sie traute sich nicht einmal, eine Antwort zu geben. Stattdessen zupfte sie sich mit den Zähnen die Handschuhe von den Händen. Sie stopfte die gefrorenen Haarsträhnen, die sich im Wind gelöst hatten, unter ihre Kapuze zurück und beeilte sich, damit ihre Hände von der Kälte nicht taub wurden. Die Haut auf ihren Wangen und Händen war bereits ganz schuppig, obwohl sie sich jeden Morgen und jede Nacht dick mit Lanolin einrieb.

»Die Wache der Königin dient der Königin und der Erbprinzessin und dem Grauwolf-Geschlecht«, sprach Byrne beharrlich weiter. Er blinzelte in die Ferne und zog die breiten Schultern gegen den rauen Wind etwas nach vorn.

»Und wenn unsere Interessen nicht in die gleiche Richtung gehen?« Raisa drückte mit den Fingern gegen ihre Augen und hoffte, dass die Kälte ihr weinerliches Verhalten erklären würde.

Der Hauptmann antwortete nicht, denn es gab keine Antwort auf ihre Worte. Einen Streit mit Hauptmann Byrne anzufangen war ebenso unergiebig, wie eine Mauer aus Ziegelsteinen anzugreifen. Er stand einfach da, unerschütterlich und unbeweglich, während man selbst sich eine blutige Nase holte.

»Vielleicht sollten wir uns über das unterhalten, was bei unserer Ankunft geschehen wird«, schlug Byrne vor; barmherzigerweise hatte er seinen Blick immer noch von ihr abgewandt.

Raisa nickte und zog die Handschuhe wieder an. Mit diesem Thema, ihre Ankunft in den Fells, schien sie sich auf sicherem Terrain zu bewegen. Zumal es danach aussah, als würde es tatsächlich so weit kommen.

»Ich werde mindestens eine Nacht im Marisa-Pines-Camp verbringen, bis ich weiß, ob ich ohne Gefahr in die Stadt hinunterkann«, sagte Raisa. Damit waren wiederum ganz eigene Risiken verbunden, zumindest wenn das stimmte, was ihre Mutter geglaubt hatte – dass die Clans der Demonai es vorzogen, Marianna vorzeitig vom Thron zu stoßen, damit sie, Raisa, ihn einnehmen konnte. Plötzlich war sie froh darüber, dass sie sich entschieden hatten, den östlichen Weg zu nehmen, statt am Demonai-Camp vorbeizureiten. Außer …

»Wo war mein Vater, als Ihr aufgebrochen seid?«, fragte sie unvermittelt. »Im Palast oder bei den Demonai? Sobald wir ankommen, möchte ich ihn so schnell wie möglich treffen.« Raisas Vater war Handelsmeister und Patriarch des Demonai-Camps. Er verbrachte seine Zeit abwechselnd in der Stadt, den Highland-Camps und mit Handelsreisen durch die Sieben Reiche. Er würde sie mit neuen Informationen versorgen.

»Der Königliche Gemahl hat in Kendall House gewohnt«, sagte Byrne. »Zumindest war das so, als ich Fellsmarch vor drei Wochen verlassen habe.«

Kendall House, dachte Raisa und runzelte die Stirn. Sie wünschte, er würde im Palast wohnen. Kendall House war ein ansehnliches Herrenhaus auf dem Schlossgelände. Es stellte eine Art Zwischenstation dar, was die Zuneigung ihrer

Mutter betraf – man war nicht ganz verbannt, aber auch kein gänzlich Vertrauter.

Raisas Vater Averill Lightfoot, Lord Demonai, hatte einen beruhigenden Einfluss auf ihre Mutter, wenn sie ihn nur nah genug an sich heranließ. Ein Gegengewicht zum Einfluss von Lord Bayar.

»Was ist mit den Demonai-Kriegern?«, wollte Raisa wissen. »Was habt Ihr über sie gehört?«

Byrne zuckte mit den Schultern. »Ich habe nicht solche Verbindungen zu den Clans wie Ihr oder Euer Vater.« Er machte eine Pause. »Unabhängig davon, ob sie damit recht haben oder nicht, scheinen die Demonai davon überzeugt zu sein, dass Marianna Euch beiseiteschieben will. Ich glaube, wir können davon ausgehen, dass sie sich auf einen Krieg vorbereiten.«

Raisa zog ihren Mantel enger um sich. Die Sonne verschwand hinter einer Wolke, und schlagartig wirkte der Wind viel schneidender.

Was Byrne daran zu erinnern schien, worauf es jetzt am meisten ankam. »Wir sollten uns besser wieder auf den Weg machen, um das Tageslicht zu nutzen.« Er verschränkte die Finger ineinander und hielt Raisa seine Hände so hin, dass sie einen Fuß darauf setzen und auf ihr Pony steigen konnte. Dieses Mal nahm sie das Angebot an.

KAPITEL VIER

Ein herzliches Willkommen

Gegen Ende des Tages waren sie immer noch dabei, zum Marisa-Pines-Pass hinaufzusteigen, zu dem großen südwestlichen Tor der Fells. Im Osten färbte sich der Himmel indigoblau, und knapp über dem Horizont tauchten die ersten Sterne auf. Byrne richtete den Blick auf einen grauen Wolkenstreifen im Nordwesten. »Beim Blute des Dämons«, murmelte er. »Noch mehr Schnee. Und das noch vor morgen früh. Es hat uns gerade noch gefehlt, dass wir von einem Sturm aufgehalten werden.« Er musterte die Baumwipfel und versuchte abzuschätzen, wie stark der Wind war und aus welcher Richtung er kam. »Wir schaffen es heute Nacht ganz sicher nicht mehr durch den Pass, also sollten wir irgendwo Unterschlupf finden, ehe der Sturm losbricht.«

Sie ließen ihre Pferde schneller gehen, während sie auf eine Hütte am südlichen Ende des Passes zusteuerten, die Byrne kannte und die ihnen Schutz vor dem Wind und dem Schneetreiben bot. Raisa befand sich jetzt in einer Art erstarrter Benommenheit; sie hatte die Wollkapuze tief ins Gesicht gezogen und nutzte selbst das letzte bisschen Wärme, das Switcher ihr bescherte.

Sie waren noch weit von ihrem Ziel entfernt, als der Wind

bereits deutlich stärker wurde. Er wirbelte den feinen Pulverschnee vom Boden auf, riss ihn von den Bäumen und schleuderte ihn den Reitern ins Gesicht. Bald darauf war es dunkel, und dann wurde es sogar noch finsterer, als Wolken über den Himmel rasten und das Licht der Sterne verschluckten. Von dem aufgehenden Mond war keine Spur zu sehen. Dann fing es an zu schneien, erst nur ein wenig, dann immer mehr, bis winzige Graupelperlen auf ihrer ungeschützten Haut brannten und ihnen den Weg zusätzlich erschwerten.

In Odenford hatte es völlig gereicht, Handschuhe aus Ziegenleder zu tragen; jetzt schob Raisa erst die eine, dann auch noch die andere Hand unter ihren Umhang und lenkte Switcher mit den Knien. Byrne, dem nichts zu entgehen schien, reichte ihr daraufhin ein Paar lange wollene Reithandschuhe, deren Innenseite aus Wildleder bestand – zweifellos clangefertigt. Dankbar streifte Raisa sie über.

In der wirbelnden Dunkelheit waren die Pferde jetzt nur noch schemenhaft zu erkennen. Byrne verband alle mit einem Seil, damit sie einander nicht verlieren konnten. Er selbst schien, was die Richtung anging, voll und ganz auf seinen Instinkt zu vertrauen. Es blieb ihnen gar nichts anderes übrig, als weiterzureiten, denn sie mussten unbedingt Schutz vor dem immer stärker brausenden Sturm finden.

Raisa fühlte sich auf seltsame Weise an den Frühlingstag vor etwa einem Jahr erinnert, als sie mit ihrer Mutter, ihrer Schwester Mellony, Byrne und Lord Bayar in die Gebirgsausläufer gezogen war, um dort zu jagen. Ein Waldbrand, der von den Bergen heruntergekommen war, hatte sie gezwungen, Zuflucht in einer Schlucht zu suchen. Vor lauter Rauch und Asche hatte sie kaum das Pferd vor ihr sehen können, und dann war es so glühend heiß geworden und die Luft so dick, dass sie kaum noch hatte atmen können. Jetzt kam ihr die Luft so dünn vor, als hätte sie keinerlei Substanz, und sie brannte in der Nase. Die Kälte betäubte alles.

Lord Bayar, Micah und seine Vettern, die Mander-Brüder, hatten ihnen damals das Leben gerettet, indem sie das Feuer mithilfe von Magie gelöscht hatten.

War das alles wirklich erst kaum ein Jahr her?

Switcher pflügte verbissen hinter dem Wallach vor ihr durch den Schnee. Die Nüstern und die Mähne der Stute waren inzwischen eisverkrustet, ihre Flanken dampften in der eiskalten Luft. Der feine Pulverschnee war so tief, dass es Raisa manchmal so vorkam, als würden die Pferde einen bis zu ihren Flanken reichenden, milchweißen Ozean durchwaten.

Schließlich ließen sie die Bäume überraschend hinter sich und ritten auf eine kleine Lichtung, die im Schutz einer hohen, senkrecht aufsteigenden Felswand lag. Eine massive kleine Holzhütte mit steinernem Kamin und schneebedecktem Schindeldach lehnte an dem Felsen; daneben befand sich eine Art Schuppen für die Pferde. Raisas Stute wurde langsamer, als ahnte sie, dass sie sich schon bald entspannen konnte. Raisa strich sich die Schneeflocken von den Wimpern und starrte benommen auf das Häuschen; sie fürchtete, dass es genauso schnell wieder verschwinden würde, wie es gekommen war.

Die erleichterten Wachen saßen ab, schüttelten sich den Schnee herunter, der sich auf ihnen gesammelt hatte, und führten dann die Pferde in den Schuppen.

Switcher stampfte ungeduldig mit dem Fuß auf, aber Raisa blieb im Sattel. Sie blinzelte zur Hütte hin; irgendetwas wirkte falsch an dem Anblick, der sich ihr bot. Sie erhaschte den schwachen Geruch von Holzrauch in der Luft, die so kalt war, dass das Atmen fast schmerzte.

Und dann konnte sie sie sehen. Sie kamen aus dem wirbelnden Weiß und sprangen auf sie zu, mit schneeverkrusteten Gesichtern und Hälsen und warnend funkelnden Augen. Wölfe, Dutzende, wie es schien. Der Wald wimmelte nur so von diesen grauweißen Wesen, die jetzt – angeführt von einer grauen Wölfin mit grauen Augen – auf die Lichtung strömten.

Diese Tiere waren ihre Ahnen – die Grauwolf-Königinnen. Und sie warnten sie davor, dass das Königinnen-Geschlecht in Gefahr war.

Byrne, der ebenfalls noch im Sattel saß, drängte sein Pferd näher an ihres. »Eure Hoheit? Möchtet Ihr, dass ich Euch beim Absteigen helfe?« Der Hauptmann richtete seine Aufmerksamkeit ganz auf sie; sein Kopf war geneigt, als wollte er eine weitere Frage stellen.

Sie legte ihm eine Hand auf den Arm, um ihn davon abzuhalten, und deutete mit der anderen zur Hütte. Ihre Zähne klapperten so heftig, dass sie die Worte kaum herausbrachte. »Byrne. Kein Schnee … der Schornstein … vor der Tür.«

Er folgte ihrem Blick und begriff. Vom Schornstein stieg kein Rauch auf, aber der Schnee um ihn herum war trotzdem geschmolzen. Unaufhörlich trieb der Schnee gegen die Holzhütte, aber direkt vor der Tür lag keiner. Das bedeutete, dass jemand darin war. Oder in der Nähe. Allerdings würde niemand bei einem solchen Sturm freiwillig diesen Schutz aufgeben. Oder das Feuer ausmachen. Es sei denn, es wollte jemand seine Anwesenheit verbergen.

Im selben Moment, in dem Byrne eine Warnung schrie, war von den umstehenden Bäumen das Surren von Armbrüsten zu hören. Die Soldaten, die bereits festen Boden unter den Füßen hatten, blickten überrascht auf. Einige von ihnen starben gleich an Ort und Stelle; ihr dunkles Blut dampfte, als es auf den Schnee spritzte. Ein paar anderen gelang es, sich wieder auf die Pferde zu schwingen und auf die Bäume zuzupreschen, während sie ihre Bögen aus den Satteltaschen zerrten und mit behandschuhten Händen versuchten, sie zu spannen. Es waren nicht viele.

Raisa saß wie versteinert da, als wäre sie die Zuschauerin eines Schauspiels, das sich vor ihren Augen entfaltete. Bis Byrne ihren Kopf nach unten drückte. »Duckt Euch und folgt mir!«, knurrte er und machte es ihr vor, indem er sich dicht an den Hals seines eigenen Pferdes schmiegte und dem Wallach die Fersen in die Flanken schlug. Byrne vorneweg, schlängelten sie sich über die Lichtung. Raisa zuckte zusammen, als etwas dicht an ihrem Ohr vorbeischoss und die Haut in ihrem Nacken zu brennen begann. Sie presste ihr Gesicht an Switchers Hals. Ihr Herz schrie regelrecht vor Angst.

Als sie die ersten Bäume erreichten, tauchte plötzlich ein Schatten aus dem Schneegestöber auf; ein Mann, der zu Fuß war und ein großes Schwert schwang. Switcher schrie und bäumte sich auf, die Klinge verfehlte Raisas Kopf und grub sich in die Schulter des Ponys. Raisa erhaschte einen Blick auf ein grinsendes, bärtiges Gesicht, als der Mann nach ihr griff und mit einer Hand ihren Umhang packte.

Ihre Blicke begegneten sich, und ein Ausdruck verblüfften Erkennens zuckte über das narbenübersäte Gesicht des Angreifers. Auch Raisa kam der Mann eigenartig vertraut vor.

Doch jetzt hatte sie keine Zeit, lange darüber nachzudenken. Raisa riss Switchers Kopf herum, stellte sich im Steigbügel auf und rammte dem Angreifer den Stiefel gegen das Kinn. Sein Kopf zuckte nach hinten, und er verschwand aus ihrem Blickfeld, während sie weiter in die Dunkelheit preschten.

Die Kampfgeräusche hinter ihnen verklangen allmählich,

aber Byrne trieb die erschöpften Pferde unerbittlich weiter. Der Wind heulte, und die wirbelnden Schneeflocken verengten die Welt um sie herum zu einem nur aus ein paar Schritten bestehenden Raum, der von grauen skelettartigen Bäumen begrenzt wurde. Links und rechts von ihr liefen graue Gestalten zwischen den Bäumen entlang, die locker mit ihr und Byrne Schritt hielten. Sie befanden sich also immer noch in ernsthafter Gefahr.

Raisa betete. »Süße Lady in Ketten, erlöse uns«, flüsterte sie. Es war seltsam, wie dieser Angriff auf ihr Leben sie aus ihrer trüben Benommenheit riss.

Das Wetter war Segen und Fluch zugleich. Einerseits behinderte es sie auf Schritt und Tritt, andererseits verwehten Wind und Schneetreiben ihre Spuren innerhalb weniger Augenblicke. Als der Schnee immer höher wurde, kamen sie deutlich langsamer voran, da die Pferde sich durch riesige Schneewehen kämpfen mussten. Switcher stapfte hinter Byrnes Wallach her, den Kopf dicht an der Flanke des anderen Pferdes.

Schließlich blieb Switcher stehen. Raisa richtete sich auf und schob ihre Kapuze zurück. Byrne hatte sein Pferd gezügelt. Er blinzelte nach allen Seiten und lauschte mit schräg gelegtem Kopf. Schließlich nickte er, als wäre er zufrieden, und bog von dem unsichtbaren Pfad vor ihnen in den tiefen Schnee nach links; erneut mühten sie sich durch Schneewehen, die den Pferden an manchen Stellen bis zur Brust reichten.

Schließlich gelangten sie in einen Hain aus schneebedeckten Kiefern, deren Zweige ringsum bis zum Boden herabhingen. Byrne stieg im Schatten eines der großen Bäume ab und bedeutete Raisa, es ihm gleichzutun. Sie hängte sich ihre Tasche über die Schulter und versuchte, ebenfalls abzusteigen – musste aber feststellen, dass ihre gefrorenen Gliedmaßen ihr nicht mehr gehorchten. Byrne murmelte eine Entschuldigung, schob seine Hand unter sie und hob sie vom Pferd. Mit der Schulter wischte er die herabhängenden Zweige zur Seite und trat unter den Schutz des Baumes.

Dort, in der nach Kiefern riechenden Dunkelheit, wirkte das Wetter deutlich weniger schlimm; das unablässige Heulen des Windes wurde von den dicken, schneebedeckten Zweigen gedämpft. Byrne setzte Raisa auf einem Teppich aus Kiefernnadeln ab.

»Ich kümmere mich um die Pferde«, sagte er und wand sich wieder nach draußen.

Raisa sah sich um. Es waren keine Wölfe zu sehen. Also waren sie sicher – zumindest im Augenblick.

Sie widerstand der Versuchung, sich einfach zusammenzurollen und einzuschlafen. Stattdessen zupfte sie sich die Handschuhe von den Händen, zog die Stiefel aus und fing an, ihre Finger und Zehen zu kneten; die Gefahr, sich Erfrierungen zuzuziehen, war ihr nur allzu bewusst. Der Schmerz, mit dem das Blut in die Glieder zurückkehrte, war atemberaubend. Sie griff nach einem abgebrochenen Zweig und wischte damit Kiefernnadeln und alles andere beiseite, um in der Mitte des kleinen freien Fleckchens einen Haufen trockener Zweige aufzuschichten. Danach holte sie Feuerstein und Eisen aus ihrer Tasche, und als Byrne schließlich mit den Satteltaschen und einem Armvoll Waffen zurückkehrte, brannte bereits ein rauchfreies Feuer, über dem ihre Socken und Handschuhe zum Trocknen hingen.

»Habt Ihr einen guten Platz für die Pferde gefunden?«, fragte sie und hockte sich auf die Fersen.

Er kniete sich hin und schob die Satteltaschen an eine trockene Stelle. »Ja, sie stehen windgeschützt unter einem anderen Baum. Ich habe ihnen die Vorderbeine zusammengebunden und ihnen reichlich Korn zu fressen gegeben, allerdings werden wir etwas Schnee schmelzen müssen, um ihnen …«

»Bei den Gebeinen!« Raisa richtete sich abrupt auf. »Was macht Switchers Schulter? Tut mir leid, ich wollte eigentlich nach ihr sehen.«

»Ist nicht so schlimm«, sagte Byrne. »Ich habe die Wunde etwas gesäubert, allerdings war Switcher nicht sehr geduldig mit mir. Ich sehe später noch mal nach ihr, wenn es etwas heller ist.«

»Danke, Hauptmann«, sagte Raisa. »Ich hätte mich selbst darum kümmern sollen.« Eine unangenehme Stille trat ein, dann fügte sie hinzu: »Und danke, dass Ihr mir das Leben gerettet habt. Schon wieder.«

»Mir wäre lieber, Ihr würdet aufhören, Euch zu bedanken, Eure Hoheit«, erwiderte Byrne trocken. »Wir befinden uns mitten in einem Schneesturm unter einem Baum, der uns etwas Schutz gibt, doch wenn wir diesen Schutz verlassen, lauern noch viele andere Möglichkeiten, wie wir zwischen hier und der Hauptstadt ums Leben kommen können.«

Die Byrnes waren ein ziemlich pessimistischer Haufen.

»Also schön«, sagte sie rasch. »Betrachtet meinen Dank als zurückgezogen. Und jetzt gebt mir Eure nassen Sachen, damit ich sie aufhängen kann. So klein unsere Chancen auch sein mögen, diese Nacht zu überleben … angesichts der sinkenden Temperaturen können wir morgen nicht wieder nasse Sachen anziehen.«

Byrne schüttelte den Kopf, und seine Mundwinkel zuckten. »Vergebt mir, Eure Hoheit«, bat er. »Ich hatte vergessen, wie tüchtig Ihr seid.«

»Ich habe drei Jahre bei den Demonai gelebt«, erklärte sie. »Sie reisen stets mit leichtem Gepäck. Wenn man da nicht seinen Beitrag leistet, landet man im Camp bei den Kleinkindern und Alten.«

»Manche würden es bevorzugen, im Camp zu bleiben, statt mit den Demonai zu reiten«, sagte Byrne. Er riss sich die Handschuhe von den Händen und reichte sie Raisa. Dann zog er seine Stiefel und auch die Socken aus. Raisa bemerkte allerdings, dass er sie zwar gegen ein Paar trockene Socken aus den Satteltaschen eintauschte, die Stiefel aber wieder anzog. Offensichtlich hatte der Hauptmann nicht vor, sich ohne Stiefel überraschen zu lassen.

Raisa zögerte; sie rieb sich die gerade erst befreiten Zehen und streckte sie ein paarmal, dann folgte sie seinem Beispiel. Als sie sich nach vorn beugte, um die Stiefel zuzuschnüren, packte Byrne sie plötzlich an der Schulter. Die Vermessenheit dieser Geste passte so wenig zu ihm, dass sie verblüfft aufblickte.

Byrne fluchte leise. »Beim Blute und den Gebeinen! Ihr seid verwundet! Warum habt Ihr nichts gesagt? Was ist passiert?«

Raisa tastete nach der Wunde in ihrem Nacken; sie hatte sie ganz und gar vergessen. Ihre Hand war jetzt klebrig. »Ein Streifschuss, mehr nicht, Hauptmann. Es ist nichts Ernstes.«

»Das würde ich lieber selbst beurteilen«, brummte er. »Ich sollte mir das besser ansehen. Attentäter tauchen ihre Pfeilspitzen manchmal in Gift.« Und dann presste er die Lippen zusammen, als hätte er schon zu viel gesagt. Er drehte sie so herum, dass die Wärme des Feuers in ihrem Rücken war, dann strich er ihre Haare zur Seite und tastete mit dicken Fingern über ihren Nacken. »Wie fühlt Ihr Euch? Irgendwelche Anzeichen von Benommenheit, Doppelbildern oder schleichender Taubheit?«

Raisa zitterte. Sie war überzeugt davon, dass sie im Laufe der Zeit alle diese Symptome würde heraufbeschwören können. »Wisst Ihr, wer sie waren?«, fragte sie. »Ihr scheint einen Verdacht zu haben.«

»Leute vom Vale, soweit ich es erkennen konnte. Jedenfalls keine vom Clan. Aber ich habe sie nicht richtig sehen können.« Byrne holte einen kleinen Eisentopf hervor, füllte ihn mit Schnee und stellte ihn ins Feuer. »Ich finde keinen Hinweis auf irgendein Gift, Eure Hoheit. Aber wir werden die Wunde trotzdem gut auswaschen und mit einer Salbe einreiben, die es rausziehen wird, und dann …«

»Ihr habt von Attentätern gesprochen, Hauptmann«, schnappte Raisa und unterbrach seinen medizinischen Bericht.

Byrne stieß einen tiefen Atemzug aus. »Ich bin mir nicht ganz sicher«, gab er zu. »Aber ich glaube, dass es welche waren. Einfache Wegelagerer steigen nicht so hoch; das würden die Clans nicht hinnehmen. Abgesehen davon gibt es um diese Jahreszeit gar nicht genug Reisende, dass eine Gruppe von dieser Größe davon leben könnte. Und Wegelagerer würden auch kein Tripel Soldaten angreifen. Soldaten haben gewöhnlich nicht viel Geld bei sich, und weiter unten gibt es leichtere Opfer und besseres Wetter. Die Männer waren gut genährt, gut beritten und gut bewaffnet. Ich vermute, dass sie uns erwartet haben.«

Byrne beugte sich über das Feuer, und die Flammen beleuchteten seine grimmigen Gesichtszüge. »Wenn ich recht habe, suchen sie immer noch nach uns, oder sie werden es wieder tun, sobald sich das Wetter bessert. Sie haben den Vorteil, dass sie wissen, wohin wir wollen.«

Das Wasser war jetzt heiß genug, um Byrnes Ansprüchen zu genügen, und er hob den Topf mit einem schweren Stock von den Flammen. Er legte ein paar saubere Stofffetzen in das Wasser und ließ sie ein paar Minuten einweichen, ehe er sie mit dem gleichen Stock wieder herausfischte. Als sie etwas abgekühlt waren, sodass er sie anfassen konnte, drückte er sie aus und legte sie auf Raisas Nacken.

»Au!«, zischte sie völlig verblüfft über die Hitze. »Tut mir leid«, fügte sie rasch hinzu und biss die Zähne zusammen. Byrne ignorierte ihr Jammern, knetete die Haut und wischte das Blut weg, das jetzt austrat. Er wechselte die blutverschmierten Stofffetzen noch zwei weitere Male, dann schüttete er den Inhalt eines Beutels mit Pflanzensubstanzen in das restliche Wasser im Topf. Ein beißender Geruch stieg Raisa in die Nase. Schlangenbisswurz, dachte Raisa. Dazu geeignet, alle möglichen Gifte herauszuziehen.

Byrne stieß den Stock ins Wasser und hob eine dampfende Masse aus stinkenden Wurzeln heraus. Nachdem das überschüssige Wasser abgetropft war, ließ er das Zeug auf einen sauberen Stofffetzen fallen, den er auf den Kiefernnadeln ausgebreitet hatte. Er faltete den Stoff zusammen und drückte das restliche Wasser aus.

Dieses Päckchen legte er auf Raisas Nacken. Anfangs brannte es, doch dann fühlte es sich beruhigend an. Zum Schluss wickelte Byrne einen Leinenverband um das Ganze. »So. Wir lassen es ein paar Stunden dran und sehen dann nach, wie es sich entwickelt hat.«

Raisa versuchte erfolglos, ein paar Wassertropfen wegzuwischen, die ihr den Rücken hinunterliefen.

Byrne säuberte den Topf mit Schnee, dann füllte er ihn erneut und stellte ihn wieder ins Feuer. »Ich bringe den Pferden das Wasser und sehe mich noch einmal ein bisschen um«, sagte er.

»Glaubt Ihr, dass die anderen von Eurem Tripel in der

Lage sein werden, uns zu finden? Sollten wir auf sie warten, wenn das Wetter besser geworden ist?«

Byrne schüttelte den Kopf. »Wir sollten besser hoffen, dass sie uns nicht finden, denn wenn sie es können, können das auch diejenigen, die uns den Hinterhalt gelegt haben.« Er machte sich an seinem Kästchen mit den Heilmitteln zu schaffen, packte alles wieder zusammen und wich dabei die ganze Zeit ihrem Blick aus. »Am besten ziehen wir allein weiter. Falls es Überlebende gibt … diejenigen, die dazu in der Lage sind, werden weiterkämpfen und unsere Verfolger aufhalten. Wir sind deutlich unterlegen, und daher ist es am klügsten, wenn wir ihnen so gut wie möglich aus dem Weg gehen. In diesen Bergen sind zwei Menschen viel schwerer auszumachen als ein ganzes Tripel.«

Da begriff sie. Keiner von ihnen hat überlebt, dachte sie. Ihre Befehle hatten gelautet, unbedingt standzuhalten und zu kämpfen, wenn sie selbst erst einmal entkommen war; auch dann, wenn sie in der Unterzahl waren.

»Sie sind alle *tot*?« Sie dachte an die Männer und Frauen, wie sie in dem Zimmer in Delphi rings um sie herum auf dem Boden gelegen hatten. »Aber … sie waren noch so jung, die meisten von ihnen«, flüsterte sie.

»Das ist unsere Aufgabe, Eure Hoheit.« Byrne hob den Trinkbeutel und schüttelte ihn sanft, als wollte er herausfinden, wie viel noch drin war. Er reichte ihn Raisa, aber sie schüttelte den Kopf.

Sie presste die Handballen an die Schläfen und wünschte sich, das Schuldgefühl vertreiben zu können. »Nein«, flüsterte sie halb zu sich selbst. »Ich werde nicht zulassen, dass meine besten Soldaten auf diese Weise verschwendet werden.«

»Wir haben nicht mehr viel zu essen und auch sonst kaum Vorräte«, stellte Byrne fest, als hätte sie gar nichts gesagt.

Offensichtlich wollte er Raisa keine Zeit dazu lassen, ihre Verzweiflung allzu sehr zu spüren. »Was wir beide schon vorher bei uns hatten, ist alles, was wir noch haben. Wir können nur hoffen, dass wir so schnell wie möglich den Pass hinter uns bringen und nach Marisa Pines gelangen.«

Genau das, was unsere Verfolger von uns erwarten, dachte Raisa.

»Kommen wir jetzt zu den Waffen«, sprach Byrne weiter. »Wenn ich mich recht erinnere, könnt Ihr ziemlich gut mit einem Bogen umgehen.« Er ließ seine Hand auf Raisas Bogen sinken, der direkt neben ihm lag.

Raisa nickte. Es war nicht die Zeit für falsche Bescheidenheit. »Ich bin gut im Bogenschießen, allerdings habe ich den da noch nicht ausprobiert. Er scheint aber von seiner Größe und seinem Gewicht zu mir zu passen.«

»Könnt Ihr auch mit dem Schwert umgehen?«

»Ich … Amon hat in den vergangenen Monaten hart mit mir daran gearbeitet«, sagte Raisa. »Aber es ist nicht gerade meine Stärke.«

»Versucht es mal mit diesem hier.« Er reichte ihr sein Schwert mit dem Heft voran.

Raisa stand auf und packte das Heft mit beiden Händen. Es glich dem Schwert von Hanalea, dem Symbol der Wache der Königin. Die Parierstange bestand aus schwerem Edelmetall und sollte an ihre wogenden Locken erinnern, während der Knauf die Gestalt einer Frau hatte.

Es war so schwer, dass sie es selbst mit beiden Händen kaum halten konnte. Sie schüttelte kläglich den Kopf und gab es ihm zurück, dann setzte sie sich wieder. »Ich fühle mich sehr viel sicherer, wenn das da in Euren Händen ist und nicht in meinen. Es ist allerdings sehr schön. Eine hervorragende Arbeit. Ist es ein Familienerbstück?«

Byrne räusperte sich. »Die Königin – Eure Mutter – hat es für mich herstellen lassen, als ich … zum Zeitpunkt ihrer Krönung. Als ich Hauptmann wurde. Marianna sagte, dass es zum Ausdruck bringe, dass das wahre Geschlecht von Hanalea in meinen Händen liegt.«

Sein Gesicht, das von jahrzehntelangem Schmerz gezeichnet war, enthüllte vermutlich mehr, als er wollte.

Raisa starrte den Hauptmann an, und vor Überraschung blieb ihr der Mund leicht offen stehen. Byrne blickte rasch zur Seite, als hoffte er, so die Erkenntnis in ihren Augen auslöschen zu können.

Er liebt sie, dachte Raisa. Ich bin so dumm gewesen, dass ich das nicht schon früher gesehen habe.

Raisa erinnerte sich an die Worte ihrer Mutter, als sie ihr erklärt hatte, warum zwischen ihr und Amon nie etwas anderes als Freundschaft sein könnte.

Er ist Soldat, hatte die Königin gesagt, *und sein Vater ist Soldat, und auch dessen Vater … Aber das ist auch alles, was sie jemals sein werden.*

Raisa hätte fast den gleichen Fehler gemacht wie ihre Mutter – was den Hauptmann betraf. Sie hatte Edon Byrne vor allem als zuverlässig, ruhig, fähig und praktisch denkend angesehen. Ohne auch nur einen Hauch von Romantik in seinen Knochen. Der Hauptmann Byrne, den sie kannte, war direkt und ehrlich – kein Mensch, der irgendwelche Geheimnisse hütete.

Sie hatte sich so geirrt. Sie hatte sich in so vielem geirrt.

Ihr habt Euer ganzes Leben mit einem gebrochenen Herzen verbracht, dachte Raisa, während sie Byrne anstarrte. Warum musstet Ihr dann auch noch meines brechen?

Und bevor ihr so richtig klar wurde, was sie da eigentlich tat, sprach sie ihren Gedanken laut aus. »Wieso habt Ihr es getan?«, fragte sie sanft. »Wieso habt Ihr mir Amon genommen?«

»Eure Hoheit«, sagte er. Seine Miene, seine Haltung, die Art, wie er die Hände bewegte – all das verriet ihr, dass sie sich besser zurückhalten sollte. »Ich weiß nicht, was Ihr meint.«

»Ich werde nicht schweigen, nur um es für alle anderen leichter zu machen«, fuhr Raisa unerbittlich fort. »Ihr sitzt hier mit mir fest, also könnt Ihr auch genauso gut darüber reden.«

Byrne ließ sich nach vorn auf die Knie sinken und nahm den Topf von den Flammen. »Ich sollte jetzt besser gehen und den Pferden etwas zu trinken bringen«, sagte er.

»Ich werde noch hier sein, wenn Ihr zurückkommt«, erwiderte sie. »Wir können jetzt darüber sprechen oder später.«

Er seufzte tief und stellte den Topf ins Feuer zurück, ehe er sich auf die Fersen hockte. »Ich vermute, Ihr sprecht davon, dass ich Korporal Byrne zu Eurem Hauptmann auserwählt habe?«, fragte er.

»Ich bin sehr zufrieden damit, dass Amon mein Hauptmann sein wird«, antwortete Raisa. »Ich spreche von dem Band oder – oder von der Bindung, oder wie immer Ihr das bezeichnet.« Sie zitterte, als sie sich daran erinnerte, welch entsetzlichen Schmerz Amon schon bei einem einfachen Kuss hatte erleiden müssen. Als Byrne nichts sagte, fügte sie hinzu: »Wieso war das nötig? Und wieso ist es ein so großes Geheimnis?«

Deshalb ist es ein Geheimnis, sagte Byrnes Miene. Wegen Gesprächen wie diesem.

»Alle Hauptleute sind an ihre Königinnen gebunden«, erklärte Byrne schließlich. »So ist es seit der Großen Zerstörung.«

»Habt Ihr wirklich gedacht, es wäre nötig, Amon an mich zu binden?« Raisa hob die Hände mit den Handflächen nach oben. »Wir sind seit unserer Kindheit Freunde.«

»Ich habe es für das Königinnen-Geschlecht getan«, sagte Byrne. In dem Blick, mit dem er sie ansah, lag keinerlei Bedauern. »Ich habe es nicht getan, um Euch von meinem Sohn fernzuhalten. Oder meinen Sohn von Euch.«

»Seid Ihr sicher?« Raisa spürte in diesem Moment einen Hauch von Gemeinheit in sich. Sie wollte Byrne Schmerz zufügen, als Ausgleich für das, was er ihr genommen hatte. »Seid Ihr sicher, dass Ihr nicht einfach nur eifersüchtig gewesen seid, weil ich Amon liebe, während … während …«

Byrne starrte sie unverdrossen weiter an und wartete – bis ihre Stimme verklang. Nein. Sie konnte diesen Weg nicht gehen. Sie würde ihn nicht gehen.

»Die Bindung schützt das Geschlecht«, sagte Byrne, als klar war, dass sie nicht weitersprechen würde. »Als Euer Hauptmann ist Amon die beste Wahl. Würde es dem Königinnen-Geschlecht dienen, wenn Ihr … zusammen wärt, würde die Bindung nicht dagegen eingreifen.«

»Tatsächlich?«, fragte Raisa. »Wo steht das geschrieben? Wo sind die Regeln für all das? Da lebe ich einfach so vor mich hin und glaube, dass ich es bin, die die Entscheidungen für mich trifft, und dann muss ich feststellen, dass sie in Wirklichkeit von anderen getroffen werden.«

Byrne neigte den Kopf, als wollte er ihre Worte bestätigen, dann hob er ihn wieder und sah sie an.

»Und wo steht, was ich jetzt tun soll?«, flüsterte sie und blinzelte die Tränen zurück.

Byrne kramte von irgendwo ein Taschentuch hervor und reichte es ihr. »Ihr dient«, sagte er. »Ihr findet Glück, wo immer Ihr könnt. Ob mit oder ohne Liebe werdet Ihr einen

Weg finden, um das Königinnen-Geschlecht fortbestehen zu lassen.«

Genauso, wie er es getan hatte.

Und genauso verklang Raisas Groll, bis nur noch ein dumpfer Schmerz zurückblieb, wie wenn sich Muskeln an eine alte Verletzung erinnerten. Sie begriff, dass ihre Verbitterung zur Gewohnheit geworden war und sie in Wirklichkeit irgendwann akzeptiert hatte, dass sie und Amon sich niemals lieben konnten. Und dass sie genauso – oder sogar noch mehr – Freunde benötigte, gerade jetzt.

Und was hatte sie dann getan? Sie hatte sich in Han Alister verliebt – noch jemand, den sie nie würde haben können, zumindest nicht in einer Ehe.

»Niemand von uns hat die Freiheit, seinem Herzen zu folgen«, sagte sie. »Jedenfalls nicht richtig. Ist es das, was Ihr mir damit sagen wollt?«

Er schüttelte den Kopf. »Niemand kann Euch davon abhalten, jemanden zu lieben«, sagte er.

Raisa rieb sich die Augen. »Ich habe immer gedacht, dass es bei mir anders sein würde, dass ich einen Weg finden würde, wie es möglich wäre. Aus Liebe zu heiraten.« Sie räusperte sich und reckte die Schultern. »Aber jetzt weiß ich, dass ich mich wie alle Grauwolf-Königinnen mit einer politischen Hochzeit zufriedengeben muss, mit jemandem, den ich nicht liebe.«

Byrne lächelte leicht. »Irgendwie glaube ich nicht daran, dass Ihr Euch mit irgendetwas zufriedengeben werdet, Eure Hoheit.«

Ich kann immer noch so werden wie Marianna, dachte Raisa, und die echte Liebe außerhalb der Ehe finden. Sie hatte ihrer Mutter niemals vergeben, dass sie ihren Vater nicht stärker geliebt hatte. Erst jetzt begann Raisa zu begreifen, dass die Welt nicht immer so schwarzweiß war, wie sie schien.

Sie beugte sich spontan nach vorn und packte Byrnes schwielige Hände. »Wie geht es ihr, Hauptmann? Der Königin, meine ich.«

Er sah auf ihre miteinander verbundenen Hände hinunter und blickte ihr dann ins Gesicht. »Mylady, ich glaube nicht …«

»Ihr seid mit ihr verbunden, also müsst Ihr etwas über ihre Gemütsverfassung wissen.«

Byrne zog ein Gesicht, als hätte sie sich auf verbotenes Terrain begeben. Ein Thema, das zu vertraulich war, um darüber zu reden. So wie die Liebe.

»Eure Hoheit, es steht mir nicht zu, Vermutungen über …«

»Wenn ich wieder in der Hauptstadt sein werde und ihr helfen soll, muss ich es wissen«, sagte Raisa unverblümt.

Byrne blickte Raisa an. Er wirkte beinahe abwehrend. »Es ist nicht so, als könnte ich ihre Gedanken lesen.«

Raisa nickte. »Ich weiß.« Sie machte eine Pause. »Ich wünschte einfach nur, ich würde sie besser verstehen. Sie hat nie viel von sich preisgegeben, während all der Zeit, als ich herangewachsen bin. Wir sind so verschieden. Ich sehe ihr noch nicht einmal sonderlich ähnlich.«

Er schüttelte den Kopf. »Nein, Ihr kommt mehr nach Eurem Vater. Obwohl sie groß ist, ist sie mir immer zart vorgekommen, wie … wie ein Frauenkuss.« Wie jene Frühlingsblume, die nur einen Tag lang blühte und bei jeder Berührung zusammenschrumpfte.

»Ihre Majestät ist in der letzten Zeit schwermütig gewesen«, erzählte Byrne weiter. »Und das ist auch nicht verwunderlich. Die Spirit-Clans, der Hohemagier und der Magierrat üben beständig Druck auf sie aus. Und dann seid Ihr auch noch verschwunden …« Seine Stimme versiegte. »In solchen Zeiten lasse ich sie nicht gern allein.«

»Es ist mein Fehler, dass Ihr sie allein lassen musstet, Hauptmann«, sagte Raisa mit einem riesigen Schuldgefühl im Magen.

»Wenn ich jemandem die Schuld geben wollte, Eure Hoheit, würde ich nicht bei Euch beginnen.« Byrne stellte seine Satteltaschen vor Raisa. »Was ich noch an Essen habe, ist da drin. Wir sollten lieber etwas zu uns nehmen und ein wenig schlafen, damit wir weiterreiten können, sobald sich der Sturm gelegt hat.«

Er stand auf, nahm den Topf mit dem Wasser und duckte sich unter den Zweigen und Ästen hindurch, um den Pferden etwas zu trinken zu bringen.

Als er zurückkehrte, hatte Raisa seine Satteltaschen durchsucht, einen Laib Brot und ein Stück Käse zutage gefördert und beides auf ein Stück Stoff gelegt. Byrne teilte den Käse mit dem Gürteldolch und reichte ihr die eine Hälfte, dann schnitt er dicke Scheiben vom Brot ab. Als sie alles aufgegessen hatten, schlug er mit der Messerklinge gedankenvoll gegen seine Handfläche.

»Habt Ihr einen Dolch, Eure Hoheit?«

Raisa nickte. »Grundsätzlich ja, aber meinen habe ich in Odenford beim Kampf gegen den Attentäter verloren.«

»Dann nehmt diesen hier.« Er wischte die Klinge an seiner Hose sauber, schob sie in die Scheide an seinem Gürtel und nahm ihn ab. Dann reichte er ihr alles. Raisa zog den Dolch heraus und drehte ihn, sodass sich das Licht darauf spiegelte. Er war genauso gearbeitet wie das Schwert und trug das Bild von Hanalea im Griff.

»Ich kann ihn nicht annehmen«, wandte sie ein. »Er gehört Eurer Familie.«

»Ich habe genau genommen nicht viel Verwendung für ihn«, erwiderte Byrne. »Wenn ich einen Feind nah genug an mich herankommen lasse, dass ich einen Dolch gebrauchen könnte, habe ich mein Schicksal verdient.« Er hob die Hand, um jedem weiteren Einwand vorzubeugen. »Tragt ihn zumindest, bis wir Fellsmarch erreichen.« Er gähnte. »Aber solange dieser Sturm nicht weiter nach Süden gezogen ist, werden wir nirgendwo hingehen, also können wir auch genauso gut etwas schlafen.« Er rollte seine Decken vor dem behelfsmäßigen Eingang aus und glitt unter sie.

Raisa kroch in ihre eigene Bettrolle, die dicht neben dem Feuer lag. Sie legte den noch in der Scheide steckenden Dolch neben ihre linke Hand. Der zerbrechliche Schutz der Zweige erzitterte unter dem Ansturm des Hexenwindes, und Schnee fiel von den Zweigen. »Ich bete zum Schöpfer, dass der Sturm weiterzieht«, sagte Raisa schläfrig.

»Seid vorsichtig mit dem, worum Ihr betet, Eure Hoheit«, warnte Byrne. Er hatte sein Gesicht in die andere Richtung gedreht, und so konnte sie seine Miene nicht sehen. »Etwas Wind wäre für uns sehr nützlich, denn er würde den Schnee um uns herum verwehen. Wenn das Wetter sich erst aufklärt, wird es leichter sein, unseren Spuren zu folgen.«

KAPITEL FÜNF

Alte Feinde

Einige Zeit vor der Morgendämmerung begann der Wind nachzulassen. Als ob sie von der Ruhe geweckt worden wäre, erwachte Raisa plötzlich und stellte fest, dass Edon Byrne nicht da war. Sie setzte sich zitternd auf und rieb sich mit den Handballen den Schlaf aus den Augen. Byrnes Decken waren zusammengerollt und verschnürt, und ein Topf mit Tee dampfte über dem neu entfachten Feuer. Das Frühstück aus Brot und Käse lag gleich außerhalb des Feuerrings. Die Botschaft war offensichtlich: Byrne wollte früh aufbrechen.

Raisa stand auf und streckte sich, massierte sich sanft die Hüften und den Rücken. Sie hatte zu wenig Fleisch auf den Rippen, als dass sie die Nächte auf dem Boden als angenehm empfunden hätte. Anschließend nahm sie den Verband von ihrem Nacken und hoffte, dass Byrne nicht darauf bestehen würde, ihn zu erneuern. Sie aß rasch etwas, spülte das trockene Frühstück mit Tee hinunter und begann, wieder ihre Schichten aus Kleidung anzulegen. Ihre Socken und Handschuhe waren jetzt zwar trocken, aber auch steif und unbequem.

Als sie mit dem restlichen Gepäck unter den tief hängenden Zweigen hindurch nach draußen trat, hatte sich das Wetter so überraschend verändert, wie es in den Bergen üblich war. Über den Gipfeln im Westen glitzerten Sterne. Wo die dicht stehenden Kiefern den Wind abhielten, bedeckte eine dicke neue Schneeschicht den Boden, jungfräulich und rein; an einigen Stellen reichte der Schnee sogar höher als Raisas Kopf. An den ungeschützteren Stellen fegte der Wind den Schnee weg, der in die Finsternis davonwirbelte. Obwohl es noch immer dunkel und äußerst kalt war, versprach es ein schöner Tag zu werden.

»Guten Morgen, Eure Hoheit.« Raisa wirbelte herum. Byrne stand mit den Pferden bereit, die beide schon gesattelt waren. Switcher wehrte sich gegen die Gebissstange, hatte die Ohren angelegt und machte nur allzu deutlich, dass ihr der frühe Aufbruch gar nicht gefiel. »Wir können zwar darauf hoffen, dass unsere Angreifer lange schlafen, aber ich halte es trotzdem für klug, wenn wir versuchen, im Schutz der Dunkelheit so weit wie möglich zu kommen.«

Raisa nickte. Sie strich der Stute über den Hals und sprach beruhigend auf sie ein, während sie die Verletzung an der Schulter des Tieres untersuchte. Byrne hatte recht: Sie schien nur oberflächlich zu sein. Nachdem Raisa die Bettrolle und die Satteltaschen hinter dem Sattel verstaut hatte, schwang sie sich auf den Rücken der Stute. Es war, als würde jeder einzelne Muskel vor Protest aufschreien.

Sie kamen nur langsam voran. Der Aufstieg zum Pass, schon bei gutem Wetter und mit frischen Reittieren schwierig genug, war jetzt geradezu gefährlich, denn die Schneewehen verbargen alle möglichen Gefahren und Hindernisse. Manchmal steckten die Pferde bis zur Brust im Schnee. Wann immer es möglich war, verließen sie den Pfad und kämpften sich stattdessen parallel dazu im Schutz der Bäume weiter. Im Wald lag der Schnee nicht ganz so hoch, und abgesehen davon würden sie aus der Ferne nicht so leicht zu sehen sein. Als sich dann aber im Osten die Sonne über den Rand des Horizonts schob, fühlte Raisa sich mit einem Mal schrecklich ungeschützt: wie ein dunkles Insekt, das eine weiße Schneemauer erklomm.

Zumindest hatten sie jetzt eine gute Sicht auf den Weg, den sie gekommen waren. Raisa warf immer wieder einen unruhigen Blick über die Schulter, da sie ständig mit Verfolgern rechnete – auf die es jedoch den ganzen Morgen über, während sie und Byrne zum Pass aufstiegen, keine Hinweise gab. Raisa entspannte sich ein wenig. Wenn sie im Marisa-Pines-Camp eintrafen, würden die Clans ihnen für den Rest des Weges eine Eskorte zur Seite stellen.

Gegen Mittag aßen sie im Sattel etwas; sie stiegen nur ab, um die Pferde an besonders steilen Stellen an den Zügeln zu führen oder sie zu schonen. Die Sonne strahlte von einem blauen Himmel, und das Eis auf dem Gestein und den Kiefernzweigen begann zu glitzern und zu funkeln. Als sie noch ein paar Meilen von der Passhöhe entfernt waren, lenkte Byrne sein Pferd in ein kleines Wäldchen. Raisa folgte ihm und brachte Switcher zum Stehen, als er plötzlich nicht mehr weiterritt.

»Ab hier wird es gefährlich«, sagte er.

»Wie meint Ihr das?« Sie sah sich um und blinzelte, während ihre Augen sich an die Düsternis zwischen den Kiefern anpassten. Hier und da fanden ein paar vereinzelte glitzernde Sonnenstrahlen ihren Weg bis zum Boden. Switcher senkte den Kopf und knabberte erwartungsvoll an den Kiefernzweigen, die in ihrer Reichweite waren.

»Man kann zwar auf vielen Wegen zum Pass aufsteigen, aber nur einer führt hindurch. Und auf den letzten Meilen, wenn wir oberhalb der Baumgrenze sind, gibt es überhaupt keinen Schutz mehr.«

Über ihren Köpfen bewegten sich ein paar Zweige, und Schnee rieselte auf sie herab. Raisa wischte ihn aus ihrem Kragen. »Sie können uns doch wohl kaum eingeholt haben, oder?« Würde jemand, der *nicht* auf der Flucht war und *nicht* um sein Leben fürchten musste, dem nächtlichen Sturm so lange trotzen – oder bereit sein, noch weiter vor Tagesanbruch als Raisa und Byrne loszuziehen?

»Alles ist möglich.«

Raisa wartete, und als Byrne nichts mehr sagte, fügte sie ungeduldig hinzu: »Nun, wenn sie wirklich kommen sollten, bringt es uns wohl kaum etwas, hier auf sie zu warten, oder?«

Er lächelte. »Treffer, Eure Hoheit. Und ich habe es verdient.« Er machte eine Pause, als würde er abwägen, ob er weitersprechen sollte. Dabei strich er dem Wallach über den Hals und flüsterte ihm zärtlich beruhigende Worte zu, bis er schließlich zu Raisa sagte: »Ihr seid anders als Königin Marianna, wenn ich das so sagen darf.«

»Das habe ich schon mal gehört«, erklärte Raisa trocken. »Für gewöhnlich mit Schimpftiraden verbunden.«

»Bei allem Respekt gegenüber Eurer Mutter glaube ich, dass das gut ist.«

Raisa zuckte vor Überraschung zusammen. Schließlich kam diese völlig unerwartete Aussage aus dem Mund eines Mannes, der Marianna ergeben war. »Wie meint Ihr das?«

Byrne räusperte sich. »Ich habe Euch bereits beschrieben, dass sie so zerbrechlich und schön wie ein Frauenkuss ist. Ihr seid mehr wie Wacholder. Ihr scheint selbst im schlimmsten Wetter zu erblühen, und ich vermute, es ist unmöglich, Euch zu entwurzeln, wenn Ihr Euch erst einmal irgendwo niedergelassen habt.«

»Ihr wollt damit sagen, dass ich kratzbürstig und störrisch bin.« Genau das hatte sie schon oft genug gehört, und erst vor Kurzem von ihren Lehrern in Odenford.

»Ja, aber weil Ihr klein seid, unterschätzt man Euch. Und das ist in diesen gefährlichen Zeiten nicht gerade ein Nachteil. Ich würde Euch raten, alle im Ungewissen zu lassen, dann werdet Ihr auch in der Hauptstadt überleben.«

Raisa lächelte; sie wusste, dass sie gerade ein Kompliment erhalten hatte. »Danke, Hauptmann. Aber zuerst einmal muss ich diesen Nachmittag überleben.«

»Hört zu, wenn es Ärger gibt, drückt Euch dicht an den Pferderücken und reitet zur Passhöhe hoch, ohne Euch umzusehen. Ich werde Euch dann folgen, sobald ich kann.«

Natürlich. Genauso wie sein Tripel.

Als Antwort drückte Raisa die Fersen in Switchers Flanken. Die verblüffte Stute riss den Kopf hoch und stolperte vorwärts; so verließen sie das Wäldchen und kehrten auf den Pfad zurück.

Der kurze Wintertag näherte sich bereits seinem Ende, als sie die Baumgrenze erreichten. Während in ihrem Rücken die Sonne langsam hinter der Westmauer verschwand, erstreckten sich vor ihnen lange, blaue Schatten. Ohne den Schutz der Bäume pfiff der Wind geradewegs durch Raisa hindurch. Sie beugte sich etwas nach vorn, als könnte sie die Stute dazu bewegen, schneller zu gehen. Byrne ritt die meiste Zeit voraus und machte den Weg frei. Sie versuchten, diesen letzten langen Anstieg ganz nach oben so schnell wie möglich hinter sich zu bringen.

Als sie sich dem Übergang näherten, wurde die Schneedecke niedriger, da der unablässige Wind sie abtrug. Die Sonne tauchte jetzt endgültig hinter der Westmauer unter. Einen Moment lang sah es so aus, als würde die Felswand regelrecht in Flammen stehen, dann brach die Nacht so plötzlich herein, wie es für das Gebirge typisch war.

Schließlich führte der Pfad nicht mehr höher; der lange, steile Anstieg lag hinter ihnen, während der vor ihnen liegende Marisa-Pines-Pass zu beiden Seiten von großen Granitblöcken gesäumt wurde. An seiner schmalsten Stelle war er kaum breiter als ein Trampelpfad. Es ging das Gerücht um, dass vor vielen Jahren eine Bande von Demonai-Kriegern eintausend Soldaten aus dem Süden in diesem Pass aufgehalten hätten.

»Wartet hier«, befahl Byrne. Raisa gehorchte, während Byrne rasch weiterritt, um den Pass auszukundschaften. Raisa zitterte, obwohl die großen Felsblöcke den immer stärker werdenden Wind abhielten. Kurze Zeit später tauchte Byrne fast lautlos wieder aus der Finsternis auf. »Kommt weiter.«

Sie ritten jetzt langsam und hintereinander durch die schmale Engstelle des Passes. Raisa blinzelte an den steilen Felswänden empor und sah zu dem schmalen Himmelsstreifen zwischen ihnen hinauf. Weiter vorn wurde der Weg breiter und öffnete sich zu etwas, das im Sommer eine bezaubernde Wiese sein würde, jetzt jedoch unter einer Schneedecke verborgen lag. Der Mond ging bereits auf. Als er sich über die Berge im Osten schob, tauchte er die Wiese in einen silbrigen Glanz, der so kalt und rein und unbarmherzig schien wie jeder Atemzug, den Raisa in dieser Bergluft machte. Das Prickeln von Magie war deutlich zu spüren.

Sie waren zu Hause.

Irgendwo hinter ihr heulte ein Wolf und überzog Raisas Nacken mit einer Gänsehaut. Andere Wölfe des Rudels antworteten von weiter vorn und rechts von ihr – Stimmen wie eine kalte, herzlose Melodie in der Dunkelheit.

Raisas Herz begann zu hämmern.

Byrne rechts vor ihr war im Mondlicht nur als dunkle Silhouette zu erkennen. Er drehte sich leicht um und sah sie an, als wollte er sich vergewissern, dass es ihr gut ging.

Und dann hörte sie – wie eine schlechte Erinnerung an die Nacht zuvor – das Surren von Armbrüsten, das dumpfe Klatschen, mit dem die Bolzen ihr Ziel fanden. Byrnes Gestalt erschauerte unter der Wucht mehrerer Treffer. Der Wallach bäumte sich nervös auf und schüttelte den Kopf; er schrie, als er ebenfalls getroffen wurde. Byrne klammerte sich noch einen Moment wie eine Klette an den Rücken des Pferdes, dann stürzte er seitwärts aus dem Sattel.

»BYRNE!« Raisas Schrei hallte durch die kleine Schlucht. Ohne auf die Bolzen zu achten, die in wahren Salven an ihr vorbeizischten und gegen die Felsen prallten, drängte sie Switcher zu der Stelle, wo ihr Hauptmann rücklings im Schnee lag. Sie glitt aus dem Sattel und kniete sich neben ihn; sie hob seinen Kopf an. Sein Körper war mit Bolzen gespickt; einer von ihnen steckte auch in seiner Kehle. Er versuchte zu sprechen, aber alles, was herauskam, war ein Schwall Blut. Dann hob er einen Arm und winkte sie mit einer schwachen Bewegung weg. Nur das Durcheinander und die sich wild aufbäumenden Pferde hatten sie bisher gerettet.

Plötzlich wurde sie an den Haaren gepackt und hochgerissen. Ein Arm legte sich um ihre Taille, und ehe sie sichs versah, lag sie bäuchlings über einem Sattel. Mit einem Arm drückte ihr Angreifer sie nach unten, während er sein Pferd zum Galopp antrieb.

Erfüllt von dem Entsetzen über Byrnes Ermordung war sie dem Gerüttel auf dem Pferderücken sowie der kaleidoskophaften Aussicht auf den Boden hilflos ausgeliefert und hätte fast ihren Mageninhalt von sich gegeben. *Nein!*, rief sie wütend zu sich selbst. *Ich finde einen Weg, um diese Dreckskerle dafür bezahlen zu lassen, und wenn es das Letzte ist, was ich tue!* Sie konzentrierte sich ganz auf diesen Gedanken und begann, einen Plan auszuhecken.

Der Geruch von Kiefern und der nachlassende Wind verrieten ihr, dass sie wieder im Wald waren. Allerdings wusste sie nicht, auf welcher Seite des Passes. Der Mann, der sie gefangen hatte, ließ das Pferd nun im Schritt gehen, als suchte er nach etwas Bestimmtem. Schließlich grunzte er zufrieden und wandte sich nach links. Hundert Schritt später riss er das Pferd an den Zügeln und brachte es zum Stehen. Er glitt aus dem Sattel und zog Raisa herunter; er stellte sie auf die Beine, ohne seine fleischige Hand von ihrer Schulter zu nehmen. Sie wirbelte herum und starrte ihn an.

Sie sah strähnige braune Haare, den grausamen Schlitz eines Mundes und Augen in der Farbe von ausgespucktem Kautabak. Es war der gleiche Soldat, der Switcher an der Schulter verletzt hatte, und diesmal erkannte sie ihn.

Beim Blute des Dämons!, dachte Raisa. Kann es überhaupt noch schlimmer werden?

Die eine Gesichtshälfte war gerötet und von Narben übersät, was auf eine schwere Verbrennung hinwies.

Für die Raisa verantwortlich war.

Seine Kleidung erinnerte an die Winteruniform der Armee, wenngleich nirgendwo Insignien zu sehen waren. Bartstoppeln bedeckten die untere Hälfte seines Gesichtes, darüber erhob sich eine gebrochene Nase.

Raisa wusste, wo und wie sie gebrochen worden war.

Mac Gillen, dachte sie, und alle Hoffnung wich von ihr.

Das letzte Mal hatte sie Gillen beim Wachhaus von Southbridge gesehen, als sie einige Ragger aus dem Verlies befreit hatte, die dort von ihm gequält worden waren. Sie war diejenige gewesen, die ihm eine brennende Fackel ins Gesicht geschleudert hatte. Die anderen Gangmitglieder hatten ihn als Vergeltung für ihre Qualen übel verprügelt.

Sein Bauch hing ihm über den Schwertgürtel, aber Raisa machte sich keine Illusionen. Darunter lauerten Muskeln. Er stank nach Pferd und Schweiß und wenig Hygiene. Er grinste wölfisch und enthüllte ein von zu vielen Kafta-Nüssen fleckiges Gebiss mit zahlreichen Zahnlücken. Dort, wo ihr Stiefel ihn in der Nacht zuvor getroffen hatte, war sein Kinn geschwollen und verfärbt.

Raisa sah sich um. Sie standen vor zwei aneinanderlehnenden Felsstücken, die eine Art Höhle bildeten. Sein Pferd stammte aus dem Hochland und war zottelig und drahtig genug, um sich auf den Bergpfaden bestens bewegen zu können. Die Standardausrüstung für die Wache der Königin.

Ein Dutzend Wölfe ließen sich in einem Halbkreis um sie herum auf den Hinterbeinen nieder und jaulten unsicher.

Gillen starrte Raisa erwartungsvoll an, als wäre er erpicht darauf, dass sie etwas sagte. Raisa sagte jedoch nichts; sie wusste, dass nichts von dem, was sie sagen konnte, ihr irgendwie helfen würde.

Schließlich hielt Gillen es nicht länger aus. »Interessiert es dich etwa nicht, warum du noch nicht tot bist, Mädel?«, fragte er und kratzte sich zwischen den Beinen.

Keine der Möglichkeiten, die Raisa einfielen, erschien ihr irgendwie verlockend. Sie stand da, leicht breitbeinig, und sagte immer noch nichts.

»Ich bin neugierig, verstehst du«, sprach Gillen weiter. »Deshalb hab ich dich hierhergeschleppt. Ich wollte dir ein paar Fragen stellen – unter vier Augen.« Er machte einen Schritt auf sie zu, und sie wich einen zurück. »Man hat uns gesagt, dass Prinzessin Raisa hier durchkommen würde. Aber das einzige Mädchen, das hier durchkam, bist du.« Er hob die Hände mit den Handflächen nach oben und tat so, als wäre er verwirrt. »Dabei kenne ich dich. Nur – als wir uns das erste Mal begegnet sind, warst du noch keine Prinzessin.«

Raisa schüttelte den Kopf. »Du irrst dich«, sagte sie jetzt. »Wir sind uns noch nie begegnet.«

»Bist du dir sicher?«, fragte er und zwang sie mit einem weiteren Schritt vor den Eingang der Höhle. »Vielleicht hab ich damals nur etwas anders ausgesehen als jetzt.«

Die grauen Wölfe schwärmten um sie beide herum, knurrten und schnappten.

Richtig. Ich bin in Gefahr, dachte Raisa. Als wenn ich das nicht schon selbst gemerkt hätte.

»Bist du dir sicher, dass dein Name nicht Rebecca ist? Rebecca, die Schwester von Sarie, der Straßenratte von Ragmarket?« Er legte seine Handfläche an die zerstörte Wange. »Die Rebecca, die mir das hier angetan hat?«

Raisa wich noch weiter zurück, während sie den Kopf schüttelte.

»Die Mädchen mögen mich nicht mehr so wie früher«, sagte Gillen. »Nicht mit den Narben im Gesicht.«

Vorher hast du auch nicht gerade umwerfend ausgesehen, dachte Raisa.

»Ich bin nicht die, für die du mich hältst«, erwiderte sie laut. »Das wirst du sicherlich einsehen.« Sie war zu dem Schluss gekommen, dass es im Augenblick am besten war zu leugnen und dann bei der Leugnung zu bleiben.

»Du sprichst wirklich anders als früher«, stellte Gillen fest. Er gab ihr einen Schubs, und sie stolperte zurück und konnte nur mit Mühe das Gleichgewicht halten. »Du kommst mir vor wie jemand ganz anderes, wenn du weißt, was ich meine.«

Die Wölfe gaben ein lautes Gejaule von sich.

Raisa starrte sie finster an. Entweder ihr haltet das Maul oder greift endlich an, dachte sie. Macht euch irgendwie nützlich.

»Also, was hattest du in Southbridge zu suchen … Hoheit?«, flüsterte Gillen und schloss seine Hand um ihre Kehle. Er drückte ihren Rücken gegen die Felsenwand am Höhleneingang und hielt sie dort fest. »Wolltest du sehen, wie die andere Hälfte so lebt? Hast du eine Schwäche für Straßenratten, ja? Bist du eine von diesen blaublütigen Damen, die scharf darauf sind, das wilde Leben kennenzulernen?«

Raisa zog an Gillens Hand, um den Druck etwas zu mildern. »Wenn ich dir jetzt wie jemand ganz anderes erscheine, dann vielleicht deshalb, weil ich nicht die bin, für die du mich eigentlich gehalten hast.« Es war nicht leicht, auch nur einen Ton herauszubringen, während Gillen ihr die Kehle zudrückte.

Verzweifelt kramte sie in ihrer Erinnerung nach Amons Lehrstunden im Nahkampf. Gillens Kleidung war dick genug, um einige der Schläge abzufangen, die sie kannte. Und was immer sie tat würde vollkommen sitzen müssen. Hier, mitten im Wald, gab es keine Möglichkeit wegzulaufen oder auf Rettung zu hoffen. Und sie konnte unmöglich riskieren, ihn noch wütender zu machen, als er ohnehin schon war.

All diese Gedanken schossen ihr im Bruchteil einer Sekunde durch den Kopf, während die Zeit so langsam dahinzukriechen schien, als wollte sie den kurzen Rest von Raisas Leben noch etwas in die Länge ziehen.

»Unsere Befehle lauten, dich zu töten, Hoheit, aber es gibt keinen Grund, warum ich das sofort tun sollte«, sagte Gillen, dessen ekliger Atem über sie hinwegströmte. »Hauptsache, du bist am Ende tot. Aber ich denke, du schuldest mir noch was für das, was du getan hast, und ich werde dafür sorgen, dass du bezahlst.«

»Wer immer du bist, ich bin nicht mittellos. Wenn du mich unverletzt laufen lässt, wird meine Familie es dir reichlich entgelten.«

Gillen stieß ein brüllendes Gelächter aus. »Deine Familie? Woher willst du denn wissen, dass nicht sie es ist, die uns angeheuert hat?« Wie um seine Bemerkung zu unterstreichen, schlug er ihren Kopf gegen den Fels.

Sterne tanzten vor ihren Augen, ihr Puls pochte in ihren Ohren, und ein bitterer, metallischer Geschmack bildete sich hinten in ihrer Kehle.

»*Hör zu.* Ich habe nicht viel Geld bei mir, aber wenn du mich sicher nach Hause bringst, wirst du eine Belohnung kriegen. Wenn du mich tötest, wirst du den Rest deines Lebens keinen Frieden mehr finden.«

Er lachte. »Ich bin klug genug, mich nicht mit denen anzulegen, die mich angeheuert haben«, sagte er. »Was das betrifft, hab ich meine Lektion gelernt. Ich werd meine Belohnung hier und jetzt einstreichen.«

»Wer hat dich angeheuert?«, fragte Raisa in der Hoffnung, dass er es ihr vielleicht tatsächlich sagen würde.

Mac Gillen schüttelte nur den Kopf und grinste.

»Nun, wer immer es war, er wird nicht glücklich sein, wenn er herausfindet, dass du die falsche Person getötet hast«, sagte Raisa.

Gillen starrte sie mit zusammengezogenen Brauen an, und sie konnte geradezu sehen, wie sich die Rädchen hinter seinen Schweinsaugen drehten. »Ich werde mir Zeit lassen, wenn du weißt, was ich meine. Ich will nicht, dass andere herkommen und uns stören.« Er wandte sich seinem Pferd zu, schob seine Hand in die Satteltasche und zog ein Stück Seil heraus.

»Los.« Er stieß sie grob weiter, und nach dem nächsten Stoß befand sie sich auf Händen und Knien im Innern der Höhle. Felsgestein und Eis schnitten in ihre Handflächen. Sie drehte sich rasch um und hockte sich auf die Fersen. Er kauerte im Eingang und sperrte das bisschen Licht aus, das überhaupt einfiel.

»Ich werde dich fesseln und später wiederkommen«, sagte er und kam auf sie zu. Er klopfte mit dem Ende des Seils gegen seine Hüfte. »Will dir ein bisschen Zeit geben, über das nachzudenken, was passieren wird.«

Raisas Gedanken ratterten; sie hatte das Gefühl, als würden sie in ihrem Schädel widerhallen. Es bestand die unwahrscheinliche Möglichkeit, dass sie sich befreien konnte, bevor Mac Gillen zurückkehrte. Es gab aber auch die Möglichkeit, dass sie erfroren war, ehe er zurückkam.

Zu erfrieren war nicht die schlimmste Art zu sterben. Und es war sicher dem vorzuziehen, was Gillen vorschwebte.

Aber sie *durfte* nicht zulassen, gefesselt zu werden. Sie war eine Nachfahrin von Hanalea, der Kriegerkönigin. Sie würde nicht mit gebundenen Händen und Füßen in einer Höhle sterben. Oder sich von diesem verräterischen Abschaum vergewaltigen und foltern lassen.

In einer bittenden Geste hob sie beide Hände. »Also … also schön. Aber tu mir nicht weh.«

Gillen war ganz auf ihre Hand mit dem massiven Wolfsring konzentriert. »Her mit dem Ring«, sagte er. »Den brauche ich, um den andern zu beweisen, dass du tot bist.«

Raisa zog an dem Ring, kämpfte mit ihm. »Er sitzt zu fest«, sagte sie. »Er geht nicht ab.«

»Das werden wir schon sehen«, sagte Gillen. »Wenn's sein

muss, schneid ich ihn dir ab.« Seine linke Hand schoss vor und packte sie am Handgelenk, während die rechte an ihrem Ring zerrte.

Raisa streckte ihren rechten Arm etwas, sodass Byrnes Dolch aus dem Ärmel rutschte. Sie musste ihn auffangen, und es gelang ihr tatsächlich; sie umklammerte das Heft. Gillen richtete seine ganze Aufmerksamkeit auf den Ring und zerrte fluchend an ihm.

Da rammte Raisa ihm die Klinge durch die dreckige Wolle in das weiche Fleisch seines Bauches, so tief, dass die Parierstange das Hemd berührte, und zog sie bis unter den Brustkorb hoch.

Er kreischte, ließ ihre Hand los und versuchte, sie von sich wegzustoßen, aber sie blieb dicht an ihm dran und achtete darauf, dass der Druck der Klinge nicht nachließ; dann drehte sie den Dolch mit beiden Händen und mit aller Kraft herum. Sie wusste, dass sie nur eine einzige Chance hatte – wenn sie ihm den Todesstoß versetzte. Wenn er überlebte, würde sie das ihr ganzes Leben bereuen. Und es würde kein langes Leben sein.

Plötzlich traf sie Mac Gillens Faust von der Seite ins Gesicht; sie flog nach hinten und prallte gegen die Felswand der Höhle. Für einen Moment lag sie benommen da und schluckte Blut von ihrer Zunge, auf die sie sich gebissen hatte. Sie rechnete damit, dass Gillen herkommen und sie töten würde. Aber das tat er nicht. Schließlich kämpfte sie sich hoch und stützte sich an der Mauer ab, um nicht umzufallen.

Gillen lebte noch, wenn auch nicht mehr lange. Der Leutnant lag ausgestreckt rücklings auf dem Höhlenboden und atmete feucht. Er machte ein verwundertes Gesicht, während blutiger Schaum über seine Lippen quoll. Es war ihm gelungen, Raisas Dolch herauszuziehen, der jetzt blut- und dreckverschmiert neben ihm lag.

Sie erinnerte sich an das, was Cuffs Alister einmal zu ihr gesagt hatte – in einem anderen Leben, wie es ihr jetzt schien: *Wenn du das nächste Mal vorhast, jemanden zu erstechen, musst du schneller sein. Denk nicht so lange darüber nach.*

Er würde stolz auf sie sein, dachte sie. Sie hatte nicht lange darüber nachgedacht, und die Klinge hatte ihr Ziel getroffen. War das ein Fortschritt – dass ein Straßenmörder stolz auf sie sein konnte?

Und dann blieb ihr nichts anderes übrig, als sich auf den Boden zu knien und ihr Frühstück von sich zu geben. Mit einer Handvoll Schnee vom Höhleneingang säuberte sie sich den Mund.

Gut so, dachte sie. Töten sollte niemals leichtfallen, nicht einmal einer Kriegerprinzessin.

Gillen lag reglos und mit weit aufgerissenen, starren Augen da.

Raisa holte ihren Dolch und wischte ihn im Schnee sauber. Dann schob sie ihn in die Scheide zurück. In der Hoffnung, irgendetwas zu finden, das ihr verriet, wer ihn angeheuert hatte, zwang sie sich, Gillen zu durchsuchen. Sie fand jedoch nichts von Bedeutung. Eine Geldbörse mit ein paar Kupferstücken und Kronen und einen Flachmann – das war alles.

Es war ohnehin unwahrscheinlich, dass er irgendwelche Beweise mit sich herumschleppen würde. Was hatte sie denn erwartet – dass er ein Todesurteil der Königin, ihrer Mutter, mit sich herumtrug? Eine handschriftliche Notiz von Gavan Bayar? Diese Art von Befehlen flüsterte man lediglich in den dunklen Winkeln dieser Welt.

Ihr Kopf pochte, ihr rechtes Auge drohte zuzuschwellen. Sie drückte eine Handvoll Schnee auf die Seite ihres Gesichts, die von seinem Schlag getroffen worden war, und hoffte, dass die Kälte die Schwellung lindern würde. Währenddessen versuchte sie eine leise, hoffnungslose Stimme zu ignorieren, die da sagte: Was nützt das alles? Du kannst dich auch gleich ergeben. Du bist jetzt vollkommen allein, und in diesen Bergen wimmelt es nur so von Feinden. Was hatte Byrne noch gesagt? Sie sind gut genährt, gut beritten und gut bewaffnet. Und du hast nichts weiter als einen Dolch.

Sie erinnerte sich an Mac Gillens Sorge, dass sie gestört werden könnten, und sie wusste, dass sie wegmusste. Und zwar so rasch wie möglich. Es würde leicht genug sein, ihrer Spur zu folgen. Gillens Kameraden konnten jeden Augenblick auftauchen.

Sein Pferd wartete draußen; es war offensichtlich ein gut ausgebildetes Armeepferd. Der Wallach verdrehte die Augen, als sie sich näherte, aber er erhob keine Einwände, als sie die Satteltaschen durchsuchte. Er wurde sogar noch entgegenkommender, als sie einen Apfel herausfischte und ihn damit fütterte, während sie ihm über die Nüstern strich.

Zu Gillens Ausrüstung zählten ein großes, schweres Schwert in einer Scheide, eine Armbrust und ein Köcher mit Bolzen. Eine Bettrolle und ein Zelt. Eine ganze Satteltasche war mit Proviant vollgestopft, wie nützlich – vorausgesetzt, sie lebte lange genug, um hungrig zu werden.

Sie betastete die Armbrust. Im Gegensatz zu dem Langbogen von Byrne brauchte man nicht viel Kraft, um sie zu bedienen. Dann erinnerte sie sich plötzlich daran, wie sie Amon mit acht Jahren zum Übungsgelände für Bogenschützen gefolgt war. Sie hatte sich geweigert zu verschwinden, ehe er ihr nicht die Möglichkeit gegeben hatte, sich an der Armbrust zu versuchen. Zuerst waren die Bolzen weit an dem

Strohziel vorbeigeschossen, aber ihre Zielgenauigkeit hatte sich rasch verbessert. Die ersten Bolzen hatte Amon für sie eingelegt; dann hatte er ihr gezeigt, wie man damit schoss, und geduldig ihre Hände geführt.

An ihrem nächsten Namenstag hatte Averill, ihr Vater, ihr einen Langbogen geschenkt, der zu ihrer Größe und ihrer Kraft passte. *Das* war ihre bevorzugte Waffe; aber den Langbogen, den Byrne ihr gegeben hatte, hatte sie in ihrer Satteltasche bei Switcher im Pass zurücklassen müssen.

Sie stellte den Fuß in den Bügel der Waffe und spannte sie, dankbar dafür, dass sie in dem einen Jahr in Odenford Muskeln bekommen hatte. Sie legte den Bolzen in die Rinne. Zumindest einen Schuss würde sie haben.

Dann passte sie die Steigbügel am Sattel des Wallachs ihrer kleinen Statur an. Sie hätte sich am liebsten beeilt, aber sie achtete sorgfältig darauf, dass sie alles richtig machte. Nachdem sie den Wallach zu einem umgestürzten Baumstamm geführt hatte, schwang sie sich mit dessen Hilfe in den Sattel.

Ein Blick gen Himmel verriet ihr, dass die Morgendämmerung nicht mehr allzu lange auf sich warten lassen würde. Bis dahin musste sie herauskriegen, wo genau sie sich eigentlich befand, und ein Versteck finden. Wenn sie bis dahin nicht bereits tot war oder sich in den Händen ihrer Feinde befand.

KAPITEL SECHS

Simon sagt …

Am Tag nach seiner Begegnung mit Crow ritt Han in einer eigenartigen Mischung aus Besorgnis und Benommenheit weiter. Er hatte Kopfschmerzen, und in seinem Magen brodelte es, als hätte er reichlich Bier getrunken und reinen Alkohol hinterhergekippt.

Wären ihm irgendwelche Feinde begegnet, hätte er ein leichtes Ziel für sie abgegeben. Glücklicherweise handelte es sich bei den meisten anderen Reisenden um Flüchtlinge, die nichts weiter wollten als irgendwo für die Nacht ein Dach über dem Kopf. Dass er ein paar von ihnen fast umritt … nun ja, sie schafften es immerhin, rechtzeitig aus dem Weg zu kommen.

War das, was Crow behauptet hatte, wirklich möglich? Dass der berüchtigte Dämonenkönig sich in dem Schlangenstabamulett verborgen hatte, das Han jetzt trug? Dass das mächtige Böse, das er repräsentierte, nie aus der Welt verschwunden war?

Han war sich ein bisschen zu sicher gewesen, um nicht zu sagen selbstgefällig, was die Einschätzung von Risiken betraf – wenn es sich bei dem Risiko um Crow handelte. Seine Theorien waren zwar richtig gewesen – soweit er welche gehabt hatte –, aber nichts, aber auch gar nichts hätte ihn auf so etwas vorbereiten können. Wie sollte er sich jetzt noch mit Crow, dem *Dämonenkönig*, zusammentun?

Im Vergleich dazu wirkten sogar die übelsten Straßen von Ragmarket geradezu freundlich und einladend und die Gefahren absolut beherrschbar.

Sein ganzes Leben lang kannte Han den Dämonenkönig nur als Schreckgespenst, um unartigen Kindern Angst zu machen. Er war der Knüppel gewesen, der über allen Köpfen geschwebt hatte; die Begründung für ein bestimmtes System von Gesetzen und Grenzen, durch das die Königin, der Magierrat und die Clans in ihrer Macht eingeschränkt wurden.

Alger Waterlow war der Grund, weshalb die Clans die Magier an einer so kurzen Leine hielten; der Grund, warum deren Amulette und Talismane von den Clans kontrolliert wurden. Waterlow war mehr als alle anderen Magier dafür verantwortlich, dass die Kirche von Malthus ein Magieverbot erlassen hatte. Und er war verantwortlich dafür, dass die Sieben Reichen in sieben sich einander bekriegende Teile zerfallen waren.

Alger Waterlow hatte die Welt entzweit.

Und dann war da diese Blutsverbindung. Wie verwässert konnte diese Blutlinie sein, wenn Han eine derart giftige Form von Magie in sich trug? Und was hatte er sonst noch geerbt?

Dämonenverflucht – so hatte seine Mutter ihn bezeichnet. Und jetzt stellte sich heraus, dass sie tatsächlich recht gehabt hatte.

Würde es ein Vorteil oder ein Nachteil sein, wenn Crow wusste, dass sie miteinander verwandt waren? Oder wenn er wusste, dass Han Alister, ein Streetlord und Dieb, sein Nachkomme war? Wenn er begriff, wie tief seine Familie gesunken war?

Aber zu was konnte es schon gut sein, zwischen ihm und

Waterlow ein Band zu schmieden, das niemals zerrissen werden konnte? Denn es war eine Sache, verwandt mit einem Dämonenkönig zu sein, der tausend Jahre zuvor gestorben und dessen beflecktes Blut über die Jahrhunderte längst verwässert war. Etwas ganz anderes war es jedoch, wenn dieser Dämonenkönig wieder auferstand und sich in Han's Leben einmischte.

Andererseits begann Han nun all das zu hinterfragen, was er bisher geglaubt hatte. Und wer war er überhaupt, dass er sich irgendwelche Predigten hielt? Wenn Alger Waterlow und die Bayars Feinde waren, auf wessen Seite stand *er* dann wohl? Und Lucius – Lucius Frowsley war Waterlows bester Freund gewesen. Lucius hatte an ihn geglaubt. Lucius hatte ihn gegenüber Han verteidigt.

Es war schwer genug gewesen, nach Aediion zurückzukehren. Aber jetzt war Han noch verwirrter als zuvor.

Er erreichte Fetterford am frühen Nachmittag eines ungewöhnlich warmen Frühlingstages. Wie immer klapperte er sämtliche Schenken und Wirtshäuser ab und erkundigte sich nach Rebecca. In einer dieser Schenken, dem *Purpurreiher*, fand er im Schankraum niemand anderen vor als einen stämmig aussehenden Jungen, der die Tische abwischte.

Der Junge hob den Kopf, als Han eintrat, und musterte ihn wachsam. »Wenn Ihr hungrig seid, können wir Euch ein paar Scheiben Schinken abschneiden und frisch gebackenes Brot anbieten«, sagte er und wischte sich mit dem Ärmel den Schweiß vom Gesicht. »Wenn Ihr allerdings eine warme Mahlzeit haben wollt, müsst Ihr noch warten.«

»Ich suche nach einem Mädchen«, sagte Han.

»Dieses Gewerbe gibt es bei uns nicht«, antwortete der Junge. »Probiert's im *Hundshintern*, ein Stück weiter die Straße runter.«

Han schüttelte den Kopf. »Ich suche nach einem bestimmten Mädchen«, sagte er und bedauerte, dass er kein Bild von Rebecca dabeihatte, das er hätte vorzeigen können. »Sie ist klein, hat grüne Augen und dunkle, etwa kinnlange Haare.« Er streckte eine Hand aus und deutete ihre Größe an. »Ein Halbblut. Hübsch.«

Der Kopf des Jungen schoss hoch, und er funkelte ihn an. Seine Wangen verfärbten sich pinkrot. Dann drehte er sich wieder um und schrubbte weiter, als wollte er die Tischoberfläche abschaben. »Kann mich nicht erinnern, so jemanden gesehen zu haben«, sagte er.

Han starrte auf den breiten Rücken des Jungen; seine Reaktion machte ihn für einen Moment sprachlos. »Aha ... Bist du dir sicher? Sie könnte mit zwei Amulettschwingern hier gewesen sein, beide eher groß, ein Mädchen und ein Junge, etwa in unserem Alter.«

»Nein.« Der Junge warf den Lappen beiseite und ging zum Kamin, packte einen eisernen Schürhaken und stocherte damit in den Flammen herum. »Wenn Ihr hier nichts essen oder trinken wollt, solltet Ihr am besten sehen, dass Ihr weiterzieht.«

Han schlängelte sich zwischen den Tischen hindurch und näherte sich dem Jungen. »Könnte ein paar Wochen her sein«, blieb er beharrlich. »Bist du dir sicher, dass du sie nicht ...«

Mit lautem Gebrüll wirbelte der Junge herum und griff Han mit dem heißen Schürhaken in der Hand an.

Han machte einen Satz zur Seite und verhakte seinen Fuß mit dem Bein des Jungen, sodass dieser vornüber auf den Steinboden krachte. Der Schürhaken wirbelte quer durch den Schankraum durch die Luft und knallte dann geräuschvoll gegen die Wand.

Han schätzte, dass der Schankjunge nicht gerade an vielen Straßenkämpfen beteiligt gewesen war.

Einen Herzschlag später drückte Han dem Jungen sein Knie aufs Steißbein und verdrehte ihm so den Arm hinter dem Rücken, dass er vor Schmerz aufschrie.

»Noch eine Bewegung, und ich brech dir den Arm«, zischte Han mit zusammengebissenen Zähnen.

Der Junge antwortete nicht, aber er rührte sich auch nicht mehr.

»Also schön«, sagte Han etwas weicher. »Kommen wir zur Wahrheit. Fangen wir mit deinem Namen an.«

Der Schankjunge drehte den Kopf herum, und Han konnte eins seiner runden Augen sehen. »S-Simon«, stotterte er. »Ich bin Simon.«

»Schön, Simon«, sagte Han. »Verschwende nicht meine Zeit. Was weißt du? Wann war sie hier, und mit wem?«

Simon schüttelte vorsichtig den Kopf. »Ihr könnt tun, was Ihr wollt, aber ich erzähle Euch gar nichts«, murmelte er. »Ich rede nicht mit irgend so 'nem Halsabschneider und Wegelagerer.«

Han holte tief Luft; sein Puls ging jetzt schneller. Er behielt den Druck auf den Arm bei und legte seine freie Hand auf Simons Schulter, während er seine Magie in den Schankjungen strömen ließ.

Simon zuckte zusammen. »He! Was macht Ihr da?«

»Simon«, sagte Han und versuchte, seine Worte überzeugend klingen zu lassen. »Ich will ihr nichts tun. Ich will sie nur finden und in Sicherheit bringen.«

»Ihr seid – Ihr seid – Ihr seid ...« Und dann schien er vergessen zu haben, was er sagen wollte. Das für Han sichtbare Augenlid senkte sich langsam. »Ich weiß nichts von irgendeinem Mädchen. Ich traue Euch nicht.«

»Wir haben nicht viel Zeit«, sagte Han. »Sie ist in Gefahr. Du musst mir helfen.«

Tränen sammelten sich in Simons Auge und liefen die Wange hinunter. »Es ist sowieso schon zu spät. Sie ist tot.« Er schniefte hörbar. »Eure Schuld.«

»Was meinst du damit – sie ist tot?«, fragte Han lauter, als er beabsichtigt hatte.

»Au!«, rief Simon und zappelte unter Han's Gewicht. »Ihr verbrennt mich!«

Han ließ Simons Schulter los und griff nach seinem Amulett, um die Macht hineinzuleiten, die durch ihn hindurchströmte. Er senkte die Stimme, trotzdem klang sie jetzt sogar noch tödlicher als vorher. »Ich werde jetzt zulassen, dass du dich hinsetzt«, sagte er. »Und dann erzählst du mir, was passiert ist. *Sofort.*«

Han hockte sich auf die Fersen, wobei er eine Hand auf dem Amulett ruhen ließ. Simon setzte sich auf; er sah Han mit einer mürrischen und argwöhnischen Miene an, die deutlich seine Angst verriet. Han streckte die Hand aus und packte das Handgelenk des Jungen, während er den Strom der Macht erneut öffnete.

Simons Augen hefteten sich auf Han's Gesicht, als wäre er verhext, dann begann er stockend zu sprechen. »Sie war vielleicht drei oder vier Wochen hier. Ich hab ihr angesehen, dass sie vor jemandem weggelaufen ist, aber es hat auch so ausgesehen, als würde sie auf jemanden warten – auf jemanden, der ihr helfen würde. Sie wollte immer wissen, wer sonst noch im Schankraum war. Jetzt weiß ich es. Sie ist vor *Euch* weggelaufen.« Letzteres kam ihm völlig unverblümt über die Lippen. Die Überzeugungsmagie schien seine Zunge zu lösen.

Han erwiderte nichts darauf, und Simon sprach weiter.

»Vor zwei Tagen sind hier einige Typen durchgekommen. Sie haben ziemlich runtergekommen ausgesehen, und einer von ihnen hat sie belästigt und versucht, ihr was zu trinken zu spendieren und so weiter. Aber sie wollte nicht. Sie hat ihn weggeschickt, und dann ist sie in den Stallhof gegangen. Sie hat gesagt, sie will frische Luft schnappen.« Simon atmete jetzt selbst ein paar Mal tief aus und ein. »Das war das Letzte, was ich von ihr gesehen habe. Aber ich weiß, dass sie nicht freiwillig gegangen ist. Sie hat ihre Sachen im Zimmer gelassen, aber ihr Pferd war weg, und diese Typen, die sie belästigt haben, auch.«

»Was waren das für Leute?«, fragte Han. »Amulettschwinger? Soldaten?«

»Weiß nicht«, sagte Simon. »Könnten Soldaten gewesen sein. Heutzutage laufen hier viele Söldner rum, und die meisten haben kein Wappen. Nicht so viele Fluch… Amulettschwinger. Und im Grenzland wimmelt es von Dieben, Mördern und Schlimmerem. Diese Kerle haben Ardenisch gesprochen, aber sie haben mit Münzen aus den Fells bezahlt.«

»Hat sie gesagt, wie sie heißt?«, beharrte Han.

»Brianna. Sie hat gesagt, sie heißt Lady Brianna. Eine Händlerin.« Simon wischte sich über die Nase.

Brianna. Nun, Rebecca hatte allen Grund, nicht ihren richtigen Namen zu benutzen, wenn sie davon ausging, dass die Bayars noch immer hinter ihr her waren.

»Beschreib sie mir doch mal«, forderte Han.

»In ihr war das Blut der Kupferköpfe«, sagte Simon. »Aber man konnte sehen, dass sie eine Lady war – nicht die Art Frau, die sonst in Schenken isst. Sie war großzügig und freundlich – hatte immer ein gutes Wort für… für jedermann.«

Simon war verliebt – jeder Narr konnte das erkennen. Aber Han wusste, dass da noch mehr war; mit irgendetwas rückte Simon nicht heraus.

»Was noch?«, fragte Han und ließ wieder etwas mehr Macht in Simons Handgelenk tröpfeln. »Was ist passiert? Wieso glaubst du, dass sie tot ist?«

»D-da waren noch zwei andere Damen aus Tamron, die mit ihr reisen wollten. Blaublütige. Sie sind ihr nach draußen gefolgt. Wir haben sie im Hof gefunden – sie sind erstochen und ausgeraubt worden. Ich vermute, dass das die gleichen Kerle waren.«

Han's Hoffnungen verwandelten sich in Blei. War es möglich, dass Rebecca es ganz allein bis hierher geschafft hatte, nur um dann von ein paar rohen Brutalos ermordet oder entführt zu werden?

»Aber die Leiche von Lady Brianna hast du nicht gefunden?« Han packte den Arm des Jungen wieder fester, ohne dass er es beabsichtigt hatte.

Simon schüttelte den Kopf. Seine Lippen bebten. »N-nein, aber da – da war überall Blut. Und sie wäre doch nicht einfach so weg, oder? Nicht ohne sich zu verabschieden. Oder ihre Sachen zu holen.«

»Wo sind sie jetzt? Ihre Sachen, meine ich.«

Simon presste die Lippen zusammen und ließ den Kopf hängen.

»Sag es mir«, befahl Han. Er verlor allmählich die Geduld.

»Sie sind in meinem Zimmer … aber ich hab sie nicht gestohlen, wenn Ihr das meint«, fügte Simon abwehrend hinzu. »Ich hab sie weggepackt, damit sie in Sicherheit sind. Für den Fall, dass sie zurückkommt.«

Woran er allerdings nicht glaubte. Das konnte Han in seinen Augen lesen.

»Zeig sie mir«, knurrte Han. Er wusste, dass Simon keine Schuld an alldem hatte, aber er konnte sich trotzdem zu keiner Entschuldigung durchringen.

Simon führte Han zu einem winzigen Kämmerchen hinter der Feuerstelle, in dem vielleicht einmal Holz gelagert worden war. Jetzt stand eine Pritsche darin, eine Holztruhe und ein kleiner, traurig wirkender Schrein in der Ecke, der aus Kerzen, Blumen und den Habseligkeiten des verschwundenen Mädchens bestand.

Simon deutete auf den Schrein. »Da. Das sind sie.«

Han kniete sich hin und durchsuchte den Kram. Es war nicht viel – ein paar Kleidungsstücke, die zu groß für Rebecca zu sein schienen, und auch ein paar gewagtere Sachen, als er jemals bei ihr vermutet hätte. Nichts von alldem kam ihm vertraut vor. Allerdings hatte sie ja ihre eigenen Sachen zurücklassen müssen, als sie aus Odenford verschwunden war.

Ihr Pferd war weg, hatte Simon gesagt. Also war sie vielleicht noch am Leben. Immerhin war das der beste Hinweis, den er bisher bekommen hatte. Der *einzige*. Sofern es sich wirklich um *sie* handelte.

»Was für ein Pferd hat sie geritten?«, fragte Han.

»Einen Flatland-Hengst«, sagte Simon. »Einen Grauen.«

Einen Hengst. Händler ritten Ponys, grundsätzlich. Schon jemand anderes hatte ein Mädchen gesehen, auf das Rebeccas Beschreibung passte – auf einem grauen Flatland-Hengst. Aber Rebecca hatte in Odenford ein Bergpony gehabt. Eine Stute, die mit ihr zusammen verschwunden war.

Wenn sie nicht von den Bayars, sondern von jemand anderem lebendig verschleppt worden war, hatte er keine Ahnung, wohin sie gegangen sein könnten.

Aber das alles passte nicht zusammen. Ein Gefühl der Enttäuschung wallte in ihm auf, aber es blieb ihm nichts anderes übrig, als weiterzusuchen.

Am frühen Nachmittag erreichte Han schließlich Delphi. Die Stadt war diesmal sogar noch mehr bevölkert, als er sie in Erinnerung hatte. Jetzt hielten sich hier nicht nur die Flüchtlinge aus Arden auf, sondern auch die aus Tamron.

Aber wenigstens waren das Probleme, die er nicht lösen musste. Über die Fells gab es nur wenig Neuigkeiten, abgesehen davon, dass die Erbprinzessin noch immer vermisst wurde und möglicherweise ihre jüngere Schwester an ihrer Stelle zur Erbin ernannt werden würde. Delphi betrafen dabei vor allem die Drohungen der »kupferköpfigen Wilden«, dass sie die Grenze schließen und den Handel zwischen Delphi und Fellsmarch zum Erliegen bringen würden, wenn man die Erbprinzessin tatsächlich überging.

Auch diesmal kam Han am *Zum Trunkenen Schaf* vorbei, wo er damals Cat getroffen und den Falschspieler hochgenommen hatte. War das alles tatsächlich noch nicht mal ein Jahr her? Er hoffte, dass Cat und Dancer immer noch zusammen waren und sich ihren Sommerstudien widmeten, weit entfernt von dem Chaos, das sein Leben gerade auf den Kopf stellte.

In einer anderen Schenke bezahlte er einen hohen Preis für Unterkunft und Essen und füllte seine Vorräte wieder auf – zumindest so weit, dass sie bis zum Marisa-Pines-Camp reichen würden. Er dachte darüber nach, ob die Matriarchin Willo Song wohl da war.

Jetzt bedauerte er seinen angespannten Abschied, bevor er nach Odenford aufgebrochen war. Ja, sie hatte ihn angelogen, sie hatte mit denen unter einer Decke gesteckt, die ihn benutzen wollten. Aber irgendwie war es auch erleichternd gewesen festzustellen, dass sie nicht perfekt war. Vielleicht war dies sogar die schwerste Lektion, die Han gelernt hatte – dass niemand nur gut oder schlecht war. Alle Menschen schienen eine Mischung aus beidem zu sein.

Han nahm sich vor, am nächsten Tag zum Marisa-Pines-Pass aufzubrechen, aber dann durchkreuzte ein Frühlingssturm von Norden seinen Plan. In Delphi fielen gut dreißig Zentimeter Schnee, und der Mann von der Pferdestation erklärte, dass auf dem Pass drei oder vier Mal so viel gefallen sein musste. Und das bedeutete, dass nur ein Idiot versuchen würde, den Pass zu benutzen, bevor das Wetter sich wieder besserte.

Da Han sich mit Frühlingsstürmen in den Bergen nicht auskannte, verschob er seinen Aufbruch. Er vertrieb sich die Zeit damit, weitere Schenken und Ställe abzuklappern und sich nach einem grünäugigen Mädchen zu erkundigen, das mit zwei Amulettschwingern unterwegs war. Oder einem Haufen zwielichtiger Typen. Oder auch ganz allein. Ein Schankmädchen erinnerte sich an zwei Amulettschwinger, die Micah und Fiona ähnelten und einige Wochen zuvor durchgekommen waren. Aber niemand erinnerte sich an ein Mädchen, das Rebecca ähnelte, ob mit oder ohne Begleitung.

Sie ist nicht tot, sagte Han sich immer wieder. Delphi ist das reinste Irrenhaus. Kein Wunder, dass man sich hier nicht an sie erinnert.

Seit wann war sie eigentlich so wichtig für ihn?

Er bezahlte den Stallmeister für die zusätzlichen Kornrationen für Ragger und das Ersatzpony, das er aus Odenford mitgenommen hatte, und die beiden Ponys stopften sich ordentlich voll.

»Gewöhnt euch nur nicht zu sehr an das bequeme Leben«,

murmelte Han mehr zu sich selbst als zu den Tieren. Auf dem Markt erstand er dann noch ein Paar Schneeschuhe und biss angesichts des Preises die Zähne zusammen.

Bereits einen Tag nach dem Sturm brach er auf, noch vor der Morgendämmerung, die strahlend klares Wetter versprach. Er hatte zwar darüber nachgedacht, ob er nicht noch einen Tag abwarten sollte; schließlich könnten dann andere Reisende den Weg für ihn bahnen. Aber offenbar rechnete man in Delphi mit noch mehr schlechtem Wetter, einem weiteren Frühlingssturm, weshalb er lieber losziehen wollte, solange es noch ging. Und wenn der Sturm dann wirklich zuschlug, würde er bereits gemütlich im Marisa-Pines-Camp weilen. Hoffte er zumindest.

KAPITEL SIEBEN

Das Schwert mit der Lady

Verglichen mit dem letzten Mal war die Grenzüberquerung ein Kinderspiel. Han hielt das Amulett fest, indem er die Hand unter den Umhang schob und so tat, als würde er sie wärmen. Eine von oben bis unten eingemummte Blaujacke verließ widerwillig das warme Wachhaus und winkte Han nach einem kurzen prüfenden Blick weiter. Anscheinend konzentrierten sich die Soldaten der Fells in diesen Zeiten hauptsächlich auf das, was im Innern des eigenen Reiches geschah – auf das Drama um die Prinzessin. Niemand schien sich um einen einsamen Reiter zu kümmern, der in den Norden wollte.

Seltsamerweise war Han enttäuscht. Er hatte sich fast schon darauf gefreut, dass irgendein Schwertschwinger es darauf anlegen würde, seine glänzenden neuen Waffen an ihm auszuprobieren.

Die Ponys waren richtiggehend ausgelassen, als sie mit dem Aufstieg zum Pass begannen. Ragger schleuderte den Kopf hin und her und versuchte, Han die Zügel aus der Hand zu reißen.

»Heb dir deine Kraft lieber für später auf«, mahnte Han. »Es wird nicht lange dauern, bis du anfängst zu jammern.«

Es war dieselbe Straße, die er acht Monate zuvor mit Dancer entlanggeritten war, nur sah sie durch die jüngsten Schneefälle ganz anders aus. Es war schwer zu sagen, wie viel Schnee gefallen war. An manchen Stellen waren die Schneewehen so hoch, dass sie sogar Han auf dem Pferd überragten. An anderen Stellen hatte der Wind den Schnee wiederum so sehr weggefegt, dass der nackte Fels zum Vorschein kam. Als dann die Sonne aufging, glitzerten die Gipfel im Licht, und die Zweige und das Eis auf dem Gestein sahen aus, als würden sie in Flammen stehen.

Han hatte nicht viel Erfahrung damit, um diese Jahreszeit in den Bergen zu reisen. Die Sommer hatte er zwar meist in den Highland-Camps verbracht, aber im Winter war seine Heimat auf den Straßen von Fellsmarch gewesen. Je höher sie stiegen, desto kälter wurde es, und ganz egal, wie viele Kleidungsstücke Han auch übereinander anzog, der klare Himmel schien ihm die Wärme regelrecht aus dem Körper zu saugen. Han wärmte sich die Hände an seinem Amulett und das gefrorene Gesicht mit kleinen magischen Energiestößen.

Das Wetter in den Bergen war selbst im Sommer wechselhaft und tückisch, aber Han war trotzdem überrascht, wie sehr ihn der tiefe Schnee aufhielt. Dann verwandelte sich die Straße in einen schmalen Pfad, der sich zwischen riesigen Granitblöcken hindurchschlängelte; immerhin hatte dies den Vorteil, dass der Wind und das Schneetreiben zumindest ein bisschen nachließen.

Es dauerte nicht lange, und Ragger und das Ersatzpony hörten auf zu tänzeln und fingen stattdessen an zu jammern, die Ohren dicht an den Kopf angelegt. Immer wieder gönnte Han den Tieren eine Pause und gab ihnen jedes Mal etwas von dem mehr und mehr schwindenden Kornvorrat.

Irgendwann am Nachmittag stieß Han auf eine Abzweigung zu einer Schutzhütte der Clans – einem Wege-Camp –, die ein paar hundert Schritt von der Straße entfernt lag. Im Herbst hatten er und Dancer auf ihrem Weg nach Süden dort übernachtet. Jetzt bog er von dem Pfad ab und ritt auf die Hütte zu, um den Pferden einmal eine Pause unter einem wärmenden Dach zu gönnen.

Han zog in Erwägung, die Nacht in der Schutzhütte zu verbringen. Die Demonai statteten ihre Wege-Camps häufig mit Nahrungsmitteln und anderen Dingen aus, erst recht um diese Jahreszeit. Han's Vorräte reichten nur bis zum Marisa-Pines-Camp, wobei Han davon ausgegangen war, dass er vor Einbruch der Nacht dort eintreffen würde.

Wenn sie allerdings in der Schutzhütte blieben, überraschte sie vielleicht schon der nächste Sturm, und es war unmöglich vorauszusagen, wie lange sie dann dort festsitzen würden. Er beschloss, seine Entscheidung davon abhängig zu machen, ob sich in der Hütte Vorräte befanden; dann konnten sie den Sturm dort abwarten. Ansonsten würden sie den Pass erklimmen und hoffen, mit dem Schnee fertigzuwerden.

Als sie die Lichtung erreichten, erkannte Han die eingeschneite kleine Holzhütte mit dem behelfsmäßig angebauten Pferdeschuppen sofort wieder. Aber Ragger verhielt sich plötzlich störrisch, blieb abrupt stehen und warf den Kopf zurück. Seine Nüstern flatterten, als würde er eine Gefahr wittern, die in der schneidend kalten Luft lag.

In diesem Moment bemerkte Han die Leichen.

Es waren acht oder zehn, die jeweils in kleinen Grüppchen dalagen, als wären sie kämpfend zu Boden gegangen. Schnee hüllte sie in eine zerknitterte Decke, als hätte der Schöpfer versucht, sie zur Ruhe zu betten.

Han nahm seinen Bogen aus der Satteltasche und machte

sich mit halb erfrorenen Fingern an der Bogensehne zu schaffen, zog einen Pfeil aus dem Köcher und legte ihn an, während er den Blick über die Umgebung schweifen ließ und nach irgendwelchen Überlebenden Ausschau hielt.

Nichts – die weiße, reine Schneedecke war unberührt. Der Schnee hüllte die Leichen ein, ohne zu schmelzen, also mussten sie kalt sein. Diese Leute waren seit mindestens einem Tag tot.

Han fühlte sich daran erinnert, wie er einmal in Ragmarket über den Friedhof gegangen war, nachdem Grabräuber am Werk gewesen waren. Zu seinem großen Entsetzen hatte er festgestellt, dass er von lauter Leichen umgeben war, die in Leinen gehüllt auf dem Boden lagen, während neben ihnen die leeren Gräber gähnten. Schreiend war er vom Friedhof gelaufen. Er war damals sieben Jahre alt gewesen, im gleichen Alter wie seine Schwester Mari, als sie verbrannt war.

Als sich die Pferde schließlich wieder beruhigt hatten, ließ Han sie im Schritt um die Lichtung herumgehen; im Schutz der Bäume achtete er auf jede Bewegung um ihn herum. Die Hütte wirkte verlassen. Der Schnee türmte sich unberührt vor der Tür.

Han stieg ab und führte Ragger vorwärts. Die Zügel in der einen Hand, kniete er sich neben die erste Leiche und wischte den Schnee beiseite.

Es handelte sich um ein großes, stämmiges Mädchen, das ein bisschen älter sein mochte als er selbst. Sie sah aus wie ein Schwertfuchtler, auch wenn sie keinerlei Wappen trug, das verraten hätte, wem ihre Loyalität galt. Ihr Umhang war mit gefrorenem Blut verkrustet, und in ihrem Brustkorb steckte ein Armbrustbolzen.

War sie etwa eine Söldnerin aus dem Süden? War sie in einen Trupp von Demonai-Kundschaftern geraten? Nein, die

Demonai benutzten grundsätzlich Langbögen und schwarzgefiederte Pfeile.

Ragger hob den Kopf und wieherte warnend. Han drehte sich auf den Knien um und zielte mit seinem Pfeil in die Richtung, in die das Pony wieherte.

Ein reiterloses, kastanienbraunes Pferd stand am Waldrand bei den Bäumen, hatte die Ohren aufgestellt und beobachtete sie.

Han ließ den Bogen wieder sinken. Als er sich vergewissert hatte, dass das Tier allein war, rief er leise: »Du da. Wo ist dein Besitzer?«

Das Pferd stapfte schwankend auf sie zu und ging dabei fast zu Boden. Erst jetzt sah Han die Armbrustbolzen, die aus seiner Schulter und seinem Hals ragten. Ein kräftiger Wallach – ein typisches Armeepferd der Fells – mit zotteligem Winterfell. Ganz offensichtlich war das Tier ein Opfer des Kampfes oder Hinterhaltes geworden – was immer es auch gewesen sein mochte, das kürzlich hier stattgefunden hatte.

Als das Pferd in Reichweite gekommen war, streckte Han seine Hand aus, und der Wallach rieb seine Lippen daran. Über dem Sattel hing eine Tasche, die Han herunternahm, während er beruhigend auf das schwer verletzte Tier einsprach.

Han durchsuchte den Inhalt der Tasche – es handelte sich um die Ausrüstung eines Soldaten. In einer Seitentasche befand sich eine Zahlungsanweisung von der Wache der Königin der Fells, die auf eine Ginny Foster, Soldat, ausgestellt war.

Was hatten Blaujacken hier draußen mitten im Sturm zu suchen, noch dazu ohne Uniform?

Han arbeitete sich jetzt rascher durch das Schlachtfeld und

wischte den Schnee von zwei oder drei weiteren Leichen. Sie alle trugen unscheinbare Kleidung, sie alle waren noch jung.

Auf welcher Seite hatten sie gestanden? Wer hatte sie getötet? War jemand entkommen? Und wo waren ihre Mörder jetzt?

Es kam ihm nicht sehr klug vor, noch länger hier zu verweilen, auch wenn dieser Kampf längst vorbei war. Wenn die Mörder noch irgendwo in diesem Gebiet lauerten, würden sie vielleicht zur Hütte zurückkehren, wenn der nächste Sturm hereinbrach.

Han trat wieder zu dem verletzten Pferd. Es stand mit gesenktem Kopf da und atmete schwer und feucht. Es würde wahrscheinlich noch ein oder zwei Tage leiden, ehe sein Leben beendet sein würde.

»Ganz ruhig«, sagte er und griff dem Braunen unter den Hals. Er tastete mit den Fingern nach der Schlagader, während er gleichzeitig mit der anderen Hand sein Amulett umfasste.

»Schon gut«, flüsterte er – gefolgt von einem der tödlichen Zaubersprüche, die Crow ihm beigebracht hatte.

Der Wallach sank sanft zu Boden, und dennoch zitterte Han. Es war das zweite Mal, dass er jemanden mit Magie getötet hatte, und das erste Mal, dass es absichtlich geschah. Vielleicht würde es im Laufe der Zeit leichter werden.

Er warf einen kurzen Blick in die Hütte, fand aber nichts Brauchbares, außer einen Sack mit gefrorenem Hafer, den er aus dem behelfsmäßigen Schuppen mitnahm.

Nachdem er wieder im Sattel saß, zog er sein Schlangenstabamulett hervor; von jetzt an wollte er es über dem Umhang tragen. Seinen Bogen schob er griffbereit in die Satteltasche zurück, obwohl er hoffte, dass die Banditen oder

Eindringlinge – oder was auch immer – bereits weitergezogen waren.

Den Rest des Nachmittags war Han mit dem Aufstieg zum Pass beschäftigt, während die Sonne der Westmauer entgegensank. Als er sich dem Pass näherte, sah er, dass seit dem letzten Sturm bereits jemand anders hier gewesen war. Hier und da gab es zwar unberührte Schneewehen, aber an anderen Stellen war der Schnee niedergetrampelt und voller Hufabdrücke.

Han ritt vorsichtig weiter; er wusste nur zu gut, dass jeder, der ein Stückchen Vorsprung hatte, sich nur umdrehen musste, um zu sehen, wie er den Hang hochkroch. Bei gutem Wetter hätte er ein Weilchen abgewartet und so für ordentlich Abstand zwischen ihm und den Fremden gesorgt, aber mittlerweile zogen am Horizont dichte, schwere Wolken auf. Er hatte keine Wahl. Der nächste Sturm war bereits im Anmarsch, und auf dieser Seite der Westmauer gab es keinen anderen Weg.

Als er durch die Engstelle des Passes kam, schrien seine Nerven auf, und seine Haut prickelte. Er wusste, dass diese Stelle sich hervorragend für einen Hinterhalt eignete – und Magie hin oder her, ein Bolzen zwischen den Schulterblättern würde ihn rasch zu Fall bringen.

Pfeile waren schneller als Zaubersprüche – hatte er nicht so was in der Art vor einer Ewigkeit zu Micah Bayar gesagt?

Aber er ritt ohne Zwischenfall durch den Pass und blieb an der höchsten Stelle für einen Augenblick stehen, um den langen Abstieg vor ihm zu betrachten. Der Schnee war aufgewühlt und zertreten worden, und zwar erst vor Kurzem. Ein Stück weiter vorn lag etwas quer auf dem Weg, ein schwarzer Fleck im Schnee.

Noch eine Leiche, mit Armbrustbolzen gespickt. Und sie

konnte noch nicht allzu lange hier liegen, denn sie war nicht schneebedeckt. Das hier musste also nach dem Sturm geschehen sein.

Reglos verharrte Han im Sattel und suchte mit den Augen seine Umgebung ab. Er musterte die Felsen beiderseits des Weges für den Fall, dass Bogenschützen dort lauerten und darauf warteten, ihn zu überfallen. Der Wind peitschte ihm feinen Schnee ins Gesicht, der wie glitzernde Glassplitter brannte.

Er hatte keine Lust, in diese Auseinandersetzung hineingezogen zu werden. Und er hatte nicht die Absicht, auf seinem Weg zu sterben, so kurz vor seinem Ziel. Aber er konnte auch nicht länger hierbleiben – nicht, wenn schon der nächste Sturm drohte.

Er ließ Ragger und das Packpferd langsam im Schritt weitergehen und murmelte dabei beschwichtigende Worte, an die er selbst nicht glaubte. Als er die Leiche erreicht hatte, starrte er auf sie hinunter.

Der Mann lag mit dem Gesicht nach unten da, die Arme vor sich ausgestreckt, als hätte er gehofft, noch weitergehen zu können. Der Schnee um ihn herum war blutgetränkt. Der Mann war groß und breitschultrig und trug die gleiche Kleidung wie die toten Soldaten bei der Schutzhütte. Wer auch immer ihn angegriffen hatte, wollte sichergehen, dass er wirklich tot war – Han zählte acht Armbrustbolzen in seinem Körper, bevor er das Zählen einstellte.

Der Schnee um die Leiche herum war niedergetrampelt; er fand die Abdrücke von Stiefeln und Hufen von mindestens einem Dutzend Reitern. Han musterte die Spuren, die in Richtung Marisa-Pines-Camp führten. Offenbar hatte jemand diesen Ort in Windeseile verlassen. Aus Angst, geschnappt zu werden? Oder wurde immer noch jemand gejagt?

Handelte es sich bei diesem Mann hier um einen einsamen Nachzügler vom Angriff bei der Schutzhütte? Wieso war man so erpicht darauf, ihn zu erledigen? War er so gefährlich gewesen?

Räuber oder Deserteure aus dem Süden hätten sich nicht um einen einzelnen Überlebenden geschert, oder? Soldaten hatten nie viel Geld bei sich, nicht einmal direkt nach dem Zahltag. In Ragmarket wussten alle, dass sie das Risiko eines Taschendiebstahls nicht wert waren, ganz zu schweigen von einem richtigen Überfall.

Und sie hatten Ginny Fosters Zahlungsanweisung ja auch gar nicht mitgenommen.

Das alles ergab keinen Sinn – außer, die Soldaten hatten etwas sehr Wertvolles bewacht, bestimmte Waren vielleicht. Vielleicht wollten ihre Angreifer einfach nicht, dass irgendjemand die Geschichte in die Hauptstadt trug.

Han war jederzeit auf einen Angriff aus dem Hinterhalt gefasst und sah sich wachsam um, bevor er weiterreiten wollte – da entdeckte er im Schnee gleich neben dem toten Soldaten etwas Glitzerndes.

Er stieg rasch ab und kniete sich neben die Leiche. Es war ein Schwert, das halb unter dem Mann begraben lag.

Bei der Vorstellung, einem Toten etwas zu stehlen, lief Han ein Schauder über den Rücken; dennoch drehte er den Mann sanft herum, sodass das Schwert jetzt ganz zu sehen war.

Es war wunderschön; der Griff und die Parierstange waren aus Gold in Gestalt einer Dame mit langen, fließenden Haaren gearbeitet.

Die Angreifer mussten es wirklich eilig gehabt haben, dass sie ein solches Prachtstück zurückließen.

Dies war nicht die Waffe eines einfachen Soldaten. Dies

war eines jener Dinge, die in den Familien der Blaublütigen von einer Generation an die nächste weitergegeben wurden. War es möglich, dass dieser Mann inkognito gereist war?

Er musterte das Gesicht des Mannes, um irgendwelche Hinweise zu finden. Er war älter als die anderen, die er gesehen hatte – etwa mittleren Alters, und seine soldatisch kurz geschnittenen Haare wurden bereits grau. Seine Augen, ebenfalls grau, starrten vorwurfsvoll ins Leere. Aber da war etwas Vertrautes an diesem Gesicht und diesen Augen.

Han zitterte und machte das Zeichen des Schöpfers. Oh, Alister, dachte er und schüttelte den Kopf. Jetzt fängst du wohl gleich noch an, dir tolle Abenteuergeschichten über einen Dieb und sein gestohlenes Schwert auszudenken.

Mit Daumen und Zeigefinger schloss Han dem Soldaten sanft die Augen. Da war noch etwas Wärme in der Leiche; sie war noch nicht ganz steif. Er hob die Hände des Soldaten und legte sie so auf dessen Brust, dass sie sich berührten. Dann setzte er sich zurück auf die Fersen und starrte vor sich hin. Sein Herz klopfte heftig.

An einer Hand trug der Soldat einen schweren Goldring, in den einander umkreisende Wölfe eingraviert waren.

Er hatte so einen Ring schon einmal gesehen.

Plötzlich erinnerte er sich, wie Rebeccas Korporal Byrne ihn in Odenford gegen eine Mauer geworfen und im Würgegriff gehalten hatte, während er von ihm wissen wollte, wo Rebecca war.

Als Byrne ihn losgelassen hatte, hatte Han den Ring an seinem Finger bemerkt. Wölfe. So wie dieser. So wie der Ring, den Rebecca Morley getragen hatte. Damals hatte Han gedacht, dass sie und ihr Korporal vielleicht ein Liebespfand ausgetauscht hatten.

Als er dem Toten jetzt noch einmal direkt ins Gesicht

blickte, sah er das Spiegelbild des Korporals – die gleichen grauen Augen, der gleiche Schnitt des Gesichts. Der Mann war Korporal Byrnes Vater. Er musste es sein.

»Beim Blute und den Gebeinen!«, rief Han laut. Diese Erkenntnis warf noch mehr Fragen auf, als dass sie Antworten gegeben hätte.

Der ältere Byrne war der Hauptmann der Blaujacken. Han erinnerte sich an den Tag in Southbridge, als der jüngere Byrne ihn davor bewahrt hatte, von Mac Gillen, einem brutalen Sergeant der Wache, verprügelt zu werden.

Es ist mir egal, ob Ihr der Sohn eines Befehlshabers seid oder zur Akademie geht, denn hier spielt das nicht die geringste Rolle, hatte Gillen höhnisch gesagt.

Die toten Soldaten waren dann ganz sicher auch Blaujacken. Mitglieder der Wache der Königin, die ohne Uniform unterwegs gewesen waren.

Also hatte jemand eine Gruppe von Blaujacken im Marisa-Pines-Pass getötet. Aber warum? Und wer? Nur die Demonai kamen ihm in den Sinn – falls die Spannungen zwischen den Clans und den Bewohnern des Vales eskaliert waren –, aber die Demonai-Krieger benutzten keine Armbrüste.

Und warum hätte die Wache ohne irgendwelche Erkennungsmerkmale reiten sollen? Sie musste die Grenze beim Marisa-Pines-Pass überquert haben. War sie von irgendeiner geheimen Mission im Süden zurückgekehrt?

Han kannte sich in militärischen Angelegenheiten nicht sonderlich gut aus, aber er hatte immer angenommen, dass sich die Armee der Highlander um irgendwelche Grenzstreitigkeiten kümmerte, nicht die Wache der Königin, die eher Leibwächter- oder Ordnungshüteraufgaben übernahm. Sie richteten ihr Augenmerk normalerweise auf Diebe, Attentäter und ähnliche Verbrecher, die sich in der Stadt herumdrückten und niemals Soldaten angreifen würden – noch dazu, wenn sie zu mehreren unterwegs waren.

Aber was auch immer dahintersteckte – es war nicht Han's Kampf. Er konnte Blaujacken nicht ausstehen. Sie hatten seine Mutter und seine Schwester getötet, indem sie sie im Stall verbrennen ließen. Sie hatten Han erbarmungslos für Morde gesucht, die er nicht begangen hatte. Er schuldete ihnen gar nichts. Zumindest versuchte er, sich das einzureden, während er damit beschäftigt war, die arme Ginny Foster aus seinem Kopf zu verbannen. Und die Leiche von Hauptmann Byrne zu ignorieren, die mitten auf dem Weg lag.

Han und Amon Byrne hatten ihre Auseinandersetzungen gehabt, hauptsächlich wegen Rebecca, aber trotzdem hatte sich der jüngere Byrne auf Han's Seite gestellt, als es sonst niemand getan hatte. Tatsächlich schien Korporal Byrne in einer Zeit, in der Skrupel rar waren, noch welche zu haben.

Han betrachtete das Schwert und fand, dass er es eigentlich bei Byrne lassen sollte, in seinen Händen oder neben ihm. Es schien irgendwie zu ihm zu gehören.

Aber wenn er es hierließ, würde der nächste Reisende, der über den Pass kam, es einfach mitnehmen und verkaufen.

Ich sollte es dem *Lýtling* Byrne geben, dachte Han. Er sollte das Schwert – und den Ring – bekommen. Und natürlich auch die Geschichte erfahren, wie sein Vater gestorben war.

Vorsichtig zog er den goldenen Ring von Byrnes Finger und steckte ihn in seine Börse.

Danach, das wusste Han, musste er sich schleunigst auf den Weg machen. Er fühlte sich völlig schutzlos in diesem Gelände; die Bedrohung ließ die Luft hier oben noch dünner erscheinen und machte das Atmen noch schwerer.

Aber trotzdem kam es ihm nicht richtig vor, ohne irgendeine Art von Zeremonie weiterzuziehen.

Hauptmann Byrne war im Kampf gestorben. Was konnte man für einen Soldaten dann noch tun? Han dachte einen Moment nach, dann nahm er sein eigenes Messer und legte es dem toten Mann in die Hände, mit dem Griff zum Kopf hin. Obwohl er nie viel vom Beten gehalten hatte, senkte er den Kopf und übergab Hauptmann Byrne an den Schöpfer und die Herrin.

Schließlich nahm Han das Schwert, stand auf und ging zu Ragger, der missbilligend dreinblickte. Er schob die Klinge in das Futteral am Sattel, gleich neben seinem Langbogen, und stieg auf. Stärker als je zuvor wurde ihm bewusst, wie sehr sich sein Heimatland veränderte und gefährlicher wurde, als es irgendein fremder Ort je gewesen war.

KAPITEL ACHT

Ende und Anfang

Bei Tagesanbruch fand Raisa ein Versteck in einer kleinen Schlucht ein paar hundert Schritt von dem Pfad entfernt, der zum Marisa-Pines-Camp hinunterführte. An dieser Stelle ging der Weg über festes Gestein, das der Wind vom Schnee befreit hatte; irgendwelche Verfolger würden kaum erkennen können, dass sie hier abgebogen war. Nachdem sie Mac Gillens Wallach in den hinteren Teil der Schlucht gebracht hatte, kehrte sie mit einem Kiefernzweig zurück, um auch die kleinsten Spuren zu verwischen, die vielleicht doch vom Pfad wegführen mochten.

Sie gab dem Pferd etwas zu fressen und zu trinken, nahm ihm aber nicht den Sattel ab, um jederzeit wegreiten zu können. Geschützt unter einem Überhang entfachte sie ein Feuer und kauerte sich daneben; sie verspeiste den Zwieback und die Wurst aus Gillens Satteltasche.

Könnte sein, dass das hier deine letzte Mahlzeit ist, dachte sie und erinnerte sich an die üppigen Festbankette, die sie auf Fellsmarch Castle erlebt hatte.

Tatsächlich war sie so ausgehungert, dass ihr das karge Mahl wundervoll schmeckte. Es gefiel ihr zu essen, während sie die kalte, klare Luft einatmete und spüren konnte, dass sie am Leben war. Nie zuvor hatte sie das so sehr zu schätzen gewusst wie in diesem Moment.

Im vergangenen Jahr hatte sie so viel gelernt – sollte das alles umsonst gewesen sein?

Ich bin noch nicht mal siebzehn, dachte sie. Ich habe noch so viel vor.

Wenn sie hier in den Bergen starb, würde Han Alister nie erfahren, was mit ihr geschehen war.

Und Amon. Er lebte noch – er *musste* noch leben. Sie konnte die Energie des Bandes spüren, das zwischen ihnen bestand. Er würde wissen, dass sie in Gefahr war. Er würde wie wahnsinnig versuchen, zu ihr zu gelangen.

»Es tut mir leid«, flüsterte sie. »Es tut mir so leid, was mit deinem Vater passiert ist. Bleib am Leben und komm nach Hause. Ich brauche dich jetzt mehr als je zuvor.«

Es war verführerisch, sofort wieder aufzubrechen, wo doch der sichere Hafen so nah erschien. Das Marisa-Pines-Camp war nur einen leichten Tagesritt entfernt, sofern das Wetter gut blieb. Sie spürte die Versuchung, einfach draufloszureiten und darauf zu vertrauen, ihren Beinahe-Attentätern entkommen zu sein.

Aber sie lauerten bestimmt irgendwo entlang des Weges. Sie wussten genau, welchen Weg sie nehmen musste, und sie würden alles tun, damit sie das Marisa-Pines-Camp nicht erreichte. Es war ein strahlender sonniger Wintertag. Wo immer sie auch hinging – sie würde Spuren auf der frischen Schneedecke hinterlassen. Es war besser, wenn sie auf den Schutz der Dunkelheit wartete und dann vorsichtig weiterging und sich dabei – wann immer möglich – abseits des Pfades zwischen den Bäumen bewegte. Vielleicht konnte eine einzelne Person in der Finsternis dem Hinterhalt entgehen, den sie zweifellos für sie errichtet hatten.

Manchmal war nichts tun anstrengender als irgendetwas tun.

Sie versuchte, vorauszublicken und sich selbst davon zu überzeugen, dass sie es schaffen würde und dass all diese Mühen, diese Kämpfe nicht umsonst sein würden. Sie war fest entschlossen, am Leben zu bleiben und sich an denen zu rächen, die Edon Byrne getötet hatten. Und die sich alle Mühe gaben, sie zu töten.

Im Marisa-Pines-Camp würde sie sich im Schutz der Clans etwas ausruhen können. Sie würde endlich um diejenigen trauern können, die mit ihrem Leben dafür bezahlt hatten, dass sie durchgekommen war. Und wenn sie erst einmal dort war, konnte sie ihrer Mutter, der Königin, eine Nachricht über den Überfall und den Verlust ihres Hauptmanns zukommen lassen.

Sein Tod war ein massiver Angriff auf die Autorität der Königin. Vielleicht würde er Königin Marianna aufwecken, vielleicht würde sie endlich erkennen, welche Gefahren den Grauwolf-Thron wirklich bedrohten. Vielleicht würde Marianna sich bereit erklären, zum Camp der Demonai zu reisen, wie Elena es vorgeschlagen hatte, und den Clan-Heilern gestatten, den Hohemagier zu überprüfen, ob er immer noch an die Königin gebunden war. Sie konnten herausfinden, wie viel Schaden Gavan Bayar angerichtet hatte, und einen Weg finden, ihn zu beheben.

Wenn sie das hier überlebte, so schwor sich Raisa, würde sie ihrer Mutter mit aller Kraft helfen, diesen wichtigsten aller Kämpfe zu gewinnen. Sie würden sich verbinden – Mutter und Tochter, Königin und Erbprinzessin. Falls Marianna nach Raisas Jahr im Exil dazu bereit war.

Sie repräsentierten das Grauwolf-Geschlecht – und nichts konnte sich ihnen entgegenstellen.

Selbst Mellony würde dabei eine Rolle spielen. Raisa wollte sich ihrer jüngeren Schwester annähern und sie nicht mehr nur als Rivalin im Kampf um die Macht und die Zuneigung ihrer Mutter betrachten.

Eine Begegnung mit dem Tod war manchmal die Hebamme für ein neues Leben. Für Weisheit und gute Absichten. Raisa betete, dass sie lange genug leben würde, um sie auch in die Tat umsetzen zu können.

Derart entschlossen rollte sie sich neben dem Feuer zusammen. Sie musste schlafen – sie würde in der Nacht einen klaren Kopf benötigen.

Aber es dauerte lange, ehe sie einschlief. Von überall her bedrängten sie Gefahren. Sie drückten sie nieder, pressten sie flach auf den Boden. Mehrmals riss sie hektisch die Augen auf, als ein leises Geräusch sie erschreckte.

Als sie endlich doch einschlief, waren ihre Traumsequenzen so lebhaft wie Fieberträume oder wie die Bilder in einem Gedenkstein der Clans.

Sie lag neben Han Alister auf dem Dach der Bayar-Bibliothek in Odenford, und ihr Kopf ruhte auf seiner Schulter. Über ihnen explodierte ein Feuerwerk und ließ Flammen vom Himmel regnen. Plötzlich rollte er herum, drückte sie auf die Dachziegel und hielt ihr ein Messer an die Kehle. »Wie sind die Regeln, um miteinander auszugehen?«, fragte er. »Wen darfst du küssen und wie oft, und wer fängt an?«

»Ich weiß es nicht«, antwortete sie. »Ich kenne die Regeln nicht.«

Und er sah sie mit seinen fesselnden blauen Augen an, strich ihr mit seinen heißen Fingern über die Wange und flüsterte: »Wovor hast du Angst? Vor Dieben oder Magiern?«

Die Szene löste sich auf, und sie war wieder ein kleines Kind, das sich auf dem Schoß ihrer Mutter zusammenkauerte. Marianna las aus einem Bilderbuch vor, während Raisa mit den Fingern in den schimmernden Haaren ihrer Mutter spielte.

Danach träumte sie von einem lang zurückliegenden Picknick auf Hanalea. Ihre Mutter bewarf ihren Mann mit harten Brötchen, nachdem der sie aufgezogen hatte. »Nächstes Mal suche ich mir eine Frau, die nicht so gut zielt«, sagte Averill lachend.

Die Szene veränderte sich erneut. Marianna saß neben dem aufgeblasenen Herzog von Chalk Cliffs, der sich für einen ziemlichen Frauenheld hielt. Der Herzog schnatterte unaufhörlich über sein Jagdhaus in den Heartfangs, und dass sie ihn unbedingt besuchen sollte. Marianna sah Raisa über den langen Tisch hinweg an, wölbte dabei eine Augenbraue und verzog den Mund zu einem leichten Lächeln. Ihre Mutter konnte mit einer kleinen Geste, mit einer schwachen Veränderung ihres Gesichtsausdrucks mehr sagen als Redner Redfern in einer einstündigen Predigt.

Schließlich schmiegten Raisa, Mellony, Marianna und Averill sich in einem Pferdeschlitten aneinander, als sie zur Sonnenwendfeier hinausfuhren, um das Feuerwerk zu sehen. Mariannas Wangen waren rosig vor Kälte, und sie lachte wie ein junges Mädchen. Raisa saß zwischen ihren Eltern und hielt ihre Hände; sie war die Verbindung zwischen ihnen. Dies entfachte mehr Wohlgefühl in ihr als all die Felle, in die sie eingewickelt war.

Es folgten weitere Traumbilder, neu und unvertraut. Handelte es sich dabei gar nicht um ihre eigenen Erinnerungen? War es Hellseherei? Weissagung? Oder die jüngste Vergangenheit?

Ihre Mutter kniete mit gesenktem Kopf im Kathedralen-Tempel. Sie hatte die Hände gefaltet, und Tränen liefen ihr über das Gesicht. Redner Jemson kniete neben ihr und drückte ihre Schulter mit einer Hand. Er sprach leise und Marianna nickte und sagte ebenfalls etwas, aber Raisa konnte sie nicht verstehen.

Dann saß Marianna in ihren persönlichen Gemächern an ihrem Schreibtisch, kritzelte ein paar Worte auf ein Blatt Papier und verspritzte in der Eile die Tinte. Redner Jemson und Magret standen als Zeugen daneben. Die Königin unterschrieb mit ihrem Namen und pustete dann auf das Blatt, damit die Tinte schneller trocknete, danach rollte sie es zusammen, verschloss es mit einem Band und reichte es Jemson.

Königin Marianna stand auf dem Balkon ihres Schlafzimmers im Königinnenturm und blickte über die Stadt. Ihre Hände ruhten auf der Steinbalustrade. Die Stadt glitzerte unter einer dünnen Schneedecke, durch die sich bereits die ersten Frühlingszwiebeln schoben. Es war später Nachmittag, und die tiefstehende Sonne warf lange blaue Schatten, wo immer sie eine Lücke zwischen den Gebäuden fand.

Jenseits des Schlossgeländes spielten Kinder im Park, und Marianna sah, wie sie sich in ihren bunten Kleidern drehten, hinfielen und wieder aufstanden, hörte den Klang ihres Gelächters in der milder werdenden Frühlingsluft. Marianna lächelte bei diesem Anblick und schob ihre Hände unter die Achseln, um sie zu wärmen.

Dann hörte die Königin ein anderes Geräusch, diesmal eines, das hinter ihr erklang, und sie machte Anstalten, sich umzudrehen.

»Mutter!« Raisa schoss abrupt hoch und war schlagartig hellwach. Ihr Herz flatterte schmerzhaft. Sie hatte den ganzen Tag durchgeschlafen, die Dämmerung hatte schon fast eingesetzt. Das Feuer war längst ausgegangen, und das bisschen Wärme, das die Frühlingssonne ihr beschert hatte, löste sich rasch auf. Gillens Pferd sah sie an und schnaubte Dampfwolken in die Luft.

Sie hatte das Gefühl, als würde ihr Schrei als Echo von den Gipfeln um sie herum widerhallen, von all den Gräbern der toten Königinnen. Zuerst klang es wie Mutter!, aber dann war es, als würde sich das Wort in Marianna! verwandeln, sich immer und immer wiederholend, bis es schließlich verklang.

»Mutter«, sagte Raisa noch einmal, diesmal leiser. Dennoch hörten es die Berge. Erneut nahmen sie den Refrain auf. Marianna! Nur dass sie jetzt das gesamte Ahnengeschlecht der Königinnen aufzählten.

Marianna ana'Lissa ana'Theraise ana'… und so weiter, die ganze Reihe zurück bis zu Hanalea. Die Namen hallten und schallten über die Berge wie das Läuten einer riesigen Glocke. Seit Hanalea die Große Zerstörung geheilt hatte, hatte es zweiunddreißig Königinnen gegeben. Und die Berge nannten jede einzelne.

Raisa hatte sich in diesen Bergen immer wohlbehütet und sicher gefühlt, verbunden mit der Zukunft wie mit der Vergangenheit. Jetzt aber hatte sie das Gefühl, ein herabbaumelndes, loses Stück Seil zu sein, während sich das ganze sichere Netz um sie herum mehr und mehr aufzulösen drohte. Oder wie ein Schössling, der aus der Erde gerissen und zum Sterben zurückgelassen worden war. Sie schloss die Augen und schickte ein stummes Gebet nach oben.

Als sie die Augen wieder öffnete, war sie von Wölfen umringt, die größer waren als alle, die sie je zuvor gesehen hatte. Graue Wölfe in allen möglichen Schattierungen. Ihre Augen waren blau und grün und grau und golden und schwarz.

»Verschwindet«, flüsterte sie und hob abwehrend die Hände. »Lasst mich in Ruhe.«

Eine Wölfin trottete langsam näher, bewegte sich leichtfüßig über den Schnee und betrachtete Raisa mit weisen, grauen Augen. Die anderen wichen zur Seite und machten für sie Platz.

»Sei gegrüßt, Raisa *ana'*Marianna«, sagte die Wölfin. »Wir sind deine Schwestern, die Grauwolf-Königinnen.« Die Wölfin setzte sich hin, der bauschige Schwanz schmiegte sich um ihre Pfoten. »Ist es nicht eine Schande, dass wir nur durch den Schmerz, der mit dem Verlust unserer Mütter verbunden ist, Königinnen werden?«, fragte sie und legte den Kopf leicht schief.

»Ich muss mich ausruhen«, sagte Raisa. »Ich muss noch einen weiten Weg zurücklegen.« Sie zog die Knie hoch und schlang die Arme darum. »Ich hatte schon genug Träume für heute.«

»Und wir als Königinnen gebären unsere Nachfolgerinnen nur um den Schmerz unseres eigenen Todes«, fuhr eine grünäugige Wölfin fort, als hätte Raisa gar nichts gesagt. »Aber das Wissen, dass unsere Töchter uns folgen, macht es uns leichter.«

Die Wölfin mit den grauen Augen stupste Raisas Knie mit der Schnauze an. »Du bist nicht allein. Wenn du dich konzentrierst, kannst du die Verbindung durch das gesamte Grauwolf-Geschlecht hindurch spüren.«

»Wir dienen den herrschenden Königinnen immer nur dann als Beraterinnen«, sagte die grünäugige Wölfin, »wenn die Situation gefährlich ist. So wie jetzt.«

»Nun, ich sehe euch aber schon seit Monaten«, erwiderte Raisa und zitterte. »Wieso habt ihr bisher noch nie mit mir gesprochen?«

»Deine Mutter konnte uns nicht mehr hören«, sagte die Wölfin mit den grünen Augen. »Deshalb sind wir zu dir gekommen.«

»Althea«, warf die grauäugige Wölfin tadelnd ein.

»Nun, es stimmt doch«, sagte Althea. »Raisa kann das genauso gut auch wissen. Dieser Bayar hat Königin Mariannas Ohren verstopft, damit sie unsere Warnungen nicht mehr hören kann. Und jetzt muss sie den Preis dafür bezahlen.«

»Wieso sollte ich euch zuhören?«, fragte Raisa. »Ihr könntet Halluzinationen sein oder von meinen Feinden beschworene Dämonen. Oder ein schlechter Traum«, fügte sie hoffnungsvoll hinzu.

»Du musst uns zuhören«, sagte die grauäugige Wölfin. »Du hast viele Feinde. Wenn du nichts tust, werden sie das Grauwolf-Geschlecht vernichten.«

»Deshalb bin ich auf dem Weg nach Hause«, erklärte Raisa. »Um meiner Mutter zu helfen. Der Königin. Wir haben einander viel zu lange nicht gesprochen.«

Der Wind bewegte die Baumkronen und flüsterte Marianna.

Die Wölfe rührten sich ebenfalls, sie sahen einander an und schnappten und jaulten.

»Das Geschlecht hängt an einem seidenen Faden«, sagte die grauäugige Wölfin. »Und dieser Faden bist du, Raisa ana'Marianna.«

Das entsprach so sehr ihren eigenen Gedanken, dass Raisa erneut zitterte.

»Meine Mutter und ich sind in Gefahr«, sagte Raisa. »Ist es das, was ihr mir sagen wollt?«

»Hüte dich vor jemandem, der vorgibt, ein Freund zu sein«, sagte Althea. »Suche in deiner nächsten Umgebung nach deinen Feinden.«

»Wieso müssen Prophezeiungen nur immer so verdammt kryptisch sein?«, fragte Raisa. »Wieso könnt ihr mir nicht einfach sagen, was Sache ist?«

Die Wölfinnen erhoben sich wie auf ein gemeinsames Signal.

»Dies ist die Nachricht, die wir dir überbringen wollen, Raisa *ana'*Marianna, Nachfolgerin der Königinnen der Sieben Reiche«, sagte Althea. »Du musst um den Thron kämpfen. Du musst für das Grauwolf-Geschlecht kämpfen. Du darfst dich nicht verführen lassen wie Marianna. Die Zukunft des Reiches steht auf des Messers Schneide.« Sie verbeugte sich, wandte sich ab und trottete davon.

Die anderen folgten ihr, bis auf die grauäugige Wölfin. Sie neigte den Kopf und betrachtete Raisa nachdenklich, als würde sie sie abschätzen. Raisa hatte das Gefühl, Sympathie in den Wolfsaugen zu lesen.

»Raisa *ana'*Marianna, meine Schwestern sprechen die Wahrheit, aber diese Wahrheit ist unvollständig. Begeh nicht den gleichen Fehler wie ich. Wähle deine Freunde sorgfältig aus. Vergiss niemals, dass zwei miteinander verschlungene Fäden stärker sind als ein doppelt so dicker.«

»Meine Mutter und ich«, flüsterte Raisa. »Ist es das, was du meinst?«

Die Wölfin warf einen Blick über die Schulter, als machte sie sich Sorgen, dass ihre Schwestern zuhören könnten. Dann wandte sie sich wieder Raisa zu. »Merk dir, dass du manchmal die Pflicht über die Liebe stellen musst. Vergiss deine Pflicht nicht. Aber wähle die Liebe, wann immer du kannst.«

Raisa starrte sie an. »Wer bist du?«, flüsterte sie.

»Ich bin Hanalea *ana'*Maria, die die Welt zerstörte – und wieder heilte.«

»Aber …« Raisa suchte noch nach Worten, als Hanalea bereits den Kopf neigte und sich abwandte. Dann begann sie zu laufen, die Ohren angelegt, der Schwanz hinter ihr herflatternd, und verschwand in den Schatten der Bäume.

Raisa öffnete die Augen. Sie lag auf dem Rücken und starrte zu den Baumkronen hoch. Kälte und Feuchtigkeit drangen durch ihren Umhang. Schnee rieselte zu Boden, als der Wind die Zweige bewegte.

Marianna, flüsterten sie.

Sie setzte sich auf; ihr Kopf immer noch benommen von dem Nachhall der Träume, in ihrem Bauch ein Knoten aus Angst.

Also war es ein Traum gewesen. Aber was hatte er zu bedeuten? War es ein Albtraum, der ihre Sorgen widerspiegelte? Eine düstere Vorahnung, dass etwas passieren würde? Eine verworrene Parabel, die etwas ganz anderes symbolisierte?

Es hieß, dass die Grauwolf-Königinnen die Gabe der Vorhersehung besaßen, aber bei ihrer Mutter Marianna hatte sie das nie beobachten können. War dies der Weg, auf dem die Botschaften übermittelt wurden – von grauen Wölfinnen in einem Traum?

Aber vielleicht war es auch einfach nichts weiter als das – ein *Traum*. Als Folge eines traumatischen Tages.

Konnte sie auf eine Tradition von Magie vertrauen, die in einem tiefen Schlummer gelegen zu haben schien – das Relikt einer Vergangenheit, in der Magier sich anständig verhalten hatten und die Macht der Amulette ewig fortdauerte? Als Königinnen noch gewusst hatten, was sie taten?

Was würde sie vorfinden, wenn sie wieder in Fellsmarch war? Welche Gefahr konnte so machtvoll sein, dass die Wölfe diese Warnung ausstießen?

Sie musste es wissen. Sie musste mehr wissen.

Sie mühte sich auf die Beine – und bemerkte währenddessen, dass der Schnee um die Lagerstelle herum von Pfotenabdrücken übersät war.

Wolfsspuren.

Bei den Gebeinen, dachte sie. Vielleicht war sie ja dabei, den Verstand zu verlieren.

»Tut mir leid«, flüsterte sie zu Gillens Pferd, das die ganze Zeit gesattelt dagestanden hatte. Es war ihm gelungen, sich den Rücken an einem Baum zu scheuern, sodass der Sattel jetzt schief hing. Sie lockerte die Gebissstange, um ihm etwas zu fressen und zu trinken geben zu können, dann zurrte sie den Sattelgurt wieder fest und saß auf.

Als sie aus der dunklen, schmalen Schlucht ritt, war es sogar heller, als sie gedacht hatte. Der Schnee reflektierte die letzten Sonnenstrahlen des Tages, die den Weg vor ihr beleuchteten. Sie sah sich in alle Richtungen um, dann wandte sie sich nach Norden, zum Marisa-Pines-Camp.

Wann immer es möglich war, lenkte Raisa den Wallach abseits des Pfads in den Schutz der Bäume, auch wenn sie dadurch langsamer vorankamen. Sie hoffte einfach, dass sie auf diese Weise nicht von oben gesehen werden würde, falls dort jemand lauerte. Sie hielt Gillens gespannte Armbrust fest, auch wenn sie wusste, dass ein Schuss sie nicht retten würde.

Es kostete sie Überwindung, den Wallach zu zügeln, wo sie ihn doch am liebsten zum Galopp angetrieben hätte und die ganze Strecke entlanggerast wäre, um endlich in Sicherheit zu sein. Gelegentlich blieb sie stehen und lauschte, aber das Einzige, was sie hörte, waren die leichten Bewegungen der Zweige über ihr und das sanfte Knirschen, mit dem Schnee auf Schnee fiel.

Diejenigen, die hinter ihr her waren, würden sich ebenfalls nur sehr vorsichtig bewegen, damit sie ihnen nicht etwa in der Eile durch die Lappen ging. Vielleicht hatten sie ihr aber auch eine Falle gestellt und warteten jetzt wie die Spinnen darauf, dass sie hineinstürzte.

Sie gab sich alle Mühe, ihre Umgebung wachsam im Auge zu behalten und sich nicht ihren Gedanken hinzugeben. Sie konnte es sich nicht leisten, ausgerechnet jetzt darüber zu sinnieren, welche Weichen sie hierhergeführt hatten, an diese Stelle, an der Leben und Tod sich kreuzten. Ihre Zukunft – ihr Leben hing von dieser kurzen Zeitspanne auf diesem schmalen Pfad ab, der von Delphi über den Marisa-Pines-Pass zum Camp weiter unten führte.

Wo sind die Demonai?, dachte sie. Wieso konnten sie diesen Weg nicht jetzt patrouillieren?

Als das Tageslicht immer schwächer wurde, lockerte Raisa ihren verkrampften Griff, mit dem sie die Zügel umklammerte. Vielleicht konnte sie jetzt etwas schneller vorankommen, zumindest so lange, bis der Mond aufging. Aber ohne Licht war es noch tückischer, abseits des Weges zu reiten. Wenn ihr Pferd sich auch nur ein Bein verstauchte, war es vorbei. Also riskierte sie es, längere Zeit auf dem Pfad zu bleiben, und ließ an den Stellen, wo sich die Bäume über ihr schlossen und sie vor feindlichen Blicken schützten, den Wallach schneller laufen.

Wie viele von ihnen mochten noch da draußen sein? Wie viele waren durch die Hände ihrer Wachen gestorben? Würden sie sich aufteilen oder zusammenbleiben? Würden manche den Weg benutzen und hoffen, sie aufhalten zu können, während andere entlang des Weges versteckt auf sie lauerten?

Raisa versuchte, vorausschauend am Wegesrand irgendwelche Hinterhalte ausfindig zu machen, aber die Dunkelheit verbarg diese ebenso, wie sie selbst von der Dunkelheit verborgen wurde. Weiter vorn schlängelte sich der Pfad durch eine schmale Schlucht, die an einem zugefrorenen Bach entlangführte. Sie konnte Spuren erkennen – der Beweis dafür, dass seit dem Sturm hier Pferde durchgekommen waren.

Sie redete sich ein, dass das nicht notwendigerweise bedeuten musste, dass diese Pferde noch immer hier waren. Außerdem gab es sowieso keinen anderen Weg. Sie drückte sich dicht an die Felswand und beugte sich weit nach vorn; sie machte sich auf dem Pferderücken so flach, dass sie vor dem Eingang der Schlucht nicht als Silhouette zu sehen war, und führte den Wallach hinein.

Das Überraschungsmoment war ihre Rettung. Die in der Schlucht lauernden Männer hatten wahrscheinlich schon seit Stunden dort gewartet, sodass ihre Wachsamkeit etwas nachgelassen hatte.

Raisa hatte die Schlucht zur Hälfte durchquert, als sie an der gegenüberliegenden Felswand eine kurze Bewegung wahrnahm. Ein Pferd wieherte zur Begrüßung, und Gillens Pferd antwortete.

Dann hörte sie plötzlich von allen Seiten das Scharren von Stiefeln, als die Männer nach ihren Waffen griffen, die sie neben sich gelegt hatten.

Raisa trieb dem Wallach die Fersen in die Flanken, und er raste davon. Hinter ihr fluchte jemand. Ein Ruf erklang und hallte von den Felsen wider.

Raisa schoss aus der Mündung der Schlucht und trieb das Pferd zu noch größerer Geschwindigkeit. Sie flogen regelrecht über den schmalen Pfad zwischen den Bäumen und riskierten Kopf und Kragen in der fast vollständigen Dunkelheit. Hinter ihr hörte sie Hufe über den Fels klappern, und das Geräusch verwandelte sich in dröhnendes Hufgetrappel, als ihre Verfolger ihr nachsetzten.

Nachdem er den ganzen Tag zum Stillstehen gezwungen gewesen war, schien der Wallach nun ganz erpicht darauf zu sein, in Höchstgeschwindigkeit zu galoppieren. Raisa ließ ihm die Zügel schießen. Die Bäume am Wegesrand zogen in verschwommenen Schemen an ihr vorbei, und der Wind schlug ihr kräftig ins Gesicht. Vielleicht würde sie am Ende einen Felsabhang hinabstürzen, aber der Tod war ihr genauso sicher, wenn sie sich von ihren Verfolgern einholen ließ.

Sie dachte über ihre Chancen nach, es bis zum Marisa-Pines-Camp zu schaffen. Ihr Wallach war ausgeruht, und verglichen mit ihren Verfolgern war sie ein Leichtgewicht. Aber sie kannte den Weg nicht, und sie wusste auch nicht, ob irgendwo ein weiterer Hinterhalt für sie vorbereitet worden war. Auf jeden Fall war sie schon aus einer Meile Entfernung zu hören.

Sie ließ die Bäume hinter sich und überquerte eine breite Wiese. Hinter ihr erklang das Geräusch von Armbrüsten, woraufhin sie begann, im Zickzack zu reiten – das hatten ihr die Demonai beigebracht. Die Bolzen schossen an ihr vorbei; keiner wurde ihr auch nur annähernd gefährlich. Aber durch den Zickzackritt wurde sie langsamer, und als sie sich umsah, stellte sie fest, dass die Attentäter aufgeholt hatten.

Erneut gelangte sie in den Schutz der Bäume, aber sie schaffte es nicht, wieder mehr Abstand zwischen sich und ihre Verfolger zu bringen, bei denen es sich etwa um ein halbes Dutzend handeln musste.

Da erblickte sie erneut die Wölfe, die rechts und links von ihr durch den Wald liefen, die Ohren angelegt, die Beine unaufhörlich in Bewegung. Mit Leichtigkeit hielten sie mit ihr Schritt.

Raisa fragte sich, warum sie nicht vor ihren Verfolgern den Weg kreuzen und ihre Pferde ein bisschen erschrecken konnten.

Dem Wallach trat Schaum aus dem Maul, und er wurde etwas langsamer. Wie lange würde er noch durchhalten? Aber auch die anderen Pferde mussten müder werden. Mehr noch als ihres.

Und wieder tauchte sie zwischen zwei großen Felswänden in eine Schlucht.

Beim Blute und den Gebeinen! Weiter vorn trieben zwei Reiter ihre Pferde von rechts und links in die Mitte des Pfades und versperrten ihr den Weg; sie hielten ihre Armbrüste locker in den Armen und grinsten.

Raisa sah sich wild um. Die Schlucht war hier schmal, und es gab keine Möglichkeit, um die Männer herumzureiten. Die Reiter hinter ihr grölten begeistert, als sie sahen, dass sie zwischen beiden Gruppen gefangen war.

Wut loderte in ihr auf. Diese Männer waren Feiglinge und Verräter – griffen zu acht eine einzelne Person an.

Sie zog Gillens schweres Schwert aus der Scheide, streckte es wie einen Spieß nach vorn und gab dem Wallach die Fersen.

»Für die Kriegerin Hanalea!«, schrie sie und raste weiter, genau auf die Reiter zu, die ihr im Weg standen. Das Grinsen wich aus ihren Gesichtern und verwandelte sich in Überraschung und Panik. Sie zerrten an den Zügeln ihrer Pferde und versuchten, sie aus dem Weg zu bekommen.

Die Schwertspitze bohrte sich in den Hals des einen Pferdes, als Raisa vorbeipreschte. Das Pferd schrie, und sie ließ das Schwert sofort los, um nicht von ihrem Wallach gerissen zu werden.

Sie hörte eine Armbrust surren, und dann traf sie etwas oben im Rücken und schleuderte sie zu Boden. Sie landete mit dem Gesicht nach unten. Der Wallach stellte sich über sie; Schaum tropfte auf ihren Hals. Sie kämpfte sich auf die Beine und versuchte, den pochenden Schmerz in ihrem Rücken ebenso wenig zu beachten wie die Taubheit und das Prickeln in ihrem linken Arm.

Die anderen Attentäter mussten erst an den beiden Männern vorbei, die ihr aufgelauert hatten – das würde einen Moment dauern, aber sie würden dennoch in null Komma nichts bei ihr sein. Raisa packte den Sattelknauf und versuchte, wieder aufzusteigen, aber sie stellte fest, dass ihr Arm praktisch nicht mehr zu gebrauchen war. Der Schmerz war zu groß, als dass sie es hätte schaffen können. Daher packte sie stattdessen die Armbrust und rannte zu dem wirren Haufen aus Felsblöcken am Ende der Schlucht. Sie fing an zu klettern; ihr Atem zischte zwischen den Zähnen, und Tränen liefen ihr über das Gesicht. Wann immer sie sich streckte und bewegte und nach etwas griff, veränderte der Bolzen in ihrem Rücken seine Position und schickte einen brennenden Schmerz durch ihren Körper, der sie mehr und mehr benommen machte.

Ihr war klar, dass sie das Unvermeidliche nur einige Zeit aufschob, aber sie war so wütend, dass ihr das vollkommen egal war. Sie konnte es unmöglich einfach so hinnehmen, so knapp vor ihrem Ziel doch noch von den Verrätern erwischt zu werden, die Edon Byrne ermordet hatten. Der einzige Weg, seinen Tod zu rächen, bestand darin, dass sie überlebte – auch wenn genau das im Moment immer weniger wahrscheinlich wurde.

Sie kletterte, bis es nicht mehr weiterging, dann quetschte sie sich in einen Felsspalt. Sie legte die Armbrust an ihre rechte Seite und ihren Dolch an die linke. Sie würden sie hier rauskratzen wie eine Muschel aus den Klippen entlang des Indios. Doch sie würde dafür sorgen, dass sie wenigstens einen kleinen Preis zahlen mussten.

Wussten sie, dass sie verwundet war? Vielleicht nicht.

Sie spürte, wie das Blut aus der Wunde unterhalb des linken Schulterblattes über ihren Rücken lief. Seltsamerweise wurde der Schmerz allmählich schwächer und wich einer sich ausbreitenden Taubheit. Hatte die Bolzenspitze einen Nerv getroffen?

Sie hörte jemanden von unten rufen, jemanden, den sie nicht sehen konnte.

»Ziehen wir die Sache hier nicht unnötig in die Länge. Zu Fuß werdet Ihr nie von hier wegkommen. Ergebt Euch, und es wird Euch nichts geschehen. Leistet Widerstand, und ich kann für nichts garantieren.«

Klar doch, dachte Raisa. Wir mögen zwar unsere Fehler haben, wir vom Grauwolf-Geschlecht, aber Dummheit gehört sicher nicht dazu. Sie antwortete nicht.

Nach einem langen Moment hörte sie, wie Befehle gebrüllt wurden. Die Männer schwärmten aus und durchsuchten die Schlucht. Sie hörte, wie Stein gegen Stein polterte, wie die Männer fluchten und überall um sie herum hochkletterten.

Dann kam von der anderen Seite der Schlucht einer von ihnen in Sicht; er zog sich auf einen kleinen Felsabsatz, richtete sich auf und sah sich um. Als er Raisa erblickte, grinste er und krümmte einen Finger.

»Markel!«, rief er und blickte den Weg zurück, den er gekommen war. »Hierher! Sie ist …«

Raisa hob die Armbrust und schoss direkt auf seine Mitte, wie sie es gelernt hatte. Er taumelte rückwärts und verschwand aus ihrem Blickfeld. Sie hörte die anderen rufen, als er auf dem Boden der Schlucht aufschlug.

Vielleicht hält es sie wenigstens ein bisschen auf, dachte sie. Sie fühlte sich eigenartig; ihre Gedanken waren verworren und langsam. Ihre Lippen und ihre Zunge wurden taub, und sie konnte die Finger der linken Hand nicht mehr spüren.

Sie blinzelte ein Doppelbild weg, und schlagartig begriff sie es. Gift. Die Bolzenspitze war in Gift getaucht worden.

Acht gegen eine hat wohl nicht gereicht, dachte sie. Nein. Wir müssen Gift benutzen. So viel zu einem fairen Kampf. Wenn es das überhaupt jemals gewesen war.

Ihre störrische Zuversicht versiegte. Was konnte sie schon gegen Gift machen? Es bestand vermutlich aus Pflanzenextrakten und war sicher clangefertigt. Die Clans stellten einige bemerkenswerte Gifte her.

Anfangs hatte sie heftig geblutet, aber jetzt spürte sie nicht mehr, ob noch irgendwelches Blut ihren Rücken hinunterlief. War das gut oder schlecht? Und wenn sie noch weiterblutete, würde dann ein Teil des Giftes ausgeschwemmt werden?

Es wirkte auf alle Fälle verdammt gut. Sie konnte nur noch verschwommen und wie durch Wasser sehen, und ihre Muskeln zuckten. Die Steine um sie herum zitterten und bebten. Wölfe bewegten sich wie Schatten durch die Dunkelheit, jaulten und drückten ihre warmen Körper gegen sie, als könnten sie sie dadurch irgendwie in dieser Welt behalten.

Sie konnte nur hoffen, dass sie tot sein würde, bevor die Männer sie fanden.

Jetzt hörte sie unten einen erneuten Aufruhr. Männer schrien einander an. Was war da nur los?

Zeit verging – in ihrem verwirrten Zustand war sie sich nicht sicher, wie viel. Eigentlich hätten sie sie inzwischen längst haben müssen. Es war still geworden in der Schlucht.

Sie tastete nach dem Dolch. Wenn jemand kommt, stich ihn ab. Wenn jemand kommt, stich ihn ab. Raisa wiederholte diesen Satz immer und immer wieder, damit sie ihn nicht vergaß.

Amon hatte ihr erklärt, dass dies der Sinn und Zweck der Waffenübungen war – die Muskeln und Nerven so zu trainieren, dass sie in einem Kampf von ganz allein handelten, ohne dass man eigens darüber nachdenken musste.

Sie hörte Amons Stimme in ihrem Kopf, tief und verzweifelt. Rai. Du darfst nicht sterben. Du darfst mir nicht sterben, Rai. Bleib am Leben. Bleib am Leben. Bleib am Leben.

Sie wedelte hilflos mit der Hand. Es tut mir so leid. Es tut mir so leid. Ich habe alles versucht.

Am meisten bedauerte sie, dass sie von Han getrennt worden war. Da war noch so viel, das sie ihm hatte sagen wollen, das sie ihm hatte gestehen wollen. Sie hatte ein Band der Wahrheit zwischen ihnen erschaffen wollen, das alle Lügen ersetzt hätte. Jetzt würde er wahrscheinlich nie erfahren, was mit ihr geschehen war. Was sie wirklich für ihn empfand. Wer sie wirklich war.

Sie versuchte, sich an Han's Gesicht festzuhalten, es in ihrem Geist zu bewahren – die strahlend blauen Augen unter den hellen Brauen, die erstaunlich adelig wirkende Nase, die gezackte Narbe, die knapp neben seinem rechten Auge verlief.

Winzige Kiesel rutschten an ihr vorbei nach unten, klirrten gegen das Gestein. Jemand kam, kletterte von oben herunter. Ihre Hand tastete über das Geröll und schloss sich um den Dolch.

KAPITEL NEUN

Unterbrochene Jagd

Manchmal war es schwieriger, hinunter- als heraufzukommen. Ragger wäre auf der abwärtsführenden Seite des Passes am liebsten schneller gelaufen, was allerdings keine gute Idee war, da Schneewehen die Beschaffenheit des Pfades verbargen – all die kleinen Spalten und Löcher und Steine oder sogar größeren Felsbrocken.

Die Pferdespuren auf dem Pfad wiesen deutlich darauf hin, dass hier erst vor Kurzem jemand durchgekommen war – in geradezu halsbrecherischem Tempo. Und dann hatten sich die Reiter aufgeteilt; einige waren in die umgebenden Wälder abgebogen, andere auf dem Weg geblieben. Verfolgten sie immer noch jemanden? Oder hatten sie sich nur getrennt, damit sie selbst nicht so leicht zu verfolgen waren?

Schließlich führte der Pfad unter die Baumgrenze, und der unablässige Wind ließ etwas nach. Han war ebenso dankbar wie besorgt: Der Kiefernwald, der sich jetzt dicht um ihn schloss, machte ihn nervös.

Dann erreichte er eine kleine Anhöhe, von wo aus er über einige Grate hinwegblicken konnte, über die der Weg – wie über die Wellen eines gefrorenen Meeres – zum Vale hinabführte. Er würde sich schon bald ein Lager für die Nacht suchen müssen, trotz seiner Sorge um das Wetter. Wolken sammelten sich bereits im Norden, während die Sonne immer noch über dem Horizont glitzerte und ihre Strahlen über die rasiermesserscharfen Gipfel im Westen schickte. Die Berge warfen blaue Schatten über den Schnee. In den Schluchten war es bereits dunkel. Die weiter entfernt stehenden Tannen waren nur noch schwarze Flecken in der Dämmerung.

Han hörte die Geräusche einer Verfolgungsjagd, noch bevor er die Jäger sehen konnte. Hufgetrappel auf Fels und Stein, die Rufe von Männern, das Twack der Armbrüste schallte von unten herauf.

Es musste die Gruppe sein, deren Spuren er schon den ganzen Tag gefolgt war – jene Leute, die Hauptmann Byrne und die anderen Blaujacken getötet hatten. Er hatte also richtig vermutet – sie waren auf der Jagd gewesen und schienen jetzt ein weiteres Opfer aufgescheucht zu haben.

War dieses Opfer eine letzte überlebende Blaujacke? Konnten sie nicht mal eine einzige entkommen lassen?

Er verscheuchte die Stimme, die zu ihm sagte: Das geht dich nichts an, Alister. Han ließ Ragger und das Packpferd weitergehen, bis er einen Blick ins Tal werfen konnte. Es war tief und wie eine Schüssel geformt, und am Grund befand sich ein vereister Bachlauf. Irgendwann in der Vergangenheit musste es dort unten gebrannt haben, denn es gab kaum Bäume.

Noch während er ins Tal hinunterstarrte, tauchte ein einzelnes Pferd mit einem Reiter zwischen den Bäumen auf und galoppierte über die Lichtung; der Reiter lag fast waagrecht auf dem Pferd. Es war eine Frau oder ein Mädchen, wie er feststellte, als er ihre Größe abschätzte. Sie trug die gleiche Kleidung wie die toten Soldaten und ritt auch auf einem ähnlichen Pferd. Wie eine Klette klammerte sie sich an den Rücken des Tieres und lenkte es im Zickzack über die Lichtung, um es den Armbrustschützen hinter ihr fast unmöglich zu machen, sie zu treffen.

Dann tauchten etwa hundert Schritt hinter dem Mädchen sechs Reiter auf; die Männer bellten wie Hunde, die eine Blutspur aufgenommen hatten. Wieder waren Armbrüste zu hören; die Bolzen schossen durch die Luft und schlugen überall um das Mädchen und das Pferd herum in den Boden ein, ehe Verfolger und Verfolgte in dem Wald auf der anderen Seite verschwanden.

Han beobachtete das Ganze wie erstarrt, bis die Geräusche der Verfolger allmählich zwischen den Bäumen verklangen und die Lichtung wieder still und leer dalag – abgesehen von den Bolzen. Die Geschosse hoben sich schwarz auf dem weißen Schnee ab und waren der Beweis dafür, dass das, was er gerade gesehen hatte, kein Traum gewesen war.

Die Ponys schnaubten ungeduldig und warfen den Kopf hoch. Han sprach geistesabwesend auf sie ein, um sie zu beruhigen, während er versuchte, aus alldem schlau zu werden.

Die Verfolger ritten auf Bergponys mit zotteligem Winterfell, wie es bei der Armee üblich war. Sie hätten ebenfalls Blaujacken sein können, doch ihre Kleidung gab nicht den kleinsten Hinweis darauf, wem ihre Loyalität galt; ganz im Gegenteil schien sie absichtlich so nichtssagend wie möglich ausgewählt worden zu sein. Und offenbar versuchten die Männer das Mädchen daran zu hindern, das sichere, nur ein paar Meilen entfernte Marisa-Pines-Camp zu erreichen.

Sie waren wild entschlossen, sie zu töten – sechs gegen eine. Das Blaujacken-Mädchen ritt wie eine Clan-Kriegerin, aber sie konnte unmöglich entkommen. Es war ein Wettlauf, bei dem es um Leben und Tod ging. Ein Wettlauf, der nicht das Geringste mit ihm zu tun hatte.

Er musste weiterreiten, versuchte er sich einzureden, und sollte dankbar dafür sein, dass die Männer durch diese Verfolgungsjagd genug zu tun hatten und er einen anderen Weg wählen konnte.

Aber was hatte er noch zu Rebecca gesagt, als sie ihn gefragt hatte, was er erreichen wollte, wenn er in die Fells zurückkehrte?

Ich habe die Nase voll von Leuten mit Macht, die die Schwachen schikanieren. Ich will ihnen helfen.

Han wusste nicht, was hinter dieser Verfolgungsjagd steckte. Aber wer immer auch dieses Mädchen war – er verspürte ein größeres Bedürfnis, ihr bei dem Kampf gegen die sechs Verfolger zu helfen, als sich für eine Königin einspannen zu lassen, die er hasste.

Und irgendwie passte das auch alles zusammen. Byrne war der Hauptmann der Wache der Königin gewesen und der Vater des ungemein aufrichtigen Amon Byrne. Dieses Mädchen war alles, was von seiner Gruppe noch übrig war. Und Amon Byrne war der Freund und Befehlshaber von Rebecca gewesen.

Obwohl er keinen richtigen Plan hatte, setzte er Ragger und das Ersatzpony im Schlepptau in Bewegung und rutschte seitlich den Hang hinab zu der Stelle, von wo aus er ihr folgen konnte. Am Anfang war er noch vorsichtig und ließ die Ponys langsam gehen, aber schon bald trieb er sie kräftig an, aus Angst, zu spät zu kommen.

Eine Meile weiter bergab hatte die Jagd ein abruptes Ende gefunden. Der Weg führte hier durch eine kleine Bergschlucht, die mit Felsbrocken und Geröll übersät war. Han konnte hören, wie die Männer einander etwas zuriefen. Er warf Raggers Zügel über einen Lorbeerbusch, stieg ab und schnappte sich seinen Langbogen und ein Bündel Pfeile.

Er kletterte an der Seite der Schlucht hoch, über Eis und Stein, und schob sich dann bis zum Rand, sodass er in die Schlucht hinuntersehen konnte. Blinzelnd versuchte er, im schwachen Licht etwas zu erkennen.

Das Pferd des flüchtenden Mädchens stand reiterlos an der Seite; es hielt den Kopf nach unten geneigt, seine Flanken hoben und senkten sich, und sein Fell dampfte in der kalten Luft. Im ersten Moment dachte Han, er wäre zu spät gekommen, und sie hätten das Mädchen bereits erwischt. Aber die Reiter stiegen in höchster Eile von ihren Pferden, luden ihre Armbrüste nach und zogen ihre Klingen. Offensichtlich hatten sie ihre Beute irgendwie gestoppt. Vielleicht war das Pferd gestolpert, und sie war abgeworfen worden.

Oder sie hatten sie in einen Hinterhalt gelockt. Als er jetzt noch einmal nachzählte, stellte er fest, dass sich mindestens acht Männer in der Schlucht befanden.

Einer der Männer hob eine Faust und bedeutete den anderen zu warten. Dann legte er die Hände wie einen Trichter um den Mund und rief: »Ziehen wir die Sache hier nicht unnötig in die Länge. Zu Fuß werdet Ihr nie von hier wegkommen. Ergebt Euch, und es wird Euch nichts geschehen. Leistet Widerstand, und ich kann für nichts garantieren.«

Ha, dachte Han. Das Mädchen hat gesehen, was mit ihren Freunden passiert ist. Sie müsste schon sehr dumm sein, um auf dieses Angebot reinzufallen.

Der Mann wartete. Er bekam keine Antwort, abgesehen vom Klirren der gefrorenen Blätter im Wind. Er zuckte mit den Schultern, nickte seinen Kameraden zu und brüllte ein paar Befehle. Die Männer schwärmten aus; sie stießen mit ihren Klingen ins Unterholz, stocherten in Spalten und hinter Felsbrocken herum, wateten durch Schneewehen, die ihnen bis zur Taille reichten, und arbeiteten sich die Schluchtwände hinauf.

Einer der Männer kletterte gegenüber von Han auf einen kleinen Felsabsatz und rief plötzlich etwas, dann taumelte er, schwankte und stürzte schreiend in die Tiefe, während er wild mit den Armen ruderte. Er landete rücklings auf dem Boden der Schlucht. Einer seiner Kameraden kletterte über die Felsbrocken hinweg zu ihm hin.

»Korporal Markel!«, rief er, und seine Stimme klang schrill vor Empörung. »Dieses verfluchte Miststück hat Jarvit einen Bolzen verpasst.«

Korporal?, dachte Han. Dann sind sie also tatsächlich Soldaten, wie ich es mir gedacht habe. Aber wieso haben sie Byrnes Trupp angegriffen? Müssten sie nicht eigentlich auf der gleichen Seite stehen?

Mit einem Mal sah es so aus, als wären die Jäger die Gejagten. Sie sprachen leise miteinander, drehten die Köpfe und musterten die Felswände. Dabei duckten sie sich tief, um bloß keine allzu geeignete Zielscheibe abzugeben – jeder von ihnen schien nur zu gern den anderen die Ehre zu überlassen, die verborgene Armbrustschützin aufzuspüren.

Markel fluchte und deutete mit einem Finger auf die rechte Felswand. »Der Bolzen muss von irgendwo da vorn gekommen sein«, rief er. »Es handelt sich um nichts weiter als ein mickriges Mädchen, ihr Feiglinge!«

»Sie hat schon Leutnant Gillen umgebracht«, quengelte Markels Kamerad. »Ich finde, sie ist um einiges gefährlicher, als du denkst.«

Han hob erstaunt den Kopf. Gillen? Mac Gillen? Wenn das Mädchen wirklich Gillen getötet hatte, hatte sie sich eine Belohnung verdient. Jeder Feind von Mac Gillen ist ein Freund von mir.

Die Soldaten standen da, murrten und sahen immer wieder zur Schluchtwand hinauf, wo sich das Mädchen irgendwo versteckt halten musste. Sie schienen wenig Lust auf diese Aufgabe zu haben.

»Ihr habt Hauptmann Byrne erledigt, habt ihr das vielleicht schon vergessen?«, höhnte Markel. »Ihr steckt viel zu tief mit drin, um jetzt auszusteigen. Wenn sie entkommt, habt ihr 'ne Menge Scheiße am Hals.«

Die Soldaten warfen ihrem Korporal finstere Blicke zu, ehe sie die Suche wieder aufnahmen – wenn auch diesmal etwas vorsichtiger.

Dann stimmte es also. Gillen und eine Gruppe von Abtrünnigen hatten ihren Befehlshaber und all diejenigen umgebracht, die mit ihm geritten waren. Vermutlich war Byrne das eigentliche Ziel gewesen, und jetzt wollten sie die Sache nur noch zu Ende bringen, damit niemand mit diesem Wissen übrig blieb.

Han traf eine Entscheidung.

Er kroch am Rand der Schlucht entlang, bis er gegenüber der Stelle war, wo sich das Mädchen versteckt halten musste, ziemlich nah bei Korporal Markel.

Für das, was er vorhatte, benötigte er keine Magie.

Er legte einen Pfeil an die Sehne seines Langbogens und zog sie bis zum Ohr zurück, dann ließ er den Pfeil los. Aus dieser kurzen Entfernung war die Wucht des Treffers so heftig, dass Markel halb herumgerissen wurde, bevor er mit dem Gesicht nach unten in den Schnee fiel.

Han war bereits wieder in Bewegung, noch bevor der Korporal auf dem Boden lag. Die Rufe einiger Männer erklangen aus der Tiefe der Schlucht und hallten von den Felswänden wider. Wenn es ihm gelang, die Mistkerle wegzulocken, hatte das Mädchen vielleicht eine Chance, sich aus der Schlucht zu schleichen und zu entkommen. Aber ohne Markel schienen die Soldaten nicht zu wissen, was sie tun sollten, denn sie rafften sich weder zur Verfolgung noch zum Rückzug auf. Sie liefen nur wild durcheinander, schwangen drohend ihre Waffen und schossen verspätet ein paar Bolzen in die Richtung, wo Han zuvor gewesen war.

Han suchte sich ein neues Ziel und ließ einen weiteren Pfeil von der Sehne schnellen. Wieder lief er sofort weiter und schoss noch einmal. Zwei für zwei. Chaos brach aus. Drei der verbliebenen Soldaten rannten jetzt zu ihren Pferden, der vierte fiel mit einem Pfeil im Auge tot um. Han erschoss auch noch die letzten drei, während sie versuchten, auf ihre Pferde zu steigen. Jeder kam ein Stückchen weiter, doch keiner schaffte es, sich in den Sattel zu schwingen.

»Ihr seid es wohl nicht gewöhnt, dass eure Opfer zurückschießen«, sagte Han. Er wartete ein paar Augenblicke ab, um herauszufinden, ob er noch jemanden übersehen hatte. Einer der gefallenen Soldaten kämpfte sich auf die Knie und kroch mühsam zu einem rotbraunen Wallach ganz in der Nähe. Der Mann war von Han's Pfeil gleich unterhalb des Brustkorbs getroffen worden und hinterließ eine Blutspur im Schnee, während er – die Hand in einer flehenden Geste ausgestreckt – langsam vorwärtskroch. Der Braune stand da und warf den Kopf zurück. Er verdrehte die Augen, während er aufmerksam zusah, wie der verwundete Mann sich näherte.

Han stieg mit angelegtem Pfeil, aber noch nicht gespanntem Bogen den Abhang hinunter, sprang leichtfüßig von einem Felsabsatz zum nächsten, bis er schließlich nur noch ein paar Schritte über dem Verwundeten war. Er suchte sich in aller Ruhe eine feste Standposition, zog die Sehne zurück und zielte sorgfältig.

Der Soldat keuchte dem Wallach zur Begrüßung etwas zu, das Pferd streckte ihm den Kopf entgegen und schnaubte neugierig. Mit letzter Kraft warf sich der Verwundete nach vorn und griff nach dem Steigbügel, dann fing er an, sich schwerfällig daran hochzuziehen und langsam aufzurichten.

Han's Pfeil traf ihn sauber im Nacken, und der Mann starb, ohne noch irgendein Geräusch von sich zu geben.

Zufrieden hängte Han sich den Bogen über die Schulter und ging im Halbkreis bis zu der Stelle, die sich seiner Vermutung nach knapp über dem Versteck des Mädchens befand. »He, du da! Alles in Ordnung?«, rief er.

Keine Antwort.

»Sie sind weg.« Er blinzelte in die Schlucht hinunter und versuchte, das Mädchen irgendwo auf dem Absatz unter ihm zu entdecken. »Du bist jetzt in Sicherheit. Ich … äh … hab sie alle verjagt.«

Noch immer keine Antwort. Andererseits, welchen Grund hatte sie auch, ihm zu glauben?

Er fluchte leise, dann rutschte und krabbelte er ein Stück nach unten. Um seinen Abstieg zu bremsen, hielt er sich immer wieder an Wacholderzweigen fest und riss sich auf diese Weise die Hände auf. Als er einen schmalen Absatz erreichte, der sich etwa in Mannshöhe über dem Grund der Schlucht befand, sah er im Schnee eine große purpurne Blutlache, an deren Rändern sich bereits Eiskristalle bildeten. Neben der Blutlache lag das gefiederte Ende eines Armbrustbolzens. Sie musste ihn abgebrochen haben.

Nein.

»Wo bist du? Ich weiß, dass du verletzt bist. Bitte. Ich will dir helfen.« Han kniete sich hin und musterte den Boden. Eine Spur aus dunkelroten Tropfen führte ins Unterholz.

»Ich komme jetzt«, sagte er. »Schieß nicht auf mich.«

Er nahm den Langbogen von der Schulter und legte ihn beiseite. Vorsichtig schob er die Zweige auseinander und kroch auf Händen und Knien vorwärts; seine einzige Lichtquelle war ein wenig magisches Licht aus seinen Fingerspitzen.

Sie steckte in einem Spalt zwischen zwei Felsen. Die Knie hatte sie bis zum Kinn hochgezogen; darauf ruhte ein Dolch, während die nutzlose Armbrust neben ihr lag. Sie war reglos und atmete kaum, wie ein Tier, das sich tot stellt. Hätte die Klinge nicht sein Licht reflektiert, hätte er sie vielleicht sogar übersehen. Als er jedoch näher kam, packte sie den Dolch und fuchtelte damit herum. »Zurück«, flüsterte sie. »Lass mich in Ruhe. Ich warne dich.« Sie schluckte und leckte sich die Lippen, dann reckte sie ihm störrisch das Kinn entgegen. »Noch einen Zoll näher, und ich schneide dir die Kehle durch.«

Rebecca Morley.

»Rebecca?«, flüsterte Han, erleichtert und bestürzt zugleich. Er hockte sich auf die Fersen. Sein Verstand raste. Sein Blick heftete sich auf den Dolch. Er sah wie eine kleinere Ausgabe des Schwertes aus, das er Hauptmann Byrne abgenommen hatte. Wahrscheinlich gehörte er ebenfalls ihm.

Wie kam es, dass sie bei Hauptmann Byrne gelandet war? Konnten Byrnes Blaujacken jene »Typen« gewesen sein, die Simon in Fetterford gesehen hatte? Aber was hatten sie dort gesucht?

»Rebecca.« Han beugte sich nach vorn und streckte eine Hand nach ihr aus. Sie hob sofort wieder den Dolch und starrte ihn mit wildem Blick an. »Erkennst du mich nicht? Ich bin es, Han.«

Er wusste, dass er nicht gerade wie ein Held aussah. Nach seiner wochenlangen Reise waren seine Haare struppig und sein Gesicht stoppelig, und er selbst war dünn geworden und dreckig. Er wusste außerdem, dass er wohl ziemlich fehl am Platz wirkte, denn sicher war er der Letzte, mit dem sie hier gerechnet hatte.

Aber er war immer noch zu erkennen, oder nicht? Schließlich hatte er sie ja auch erkannt.

»Alles wird gut«, flüsterte er, aber nicht einmal in seinen eigenen Ohren klang das überzeugend. »Ich tue dir nichts.«

Sie wedelte abwehrend mit einer Hand, um ihm zu zeigen, dass sie ihm nicht glaubte. Ihr Zustand war schlimm. Der Schnee um sie herum war voller Blut. Die eine Gesichtshälfte war mit violetten Flecken übersät, als wäre sie geschlagen worden. Die andere war blutleer und blass. Ihre Haare waren kürzer, als er es in Erinnerung hatte – sie musste sie geschnitten haben, seit er sie zuletzt gesehen hatte.

Ihre grünen Augen waren bewölkt und verwirrt, und die Hand, die den Dolch hielt, zitterte.

»Was haben sie mit dir gemacht?«, murmelte er und kämpfte gegen Übelkeit und Wut. Sie war schließlich eine Blaublütige. So sollte das aber ganz und gar nicht laufen.

Sein Verstand raste. War sie den Bayars entkommen? Hatten die Byrnes sie befreit? War Amon Byrne unter den Toten bei der Schutzhütte gewesen, und er hatte ihn nur nicht entdeckt? Oder war Korporal Byrne irgendwo da draußen in den Wäldern, tot oder verwundet?

Aber Byrne hatte gesagt, dass er direkt nach Norden reiten würde, um durch das Nordtor in die Fells zu gelangen.

Würde Micah Bayar so weit gehen, nur um sich an Han zu rächen? Würden sie ein Tripel von Blaujacken ausschicken, um ein junges Mädchen zu töten? Oder war wirklich Hauptmann Byrne das eigentliche Ziel gewesen, wie er zuvor vermutet hatte, und Rebecca war einfach nur zufällig dabei?

Wo hatte sie *so* reiten gelernt? Ganz bestimmt nicht in dem einen Jahr in Odenford.

So viele Teile fehlten, und daher war es nach wie vor unmöglich, das Puzzle zusammenzusetzen.

Er holte tief Luft und beugte sich nach vorn, um ihr in die grünen Augen zu sehen und beruhigend auf sie einzureden – und sprach einfach alles aus, was ihm gerade einfiel. »Was ist nur mit dir los, Rebecca, dass du immer mit einem Messer vor meinem Gesicht herumfuchtelst, wenn wir uns sehen? Bist du darin inzwischen wenigstens besser geworden?« Sie kniff die Augen zusammen und runzelte die Stirn, als würde er eine fremde Sprache sprechen.

Er hatte schon immer flinke Hände gehabt. Und im nächsten Moment hatte er ihr den Dolch weggerissen. Er schob ihn hinter seinen Gürtel, während sie versuchte, ihn sich wiederzuholen, und ihm dabei erstaunlich bösartige Beschimpfungen an den Kopf warf. »Keine Sorge«, sagte er leise. »Ich verliere ihn nicht. Bei mir ist er gut aufgehoben.« Er zog sie aus dem Felsspalt und nahm sie in die Arme, wobei er dafür sorgte, dass sie mit den Händen nicht nach dem Dolch greifen oder ihm die Augen auskratzen konnte.

Bei seiner Berührung zuckte sie zusammen, und ihre Augen weiteten sich vor Schreck. Einen Augenblick lang wehrte sie sich – es war der Zusammenprall ihrer Willenskräfte –, und dann fügte sie sich; die Augen weit aufgerissen und den Blick auf sein Gesicht gerichtet, zitterte sie wie ein Tier in der Falle.

»Ich bin ein Magier, erinnerst du dich?«, fragte er, und dann strömten die Worte aus ihm heraus wie Wasser aus einem löchrigen Eimer. »Erinnerst du dich daran, wie du mir alles über die Küsse von Magiern erzählt hast? Du hast gesagt, dass sie prickeln. Und dass es gar nicht so übel ist, wenn man sich erst daran gewöhnt hat.« Es kam keine Antwort, und er rechnete auch mit keiner. Aber er redete trotzdem weiter wie ein Wahnsinniger, denn es war das Einzige, das ihm einfiel, um sie in dieser Welt zu halten.

»Gehen wir runter und schauen wir nach Ragger. Ich hab ein paar Vorräte in meinen Satteltaschen. Und dann versuchen wir herauszufinden, wo das ganze Blut herkommt.«

Sie wog so gut wie nichts, aber es war trotzdem schwierig, mit Rebecca in den Armen im Dunkeln über Felsstücke und Spalten zu gehen, und er hatte Angst zu stürzen und sie noch mehr zu verletzen. Sie atmete geräuschvoll, und er wusste, dass er ihr wehtat. Einmal fing sie an sich zu wehren, und er hatte alle Mühe, das Gleichgewicht zu halten und nicht vornüberzukippen und das letzte Stück zum Grund der Schlucht hinunterzurollen.

Als er unten angekommen war, pfiff er nach Ragger. Zu seinem großen Erstaunen tauchte der Wallach tatsächlich mit dem Packpferd im Schlepptau auf, schnaubte allerdings angesichts des Blutes und der vielen Leichen.

Han löste mit einer Hand die Bettrolle und ließ sie an einer Stelle auf den Boden fallen, wo der Wind den Schnee weggefegt hatte. Er legte Rebecca darauf und zog ihr den Umhang aus. Inzwischen war sie trotz seines ständigen Redens bewusstlos geworden. Ihre Wimpern hoben sich dunkel vor der blutleeren Haut ab; sie war so blass, dass er seine Finger unter ihr Kinn hielt, um nach ihrem Puls zu tasten und sich zu vergewissern, dass sie noch lebte.

Während seiner raschen Handgriffe rasten seine Gedanken. Zunächst einmal wusste er nicht, wie viele Attentäter es gab und ob womöglich jeden Moment wieder welche auftauchen konnten. Noch mehr Sorgen machte er sich jedoch darüber, dass Rebecca verbluten könnte, bevor sie das Marisa-Pines-Camp überhaupt erreichten.

Er schnitt das blutverschmierte Hemd mit ihrem Dolch auf. Dann stützte er sie mit einem Arm und begutachtete die Wunde. Die Rosentätowierung unter ihrem Schlüsselbein wirkte blutrot auf der blassen Haut.

Sie war knapp unterhalb des linken Schulterblatts von einem Bolzen getroffen worden; die Wucht des Treffers hatte sie vermutlich vom Pferd geworfen. Sie hatte es geschafft, den Schaft dicht an der Haut abzubrechen, aber die Spitze steckte immer noch tief drin.

Die Wunde hatte inzwischen aufgehört zu bluten. Das Fleisch um den Schaft herum war geschwollen und verschloss die Wunde. Allerdings konnte sie innere Blutungen haben. Er legte sein Ohr dicht an ihre Brust: Ihre Haut fühlte sich weich an seiner stachligen Wange an. Ihre Atemzüge klangen normal, zumindest nicht feucht, und es gab auch keinerlei Hinweise darauf, dass Luft durch die Wunde nach außen drang. Also war die Lunge vielleicht verschont geblieben. Sie hatte auch gar nicht so viel Blut verloren. Alles sah danach aus, als ob sie die Verletzung überleben müsste, sofern er sie zu einem Heiler brachte.

Aber irgendetwas stimmte nicht. Sie wirkte schwach und verwirrt, fast so, als hätte die Wunde zu eitern begonnen. Konnte es doch am Blutverlust liegen? Sie war schließlich ziemlich klein.

Er musterte das Fleisch um den Bolzenschaft und drückte seine Finger auf die Wunde. Rebecca stöhnte und versuchte, sich wegzudrehen. Er packte sein Amulett und schickte einen Hauch von Macht in die Wunde, um sie zu erforschen. Die Macht verschwand sofort. Er versuchte es erneut, aber es war das Gleiche. Noch ein drittes Mal, diesmal stärker als zuvor, und die Macht zischte zwischen seinen Fingern hindurch wie vom Wind verwehter Rauch.

Was zum …? Es war, als würde irgendetwas die Macht abwehren oder aufsaugen, bevor sie ihre Wirkung entfalten konnte. Aber er hatte nie bemerkt, dass Rebecca Magie an sich gehabt hätte.

Es erinnerte ihn an die Silberreifen, die er getragen hatte, bis Elena *Cennestre* sie ihm vor acht Monaten abgenommen hatte. Die Clans hatten sie ihm um die Handgelenke gelegt, als er noch ein Säugling gewesen war. Im Grunde waren sie wie magische Handschellen, die seine Magie unterdrückt und andere davon abgehalten hatten, ihre Magie bei ihm zu benutzen.

Mehrmals hatten Amulettschwinger versucht, ihn zu verbrennen oder zu verzaubern, und jedes Mal hatten die Armreifen ihre Macht in sich aufgenommen. So ähnlich wie jetzt hier.

Er hatte noch nie zuvor versucht, bei Rebecca Magie anzuwenden, abgesehen von dem bisschen, das einfach so zufällig aus ihm herausgesickert war, aber …

Er durchsuchte sie hektisch, suchte nach einem Amulett, einem Gegenstand – nach irgendetwas, das seine Magie stören könnte. Als er ihre Hand nahm, bemerkte er, dass sich ihr massiver Wolfsring glühend heiß anfühlte.

»Hmmm«, machte er und betrachtete den Ring eingehend. Es war genau der Ring, über den er heute schon einmal nachgedacht hatte; er passte zu dem von Hauptmann Byrne, der jetzt in seiner Börse lag. Und zu dem, den Korporal Byrne vermutlich immer noch trug.

Die Ringe mussten clangefertigt sein, da sie mit Magie aufgeladen waren.

»Wo hast du den her?«, murmelte Han, biss die Zähne zusammen und zog an dem glühenden Ring. Schließlich gelang es ihm, ihn abzuziehen. »Tut mir leid«, sagte er. Vorsichtig steckte er ihn in seine Börse, zu dem von Byrne. »Ich gebe ihn dir wieder, versprochen.«

Erneut drückte er mit den Fingern auf die Wunde und schickte Macht hinein, eine Überprüfungsmaßnahme, die er im Unterricht über Heilmagie von Master Leontus gelernt hatte. Um den Schaft herum hatte sich eine unnatürliche Kälte gebildet – und sie breitete sich weiter aus. Aber für eine Entzündung war es eigentlich noch zu früh. Und Entzündungen waren schließlich heiß, oder?

Gift. Vermutlich ein Gebräu der Clans. Solche Sachen waren leicht über Händler und auf den Märkten zu erhalten.

Han fluchte. Er fühlte sich betrogen – als wäre seine ganze Mühe umsonst gewesen.

Es war gut, dass Rebecca wenigstens geblutet hatte, sonst wäre sie bereits tot. Wenn Markel und seine Kumpane gewusst hätten, dass sie verletzt war, hätten sie einfach wegreiten und sie zum Sterben zurücklassen können, ohne sich Sorgen machen zu müssen.

Eines wusste Han ganz genau – dass er hier nichts für sie tun konnte. Er mochte zwar die Gabe besitzen, aber er war kein Heiler. Er musste sie fähigeren Händen übergeben, und zwar rasch. Und das bedeutete, dass er sie nach Marisa Pines bringen musste. Er konnte nur hoffen, dass Willo da war. Wenn sie nicht da war, würde Rebecca sterben.

Aber wahrscheinlich würde sie auch so sterben.

Er holte ein altes Wollhemd aus seiner Satteltasche und zog es ihr über den Kopf, ohne sich die Mühe zu machen, ihre Arme durch die Ärmel zu schieben. Es war ihr viel zu groß und reichte ihr bis zu den Knien, aber es würde sie warm halten.

Er dachte kurz daran, eine Trage zu bauen, aber er wusste, dass das viel zu viel Zeit kosten würde. Sie mussten zusammen auf seinem Pferd reiten, schließlich konnte er sie in ihrem Zustand nicht einfach auf das Ersatzpony setzen. Die Reise würde für sie unangenehm werden, vielleicht sogar tödlich enden, aber er hatte keine andere Wahl. Galle stieg in ihm auf, und er schluckte sie hinunter.

Er würde sie nicht verlieren. Er weigerte sich einfach. Er betete zum Schöpfer. Bitte lass nur einmal etwas richtig klappen. Lass mich jemanden retten, bevor dieser Krieg beginnt.

Es kam ihm in den Sinn, dass seine Gebete vielleicht so was wie Flüche waren – dass sie die Aufmerksamkeit rachsüchtiger Götter erregten.

Obwohl er wusste, dass er so schnell wie möglich aufbrechen musste, nahm er sich noch die Zeit, Rebeccas Pferd und das von einem der Attentäter mit einer Leine ebenso an Ragger festzubinden wie das Packpferd. Die Tiere waren wichtige Hinweise – der *Beweis* für das Verbrechen, das hier begangen worden war. Er schob den Gedanken beiseite, dass Rebecca vielleicht nicht mehr in der Lage sein würde zu erzählen, was passiert war.

Nur gut, dass Rebecca so wenig wog, sonst wäre er vielleicht gar nicht in der Lage gewesen, mit ihr über der Schulter in den Sattel zu steigen. Als er es geschafft hatte, gelang es ihm, sie so herumzudrehen, dass sie mit dem Rücken zu seiner Brust im Sattel saß. Ihr Kopf hing unter seinem Kinn, und er hatte einen Arm um ihren Körper geschlungen, damit sie nicht herunterrutschte. Sein Bogen befand sich in dem Futteral bei seinem Knie, aber der würde ihm bei diesem Tandemritt nicht viel nützen. Wenn es zu einem Angriff kam, wäre er so gut wie hilflos. Er berührte das Amulett, um sich selbst zu beruhigen.

Han hoffte inständig, dass bereits seine Körperwärme ihr helfen würde. Er hoffte, dass Willo in Marisa Pines sein würde und nicht gerade ein anderes Camp besuchte. Er hoffte, dass sie unterwegs auf keine weiteren Attentäter stießen.

Und er hoffte, dass er Rebecca Morley nicht in den Armen halten musste, während sie starb.

KAPITEL ZEHN

Der Preis des Heilens

Inzwischen war es stockdunkel geworden. Die Vögel hatten ihren abendlichen Gesang eingestellt, und es würde noch Stunden dauern, bevor der Mond hinter einer Wolkenschicht aufging. Es war unnatürlich still, als würde die Welt den Atem anhalten und abwarten, wie alles sich entwickelte. Das einzige Geräusch war das Knirschen von Pferdehufen auf Schnee.

Han hätte Ragger am liebsten die Fersen in die Flanken getrieben und zum Galopp gezwungen, um in Windeseile im Marisa-Pines-Camp zu sein.

Aber ihre Chancen, überhaupt dort anzukommen, waren verschwindend gering. Wenn sie zu langsam ritten, würde Rebecca sterben. Wenn sie zu schnell ritten und Ragger sich ein Bein brach, würde Rebecca sterben. Und wenn sie auf weitere Attentäter stießen, würde Rebecca sterben.

Rebecca hing fast die ganze Zeit still in seinen Armen; sie stöhnte hin und wieder, wenn er gegen sie stieß, aber ansonsten deutete nichts darauf hin, dass sie bei Bewusstsein war. Er spürte, wie sie mehr und mehr von ihm wegdriftete, vor dem Gift eine Art innere Zuflucht suchte, aus der sie möglicherweise nicht mehr zurückkehren würde.

Han konnte sich kaum an Master Leontus' Vorträge über Heilmagie erinnern, an jene Vorlesungen, in denen er zumeist ziemlich schläfrig gewesen war. Er hätte sich niemals träumen lassen, dieses Zeug irgendwann einmal zu brauchen. Die Clans hatten ihn dazu angeheuert, Menschen zu töten, nicht sie zu heilen. Außerdem, so hatte er gedacht, waren all jene Menschen, die er hätte heilen wollen, bereits tot.

Er hatte sich geirrt.

Han gab sich alle Mühe und konzentrierte sich. Und Stück für Stück kehrte das Wissen zurück. Er sah Leontus vor sich, wie er im Klassenraum auf und ab marschierte und sein Adamsapfel wild hüpfte, während er versuchte, seine skeptischen Zuhörer davon zu überzeugen, Heilen als eine Berufung in Betracht zu ziehen.

Magiebegabte Heiler nehmen die Krankheiten und Verletzungen ihrer Patienten in sich auf. Dies ist mit einem beachtlichen Maß an Schmerz verbunden, mit Leiden und einer Verausgabung von Macht.

Heiler suchen nach Missklängen in den Körpern ihrer Patienten. Sie schaffen Ordnung in dem Chaos und schützen Körper und Geist vor Giften.

Es ist wichtig, dass Heiler während des Heilens Grenzen setzen. Ihr werdet Eurem Patienten nicht helfen können, wenn Ihr Euch völlig verausgabt.

Heiler sind ebenso Lehrer wie Therapeuten. Sie bringen ihren Patienten bei, Widerstand zu leisten.

Heiler sind mutiger als die meisten Heldenkrieger, denn sie machen sich selbst verletzlich. Sie öffnen Kanäle zwischen sich und denen, die sie heilen.

Leontus predigte eifrig seine Überzeugungen, doch sobald er seinen Schülern den Rücken kehrte, machten sie sich über ihn lustig.

Han erinnerte sich nur bruchstückhaft an Leontus' Zaubersprüche – die sowohl dem Patienten halfen wie auch den Heiler schützten. Er sprach alles, was ihm einfiel, laut aus und hoffte, dass ihm auf diese Weise noch mehr in den Sinn kam.

Rebecca versteifte sich vor ihm, dann zitterte sie, als ein Krampf durch ihren Körper ging. Und dann noch einmal. Han drückte seine Finger auf ihre Wunde und schickte Macht hinein. Der Bereich um die Wunde herum war jetzt eiskalt.

Das Gift verströmte seine Wirkung. Han wusste plötzlich, dass sie es nicht bis nach Marisa Pines schaffen würde.

Ragger machte einen Satz nach vorn; er reagierte auf den plötzlichen Druck von Han's Knien. Han sprach beruhigend auf den Wallach ein, während er erst seinen Umhang und dann sein Hemd öffnete, ohne auf die Kälte zu achten. Er hob Rebeccas Wollhemd an und zog sie dicht an seine nackte Brust; dann wickelte er seinen Umhang um sie beide, um die Wärme darin zu behalten.

Er packte das Amulett und flüsterte die magische Eröffnungsformel für die Heilung. Dann griff er behutsam mit seinem Geist aus. Daran zumindest erinnerte er sich noch – wie er die Gedanken eines anderen Menschen erreichte, um einen bestimmten Zweck zu verfolgen.

An den Übungen im Unterricht hatte er nur halbherzig teilgenommen. Sie hatten sich zu zweit zusammengetan, und dann …

Der Kanal öffnete sich, und er war durch. Sie war so kalt, *so kalt*; die vergiftete Wunde war wie ein offenes Fenster, aus dem die Hitze und die Lebensenergie ihres Körpers strömten.

In gewisser Weise stupsten Heiler den Patienten an; sie

überzeugten ihn davon, dass er gegen das Leiden ankämpfen musste. Zitternd grub Han seinen Geist noch tiefer, bahnte sich vorsichtig seinen Weg zu der Lebensflamme, die in ihrem Innern schwelte.

Komm schon, Rebecca. Kämpf dagegen an. Lass nicht zu, dass du ihretwegen draufgehst. Bleib bei mir. Gib nicht auf. Lass sie nicht gewinnen.

Es war, als wenn er ohne Orientierung in eine kalte Höhle marschiert wäre und im Dunkeln auf Erinnerungen und Gefühle stieß. Bilder aus einem anderen Leben glitten durch seinen Geist – und vieles davon ergab für ihn keinerlei Sinn. Eine große Wasserfläche – ein Ozean, den er noch nie gesehen hatte. Ein Paar rote Tanzschuhe. Ein opulenter Palast. Eine Smaragdkette mit einem Schlangenanhänger. Der Blick durch eine Glasscheibe auf Fellsmarch bei Nacht, während magische Lichter die Straßen beleuchten.

Und Leute: Amon Byrne in einer schicken Uniform, wie er Haltung annehmend vor einem Eingang steht. Averill Lightfoot Demonai, das Gesicht weich und voller Zuneigung, die jemand anderem gilt.

Lord Demonai? Rebecca kennt Lord Demonai?

Nun, sie hat Clan-Blut in sich.

Eine elegante, blonde Dame, die ein Neugeborenes in den Armen wiegt und mit einer hohen, klaren Stimme ein Schlaflied singt. Micah Bayar, in Schwarz und Weiß gekleidet, wie er beide Hände ausstreckt und seine schwarzen Augen vor Begierde und Triumph leuchten.

Nein. Han wandte sich von dem Bild ab und sah sich selbst, in der Schildkröte, in jenem Zimmer im oberen Stock; er hielt die Spieluhr, die er Rebecca geschenkt hatte, in den Händen. Und dann war er sehr nah und beugte sich mit seinen goldgesprenkelten Augen zu einem Kuss zu ihr herunter.

Dies von der anderen Seite zu erleben, von innen, war ein ganz besonderes Gefühl.

Han schwamm in einem Meer von Emotionen … tiefe Schuld … Sehnsucht nach zu Hause … ein schmerzhaftes Gefühl von Verlust, der nicht sein eigener war … Wut und Verrat und Angst.

Und jetzt kämpfte sie tatsächlich dagegen an, erbittert und mit dem Hauch von Kraft, der ihr noch verblieben war. Aber sie kämpfte gegen ihn an. Sie sah ihn als Bedrohung, nicht als Hilfe. Vielleicht wollte sie auch einfach nicht, dass er ihre Geheimnisse entdeckte.

»Hör auf und spar dir deine Kraft«, flüsterte er. »Ich werde nicht länger dort eindringen, wo ich nicht erwünscht bin.«

Er wandte seine Aufmerksamkeit der Verletzung zu. Vielleicht gab es eine Möglichkeit, wie er die Wirkung des Giftes aufheben oder es aus ihrem Körper vertreiben konnte. Er wusste einfach nicht genug darüber.

Aber wenn er sie schon nicht von dem Gift befreien konnte, vielleicht konnte er es dann wenigstens in Schach halten und daran hindern, sie zu töten, bevor sie das Camp erreichten. Und so grub er seinen Geist wieder hinein und errichtete eine Mauer zwischen dem Gift und der Lebenskraft in ihr.

Zeit verging, und das Gift breitete sich nicht weiter aus. Es blieb, wo es war, in dem Fleisch, das die Wunde umgab.

Aber nun musste er dafür bezahlen. Rebecca mochte vor dem Gift geschützt sein, aber jetzt war er selbst angreifbar. Obwohl er viel größer war als Rebecca, spürte er schon bald die Wirkung des Giftes. Er schwankte im Sattel, sein Kopf pochte, er fröstelte, und ihm war übel. Ragger schnaubte und tänzelte herum; er war auf der Hut vor dem benommenen Fremden auf seinem Rücken. Wenn sie jetzt auf weitere

Attentäter stießen, das wusste Han, würde er sich unmöglich verteidigen können.

Er befand sich auf feindlichem Terrain, und sein Instinkt sagte ihm, dass er sein Schlangenstabamulett vor allen Blicken verbergen sollte. Er steckte es unter sein Hemd, außer Sichtweite, sodass es direkt auf seiner Haut ruhte. Stattdessen zog er den Einsamen Jäger hervor, Dancers Kopie des Amuletts, das ursprünglich Elena *Cennestre* für ihn angefertigt hatte, und ließ ihn über dem Umhang baumeln.

Seine Hand jedoch schob er unter das Hemd, um jenes Blitzstück festzuhalten, das einmal dem Dämonenkönig gehört hatte.

Weitere Zeit verging. Die Schatten der Bäume wurden kürzer und dann wieder länger. Es begann zu schneien; der Schnee fiel sanft und umhüllte die Welt um sie herum. Irgendwie gelang es ihm, den Rest seines Wasservorrats zu trinken. Die letzten Tropfen brannten wie Flammen in seiner Kehle. Heiß war kalt, und kalt war heiß – offensichtlich ein Nebeneffekt des Giftes.

Er hielt das Schlangenstabamulett weiterhin mit einer Hand umklammert, während er mit der anderen Rebecca an sich presste. Sein Amulett brannte heiß in seiner Hand und kühlte zugleich. Macht floss durch das Zauberstück, durch Han und in Rebecca hinein. Dort, wo Han vorher warm gewesen war und Rebecca kalt, war es jetzt umgekehrt. Sie glühte auf seiner eiskalt gefrorenen Brust. Ragger suchte sich den Weg inzwischen allein, während die Zügel locker über dem Sattelknauf hingen.

Han hörte die vertraute Stimme in seinem Kopf, die ihn beharrlich und unablässig plagte.

Alister. Was tust du da? Hör auf! Lass das Mädchen los. Du wirst alles ruinieren. Du wirst dich damit noch selbst töten. Nach all der Zeit, die ich in dich investiert habe, darfst du dich nicht so zerstören.

Halt den Mund, dachte Han. Ich weiß, was ich tue.

Auch andere Stimmen mischten sich ein. Eine klang nach Korporal Byrne. Bleib am Leben, Rai. Bleib am Leben. Bleib am Leben, bis ich komme. Gib nicht auf.

Rai?

Aber bevor er weiter darüber nachdenken konnte, begann Han jetzt auch noch, Dinge zu sehen. Aus den Augenwinkeln beobachtete er, wie seine Umgebung flackerte. Sich bewegte. Wölfe. Graue Wölfe flankierten sie zu beiden Seiten, bahnten sich den Weg durch immer neue Schneevorhänge. Die Wölfe verwandelten sich in schöne, blaublütige Damen, deren Kleider über den Schnee streiften. Dann wurden sie wieder zu Wölfen. Er versuchte, sie nicht weiter zu beachten und so zu tun, als wären sie gar nicht da. Aber es schien fast so, als wenn sie ihm helfen würden. Ihm helfen würden, die richtige Richtung einzuschlagen. Eine Art Eskorte, die ihn durch den grellweißen Schnee führte.

Er legte sich einen Plan zurecht, übte das, was er sagen wollte, wie ein kleines Kind ein. Wenn er genug geübt und es sich eingeprägt hatte, würde er sich vielleicht auch dann noch daran erinnern, wenn er nicht mehr bei klarem Verstand war. Jede Verzögerung konnte für Rebecca tödlich sein.

Hol Willo Song. Wir brauchen Willo. Das Mädchen ist vergiftet.

Er starrte auf den Schnee hinunter und überlegte, dass dieser seine brennende Kehle erfrischen würde, aber er konnte nicht so recht rauskriegen, wie er an ihn herankommen sollte.

Auf seltsame Weise wurde er sich plötzlich seiner eigenen Atemzüge bewusst. Er konzentrierte sich darauf, davon überzeugt, dass er einfach aufhören würde zu atmen, wenn er sich nicht mehr daran erinnerte, dass er es tun musste.

Atmen.

Er legte den Kopf etwas zurück, und Schneeflocken zischten wie Funken auf seiner Zunge. Der Wald um ihn herum wogte und bebte, und seine Farben liefen wie frische Ölfarbe von einer Leinwand herunter. Oder wie Feuerwerk. Er erinnerte sich; da war etwas mit Feuerwerk und Dächern und Hoffnung gewesen.

Blätter glitzerten im Sonnenlicht.

Sonnenlicht. Die Sonne war aufgegangen. Es hatte aufgehört zu schneien. Oder war das nur eine Halluzination?

Atmen.

Mit einer eigenartigen Klarheit bemerkte er mit einem Mal, dass der frische Schnee auf dem Weg vor ihm von vielen Pferdehufen aufgewühlt worden war. Dampfwolken stiegen rings um ihn herum auf, und der Gestank von Schwefel und Holzrauch drang in seinen getrübten Geist. Aber er konnte sich nicht daran erinnern, wieso das wichtig war.

Er sah nach unten und stellte überrascht fest, dass da ein Mädchen in seinen Armen lag. Ihr dunkler Kopf lehnte an seiner Schulter, und ihre Wangen waren von der Kälte gerötet. Sie hatte die Lippen im Schlaf leicht geöffnet. Er blinzelte. Wie war noch ihr Name?

Mit einem zitternden Zeigefinger strich er ihr über die Wange. Ihr Gesicht war dort, wo ihr jemand wehgetan hatte, schwarz und blau, aber sie war am Leben. Er atmete erleichtert auf, während ihm Tränen über das Gesicht liefen. Er musste geschlafen und dabei geträumt haben, dass sie tot war.

Er war so damit beschäftigt, dieses Rätsel zu lösen, dass es ihn völlig überraschte, als Ragger abrupt stehen blieb. Als er aufschaute, sah er ein kleines Kind in Clan-Leggins und einer

Tunika mitten auf dem Weg stehen. Er blinzelte, und dann waren da zwei, nein vier.

»Er ist verletzt!«, rief eines der Kinder in der Sprache der Clans.

»Und sie auch!«

»Wer sind sie?«

Er hörte Hunde bellen und weiteres aufgeregtes Geschnatter. Eine Woge der Benommenheit erfasste ihn, dann vermehrten sich die Stimmen.

»Willo«, flüsterte er. »Brauche Willo.«

Drei Demonai-Krieger traten zwischen Han und der kleinen Gruppe von Kindern und Hunden auf den Weg. Sie waren mit gespannten Langbögen bewaffnet, zielten jedoch auf den Boden. Sie trugen die schwarzweißgescheckte Kleidung der Demonai. Der größte Krieger griff nach Raggers Zügeln, aber Ragger fletschte die Zähne und stellte sich auf die Hinterbeine, wodurch Han und das Mädchen fast auf den Boden gerutscht wären. Der Demonai wich rasch zur Seite.

»Zurück«, nuschelte Han. Sein Mund und seine Zunge fühlten sich so taub an, dass er kaum zu verstehen war. »Aus dem Weg.«

»Was hast du mit dem Mädchen gemacht, Fluchbringer?«, wollte der Demonai wissen. »Lass sie los.«

Was er sagte, ergab nicht viel Sinn, aber Han war viel zu weit weg, um darüber nachdenken zu können. Er hatte einen Plan. Er hatte die ganze Zeit geübt, die Botschaft immer und immer wieder in seinem Gedächtnis wiederholt.

»Willo«, krächzte er. »Brauche Willo. Das Mädchen ist vergiftet.«

Rebeccas Kopf war zur Seite gesunken und hing wie eine schlaffe Blüte an einem langen Stängel nach unten; ihr Gesicht war in seinen Umhang vergraben.

Die Demonai hoben ihre Bögen. »Nimm die Hand von deinem Fluchstück«, sagte der große Krieger und deutete auf seine vom Umhang verborgene Hand. »Lass das Mädchen los.«

»Geht nicht«, flüsterte Han. »Dann stirbt sie. Wo ist Willo?«

Die Krieger sahen sich an, als wäre das eine schwierige Frage.

»Wo ist Willo?«, rief Han und begann, die Geduld zu verlieren. »Das Mädchen stirbt. Sagt mir, wo sie ist, oder ich reite euch einfach über den Haufen.«

Die Kinder stoben auseinander und rannten zum Camp, als wären Dämonen hinter ihnen her.

»Gib sie uns«, sagte der große Krieger. »Wir bringen sie zu Willo.«

Han schüttelte störrisch den Kopf. Er hatte einen Plan, und *das* war nicht sein Plan. »Wo ist Willo?«

Die Krieger wechselten wieder einen Blick.

»Hierher«, sagte einer der Demonai. »Folge uns.« Zwei von ihnen begannen, vor Han herzugehen, während der große stehen blieb. Der Bogen ruhte schlaff in seinen Händen.

Han ließ Ragger und die anderen Pferde im Schritttempo losgehen. Als sie an dem großen Krieger vorbeikamen, sah Han aus dem Augenwinkel, wie der Krieger seinen Bogen hob und zielte. Sein getrübter Geist konnte mit dieser Beobachtung allerdings nichts anfangen, konnte sie nicht deuten.

»Nein!«, rief jemand. »Aufhören! Nicht schießen! Das ist Hunts Alone!«

Han sah auf und stellte fest, dass Willo auf sie zurannte. Ihre Mokassins blitzten immer wieder auf, während sie durch den Schnee lief. Die Haare wehten hinter ihr her. Sie trug Weiß – Röcke und darüber ein langes Wildlederhemd und nicht einmal einen Umhang.

Oh, dachte Han träge. Weiß war in den Camps die Farbe der Trauer. War jemand gestorben?

Ein Dutzend jüngerer Kinder umringte sie.

Han's Sicht verschwamm, und Willo verwandelte sich in einen sich bewegenden Fleck. Er schüttelte den Kopf, um wieder eine klare Sicht zu bekommen, und dann stand sie direkt bei ihm.

Willo streckte die Hand aus und nahm Raggers Zügel, während sie dem Pferd eine Begrüßung zumurmelte. Statt wie immer übellaunig die Ohren anzulegen und die Zähne zu fletschen, schnüffelte der Wallach sanft an ihrer Hand.

Willo sah Han an. »Was ist los, Hunts Alone?«, fragte sie. »Was ist passiert?«

Hinter ihr plapperten die Kinder wie ein Echo in der Sprache der Clans.

»Es ist Hunts Alone!«

»Hunts Alone? Er sieht anders aus.«

»Seine Haare sind noch wie früher.«

»Was hat er da um den Hals?«

»Ist er krank?«

»Wer ist das Mädchen?«

Willo legte ihm eine Hand auf den Arm, und Macht strömte in ihn hinein. Sie stärkte ihn und klärte seinen Kopf so weit, dass er sprechen konnte.

Han zwang die Worte über seine tauben Lippen. »Dieses Mädchen ist vergiftet worden, Willo. Ein vergifteter Bolzen. Und die Spitze ist immer noch in ihr.«

»Von wem?« Sie zischte die Frage beinahe.

»Nicht… nicht Clan. S-Soldaten. Aus den Highlands, glaube ich. Ich weiß nicht, welches Gift sie benutzt haben.«

»Wer ist sie?«, fragte Willo und reckte den Hals, um einen Blick auf Rebeccas Gesicht werfen zu können.

»R-Rebecca Morley. Sie lebt im Vale, aber sie hat Clan-Blut.« Vielleicht würde Willo sie nicht behandeln, wenn sie aus den Flatlands stammte.

Die Hand der Matriarchin ruhte immer noch auf seinem Arm. Han hatte das seltsame Gefühl, dass ihre Berührung das Einzige war, das ihn noch aufrecht hielt. Sie sah ihn ebenso seltsam an. »Hast du auch einen solchen Bolzen abbekommen?«

Er schüttelte den Kopf. »Ich … ich hab versucht, sie zu retten. Aber ich bin kein Heiler.«

»Hast du Magie benutzt?«

Han nickte. »Hab's versucht.« Er wedelte niedergeschlagen mit der Hand. »Hat nicht funktioniert. Ich …«

Han spürte, wie sich der Energiefluss veränderte und irgendeine Leere in ihm füllte. »Oh«, keuchte Willo. Ihre Augen wurden weit, und Tränen quollen hervor. »Oh, Hunts Alone …« Ihre Stimme brach.

»Es tut mir so leid«, sagte er. Speichel bildete sich in seinem Mund, aber er hatte keine Möglichkeit, ihn hinunterzuschlucken. Sein Körper gehorchte seinen Befehlen nicht mehr richtig.

Atmen.

»Gibst du mir das Mädchen?«, fragte sie. »Lässt du es mich versuchen?«

Er nickte, benommen vor Erleichterung. »Bitte, Willo. Bitte. Rette sie. Es spielt keine Rolle … was mit mir passiert.«

»Lass sie los«, sagte Willo. »Lass dein Amulett los, und überlass sie mir.«

Han konnte hören, dass die plagende Stimme in seinem Kopf etwas brüllte. Crow. Er beachtete ihn nicht. Er löste seinen eisernen Griff um das Amulett.

Willo streckte die Arme aus, und Han beugte sich vor und

ließ das Mädchen in sie hineingleiten. Als Willo in Rebeccas Gesicht sah, schnappte sie nach Luft. Sie wurde blass, trotz ihrer bronzefarbenen Haut. »Beim Blute von Hanalea«, flüsterte sie.

Han wurde kalt vor Angst. War sie tot? War Rebecca bereits tot? War er doch zu spät gekommen? Hatte er die ganze Zeit ein totes Mädchen bis nach Marisa Pines geschleppt?

Willo sah die glotzenden Demonai an. »Bringt Hunts Alone zur Matriarchinnen-Lodge«, befahl sie. »Sofort. Und holt Elena *Cennestre* her. Ich brauche Hilfe.«

»Willo!«, rief Han, aber sie war bereits weg und schritt mit der schlaffen Rebecca in ihren Armen zu ihrer Hütte. Die Bogenschützen packten Han und zogen ihn vom Pferd. Er versuchte sich zu wehren, aber es gelang ihm nicht, und er stürzte kopfüber in die Dunkelheit.

KAPITEL ELF

Enthüllte Geheimnisse

Als Raisa erwachte, hörte sie Frauenstimmen, und der Geruch von langsam vor sich hin köchelndem Essen lag in der Luft. Eine Weile lauschte sie einfach nur und atmete; sie fürchtete sich davor, die Augen zu öffnen. Ihr ganzer Körper kribbelte und brannte, als würden ihr Nadeln und Dornen in die Haut getrieben. Es fühlte sich so ähnlich an, wie wenn nach einem ganzen Tag draußen in der Kälte das Blut wieder in die Zehen und Finger zurückströmte. Hören, riechen, schmecken: Alle ihre Sinnesorgane reagierten überaus empfindlich auf ihre Umgebung. Selbst die ruhige Unterhaltung klang in ihren Ohren wie Lärm.

Die Frauen unterhielten sich in der Sprache der Clans. Andere vertraute Geräusche drangen zu ihr: ein surrendes Spinnrad, ein hämmernder Webstuhlklöpfel, zischende Flammen der Feuerstelle. Raisa wusste, wo sie war, noch bevor sie die Augen öffnete – in einer Lodge der Highland-Clans.

Sie lag flach auf dem Bauch auf einem tiefen, weichen Federbett unter einer leichten Decke, und ihre Pritsche stand dicht beim Feuer. Sie trug ein lockeres Kleidungsstück aus weißem Flachsleinen, das im Nacken zusammengebunden war. Ein dumpfer Schmerz in ihrem Rücken zog ihre

Aufmerksamkeit auf sich – er war so beharrlich wie Zahnschmerzen. Behutsam legte sie ihre Hand in den Nacken und tastete den Bereich mit den Fingern ab. Sie stieß auf dicke Verbände.

Sie musste in Marisa Pines sein. Wie war sie hierhergekommen? Es war, als würde sie ein Buch an einer beliebigen Stelle aufschlagen oder als wäre sie mitten in eine Theaterszene geraten, ohne zu wissen, was bisher geschehen war.

Es spielt keine Rolle, dachte sie und schloss die Augen wieder. Jetzt würde alles gut werden. Endlich konnte sie sich ausruhen, nachdem sie so lange Zeit mit aller Kraft darum gekämpft hatte, am Leben zu bleiben. Jemand anderes würde die Verantwortung übernehmen. Sie würde ihrer Mutter sagen, was geschehen war, und Marianna und Averill würden etwas tun. Mit diesen Gedanken voller Zuversicht glitt sie zurück in einen friedlichen Schlaf.

Als sie erneut erwachte, war es später Nachmittag oder früher Abend. Licht sickerte durch die Türen und Fenster, aber gegen die hereinbrechende Dunkelheit waren bereits Laternen angezündet worden.

Ein beunruhigendes Bild tauchte vor ihren Augen auf: Hauptmann Byrne, wie er mit dem Gesicht nach unten auf dem Boden lag, mit Bolzen gespickt in einer Blutlache, die im Schnee schwarz wirkte.

Da drängten sich noch andere Erinnerungen nach oben. Mac Gillen, der abtrünnige Leutnant, der sie verschleppt hatte und ihr damit – so abwegig diese Wendung des Schicksals auch war – das Leben gerettet hatte. Sie hatte ihn getötet und war mit seinem Pferd weitergeritten. Aber von den anderen Soldaten wurde sie bereits erwartet und bis in eine Schlucht verfolgt, in der ein Armbrustbolzen sie vom Pferd gerissen hatte. Sie hatte es sogar noch geschafft, einen von ihnen zu töten, aber das Gift hatte bereits angefangen zu wirken, und während sie schwächer geworden war, waren die Männer näher gekommen. Und dann …

Sobald sie die Augen schloss, sah sie ein vertrautes Gesicht vor sich: von Schmerz gezeichnete und von Fackellicht erhellte Gesichtszüge mit hohen Wangenknochen, einer langen, geraden Nase und eindringlichen blauen Augen, die von hellen Haaren umrahmt wurden.

Han Alister. Irgendwie war er in ihren persönlichen Albtraum hineingeraten. Aber das ergab keinen Sinn. Han war in Odenford zurückgeblieben. Soweit sie wusste, war er immer noch dort und glaubte, sie hätte ihn verlassen.

Doch dann erschauerte sie. Sie erinnerte sich daran, wie er seine brennenden Hände auf die eiskalte, vergiftete Stelle auf ihrer Haut gelegt hatte, die immer größer wurde, und wie daraufhin Macht in sie hineingeströmt war und diese gefrorene Stelle aufgetaut hatte.

Sie hatte gegen ihn angekämpft. Sie hatte versucht, ins Vergessen zu entkommen, aber er war ihr gefolgt, hatte ihre Barrieren bezwungen, und … und dann? Sie hatten sich miteinander verbunden, wie Feuer und Eis, und er hatte sie vor der heimtückischen Kälte beschützt.

Sie hatte sich noch nie so sicher gefühlt – sie hatte sich noch nie so lebendig gefühlt wie in diesen Momenten, als sie sterbend in Han Alisters Armen gelegen hatte.

Da war etwas … da war etwas mit ihrem Ring gewesen. Er hatte ihn ihr abgenommen. Sie hob die Hände und sah, dass der Wolfsring genau da war, wo er hingehörte, auf dem Zeigefinger ihrer linken Hand.

Also war vielleicht doch alles nur ein Traum, dachte sie enttäuscht. Sie hatte mit seinem Gesicht vor Augen sterben wollen und sich daher alles andere nur eingebildet.

Eigentlich hätte sie dieser Gedanke beruhigen sollen, aber stattdessen spürte sie eine Leere in sich. Als wäre sie beraubt worden. Sie fühlte sich auf eine Weise so allein wie noch nie zuvor. Und da war noch etwas – etwas, das in ihrem Hinterkopf lauerte. Etwas, an das sie sich nicht erinnern wollte.

Raisa stützte sich auf den Ellenbogen; plötzlich verspürte sie einen rasenden Durst und hämmernde Kopfschmerzen. Die Frauen am Feuer mussten sie beobachtet haben, denn zwei von ihnen erhoben sich und legten ihre Nadelarbeit beiseite, um dann zu ihr zu treten und sich neben die Pritsche zu knien.

Bei der einen handelte es sich um ihre Großmutter Elena Demonai, die Matriarchin des Demonai-Camps. Die andere war Willo Song, Heilerin und Matriarchin des Marisa-Pines-Camps. Raisa hatte sie an Namenstagen und anderen Festtagen getroffen, als sie bei den Demonai gelebt hatte.

Beide Frauen waren in Weiß gekleidet, trugen weiße Wollschals, weißgegerbte Wildlederhemden und weiße Glockenröcke. Mit einem Mal stieg Besorgnis in ihr auf und jagte ihr einen Schauer über den Rücken. Weiß galt bei den Clans als Farbe der Trauer.

»Schön zu sehen, dass du wach bist, Enkelin«, sagte Elena. »Du hast drei Tage geschlafen.«

Willo neigte den Kopf und machte das Zeichen der Schöpferin. »Thorn Rose, willkommen an unserem Feuer. Bitte teilt alles mit uns, was wir haben.« Es war der formelle Gruß, mit dem die Clan-Leute ihre Gäste willkommen hießen.

»Ich habe Durst«, flüsterte Raisa.

Willo half Raisa, sich aufzusetzen, und legte ihr einen Arm um die Schultern, um sie zu stützen. Elena setzte ihr einen Becher mit Wasser an die Lippen.

Sie trank einen großen Schluck. Das Wasser brannte auf

ihren Lippen und ihrer Zunge und schien ihr die Kehle zu verbrühen. Sie schüttelte den Kopf und weigerte sich, mehr zu trinken. »Es ist zu heiß!«

Willo und Elena sahen sich an und nickten.

»Das kommt von dem Gift«, sagte Willo. »Wenn man es überhaupt überlebt, bringt es die Nerven durcheinander. Heiß wirkt wie kalt, kalt wie heiß. Manche sagen, dass es sich so anfühlt, als würde man in Flammen stehen.«

»Wisst ihr, was es ist? Das Gift, meine ich.« Raisa sah von Willo zu Elena.

»Es wird aus einem Baumpilz gewonnen«, erklärte Willo. »Einem Pilz, der an Nordhängen wächst. Wir benutzen ihn manchmal, um Fisch zum Räuchern zu fangen.«

Elena hielt ihr den Becher wieder hin, und Raisa bemühte sich zu trinken, indem sie ihre wirren Nerven ignorierte. Danach tastete sie vorsichtig mit der Zunge über die Lippen und stellte überrascht fest, dass sie keine Blasen aufwiesen. »Wie lange … Wie lange wird das so bleiben?«

Willo zuckte mit den Schultern. »Das ist schwer zu sagen. Die meisten überleben dieses Gift nicht.«

Elena stellte den Becher wieder weg, als klar war, dass Raisa nichts mehr trinken würde. Ihre Großmutter, die sonst so gelassen war, wirkte reizbar und unruhig.

»Ich würde mir gern die Wunde ansehen, solange Ihr wach seid«, schlug Willo vor. »Ich habe sie mit Schlangenbisswurz behandelt, auch wenn es ein bisschen spät ist, um das Gift noch herauszuziehen.«

Gehorsam legte Raisa sich auf den Bauch und stützte den Kopf auf die Arme. Willo schob das Gewand hoch und schnitt den Verband von der Wunde weg. Elena holte einen Topf mit heißem Wasser vom Feuer.

»Kannst du uns sagen, was passiert ist?«, fragte Elena, als

sie sich wieder neben sie setzte. Ihre Großmutter war schon immer gut darin gewesen, direkt zur Sache zu kommen. »Wer hat dich angegriffen?«

»Sprecht nur, wenn Ihr Euch dazu in der Lage fühlt, Hoheit«, murmelte Willo.

Raisa kämpfte gegen ein leicht kribbelndes Unbehagen an. Aber die eine Frau war immerhin ihre Großmutter, und die andere, Willo, war in den gesamten Spirit Mountains als begabte Heilerin bekannt. Sicherlich konnte sie den beiden vertrauen. Immer wenn sie in den Highland-Camps gewesen war, fernab von der Politik des Hofes, hatte sie sich sicher und gut versorgt gefühlt.

Trotzdem konnte sie den Gedanken nicht abschütteln, von Feinden belagert zu sein – so vieles von dem, was sie einmal geglaubt hatte, hatte sich als falsch herausgestellt.

»Es waren abtrünnige Mitglieder der Wache der Königin«, sagte Raisa schließlich. »Ich kannte nur einen von ihnen, Mac Gillen. Er ist tot.« Sie holte tief Luft und biss die Zähne zusammen, als Willo den Umschlag mit Schlangenbisswurz von der Wunde zog. »Damit hat mich meine eigene Wache zum zweiten Mal verraten. Sie ist schon auf dem Weg nach Odenford auf mich losgegangen. Auch damals war Gillen der Anstifter, auch wenn er nicht selbst dabei war.«

Elena nickte. »Das hat Nightwalker uns erzählt.«

Der Demonai-Krieger Reid Nightwalker hatte Raisa und die Grauwölfe vor den abtrünnigen Wachen gerettet.

»Beim letzten Mal kam es mir noch so vor, als hätten sie mich lebendig erwischen wollen. Dieses Mal wollten sie mich eindeutig töten.« Was hatte sich inzwischen geändert?

Willo versorgte die Wunde mit neuem Schlangenbisswurz. Das Zeug fühlte sich klebrig und unangenehm an, aber auch warm. Was wahrscheinlich bedeutete, dass es kalt war.

»Hauptmann Byrne ist tot«, erzählte Raisa weiter. »Er ist bei dem Versuch, mich zu schützen, im Pass gestorben. Ich glaube, die übrigen seines Trupps sind bei der Schutzhütte getötet worden, oder nicht weit weg davon. Wir müssen jemand hinschicken, um die Leichen zu bergen.«

Elena nickte, als wäre das nichts Neues für sie. »Nightwalker und eine Gruppe von Kriegern haben deine Spur bereits bis zum Pass zurückverfolgt.« Sie machte eine Pause. »Er war gerade erst aus der Stadt zurückgekehrt, als du hier angekommen bist. Nightwalker hat sich furchtbare Sorgen um dich gemacht – aber er war auch wütend. Er ist nur deshalb von deiner Seite gewichen, weil er diejenigen, die dich angegriffen haben, finden und … befragen wollte.« Elenas Gesicht verhärtete sich, und ihre Augen glitzerten. »Aber er ist zu spät gekommen. Er hat Hauptmann Byrne gefunden und mehrere kleine Gruppen von Soldaten – die alle kein Emblem getragen haben –, aber sie waren bereits tot. Manche sind mit Armbrüsten getötet worden, andere mit einem Langbogen.«

»Mit einem Langbogen?«, murmelte Raisa in ihren Arm, der ihr als Kissen diente. »Ich erinnere mich an Armbrüste, aber nicht daran, dass irgendjemand mit einem Langbogen geschossen hätte.« Alle tot, dachte sie. Nun, das erklärt vielleicht, weshalb die beiden Trauerkleidung tragen. Allerdings … Raisa drehte den Kopf herum und versuchte, die beiden Frauen anzusehen. »Habt ihr Nachricht von meiner Mutter? Weiß sie, was mit Hauptmann Byrne passiert ist? Ist sie auf dem Weg hierher?«

Willos Hände verharrten für einen langen Moment, während sie und Elena Blicke tauschten.

»Das wissen wir nicht, Enkelin«, sagte Elena schließlich. »Wir haben einen Boten nach Fellsmarch geschickt, aber noch keine Antwort bekommen.«

»Es ist drei Tage her, und ihr habt immer noch keine Antwort bekommen?«, fragte Raisa jetzt etwas lauter. Drei Tage, dachte sie. Wieso bist du nicht gekommen? Die Erinnerung an den Traum mit den Wölfen brach plötzlich wieder über sie herein, aber sie wollte nicht darüber reden. Wenn sie es aussprach, würde es Wirklichkeit werden.

»Irgendetwas muss passiert sein«, sagte Raisa. »Irgendetwas stimmt da nicht. Sie hätte geantwortet. So etwas hätte sie nicht einfach ignoriert. Das hätte sie nie getan.«

»Nightwalker ist gestern erneut nach Fellsmarch aufgebrochen, um mit deinem Vater zu sprechen«, sagte Elena. Sie fingerte an ihren Röcken herum. »Die Redner sagen, dass ...« Willo schüttelte rasch den Kopf, und Elena beendete den Satz nicht.

»Es bleibt uns nichts anderes übrig, als auf Nachricht aus dem Vale zu warten«, sagte Willo. Raisa spürte, wie die Macht in Willos Händen sie beschwichtigte und schläfrig machte. »Es kann nicht mehr lange dauern.«

Raisa schloss die Augen und atmete langsam aus; sie versuchte, sich unter Willos Händen zu entspannen. Aber sobald sie ihre Gedanken danach zu sortieren versuchte, was sie wusste und was sie nicht wusste, brodelten neue Fragen in ihr. »Wie ... wie bin ich hierhergekommen? Ich war verletzt, und sie haben mich verfolgt, und ...«

»Hunts Alone hat Euch hergebracht«, sagte Willo.

Raisa kramte in ihrem Gedächtnis. »Hunts Alone? Wer ist das?«

»Nun.« Willo zögerte. »Vielleicht kennt Ihr ihn unter seinem Flatland-Namen – Hanson Alister.«

Es war also *doch* kein Traum. Han Alister war mitten in den Spirit Mountains zu ihr gekommen. Han Alister hatte ihr das Leben gerettet.

Aber wie kam es, dass all diese Leute miteinander verstrickt waren?

»Thorn Rose?«, fragte Willo, als Raisa nichts sagte.

»Wieso hat Han Alister einen Clan-Namen?«, platzte Raisa heraus. »Er ist im Vale geboren und noch dazu ein Magier.«

Elena räusperte sich. »Ich wusste nicht, dass ihr beide euch begegnet seid.« Sie klang nicht sehr glücklich darüber. »Er wirkte verwirrt – oder vielleicht war er auch im Delirium. Er hat dich Rebecca genannt.«

»Das ist der Name, unter dem ich mich in Odenford angemeldet hatte«, erklärte Raisa. »Wir waren dort zusammen auf der Akademie. Er wusste nicht, wer ich wirklich bin.«

Aber jetzt würde er es herausfinden. Wenn er es nicht bereits getan hatte.

Raisas Magen krampfte sich zusammen. Sie hatte es ihm selbst sagen wollen – hatte es ihm selbst erklären wollen. Sie hatte nicht gewollt, dass er es von jemand anderem erfuhr.

Elena beugte sich vor und fingerte an ihrem Demonai-Amulett herum. »War Hunts Alone einer von denen, die dich angegriffen haben?«

»Wieso hätte er mich angreifen sollen?«, fragte Raisa gereizt.

»Niemand außer dir und Nightwalker glaubt, dass Hunts Alone die Erbprinzessin angegriffen hat«, sagte Willo und warf Elena einen finsteren Blick zu. »Setzt Euch auf, Hoheit.«

Willo half ihr, sich aufzurichten. Raisa fühlte sich so schwach wie ein neugeborenes Kätzchen.

»Der Amulettschwinger hatte den Talismanring meiner Enkelin in seinem Besitz«, verteidigte sich Elena. »Und Hanaleas Schwert und den Ring, der Hauptmann Byrne gehört hat.« Sie wandte sich an Raisa, als suchte sie in ihr nach einer Verbündeten. »Und wir wissen immer noch nicht, wie Hunts Al… wie Alister dich gefunden hat.«

»Wie auch immer er das geschafft hat, Hunts Alone hat ihr das Leben gerettet«, sagte Willo und brachte Raisas Haare mit den Händen in Ordnung. »Und um das tun zu können, musste er ihr den Ring abnehmen.«

Raisa achtete gar nicht mehr auf die Unterhaltung. »Aber es sind acht gewesen«, platzte sie heraus. »Acht Männer haben mich angegriffen. Was ist aus ihnen geworden? Wie hat er es geschafft, mich von ihnen wegzubringen? Haben sie mich liegen lassen, weil sie dachten, dass ich tot wäre, oder…«

»Wir wissen es nicht«, sagte Elena und warf Willo einen Seitenblick zu. »Das ist es ja gerade – alle sind tot, und zu viele Fragen sind noch unbeantwortet.«

»Nun, was sagt Han – was sagt Alister dazu?«, fragte Raisa ungeduldig. Es war, als würden die beiden Matriarchinnen sie mit Absicht verwirren.

Willo schüttelte den Kopf. »Er ist noch zu krank. Wir konnten noch nicht mit ihm sprechen.«

»Er ist krank?« Raisa beugte sich nach vorn. »Ist er verwundet worden? Was ist passiert? Wo ist er?« Jede Antwort schien weitere Fragen nach sich zu ziehen.

»Hunts Alone wusste, dass Ihr vergiftet worden wart«, sagte Willo. »Er hat Hohe Magie benutzt, um Euch das Leben zu retten. Magierheiler behandeln Patienten, indem sie ihre Verletzung übernehmen. Es ist eine nicht ungefährliche Sache, und Hunts Alone ist kaum ausgebildet.« Sie sah Elena an, und ihr Blick verhärtete sich. »Er hätte gar nicht in diese Situation geraten dürfen. Er hätte überhaupt nicht hier sein dürfen. Er hat erst ein paar Monate Ausbildung hinter sich.«

Zwischen den beiden Frauen herrschte eine solche Spannung, wie sie Raisa bisher noch nie erlebt hatte.

»Nein«, flüsterte Raisa und schüttelte den Kopf. »Er hätte sein Leben nie aufs Spiel setzen dürfen, wenn er nicht genau wusste, was er tat.«

Aber keine der beiden Frauen schien sie zu hören. Sie waren vollkommen aufeinander konzentriert.

»Es war seine Pflicht, ihr das Leben zu retten, falls er das tatsächlich getan hat«, sagte Elena und erwiderte Willos Blick.

Raisa sah von einer zur anderen. »Was meinst du damit, *es war seine Pflicht*?«

Sie starrten sie beide mit zusammengepressten Lippen an, als würden sie am liebsten alle Worte zurücknehmen.

Aber da war etwas in Willos Gesicht – ein Geheimnis, das sie nicht preisgeben wollte. Sie schoss Blicke auf Elena ab, als wollte sie sagen: Das ist dein Fehler. Also sag du es ihr.

»Hunts Alone hat geschworen, den Clans und dem Grauwolf-Geschlecht zu dienen«, sagte Elena schließlich.

»Was?« Mit jeder weiteren Enthüllung schienen Raisas Kopfschmerzen schlimmer zu werden. Trotz Willos Bemühungen war ihre Schläfrigkeit verflogen. »Was redest du da? Han hasst das Grauwolf-Geschlecht.«

Elena hob die Brauen und sah Willo mit einem triumphierenden Blick an. Willo verdrehte die Augen und beugte sich wieder über die Verbände.

Nichts von alledem ergab irgendeinen Sinn. Han Alister machte die Königin, ihre Mutter, für den Tod seiner Mutter und seiner Schwester verantwortlich. Wieso hätte er sich verpflichten sollen, ihr zu dienen?

Raisa packte Willos Handgelenk, als sie ihr eine Bandage um die Taille wand. »Irgendjemand erzählt mir jetzt besser, was da vorgeht«, sagte sie und starrte die beiden Matriarchinnen finster an.

Willo drehte den Kopf demonstrativ zu Elena. Offensichtlich war es immer noch die Sache ihrer Großmutter.

»Das Marisa-Pines-Camp und die Demonai sind übereingekommen, Han's Ausbildung in Odenford zu bezahlen, wenn er uns als Gegenleistung in Zukunft seine Dienste zur Verfügung stellt«, sagte Elena mit einem Schulterzucken.

»Die Clans bilden einen Magier aus?« Raisa fragte sich, ob sie möglicherweise immer noch träumte. »Aber das ... aber das ...«

»Das ist kompliziert, Enkelin«, sagte Elena und tätschelte ihr Knie. »Vielleicht können wir später darüber sprechen, wenn du ...«

»Wieso ist er dann nicht auf der Akademie, wenn ihr ihm die Ausbildung bezahlt?«, fragte Raisa. »Wieso ist er zurückgekommen?«

»Anscheinend hat die Zukunft bereits begonnen«, sagte Willo, als würde sie jedes einzelne Wort ausspucken. »Die Demonai haben ihn nach Hause zurückgerufen. Er durfte sein Studium nicht beenden und auch keine Lehrzeit ableisten.« Sie wickelte ein großes Stück Leinen über Raisas Schulter und um ihre Taille.

Elena erhob sich jetzt und ging auf und ab; wie immer gestikulierte sie beim Sprechen mit den Händen, und sie richtete ihre Aussage direkt an Willo.

»Willo Watersong, der Angriff auf die Erbprinzessin rechtfertigt unsere Entscheidung, Alister zurückzuholen, mehr als genug. Wenn das stimmt, was du sagst, und er ihr wirklich das Leben gerettet hat, hat er bereits durch diese eine Tat unseren Einsatz zweifach zurückgezahlt. Das war es wert.«

»Glaubst du, das war es auch für ihn wert?«, flüsterte Willo.

»Wo ist er?«, wollte Raisa wissen. Sie versuchte, von der Pritsche aufzustehen. »Wo ist Han? Ich will ihn sehen.«

»Enkelin …«, sagte Elena und runzelte die Stirn. »Du solltest dich jetzt ausruhen. Ich fürchte, das hier ist …«

»Nein!«, sagte Raisa lauter, als sie es beabsichtigt hatte. »Wenn ich drei Tage geschlafen habe, dann sind vier Tage vergangen, seit jemand versucht hat, mich umzubringen. Ich will klare Antworten auf meine Fragen, und ich will denjenigen sehen, der mir das Leben gerettet hat, wie ihr sagt. Ich will sehen, welchen Preis er dafür bezahlt hat.«

»Wenn du darauf bestehst«, erwiderte Elena. Ihr Gesicht war vor Missbilligung angespannt.

Willo half Raisa auf die Beine und stützte sie mit einer Hand unter dem Ellenbogen. »Er liegt nebenan«, sagte Willo. In der Hütte der Matriarchin gab es mehrere mit Vorhängen abgeteilte Schlafkammern, in denen die Patienten unter dem wachsamen Auge der Heilerin ruhen konnten.

Willo zog den Ledervorhang zur Seite, und sie schlüpften hindurch. Elena blieb im Gemeinschaftsraum, als ob Han's Leiden ansteckend sein könnte.

Mitten in der Kammer brannte ein Keramikofen, der von zwei Lehrlingen in Gang gehalten wurde, einem Jungen und einem Mädchen, beide etwas älter als Raisa. Süßhölzer glühten in einem Brenner, und einer der Lehrlinge wehte den Rauch mit einem großen Fächer in Richtung des Patienten.

Han Alister lag auf einer Pritsche dicht beim Feuer. Er war in Decken gehüllt, und sein Gesicht war blass und glänzte im Feuerschein vor Schweiß. Die Haare waren feucht und klebten ihm am Kopf, und er zuckte und zitterte unter den Decken, murmelte und flüsterte vor sich hin.

»Süße Herrin!«, rief Raisa und starrte auf ihn hinunter. Es sah aus, als würde sich die Haut über seinen Knochen spannen. Für gewöhnlich sprühte er vor Lebensfreude. Aber jetzt schien alle Lebensessenz entwichen. Tränen brannten in ihren Augen. Sie sank direkt neben der Pritsche auf die Knie und strich ihm sanft ein paar goldene Haarsträhnen aus der Stirn.

Wehe, du stirbst. Du darfst nicht sterben. Ich verbiete es dir.

Als hätte Han Alister jemals auf das gehört, was sie zu ihm gesagt hatte.

Raisa schluckte hart und blickte zu Willo hoch, die mit zusammengezogenen Brauen und nachdenklich geschürzten Lippen auf sie heruntersah. »Ist es nicht zu heiß hier drin? Er schwitzt.«

»Wir entziehen ihm das Gift mit Hitze, Rauch und abführenden Mitteln«, erklärte Willo. »Weil es keine Eintrittsstelle gibt, können wir es nicht mit Schlangenbisswurz entfernen, wie wir es bei Euch getan haben. Wir haben ihn auch zur Heilerquelle gebracht, aber die Hitze – oder vielleicht auch Kälte – ist für ihn fast unerträglich, und er wehrt sich gegen uns. Beim letzten Mal hätte er Bright Hand fast ertränkt.« Willo deutete mit einem Nicken auf den Lehrling. »Ich vermute, dass das Gift bei ihm genauso wirkt wie bei Euch und seine Sinne verwirrt.«

Raisa stellte sich vor, sie würde in diesem Moment in eine heiße Quelle getaucht, und erschauerte.

»Er hat Krämpfe«, sprach Willo weiter. »Allerdings scheinen sie etwas nachzulassen.« Sie wandte sich an ihren Lehrling. »Bright Hand, hat Hunts Alone etwas gegessen? Hat er etwas getrunken?«

Der Lehrling schüttelte den Kopf. »Wir haben es versucht. Er wehrt sich dagegen. Er ist verwirrt.«

Selbst wenn er überlebt – was ist, wenn er nie wieder zu Verstand kommt?, dachte Raisa.

»Solltet Ihr – solltet Ihr nicht einen Magierheiler holen?«, fragte sie laut. »Möglicherweise könnte man ihm mit Magie helfen.«

Willo nickte; sie schien sich durch die Frage nicht beleidigt zu fühlen. »Ich stimme Euch zu. Wir wissen nicht viel über Hohe Magie und Amulettschwinger. Sie weigern sich normalerweise, sich von uns behandeln zu lassen. Aber wem in Fellsmarch könnten wir trauen? Wir könnten jemanden von der Akademie in Odenford holen, aber ich glaube, bevor es jemand bis dorthin und wieder zurück geschafft hat, wird Hunts Alone sich entweder von allein erholt haben – oder gestorben sein.«

Raisa nahm Han's Hand. Sie fühlte, wie schwach seine Macht durch seine Finger summte, ein bloßer Schatten des früheren Stroms. Das stimmte sie nachdenklich.

Sie hob die Decken, die bis zu seinem Kinn hochgezogen waren, und warf einen Blick darunter. Dann sah sie Willo an.

»Wo ist sein Amulett?«, fragte Raisa.

»Er hatte zwei bei sich, und einen Talisman aus Eberesche und Eiche«, antwortete Willo. »Ich habe sie ihm weggenommen, bevor die Demonai sie ihm abnehmen konnten.« Sie holte einen Beutel aus Wildleder unter der Pritsche hervor. »Ich wollte nicht, dass den Sachen etwas passiert.«

Raisa wog den Beutel in der Hand, löste dann das Band und schüttete den Inhalt auf Han's Decke. Neben dem Talisman waren tatsächlich zwei Amulette darin: das Schlangenstabamulett, an das sie sich erinnerte, und eines, das sie nicht kannte – ein aus Edelstein gefertigter Bogenschütze.

»Den Einsamen Jäger hat Mutter Elena für ihn gemacht«, sagte Willo. »Das andere habe ich noch nie gesehen.«

»In Odenford hat er das Schlangenstabamulett getragen«, erzählte Raisa. Sie erinnerte sich, wie es auf ihre Berührung reagiert hatte. »Vielleicht hat einer der Master es ihm gegeben.« Sie biss sich auf die Lippe und starrte es an. »Ich kenne mich wirklich nicht mit so etwas aus«, gestand sie. »Aber ich glaube, es könnte ihm helfen, es zu tragen. Es könnte seine Magie daran hindern, aus ihm herauszusickern.«

Willo warf einen Blick in den Gemeinschaftsraum, dann sah sie Raisa an, legte einen Finger an die Lippen und nickte.

Raisa hob das Schlangenstabamulett an der Kette hoch, wobei sie sorgfältig darauf achtete, dass sie es nicht direkt berührte. Sie und Willo schoben Han's Decken zurück, und Raisa knöpfte vorsichtig das schwere Wollhemd auf, dass er trug.

Sie öffnete den Verschluss der Kette und ließ das Amulett auf seine nackte Brust sinken. Es fing sofort an zu glühen, wie zur Begrüßung.

Was ist, wenn es mehr Schaden anrichtet als Nutzen bringt?, dachte Raisa. Amulette zogen Macht ab, oder nicht? Aber sie konnten auch Macht sammeln und sie den Magiern zur Verfügung stellen.

Wie viel von seiner Macht war wohl übrig geblieben, nachdem er versucht hatte, sie zu heilen?

Sie schob seine feuchten Haare aus dem Weg und machte den Verschluss zu, ehe sie die Kette unter dem Kragen seines Hemdes verschwinden ließ. Dann nahm sie seine Hand, steckte sie unter das lockere Hemd und schloss seine Finger um das Amulett. Danach zog sie die Decken wieder bis zu seinem Kinn hoch.

Noch immer auf den Knien sah Raisa erneut zu Willo hoch. »Oh, Willo«, flüsterte sie und strich Han über die Wange, die jetzt stoppelig war und den Schatten eines rötlichen Bartes zeigte. »Das alles ist mein Fehler.«

Die Heilerin lächelte. In ihren dunklen Augen standen Tränen. »Tatsächlich? Und ich dachte, es wäre alles mein Fehler.«

»Ich erinnere mich … an einen Teil von dem, was er getan hat, um mich zu heilen«, fuhr Raisa fort. »Ich weiß, dass ich gegen ihn angekämpft habe. Ich trage so viele Geheimnisse in mir. Ich habe versucht, ihn außen vor zu lassen. Er hat mich nicht gerettet, weil ich die Erbin des Grauwolf-Geschlechtes bin. Er …« Ihre Stimme versiegte.

Willo legte ihr eine Hand auf die Schulter, und Macht tröpfelte in sie hinein. »Schon gut, Hoheit«, sagte sie. »Ihr müsst mir nichts erklären.«

»Wenn Ihr … wenn Ihr glaubt, dass ich irgendwie helfen kann«, flüsterte Raisa, »würde ich gern hier bei ihm sitzen oder den Fächer betätigen oder …«

»Danke, Eure Hoheit, aber vielleicht ist es besser, wenn Ihr Euch noch ein oder zwei Tage ausruht, bevor Ihr die Rolle eines Heilerlehrlings übernehmt.« Willo nahm Raisas Arm und half ihr auf die Beine. »Jetzt wollen wir Euch erstmal ins Bett zurückbringen.«

Noch während sie zum Vorhang schlurften, hörten sie Stimmen im angrenzenden Raum. Sie schlüpften hindurch – und fanden sich zwei Neuankömmlingen gegenüber.

Raisas Vater Averill und Amon Byrne.

Amon! Raisas Herz machte vor Erleichterung einen Satz.

Amons Blick heftete sich sofort auf Raisa, wanderte von ihrem zerzausten Schopf über ihr knielanges Gewand nach unten bis zu den lächerlich dicken Wollsocken. Er schloss die Augen und hob das Gesicht gen Himmel, als würde er ein Dankesgebet dorthin schicken. Dann sah er sie wieder an, als wollte er sichergehen, dass sie ihm nicht entschwand.

Amon sah schrecklich aus. Als käme er geradewegs aus der

Hölle, mit den tiefen Spuren der Erinnerung auf seinen Zügen. Er wirkte um Jahre gealtert und doch furchtbar jung. Die grauen Augen waren von Schmerz und Kummer verdüstert, und sein stoppeliges Gesicht verriet, wie müde er sein musste.

»Süße Herrin der Barmherzigkeit«, flüsterte Raisa. »Dank sei der Schöpferin, du bist in Sicherheit.«

Sie hätte ihn am liebsten umarmt und ihm gesagt, wie leid ihr alles tat und wie sein Vater ihr das Leben gerettet hatte und dass nichts davon sein Fehler war. Sie wollte ihm tausend Fragen stellen. Sie wünschte, sie könnte einfach alle anderen aus dem Zimmer scheuchen.

»Korporal Byrne.« Ihre Stimme war immer noch heiser von der Wirkung des Giftes. »Ich fürchte, ich habe schlechte Nachrichten.«

Sie machte einen zögernden Schritt auf ihn zu, schwankte und wäre beinahe gefallen, hätte Averill nicht hastig einen Schritt nach vorn gemacht und sie aufgefangen.

»Er weiß es bereits, meine Dornenrose«, sagte ihr Vater. »Nightwalker hat uns die Neuigkeiten überbracht.«

»Nightwalker?« Raisa sah an Averill vorbei zur Tür. »Ist er …?«

»Er ist in der Stadt geblieben, um … um …« Averills Stimme brach, und er drückte sie fest an sich und gab ihr einen Kuss auf die Stirn, als wäre sie ein kleines Kind. »Dank sei der Schöpferin, dass du am Leben bist. Du hast keine Ahnung, was ich … Als Nightwalker uns erzählt hat, was passiert ist und dass du schwer verletzt wärst, hatte ich schon Angst, dass wir dich auch verlieren würden.«

Für einen kleinen, schier endlosen Moment erlaubte sich Raisa, nichts weiter als Averills Tochter zu sein; sie schlang ihre Arme um ihn und drückte ihr Gesicht in sein Lederhemd. Endlich konnte sie sich ausruhen und in Sicherheit fühlen.

Endlich bin ich zu Hause, dachte sie. Von jetzt an wird alles besser.

Averill stellte sie vorsichtig, als wäre sie zerbrechlich, wieder gerade hin, aber er behielt einen Arm um ihre Schultern.

»Korporal Byrne«, sagte Raisa und bemühte sich, eine ruhige, offizielle Haltung einzunehmen, »Euer Vater war einer der mutigsten und weisesten Männer, denen ich begegnet bin, und er war so stolz auf Euch – und nur zu Recht.«

»Hoheit«, sagte Amon. »Es tut mir so leid. Ich hätte dort sein sollen. Ich hätte an seiner Stelle sein sollen.«

»Nein«, sagte sie und hob eine Hand, um ihn am Weitersprechen zu hindern, während ihr Tränen über das Gesicht liefen. »Wärt Ihr dort gewesen, hätte ich euch beide verloren, und euch beide zu verlieren, hätte ich nicht ertragen.« Sie zögerte und versuchte, ihre Stimme wieder unter Kontrolle zu bringen. »Es ist auch so schon ein schwerer Verlust für das Geschlecht, und auch für mich persönlich.«

Amon nickte einmal, dann sah er stur geradeaus. Seine Augen füllten sich mit ungeweinten Tränen. An seinem Unterkiefer zuckte ein Muskel, und sie wusste, dass er die Zähne zusammenbiss. »Danke, Hoheit«, brachte er hervor. Er schluckte mühsam.

Raisa wischte sich mit dem Ärmel über das Gesicht. Es war in Ordnung zu weinen, sagte sie sich. Soldaten und Königinnen durften weinen, oder nicht?

Aber sie war zur Hälfte eine Demonai. Und Demonai weinten nicht.

»Hauptmann Byrne und sein Tripel waren nicht die einzigen Helden«, sprach Raisa weiter, fest entschlossen, dieser Geschichte selbst eine Fassung zu geben, bevor sie ihr aus der Hand genommen wurde. »Nachdem ich verletzt worden war, hat Han Alister sein Leben riskiert, um mich zu retten.« Sie machte eine Pause und musterte die Gesichter der Anwesenden genauer. »Wenn ich es recht verstehe, kennen einige von euch ihn als Hunts Alone.«

Averill warf Elena einen Blick zu und wölbte eine Augenbraue. Elena nickte, aber sie hatte die Lippen fest zusammengepresst.

»Alister ist hier?«, fragte Amon. Seine grauen Augen suchten jeden Winkel des Raums ab.

Raisa neigte den Kopf in Richtung des Vorhangs. »Er liegt dort und kämpft um sein Leben.«

»Beim Blute des Dämons!« Amon machte einen Schritt auf den Vorhang zu. »Ist er verwundet worden? Was hat er …?«

»Es gibt noch weitere Neuigkeiten, Tochter«, warf Averill rasch ein. In seiner Stimme schwang eine Warnung mit. »Neuigkeiten, die nicht warten können.«

Raisa drehte sich um und sah zu ihrem Vater auf, in seine hageren Gesichtszüge, in denen Verlust und Trauer und … ja, auch Angst ihre Spuren hinterlassen hatten. Ausnahmsweise einmal ließ sein Händlergesicht ihren Vater im Stich.

»Lightfoot«, sagte Elena. »Was ist? Was ist passiert?«

Averill legte beide Hände auf Raisas Schultern und sah ihr ins Gesicht. »Sie ist gegangen, meine Dornenrose«, sagte er. »Deine Mutter – Königin Marianna – ist tot.«

KAPITEL ZWÖLF

Das Vermächtnis

Raisa löste sich abrupt aus den Armen ihres Vaters und schüttelte den Kopf.

»Nein«, widersprach sie schroff. »Das kann nicht sein. Das ist unmöglich.« Sie sah in die Gesichter der anderen um sie herum, suchte nach Bestätigung und fand keine. Willos Miene verriet, dass die Nachricht sie nicht überraschte, sondern nur ihre schlimmsten Befürchtungen bestätigte. Ihre Großmutter Elena schmiedete bereits Pläne, während sie sich die Nachricht durch den Kopf gehen ließ; sie versuchte abzuschätzen, was dies für die Spirit-Clans bedeuten mochte – ganz besonders für die Demonai.

Averill wirkte, als würde er Raisa am liebsten vor dieser Neuigkeit und allem, was damit einherging, beschützen. Er war in diesem Moment Witwer und zugleich der einzige Elternteil, den sie noch hatte.

»Oh«, flüsterte Raisa mit zittriger Stimme. »Was sind das für düstere Zeiten.«

Elena Demonai sank auf die Knie und neigte den grauen Kopf. »Lang lebe Raisa ana'Marianna, die den Namen Thorn Rose in den Highlands trägt, Grauwolf-Königin der Fells.«

Amon zog sein Schwert. Er sank vor Raisa auf die Knie

und legte ihr seine Klinge zu Füßen. »Mein Schwert und mein Leben stehen zu Euren Diensten, Eure Hoheit.«

Alle knieten sich jetzt hin, gingen zu Boden wie Kiefern im Sturm, sodass schließlich nur noch Raisa stand.

So wird es jetzt immer sein, dachte sie. Für mich gibt es keinen Schutz mehr, nicht vor alldem hier. Mein ganzes restliches Leben lang werde ich auf mich allein gestellt sein. Sie stand da, mit geballten Fäusten und gesenktem Haupt, und ein zitternder Schluchzer wogte durch ihren Körper, als ihre Träume von einer Wiedervereinigung mit ihrer Mutter zu Staub zerfielen.

Flower Moon trat mit einem gepolsterten Stuhl hinter sie, und Bright Hand brachte ihr einen Pelzüberwurf, in den Raisa sich dankbar einwickelte. Sie hätte ihn sich am liebsten einfach über den Kopf gezogen und sich darunter versteckt. Wie gern wäre sie jetzt mit ihrer Trauer allein gewesen. Wenn eine Königin starb, zog sich ihre Nachfolgerin traditionell drei ganze Tage zum Trauern in den Tempel zurück, ehe sie sich ihren Pflichten widmete.

Aber nein – für sie war das nicht möglich. Nicht jetzt. Auch wenn ihr Magen sich so anfühlte, als hätte sie Glasscherben verschluckt.

Sie sah die Menschen vor sich an und machte eine Geste. »Bitte«, sagte sie. »Steht auf. Oder setzt euch. Macht es euch bequem.« Sie wischte sich mit den Handballen Tränen aus dem Gesicht. »Sagt mir, was passiert ist. Erzählt mir alles.«

»Meine Dornenrose …« Averill verharrte und schluckte schwer, dann sah er sich in dem Gemeinschaftsraum um. »Wir müssen das nicht jetzt tun – in der Öffentlichkeit. Deine Mutter …«

»Meine Mutter ist tot, und ich habe das Gefühl, als würde ich selbst nur noch an einem seidenen Faden hängen. Du musst mir jetzt alles erzählen – alles, was du weißt, und alles, was du nur vermutest. Dann werden wir entscheiden, was zu tun ist und ob Zeit zum Trauern bleibt.«

Ihr Vater blinzelte sie an. Musterte sie ein zweites Mal und neigte zustimmend den Kopf.

Die Lehrlinge brachten Kissen für die anderen, und Raisa schaffte es endlich, alle von den Knien hochzubringen. Amon saß rechter Hand von ihr, Willo links. Averill und Elena saßen mit gekreuzten Beinen ihr gegenüber.

Willo sprach mit Bright Hand, die Raisa einen Becher dampfenden Tee brachte. Sie nippte daran und versuchte, die falschen Signale ihrer Nerven zu ignorieren. Sie konnte spüren, wie sie von Kraft durchströmt wurde.

Willo legte ihr eine Hand auf die Schulter, und die Geste der Heilerin beruhigte sie und klärte ihren Kopf. Raisa schloss die Augen und wünschte sich, sie könnte in den Schlaf des Vergessens sinken.

Besonders ein Gedanke drängte sich in den Vordergrund: Das ist alles meine Schuld.

»Wie ist es passiert?«, fragte Raisa und öffnete die Augen. »Und wann?«

»Sie ist vor vier Tagen vom Königinnenturm gestürzt«, sagte Averill und sah auf seine Hände. »Am frühen Abend. Sie ist vom Balkon gefallen … hinunter in den Innenhof. Sie war sofort tot.«

Raisas Gedanken wanderten zurück. Das wäre dann an jenem Abend gewesen, an dem ihr die Wölfe erschienen waren. Bevor in der Nacht acht abtrünnige Wachen mit allen Mitteln versucht hatten, sie zu töten. In der Nacht, die auf Edon Byrnes Tod gefolgt war. Das war ein allzu großer Zufall. Die Ereignisse waren miteinander verbunden – *mussten* miteinander verbunden sein.

Sie erinnerte sich an Altheas Worte: Dieser Bayar hat Königin Mariannas Ohren verstopft, damit sie unsere Warnungen nicht mehr hören kann. Und jetzt muss sie den Preis dafür bezahlen.

Willo strich Raisa über die Haare und ließ neuen Tee kommen. »Wart ihr beide zu dem Zeitpunkt in der Stadt?«, fragte Willo und sah von Amon zu Averill.

Averill nickte. »Korporal Byrne war gerade mit der Nachricht eingetroffen, dass Raisa aus Odenford verschwunden war.«

»Ich wusste, dass Ihr im Norden wart, zusammen mit … mit meinem Vater, und dass Ihr versuchen würdet, nach Hause zurückzukehren«, sagte Amon und sah Raisa an. »Ich wusste, dass Ihr in Gefahr, aber noch am Leben seid. Deshalb habe ich mich mit Lord Demonai und Nightwalker getroffen, um Pläne zu schmieden. Um darüber zu diskutieren, ob wir Euch eine Wache entgegenschicken sollen.«

»Nightwalker war auch da?« Raisa sah von ihrem Vater zu Amon. Sie wusste, dass Nightwalker nur selten ins Vale kam, wenn es sich vermeiden ließ.

Averill nickte. »Seit zwei Monaten war er immer mal wieder da. Ich habe ihn gebeten, mich zusammen mit einer Handvoll Demonai-Kriegern zu unterstützen.« Er zögerte, als wollte er angesichts des gegenwärtigen Unheils nicht noch mehr beunruhigende Nachrichten vorbringen. »Die Spannungen im Magierrat sind enorm, und ich brauchte eine Wache, der ich vertrauen konnte.«

Die Bedeutung dieser Worte legte sich wie ein schwerer, nasser Umhang auf Raisas Schultern und verstärkte ihren Kummer noch mehr. Der Gemahl der Königin und der Magierrat hatten einander bekämpft, seit sie denken konnte, aber nie zuvor hatte der ehemalige Demonai-Krieger Averill

Lightfoot sich veranlasst gesehen, eine Wache aus Demonai zusammenzustellen.

»Wir sind zu dem Entschluss gekommen, dass Nightwalker zum Marisa-Pines-Camp gehen sollte, um nachzusehen, ob es irgendeine Nachricht von dir gibt. Er war bereits unterwegs, als … als wir von Mariannas Tod erfahren haben.«

»Hat irgendjemand gesehen, wie es passiert ist?«, fragte Elena.

Averill schüttelte den Kopf. »Die Königin hatte sich zum Ausruhen in ihr Schlafzimmer zurückgezogen«, erzählte er. »Als Magret sie zum Essen wecken wollte, war das Bett leer, und die Türen zum Balkon standen offen. Magret ist offenbar nach draußen gegangen und hat gesehen, dass … sie hat Marianna unten auf dem Pflaster liegen sehen.«

Raisa versuchte, das Bild aus ihrem Kopf zu vertreiben. »Magret?« Sie sah von Averill zu Amon. »Magret Gray hat der Königin gedient?«

Averill nickte. »Marianna hat in den letzten Wochen ausdrücklich nach ihr verlangt. Sie schien sich in Magrets Gegenwart besser entspannen zu können als bei irgendjemandem sonst.«

Da fiel Raisa der Traum wieder ein, in dem Königin Marianna auf ihrem Balkon gestanden hatte. Da war ein Geräusch gewesen, und sie hatte sich umgedreht …

»War Magret die ganze Zeit im Vorzimmer?«, flüsterte Raisa.

Averill schüttelte den Kopf. »Sie hat sich abwechselnd um Prinzessin Mellony und Königin Marianna gekümmert. Da Marianna geschlafen hatte, war sie bei der Prinzessin.«

»Und die Wache der Königin? Wo war sie?«, wollte Elena wissen.

»Vor der Tür«, sagte Averill. Er machte eine Pause und sah Amon an. »Zumindest sagen sie das.«

»Wer hatte Dienst?«, fragte Raisa. »Sind diejenigen … vertrauenswürdig?«

Amon räusperte sich und nannte die Namen von einem halben Dutzend Menschen, von denen Raisa nicht einen einzigen kannte. »Ich kenne drei von ihnen persönlich«, sagte Amon, als hätte er ihre Gedanken erraten. »Und die drei sind gute Soldaten. Und loyal.«

»Loyal oder nicht«, warf Elena ein, »wie schwer dürfte es wohl für einen Magier sein, an ihnen vorbeizukommen? Man sollte sich fragen, wo die Bayars zu dieser Zeit waren.«

Willo packte Raisas Schulter ein wenig fester. »Elena«, sagte sie. »Wir müssen nicht …«

»Schon in Ordnung – wo waren sie?«, fragte Raisa und zog den Pelz fester um sich. »Weiß das jemand? Sind Micah und Fiona aus den Flatlands zurückgekehrt?«

Averill nickte. »Sie sind seit mindestens einer Woche wieder zurück, haben sich aber bis vor ein paar Tagen auf dem Besitz der Bayars auf Gray Lady verborgen. Lord Bayar hat dort häufig an Versammlungen des Magierrats teilgenommen. Auch in der Nacht, in der Königin Marianna gestorben ist – sofern man seinen Worten Glauben schenken will, natürlich. Es gibt keine anderen Zeugen als die Mitglieder des Rates.«

»Und niemand – niemand hat die Leiche der Königin im Innenhof liegen sehen, bis Magret Alarm geschlagen hat?«, fragte Raisa.

Averill schüttelte den Kopf. »Der Balkon befindet sich über dem Innenhof mit dem privaten Garten der Königin«, sagte er, »und da Marianna keine besondere Vorliebe für Gärten hatte, hat sie auch nie viel Zeit darin verbracht. Die

Einzigen, die Grund gehabt hätten, in den Garten zu gehen, waren ihre Gärtner.«

Raisa erschauerte. Wie lange hatte ihre Mutter wohl dort gelegen, hilflos und verletzt und allein, bevor sie gestorben war? Ich hätte da sein sollen, dachte sie unglücklich. Sie hätte nicht allein sein sollen.

»Magret Gray war die erste … die erste Person, die die Königin gefunden hat?«, fragte Raisa. Averill nickte.

»Hast du mit Maid Gray gesprochen?«, fragte Elena. »Was hat sie gesagt?«

»Deshalb überbringe ich die Nachricht erst jetzt«, antwortete Averill. »Ich wäre schon früher gekommen, aber ich wusste bis gestern nicht, dass Raisa in Marisa Pines ist. Und ich wollte vor meiner Rückkehr … so viele Informationen wie möglich sammeln.«

Bevor irgendwelche Beweise zerstört oder versteckt werden konnten, meinte er damit.

»Ich hoffe nur, du bist vorsichtig, Lightfoot«, erwiderte Elena. »Wenn es wirklich Mord war, werden die Täter nicht zögern, einen lästigen Gemahl ebenfalls umzubringen.«

»Mach dir um mich keine Sorgen«, sagte Averill und brachte ein schwaches Lächeln zustande.

»Was hat sie gesagt?«, fragte Elena. »Gibt es irgendeinen Hinweis darauf, dass es mehr als nur ein Sturz vom Balkon war?«

Averill schüttelte den Kopf. »Zumindest keinen offensichtlichen. Es scheint, als wäre Marianna durch nichts anderes als den Sturz getötet worden.«

Hätte die Berührung eines Magiers wohl Spuren hinterlassen? Allerdings konnten die Folgen des heftigen Aufpralls nur allzu leicht von anderen, feineren Hinweisen auf üble Machenschaften ablenken. Womöglich war ein Magier sogar in Mariannas Geist eingedrungen und hatte sie glauben gemacht, dass sie fliegen könnte. Oder sie veranlasst, sich zu töten.

»Wie auch immer«, sprach Averill weiter, »die Königin hatte das hier in ihrer geschlossenen Hand.« Er zog einen kleinen Beutel aus der Tasche und leerte den Inhalt in seine Handfläche. Es war eine lange, schwere Goldkette, die an einer Stelle zerrissen war. Eine schöne Arbeit – zweifellos clangefertigt.

Es handelte sich um die Art Kette, an der man häufig Amulette und Talismane trug.

»Magret hat sie gefunden«, sagte Averill.

Elena streckte ihre Hand nach der Kette aus. Ihr Gesicht war grimmig und hart. Sie stupste die Kette mit dem Zeigefinger an. »Nun. Es scheint, als hätten die Mörder der Königin doch Spuren hinterlassen.«

»Wir wissen nicht, ob es Mord war, Elena«, sagte Willo. »Jedenfalls nicht mit Sicherheit.« Sie wandte sich an Averill. »Wurde noch etwas anderes gefunden?«, fragte sie. »Irgendetwas, das uns helfen könnte?«

Averill schüttelte den Kopf.

»Denken wir einmal nach«, sagte Raisa. Ihre Stimme klang tief und hölzern. »Was ist, wenn tatsächlich jemand meine Mutter vom Balkon gestoßen hat? Und was ist, wenn sie bei dem Versuch, sich zu retten, die Hand ausgestreckt und die Kette am Hals des Mörders zu fassen bekommen hat? Und dann ist sie bei dem Sturz zerrissen.«

»Das ist durchaus möglich«, fand Averill. »Ich muss zugeben, dass ich das Gleiche gedacht habe.«

»Aber dass es möglich ist, reicht nicht aus«, sagte Willo. »Wir haben immer noch keinen Beweis dafür, dass …«

»Es waren die Bayars und ihre Verbündeten«, fiel Elena

ihr ins Wort. »Du weißt, dass das so ist. Wer sonst würde durch den Tod der Königin profitieren? Nightwalker ist bereit, in den Krieg zu ziehen, und ich kann es ihm nicht verübeln. Die Demonai werden nicht einfach danebenstehen und zusehen, wie die Fægung verletzt wird, ohne Vergeltung zu üben.«

Raisa kämpfte gegen die Stimme in ihrem Kopf an, ihre Demonai-Stimme, die rief: Ja! Führt Krieg gegen die Mörder meiner Mutter. Vergießt ihr Blut, wie sie das der Königin vergossen haben.

»Ihr braucht bessere Beweise, wenn ihr einen Krieg in den Fells anzetteln wollt«, sagte sie müde. »Die Bayars haben sich vieles zuschulden kommen lassen, aber ob sie auch hierbei ihre Finger im Spiel hatten, wissen wir nicht genau. Ich werde mich an die Gesetze halten, auch wenn es unbequem ist.«

»Es waren die Gesetze, die zu alldem hier geführt haben«, stellte Elena fest und fingerte an ihren Zöpfen herum. »Es scheint mir, dass diejenigen, die den Gesetzen folgen, zu Opfern werden.«

»Und diejenigen, die den Gesetzen nicht folgen, werden zu Tyrannen«, entgegnete Raisa. »Niemand hat mehr Grund, Rache zu verlangen, als ich. Aber es obliegt der Wache der Königin, den Mörder meiner Mutter vor Gericht zu bringen. Wenn es einen Mörder gibt.«

»Wo war denn die Wache, als Königin Marianna ermordet wurde?«, fragte Elena. »Hauptmann Byrne lag sterbend im Marisa-Pines-Pass, und Korporal Byrne war in den Flatlands. Wer war für die Sicherheit der Königin zuständig?«

Für einen Moment herrschte Totenstille. Amon setzte sich etwas aufrechter hin und heftete den Blick seiner grauen Augen auf Elena, während er mit den Fingern seiner rechten

Hand rhythmisch auf seinen Oberschenkel trommelte. Raisa wusste, wie wütend er jetzt war, aber sie bezweifelte, dass irgendjemand von den anderen, die ihn nicht so gut kannten wie sie, das ebenfalls erkennen würde.

Dies sind die Leute, mit denen ich zurechtkommen muss, dachte Raisa, wenn ich als Königin erfolgreich sein will.

»Elena Cennestre«, sagte sie. »Das reicht. Ich möchte dich bitten, dich daran zu erinnen, dass zehn Mitglieder meiner Wache im Marisa-Pines-Pass ihr Leben für mich geopfert haben.« Wut und Ärger konnten sie wenigstens von der alles überwältigenden Trauer ablenken.

»Vergib mir, Enkelin«, lenkte Elena ein. »Ich entschuldige mich für meine unverblümten Worte. Ich wollte keineswegs respektlos gegenüber der Wache sein, oder gegenüber Euch, Korporal Byrne.« Sie sah zu Amon hinüber, der kaum wahrnehmbar nickte. »Aber ich bin nach wie vor der Meinung, dass wir Demonai noch etwas anderes beisteuern können. Du brauchst in diesen Zeiten mehr als den Schutz, den deine Wache dir bieten kann. Wir möchten helfen.«

»Ich werde es nicht vergessen, Großmutter«, murmelte Raisa.

»Hat jemand die Gemächer der Königin durchsucht?«, fragte Elena und sah Amon und Averill an. »Wenn an der zerrissenen Kette ein Amulett hing, könnte es auf den Boden gefallen sein.«

»Eine der Wachen hat das Schlafzimmer der Königin durchsucht, und auch die Umgebung um – um ihren Körper herum«, sagte Amon. Er leckte sich über die Lippen und warf Raisa einen Blick zu. »Es ist immer möglich, dass etwas übersehen worden ist.«

»Wir werden ihr Schlafzimmer und ihren Garten noch einmal gründlich durchsuchen«, befand Averill. »Ich werde heute Nacht in die Stadt zurückkehren und die übrigen Demonai mit hinzuziehen.«

»Wo … wo befindet sich meine Mutter jetzt?«, fragte Raisa und hoffte, dass es kein kalter Ort sein würde. Marianna hatte die Kälte immer gehasst.

»Sie liegt aufgebahrt im Kathedralen-Tempel«, sagte Averill, »in der Obhut von Redner Jemson. Sobald die Redner ihren endgültigen Ruheplatz in den Spirit-Mountains bestimmt haben, werden wir uns um ihre Beerdigung kümmern.«

»Was ist mit Mellony?«, fragte Raisa, die plötzlich von dem Drang überwältigt wurde, ihre Schwester zu sehen. »Wo ist sie? Und … weißt du, wie es ihr geht?«

Averill schüttelte den Kopf. »Sie wird zu ihrer eigenen Sicherheit in Fellsmarch Castle abgeschirmt, heißt es. Sie ist ein zerbrechliches Wesen, wie du weißt, und natürlich wegen des Todes ihrer Mutter völlig aufgelöst. Sie haben sich so nahegestanden …« Seine Stimme versiegte, und Raisa wusste, dass er seine Worte am liebsten wieder zurückgenommen hätte.

Natürlich hatte sie ihre Bedeutung sofort erfasst – Marianna und Mellony hatten einander nahegestanden, aber Raisa und ihre Mutter nicht.

»Es war mir nicht möglich, allein mit Mellony zu sprechen«, fuhr Averill fort, »sosehr ich mich auch bemüht habe. Sie ist von ganzen Heerscharen von Wachen und Zofen umgeben, und die Bayars schwirren ständig um sie herum.«

»Die Bayars? Welche Bayars?«, wollte Elena wissen.

»Alle. Gavan Bayar. Micah, Fiona und Lady Bayar«, sagte Averill. Er machte eine Pause. »Als Gemahl besitze ich nicht die Autorität, sie wegzuschicken. Sie sind wie Kampfhunde, die ein hübsches Haustier umzingeln. Ich rechne jeden

Tag damit, dass die Verlobung von Micah und Mellony bekanntgegeben wird, auch wenn ich vermute, dass sie mit der Hochzeit bis nach Mellonys Krönung warten wollen. Nur um sicherzugehen.«

Raisa ließ fast den Teebecher fallen. Sie beugte sich nach vorn. »*Was*? Was willst du damit sagen?«

Averill sah Willo und Elena an; sein Blick war fast vorwurfsvoll. »Heißt das, sie weiß es noch nicht?«

»Thorn Rose hat sich erst heute vom Krankenlager erhoben«, sagte Willo. »Wir hielten es für sinnvoll, sie erst etwas zu Kräften kommen zu lassen, bevor wir es ihr sagen.«

Elena nickte. »Wir haben keinen Grund gesehen, es ihr vorher zu erzählen. Solange Marianna noch am Leben und gesund war, schien es … voreilig zu sein.«

»Sagt es mir«, verlangte Raisa mit steifen Lippen. Sie wusste, dass jetzt alles nur noch schlimmer werden würde.

»Die Königin hat es gut gemeint«, setzte Averill an. »Trotz eurer Unstimmigkeiten wollte sie dein Recht auf den Thron schützen. Vergiss das nicht, meine Dornenrose.«

»Würde mir jetzt bitte jemand sagen, was bezüglich der Nachfolge passiert ist?«, fragte Raisa und packte die Stuhllehnen mit beiden Händen, um sich davon abzuhalten, einfach aufzuspringen.

»Sowohl der Magierrat als auch Mariannas eigener Rat aus Adeligen haben enormen Druck auf die Königin ausgeübt«, erklärte Averill. »Du warst verschwunden, und sie wollte nichts von deinem Brief erzählen, weil sie Angst hatte, dich damit in Gefahr zu bringen.«

Raisa hob den Kopf und begegnete Amons Blick, sah die Frage in seinen Augen – welcher Brief? – und richtete ihre Aufmerksamkeit wieder auf Averill.

»Aber in den letzten paar Monaten hat Marianna irgendwie wieder Mut gefasst«, sagte Averill. »Vielleicht wusste sie tief in ihrem Herzen, dass sie getäuscht wurde, dass sie vom Hohemagier mit Magie beeinflusst wurde. Sie hat Redner Redfern weggeschickt und Redner Jemson zum Kathedralen-Tempel geholt. Er war für sie eine große Quelle der Kraft, aber auch eine Quelle des Drucks. Wie du weißt, huldigt er dem Alten Glauben und hält sich an die Beschränkungen, die nach der Großen Zerstörung eingeführt worden sind, und er fühlt sich der Integrität des Grauwolf-Geschlechts verpflichtet.«

Averill hat sie geliebt, dachte Raisa. Er hat sie immer geliebt. Trotz all der Geschehnisse, die sie voneinander trennten. Was für ein Jammer, dass sie ihn nie geliebt hat.

So viel zu bedauern. So viele verpasste Chancen.

»Lord Bayar hat der Königin weiterhin zugesetzt«, fuhr Averill fort. »Er hat ihr gesagt, dass es ein Machtvakuum geben würde, wenn ihr etwas zustoßen sollte. Dass möglicherweise ein Bürgerkrieg ausbrechen würde oder wir aus dem Süden angegriffen werden könnten. Die meisten Mitglieder im Rat der Königin haben Bayar unterstützt.«

Bright Hand näherte sich mit der Teekanne, aber Raisa winkte ihn ungeduldig weg. »Und?«

»Vor zwei Wochen hat Marianna dann eine Veränderung in der Erbfolge bekanntgegeben«, sagte Averill schwer. »Sie hat an dir als Erbprinzessin festgehalten, aber eine Klausel hinzugefügt, nach der Mellony zur Königin gekrönt werden sollte, falls Marianna sterben würde, bevor du zurückgekehrt bist.«

Raisa starrte ihren Vater an, während sich die volle Bedeutung seiner Worte in ihr entfaltete.

»Sie wollte deinen Anspruch schützen und gleichzeitig das Problem des Machtvakuums lösen«, erklärte Averill ruhig.

»Ich glaube, sie hat gewusst, dass du am besten als Nachfolgerin geeignet bist. Sie hat versucht, die Clans zufriedenzustellen, den Magierrat, die Redner und den Rat der Adeligen.«

»Beim Blute des Dämons«, flüsterte Raisa. »Sie hat versucht, allen gerecht zu werden, und damit vielleicht ihr eigenes Todesurteil unterschrieben.« Sie presste ihre Fingerspitzen gegen die Schläfen. Ihr Kopf hämmerte, als würden alle Gedanken und Enthüllungen von innen gegen den Schädel trommeln.

»Ich habe eine Theorie«, sagte sie, ohne die Finger von den Schläfen zu nehmen. »Micah und Fiona sind nach Hause zurückgekehrt und haben ihrem Vater mitgeteilt, dass ich Odenford verlassen habe und möglicherweise auf dem Heimweg bin. Das hat Bayar zum Handeln gezwungen. Er konnte das Risiko nicht eingehen, dass ich auftauche und alles ruiniere. Also hat er die Königin, meine Mutter, ermordet und mir eine Falle gestellt. Wäre ich im Süden geblieben, wäre Mellony gekrönt und mit Micah verheiratet worden. Und selbst wenn ich später doch noch aufgetaucht wäre, hätten sie alle Zeit gehabt, sich so zu wappnen, dass man sie unmöglich hätte verdrängen können. Und selbst wenn ich beharrlich geblieben wäre und gekämpft hätte, hätten sie einen Weg gefunden – und mich eben dann beseitigt. Aber die beste Lösung war für sie natürlich, dafür zu sorgen, dass ich gar nicht erst zurückkehre.«

»Das können wir nicht beweisen, Thorn Rose«, sagte Willo sanft.

Raisa schüttelte den Kopf. »Lasst mich einfach ausreden. Wenn ich tot wäre und es keine Alternative gäbe, müssten die Clans Mellony anerkennen. Also hat der Magierrat diesen Weg wahrscheinlich für aussichtsreich gehalten.«

»Hoheit, wir würden niemals …«, fing Elena an.

»Welche Möglichkeit hättet ihr denn gehabt?«, unterbrach Raisa sie. »Wen sonst würdet ihr bekommen? Meine Kusine Missy Hakkam?« Raisa erschauerte. »Mellony wäre die einzige noch lebende Erbin des Grauwolf-Geschlechts.«

Wir sind die ganze Zeit überlistet worden. Wir haben die Rücksichtslosigkeit unserer Feinde unterschätzt. Und wenn Edon Byrne und Hanson Alister nicht gewesen wären, hätten sie bereits gewonnen.

Sie, sie, sie, dachte Raisa. Ich muss vorsichtig sein. Wie Willo gesagt hat, haben wir keine Beweise, dass es die Bayars waren. Noch nicht.

Und wenn es die Bayars doch waren, welche von ihnen dann genau? War Micah daran beteiligt?

Aber wer sonst könnte es auch sein? Wer sonst hätte ein Interesse daran, Mellony auf dem Thron zu sehen? Oder gab es noch andere Beweggründe, die sie nicht kannte? Hatte sie vielleicht persönliche Feinde? Gerard Montaigne zum Beispiel? Er würde von einem Machtvakuum in den Fells profitieren.

»Was sagen die Leute?«, fragte Raisa in die angespannte Stille hinein. »Im Schloss und auf den Straßen?«

»Es gibt ein wenig Gerede«, antwortete Averill. Er hielt inne und suchte in Raisas Gesicht nach der Erlaubnis weiterzusprechen. »Im Schloss wird gemunkelt, dass die Königin sich selbst das Leben genommen hat«, sagte er. »Dass sie zu viel getrunken hatte. Dieses Gerede ist weitverbreitet und hält sich hartnäckig.«

Ich frage mich, wie das angefangen hat, dachte Raisa bitter. Hör zu und lerne. Zeige irgendein Anzeichen von Schwäche, und deine Feinde werden sich darauf stürzen.

»Und … außerhalb des Schlosses?«, fragte Raisa.

»Die Leute machen sich Sorgen«, sagte Averill. »Sie wissen, dass du vermisst wirst, und sie fragen sich, was jetzt passieren wird. Sie wissen nichts von Mellony, während du die Unterstützung der arbeitenden Bevölkerung hast. Wegen der Dornenrosen-Stiftung.«

Ein beunruhigender Gedanke stieg in Raisa auf. »Wer weiß sonst noch, dass ich am Leben bin?«, fragte sie und schaute die anderen der Reihe nach an. »Ihr habt meinen Vater benachrichtigt. Ist die Wache informiert worden oder der Rat der Adeligen oder …«

»Ich habe niemandem in der Stadt von dem Angriff berichtet«, sagte Averill. »Wer auch immer also dahintersteckt, wird sich wahrscheinlich fragen, was passiert ist. Und sich Sorgen machen, dass du plötzlich auftauchen könntest.«

»Die Leute im Camp reden«, erzählte Willo. »Obwohl ich Euch sofort in die Matriarchinnen-Lodge gebracht habe, als ich Euch erkannt habe. Aber Ihr seid mitten am Tag angekommen, und die Demonai hätten Hunts Alone fast erschossen, als er Euch hergebracht hat.« Sie fuhr sich mit der Hand müde über die Stirn. »Es gehen Gerüchte um, aber nur meine Lehrlinge wissen, wer Ihr wirklich seid.«

»Nun«, sagte Raisa, »ich hoffe, wir können die Nachricht innerhalb des Camps bewahren, bis wir – bei den Gebeinen!« Sie schlug sich mit der Faust in die andere Handfläche, als ihr ein Gedanke durch den Kopf schoss. »Das wird nicht funktionieren, wenn auch nur irgendeiner von denen, die versucht haben, mich zu töten, nach Fellsmarch zurückkehren sollte und erzählt, dass ich entkommen bin. Wenn einer der Attentäter noch lebt, werden sie in der Stadt auf meine Rückkehr warten.«

»Hoffen wir, dass Hunts Alone in ein oder zwei Tagen gesund genug ist, um ein paar Fragen zu beantworten«, sagte Willo.

Han. Eine Woge aus Müdigkeit und Verzweiflung überfiel Raisa, und sie lehnte sich zurück und schloss die Augen.

»Hoheit«, sagte Willo. »Ihr müsst Euch ausruhen. All diese Probleme werden auch morgen noch da sein.«

Raisa nickte; sie wünschte sich, es wäre nicht so. Sie wünschte sich, sie könnte schlafen und in einer Welt aufwachen, in der ihre Mutter noch lebte. Einer Welt, in der sie noch ein bisschen länger sicher und geborgen sein würde.

KAPITEL DREIZEHN

Zwei Verwundete

Für die Nacht verteilten sich die anderen auf verschiedene Unterkünfte. Willo schlief auf einer Pritsche in Han's Zimmer, für den Fall, dass er irgendetwas benötigen sollte. Amon hätte sich am liebsten in seinen Kleidern vor den Gemeinschaftsraum gelegt, in dem Raisa schlief, aber Willo hatte den Lehrlingen aufgetragen, eine Pritsche für ihn aufzustellen.

Obwohl Raisa müde war, konnte sie einfach nicht schlafen, geschweige denn bequem liegen. Ihr Rücken schmerzte trotz des Weidenrindentees, den sie getrunken hatte. Jedes Mal wenn sie die Augen schloss, tauchten Szenen aus der Vergangenheit auf, Handlungen, die sie rückblickend und mit ihrem jetzigen Wissen gern ungeschehen gemacht hätte. Sie lag auf dem Bauch, Tränen benetzten das Kissen, und in ihrer Mitte fühlte sie nichts als ein riesiges, schmerzendes Loch.

Sie hörte, wie Amon sich auf seiner Pritsche am anderen Ende des Raumes hin und her wälzte.

Schuld und Kummer hingen bleiern in der Luft und schienen sie beinahe zu ersticken; das Atmen fiel ihr schwer. Nein. Sie konnte nicht – würde nicht – zulassen, dass Amon sich quälte.

Sie setzte sich auf und lehnte sich vorsichtig mit dem Rücken an die Wand. »Amon?«, flüsterte sie. »Bist du wach?«

»Ja. Brauchst du etwas?«, erklang seine Antwort in der Dunkelheit.

»Setzt du dich zu mir? Bitte.«

Sie hörte, wie seine Pritsche quietschte, als er sich aufsetzte, hörte, wie er die Füße auf den Boden stellte. Er kam zu ihr und setzte sich mit einigem Abstand neben sie. Ihre eigene Pritsche sackte bei seinem zusätzlichen Gewicht nach unten. »Alles in Ordnung? Soll ich Willo holen?«

Raisa schüttelte den Kopf. »Wir können beide nicht schlafen, und wir leiden beide unter einem schweren Verlust. Ich möchte so gern mit dir sprechen.«

»Bist du dir sicher, dass es dir guttut?«, fragte Amon. »Willo sagte, dass du dich ausruhen sollst.«

»Ich glaube, reden würde mir im Moment am meisten helfen.« Raisa klopfte auf die Pritsche. »Komm. Lehn dich hier an die Wand.«

Amon glitt zum Kopfende der Pritsche und ließ sich dort dicht neben ihr nieder, während er versuchte, es sich einigermaßen bequem zu machen.

Sie nahm seine Hand und umschloss sie sanft mit ihren beiden Händen. »Lass es sein«, sagte sie. »Hör auf damit, dir die Schuld zu geben.«

Für eine Weile herrschte Stille. »Wie kommst du darauf, dass ich mir die Schuld gebe?«, fragte er dann.

Er war immer noch ein schrecklich schlechter Lügner.

»Weil ich dich kenne. Aber wenn irgendjemand die Schuld an alldem hat, dann bin ich das.«

Er fuhr sich mit der freien Hand durch die Haare. »Wieso solltest du dir die Schuld geben? Nichts von alldem ist dein Fehler.«

»Ach nein? Ich weiß gar nicht, wo ich anfangen soll.« Raisa biss sich auf die Unterlippe. »Wenn ich die Fells nicht verlassen hätte, wäre nichts von alldem passiert. Meine Mutter würde noch leben und auch dein Vater und all die Wachen, die gestorben sind, als sie mich verteidigt haben.« Sie erzitterte. »Wenn ich zu Hause geblieben wäre, hätten wir unsere Auseinandersetzungen vielleicht beilegen können.«

Amon dachte darüber nach. Sie wusste es zu schätzen, dass er nicht sofort versuchte, ihre Worte zu bestreiten. »Na ja«, sagte er, »du konntest ja nicht wissen, wohin das alles führen würde.«

»Du konntest es nicht wissen«, erwiderte Raisa. »Ich hingegen besitze angeblich die Gabe der Prophezeiung. Wieso konnte ich nicht sehen, wie alles enden würde?«

»Prophezeiungen funktionieren nicht auf diese Weise«, erklärte Amon. »Selbst dann, wenn die Leute ihre Zukunft sehen können, verstehen sie sie nicht oder glauben sie nicht – oder sie machen die Augen zu.«

Für ein paar Augenblicke saßen sie schweigend da. Dann sagte Amon: »Seit du aus Odenford verschwunden bist, frage ich mich, was passiert ist. War es Micah?«

»Lord Bayar hat vier Attentäter nach Odenford geschickt, die mich umbringen sollten. Micah hat mir eine Alternative angeboten – ihn stattdessen zu heiraten. Also habe ich zugestimmt.«

In Amons grauen Augen dämmerte die Erkenntnis. »Dann hat also Micah die Attentäter getötet?«

Raisa nickte.

»Oh«, sagte Amon. »Damit ist ein Rätsel gelöst. Das war eine Sache, die wir einfach nicht nachvollziehen konnten – wer sie mit Magie getötet haben könnte.«

»Na ja«, sagte Raisa und lehnte sich an ihn, »ich habe es

geschafft, einen von ihnen selbst zu töten.« Das alles schien jetzt endlos weit zurückzuliegen, sozusagen am anderen Ufer eines aufgewühlten Meeres von Ereignissen. »Wir waren unterwegs nach Norden, als wir auf Gerard Montaignes Armee gestoßen sind. Die Soldaten waren auf dem Weg nach Tamron. Dann ist eine Patrouille aus Tamron aufgekreuzt, und im anschließenden Durcheinander bin ich geflüchtet.«

»Ich wusste, dass du nach Norden gegangen bist«, sagte Amon. »Ich konnte es fühlen. Da man dich während des Scharmützels gesehen hat, bin ich davon ausgegangen, dass du nach Tamron Court weiterziehen würdest.«

Sie schüttelte den Kopf. »Ich habe mich für den direkten Heimweg entschieden, nachdem ich schon die Hälfte davon zurückgelegt hatte.«

»Ich hätte in Odenford besser auf dich aufpassen sollen«, sagte Amon. »Es war klar, dass du irgendwann auf die Bayars stoßen würdest.«

Raisa schüttelte erneut den Kopf. »Nein. Hör auf. Auch das war mein Fehler. Es war der Brief an meine Mutter, der mich verraten hat.« Sie wischte eine Träne beiseite, die plötzlich aufgetaucht war.

»Was für ein Brief? Der, von dem dein Vater gesprochen hat?«

»Ich habe Hallie überredet, einen Brief für meinen Vater mitzunehmen, den er dann Königin Marianna geben sollte«, erzählte Raisa. »Ich wollte, dass sie erfährt, warum ich weggegangen bin, und dass ich zurückkehren würde. Ich hätte wissen müssen, dass die Bayars damit rechnen würden, dass ich mit jemand Kontakt aufnehme – und dass sie deshalb alle, die mir nahestehen, beobachten würden. Auf diese Weise haben sie herausgefunden, dass ich in Odenford war. Das hat nichts mit Zufall zu tun.« Sie schluckte schwer. »Und vielleicht hat der Brief meine Mutter auch dazu gebracht, die Nachfolge so zu ändern, wie sie es getan hat.«

»Na ja.« Amon dachte darüber nach. »Vielleicht hätte sie dich sonst ganz enterbt.«

»Aber vielleicht wäre sie dann noch am Leben«, sagte Raisa.

»Und wie lange wohl?«, fragte Amon. »Selbst wenn Mellony zur Thronerbin ernannt worden wäre, hätten die Bayars die Übernahme des Erbes vorangetrieben, um Micah auf den Thron setzen zu können.«

Aber es wäre wenigstens lange genug gewesen, um sie wiederzusehen.

Eine Weile saßen sie schweigend da. Schließlich sprach Raisa wieder.

»Du bist an der Reihe. Ich dachte schon, ich würde dich nie mehr wiedersehen … als dein Vater mir erzählt hat, dass du in Tamron Court bist und Montaigne die Stadt belagert.«

Er drückte ihre Hand, sagte aber nichts.

»Also, was ist passiert?«, fragte Raisa. »Hauptmann Byrne hat gesagt, dass du das Gerücht gestreut hättest, dass ich auch in der Stadt wäre, damit Montaigne dortblieb.«

Amon brummte.

»Hattest du gar keine Angst vor Prinz Gerards Reaktion, wenn er herausgefunden hätte, dass du ihm was vorgemacht hast?«, fragte Raisa.

Amon zuckte mit den Schultern; er sah nach unten auf ihre miteinander verbundenen Hände.

»Würdest du bitte irgendwas dazu sagen?«, fragte Raisa mit einem Anflug von Verzweiflung. »Was hast du dir nur dabei gedacht? Und wie seid ihr entkommen?«

Er seufzte schwer. »Sei froh, dass du nicht da warst, Rai«, sagte er. »Gerard ist ein Ungeheuer, aber die königliche Familie von Tamron ist auch nicht viel besser. Diese Tomlins verbringen den größten Teil der Zeit damit, Intrigen gegeneinander zu spinnen. Und wenn alles andere fehlschlägt, greifen sie zu Gift. König Markus hat selbst während der Belagerung, als die ganze Stadt gehungert hat, jede Nacht in seinem Palast ein Festmahl abgehalten. Er war richtig wütend, als deutlich wurde, dass Königin Marianna keine Armee schicken würde, um Montaigne zu vertreiben – obwohl er sie dafür angelogen hatte. Er drohte damit, die Grauwölfe zu töten, wenn die Fells nicht reagieren sollten. Jeden Tag einen, und zum Schluss mich.«

Raisas Mund wurde trocken. »Was? Aber wie konnte er dich dafür verantwortlich machen, dass …?«

»Versuch gar nicht erst, sein Verhalten irgendwie logisch erklären zu wollen«, sagte Amon. Nach einer bedeutungsvollen Pause fügte er hinzu: »Wode Mara war der Erste.«

Raisa erstarrte und setzte sich aufrecht hin. »Wode? Heißt das, er ist … er ist tot?«

Amon nickte; er drehte den goldenen Wolfsring an seinem Finger herum. »Frag mich nicht, wie er gestorben ist, denn ich werde es dir nicht sagen.«

Wode war ein rothaariger Kadett mit einem breiten, freundlichen und stets sonnengebräunten Gesicht gewesen. Er hatte ein Mädchen in Chalk Cliffs gehabt und Geld gespart, um sie heiraten zu können.

»Das kann nicht sein«, flüsterte Raisa.

»Ich dachte, ich würde Markus selbst töten müssen, aber Liam Tomlin ist mir zuvorgekommen. Er und seine Schwester haben ihn vergiftet.«

»Liam? Liam hat seinen Vater vergiftet?« Raisa erinnerte sich an Liam und seine Schwester, Prinzessin Marina, die beide bei ihrer Namenstagsfeier gewesen waren. Sie waren groß, verhielten sich anmutig und hatten weiche Locken und markante Nasen. Und sie kannten sich offenbar mit Gift aus.

Ich bin noch nicht so weit, um Königin zu sein, dachte Raisa und zitterte. Ich bin noch nicht so weit, es mit all diesen rücksichtslosen Menschen aufnehmen zu können. Ich bin noch nicht so weit, um als Herrscherin der Fells mit so hohem Einsatz zu spielen.

»Liam ist zum König gekrönt worden, aber er konnte es nicht lange genießen«, erzählte Amon. »Zwei Tage später hat Montaigne die Verteidigungsmauern durchbrochen, und danach … danach folgte ein Massaker.« Amon schloss die Augen. Die Wimpern ruhten dunkel auf seinen blassen Wangen.

»Wie bist du davongekommen?«, fragte Raisa. »Und – und was ist mit den übrigen Grauwölfen?«

»Die Menschen in Tamron sind verweichlicht, und die Ardener wissen das«, sagte Amon. »Sie sind nicht daran gewöhnt, um ihr Leben zu kämpfen. Die Ardener hatten vor allem zwei Dinge im Sinn – dich und die Tomlins gefangen zu nehmen und alles zu stehlen, was nicht niet- und nagelfest war. Sie haben alle abgeschlachtet, die ihnen in die Quere gekommen sind.« Amon fuhr sich mit einer Hand über das Gesicht, als wollte er die Erinnerung beiseitewischen.

»Also hat jeder von uns nach einem ardenischen Soldaten Ausschau gehalten, der ungefähr unsere Größe hatte, ihn getötet und ihm die Uniform abgenommen. Da wir alle auf der Akademie waren, sprechen wir die Sprache gut genug, um als Ardener durchgehen zu können. Wir sind ihnen durch die Lappen gegangen, während sie anderweitig beschäftigt waren. Danach haben wir uns nach Nordosten gewandt, Richtung Swansea, weil wir wussten, dass die Straßen nach Fetterford und Odenford scharf beobachtet wurden.

Aber das Schlimmste – das Schlimmste war das Wissen, dass du in Schwierigkeiten stecktest. Ich wusste, dass du in Gefahr warst. Ich wusste, dass du im Sterben gelegen hast, und ich konnte nichts tun, um zu dir zu kommen.« Er schluckte schwer. »Ich konnte dich nicht erreichen. Du kannst dir nicht vorstellen… wie das gewesen ist.« Seine Stimme zitterte.

Raisa erinnerte sich an Amons Stimme in ihrem Kopf. Du darfst mir nicht sterben, Rai. Bleib am Leben. Bleib am Leben. Bleib am Leben.

»Ich glaube, dass dein Vater eine Vorahnung gehabt hat«, sagte Raisa. »Es war fast so, als hätte er gewusst, was von ihm verlangt werden würde, und als hätte er sich bewusst geopfert.«

»Ich hätte an seiner Stelle sein sollen«, erwiderte Amon und tupfte sich die Augen mit dem Ärmel ab. »Ich bin dein Hauptmann. Ich bin verantwortlich für deine Sicherheit.«

»Du bist verantwortlich für das Grauwolf-Geschlecht! Das Geschlecht kommt zuerst, nicht die einzelne Königin. Dein Vater hat dem Geschlecht gedient. Und ich brauche dich, Amon. Ich brauche einen Hauptmann. Wenn ich aus diesem ganzen Mist ein Königinnenreich aufbauen soll, brauche ich einen Menschen, dem ich trauen kann. Ich brauche dich lebendig, verstehst du?«

Raisa lehnte ihren Kopf wieder an seine Schulter. Eine ganze Weile sagten sie nichts.

»Wo ist das Wolfsrudel?«, fragte Raisa dann. Was von ihm noch übrig ist, fügte sie im Stillen hinzu.

»Sie werden in der Stadt gerade der Wache der Königin zugeteilt«, antwortete Amon. »Sie warten auf Anweisungen. Ich hoffe, das sie uns frühzeitig vor irgendwelchen Plänen der Gegenseite warnen können.«

»Wenn Mellonys Krönung geplant ist«, sagte Raisa, »was wird man dann wohl tun, um einen Hauptmann für die Wache der Königin zu bekommen?«

»Hmm«, machte Amon und runzelte die Stirn. »Daran hatte ich noch gar nicht gedacht. Von unserer Verbindung wissen nur meine Familie und die Tempelredner. Mellony und die Bayars haben davon bestimmt keine Ahnung.«

»Es ist immer ein Byrne gewesen«, sagte Raisa. »Sie werden alles so normal wie möglich aussehen lassen wollen. Sie werden keinen Anlass dazu liefern wollen, dass die Nachfolge in Frage gestellt wird. Abgesehen von dem bereits vorhandenen, meine ich.«

Amon drehte seinen Kopf herum und sah sie an. »Was willst du damit sagen?«

»Ich will damit sagen, dass du nicht überrascht sein solltest, wenn sie dir diese Position anbieten«, erklärte Raisa. »Wenn es tatsächlich so weit kommt.«

»Nein.« Amon schüttelte den Kopf. »Es ist unmöglich, dass sie mich als Hauptmann für Mellony wollen könnten. Sie werden jemanden auswählen, der formbarer ist.«

»Wir werden sehen«, entgegnete Raisa. »Sie wissen nicht, dass du bereits zu meinem Hauptmann ernannt worden bist. Und sie sind daran gewöhnt, mit deinem Vater zusammenzuarbeiten. Du bist jung, und sie wissen nicht, wie fähig du bist.«

»Als würde ich jemals zustimmen, auf Bitten der Mörder meines Vaters deiner Schwester als Hauptmann zu dienen«, sagte Amon und richtete sich etwas auf.

»Amon.« Raisa legte ihm eine Hand auf den Arm. »Niemand ahnt, dass du das alles weißt. Wenn sie dich fragen, musst du bereit sein einzuwilligen.«

»*Was*?« Er starrte sie an.

»Wenn du ablehnst, wirst du ihnen damit alles verraten. Sie werden wissen, auf welcher Seite du stehst. Sie werden vermuten, dass ich am Leben bin oder dass du zumindest mehr weißt, als du sagst. Es wird dein Todesurteil sein.«

»Aber es würde nicht funktionieren«, sagte Amon und machte ein störrisches Gesicht.

»Ich meine ja nicht, dass du ihr wirklich als Hauptmann dienen sollst«, sagte Raisa weich. »Nur, dass du Ja sagen sollst, wenn sie dich fragen. Üb einfach so lange, bis du überzeugend bist.«

»Hmmmpf«, machte er, ohne irgendetwas zu versprechen. Nach einer Pause fügte er hinzu: »Wie bist du davongekommen? Nachdem mein Vater getötet worden ist, meine ich?«

»Nachdem dein Vater tot war, hat Mac Gillen mich verschleppt; er wollte sich *persönlich* um mich kümmern. Das hat mir möglicherweise das Leben gerettet. Ich habe ihn mit dem Dolch deines Vaters getötet, sein Pferd genommen und bin geflohen. Ich hatte gehofft, es zum Marisa-Pines-Camp zu schaffen, bevor sie mich erwischen würden. Als ich dann von einem Bolzen getroffen wurde, musste ich mich zwischen irgendwelchen Felsen verkriechen. Und als mir klar wurde, dass sie den Bolzen vergiftet hatten, wusste ich, dass ich am Ende war.« Sie versuchte, ihre Stimme nüchtern klingen zu lassen, die Geschichte kurz zu halten und auf den Punkt zu bringen. Amon schleppte auch so schon genügend Schuldgefühle mit sich herum.

»Das ist das Letzte, woran ich mich erinnere. Ich vermute, was den Rest angeht, werden wir Han Alister fragen müssen. Offenbar ist er irgendwann wie aus dem Nichts aufgetaucht und hat mir durch den Einsatz von Hoher Magie das Leben gerettet und mich hierhergebracht.« Sie seufzte. »Aber

Elena und Nightwalker scheinen diese Geschichte nicht zu glauben.«

Amon räusperte sich. »Als du aus Odenford verschwunden warst, haben Alister und ich uns – unterhalten. Ich weiß nicht, was ich von ihm denken soll. Ich weiß nicht, was ihn antreibt, und ich vertraue ihm auch nicht direkt, aber …« Er zögerte, doch seine schonungslose Ehrlichkeit trieb ihn dazu weiterzusprechen. »Er hat mir gesagt, dass er in die Fells zurückreisen würde, um dich zu suchen. Er wollte über den Marisa-Pines-Pass gehen, während ich vorhatte, den westlichen Weg zu nehmen. Deshalb ist er dort aufgetaucht.«

»Ich weiß nicht, was passieren wird, wenn er herausfindet, wer ich wirklich bin«, sagte Raisa. »Falls er überhaupt überlebt.« Sie zitterte, und Amon legte ihr einen Arm um die Schultern und zog sie in seine beruhigende Wärme.

»Ist es so schlimm?«

Raisa nickte. »Er hat… er hat schrecklich ausgesehen, Amon. Willo weiß nicht, ob er… sie macht sich Sorgen um ihn. Meine Mutter ist gestorben, und ich werde ihr nie sagen können, dass ich sie geliebt habe, dass ich sie schließlich verstanden habe – zumindest ein bisschen. Wenn Han auch noch stirbt, weiß ich nicht, was ich tun soll.«

Sie weinte, überwältigt von Trauer und Schmerz und Angst. »Ich habe ihn angelogen, Amon. Jeden Tag aufs Neue. Ich habe so getan, als wäre ich jemand anderes. Ich habe zugelassen, dass er mir nahekommt, obwohl ich wusste, dass wir keine gemeinsame Zukunft haben würden.«

»Du hattest keine andere Wahl«, sagte Amon.

»Ich hätte ihm vertrauen können«, erwiderte Raisa. »Jetzt wird er alles hinterfragen. Er wird denken, dass alles – dass alles eine Lüge war.«

»Woher weißt du, welche Absichten er hatte?«, fragte

Amon direkt. »Er hat schließlich in Ragmarket einen gewissen Ruf, verstehst du.«

Raisa zögerte; sie war sich nicht sicher, ob sie noch mehr erzählen sollte. »Es ist schwer zu erklären – meine Erinnerungen sind völlig durcheinander. Aber als er mich geheilt hat, da war es, als hätte er sich mir geöffnet. Als hätte er keine Geheimnisse. Als würde ich ihn auf eine Weise kennenlernen, die …« Sie brach ab, als sie Amons gequälte Miene sah.

»Er ist ein Magier, Rai«, sagte Amon. »Vergiss das nicht.«

Raisa nickte. Sie richtete sich auf und wischte sich über die Augen. »Das vergesse ich nicht«, sagte sie und rief sich Altheas Warnung in Erinnerung: Du darfst dich nicht verführen lassen wie Marianna. »Wie auch immer. Was geschehen ist, ist geschehen. Ich hätte für meine Mutter da sein sollen, aber ich war es nicht. Ich hätte in der Schlucht sterben sollen, aber ich bin nicht gestorben. In gewisser Weise ist das hier ein neuer Anfang. Wir müssen all das, was wir bedauern, hinter uns lassen und nach vorn schauen. Wir dürfen keine Energie auf das verschwenden, was hätte sein können. Wenn wir das tun, werden unsere Feinde uns lebendig verspeisen.«

Sie sah Amon hoffnungsvoll an. »Wir können die Vergangenheit nicht ändern, aber wir können die Zukunft gestalten.«

Und noch während sie das sagte, begriff sie, dass sie damit nicht nur die Politik meinte.

Das ganze vergangene Jahr hatte sie damit verbracht, sich nach Amon Byrne zu sehnen und in Trauer darüber zu versinken, was niemals zwischen ihnen sein würde. Sie hatte schlimm unter alldem gelitten. Und sie hatte die Sache auf eine Weise auf die Spitze getrieben, die ihnen beiden gegenüber nicht gerecht gewesen war.

Sie erinnerte sich daran, was Edon Byrne gesagt hatte, der

genau wusste, was es bedeutete, die Liebe der Pflicht zu opfern.

Ihr dient. Ihr findet Glück, wo immer Ihr könnt. Ob mit oder ohne Liebe werdet Ihr einen Weg finden, um das Königinnen-Geschlecht fortbestehen zu lassen.

Sie liebte Amon Byrne; und ein Teil von ihr würde ihn ihr ganzes Leben lang lieben. Aber die Art und Weise, wie sie die Angelegenheit angegangen war, hatte sie daran gehindert, das zu genießen, was sie mit ihm haben konnte. Er war ihr allerbester Freund – war immer ihr allerbester Freund gewesen und würde es immer sein.

Und sie brauchte Freunde. Mehr als jemals zuvor.

In dieser Nacht schliefen sie Seite an Seite, eng umschlungen, wie sie es hundertmal zuvor als Kinder getan hatten. Sie waren zwei verwundete Menschen – Waisen, abgeschnitten und einsam, und sie brauchten einander.

Und die magische Bindung zwischen dem Hauptmann und der Königin erhob keinerlei Einwände.

KAPITEL VIERZEHN

Wortspiele

Fast jeden Sommer hatte Han in der Hütte der Matriarchin von Marisa Pines geschlafen. Er hatte die Geräusche und Gerüche aufgenommen, und sie hatten ihn beruhigt und ihm ein Gefühl von Geborgenheit vermittelt, wie er es zu Hause niemals erfahren hatte.

Jetzt war er wieder hier, aber dieses Mal war jede Empfindung so stark, dass es schmerzte. Schon der Druck der Decken auf seiner Haut war entsetzlich, die Stimmen im Zimmer lärmten in seinen Ohren, ihm war heiß, ihm war kalt, seine Haut kribbelte und brannte, als würden sich tausend stechende Insekten über ihn hermachen. Seine Lider fühlten sich wie Sandpapier an und scheuerten an seinen Augen. Am liebsten hätte er seine Haut wie eine Schlange einfach abgeworfen.

Als man ihm das Amulett abgenommen hatte, war es, als hätte man ihm das Herz herausgerissen und ein klaffendes Loch hinterlassen, aus dem Magie geströmt war. Wann immer irgendjemand in seine Nähe gekommen war, hatte man ihm wehgetan, ihm kochendes Wasser in den Mund geschüttet oder seine zarte Haut mit harten, rauen Händen zerfetzt. Man hatte versucht, ihn abwechselnd bei lebendigem Leib zu kochen oder erfrieren zu lassen. Er hatte dagegen angekämpft. Er hatte versucht, nach den Leuten zu schlagen, wann immer sie näher gekommen waren, und so hielten sie nun meist Abstand zu ihm.

Als er schon gedacht hatte, er müsste in seinem eigenen Speichel ertrinken, hatten sie ihn umgedreht und dafür gesorgt, dass er aus seinem Mund fließen konnte. Mehrmals war sein ganzer Körper von Krämpfen gepackt und endlos geschüttelt worden. Noch viele Stunden nach den Anfällen hatten seine Muskeln geschmerzt.

Wenn er die Augen aufmachte und Willo sah, starrte er sie eindringlich an und versuchte zu sprechen; er wollte sie bitten zu verhindern, dass man ihn weiter so quälte. Aber seine Worte schafften es nie über seine Lippen.

Schließlich gaben sie ihm sein Amulett zurück. Wie ein wärmendes Feuer lag es auf seiner Brust, hatte genau die richtige Temperatur, und er umklammerte es mit beiden Händen. Es war seine Verbindung zur Welt. Es erdete ihn und führte dazu, dass die Magie in ihm kreiste, statt aus ihm herauszuströmen. Jetzt hörte er eine vertraute Stimme in seinem Kopf, die unerwartet freundlich und beruhigend zu ihm sprach.

Nun Alister, du hast es geschafft zu überleben, obwohl du so bist, wie du nun einmal bist. Es gibt offenbar einen Gott, der sich um Narren kümmert.

Crow? Nein – unmöglich.

Han versuchte, sich daran zu erinnern, wie er nach Marisa Pines gekommen war. Was war geschehen? Hatte er wieder Maris Fieber bekommen? Es gab einige Fieberkrankheiten, die er immer wieder bekam.

Er wurde weiterhin mit Essen und Trinken belästigt.

Und dann öffnete er die Augen und starrte in das Gesicht

von Rebecca Morley. Sie stand bis zur Taille im Wasser, die Haare klebten ihr am Kopf, und Dampf stieg überall um sie herum auf. Als wäre sie eine dieser Meerjungfrauen aus den Geschichten, die einem Rätsel aufgaben und dann, wenn man sie nicht lösen konnte, einen zu ertränken versuchten. Rebecca hielt seine Knöchel fest, und Willo und noch jemand anderes seine Arme, und gemeinsam tauchten sie ihn in eine eiskalte heiße Quelle.

Er hatte nichts an, aber sein Geist war zu benommen, als dass er sich darüber hätte Sorgen machen können.

Ein anderes Mal erwachte er im Trockenen. Rebecca hielt einen Löffel mit Haferschleim an seine Lippen und versuchte, ihn in seinen Mund zu schieben. Ihre Hand zitterte, und Tränen standen in ihren Augen.

Nun, wenn es dir so viel bedeutet, dachte er.

Er öffnete die Lippen, presste aber die Zähne zusammen für den Fall, dass das Zeug auf dem Löffel glühend heiß war. Aber es war in Ordnung, und er öffnete den Mund weiter, und sie lächelte, als hätten sie beide etwas wirklich Großartiges zustande gebracht. Sie schob einen Arm um seine Schultern, und Willo kam von der anderen Seite, und gemeinsam schafften sie es, ihn aufzusetzen, sodass er trinken konnte, ohne sich zu verschlucken. Rebecca hielt ihm einen Becher an die Lippen. Es war lauwarmer Tee, und diesmal lief er ihm nicht wieder an den Mundwinkeln herunter, was in letzter Zeit ein Problem gewesen war.

Es war ihm peinlich, dass Rebecca Morley ihn wie einen Säugling fütterte. Aber ihre Berührung beruhigte ihn. Es war gut, sich in ihren Armen auszuruhen.

Doch da war etwas, an das er sich erinnern sollte, und es hatte mit Rebecca Morley zu tun. Etwas war passiert. War sie nicht verletzt? War sie nicht gestorben? Aber in diesem Moment sah sie besser aus als er – sie war in eine Clan-Tunika gekleidet, die mit grauen Wölfen bestickt war; eigentlich viel zu schön, um sie in einem Krankenzimmer zu tragen.

Er streckte die Hand aus und wischte ihre Tränen mit dem Daumen weg, aber das brachte sie nur noch mehr zum Weinen. Und das war alles, an was er sich für eine sehr lange Zeit erinnerte.

Als er das nächste Mal erwachte, stellte er fest, dass sein Amulett warm war und summte. Er sah auf und erblickte Fire Dancer neben seiner Pritsche. Er hatte seine Hand um Han's Amulett gelegt und versorgte es mit Macht, während es wiederum Han mit Macht versorgte.

»Was tust du da?«, fragte Han. Er war selbst ein bisschen verwundert, dass er die Worte herausbrachte und Dancer sie hören konnte und verstand.

»Ich habe dir in den letzten Tagen meine Macht geliehen«, erklärte Dancer. »Du scheinst deine sofort aufzubrauchen, sobald du welche hast. Es ist eine Möglichkeit, wie ich bei deiner Heilung helfen kann, ohne selbst vergiftet zu werden.«

»Oh.« Han dachte darüber nach. Macht tröpfelte in ihn hinein wie Branntwein, und er fühlte sich so gut wie schon lange nicht mehr. »Muss ich sie dir zurückgeben?«

Dancer lachte, aber um seine Augen lagen Sorgenfalten. »Wir werden sehen. Wenn ich in nächster Zeit selbst mal wenig Macht haben sollte, kannst du mir ja aushelfen.«

Han fühlte sich jetzt besser, sein Geist war klarer als bisher. Und er hatte Hunger, auch wenn der Geschmack in seinem Mund ihn an einen Stall erinnerte, der dringend ausgemistet werden musste.

»Hast du eine Ahnung – ob es hier irgendwas zu essen gibt?«, fragte er.

Dancer lächelte. »Bitte. Du weißt doch, dass es im Haus meiner Mutter *nie* etwas zu essen gibt.«

Da tauchte wie aus dem Nichts ein junger Mann mit einem Heileramulett auf, mit einem Teller voller Eintopf, einem Krug und einem Becher. Er stellte das Essen neben die Pritsche auf eine Bank und zog sich dann schnell zurück, wobei er darauf achtete, Han nicht zu nahe zu kommen.

»Hab ich irgendwas Ansteckendes?«, fragte Han, als der Heiler sich zurückgezogen hatte.

»Du warst ziemlich grob zu Willos Lehrlingen, wie ich gehört habe«, sagte Dancer. »Du hast Glück, dass überhaupt noch jemand bereit ist, sich dir auf mehr als eine Armeslänge zu nähern.«

Han setzte sich auf und lehnte sich an die Wand in seinem Rücken. Dancer nahm den Stöpsel vom Krug und goss etwas Hochlandtee in den Becher.

»Gewöhn dich nur nicht zu sehr daran, dich bedienen zu lassen«, warnte Dancer ihn und machte sich wieder daran, sein Amulett aufzufüllen. »Die Zeiten sind fast vorbei.« Er trug Clan-Kleidung – Leggins und eine mit Willos unverwechselbaren Mustern bestickte Wildledertunika. Sein Amulett baumelte unauffällig darunter.

»Soll das heißen, dass gleich zwei Magier nach Marisa Pines gelassen wurden?«, fragte Han. »Die Demonai müssen Krämpfe gekriegt haben!«

Dancer lachte wieder, und Han war froh, dass er etwas gesagt hatte, das einen Sinn ergab. Sogar etwas Witziges. Sein Gehirn fühlte sich an wie dieser Hartkäse, der manchmal auf dem Markt von Southbridge verkauft wurde – voller großer Löcher.

Han wurde abgelenkt, als jemand sich durch den Vorhang ins Zimmer schob.

Es war Cat Tyburn.

»Hayden! Guck dir nur mal all diese Klingen an, die sie hier auf dem Markt haben«, sagte sie. »Aber das sind alles Kupferkopfdiebe, der ganze Haufen, denn was die an Eisen dafür …« Sie brach abrupt ab, als sie sah, dass Han sich aufgesetzt hatte.

Sie sank neben seiner Pritsche auf die Knie und starrte ihm mit zusammengekniffenen Augen ins Gesicht. »Cuffs! Bist du wach? Nicht mehr komplett außer Gefecht gesetzt? Ich hab ja allmählich schon gedacht, dass du für immer irre bleiben würdest.«

Cat und Dancer sollten eigentlich in Odenford sein. Was taten sie hier? Besonders Cat. Sie hasste die Clans, oder etwa nicht?

»Was tut ihr hier?«, fragte er laut. »Ihr solltet auf der Akademie sein.«

»Ich und Dancer sind hergekommen, um dir eine zu verpassen – dafür, dass du weggegangen bist, ohne uns zu sagen, wohin«, erklärte Cat. »Und wir dachten, das würde mehr Eindruck machen, wenn wir damit warten, bis du wach bist.«

»Wir waren gar nicht so weit hinter dir«, ergänzte Dancer. »Ungefähr eine Woche, nachdem du weg warst, hat Bird mir endlich verraten, wohin du wolltest.« Ein wütender Ausdruck glitt über sein Gesicht wie der Schatten einer Wolke über ein Feld.

Hmmm, dachte Han. Aber wieso war er selbst denn eigentlich weggegangen? Und dann erinnerte er sich: um Rebecca Morley zu finden.

Er dachte weiter darüber nach. Wo war Rebecca? Wie kam es, dass er hier war? Was war passiert? Wie lange lag er schon auf dieser Pritsche? Und das waren nur einige der vielen Löcher.

»Acht Tage«, sagte Dancer, als könnte er seine Gedanken lesen. »Seitdem ist so einiges passiert. Vieles hat sich verändert.« Er musterte Han's Gesicht, um abzuschätzen, wie klar sein Verstand war. »Deshalb wollte ich dich ein bisschen stärken. Es gibt eine Menge Druck von … na ja, von überall her.«

»Druck?« Han griff nach dem Krug mit dem Tee, aber er verfehlte ihn beim ersten Versuch. Noch immer fühlte sich sein ganzer Körper kribbelig an, und seine Finger kamen ihm dick und plump vor, obwohl sie normal groß wirkten. Er konzentrierte sich, streckte die Hand erneut aus und packte den Krug; dann nahm er den Stöpsel ab und goss sich etwas Tee in den Becher, während Dancer die Hände für den Fall ausstreckte, dass Han ihn fallen ließ.

»Die Königin ist tot«, erklärte Dancer. »Vielleicht ist sie ermordet worden. Sie ist vor einer Woche vom Königinnenturm gefallen.«

Han blinzelte ihn an. Er dachte einen Moment nach. »M-Marianna? So hieß sie doch, oder?« Er hoffte, dass ihn seine Erinnerung nicht trog.

Dancer nickte.

»Nun. Ich schätze, dann bin ich etwas spät dran.« Vielleicht hatte er jetzt gar keinen Auftrag mehr. Vielleicht konnte er zurück nach Odenford gehen und einfach weiterstudieren. Der Gedanke gefiel ihm.

Aber dann erinnerte er sich an die Erbprinzessin. »Oh, aber es wird eine neue Königin geben, richtig?«, fragte er stirnrunzelnd.

»Na ja, genau das ist das Problem«, antwortete Dancer. »Die neue Königin ist noch nicht gekrönt worden. Es wird wahrscheinlich zu einem Streit zwischen den beiden Prinzessinnen Raisa und Mellony kommen.«

Das war der Name. Raisa. Sie war diejenige, die Geld für

Jemsons Tempel gespendet hatte. Über die andere wusste er gar nichts.

Und dann kehrte eine weitere Erinnerung zurück. Hauptmann Byrne, von Bolzen getötet.

»Hauptmann Byrne ist auch tot«, sagte Han. Konnte der Tod von Byrne mit dem der Königin zusammenhängen? »Hast du das gewusst? Er ist im Marisa-Pines-Pass gestorben.«

Dancer nickte. »Ich weiß. Sie haben seine Leiche hergeholt, und die Demonai haben gestern Abend eine Abeornan-Zeremonie abgehalten und ihn auf einem Scheiterhaufen verbrannt. Sie haben ihn wie einen gefallenen Krieger geehrt. Sehr ungewöhnlich, dass sie einen Flatlander so ehren.«

Noch mehr Erinnerungen. Rebecca Morley, wie sie um ihr Leben ritt. Der Hinterhalt in der Schlucht. Die vergiftete Bolzenspitze.

Han packte Dancer am Ärmel, um es herauszusprudeln, bevor es wieder verblasste. »Byrne und Rebecca sind zusammen gereist, in einer Gruppe von Blaujacken, als sie angegriffen wurden. Soweit ich weiß, ist sie die Einzige, die überlebt hat.«

Eine weitere Erinnerung kehrte zurück – eine tiefe Verbindung, ein Band, das sie aneinanderschmiedete, Seele an Seele, während er darum kämpfte, sie am Leben zu halten. Und Wölfe – graue Wölfe, die wie Gespenster zwischen den Bäumen herumtrotteten.

Hatte sie überlebt? Sie war dem Tode nahe gewesen, als sie hier angekommen waren. Aber da war doch irgendwas, dachte er, mit Rebecca und Haferschleim …

»Rebecca! Wo ist sie?«, fragte Han.

»Genau darüber wollte ich mit dir reden. Über Rebecca Morley«, sagte Dancer. Er warf einen Blick zum Vorhang, als hätte er Angst, dass sie gestört werden könnten. »Es gibt da etwas, das du wissen solltest.«

Furcht prickelte in Han's Nacken. Er musterte Dancers Gesicht nach irgendwelchen Hinweisen und begann schon, das Schlimmste zu befürchten. »Sie ist nicht tot. Ich könnte schwören, dass sie irgendwann hier war, um nach mir zu sehen. Da hat sie ganz in Ordnung gewirkt. Sie hat sogar versucht, mich mit Haferschleim zu füttern.«

War es möglich, dass er nur geträumt hatte und all seine Bemühungen umsonst gewesen waren?

Dancer schüttelte den Kopf. »Nein, es geht ihr gut. Es geht ihr jeden Tag besser. Sie hatte eine schlimme Verletzung im Rücken, aber du hast den Großteil des Giftes aufgenommen, und deshalb hat sie sich schneller erholt. Sie ist sogar auf dem Weg zu dir. Ich wollte dich nur warnen, dass …«

In diesem Moment wurde der Vorhang zur Seite geschoben, und Dancer sah auf. Rebecca glitt hindurch.

Sie trug weite Clan-Röcke, die ihr fast bis zu den Knöcheln reichten, und verzierte, mit Nieten besetzte Lederstiefel. Darüber hing ein locker fallendes, am Ausschnitt von Stickereien gesäumtes Leinenhemd, um das sie in der Taille eine handgewebte Schärpe gebunden hatte. Ihren Hals schmückte eine Goldkette aus Rosen und Dornen, und die dunklen Haare umrahmten ihre grünen Augen wie eine weiche, glänzende Kappe.

Selbst in Han's gegenwärtig geschwächtem Zustand war sie eine Augenweide.

Er blickte an sich hinunter und dachte, dass er sich vielleicht etwas frisch machen sollte.

Aber hey, dachte er dann, schließlich ist sie der Grund dafür, dass du dich fühlst, als hätte dich ein Mistwagen platt gefahren – und dass du auch genauso aussiehst. Aber sie zu sehen, einfach nur zu sehen, dass sie am Leben und gesund war – das war es wert. Er würde es wieder tun.

»Han«, sagte sie und blieb gleich beim Eingang stehen, als wäre sie unsicher, ob sie willkommen war. »Darf ich reinkommen?«

»Kommt drauf an«, sagte Han und versuchte, witzig zu klingen. »Als ich dich das letzte Mal gesehen habe, hast du versucht, mir das Herz rauszuschneiden, glaube ich.«

»Und als ich dich das letzte Mal gesehen habe, hast du mich mit Haferschleim bespuckt, glaube ich«, gab sie zurück. Dann zuckte sie zusammen; wahrscheinlich erinnerte sie sich daran, dass *sie* letztendlich der Grund für das Haferschleimgespucke gewesen war.

Sie versuchte zu lächeln, aber ihr Gesicht wirkte angespannt, ja richtig nervös, und sie wich seinem Blick aus. »Geht es dir gut genug, dass wir einen Moment reden können?«

Han zuckte mit den Schultern und sah sich im Raum um. »Ich hab nichts – ich habe keine Pläne, soweit ich weiß.« Es kam ihm vor, als wäre es ewig her, seit sie seine Lehrerin gewesen war und er sich in Etikette und geschliffener Rede geübt hatte, und dennoch konnte er es nicht lassen, sich in ihrer Gegenwart zu verbessern.

Rebecca sah Cat und Dancer an. »Könntet ihr uns ein Weilchen allein lassen?«

Cat hatte sichtlich etwas dagegen. Aber Dancer nahm sie am Ellenbogen und schob sie aus dem Zimmer.

Rebecca sank auf einen Stuhl gleich neben seiner Pritsche. Sie war sehr blass, ihre Nase war rosa, und die Wimpern wirkten verklebt, als hätte sie geweint.

»Ich bin … so froh, dass du inzwischen besser aussiehst«, sagte sie und strich ihre Röcke mit den Händen glatt. Ihr

Blick flackerte zu seinem Gesicht hoch. »Ich hoffe, du fühlst dich jetzt auch besser«, sprudelte es aus ihr heraus.

Er dachte darüber nach. Obwohl Dancer sein Amulett jetzt nicht mehr auffüllte, fühlte er sich wiederhergestellt, zufrieden, glücklich, beinahe schläfrig.

Endlich hatte sich alles zum Guten gewendet. Rebecca war am Leben. Er war am Leben. Sie waren zusammen. Das war alles, was zählte. »Es geht mir gut«, sagte er und lächelte sie an. »Auch wenn ich mich nicht gerade darum reiße, in nächster Zeit noch mehr von diesem Gift aufzunehmen.«

»Ich auch nicht«, sagte sie und schüttelte den Kopf. »Hattest du auch diese … diese Empfindung, dass sich Wasser kochend heiß anfühlt? Und dass es … dass es …«

»Dass es überall juckt?«

Sie nickte, und ihre Wangen färbten sich pinkfarben. Han verdrehte die Augen. »Ich schwöre, dass ich jedes einzelne Symptom gehabt haben muss.« Er sah sie stirnrunzelnd an. »Hast du mal versucht, mich zu ertränken?«

»Nun, wir haben versucht, dich das Gift ausschwitzen zu lassen, und daher haben wir dich zur Heilquelle gebracht …« Ihre Stimme versiegte, als sie sah, dass er sie nur aufzog.

»Ich hatte so viel Angst um dich«, sprach sie weiter. »Ich glaube nicht, dass ich es ertragen hätte, wenn du dauerhaft … wenn du …« Sie hielt inne, atmete aus und umklammerte die Stuhllehnen. »Wie auch immer, ich wollte mich bei dir dafür bedanken, dass du mir das Leben gerettet hast. Was auch immer passiert, wie auch immer es jetzt weitergeht, ich werde niemals deinen Dienst mir gegenüber vergessen.«

Dienst? Sie wirkt anders, dachte Han. So förmlich. Nervös und unruhig. »Hauptmann Byrne ist tot«, sagte er. »Hast du das gewusst? Ich hab ihn im Marisa-Pines-Pass gefunden. Er war mit Bolzen gespickt.«

Sie nickte. »Ja, ich weiß. Ich habe … ich habe gesehen, wie es passiert ist. Wir haben seine Leiche hergeholt. Vielleicht hat Dancer es dir schon erzählt?«

Er nickte. »Ich habe sein Schwert. Oder zumindest hatte ich es, als ich hier ankam. Es ist hübsch gearbeitet. Ich dachte, Korporal Byrne würde es vielleicht haben wollen.«

»Das ist sehr aufmerksam von dir«, sagte Rebecca. »Ich bin mir sicher, dass er es haben möchte.« Sie redete rasch weiter. »Er ist hier, weißt du. Korporal Byrne. Er ist gleich draußen. Er möchte mit dir sprechen, wenn ich … wenn ich fertig bin. Er möchte dir ein paar Fragen stellen, und dir … er möchte sich bei dir bedanken.«

Vielleicht ist sie deshalb so unruhig, dachte Han. Das letzte Mal, als sie alle zusammengetroffen waren, war Han aus dem Fenster von Rebeccas Schlafzimmer gesprungen, um zu verhindern, dass Amon Byrne ihn mit einem sehr viel schlichteren Schwert aufspießte.

Rebecca schien etwas Wichtiges sagen zu wollen, aber sie brachte es nicht heraus. Also stellte sie ihm eine Frage.

»Ich würde gern wissen, wie du mir das Leben gerettet hast«, sagte sie. »Ich erinnere mich nicht mehr an sehr viel, und die Leute stellen jede Menge Fragen.«

»Als du aus Odenford verschwunden bist, bin ich zum Marisa-Pines-Pass geritten, um dort nach dir zu suchen. Ich hab überall unterwegs nach dir gefragt.« Han machte eine Pause und wartete darauf, dass sich die Löcher in seinem Gehirn füllten. »In Fetterford hat sich ein Schankjunge an jemanden mit deinem Aussehen erinnert – aber er sagte, dass dein Name Brianna wäre und du von Banditen ermordet worden wärst.«

»Oh«, sagte Rebecca und nickte. »Simon.«

»Sonst war gar nichts mehr, bis ich dann nördlich von

Delphi auf einige Blaujacken gestoßen bin, die tot bei der Schutzhütte lagen. Sie hatten keine Uniformen an, aber die Ausrüstung der Blaujacken und entsprechende Papiere bei sich. Es muss mitten im Schneesturm passiert sein.« Er sah sie an, und sie nickte, ohne Näheres zu erklären. »Dann habe ich ein Stück weiter die Leiche von Hauptmann Byrne gefunden. Das hat für mich überhaupt keinen Sinn ergeben. Alle waren mit Armbrustbolzen getötet worden, nicht mit Pfeilen der Clans. Ich konnte mir nicht erklären, was passiert war, wer gegen wen gekämpft hat – und warum.«

Rebecca zupfte an den Falten ihrer Röcke herum und strich den Stoff glatt.

Han sprach weiter. »Nachdem ich den Pass hinter mir hatte, habe ich Hufgetrappel gehört, als würde irgendwo noch immer eine Verfolgungsjagd stattfinden. Dann hab ich gesehen, dass sie dich verfolgt und auf dich geschossen haben, allerdings habe ich dich zu dem Zeitpunkt noch nicht erkannt.« Er rieb sich das Kinn. »Ich habe mich dazu entschieden, dir zu folgen und zu sehen, ob ich dir helfen kann.«

Jetzt blickte Rebecca auf und legte den Kopf schief. »Tatsächlich? Wenn du mich nicht erkannt hast, wieso hast du dann beschlossen einzugreifen?« Sie wedelte mit der Hand. »Immerhin hätte ich auch eine Verbrecherin sein können, die von der Wache der Königin gejagt wurde.«

»Sechs gegen eine«, sagte Han und dachte, dass es eigentlich nicht so schwer war, darauf zu kommen. »Am Ende sogar acht gegen eine. Von deiner Größe her habe ich vermutet, dass du eine Frau oder ein Mädchen sein müsstest – und du hast nicht zurückgeschossen. Abgesehen davon haben sie keine Uniformen oder Abzeichen getragen, und daher konnte ich nur zu dem Schluss kommen, dass es sich um Gewalttäter handeln musste. Aber selbst wenn sie Abzeichen gehabt und ihre Blaujacken getragen hätten, wäre es mir ungerecht vorgekommen. Ich hatte zwar keine Ahnung, um was es ging, aber ich konnte mir nicht vorstellen, dass es im Interesse der Königin ist, acht Männer loszuschicken, um ein Mädchen wie dich zu töten.« Er sah Rebecca direkt an. »Denn wenn die Königin so etwas befürwortet, dann stimmt was nicht mit ihr.«

Da war wieder dieser Ausdruck in Rebeccas Gesicht, als wäre sie geschlagen worden.

Han überdachte seine Worte noch einmal. Nein, es klang alles sinnvoll, und er konnte nichts Beleidigendes daran finden.

»Also – was ist dann passiert?«, fragte Rebecca heiser.

»Zu dem Zeitpunkt, als ich euch eingeholt habe, hattest du dich in der Schlucht verschanzt, und sie haben dich gesucht.« Han nahm einen großen Schluck Tee. Sein Mund war immer noch unangenehm trocken.

»Ich hab erst begriffen, dass du es warst, als ich dich aus deinem Versteck rausgeholt habe. Ich konnte mir überhaupt nicht vorstellen, wie du in eine solche Sache hineingeraten konntest. Als ich mir dann deine Verletzung angesehen habe, ist mir klar geworden, dass der Bolzen vergiftet gewesen ist, und …«

»Warte einen Moment«, unterbrach ihn Rebecca und hob eine Hand. »Was ist mit den Männern passiert, die mir aufgelauert hatten?«

Han zögerte, während er sich fragte, was sie wohl von ihm halten würde. Dann zuckte er mit den Schultern. »Ich habe sie getötet.«

Rebecca starrte ihn an, als würde sie darauf warten, dass er auch den Rest der Geschichte erzählte. »*Alle*? Es ist keiner entkommen?«

Er nickte und begann sich zu fragen, warum sie so wild auf Einzelheiten war. War sie etwa rachsüchtig oder blutrünstig, oder hatte sie Angst, dass sie zurückkommen könnten? »Ich hatte nicht gerade eine Wahl.«

»Du hast ganz allein acht Männer getötet?«

»Na ja«, sagte Han geduldig. »Ich hab sie überrascht.«

»Hast du … hast du Magie benutzt?«

Er schüttelte den Kopf. »Dazu gab es keinen Grund. Mein Bogen war völlig ausreichend.« Als sie nichts erwiderte, fügte er hinzu: »Einer meiner Lehrer hat immer gesagt, zu den wichtigsten Dingen, die ein Magier lernen muss, gehört die Fähigkeit zu erkennen, wann man besser keine Magie anwendet. Ansonsten besteht die Gefahr, in irgendeiner Situation plötzlich ohne Magie dazustehen, wenn man sie wirklich brauchen würde. Man bewahrt sie und sammelt sie, und wenn man welche benutzen muss, dann nur so viel, wie wirklich nötig ist.«

Er hörte auf zu reden; er wusste, dass das viel zu viel war. Warum sollte sie sich ausgerechnet für das interessieren, was Crow zu sagen hatte?

»Also, was ist dann passiert, nachdem du sie getötet hast?«, fragte Rebecca weiter. Sie schien immer noch an der Vorstellung zu knabbern, dass er acht Männer mit seinem Langbogen erledigt hatte.

»Ich wusste, dass ich dich nur retten konnte, wenn ich dich zum Marisa-Pines-Camp brachte, in der Hoffnung, dass Willo da ist.«

»Richtig. Du hast Marisa Pines ja gekannt«, sagte Rebecca. Sie zog die Stirn kraus. »Willo hat erzählt, dass du hier jeden Sommer verbracht hast?«

Han nickte müde. Es tat so gut, sie zu sehen – und er bemühte sich, wach zu bleiben und es zu genießen. Doch all dieses Gerede erschöpfte ihn.

»Aber *du* warst derjenige, der mir das Leben gerettet hat«, fuhr sie fort. »Du hast Hohe Magie eingesetzt. Das hat Willo gesagt.«

»Nun ja. Mir ist klar geworden, dass du tot sein würdest, bevor wir hier ankommen, wenn ich nichts tue.« Er verzog das Gesicht. »Also ist es nur gut gewesen, dass ich meine Magie nicht benutzt habe, um diese Gewalttäter fertigzumachen, denn sonst wären wir jetzt beide tot.«

»Wie es aussieht, wärst du trotzdem fast gestorben«, sagte Rebecca und nahm seine Hände in ihre. »Es tut mir so leid. Es tut mir alles so leid.« Ihr Gesichtsausdruck verriet, dass ihr Dinge leidtaten, von denen er noch nicht einmal etwas ahnte.

Fast hatte er das Gefühl, als würde sie sich Sorgen machen, dass er schlecht über sie denken könnte. Glaubte sie, er würde sich darüber ärgern, dass er fast gestorben wäre, als er ihr das Leben gerettet hatte?

Das war es wert, dachte er erneut. Er löste seine Hände aus ihren, umfasste ihr Gesicht und zog es zu seinem herunter. Und dann küsste er sie langsam und intensiv. Er genoss es, trotz seiner angegriffenen Nerven. Sie zog sich als Erste zurück. Ihr Gesicht war blass, und ihre grünen Augen wirkten groß und gehetzt.

Vielleicht ist es die Nachwirkung des Gifts, dachte er. Und dann sagte er etwas, das er noch nie zuvor zu irgendeinem Mädchen gesagt hatte. »Ich liebe dich, Rebecca. Und es tut mir nicht leid. Ich würde es genauso wieder machen, auch wenn ich den Preis dafür jetzt kenne. Ich könnte es nicht ertragen, dich zu verlieren.«

Rebeccas Reaktion war bestenfalls sonderbar. Sie wich zurück; fast schien es, als würde sie Panik bekommen. Sonst war immer sie diejenige gewesen, die so gut mit Worten spielen konnte, aber jetzt stammelte sie nur und verhaspelte sich, als hätte sie einen Knoten in der Zunge.

»Ich denke, du könntest an dieser Stelle erwidern, dass du mich auch liebst«, sagte er schließlich trocken. »Nur so als Tipp fürs nächste Mal.«

»Das tue ich«, sagte sie, und ihre Wangen brannten vor Verlegenheit. »Ich liebe dich wirklich«, fügte sie schnell hinzu, aber es war trotzdem zu spät.

Nach einer unangenehmen Stille räusperte Han sich. »Also, Rebecca, wie lautet deine Geschichte? Wieso bist du aus Odenford verschwunden? Und wer waren diese Reiter, und wieso waren sie hinter dir her? War es, weil du gesehen hast, wie sie Hauptmann Byrne getötet haben? Wollten sie nicht, dass du es weitererzählst?«

Rebecca holte tief Luft; es war, als würde sie sich wappnen. »Micah Bayar hat mich aus Odenford entführt«, erzählte sie. »Er hat gesagt, er würde mich töten, wenn ich nicht mitkomme.«

»Bayar«, murmelte Han. Es bestätigte das, was er die ganze Zeit vermutet hatte. »Ich wusste es. Hast du ... hatte es damit zu tun, dass wir miteinander ausgegangen sind?«

Rebecca schüttelte den Kopf. Sie wirkte überrascht. »Nein. Es ist ... es ist eine lange Geschichte, aber es geht um etwas zwischen mir und Micah. Es hat nichts mit dir zu tun.«

»Etwas zwischen dir und Micah?« Rebecca nickte. Das gefiel Han ganz und gar nicht. »Und wer waren dann die Reiter, die dich verfolgt haben?«

»Das waren abtrünnige Mitglieder der Wache der Königin«, sagte sie. »Zumindest einen von ihnen kennst du: Leutnant Gillen.«

Han runzelte verwundert die Stirn. »Ich kann mich nicht daran erinnern, Gillen gesehen zu haben ...«

»Ich habe ihn selbst getötet«, erklärte sie, »als ich ihnen das erste Mal entkommen bin.«

Richtig. Das hatten die Männer gesagt, damals in der Schlucht. Er hatte ja gewusst, dass sie Mumm hatte – seit sie die Ragger aus dem Wachhaus von Southbridge befreit hatte, hatte er das gewusst. Aber trotzdem.

»Ich war diejenige, hinter der sie her waren«, fuhr Rebecca fort. »Sie haben Hauptmann Byrne getötet – sie haben alle getötet, um mich zu kriegen.«

»Wieso wollten sie dich kriegen?«, fragte Han verwirrt. »Ich meine, da haben sie sich aber eine Menge Mühe gemacht, oder? Ich kann mir nicht vorstellen, dass dabei viel für sie rausgesprungen ist. Sie haben die Leichen nicht mal geplündert, soweit ich sehen konnte.«

»Mein echter Name ist nicht Rebecca Morley«, sagte sie und reckte entschlossen das Kinn. Sie sah ihm direkt in die Augen, beinahe trotzig. »Ich habe diesen Namen damals, als wir uns im Tempel von Southbridge getroffen haben, zum ersten Mal benutzt. Ich habe Redner Jemson aufgesucht, weil ich mit ihm über eine Stiftung für seinen Tempel sprechen wollte. Um auf meinem Fußmarsch durch Ragmarket und Southbridge nicht erkannt zu werden, habe ich mich verkleidet.«

Han hinkte deutlich einen Schritt hinterher. »Du wolltest der Tempelschule Geld geben? Seit wann machen Lehrer so was?«

»Ich hab dich angelogen, als ich gesagt habe, dass ich Lehrerin wäre«, gestand Rebecca.

»Dann hast du nie für die Bayars gearbeitet?«

Rebecca schüttelte den Kopf. »Meine Familie ist ziemlich wohlhabend, auch wenn ich keinen direkten Zugang zu dem Geld habe.« Sie machte eine Pause. »Oder zumindest nicht hatte«, fügte sie hinzu, mehr zu sich selbst als zu seiner Information.

Also war sie mehr als nur eine höherrangige Bedienstete. Sie war eine waschechte goldgesäumte Lady, die sich in Ragmarket herumtrieb? Wollte sie das damit sagen?

Han's Magen zog sich zu einer dunklen Vorahnung zusammen. Er hatte so seine Erfahrungen mit goldgesäumten Ladys – und mit dem, was sie von ihm erwarteten.

»Als du mich aus dem Tempel entführt hast, wollte ich nicht, dass du weißt, wer ich wirklich bin«, sprach sie weiter. »Also habe ich die Täuschung aufrechterhalten. Ich kannte dich nicht – aber nach allem, was ich gehört hatte, warst du ein Dieb und ein erbarmungsloser Mörder.«

Sie machte eine Pause, und Han fragte sich, ob sie gerade an die acht Blaujacken dachte, die er eben erst erledigt hatte.

»Ich hatte nie Gelegenheit, dir die Wahrheit zu sagen, nicht einmal, nachdem ich in das Wachhaus von Southbridge gegangen bin, um mich um die Ragger zu kümmern. Ich wollte nicht, dass irgendjemand das, was passiert ist, mit mir in Verbindung bringt. Wie auch immer, ich hatte auch nicht erwartet, dich wiederzusehen.« Rebecca sah auf ihre Hände hinunter.

Es war ein eigenartiges Gespräch. Gefühle knisterten in der Luft, sehr viel intensiver, als angemessen gewesen wäre. Und Rebecca kniete praktisch vor einem ehemaligen Straßendieb, um sich bei ihm dafür zu entschuldigen, dass sie gelogen hatte, was ihr bisschen Reichtum – oder sogar ihren großen Reichtum – betraf.

»Nun«, warf Han vorsichtig ein, »ich vermute, dass ich eigentlich immer schon gewusst habe, dass du ein Blaublut bist. Für jemanden wie mich sind das fast alle.«

Doch seit Rebecca angefangen hatte, ihre Geschichte zu

erzählen, schien sie wild entschlossen, sie auch zu Ende zu bringen. »Ich bin nach Odenford gegangen, weil ich vor einer aufgezwungenen Hochzeit weggelaufen bin, und ich wollte nicht, dass meine Mutter mich findet. Rebecca Morley hatte mir schon vorher gute Dienste geleistet, und deshalb habe ich den Namen weiterhin benutzt.«

Han's Nacken und Schultern prickelten. Das kam ihm irgendwie bekannt vor. Wo hatte er eine solche Geschichte nur schon mal gehört – über eine Blaublütige, die vor einer Heirat weggelaufen war?

»Und vor wem genau bist du weggelaufen?«, fragte Han, und sein Mund war jetzt trockener als je zuvor. »Warum haben diese Blaujacken versucht, dich zu töten? Wenn du nicht Rebecca Morley bist, wer bist du dann?«

Sie beugte sich vor, packte seine rechte Hand und sah ihm in die Augen. »Ich bin vor der Hochzeit mit Micah Bayar weggelaufen«, sagte sie. »Meine Mutter, die Königin, hat darauf bestanden.« Sie drehte seine Handfläche herum und legte eine Münze hinein.

Er warf einen Blick darauf – es war ein Girlie, und das vertraute Porträt im Profil glitzerte im Lichtschein. Er sah Rebecca an, sah wieder auf die Münze, und die Löcher in seinem Gehirn füllten sich. Wieso hatte er das bisher nicht bemerkt?

Es war, als hätte sie ihm in kleinen Dosen ein Gift serviert, damit ihm das Schlucken leichter fiel.

»Mein wirklicher Name ist Raisa«, sagte sie. »Raisa ana'Marianna, zukünftige Königin der Fells.«

KAPITEL FÜNFZEHN

Der Preis der Täuschung

Die Zeit, so kam es Raisa vor, verging im Schneckentempo. Han starrte auf die Münze hinunter und sah dann Raisa wieder an, zeichnete mit seinem Zeigefinger ihr Profil nach und schüttelte den Kopf.

Raisa schloss ihre Hände um seine und drückte sie, während sie den Atem anhielt. Sie wusste nicht, welche Reaktion sie zu erwarten hatte – Ärger, Abscheu, kalte Verachtung, Enttäuschung, Empörung. Er hatte nur zu oft klargestellt, was er von Königinnen und ihresgleichen hielt.

Dann hob er den Blick und schaute sie mit seinen blauen Augen direkt an, und sie sah die Antwort darin. Verrat. In seinen Augen stand das Gefühl von Verrat und Verlust. Es kostete sie große Mühe, nicht wegzusehen, aber sie zwang sich, seinem Blick standzuhalten. Das schuldete sie ihm.

Han entzog ihr sanft seine Hände und lehnte sich zurück. Er schloss die Augen. »Nein«, sagte er und verschränkte die Finger über seinem Bauch. »Das ist nicht wahr. Es ist unmöglich.« Seine Stimme zitterte leicht.

»Es tut mir leid«, sagte Raisa. »Es tut mir leid, dass ich dich angelogen habe, und es tut mir leid, dass du es auf diese Weise erfahren musst.«

Han öffnete die Augen nicht.

»Ich hätte dich auch lieber noch nicht damit belastet, solange du dich nicht richtig erholt hast«, fuhr sie fort. »Es ist nicht fair. Aber ich wusste, dass jemand anderes es dir erzählen würde, wenn ich es nicht tue, und ich wollte es dir unbedingt selbst sagen.«

Han erwiderte nichts. Er hielt die Augen nach wie vor geschlossen. Seine Wimpern hoben sich dunkel von seiner Haut ab, die so blass und hart wie der Marmor von We'enhaven war, lediglich etwas beeinträchtigt durch die gezackte Narbe knapp neben dem rechten Auge.

»Das muss nichts – muss nichts zwischen uns ändern«, sagte Raisa. »Ich meine, natürlich wird es ein paar Dinge ändern, aber …«

Da öffnete Han die Augen. Als er sprach, war seine Stimme leise und durch und durch kalt. »Für wie dumm hältst du mich?«

Etwas Furchteinflößendes lag auf seinem Gesicht. Etwas, das ihr sagte, dass sie jetzt der Feind war und dass er ihr nie wieder vertrauen würde.

Raisa schüttelte den Kopf. »Ich halte dich nicht für dumm«, sagte sie. »Ich weiß, dass du …«

»Glaubst du, ich weiß nicht, wie es in der Welt läuft?«, fragte er. »Glaubst du, ich weiß nicht, wie es zwischen Leuten wie dir und Leuten wie mir läuft? Glaubst du, ich war vorher noch nie mit blaublütigen Mädchen zusammen?« Er schnaubte. »Sie sind gern nach Ragmarket runtergekommen, wenn sie auf der Suche nach einem Abenteuer waren. Nach einer kleinen Abwechslung mit jemandem, der ihr Leben auf lange Sicht nicht verkomplizieren würde.«

»Aber ich sehe dich nicht so«, beteuerte Raisa, die sich getroffen fühlte.

»Vielleicht bin ich ja auch nur ein Teil deiner … wie hast du es doch gleich genannt … Stiftung«, sagte er verbittert. »So eine Art ganz persönliche gute Tat. Eine Möglichkeit, die Ungewaschenen und Unwissenden zu erheben, und …«

»Wenn ich mich recht entsinne, bist du zu mir gekommen«, konterte Raisa, die sich nicht zurückhalten konnte. »Ich habe nicht nach Arbeit gesucht. Du hast mich gebeten, dich zu unterrichten, und ich war damit einverstanden.«

»Das sieht mir wieder ähnlich, dass ich mir von allen möglichen Leuten in Odenford ausgerechnet eine Prinzessin aussuchen musste«, sagte Han. »Ich hab wirklich einen Blick für so was. Ich konnte schon immer eine volle Börse erkennen.« Er fingerte unbewusst an den Handgelenken herum, als wären dort noch seine Armreifen. »Es muss für dich ziemlich lustig gewesen sein mitanzusehen, wie so ein liebestrunkener Narr drauflosplappert. Wie soll ich sagen – da hat der arme Alister sich selbst übertroffen.«

»Ich belustige mich nicht über dich«, sagte Raisa. »Wie könnte ich? Du bedeutest mir etwas. Ich …«

»Dein Pony bedeutet dir auch etwas«, sagte Han. »Es erweist dir einen nützlichen *Dienst*.« Er schloss die Augen wieder, als könnte er es nicht ertragen, sie noch länger anzusehen.

Raisa hatte das Gefühl, einfach nie das Richtige zu sagen. Wenn es hier überhaupt etwas Richtiges gab. Han Alister hatte es schon immer geschafft, ihr den Boden unter den Füßen wegzuziehen. Während es ihr sonst so leichtfiel, über alles Mögliche zu plaudern, war sie jetzt völlig unfähig, sich auszudrücken; die Trauer über ihre eigenen kürzlich erlittenen Verluste und ihre Schuldgefühle darüber, dass sie ihn getäuscht hatte, machten es ihr unmöglich, die richtigen Worte zu finden. Alles, was sie sagte, schien es nur noch schlimmer zu machen.

»Ich kann es natürlich nachvollziehen, wenn du … wenn du wütend bist. Ich weiß, dass du die Wache der Königin und … und Königin Marianna für das verantwortlich machst, was mit deiner Familie passiert ist. Vielleicht machst du auch mich dafür verantwortlich. Ich wünschte, es gäbe eine Möglichkeit, sie zurückzuholen. Aber das kann ich nicht. Ich würde alles darum geben, dir das nicht eingestehen zu müssen. Du musst das Gefühl haben, als wäre dein Vertrauen missbraucht worden.«

Han öffnete die Augen und sah sie vollkommen reglos an. »Deine Mutter ist tot«, sagte er. Es klang wie eine Feststellung.

»Ja«, sagte Raisa.

»Gut«, sagte er und schloss die Augen wieder.

Und riss sie abrupt auf, als vom Eingang her Amon Byrnes Stimme ertönte.

»Ho… Rai…äh … Wäre es jetzt passend?«

Die Art und Weise, wie Amon bei ihrer Anrede ins Stolpern kam, verriet Raisa, dass er nicht wusste, ob sie Han ihre wahre Identität bereits offenbart hatte.

Amons Blick wanderte von ihr zu Han. Als sie ihm eröffnet hatte, dass sie Han Alister die Wahrheit sagen würde, hatte er sie begleiten wollen.

Ich muss mich ihm allein stellen, hatte sie zu ihm gesagt. Es gibt Dinge, vor denen du mich nicht bewahren kannst.

»Er weiß Bescheid«, sagte Raisa und rang die Hände in ihrem Schoß. »Also, für mich ist es in Ordnung, wenn du jetzt kommst, aber … Korporal Byrne möchte mit dir sprechen, erinnerst du dich?«, sagte sie zu Han. »Oder wäre dir ein anderer Zeitpunkt lieber?«

Han machte ein finsteres Gesicht, und sie rechnete schon mit seiner Weigerung. Aber dann seufzte er nur und richtete sich etwas auf. »Es passt jetzt genauso gut wie wann anders«, sagte er.

Offensichtlich zog er es vor, mit Amon zu sprechen, statt sich weiter mit ihr unterhalten zu müssen.

Amon kam jetzt ganz herein und trat an Han's Pritsche; unruhig verlagerte er sein Gewicht von einem Bein aufs andere. »Geht's schon besser?«, fragte er.

»Setzt Euch, Korporal Byrne«, sagte Han und blinzelte zu ihm hoch. »Ihr macht mich ganz nervös, wenn Ihr Euch wie ein plattnasiger Brüllaffe über mir aufbaut.« Alle Hinweise auf seinen Schmerz, sein Gefühl, verraten worden zu sein, und seine Verletzlichkeit waren verschwunden – abgelöst von seinem Straßengesicht.

Raisa fragte sich, ob er mit Absicht wieder so redete wie als Streetlord. Um sie zu treffen.

»Nimm diesen Stuhl, Amon«, sagte Raisa rasch und stand auf. Sie zog sich ein paar Schritte zurück. »Ich bestehe darauf.«

Amon setzte sich und legte die Hände auf die Knie. »Ich möchte mich bei dir dafür bedanken, dass du Prinzessin Raisa das Leben gerettet hast«, sagte er.

»Eins will ich klarstellen«, erwiderte Han und fuhr sich mit der Hand über das Gesicht. »Ich hab mich nicht aufgemacht, um eine Prinzessin zu retten.«

»Ich weiß«, antwortete Amon. »Und ich entschuldige mich dafür, dass ich dich angelogen habe. Aber wir hatten das Gefühl, dass es nötig ist, um den Schutz Ihrer Hoheit zu gewährleisten.«

»Nun«, sagte Han, »das erklärt eine ganze Menge. Die ganze Zeit über habt Ihr mir leidgetan, weil Ihr mit einer süßen Braut anbandeln wolltet. Und jetzt stellt sich raus, dass das zwischen Euch rein geschäftlich war.«

Der kühle Blick seiner blauen Augen flackerte von Amon zu Raisa; der spöttische Unterton seiner Worte ließ Raisa vermuten, dass er ganz und gar nicht an das glaubte, was er gesagt hatte. Er war klug genug, um zu wissen, dass ihre Beziehung um einiges verworrener war.

»Ja«, antwortete Amon und schluckte schwer. »Rein geschäftlich.« Er hielt den Blick weiterhin auf Han gerichtet; seine Augenbrauen zogen sich zusammen, als würde er über etwas nachdenken. »Da ist etwas an dir, das … das erinnert mich an …« Er sah Raisa an, schüttelte den Kopf und schob den Gedanken beiseite.

»Ich hatte gehofft, dass du mir mehr über den Tod meines Vaters sagen könntest«, sprach Amon dann weiter. »Prin… Ihre Hoheit hat mir bereits erzählt, was sie weiß.«

Han's spöttische Miene löste sich auf, und sein Gesicht wurde weicher. »Hauptmann Byrne war ein mutiger Mann«, sagte er. »Und gerecht. Mein Vater war auch Soldat. Ich erinnere mich nicht sehr gut an ihn, aber ich stelle mir gern vor, dass er so war wie Euer Dad.« Er machte eine Pause, als würde er seine Gedanken sammeln. »Ich weiß nicht, ob ich Euch viel helfen kann. Hauptmann Byrne war bereits tot, als ich ihn fand, und seine Mörder waren weitergezogen, um … nun ja, sie waren weg. Aber ich hab etwas für Euch.«

Er richtete einen genervten Blick auf Raisa, als würde es ihn stören, mit ihr sprechen zu müssen. »Weißt du, was mit meinen Sachen passiert ist?«

»Sie sind hier«, antwortete Raisa. Dankbar dafür, dass sie etwas tun konnte, ging sie zur Außenwand. Sie kniete sich neben Han's Sachen und suchte nach dem Lederbündel, dann erhob sie sich wieder. »Meinst du das hier?«

Han nickte. »Da müsste auch ein Ring sein«, sagte er. »In meiner Börse.«

Raisa reichte ihm sowohl die Börse als auch das Bündel.

Han kramte in der Börse herum und zog den Wolfsring heraus. Er sah Amon an. »Ich hab diese Sachen mitgenommen, weil ich Angst hatte, dass jemand anderes über den Pass kommen und sie stehlen könnte«, erklärte er, als müsste er sich vor dem Vorwurf schützen, dass er Hauptmann Byrnes Leiche ausgeraubt hatte. »Ich hatte gehofft, dass sich die Möglichkeit bieten würde, sie Euch zu geben.«

Damit überreichte er den Wolfsring und das Bündel Amon, der das Schwert auspackte.

Er hob es hoch und drehte es, sodass sich das Licht auf der Klinge spiegelte. Es war das Schwert Hanaleas, und es passte zu dem Dolch, den Raisa von Byrne bekommen hatte.

Amon sah Han an. »Ich kenne dieses Schwert«, sagte er. Seine Stimme klang belegt. »Königin Marianna hat es meinem Vater gegeben. Es zählt zu jenen Dingen, die er am meisten geschätzt hat. Es … es sieht ganz so aus, als müsste ich dir schon wieder danken.«

Han wischte Amons Dank mit einer Handbewegung beiseite. »Schön. Dann könnt Ihr also was damit anfangen. Ich hab nie gelernt, mit einem Schwert richtig umzugehen. Kleinere Klingen sind mehr mein Stil – solche, die man gut verstecken kann.« Er fingerte an seinem Ärmel herum, um seine Aussage zu verdeutlichen, dann ließ er die Hände wieder in den Schoß sinken.

»Was ist mit den Männern, die diese Morde begangen haben?«, fragte Amon. »Weißt du, ob sie …«

»Sie sind alle tot«, sagte Han, und in seinen Augen stand keinerlei Bedauern, als er Amons Blick begegnete. »Ich hoffe, das hilft.«

Amon nickte und wirkte erleichtert. »Ja, das tut es. Es könnte bedeuten, dass Prinzessin Raisa noch ein bisschen länger in Sicherheit ist.«

Han zuckte mit den Schultern. »Ah. Tut mir leid, dass Ihr Euren Vater verloren habt. Die Welt kann es sich nicht leisten, Männer wie ihn zu verlieren.« Er streckte seine Hand aus, und Amon nahm sie.

Nun, zumindest kommen *sie* jetzt besser miteinander klar, dachte Raisa, als eine plötzliche Unruhe sie veranlasste hochzusehen. Aufgeregtes Stimmengewirr in der Sprache der Clans drang von nebenan durch den Vorhang, und Dancers Stimme erhob sich protestierend.

»Nein! Ihr könnt da jetzt nicht reingehen! Thorn Rose spricht gerade mit…«

Ohne jegliche Vorankündigung platzten zwei Besucher ins Zimmer – Elena Cennestre und Averill Demonai. Willo, Dancer und Cat folgten ihnen.

Nach einem flüchtigen Nicken in Raisas Richtung traten Elena und Averill zu Han. Sie starrten auf ihn hinunter, als wäre er irgendein exotisches Tier. Er setzte sich noch ein bisschen aufrechter hin und zog die Decken fester um sich. Raisa wusste, wie verletzlich er sich fühlte; er stand noch ganz unter dem Eindruck ihres Geständnisses, als sich jetzt die Ältesten um ihn versammelten, die mächtigen Clan-Herrscher. Nur zu gern hätte sie sie einfach weggeschickt und ihnen gesagt, dass sie in einer Woche wiederkommen sollten, nachdem er Zeit gehabt hatte, sich zu erholen.

Aber das konnte sie nicht. Die Ereignisse warteten nicht ab, sondern stürzten unbarmherzig auf sie ein.

Willo stand mit verschränkten Armen ein bisschen abseits und wirkte, als würde sie das Gleiche empfinden, als wollte sie die Besucher am liebsten auf der Stelle rauswerfen.

»Nun?«, wandte Elena sich mit hochgezogenen Brauen an Fire Dancer. Dann deutete sie mit einem Nicken auf Han. »Hat es geholfen? Wird er in der Lage sein, in den nächsten Tagen Magie zu wirken?«

Dancer schwieg einen Augenblick, dann seufzte er, als wäre dies eine Frage, die er nicht gern vor Han beantwortete. »Es hat geholfen«, sagte er schließlich. »Ich habe Han's Amulett zwei Tage lang aufgefüllt. Ich glaube, dass er sich besser fühlt. Das tust du doch, oder?« Er sah Han an, suchte nach Bestätigung und wollte ihn ganz offensichtlich in das Gespräch mit einbeziehen.

Han blickte von Dancer zu Elena hin; einen Moment lang verriet seine Miene nichts als Verblüffung. Dann wurden seine Züge wieder völlig ausdruckslos. Er schob eine Hand unter sein Hemd und fingerte an seinem Amulett herum, aber Raisa war sich nicht sicher, ob er das tat, um Trost zu finden oder um sich verteidigen zu können.

Er sagte nichts.

Averill legte seine Hand auf Elenas Arm und schüttelte den Kopf. »Elena Cennestre, bitte.« Er wandte sich an Han und begrüßte ihn nach Art der Clans, indem er sich verneigte und dabei seine Stirn mit der Faust berührte. »Hunts Alone, willkommen an unserem Feuer. Bitte teile alles mit uns, was wir haben.« Er machte eine Pause. »Es ist schön zu sehen, dass du dich besser fühlst«, sagte er dann. »Weil du krank warst, konnte ich dir noch nicht dafür danken, dass du meiner Tochter das Leben gerettet hast. Ich bin dir zu großem Dank verpflichtet.«

»Wir müssen dringend deine Geschichte hören«, warf Elena ein. »Wenn es stimmt, was Willo Song glaubt, scheint sich unser Einsatz bezahlt gemacht zu haben.«

»Tatsächlich?«, fragte Han und sah von einem zum anderen. »Dann sind wir ja quitt.«

»Dies war nur eine Schlacht«, beeilte Elena sich hinzuzufügen. »Der Krieg beginnt gerade erst.«

»Womit wir es unmittelbar zu tun haben, ist Folgendes«, erklärte Averill. »Höchstwahrscheinlich werden diejenigen, die Königin Raisa ermorden wollten, es erneut versuchen, sobald sie begreifen, dass sie nicht erfolgreich waren. Bis zu ihrer Krönung schwebt sie also in großer Gefahr.«

»Krönung?« Han sah zu Raisa hin, ohne dass sein Gesicht irgendeine Gefühlsregung verriet. »Oh, ich verstehe. Sie ist also noch keine richtige Königin.«

»Nach den Gesetzen der Fægung ist sie die Königin der Fells«, betonte Elena und starrte Han finster an. »Wenn sie allerdings stirbt, geht die Krone an ihre Schwester Mellony. Die Feinde der Königin glauben, dass Thorn Rose tot ist. Diejenigen, die versucht haben, sie zu töten, werden daher vermutlich Mellony krönen wollen.«

Han schenkte sich noch etwas Tee ein. »Dann sollte Königin Raisa sich besser beeilen und zum Schloss zurückkehren, bevor die Monogramme auf dem Silber geändert werden.«

»Dem stimme ich zu«, sagte Raisa. »Ich muss nach Fellsmarch zurück, bevor diese Pläne weiter gedeihen.«

Averill schüttelte den Kopf. »Um ehrlich zu sein, können wir nach dem, was ich gesehen habe, kaum ausreichend für deine Sicherheit garantieren, wenn du jetzt ins Vale zurückkehrst.«

»Ist es wirklich so schlimm?« Raisa sah von ihrem Vater zu Elena. »Ich bin kein Feigling«, sagte sie. »Ich habe nicht vor, mich in den Bergen zu verstecken, während meine Schwester an meiner Stelle gekrönt wird.«

»Niemand, der dich kennt, würde dich jemals als Feigling bezeichnen«, erwiderte Averill. »Aber es ist nun mal eine Tatsache, dass deine Feinde fast ein ganzes Jahr Zeit hatten, ihren Einfluss ungehindert auszubauen. Sie haben Verbündete und Handlanger in entscheidende Positionen gebracht – in die Wache, in die Armee, ins Schloss. Wir werden vorsichtig vorgehen müssen.«

»Vorsichtig, ja«, stimmte Raisa zu. »Aber ich muss mich diesen Leuten stellen. Schließlich ist diese Situation überhaupt erst dadurch eingetreten, dass ich weggelaufen bin.«

Averill legte ihr die Hände auf die Schultern und sah ihr in die Augen. »Meine Dornenrose, ich habe bereits Marianna verloren. Ich möchte nicht auch noch dich verlieren.«

»Und was passiert als Nächstes?«, fragte Han laut, als würde ihm dieses vertrauliche Vater-Tochter-Gehabe auf die Nerven gehen.

Averill wandte sich wieder Han zu. »Die Redner haben sich für einen Gipfel hier in den Spirits als letzten Ruheplatz von Königin Marianna entschieden. Die Krönung wird nach dem Begräbnis der Königin stattfinden. Sollte Raisa zu diesem Zeitpunkt noch nicht wieder aufgetaucht sein, wird entsprechend den kürzlich veranlassten Änderungen der Nachfolgeregelung Mellony gekrönt werden.«

Er kniete sich hin, sodass sein Gesicht auf gleicher Höhe mit Han's war. Als Händler war er geübt darin, andere zu beeinflussen und zu überzeugen. »Alle müssen erfahren, dass die wahre Erbin in die Fells zurückgekehrt ist. Sie muss von ihrem Volk, vom Rat der Adeligen und dem Magierrat gesehen und wiedererkannt werden, damit niemand etwas Gegenteiliges behaupten kann. Und gleichzeitig müssen wir dafür sorgen, dass sie dabei nicht getötet wird.« Er lächelte grimmig. »Es wird nicht leicht sein. Wir werden alle zusammenarbeiten müssen.«

»Prinzessin Mellony befindet sich im Grunde im Gewahrsam unserer Feinde«, erklärte Elena. »Das Schloss haben sie ebenfalls unter Kontrolle. Es wird für Thorn Rose schwierig sein, jetzt zurückzukehren.«

»Als Gemahl der verstorbenen Königin und Vater der Prinzessin bin ich Mitglied des Regentschaftsrates«, sagte Averill. »Aber ich bin nur eine einzige Stimme. Lord Bayar drängt darauf, dass Mellonys Krönung so früh wie möglich stattfindet.«

»Wie lautet also der Plan?«, fragte Han. Er schien Raisa bewusst zu übersehen.

»Wir hatten gehofft, dass ihr beide, du und Fire Dancer, uns dabei helfen könnt«, sagte Averill. »Früher einmal waren die Demonai sehr viel vertrauter mit den Fähigkeiten und Zaubersprüchen der Amulettschwinger. Ein Teil dieses Wissens ist verloren gegangen. Vielleicht können wir in den nächsten Tagen über diese Dinge sprechen und einen Plan ausarbeiten.«

Han zog die Knie unter den Decken hoch und schlang seine Arme darum.

Er ist noch so jung, dachte Raisa. Er ist erst – wie alt – siebzehn? Wieso muss er solche Entscheidungen treffen? Wieso muss ich das tun?

Sie dachte an die Zeit vor kaum einem Jahr zurück, als ihr größtes Problem darin bestanden hatte, ob sie zur Namenstagsfeier der Bayars Schwarz oder Weiß oder Purpur tragen sollte.

Aber ich bin dazu geboren worden, dachte sie weiter, während er sein Leben dafür aufs Spiel setzt.

»Wo wird die Krönung stattfinden?«, fragte Han.

»Traditionell im Kathedralen-Tempel«, erklärte Averill. »Es wird am Besten sein, wenn wir bis dahin geheim halten können, dass Raisa sich hier aufhält.«

»Ich werde zur Gedenkfeier und zur Beerdigung meiner Mutter gehen«, verkündete Raisa.

Han's Blick streifte sie kurz, dann sah er wieder zur Seite.

Averill verzog das Gesicht. »Meine Dornenrose, ich weiß, dass du deine Mutter ehren willst«, begann er. »Aber es ist einfach zu gefährlich. Ich bin sicher, dass sie es versteht, wenn du …«

»Vater, es war mir nicht möglich, ihre Leiche zu baden und anzukleiden«, sagte Raisa voller Bitterkeit. »Oder die Totenwache im Tempel zu halten. Ich habe fest vor, an ihrer Seite zu sein, wenn sie unsere Ahnen, die Grauwolf-Königinnen, begrüßt. Sie wird zu meinem Wohl mit ihnen sprechen und mich als Nachfolgerin vorstellen. All das gehört zum Ritual. Es gehört zu dem Prozess, der mich zur Königin macht.«

Tränen liefen ihr über die Wangen, und sie wischte sie mit dem Handrücken weg. Während des Gesprächs mit Han hatte sie sie noch zurückhalten können, aber jetzt wurde sie von Kummer und Bedauern überwältigt.

»Es gibt so vieles, das ich ihr sagen möchte – von dem ich wünschte, dass ich es ihr vorher gesagt hätte«, erklärte sie. »Wir sind im Streit auseinandergegangen, und jetzt wird die Auseinandersetzung nie mehr beigelegt werden können.« Sie ballte die Hände zu Fäusten und richtete sich kerzengerade auf. »Du würdest auch dort sein wollen, Vater, wenn du an meiner Stelle wärst. Der gesamte Magierrat könnte dich nicht davon abhalten. Und ich werde nicht zulassen, dass sie den Flammen übergeben wird, ohne dass ich dabei bin.«

Raisas Vater und ihre Großmutter sahen einander an; sie schienen ratlos zu sein, wie sie mit dem Widerstand der zukünftigen Königin umgehen sollten.

»Wieso warten wir nicht einfach ab, bis wir genauer wissen, was die Amulettschwinger dazu beitragen können, und treffen erst dann unsere endgültige Entscheidung?«, fragte Elena. Sie sah Han an. »Nightwalker kehrt heute Nachmittag zurück. Wir werden uns heute nach dem Abendessen zusammensetzen und darüber entscheiden, ob …«

»Dann wäre es gut, wenn ihr jetzt gehen würdet, damit dieser Amulettschwinger hier sich ausruhen kann«, unterbrach Willo sie und nickte zu Han hinüber. »Ansonsten könnte es sein, dass ihr dieses Problem ganz allein lösen müsst.«

»Wann ist die Beerdigung?«, fragte Han plötzlich.

»Die Beerdigungsfeier ist für Sonntag angesetzt«, sagte Averill. »Also in vier Tagen.«

»Ich reite heute nach Fellsmarch«, meldete sich Amon zu Wort. »Ich bringe die Asche meines Vaters zurück in die Hauptstadt. Ich werde auch mit meinen Kadetten sprechen und neue Informationen sammeln. Wenn ihr bis übermorgen wartet, werde ich Neuigkeiten haben.«

Raisa sah ihn überrascht an. Sie hatte nicht damit gerechnet, dass er so schnell wieder verschwinden wollte. »Ich würde auch gern an der Gedenkfeier von Hauptmann Byrne teilnehmen«, sagte sie.

»Vielleicht könnt Ihr das tatsächlich«, erwiderte Amon. »Lasst mir bitte bis übermorgen Zeit.«

»Wie werdet Ihr den Tod Eures Vaters erklären?«, fragte Averill ihn. Sein Gesicht war voller Mitgefühl. Edon Byrne und er waren Freunde gewesen, auch wenn sie beide Marianna geliebt hatten. Beziehungen am Hof waren kompliziert, aber der Händler Averill Demonai war ein Meister im Umgang mit Komplikationen.

»Er und sein Tripel sind anscheinend auf dem Weg zurück zur Hauptstadt von einer Gruppe von Söldnern aus dem Süden angegriffen worden«, erzählte Amon. »Sie sind alle getötet worden.«

»Ich reite mit Euch zur Stadt«, sagte Averill. »Der Regentschaftsrat trifft sich morgen früh, und ich werde dort sein müssen, um Euch im Zweifelsfall unterstützen zu können.«

Elena nickte. »Danke, Korporal Byrne. Passt auf euch auf, alle beide. Wir treffen uns dann also übermorgen wieder.« Sie seufzte. »Ich wünschte, die Dinge lägen anders, Willo«, sagte sie leise, was für ihre Verhältnisse einer Entschuldigung überraschend nahe kam. »Ich wünschte, wir müssten in einer Zeit, in der wir Verluste zu betrauern haben, nicht gegen Magier kämpfen.«

Averill und Elena verließen gemeinsam den Raum. Willo drehte sich um und sah die anderen bedeutungsvoll an, während sie auffordernd mit einem Fuß auf den Boden trommelte.

Dancer hob den Kopf. »Mutter. Lass mich nur einen Augenblick allein mit Hunts Alone reden«, sagte er. »Danach gehe ich.« Er setzte sich auf den Stuhl neben Han's Pritsche, den Amon freigemacht hatte.

»Ich werde auch bleiben«, sagte Cat Tyburn und ließ sich beim Feuer nieder. Raisa hatte ihre Anwesenheit fast vergessen.

»Han«, sagte Raisa leise. Er sah nicht auf. »Ich möchte nur, dass du weißt …«

Aber er schüttelte den Kopf und streckte ihr beide Handflächen abwehrend entgegen, als würde er sie aus der Tür schieben wollen.

Aber Raisa wollte nicht gehen. Sie wollte Han nicht mit diesem schrecklichen, leeren, einsamen Gesichtsausdruck allein lassen. Auch wenn sie selbst die Verantwortung für diesen Gesichtsausdruck trug.

Draußen im Vorraum schlüpfte sie in ihren Umhang und trat mit Amon ins glitzernde Sonnenlicht. Im Laufe der Nacht hatte es wieder geschneit, und sie musste die Röcke anheben, damit sie nicht über den frischen Schnee schleiften.

»Alister tut mir leid«, sagte Amon. »Ich hätte nicht gedacht, dass ich das einmal sagen würde, aber es ist tatsächlich so. Er steht ziemlich unter Druck, weil er sich etwas einfallen lassen muss. Und wenn irgendetwas schiefgeht, wird es so aussehen, als wäre es sein Fehler.«

Amon nahm Raisa beim Arm und führte sie in Richtung des Hauptgebäudes, der Gemeinschafts-Lodge. »Sobald ich aus der Stadt zurück bin, werde ich mich mit ihm zusammensetzen und versuchen, gemeinsam einen Plan zu deinem Schutz zu erarbeiten.« Sie gingen ein halbes Dutzend Schritte weiter, ehe er sagte: »Es wäre leichter, wenn du an der Gedenkfeier deiner Mutter nicht teilnehmen würdest.«

»Ich weiß. Aber ich muss es tun.« Sie machte eine Pause. »Ich wünschte, du müsstest nicht nach Fellsmarch reiten. Nach allem, was passiert ist, möchte ich am liebsten niemanden von denen, die ich liebe, aus den Augen lassen.«

Amons Schritt wurde verhaltener. »Das geht mir genauso, Rai«, sagte er. »Ich bin verantwortlich für deine Sicherheit. Aber ich kann meine Arbeit nicht machen, wenn ich die ganze Zeit an deiner Seite angekettet bin.«

Er sah nach vorn und zog ein Gesicht. Nun, eigentlich war es eher so, dass er die Stirn runzelte und die Lippen etwas anspannte, aber Raisa kannte Amon sehr gut.

»Sieh mal einer an, wer da kommt«, sagte er. »Du wirst zweifellos in guten Händen sein.«

Der Marktplatz in der Mitte des Camps war voller Menschen. Eine Gruppe von Reitern saß gerade vor dem Hauptgebäude ab, wie immer von einer Schar Kinder und Neugieriger umringt. Raisa erkannte die Pferde – die besten Bergponys, die die Clans zu bieten hatten – und auch die unverwechselbare Winterkleidung. Um den Hals der Männer und Frauen hing das flammende, lidlose Auge.

Demonai, dachte Raisa und machte die große Gestalt von Reid Nightwalker aus. Es musste sich um jene Krieger handeln, die in Fellsmarch einquartiert worden waren und ihrem Vater als Wache gedient hatten.

Reid kam zu ihnen, nachdem er die Zügel seines Pferdes einer Kriegerin übergeben hatte, einem Mädchen, das Raisa als Digging Bird kannte. Sie war unter den Demonai-Kriegern gewesen, die Raisa und Amon auf dem Weg nach Odenford vor Robbie Sloat und den anderen abtrünnigen Wachen gerettet hatten. Jetzt trug auch Digging Bird ein Demonai-Amulett.

»Eure Hoheit!«, rief Nightwalker, und sein erleichtertes Lächeln glättete die scharfen Linien seines Gesichtes. »Oder sollte ich sagen, Eure Majestät? Als ich Euch das letzte Mal gesehen habe, wart Ihr todkrank. Ich bin froh, dass Ihr wohlauf seid und wieder umhergehen könnt.«

Er sank vor Raisa auf ein Knie und führte seine Faust an die Stirn. »Die Demonai sind bereit, Euch zu dienen, Thorn Rose«, sagte er und hob den Kopf, um sie anzusehen. »Wir werden unbarmherzig gegen diejenigen kämpfen, die versucht haben, Euch zu töten, und weiterhin das Reich bedrohen.«

Anmutig wie ein Raubtier erhob sich Nightwalker wieder. Eulenfedern und Silberstücke glitzerten in seinen Zöpfen, und sein Umhang und seine Clan-Leggins waren über und über mit feinen Demonai-Symbolen bestickt. Seine Kleidung hatte die Farbe von Sonnenlicht und Schatten – womit er im Wald nahezu unsichtbar war.

Einen Zopf für jeden getöteten Magier – so lautete eine alte Regel der Demonai. Die meisten aber trugen selbst jetzt noch Zöpfe, lange nachdem die Magierkriege beendet waren.

»Gut, dass Ihr aus der Stadt zurück seid«, sagte Raisa zu Nightwalker. »In diesen Zeiten ist sie ein gefährliches Pflaster.«

Der Demonai zuckte mit den Schultern. »Ich kann auf mich aufpassen«, sagte er. »Auch wenn es für uns Highlander momentan nirgendwo in den Fells sicher ist.« Er streckte die Hand aus und legte die Finger unter Raisas Kinn, sodass sie ihr Gesicht heben musste. Er musterte die abklingenden Blutergüsse auf ihrem Wangenknochen. »Aber das muss ich Euch natürlich nicht sagen«, fuhr er fort. »Als ich gesehen habe, was man Euch angetan hat, hätte ich am liebsten eine Gruppe von Kriegern auf Gray Lady geführt und diesen Magierabschaum ein für alle Mal aus der Welt geschafft.« Seine Stimme zitterte ein wenig, und es schien Raisa, als würde es ihn einige Mühe kosten, seine Beherrschung wiederzuerlangen.

»Wir müssen uns vor einem voreiligen Urteil hüten«, erwiderte Raisa. »Auch wenn es verlockend ist, den Tod meiner Mutter auf die Magier zu schieben, brauchen wir mehr Beweise, bevor wir …«

»Wir haben mehr Beweise«, unterbrach Nightwalker sie. »Wir haben noch etwas über den Tod der Königin herausgefunden.«

Raisa packte seinen Arm. »Was? Was habt Ihr herausgefunden?«

Nightwalker schüttelte den Kopf und verzog das Gesicht. »Ich hätte es vor meinem Treffen mit Lord Averill gar nicht erwähnen sollen. Es ist tatsächlich an Lord Averill und Night Bird, diese Neuigkeit mitzuteilen.«

»Night Bird?«

Nightwalker nickte in Richtung Digging Bird. Stirnrunzelnd kam sie ihnen vom Ponypferch entgegen. »Night Bird ist ihr Demonai-Name«, erklärte er.

Night Bird musterte Raisa, während sie näher kam, und dann weiteten sich ihre Augen vor Überraschung. Die neue Kriegerin ließ sich vor Raisa auf ein Knie sinken, und ihre weichen Locken fielen nach vorn, als sie den Kopf neigte und die Faust an die Stirn legte. »Eure Hoheit. Es tut mir leid. Ich habe Euch zuerst gar nicht erkannt.«

»Night Bird, ich habe deinen mutigen Dienst beim Wechsel der Blätter nicht vergessen«, sagte Raisa. »Die Demonai-Krieger haben mir an diesem Tag das Leben gerettet, und du hast dabei eine besondere Rolle gespielt.«

Night Bird stand wieder auf; die auf sie gerichtete Aufmerksamkeit schien ihr unangenehm zu sein. »Ich fühle mich geehrt, dass Ihr Euch an mich erinnert.« Sie blickte zur Seite und biss sich auf die Lippe. Ihre Wangen färbten sich rosa unter der kupferfarbenen Haut. »Mein herzliches Beileid zum Verlust Eurer Mutter, der Königin.« Für jemanden, der sonst so selbstsicher war, wirkte sie jetzt ziemlich durcheinander.

Raisa neigte den Kopf. »Danke. Und herzlichen Glückwunsch zur Aufnahme bei den Demonai. In diesen gefährlichen Zeiten bin ich sehr froh darüber, Krieger wie dich zu haben, denen ich trauen kann.«

Night Bird hob beide Hände, als wollte sie das Kompliment abwehren. Sie wirkte mitgenommen. »Danke, Eure Hoheit«, flüsterte sie mit steifen Lippen.

Oh, dachte Raisa. Sie hat wahrscheinlich gehört, dass Nightwalker und ich früher einmal was miteinander hatten, und jetzt fragt sie sich, wie sich meine Rückkehr auf ihre Beziehung auswirken wird. Obwohl sie sich besser daran gewöhnen sollte. Nightwalker hat seit Jahren immer irgendwas am Laufen gehabt, überall in den Highlands.

»Da wir von gefährlichen Zeiten sprechen«, sagte Nightwalker und unterbrach Raisas Gedankengang, »Elena Cennestre hat mir gesagt, dass Fire Dancer hier in Marisa Pines ist. Ist das eine gute Idee – zwei Fluchbringer auf einmal hier einzuquartieren? Besonders angesichts der Tatsache, was bereits passiert ist. Ich hatte es so verstanden, dass Dancer eigentlich in den Flatlands bleiben und dort weiter seinen Studien nachgehen sollte, während Hunts Alone hierher zurückkehrt.«

»Dazu kann ich nichts sagen, da ich gerade erst von dem Plan der Demonai erfahren habe, Magier auszubilden«, erwiderte Raisa trocken.

»Das war Lightfoots und Elena Cennestres Idee«, sagte Nightwalker. »Sie haben das ohne mein Wissen geplant. Thorn Rose, es ist zu riskant, Fluchbringer mit dem Ziel anzuheuern, sie gegen andere Fluchbringer kämpfen zu lassen. Fire Dancer sollte sich an den Handel halten, der vereinbart wurde.«

»Mein Vetter Dancer ist in Marisa Pines aufgewachsen«, warf Night Bird überraschend ein. »Seine Rechenschaftspflicht beschränkt sich allein darauf.«

Verblüfft wirbelten Raisa und Nightwalker herum und starrten sie an.

»Als Sohn der Matriarchin Willo Song untersteht Dancer weder Elena Cennestre noch Lord Averill«, fuhr Bird fort. »Im Unterschied zu Hunts Alone hat er keinen Handel mit den Demonai geschlossen. Obwohl er sich dazu bereiterklärt hat, mit uns zusammenzuarbeiten, tut er das nach seinen eigenen Bedingungen. Als Fire Dancer erfahren hat, dass Hunts Alone in die Fells zurückgerufen wurde, konnte ich nichts machen – er hat sich einfach nicht aufhalten lassen.«

»Dann hättest du Fire Dancer nicht sagen dürfen, dass Hunts Alone zurückgerufen worden ist«, sagte Nightwalker. Seine Lippen strafften sich verärgert. »Ich verstehe immer noch nicht, warum du das getan hast.«

»Ich kenne Fire Dancer, seit wir *Lýtlings* waren«, antwortete Night Bird und legte Nightwalker eine Hand auf den Arm. »Ich vertraue ihm. Er ist jemand, den wir auf unserer Seite haben wollen.«

Dieses Mädchen hat sich tatsächlich verändert seit dem letzten Mal, als ich sie gesehen habe, dachte Raisa. Sie wirkt viel weniger verzaubert von Nightwalker. Und sie widerspricht ihm.

»Die Regeln der Fœgung besagen, dass Magier sich nicht in den Spirits aufhalten dürfen, wer auch immer sie zur Welt gebracht hat«, stellte Nightwalker klar. »Es ist ein Entgegenkommen unsererseits, dass sie hier sein können.«

»Obwohl Hunts Alone mir das Leben gerettet hat?«, fragte Raisa.

Nightwalker verdrehte die Augen. »Vorausgesetzt, dass das tatsächlich stimmt, hätte der Fluchbringer damit nur seinen Teil des Handels eingehalten.«

»Was meint Ihr damit, vorausgesetzt, dass das tatsächlich stimmt?« Raisa zitterte, und sie zog sich den Umhang enger um die Schultern.

»Haltet Ihr es nicht für einen seltsamen Zufall, dass er genau in dem Moment aufgetaucht ist, als Ihr angegriffen worden seid?«, fragte Nightwalker. »Es kommt mir fast so vor, als wäre das alles entsprechend geplant worden. Und wie könnte er Euer Vertrauen besser erringen?«

»Was wollt Ihr damit sagen?« Raisa wusste das zwar nur zu genau, aber sie wollte, dass er es offen aussprach.

»Ist es wirklich glaubwürdig, dass er eine ganze Gruppe

von Attentätern einen nach dem anderen ausgelöscht und dabei keinen Kratzer abbekommen hat?« Nightwalker zuckte mit den Schultern, als wollte er sagen: Glaubt, was Ihr wollt, aber …

»Es stimmt nicht, dass er keinen Kratzer abbekommen hat«, erwiderte Raisa. »Er hat Hohe Magie eingesetzt, um dem Gift in meinem Körper die Wirkung zu nehmen. Was dazu geführt hat, dass er selbst tagelang todkrank war.«

»Hunts Alone ist krank?« Night Bird sah von Raisa zu Nightwalker. »Davon hast du mir nichts gesagt.«

»Es gibt keinerlei äußere Anzeichen, sagt Elena«, erklärte Nightwalker. »Es ist irgendeine Fluchbringer-Krankheit, die angeblich dadurch verursacht wurde, dass er Thorn Rose geheilt hat. Etwas, das sich nur zu leicht vortäuschen ließe.«

»Vielleicht solltet Ihr dann mit Willo sprechen«, sagte Raisa eisig, »und ihr erklären, wie Hunts Alone sie so geschickt zu täuschen vermag.«

»Ich sage nicht, dass er lügt.« Nightwalker hob beide Hände. »Ich sage nur, dass die Möglichkeit besteht. Wir sollten uns der Lügen der Fluchbringer bewusst sein, besonders nach dem, was mit der Königin passiert ist.«

Da schaltete sich Amon zum ersten Mal in das Gespräch ein. »Alisters Krankheit erscheint mir nur allzu wahr«, sagte er. »Ich vermute, dass er mehr als glücklich wäre, den Dienst der Königin verlassen zu können und nichts mehr mit dem bevorstehenden Kampf zu tun haben zu müssen. Diejenigen von uns, die sich um die Sicherheit des Grauwolf-Geschlechts sorgen, werden alles in unserer Macht Stehende tun, damit genau das nicht geschieht.«

»Er bleibt«, sagte Nightwalker entschieden. »Er hat gar keine andere Wahl. Jetzt, da wir ihn ausgebildet haben, ist er verpflichtet, mit uns gegen den Magierrat zu kämpfen.«

»Es gibt immer eine Wahl«, sagte Amon. »Alister geht seinen eigenen Weg. Unterschätzt ihn nicht.« Er wandte sich an Raisa und neigte den Kopf. »Mit Eurer Erlaubnis, Hoheit. Ich sollte jetzt besser gehen, wenn ich übermorgen zurück sein will.«

Raisa nickte abwesend, und er entfernte sich.

Nightwalker sah ihm stirnrunzelnd nach, dann wandte er sich an Night Bird. Seine Miene wurde wieder weicher. »Night Bird, bitte kümmere dich darum, ob unsere Unterkünfte in der Gäste-Lodge vorbereitet sind, und sorge dafür, dass unsere Ponys heute Nacht versorgt sind. Und dann noch etwas.« Er beugte sich näher zu ihr hin und sprach so leise, dass Raisa es nicht verstehen konnte. Er lächelte Night Bird an, und sie lächelte zurück, und dann schritt sie mit neuem Schwung davon.

Nun, ein wenig ist sie wohl doch verzaubert, berichtigte Raisa sich im Stillen.

Nightwalker wartete, bis sie weit genug weg war, um nichts mehr hören zu können, dann sagte er zu Raisa: »Korporal Byrne scheint die Geschichte von Hunts Alone zu glauben.«

Es hatte Raisa selbst überrascht, dass Amon derart für Han eingetreten war, aber sie wollte sich nichts anmerken lassen. »Sein Vater ist von den Männern ermordet worden, die mich angegriffen haben. Wenn Korporal Byrne davon überzeugt ist, dass Han die Wahrheit sagt, sollte dir das vielleicht Beweis genug sein.« Nun, da sie allein waren, benutzte sie wieder die informelle Anrede, das vertraute Du.

»Bitte, nicht wütend werden, Hoheit«, sagte Nightwalker und lächelte reuevoll. »Du weißt, dass ich Magiern nicht gerade Liebe entgegenbringe. Ich bin dazu erzogen worden, ihnen zu misstrauen, und nichts, was sie während deiner Abwesenheit getan haben, hat dieses Misstrauen beschwichtigt.

Die Situation hat sich von einer schlechten zu einer noch schlechteren entwickelt. Sicherlich hast du davon gehört, wie Königin Marianna die Nachfolge geändert und dich beiseitegeschoben hat.«

»Nun«, sagte Raisa, und ihr Herz zog sich schmerzhaft zusammen, »nicht so genau.«

Nightwalker zögerte. »Schlecht von den Toten zu sprechen ist nicht angemessen, und man kann auch nicht genau wissen, was ihre Absicht war. Vielleicht konnte sie nicht anders – immerhin hat sie unter dem Einfluss von Bayar gestanden. Aber vielleicht hat sie auch nach einer Erbin gesucht, die mehr wie eine aus den Flatlands aussieht.«

Raisa stellte sich auf die Zehenspitzen und packte Nightwalker vorn an seinem Umhang, während sie sein Gesicht heftig zu sich herunterzog. »Du hast nicht das Recht, so etwas zu sagen!« Tränen brannten in ihren Augen. »Du hast keinen blassen Schimmer von den Absichten meiner Mutter!«

Nightwalker wich ein bisschen zurück; er starrte Raisa an, als würde er ihr Gesicht zum ersten Mal richtig sehen. Für einen Moment blickten sie einander nur schweigend an, der Demonai-Krieger und die Erbprinzessin.

»Thorn Rose«, sagte er schließlich. »Ich muss mich erneut entschuldigen. Es scheint, als hätte ich deine Gefühle bezüglich der Königin falsch eingeschätzt, besonders nach dem, was vor einem Jahr passiert ist. Ich muss besser zuhören, bevor ich spreche. Dies sind schwierige Zeiten für uns alle.«

»Darauf zumindest können wir uns einigen«, sagte Raisa und ließ Nightwalkers Umhang wieder los.

Nightwalker wollte sich nach wie vor unbedingt erklären. »In den letzten Monaten sind unsere Dörfer auf den unteren Hängen mehrmals von den Fluchbringern überfallen worden.«

»Wieso sollten Amulettschwinger die Dörfer angreifen?«, fragte Raisa.

»Die Clans haben den Handel mit magischen Gegenständen – Amuletten, Talismanen und so weiter – eingestellt«, erklärte Nightwalker mit grimmiger Befriedigung. »Unsere Demonai-Schmiede stellen sie nicht mehr her, sondern widmen ihre Kunstfertigkeiten jetzt anderen Waren. In Anbetracht ihrer sonstigen Handlungen kann man zweifellos davon ausgehen, dass die Magier sich auf einen Krieg gegen uns vorbereiten. Sie versuchen, die Dörfer zu zerstören und dabei so viele magische Waffen wie möglich zu bekommen, um ihre Waffenkammern füllen zu können.«

»Aber in den Dörfern werden doch keine Amulette aufbewahrt, oder?«, fragte Raisa. »Was sollten die Bewohner auch damit? Sie werden hauptsächlich in Marisa Pines gehandelt.«

»Das wissen die Fluchbringer aber nicht«, sagte Nightwalker. »Es hat mehr und mehr Übergriffe auf die Spirits gegeben, und sie haben mehr und mehr Druck ausgeübt. Lord Averill und ich, wir bemühen uns darum, den Dörfern besseren Schutz zu bieten, aber die Demonai sind weit zerstreut. Du kannst dir also vorstellen, wie ich mich gefühlt habe, als ich davon hörte, dass du angegriffen worden bist. Es tut mir leid, Thorn Rose, aber ich bin nicht in der Stimmung, schönen Worten über Fluchbringer zu glauben.«

»Hat mein Vater diese Angelegenheit vor den Rat der Königin gebracht?«, fragte sie.

Nightwalker nickte. »Mehrmals. Lord Bayar rechtfertigt die Verstöße gegen die Fœgung und sagt, dass die Spirit-Clans die Herstellung der Amulette wieder aufnehmen und sie frei verfügbar machen müssen. Er behauptet, dass das Verhalten der Fluchbringer unter diesen Umständen verständlich sei.«

»Haben die Demonai über einen Kompromiss nachgedacht?«, fragte Raisa. »Könnten sie weniger mächtige Amulette anfertigen und ihnen zur Verfügung stellen?«

»Nicht, solange sie gegen dich intrigieren«, sagte Nightwalker. »Das Letzte, was wir wollen, ist, unsere Feinde vor einem Krieg gegen uns mit Waffen zu versorgen.«

Erneut spürte Raisa die ganze Last der Verantwortung, die auf ihren Schultern ruhte.

»Es tut mir leid«, sagte Nightwalker. »Du hast schon genug Dinge, über die du dir Gedanken machen musst. Alles wird gut werden – du wirst schon sehen. Ich bin froh, dass du dich wieder erholt hast, und erleichtert, dass du wieder zurück in den Bergen bist. Ich freue mich darauf, dich jetzt öfter zu treffen.« Er strich ihr sanft mit den Fingerknöcheln über die Wange, und sein Blick suchte in ihrem Gesicht nach etwas. »Es ist schön, dich wieder in Clan-Kleidung zu sehen. Sie steht dir gut.«

»Du siehst auch gut aus«, erwiderte Raisa. Und das stimmte: Wenn Reid Nightwalker durch die Camps schritt, drehten sich garantiert alle Köpfe nach ihm um.

Er lächelte und begegnete ihrem Blick. »Ich sollte jetzt besser gehen und Elena Cennestre aufsuchen.« Er machte eine Pause. »Wo wirst du heute Abend essen, Hoheit? Wirst du am Feuer der Gäste sitzen, oder …?«

»Ich werde wahrscheinlich am Feuer von Willo sein«, antwortete Raisa. »Ich befinde mich in gewisser Hinsicht immer noch in ihrer Obhut.«

»Das heißt, du bleibst in der Hütte der Matriarchin?« Als Raisa nickte, sagte er: »Dann werde ich zum Essen dorthin kommen. Ich würde mit Willo gern über die Behandlungsmöglichkeiten von Hufrehe bei unseren Ponys sprechen.«

»Nun, dann sehen wir uns vielleicht später«, sagte Raisa.

Sie sah ihm nach, als er zur Besucher-Lodge davonging, und hatte das Gefühl, als würde sie ein Dutzend Fellskatzen an der Leine führen, die fauchten und schnappten und in verschiedene Richtungen zerrten.

KAPITEL SECHZEHN

Mögliche Strategien

Han wartete, bis alle anderen gegangen waren, dann wandte er sich an Dancer. »Hast du nicht gehört, was Willo gesagt hat? Ich brauche Ruhe.« Er schloss die Augen und faltete die Hände auf der Brust, als würde er schlafen.

»Hunts Alone«, sagte Dancer. »Ich möchte das mit Elena Cennestre erklären.«

»Da gibt es nichts zu erklären«, erwiderte Han, ohne die Augen zu öffnen. »Nur gut, dass ihr einen Plan ausgeheckt habt, wie ihr mich wieder so auf Vordermann bringt, dass ich kampfbereit bin.«

»Wir haben keinen Plan ausgeheckt«, widersprach Dancer. »Es war Willo, die vorgeschlagen hat, dass wir deine Heilung vielleicht beschleunigen können, indem wir Magie einsetzen. Wir beide, du und ich, wissen doch nur zu gut, dass Elena Demonai nicht davor zurückschrecken wird, uns auszusaugen, wenn es darum geht, die Magier vom Thron in Fellsmarch fernzuhalten. Sie wird nicht warten, bis du wieder gesund bist. Aber du kannst unmöglich gegen die Bayars antreten, solange dein Amulett noch völlig entleert ist.«

Han erwiderte nichts darauf.

»In einem Punkt sind Elena und ich uns allerdings einig –

wir wollen keine Magierkönige haben«, fuhr Dancer fort. »Ganz besonders nicht die Bayars. Ich würde ja sogar deinen Platz einnehmen, aber ich habe nicht deine Fähigkeiten. Wir haben zwar die gleiche Ausbildung, aber du übertriffst mich meilenweit. Und so gern ich mir auch einreden würde, dass das nur an deinem Amulett liegt, glaube ich das selbst nicht.« Er zögerte. »Ich schätze, es liegt vielmehr an dem, was du von Crow gelernt hast. Und daran, wie du bist.«

»Wie kommst du darauf, dass ich dich übertreffe?«, fragte Han und schob sich tiefer unter die Decken. »Wenn das wirklich stimmt, dann nur deshalb, weil du dich immer nur fürs Amulettschmieden interessiert hast.«

»Ich wollte damit nicht tiefstapeln.« Dancer zuckte mit den Schultern. »Aber wir haben unterschiedliche Fähigkeiten. Ich werde immer besser darin, magische Werkzeuge herzustellen, nur wird das mitten in einem Feuergefecht leider nicht viel helfen.« Als Han nichts darauf sagte, fügte er hinzu: »Du hast Prinzessin Raisa das Leben gerettet. Das hätte ich nie tun können.«

»Es war nicht gerade so, dass ich wusste, was ich tat«, sagte Han.

»Umso beeindruckender.«

»Und es hatte auch nichts damit zu tun, dass sie eine Prinzessin ist«, sprach Han weiter. Er öffnete die Augen einen Spalt und sah Dancer zwischen den Wimpern hindurch an.

Dancer hob beide Hände. »Das weiß ich.«

»Ich hasse Blaublütige wie sie«, betonte Han. »Sie ziehen sich irgendwelche zerlumpten Klamotten an und machen einen Sonntagsspaziergang durch die Elendsviertel, aber unter den Lumpen tragen sie immer noch Spitze aus We'enhaven und Seide aus Tamron. Für sie ist es ein Erlebnis, so als würden sie eine Séance abhalten oder Scharfkraut kauen. Und wenn sie dann in ihr Schloss zurückkehren, werfen sie ihre Lumpen weg, steigen in die Badewanne und waschen dich einfach ab.«

Han verbannte ein Bild von Rebecca/Königin Raisa in ihrem Badezimmer in den hintersten Winkel seines Geistes und verstaute es dort zusammen mit einem Bild von Raisa in Spitze aus We'enhaven und Seide aus Tamron.

»Ich hab gleich versucht dir zu sagen, dass du dich nicht in irgendwas mit ihr verstricken sollst«, warf Cat ein, und er zuckte zusammen. Er hatte ganz vergessen, dass sie da war. Als er sie stirnrunzelnd musterte, fügte sie hinzu: »Du weißt schon. Damals in Ragmarket.«

»Ich bin nicht in irgendwas mit ihr verstrickt«, sagte Han.

»Uh.« Cat zog eine kleine Klinge hervor – eine neue, wie es schien – und fing an, sie hochzuwerfen und aufzufangen.

Han wandte sich wieder an Dancer; er hätte dieses Gespräch lieber mit ihm alleine geführt, ohne dass Cat alles hören konnte. »Es geht darum, dass diese Leute sich durch ihr Erlebnis nicht ändern. Sie bleiben einfach weiter Blaublütige. Sie finden uns so unterhaltsam wie Affen in einem Wanderzirkus. Es ist praktisch für sie, sich ein oder zwei Tage mit uns abzugeben, wenn's im Schloss langweilig wird. Und um auf Partys was erzählen zu können.«

Han nahm den Stöpsel ab und trank einen großen Schluck Tee direkt aus dem Krug. Er musste jetzt nicht mehr an seinen Manieren arbeiten.

Obwohl er es ohnehin nicht für sie getan hatte. Er hatte es für sich selbst getan. Oder?

»Und dann verschwinden sie auf Nimmerwiedersehen«, sagte er und stellte den Krug wieder ab. »Es kümmert sie nicht, ob sie irgendwelche Löcher zurücklassen.«

»Sonst bist du immer der, der geht«, stellte Cat trocken fest. »Geht's dir darum?«

»Nein, darum geht es nicht«, sagte Han. »Sie hat mich benutzt.«

»Und wie hat sie das gemacht?«, fragte Dancer. »Indem sie dich unterrichtet hat? Indem sie dich geküsst hat? Indem …«

»Cuffs Alister verzehrt sich nach einer Prinzessin«, unterbrach Cat ihn. »Tja, alle haben schon immer gesagt, dass du ehrgeizig bist.«

»Cat«, mahnte Dancer und schüttelte den Kopf.

Hör auf damit, Alister, dachte Han. Ist ja schließlich nicht so, als wären wir miteinander gegangen. Nicht richtig jedenfalls. Ein paar Küsse, ein paar Umarmungen, das war's. Sie hatte ihm nie irgendwelche Versprechungen gemacht. Abgesehen von den unausgesprochenen – dass sie die war, die sie vorgegeben hatte zu sein. Dass sie ihm genügend vertraute, um ihm die Wahrheit zu sagen.

»Sie hat mich angelogen«, sagte Han schließlich. »Alles zwischen uns war eine Lüge.«

»Dann ist es ja nur gut, dass du sie nie angelogen hast«, erwiderte Dancer. »Du hast ihr schließlich ganz genau erzählt, was wir da gemacht haben und wer für unsere Ausbildung bezahlt und was danach von dir erwartet werden würde.« Dancer wölbte eine Braue.

»Zumindest hab ich nie so getan, als wenn ich jemand anderes wäre als der, der ich bin«, sagte Han. »Die Mädchen wissen, woran sie bei mir sind, und können sich dann drauf einlassen oder nicht.«

»Glaubst du das wirklich?«, fragte Cat. Sie hatte die Fäuste in die Hüften gestemmt und die Augen zusammengezwickt. »Glaubst du wirklich, das ist so leicht? Es spielt keine Rolle, was ein Kerl zu einem sagt … wichtig ist, was man glaubt.«

Sie machte eine Pause und sagte dann etwas leiser: »Was man sich erhofft.«

Genau darum ging es – um Hoffnung. Die Sache mit Rebecca Morley war die erste gute Sache gewesen, die erste ehrliche Sache in seinem Leben, seit Mari gestorben war. Sie war voller Möglichkeiten gewesen; sie war etwas gewesen, nach dem er streben konnte. Etwas, von dem er träumen konnte – eine Zukunft. Auch wenn es keinerlei Versprechungen zwischen ihnen gegeben hatte.

Da tauchte eine Erinnerung auf, völlig ungebeten und unerwünscht – an jenen Tag in Odenford, an dem er und das Mädchen, das er damals nur als Rebecca kannte, beschlossen hatten, miteinander auszugehen. Er hörte wieder, was sie an diesem Tag zu ihm gesagt hatte, hörte die Warnung, die er erst jetzt richtig verstand.

Ich werde dich auch verletzen, auch wenn ich es nicht will. Ich bin nicht das Mädchen, für das du mich hältst. Und du wirst dich an diese Unterhaltung erinnern und dir wünschen, du hättest auf mich gehört. Wie kannst du das hier wollen, wenn du von Anfang an weißt, dass es schlecht enden wird?

Er war wütend gewesen, als er zuerst gedacht hatte, die Bayars hätten ihm seine Zukunft gestohlen. Und dann hatte sich herausgestellt, dass seine Hoffnung auf Schlacke und Sand gebaut war.

Jetzt wusste er, dass er keine Zukunft mit Rebecca Morley haben würde. Rebecca Morley existierte nicht.

Er kam sich wie ein Narr vor, wie das Opfer eines grausamen Scherzes. Und er hasste es, sich wie ein Narr vorzukommen.

Für eine Blaublütige ist das Mädchen wirklich zäh, hatte er vor einer Ewigkeit gedacht. Vielleicht zäh genug, um es mit mir auszuhalten. Er hatte nicht daran gedacht, dass er vielleicht nicht zäh genug sein könnte, um es mit ihr auszuhalten.

»Ich mag sie«, gab Dancer zum Besten, als wäre er Han's Gedankengang gefolgt. Als Han ihn finster anstarrte, zuckte er mit den Schultern. »Ich kann's nicht ändern. Ich geb ja zu, ich kenne sie nicht so gut wie du, aber wir könnten es schlechter treffen, was die nächste Königin angeht, und ich glaube, darauf sollten wir uns im Moment konzentrieren. Sie hat Rückgrat – mehr als Marianna, denke ich.«

»Schön, die Fells haben eine bessere Königin, und ich … habe eine Freundin verloren, der ich vertraut habe«, sagte Han mit leiser, verbitterter Stimme.

»Nach dem, was ich mitbekommen habe, bedeutest du ihr sehr viel«, erzählte Dancer. »Sie hat gerade ihre Mutter verloren, und trotzdem ist sie jeden Tag hergekommen und hat sich um dich gekümmert, kaum dass sie selbst wieder aufstehen konnte.«

»Ich bin zweifellos interessant«, sagte Han und ahmte die Sprachmelodie eines Blaublütigen nach. »Ein Streetlord, der zum Magier geworden ist. Oh, wie überaus faszinierend. Das muss ich unbedingt meinen blaublütigen Ladys erzählen. Vielleicht können wir ihn uns teilen. Ich habe gehört, dass diese Gossenkerle im Bett ziemlich aufgeweckt sind.«

Cat schnaubte und verdrehte die Augen, und Dancer lachte ebenfalls. »Weiß sie, dass ihr entfernte Verwandte seid?«, fragte er. »Vetter und Kusine hundertsten Grades oder so?«

Han dachte darüber nach. Er wusste nicht, was ohne sein Beisein besprochen worden war, aber während ihrer großen Enthüllung hatte Raisa nichts Derartiges erwähnt. Elena Cennestre und die anderen wiederum würden nicht allzu wild darauf sein, ihre Aufmerksamkeit auf die Tatsache zu lenken, dass in seinen Adern ebenfalls Hanaleas Blut floss. Dass er tatsächlich einen – wenn auch geringfügigen – Anspruch auf den Thron haben könnte.

Hmmm. Sein Geist raste in verschiedene Richtungen. Ehrgeizige Richtungen, wie Cat sagen würde.

»Was heißt das, ihr seid verwandt?«, fragte Cat und holte Han wieder ins Gespräch zurück. »Meint er, verwandt mit der Königin?«

Han schüttelte den Kopf. »Spielt keine Rolle. Ist nicht wichtig. Wir sind wahrscheinlich alle mit der Königin verwandt.«

»Wie auch immer«, sagte Dancer, »mir geht es um Folgendes: Ich will nicht, dass wir in einem Krieg zwischen den Clans und dem Magierrat draufgehen. Die einzige Möglichkeit, wie wir einen Krieg verhindern können, besteht darin, den Magierrat davon abzuhalten, sich mit Gewalt zu holen, was er haben will. Das wird schwer zu erreichen sein.«

Er knetete ausgiebig seine Finger. »Wahrscheinlich fühlen sich die Magier im Augenblick ziemlich mächtig, falls unsere Vermutungen stimmen. Sie haben höchstwahrscheinlich die Königin getötet und glauben, sie hätten auch die Erbprinzessin umgebracht, und außerdem stehen sie kurz davor, ihre eigene Kandidatin auf den Thron zu setzen und mit einem Magier zu verheiraten. Was ganz sicher zu einem Krieg mit den Clans führen wird. Wir müssen sie dazu bringen, sich zurückzuhalten. Und wir haben nur eine einzige Chance, das zu schaffen: wenn wir mehr Blitzkraft haben als sie.«

Han war von Dancers Gedankengang beeindruckt. Und beschämt. Er selbst hatte sich so verraten gefühlt, dass er im ersten Impuls vorgehabt hatte, nur noch das Allernotwendigste zu tun – gerade genug, um seinen Teil des Handels zu erfüllen. Schließlich erlitt er selbst keinen Verlust, wenn

Mellony auf dem Thron landete. Und wenn das bedeutete, dass es einen Magierkönig gab? Er hatte zwar nicht die geringste Lust zu erleben, dass Micah Bayar König der Fells wurde, aber vielleicht ging ihn das ja auch gar nichts an. Han schwamm ohnehin nicht in den gleichen Gewässern wie die Blaublütigen.

Das ist dein Problem, Alister, nicht wahr?, dachte Han. Du hast gedacht, du wärst der Spieler. Du hast dich für den mit allen Wassern gewaschenen Streetlord gehalten, der weiß, wie man jemanden ausnimmt. Der weiß, wie man einen Rivalen mit Blicken bezwingt und ansonsten für sich selbst sorgt.

Und dann hast du rausgefunden, dass das alles nur Kleinscheiß ist. Dass es auf der Welt klügere, rücksichtslosere Streetlords gibt.

Han fühlte sich furchtbar verletzt – in jeder Hinsicht. Und sein Instinkt riet ihm, sich von der Ursache des Schmerzes zurückzuziehen.

Er sah Dancer an, der seinen Blick offen erwiderte. Cat und Dancer hätten nicht aus Odenford zurückkehren müssen. Sie hätten dort bleiben können, wo sie es nett hatten und in Sicherheit waren, während in den Fells ein Bürgerkrieg ausbrach. Ein Krieg, der, kaum dass er begonnen hatte, Angriffe aus dem Süden nach sich ziehen würde, weil andere sich ihren Anteil an der Beute sichern wollten. Es war so schon schlimm genug in Ragmarket und Southbridge, aber wie würde es dort wohl erst sein, wenn sich das Land mitten in einem Krieg befand? Und wie lange würde er, Han Alister, wohl noch am Leben bleiben, wenn die Bayars die Sieger waren?

Er hatte gedacht, er hätte keinen Einsatz auf den Tisch gelegt, aber das stimmte nicht.

Als hätte Dancer seine Gedanken erraten, sagte er: »Ich

werde nicht zulassen, dass Lord Bayar gewinnt. Eher sterbe ich, als dass ich das zulasse – und das sage ich nicht, weil ich irgendeinen Handel mit den Demonai geschlossen habe. Ich hätte dich gern in diesem Kampf an meiner Seite, aber wenn es sein muss, ziehe ich das auch alleine durch.« Dancers blaue Augen leuchteten mit einer Kraft, die Han noch nie zuvor bei ihm gesehen hatte.

»Du wirst nicht allein sein«, sagte Cat und legte Dancer eine Hand auf den Arm. »Auch wenn Cuffs nicht mit dabei ist.«

Han musste das nicht für Rebecca Morley tun, die ihn verraten und angelogen hatte, ihn benutzt und zum Narren gehalten hatte. Er konnte es tun, um stolz auf sich zu sein und um seines Rufes willen, um Vergeltung zu üben und für Cat und Dancer, die mit ihm sterben würden, falls sie es nicht schafften.

Er konnte es für sich selbst tun, während er sich die Wunden leckte und darüber nachdachte, wie es weitergehen würde. Er würde Zeit gewinnen, um sich über seine Gefühle zu Rebecca klar zu werden. Raisa, berichtigte er sich. Es würde ihm nicht helfen, alldem aus dem Weg zu gehen. Er brauchte Zeit mit ihr, allein. Zeit, um herauszufinden, wie sie wirklich war und ob sie ihn wirklich hereingelegt hatte.

Aber dieses Mal würde er vorsichtiger sein, wenn es darum ging, sein Herz zu verschenken.

Han seufzte. »In Ordnung«, sagte er. »Ich bin dabei. Bis zum Schluss. Ich bin immer noch wütend, aber ich habe genug geschmollt.«

Cat und Dancer nickten ernst und wandten den Blick ab, als wollten sie ihm jede weitere Peinlichkeit ersparen.

»Cat«, sagte Han. »Willst du immer noch mit mir zusammenarbeiten?«

Cat musterte ihn argwöhnisch, dann nickte sie. »Ich hab dir einen Eid geschworen, oder?«

»Gut. Korporal Byrne und Averill Demonai reiten heute zurück nach Fellsmarch. Ich möchte, dass du mit ihnen gehst.«

Cat blickte von Dancer zu Han. »Was? Ich soll mit einer Blaujacke und einem Kupferkopf weggehen? Für wen hältst du mich?«

»Willst du mir nun helfen oder nicht? Weißt du noch, wie ich dir gesagt habe, dass du nicht nur die Aufträge übernehmen kannst, die dir gefallen?«

Cat nickte widerwillig. »Klar, ich erinnere mich. Aber wer soll dann hier auf dich aufpassen?« Sie machte eine ausschweifende Handbewegung. »Von denen hier traue ich niemandem.«

»Aber ich kann niemanden verschonen. Du kennst die Stadt, und ich brauche dort Augen und Ohren.« Als Cat immer noch unsicher dreinblickte, fügte er hinzu: »Ich würde dich nicht losschicken, wenn es keinen guten Grund gäbe. Ich möchte, dass du nach Ragmarket zurückgehst und wieder neu anfängst, wie du das mal wolltest.«

»Was meinst du mit ›neu anfangen‹?«, fragte Cat.

»Finde heraus, ob sich alles wieder beruhigt hat. Es kann eigentlich gar nicht anders sein – die Bayars haben ganz andere Sorgen und sind der Meinung, dass ich immer noch in Odenford bin. Ich weiß, dass du gesagt hast, dass alle Ragger tot sind, aber versuch trotzdem herauszufinden, ob vielleicht jemand übersehen worden ist und du wieder eine Gang auf die Beine stellen kannst.«

Cat starrte ihn an. »Was für eine Gang willst du haben? Einbrecher oder Taschendiebe oder Schlossknacker oder Laufburschen oder was?«

»Ich brauche geschickte Taschendiebe und Schlossknacker, Mädchen und Jungs, die das Gesetz ablenken können. Aber noch wichtiger ist ihre *Qualität*. Ich brauche Leute, denen wir vertrauen können – am Anfang genügt eine Handvoll.« Er deutete mit dem Kinn auf seine Sachen. »Nimm meine Börse und arbeite mit dem Geld. Ich gehe davon aus, dass wir in einer Woche in die Stadt kommen werden.«

Cat kramte in seinen Sachen herum und hielt seine Börse hoch. »Sicher, dass ich das alles nehmen soll?«

Han nickte. »Die Clans werden mir mehr geben.«

»Willst du, dass ich sage, wer der Streetlord ist?«

Han dachte einen Moment nach. »Sag ihnen, dass mein Straßenname Dämonenkönig lautet. Hier. Ich zeig dir das Gang-Symbol.« Cat reichte ihm ein Kohlestück von der Feuerstelle, und Han skizzierte ein Zeichen auf die Wand hinter ihm – eine senkrechte Linie mit einem Zickzackmuster darüber. »Du kannst sagen, dass es ›Stab und Blitz‹ heißt«, sagte er. »Sag ihnen, dass ich Beziehungen zu denen da oben habe, aber auch üble Feinde. Und dass sie nicht mitmachen sollen, wenn sie Angst haben.«

»Hab's kapiert«, erwiderte Cat.

»Und jetzt zu dem, was du als Erstes tun wirst.« Er machte eine Pause und starrte den Vorhang an, der sein Zimmer vom Gemeinschaftsraum trennte. Hatte er sich gerade bewegt?

Bei den Gebeinen. Er hätte magische Barrieren errichten sollen, aber es war ihm gar nicht in den Sinn gekommen, nicht hier im Camp. In seinem gegenwärtigen Zustand war er sich noch nicht einmal sicher, ob er es überhaupt geschafft hätte.

Er machte Dancer ein Zeichen und nickte in Richtung des Vorhangs. Dancer stand lautlos auf, trat zum Vorhang und riss ihn zur Seite.

Der Gemeinschaftsraum dahinter war leer.

»Vielleicht bin ich noch etwas schreckhaft«, gab Han zu. »Aber kommt lieber ein bisschen näher her.« Er senkte seine Stimme noch etwas mehr und fuhr fort: »Cat, sag allen auf beiden Seiten des Flusses, dass die Blaublütigen Thorn Rose den Thron wegnehmen wollen. Sag ihnen, dass sie zur Beerdigung der Königin kommen und den Adeligen zeigen sollen, was sie davon halten. Glaubst du, du kriegst das bis zur Beerdigung am Sonntag hin?«

Cat nickte.

»Und sei vorsichtig. Wenn es noch zu heiß ist, versteck dich. Ich will dich nicht auch noch verlieren. Wir werden uns dann wahrscheinlich bei der Gedenkfeier treffen, und wie's von da an weitergeht, sehen wir dann.« Han machte eine Bewegung mit dem Kopf Richtung Vorhang. »Geh jetzt besser, damit du Korporal Byrne nicht verpasst.«

Dancer begleitete Cat hinaus. Für einen langen Moment standen sie einfach nur da und tuschelten miteinander. Dancer strich Cat eine Haarsträhne aus dem Gesicht. Cat stellte sich auf die Zehenspitzen, um ihn zu umarmen, und sie küssten sich.

Eine Woge von Neid stieg in Han auf. Wie lange würde es wohl dauern, bis sich das klaffende Loch in seiner Mitte, in dem sich all seine Hoffnungen gesammelt hatten, geschlossen haben würde?

Er schüttelte das Gefühl ab und zwang sich, Pläne zu schmieden – für das Treffen mit Raisa und den Clan-Ältesten. Und für ein vertrauliches Gespräch mit Crow.

KAPITEL SIEBZEHN

Das Spiel beginnt

Amon Byrne war lieber auf den gefährlichsten Straßen der Sieben Reiche unterwegs, als sich auf dem mit Falltüren gespickten politischen Parkett des Hofes bewegen zu müssen. Ihm fehlte die Fähigkeit, leichthin zu lügen, schlagfertig zu sein und andere mit List und Überredungskunst zu täuschen. Er hatte auch keinerlei Erfahrung darin, hässliche Dinge schönzureden, um auf diese Weise andere zu veranlassen, gegen ihre eigenen Interessen zu handeln.

Meistens störte ihn das nicht. Schließlich hatte er genug Fähigkeiten, auf die er vertrauen konnte. Er hatte hart daran gearbeitet, seine Stärken zu entwickeln, um sie seiner Königin und seinem Land zur Verfügung stellen zu können. Und es gelang ihm zumeist, sich in nichts verwickeln zu lassen, aus dem er sich hinterher herausreden musste.

Jetzt allerdings fand er sich in einer Situation wieder, in der sogar ein ganzes Netz von Lügen erforderlich war – gegenüber einer Zuhörerschaft, die nur zu gut wusste, wie man die Wahrheit verfälschte.

Er wartete im Vorraum des Audienzzimmers der Königin. Da er seine Kindheit in der Umgebung des Schlosses verbracht hatte, war er mit den Örtlichkeiten vertraut. Im

Gegensatz zur Politik. Den gesamten Morgen hatte er damit verbracht herauszufinden, wer ihm jene Erlaubnis geben könnte, die er benötigte. Da sich der Hof in einer Übergangsphase befand, in der Phase des Königinnenwechsels, herrschte in Sachen Regieren großes Chaos.

Amon berührte den Wolfsring an seiner Hand. Diese Geste war inzwischen zu einer Gewohnheit geworden. Sie beruhigte ihn.

Der Kanzler streckte seinen Kopf durch die Tür. »Korporal Byrne?«, fragte er. »Sie sind bereit für Euch.«

Als Amon in das vertraute Audienzzimmer trat, sah er, dass über den Thron der Königin ein schwarzer Stoff drapiert worden war. Erleichtert stellte er fest, dass niemand darauf saß. Noch nicht.

Am anderen Ende des Raumes hatte man für Ersatz gesorgt: Auf einem kleinen Podest befand sich ein äußerst kunstvoll geschnitzter Stuhl, um den herum andere Stühle gruppiert waren. Dies musste der Regentschaftsrat sein, der aus Hohemagier Gavan Bayar, Bron Klemath, dem General der Highland-Armee, Lassiter Hakkam, dem Oberhaupt des Rates der Adeligen, und Averill Demonai, dem Repräsentanten der Spirit-Clans – und Raisas Vater – bestand, sowie Roff Jemson, der jetzt Redner des Kathedralen-Tempels war.

Entlang den Wänden des Audienzzimmers waren Blaujacken postiert, aber die meisten von ihnen kannte Amon nicht. Das war beunruhigend. Er zuckte innerlich zusammen, als ihm klar wurde, dass er selbst – als Raisas Hauptmann der Wache – derjenige war, der sie befehligte. Im Augenblick kamen sie ihm allerdings mehr wie eine Bedrohung vor, als dass er Unterstützung in ihnen gesehen hätte. Seine Abwesenheit von der Hauptstadt war beileibe nicht so lange gewesen, dass sie einen derart dramatischen Wechsel in der Besetzung der Schlosswachen erklärte.

In der Nähe der Ratsmitglieder erkannte er Mason Fallon mit seinen scharfen Gesichtszügen, den tintenschwarzen Haaren und dem immerwährenden Bartschatten. Amon wusste nicht sehr viel von Fellon, aber er hatte ihm noch nie so recht über den Weg getraut. Jetzt trug Fallon eine Korporalsschärpe. Wann hatte er sie erhalten, und wer hatte ihn befördert?

Amon freute sich, Jemson zu sehen. Zumindest *ein* freundliches Gesicht, abgesehen von Averill. Kurz bevor er nach Odenford aufgebrochen war, hatte Jemson jene Zeremonie geleitet, durch die Amon als Hauptmann an seine zukünftige Königin Raisa gebunden wurde. Der Redner hütete also selbst einige Geheimnisse.

Auf der gleichen Ebene wie die Ratsmitglieder saß Micah Bayar – der jedoch keine offizielle Position innehatte und daher eigentlich gar nicht anwesend sein sollte. Hatte sein Vater verfügt, dass er dabei war? Oder war es Mellony gewesen?

Amon musterte die anderen. Er hatte Klemath nie besonders gemocht, und Klemath wiederum hatte für die Byrnes nichts übrig. Zwischen der Wache der Königin – der Elitetruppe – und der regulären Armee bestand eine natürliche Konkurrenz, und Amons Vater Edon Byrne hatte keinen Hehl aus seiner Meinung gemacht, dass die Armee sich weniger auf Söldner verlassen und mehr auf eigene Soldaten setzen sollte. Wie es schien, hatte Klemath sich kürzlich in vielen Fragen mit dem Magierrat verbündet.

Klemath hatte seine Söhne Keith und Kip auf Raisa angesetzt, in der Hoffnung aufzusteigen, wenn einer von ihnen in die Königsfamilie einheiratete. Nun spekulierte er vielleicht auf eine Partie mit Mellony, was darauf hindeutete, dass die Bayars ihn über ihre eigenen Heiratspläne im Unklaren gelassen hatten.

Lassiter Hakkam war so aalglatt und geleckt wie die meisten Adeligen, und er kleidete sich ebenso teuer wie modisch. Er war raffiniert, aber Amon fand ihn nicht besonders klug. Hakkam war ein Onkel von Raisa und der Vater von Melissa und Jon. Sie hatten für Amon nie viel übriggehabt, da er zu den Gewöhnlichen zählte.

Gavan Bayar trug sein schwarzes Magiergewand und über den Schultern die mit dem Familienwappen der Bayars – dem Falken – bestickten Stolen. Darauf ruhte, deutlich sichtbar, sein Amulett. Er sah mit einem scharfen, berechnenden Blick auf Amon herunter, als wäre er ein Stück gebratenes Fleisch, von dem er sich gerade etwas abschneiden wollte.

Micah war ein Spiegelbild seines Vaters. Auch er trug ein schwarzes Gewand und Falkenstolen, und seine Haut wirkte kalkweiß unter den schwarzen Haaren. Fast begierig beugte er sich nach vorn und heftete den Blick seiner schwarzen Augen auf Amon, als glaubte er, dass Amon wichtige Nachrichten zu überbringen hätte.

Averill trug die schöne Kleidung eines Händlers und einen Demonai-Talisman, der für die Bayars mit ihren Magieramuletten wie eine Provokation wirken musste. Der Trauerfarbe der Spirit-Clans entsprechend war er vollkommen in Weiß gekleidet, was ihn von den anderen ähnlich deutlich unterschied wie eine Taube von Krähen.

Unwillkürlich schoss Amon der Gedanke durch den Kopf, dass diejenigen, die Schwarz als Trauerfarbe trugen, wie ein Schwarm Aasvögel wirkten, bereit dazu, sich über seine Gebeine herzumachen.

Die beiden Bayars standen rechts und links von Raisas

Schwester Prinzessin Mellony, die auf dem kunstvoll gearbeiteten Stuhl in der Mitte saß. Zwar hatten sie es nicht gewagt, sie auf den richtigen Thron zu setzen, aber das hier war nicht weit davon entfernt. Und auch wenn sie etwas größer als Raisa war, hatte Amon den Eindruck, als würde ein kleines Mädchen auf einem riesigen Stuhl sitzen.

Mellony hatte sich schon immer viel mehr herausgeputzt als Raisa, sogar als sie beide noch klein gewesen waren. Das Kleid, das sie heute trug, sollte sie offenbar älter machen, damit sie geeigneter für die Rolle wirkte, die sie – wenn es nach dem Willen einiger Anwesender ging – von nun an spielen sollte.

Sie hatten sie ausstaffiert wie eine Königin im heiratsfähigen Alter.

Sie ist dreizehn, dachte er. Beinahe vierzehn. Aber derart zurechtgemacht wirkte sie fast wie sechzehn. Ihr schwarzes Kleid war einfach geschnitten und brachte ihre helle Haut und die blonden Haare gut zur Geltung. Aber trotz des Puders schimmerte ihre Nasenspitze leicht rosa, und ihre Augen verrieten, dass sie geweint hatte. An ihrem Hals und an ihren Handgelenken glitzerten die Diamanten von Königin Marianna.

Sie erfüllt ihre Rolle bereits, dachte Amon verbittert. Er hatte Mellony immer für oberflächlich und unbedeutend gehalten, aber … war es möglich, dass sie selbst daran mitgearbeitet hatte, um den Weg zum Thron für sich freizumachen?

Jetzt reicht es aber, wies er sich selbst zurecht. Du bist voreingenommen. Du wirst immer alles zugunsten von Raisa sehen. Mellony hat ihrer Mutter sehr nahegestanden. Es ist nur natürlich, dass sie jetzt die Juwelen der Königin trägt.

Amon trat vor und kniete vor Mellony nieder, während er die Faust zur Brust führte. »Eure Hoheit«, sagte er. »Bitte nehmt mein Beileid für den Verlust an, den Ihr erlitten habt. Einen Verlust, den das gesamte Volk gemeinsam mit Euch betrauert.«

Gar nicht so schlecht, dachte er. Er hatte auch seit den frühen Morgenstunden dafür geübt.

»Und wollt Ihr bitte mein Beileid für den Verlust annehmen, den Ihr erlitten habt, Korporal Byrne«, sagte Mellony mit klarer, hoher Stimme. »Einen Verlust, den wir beinahe so deutlich spüren wie Ihr. Dies sind furchtbare Zeiten, nicht wahr?« Sie bedeutete ihm mit einer glitzernden Hand, sich zu erheben. »Bitte. Setzt Euch. Die Byrnes sind unsere Freunde und treuen Diener. Sie sind herzlich eingeladen, in unserer Anwesenheit zu sitzen.«

Amon vermutete, dass ihr erst kürzlich jemand das königliche »wir« beigebracht hatte.

Ein Stuhl wurde für Amon herbeigeschafft, und er ließ sich unbeholfen darauf nieder. Da er vor dem Podest saß, starrten immer noch alle auf ihn herunter.

»Willkommen zurück am Hof, Korporal Byrne«, sagte Lord Bayar. »Es hat mich überrascht, von Eurer Rückkehr in die Fells zu hören. Ich hatte Euch immer noch auf der Akademie vermutet. Wie habt Ihr vom Tod Eures Vaters erfahren?«

»Genau genommen war ich schon vorher unterwegs, Lord Bayar«, antwortete Amon. »Mein Vater hat mich gebeten, meine Ausbildung angesichts der Situation hier zu unterbrechen und nach Hause zurückzukehren. Ich wünschte nur, ich wäre früher gekommen.«

»Angesichts der Situation hier?«, fragte Bayar. »Was genau meint Ihr damit? Hattet Ihr einen besonderen Grund zur Besorgnis?« Er machte eine Pause. »Bezüglich der Königin vielleicht?«

Amon war sich nicht sicher, wohin das alles führen würde, aber er spürte, dass Gefahr in der Luft lag. Sein Herzschlag pochte in seinen Ohren.

»Wir haben uns wegen Gerard Montaignes Aktivitäten in Tamron Sorgen gemacht«, sagte Amon. »Er hat eine sehr große Armee. Wir haben befürchtet, dass er sich nach Norden wenden könnte, wenn er seinen Griff um Tamron erst einmal gefestigt hat.«

Das schien nicht die Antwort gewesen zu sein, mit der Bayar gerechnet hatte. Er starrte Amon lange an, ohne mit der Wimper zu zucken. Dann nickte er schließlich. Er wirkte zufrieden. »Ganz recht. Wir teilen Eure Besorgnis natürlich.«

General Klemath beugte sich vor. »Ich bin überrascht, dass Euer Vater es für nötig gehalten hat, Euch aus diesem Grund nach Hause zurückzurufen. Der Schutz unserer Grenzen obliegt der Verantwortung der Armee – die natürlich vom Magierrat unterstützt wird.«

»Sehr richtig«, entgegnete Amon. »Aber wenn Montaigne nach Norden zieht, ist unser Platz hier. Die königliche Familie wird zusätzlichen Schutz benötigen, damit die Armee sich ganz auf ihre Aufgabe konzentrieren kann.« Er machte eine Pause. »Ich sehe, dass Micah ebenfalls früher nach Hause zurückgekehrt ist. Womöglich aus dem gleichen Grund?« Er sah Micah an und hoffte, dass sein Gesicht ihn nicht verriet. Zumindest sie beide – wenn nicht auch Lord Bayar – wussten nur zu genau, dass Micah Raisa aus Odenford entführt hatte.

Doch mit etwas Glück wussten die Bayars nicht, dass *er* davon wusste.

»Ich bin nach Hause zurückgekommen, weil ich zu diesem Zeitpunkt geglaubt habe, dass ich hier von Nutzen sein könnte«, sagte Micah. »Und weil es hier am Hof einige gibt, die ich vermisst habe.« Er lächelte Prinzessin Mellony an, und sie errötete und senkte den Blick.

Erneut spürte Amon einen Verdacht in sich aufsteigen.

»Ich hatte gehofft, bei meiner Rückkehr Prinzessin Raisa hier vorzufinden«, erklärte Amon. »Gibt es schon irgendeine Nachricht von ihr?«

»Nein«, antwortete Micah und sah seinen Vater an. »Die Erbprinzessin ist nach wie vor verschwunden.« Seine Miene war undurchdringlich.

»Aber es muss doch inzwischen irgendwelche Neuigkeiten über ihren Verbleib geben«, hakte Amon nach, während er Micahs Gesicht musterte. »Ich war zwar weit weg in Odenford, aber ich hatte angenommen, dass ...«

»Es gibt keine Spur oder Nachricht von der Erbprinzessin, seit sie im Herbst aus dem Königinnenreich geflüchtet ist«, unterbrach Lord Bayar ihn. Sein Blick flackerte zu Micah – eine Warnung. Micah presste die Lippen zusammen und sagte nichts.

Darum ging es also. Weder Königin Marianna noch die Bayars hatten Mellony erzählt, dass ihre Schwester in Odenford aufgetaucht war. Und sie würden ihr auch nicht erzählen, dass Micah und Fiona Raisa zurück nach Fellsmarch bringen wollten – aber in Tamron verloren hatten. Es würde leichter sein, sie in der Thronfolge zu übergehen, wenn man seit ihrem Verschwinden vor einem Jahr nichts mehr von ihr gehört hatte – geschweige denn sie gesehen hatte.

Amon sah vom Vater zum Sohn und fragte sich, was Micah wohl Lord Bayar erzählt hatte. Micah reckte das Kinn und erwiderte Amons Blick, als wollte er ihn daran hindern, noch mehr zu sagen. Er musste den Verdacht hegen, dass Amon Raisa bei der Flucht nach Odenford geholfen hatte und dass sie dort zusammen auf der Akademie gewesen waren. Doch wenn er diesen Verdacht äußerte – das war Micah klar –, würde das nur dazu führen, dass sie beide mit dem Vorwurf des Verrates zu kämpfen hätten.

»Oh, ich vermisse Raisa so!«, sagte Mellony und wischte sich über die Augen. »Gerade jetzt sollten wir zusammen sein. Wir haben Vögel und Boten in alle Teile der Sieben Reiche geschickt«, fügte sie mit zittriger Stimme hinzu. »Ich weiß, dass meine Schwester zur Beerdigung unserer Mutter kommen würde, wenn sie könnte.« Sie atmete zitternd ein. »Ich befürchte das Schlimmste.«

Die Sieben Reiche befinden sich im Krieg, dachte Amon. Die Nachrichtenübermittlung ist gestört. Wie kannst du damit rechnen, dass Raisa eine Nachricht erhalten würde, auch wenn du selbst eine geschickt hast? Aber das sagte er nicht laut. Er wusste, dass er sich auf heiklem Terrain befand. Wenn Raisas Feinde den Eindruck gewannen, dass er nicht mitspielte, würde er nicht mehr lebend aus der Stadt rauskommen.

»Seit wann seid Ihr wieder zurück, Korporal Byrne?«, fragte Lord Bayar und fingerte an seinem kunstvollen Ring herum.

Amon hörte die Falle in seiner Frage, aber er wusste nicht genau, wie er ihr ausweichen sollte. »Ich bin vor ein paar Tagen von der Westmauer nach Fellsmarch zurückgekehrt«, berichtete er. »Ich war gerade hier, als die Nachricht vom Tode meines Vaters eintraf. Daraufhin bin ich sofort zum Marisa-Pines-Camp aufgebrochen.«

»Die Demonai haben Hauptmann Byrnes Trupp im Pass gefunden. Sie waren alle tot«, sagte Averill.

»Alle tot?«, platzte Mellony heraus. »Und was ist mit den Banditen, die sie angegriffen haben? Wissen wir schon, wer sie waren?«

»Nein, Eure Hoheit«, sagte Amon. Er war sich der beiden Bayars rechts und links von der Prinzessin quälend bewusst; war sich der Tatsache bewusst, dass seine Fähigkeiten als Lügner begrenzt waren. Er hielt den Blick gesenkt.

»Da alle tot sind, ist es unwahrscheinlich, dass wir jemals genau herausfinden werden, was geschehen ist«, ergänzte Lord Averill. »Wahrscheinlich sind die Angreifer bereits wieder nach Tamron zurückgekehrt.«

»Ich hoffe, dass wir, die Wache der Königin, mit General Klemath zusammenarbeiten können, um die Grenzen vor weiteren Übergriffen aus dem Süden zu schützen«, sagte Amon. Er sah den General an und erntete ein kühles Nicken.

»Wenn bekannt wird, wer diese Mörder waren, werden wir keine Gnade walten lassen«, warf Prinzessin Mellony heftig ein.

»Habt Ihr schon an die Möglichkeit gedacht, dass die Demonai selbst dafür verantwortlich sein könnten?«, fragte Lord Bayar, als würde Averill gar nicht unter ihnen sitzen. »Die Beziehungen zu den Kupferköpfen sind in letzter Zeit etwas angespannt. Manche Leute vermuten, dass sie bei Prinzessin Raisas Verschwinden ihre Hand im Spiel gehabt haben könnten.«

Jetzt heißt es vorsichtig sein, dachte Amon. Er warf Averill Demonai einen Blick zu und bemerkte, dass dessen Händlergesicht in diesem Moment nicht mehr ganz so unberührt aussah.

»Das scheint mir unwahrscheinlich zu sein«, sagte Amon, während er den Blick wieder auf Lord Bayar richtete. »Mein Vater und die anderen Wachen sind mit Armbrustbolzen und Klingen getötet worden. Nicht mit den Waffen der Demonai.«

»Jeder kann eine Armbrust betätigen«, stellte Lord Bayar trocken fest.

»Die von Euch erwähnten angespannten Beziehungen sind eine direkte Folge der Tatsache, dass Fluchbringer in die Spirit Mountains einfallen und unsere Dörfer in den Highlands angreifen«, sagte Averill. »Während die Demonai also einigen Grund hätten, gegen Magier vorzugehen, ist ein Motiv, warum sie Hauptmann Byrne und sein Tripel hätten ermorden sollen, nur schwer vorstellbar. Tatsächlich haben die Demonai Hauptmann Byrne letzte Nacht in Marisa Pines geehrt und ihn als Krieger verabschiedet. So etwas geschieht außerordentlich selten bei jemandem, der aus dem Vale stammt.«

»Ich habe noch keinen Beweis dafür gesehen, dass *Magier* diese Angriffe zu verantworten haben, über die Ihr Euch andauernd beklagt«, erwiderte Lord Bayar. »Ebenso wenig wie einen überzeugenden Beweis, dass sie überhaupt stattgefunden haben. Wir im Magierrat vermuten, dass sie lediglich als Ausrede dafür dienen, um auch weiterhin keine magischen Gegenstände herzustellen.«

Sowohl Averill als auch Bayar agierten wie Schauspieler, die ihren Text für ihr Publikum aufsagten, nicht füreinander.

Lord Bayar wartete, und als Averill darauf nichts erwiderte, wechselte er das Thema. »Ich denke, wir stimmen darin überein, dass Hauptmann Byrne ein mutiger und fähiger Befehlshaber war. Dennoch war es eine höchst unglückliche Entscheidung, die Königin ausgerechnet in einer Zeit, die sich als so entscheidend herausgestellt hat, ohne Schutz zurückzulassen.« Bayar glättete seine Stolen. »Ich habe noch keine gute Begründung gehört, warum er den Hof überhaupt verlassen hat.«

Amon versteifte sich, aber natürlich konnte er Lord Bayar

keine Antwort darauf geben. Schließlich konnte er dem Hohemagier schlecht sagen, dass sein Vater nach Süden gegangen war, um dabei zu helfen, die Erbprinzessin ins Königinnenreich zurückzuschmuggeln; dass er gehofft hatte, Raisas Anwesenheit könnte Königin Marianna stärken und sie vielleicht dem Einfluss des Hohemagiers entziehen.

Averill warf Bayar einen kühlen Blick zu. »Ich habe volles Vertrauen darin, dass alles, was Hauptmann Byrne getan hat, im Interesse des Grauwolf-Geschlechts gewesen ist«, sagte er.

»Wir werden wahrscheinlich nie genau erfahren, was geschehen ist«, mischte Mellony sich in die Auseinandersetzung ein. »Ich bin sicher, dies ist für Korporal Byrne ein schwieriges Thema, zumal sein Vater noch nicht einmal begraben ist.« Sie beugte sich leicht vor. »Ich habe gehört, dass Ihr um einen Gefallen ersuchen möchtet, Korporal Byrne. Bitte, sprecht freiheraus.«

Sie ist großzügig, dachte Amon. Jetzt, da die Krone in Reichweite ist.

Gavan Bayar rückte auf seinem Stuhl nach vorn; er hatte die Hand an seinem Amulett und beäugte ihn, als wollte er ihm einen tödlichen Hieb versetzen, sobald er das Falsche hervorbrachte.

»Ich habe tatsächlich eine Bitte«, sagte Amon. »Sie ist ungewöhnlich, aber ich hoffe, dass Ihr sie im Lichte des langjährigen Dienstes meines Vaters gegenüber Königin Marianna erfüllen werdet.«

»Alles«, sagte Mellony eifrig, dann zuckte sie unter Lord Bayars Blick zusammen. »Sofern es in unserer Macht steht, Korporal Byrne, werden wir tun, worum Ihr bittet«, berichtigte sie sich selbst.

»Ich möchte darum bitten, dass die Asche meines Vaters

in der Nähe seiner Lehenskönigin begraben wird, auf dem Marianna-Gipfel«, sagte Amon. Als Mellony ihn verblüfft ansah, fügte er rasch hinzu: »Nicht – nicht neben ihr oder so etwas. Vielleicht irgendwo in der Nähe, am Fuß ihres Grabes, sodass er im Tode ebenso über sie wachen kann, wie er es im Leben getan hat.«

»Oh!« Mellony erhob sich unter dem Geraschel ihres Seidenkleids und klatschte in die Hände. Tränen sammelten sich in ihren Augen. »Oh, das ist so romantisch. Die Vorstellung, dass Hauptmann Byrne für immer über seine Königin wacht!«

»Haben die Byrnes nicht eine Gruft im Tempel?«, fragte Lord Bayar, den die romantische Seite dieser Vorstellung völlig unbeeindruckt zu lassen schien. »Wäre es nicht angemessener, Euren Vater neben Eurer Mutter zu begraben?«

»Jawohl, Lord Bayar, das mag auf den ersten Blick so scheinen«, pflichtete Amon ihm bei und sah dem Magier offen in die Augen. »Aber meine Mutter würde es verstehen. Als sie meinen Vater geheiratet hat, wusste sie von dem besonderen Band zwischen der Königin und dem Hauptmann. Einem Band, das vom Leben bis in den Tod reicht.«

Lord Bayar blickte finster drein. Amon vermutete, dass der Hohemagier ihm diese Bitte am liebsten auf der Stelle abgeschlagen hätte, aber keinen triftigen Grund dafür finden konnte. »Redner Jemson«, sagte Bayar. »Ihr werdet die Gedenkzeremonie Ihrer Majestät leiten. Ihr steht in der Pflicht, die alten Traditionen zu bewahren. Ist so etwas nicht … respektlos?«

Jemson legte die Fingerspitzen aneinander und dachte darüber nach. Er blickte ernst drein. »Ich bin mir des Bandes zwischen den Königinnen und den Hauptmännern nur zu bewusst«, sagte er schließlich, ohne dass seine Miene irgendetwas verriet. »Wenn es das ist, was beide Familien wünschen, gibt es von meiner Seite keine Einwände.«

»Lord Demonai?« Lord Bayar wandte sich jetzt an Averill. »Ich würde vermuten, dass Ihr als Gemahl der Königin ein solches Ansinnen für unschicklich ...«

»Ich fühle mich durch die Asche von Hauptmann Byrne ganz und gar nicht bedroht, Lord Bayar«, unterbrach Averill ihn. »Es hat für mich nie einen Grund gegeben, an Hauptmann Byrnes Loyalität oder der Natur seiner Aufmerksamkeit gegenüber der Königin zu zweifeln.« Der Blick, den er auf Gavan Bayar richtete, hätte die Drynne gefrieren lassen können.

Mellony lächelte gerührt. »Ich glaube, meine Mutter, die Königin, wäre sehr erfreut zu wissen, dass ihr Hauptmann in ihrer Nähe ruht«, sagte sie und setzte sich wieder.

Micah legte seine Hand auf ihre, beugte sich vor und flüsterte ihr etwas ins Ohr. Sie errötete und flüsterte etwas zurück.

»Ich danke Euch, Eure Hoheit«, sagte Amon und versuchte, das Schauspiel vor seinen Augen nicht näher zu beachten. Er wollte nur noch weg von hier. Selbst die berüchtigten Straßen von Southbridge waren den Verschwörungen bei Hofe vorzuziehen. Immerhin hatte er bekommen, was er wollte – die Möglichkeit, sich die Grabstätte vor dem Begräbnis anzusehen, und einen triftigen Grund dafür, an der Beerdigung teilzunehmen.

»Mit Eurer Erlaubnis werden Redner Jemson und ich noch heute zur Grabesstelle gehen und über die Riten für meinen Vater und die Lage seiner letzten Ruhestätte entscheiden.« Amon erhob sich und verneigte sich. »Wenn es gestattet ist, würde ich mich jetzt gern zurückziehen.«

»Nur nicht so schnell«, sagte Lord Bayar.

Amon erstarrte, aber er blickte nicht auf.

»Korporal Byrne, der Regentschaftsrat hält es für dringend erforderlich, dass Ihr ihm noch ein bisschen mehr von Eurer Zeit schenkt«, fuhr der Hohemagier fort. »Setzt Euch bitte wieder.«

KAPITEL ACHTZEHN

Ein Netz aus Lügen

Amon setzte sich wieder. Er bemühte sich, sein Gesicht so ausdruckslos wirken zu lassen wie Neuschnee. Doch unter seiner Uniform hämmerte sein Herz wild. Er sah auf und starrte in die kalten blauen Augen des Hohemagiers.

»So schwer es uns auch fällt, weiter als bis zu den jüngsten Verlusten und Königin Mariannas Beerdigung zu denken, gibt es doch einiges bezüglich der bevorstehenden Krönung zu besprechen«, sagte Lord Bayar.

»Krönung?«, fragte Amon. Er sah Prinzessin Mellony an und richtete seinen Blick dann wieder auf den Hohemagier.

»Wie Ihr so scharfsinnig bemerkt habt, sammeln sich im Süden unsere Feinde«, fuhr Lord Bayar fort. »Habt Ihr die Neuigkeit schon gehört? Tamron Court ist an Gerard Montaigne gefallen.«

Amon schüttelte den Kopf. »Nein!«, rief er und gab sich überrascht und bestürzt. »Davon hatte ich noch nichts gehört.«

»Wir können es uns nicht leisten, den Thron längere Zeit unbesetzt zu lassen«, sagte Bayar. »Das wäre ein Machtvakuum, das unsere Feinde nur allzu gern füllen würden. Montaigne könnte auf die Idee kommen, dass es leichter ist, die Fells zu erobern, statt weiter gegen seine Brüder zu kämpfen.«

»Dies ist in der Tat möglich«, gab Amon aufrichtig zu.

»Angesichts der andauernden Abwesenheit der Erbprinzessin hat Königin Marianna eine schwierige Entscheidung getroffen«, erzählte Lord Bayar. »Sie hat die Nachfolgeregelung in Anbetracht der Tatsache, dass Prinzessin Raisa möglicherweise nie mehr nach Hause zurückkehren wird, leicht verändert. Sie hat Prinzessin Mellony zu ihrer Nachfolgerin für den Fall bestimmt, dass … dass der Thron unbesetzt sein sollte und Prinzessin Raisa nicht ausfindig gemacht werden kann«, beendete er den Satz vorsichtig. Er schüttelte den Kopf. »Niemand von uns konnte vorhersehen, dass ein solcher Notfallplan je in Kraft treten würde.«

»Es ist immer noch möglich, dass Raisa zurückkehrt«, protestierte Mellony schwach. »Ich möchte nicht, dass irgendjemand denkt, wir wollten sie übergehen.«

»Das ist aber genau das, was die Leute denken werden, Tochter, ganz besonders die Demonai«, betonte Averill. »Deshalb habe ich im Rat dagegengestimmt.«

»Es mag für Prinzessin Mellony schwer sein, es zu akzeptieren«, meldete sich jetzt Lord Hakkam zum ersten Mal zu Wort. »Aber in Anbetracht der gegenwärtigen Krisensituation in Arden und Tamron hat der Regentschaftsrat beschlossen, dass wir die Krönung von Prinzessin Mellony in die Wege leiten müssen, sollte Prinzessin Raisa nicht rechtzeitig zurückkehren, um an Königin Mariannas Gedenkfeier teilzunehmen.«

Am liebsten hätte Amon allen Anwesenden gleichzeitig ins Gesicht gesehen, damit ihm nichts entging. Zuerst sah er Redner Jemson an. Das Gesicht des Redners wirkte glatt und unbekümmert. Er war ein kluger Mann. Er wusste vermutlich ebenso gut wie Amon, welchen Preis es kosten würde, sich zu widersetzen.

Mellony gelang es irgendwie, sowohl schuldbewusst als auch aufgeregt zu wirken. Geistesabwesend streckte sie eine Hand aus und strich Micah über die Haare, als wäre er ein Talisman. *Sie hat nie erwartet, Königin zu werden*, dachte Amon, *aber die Vorstellung gefällt ihr. Und sie weiß insgeheim, dass sie dadurch Micah für sich gewinnen wird.*

»Ist es wirklich so dringend?«, fragte Amon schließlich und versuchte, so zu klingen, als wären dies zwar interessante Neuigkeiten, die aber wenig mit ihm zu tun hatten. »Es scheint mir, als hättet Ihr noch etwas Zeit, bevor Montaigne sich neu aufstellt. Die Belagerung von Tamron Court muss ihm einiges abverlangt haben. Und wenn er durch die Berge marschieren will, muss er auf besseres Wetter warten. Soweit ich weiß, hat er keine Erfahrung damit, im Gebirge zu kämpfen.«

»Und doch habt Ihr selbst gerade gesagt, dass Ihr nach Hause zurückgekehrt seid, weil Montaigne eine Gefahr darstellt«, bemerkte Lord Bayar listig und stürzte sich auf Amons Worte wie eine Forelle auf eine Fliege. *Ihr könnt nicht beides haben*, schien seine Miene auszudrücken. »Ich halte es nicht für weise, Montaigne zu unterschätzen. Seht Euch nur an, was mit den Tomlins passiert ist.«

»Ich verstehe, wieso Ihr nicht wollt, dass der Thron lange unbesetzt bleibt«, sagte Amon. »Aber was passiert, wenn Prinzessin Raisa zu einem späteren Zeitpunkt zurückkehrt?« Er spürte den Blick von Micah Bayars schwarzen Augen auf sich.

Lord Hakkam zuckte mit den Schultern. »Es gibt keine Verfügung, um … eine Änderung der Angelegenheiten vorzunehmen, sollte dieser Fall eintreten«, sagte er. »Ihr müsst zugeben, dass es verantwortungslos von ihr gewesen ist, einfach so wegzulaufen, ohne irgendjemandem ein Wort zu sagen.«

Entweder war Hakkam ziemlich mutig oder einfach nur dumm, die Erbprinzessin des Reiches als verantwortungslos zu bezeichnen. Allerdings konnte Amon verstehen, wieso die Adeligen Raisas Verschwinden missbilligten. Niemand hatte ihnen davon erzählt, dass ihrer Flucht die Aussicht auf eine erzwungene Hochzeit mit einem Magier vorausgegangen war. Vermutlich hatte man ihnen einfach nur mitgeteilt, dass Raisa sich mit der Königin gestritten habe und dann verärgert weggelaufen sei. Das Grauwolf-Geschlecht war für seine Halsstarrigkeit bekannt. Man brauchte nur Hanalea anzusehen.

Amon wusste, dass er lediglich versuchen konnte, Zweifel anzumelden und dafür zu sorgen, dass nichts überstürzt wurde. Aber wieso waren sie überhaupt auf die Idee gekommen, Amon Byrne von ihren Krönungsplänen zu erzählen? Es sei denn, sie gingen davon aus, dass Amon – sollte Raisa tatsächlich noch leben und er wissen, wo sie war – zu ihr zurücklief und ihr alles berichtete. Und das würde ihre Beute aufscheuchen, bevor sie echten Ärger machen konnte.

Also saß Amon einfach nur da und sagte gar nichts mehr, sondern wartete darauf, dass er endlich entlassen wurde. Währenddessen fragte er sich, was er Raisa erzählen sollte. Und wie er seine halsstarrige Königin davon abhalten konnte, etwas Dummes zu tun.

»Königin Mellony wird für ihre Wache einen Hauptmann benötigen«, sagte Lord Bayar und riss ihn in die Gegenwart zurück.

Oh.

Königin Mellony. Der Klang dieser Worte ließ Amon erschauern.

»Ja«, sagte er und nickte weise. »Das ist wahr.« Er wusste, dass er wie ein Tölpel klang, aber von sich aus würde er bestimmt kein Angebot machen. Sein Verstand raste. Raisa hatte recht gehabt, wie fast immer, wenn es um politische Angelegenheiten ging. *Wenn sie dich fragen, musst du bereit sein einzuwilligen*, hatte sie gesagt. *Wenn du ablehnst, wirst du ihnen damit alles verraten. Es wird dein Todesurteil sein.*

»Ich würde mich geehrt fühlen, Korporal Byrne, wenn Ihr Euch bereit erklärt, als Hauptmann meiner Wache zu dienen«, sagte Mellony und lächelte ihn an.

Amon war froh, dass Raisa ihn gewarnt hatte, froh, dass er jetzt nicht überrumpelt wurde. Aber die Bayars wussten doch, dass die Byrnes ihrer vollständigen Kontrolle über die erwählte Königin im Weg standen. Warum also sollten sie sich mit der Wahl eines Byrne als Hauptmann einverstanden erklären?

Raisa hatte einen möglichen Grund genannt: Die Bayars wussten, dass Mellonys Erhebung auf den Thron umstritten sein würde. Sie würden alles versuchen, um diesen Vorgang so legitim wie möglich erscheinen zu lassen. Und wenn ein Byrne entsprechend der Tradition zustimmte, ihr als Hauptmann zu dienen, würde das Mellony glaubwürdiger machen.

Der zweite Grund war, dass sie ihn wahrscheinlich für einen Dummkopf hielten.

Und der dritte war, dass sie ihn einfach in ihrer Nähe und im Auge haben wollten, um sich um ihn zu *kümmern*, sobald sie irgendwelche Anzeichen dafür fanden, dass er nicht kooperativ war.

Es war schwer, stets im Kopf zu behalten, wer von ihnen welche Geheimnisse kannte.

Amon begriff, dass er schon viel zu lange darüber nachdachte, während alle auf eine Antwort warteten.

»Ich – ich fühle mich geschmeichelt, Eure Hoheit«, sagte er. »Aber ich bin auch sehr überrascht. Obwohl ich fast vier Jahre in Odenford gewesen bin, bin ich immer noch ein Kadett. Ich bin erst achtzehn. Ich hätte erwartet, dass Ihr jemanden auswählen würdet, der über mehr Ausbildung und Erfahrung verfügt.«

»Kommt schon«, blaffte General Klemath. »So überrascht könnt Ihr wohl kaum sein, angesichts der Tatsache, dass diese Position seit der Zerstörung immer ein Byrne innehatte.«

Er scheint nicht sehr glücklich darüber zu sein, dachte Amon. Vielleicht hatte er damit gerechnet, dass man bei einem seiner Söhne für diesen Posten anklopfen würde.

»Wir halten Charakter und Ahnengeschlecht für wichtiger als Ausbildung und Erfahrung«, lächelte Mellony.

»Es sei denn, Ihr zieht es vor, dass Eurer Schwester Lydia oder Eurem Bruder Ira diese Aufgabe zufällt«, warf Lord Bayar ein.

Bei den Gebeinen, dachte Amon. Es überraschte ihn, dass Lord Bayar von seiner Schwester und seinem Bruder wusste. Und es gefiel ihm nicht. Lydia zum Hauptmann zu ernennen würde für sie das Aus bedeuten. Sie war eine Künstlerin und hatte keinerlei militärische Ausbildung. Aber obwohl sie eine Byrne war, würde sie den Zielen der Bayars natürlich weniger im Wege stehen. Andererseits würde Lydia schnell in Gefahr geraten, und die Königin hätte nicht sehr viel Schutz.

Und Ira war gerade mal elf Jahre alt. Er würde erst in zwei Jahren auf die Akademie gehen.

»General Klemath, Ihr habt recht«, sagte Amon. »Ich hätte damit rechnen sollen. Es ist nur – die Dinge verändern sich so rasch, dass es schwer ist, Schritt zu halten. Ich hatte erwartet, mich noch viele Jahre in der Wache der Königin auf diesen Posten vorbereiten zu können. Angesichts des tragischen

Verlustes der Königin und des Verlustes meines Vaters … ich schätze, es wird einfach eine Weile dauern, bis ich mich an die Vorstellung gewöhnt habe.«

Bayar sah ihn mit einer Miene an, als wollte er sagen: Lasst es nur nicht zu lange dauern.

»Korporal Byrne«, sagte Mellony. »Eines haben wir gemeinsam: Wir sind beide in eine Situation geworfen worden, mit der wir nie gerechnet hätten. Wir können zusammen lernen, Ihr und ich.«

Amon nickte. »So habe ich das noch gar nicht betrachtet«, erwiderte er.

Das ist genau das, was wir nicht brauchen, dachte er. Eine junge, formbare, unerfahrene Königin, und ein Hauptmann der Wache, der noch grün hinter den Ohren ist.

»Dann seid Ihr also einverstanden?«, fragte Mellony und beugte sich eifrig vor; wie ein Kind, das nicht wollte, dass man ihm etwas abschlug.

Amon neigte den Kopf. »Ja«, sagte er. »Ich fühle mich geehrt, als Hauptmann der Wache der Königin dienen zu dürfen, Eure Hoheit.« Letztlich tat er das sogar schon.

Lord Bayar musterte ihn eingehend, dann nickte er. Er wirkte zufrieden. »Gut.« Er sah Redner Jemson an. »Gibt es dafür nicht irgendeine religiöse Zeremonie?«, fragte er mit deutlichem Desinteresse. »Werdet Ihr Euch darum kümmern?«

Redner Jemson nickte. »Üblicherweise findet sie zur Zeit der Krönung statt«, sagte er. »Ich werde sie ebenso wie alles andere vorbereiten.«

Dafür, dass Jemson ein Tempelgeweihter ist, ist er ein ziemlich guter Lügner, dachte Amon.

»Danke, Korporal Byrne«, sagte Lord Bayar und entließ ihn. »Hiermit vertagt sich der Regentschaftsrat.«

Amon stand auf und zog sich mit einer Verbeugung zurück, aber es achtete ohnehin niemand mehr auf ihn. Mellony stieg von ihrem hohen Stuhl herunter und plauderte angeregt mit Micah. Amon sah, wie der junge Magier einen Arm um Mellonys Schultern legte und sie dann zu einem Kuss zu sich heranzog.

Bei dem Gedanken daran, Raisa all diese Neuigkeiten überbringen zu müssen, fühlte sich Amon ganz und gar nicht wohl.

»Korporal.« Amon zuckte zusammen; als er aufsah, stellte er fest, dass Jemson neben ihm stand. »Ich reite jetzt zum Marianna-Gipfel hinauf, um mich um die Vorbereitungen zu kümmern. Wieso kommt Ihr nicht gleich mit? Wir könnten einige Entscheidungen treffen, und Ihr könntet Euch die Beschaffenheit des Geländes ansehen.«

»Danke, ich komme gerne mit«, sagte Amon und riss sich gewaltsam von dem Anblick los, den Mellony und Micah ihm boten.

Redner Jemson folgte seinem Blick. »Es sieht ganz so aus, als wüssten wir, was wir zu tun haben, oder?«

Amon nickte zustimmend.

Am Ende des Tages war Amon sowohl körperlich als auch geistig erschöpft. Die Grauwölfe hatten ihn und Jemson zum Marianna-Gipfel begleitet, da Amon sie als Teil der Ehrenwache für seinen Vater einsetzen wollte. Wie auch immer der Plan letztlich aussehen würde, er wollte während der Gedenkfeier auf Soldaten zurückgreifen können, auf die er sich verlassen konnte. Bei seinen Wölfen handelte es sich um in den Fells geborene Männer und Frauen, abgesehen von Pearlie Greenholt, die Talia gefolgt war und ihren Posten als Waffenmeisterin von Wien House aufgegeben hatte. Sie hatte Wodes Platz in Amons Tripel eingenommen, nachdem dieser in Tamron getötet worden war.

Sie waren das Gelände abgeschritten, auf dem die Beerdigung stattfinden sollte, und Amon hatte sich Notizen gemacht und Zeichnungen angefertigt. Die Urne seines Vaters würde nicht viel Platz in Anspruch nehmen, daher war es nicht nötig, aus dem immer noch gefrorenen Boden ein tiefes Grab auszuheben. Er sprach mit den Steinmetzen über einen geeigneten Gedenkstein. Und die ganze Zeit über quälte er sich mit dem Gedanken, wie er Raisa auf sicherem Weg hierherbringen und wieder wegschaffen lassen konnte, ohne sie dem Zugriff derjenigen auszusetzen, die nur zu gern das Werk vollenden würden, das sie begonnen hatten.

Sobald sie nach Fellsmarch zurückgekehrt waren, besprach Amon sich erneut mit seinem Wolfsrudel und gab ihnen vorläufige Anweisungen für den Tag der Gedenkfeier. Sie würden erst im letzten Moment von Prinzessin Raisa erfahren. Er vertraute seinen Wölfen, aber je weniger sie wussten, desto geringer war die Gefahr, dass irgendetwas durchsickerte.

Die Urne mit der Asche seines Vaters ließ er bei Redner Jemson zurück. Sie würde bis zur Gedenkfeier im Kathedralen-Tempel aufgebahrt werden, von wo aus Amon und seine Wölfe sie dann zur Begräbnisstätte eskortierten.

Später am Abend gelang es ihm endlich, seine Familie bei einem gemeinsamen Essen wiederzusehen, seinen Bruder Ira und seine Schwester Lydia. Lydia, die drei Jahre älter war als Amon, hatte kürzlich geheiratet und erwartete ein Kind. Sie und ihr Ehemann Donnell Graves, ein Kaufmann, hatten ein Haus im Schlossbezirk gemietet, da viele ihrer Aufträge für Gemälde von den wohlhabenden Adeligen kamen, die in dieser Gegend lebten. Nach dem Tod von Edon Byrne würde

Ira von nun an bei Lydia wohnen, bis es für ihn an der Zeit war, zur Akademie zu gehen.

Lydia hätte es vorgezogen, wenn ihr Vater neben ihrer Mutter in der Byrne-Gruft beigesetzt worden wäre, aber es war nicht das erste Mal, dass sie ihre Wünsche zum Wohle der Königin und des Reiches zurückstellte.

Es gab so vieles, worüber sie reden mussten – die gemeinsamen Erinnerungen, die gemeinsame Trauer –, sodass sie ihn nur ungern wieder gehen ließen. Als Amon schließlich sein Pferd aus dem Stall bei den Unterkünften holte, um nach Marisa Pines zurückzureiten, war es daher schon ziemlich spät. Während er den Wallach durch die Stalltüren in den Innenhof führte, nahm er eine Bewegung in den Schatten wahr.

Amon vermutete jemanden von seinen Kameraden, der nach der vorherigen Schicht entweder noch länger geblieben oder für die nächste zu früh dran war. »Wer ist da?«, rief er leise.

Doch die große Gestalt, die jetzt ins Licht trat, war kein Mitglied der Wache der Königin.

»Was tut Ihr hier?«, fragte Amon und zog sein Schwert, richtete die Spitze allerdings auf den Boden.

Micah Bayar trat vor. Er hatte die Hände erhoben und streckte die Handflächen nach vorne, um zu zeigen, dass er sein Amulett nicht berührte. »Entspannt Euch, Korporal Byrne. Ich will Euch nichts tun. Ich will nur mit Euch reden.«

»Das ist schade, Bayar, denn ich will nicht mit Euch reden«, sagte Amon, während er sich vergegenwärtigte, was er wusste und was er nicht wusste, und was er zugeben und was er nicht zugeben konnte. »Habt Ihr die ganze Zeit auf mich gewartet?«

Micah nickte. »Ich habe in den Unterkünften nach Euch gesucht, aber es scheint, als würdet Ihr dort nicht wohnen.« Er machte eine Pause. Als Amon nichts erwiderte, wurde er ungeduldig. »Wieso seid Ihr nicht in den Unterkünften? Wo wohnt Ihr?«

»In den Unterkünften ist es zu voll. Zu viele neue Gesichter. Und wo ich wohne, geht Euch nichts an.« Amon wäre gern aufgestiegen, aber er wusste, dass ihn das für einen magischen Angriff verletzbar machte. »Also, wenn es sonst nichts gibt …«

Micah trat in den Torweg, der vom Innenhof wegführte. »Ich möchte wissen, ob Ihr etwas von Prinzessin Raisa gehört habt und wisst, wo sie ist.«

»Prinzessin Raisa?« Amon setzte eine verblüffte Miene auf. »Woher soll ich wissen, wo sie ist? Ihr habt doch gehört, was ich beim Regentschaftsrat gesagt habe. Ich war die ganze Zeit in Odenford, genauso wie Ihr.«

Micah zwickte die Augen zusammen. »Lügt mich nicht an. Ich weiß, dass Ihr sie nach Odenford mitgenommen habt. Ich weiß, dass Ihr sie dort versteckt habt.«

Amon schnaubte. »Nur, damit ich klarsehe: Ihr glaubt, die Erbprinzessin des Reiches ist mit einem Kadetten weggelaufen und hat fast ein Jahr lang in einer Militärakademie gelebt?« Irgendein Teufel ließ ihn hinzufügen: »Wieso sollte sie so etwas tun … sofern sie nicht vollkommen verzweifelt von hier wegkommen wollte?«

Micah machte ein finsteres Gesicht. Der Hieb hatte gesessen. »Ich weiß, dass sie in Odenford war, weil ich sie dort gesehen habe«, sagte er.

»Wenn Ihr das sagt«, erwiderte Amon gelassen. »Vielleicht ist sie dann ja immer noch dort. Sofern Ihr nicht etwas wisst, das ich nicht weiß.« Er machte eine Pause und fragte sich, ob Micah tatsächlich zugeben würde, dass er Raisa entführt hatte. Als Micah nicht antwortete, fügte Amon hinzu: »Wieso kümmert es Euch überhaupt, wo sie ist? Es sah mir ganz danach aus, als würdet Ihr … Prinzessin Mellony … unterstützen.« Er zog eine Braue hoch.

»Wenn Prinzessin Raisa noch am Leben ist, sollte auch sie zur Königin gekrönt werden«, sagte Micah.

Amon beäugte Micah und versuchte, im diffusen Licht seinen Gesichtsausdruck zu deuten. »Nun, Bayar, damit haben wir endlich mal einen Punkt gefunden, in dem wir übereinstimmen.«

»Wenn Ihr wisst, wo sie ist, müsst Ihr sie benachrichtigen«, fuhr Micah fort. »Sie muss zur Beerdigung von Königin Marianna erscheinen. Wenn Mellony erst gekrönt ist, wird es zu spät sein.«

»Ich habe Eure Stimme im Regentschaftsrat aber nicht gehört«, stellte Amon fest. »Dabei scheint *er* mir der richtige Adressat für Eure Worte zu sein. Nicht ein einfacher Korporal der Wache.«

Mich kannst du nicht zum Narren halten, dachte Amon. Du willst nur wissen, wo sie ist, und das, was du begonnen hast, zu Ende bringen. Den Magier fest im Blick schwang er sich schließlich in den Sattel und drängte seinen Wallach sanft zum Schritttempo, wobei er direkt auf Micah zuhielt.

Micah Bayar wartete bis zum allerletzten Moment, dann trat er zu Seite und sah zu, wie Amon an ihm vorbeiritt.

KAPITEL NEUNZEHN

Kalkuliertes Risiko

Kurz nachdem die neue Königin ihm ihr Geständnis gemacht hatte, bat Han darum, in die Gäste-Lodge umziehen zu dürfen, um nicht unter ständiger Aufsicht zu stehen und sich freier bewegen zu können.

Willo hielt davon gar nichts. »Du wirst dich nur überlasten«, sagte sie. »Hier kann ich mich um dich kümmern und dafür sorgen, dass du nicht allzu viel Besuch bekommst.«

Darauf hätte er natürlich leicht erwidern können: »Aber du hast doch all die vielen Leute reingelassen, die ich lieber gar nicht erst gesehen hätte.« Allerdings war das nicht Willos Schuld. »Um mich muss sich niemand kümmern«, sagte er stattdessen. »Und etwas abseits von all dem Kommen und Gehen werde ich mich auch sicherlich besser ausruhen können.«

Willo saß neben Han auf der Pritsche. »Was wirst du tun, Hunts Alone?«, fragte sie.

»Was ich tun werde?« Han rieb sich den Nacken. »In Bezug auf was?«

»In Bezug auf Thorn Rose«, antwortete sie.

»Auf wen?« Han tat so, als würde er sie nicht verstehen. »Oh. Das Königinchen. Das Mädel hat mehr Namen als irgendeine Süße in Ragmarket.«

»Sei vorsichtig, Hunts Alone.« Willo sprach leise und eindringlich. Sie sah sich um, als wollte sie sicherstellen, dass niemand in Hörweite war.

»Ich bin immer vorsichtig«, antwortete Han. Er konnte nicht anders, als sich jetzt ebenfalls umzusehen.

»Ich meine es wirklich ernst. Wenn den Demonai klar wird, dass du dich in sie verliebt hast, werden sie dich töten.«

»Wer sagt, dass ich mich in sie verliebt habe?«, erwiderte Han, wich dabei aber ihrem Blick aus. »Wie kommst du darauf?«

»Ich habe dein Gesicht gesehen, als du sie mir vom Pferd heruntergereicht hast«, erklärte Willo. »Ich habe gehört, was du gesagt hast. Und wenn *ich* es sehen kann, können andere es auch sehen. Vergiss nie, dass Averill zuallererst ein Demonai ist – und er ist kein Narr. Er wird nicht zögern, dich zu töten, wenn er auch nur im Entferntesten ahnt, dass deine Absichten …«

»Ich habe keine Absichten, ja?«, knurrte Han. »Abgesehen davon natürlich, am Leben zu bleiben und aus diesem Mist hier so bald wie möglich rauszukommen. Schon das wird schwer genug werden.«

»Ich kenne dich.« Willo streckte die Hand aus und strich ihm eine Strähne aus den Augen. »Du wirst hinter dem her sein, was du haben willst, ganz egal, wie groß das Risiko ist. Und am Ende wirst du alles verlieren.«

Ich habe bereits alles verloren, dachte Han. Dann berichtigte er sich. Jedes Mal, wenn ich denke, ich habe alles verloren, stelle ich fest, dass es immer noch ein bisschen mehr zu verlieren gibt.

»Hör zu«, sagte er. »Ich bin kein Narr, auch wenn ich manchmal so tue. Ich mache mir keine Illusionen darüber, was ich Ihrer Hoheit bedeute. Ich weiß über Blaublütige Bescheid, und sie ist schlimmer als die meisten anderen. Sie hat mich vom ersten Tag an angelogen, seit wir uns getroffen haben.«

»Du irrst dich«, widersprach Willo. »Du bedeutest ihr etwas – wirklich. Und genau dadurch wird das Risiko noch größer. Denn es gibt Leute, die auch sie töten würden, wenn sie erst merken, wie viel du ihr bedeutest. Thorn Rose ist die Hoffnung der Highland-Clans – sie ist die Chance, dass endlich jemand von uns auf dem Grauwolf-Thron sitzt. Die Chance, einen Schlussstrich unter die tausend Jahre währende Besetzung durch die Fluchbringer und die Herrschaft der Vale-Bewohner zu ziehen. Glaube mir, niemand ist gefährlicher als jemand, dessen Hoffnungen sich auflösen und der voller Verzweiflung ist.«

Sie schwieg jetzt und strich die Falten ihrer Röcke glatt. »Der Magierrat hat ebenfalls seine Hoffnungen – nämlich die Macht zurückzuerlangen, die er einst gehabt hat. Solange die Magier glauben, dass Thorn Rose Teil dieses Plans sein kann, bleibt sie am Leben. Aber du bist ganz sicher nicht Teil ihres Plans.«

Han presste sich die Handballen gegen die Schläfen. Am liebsten hätte er Willos sanfte Stimme einfach ausgeschlossen. Seit wann war sie Expertin in politischen Dingen?

Sie legte ihm eine Hand auf die Schulter, und ihre Berührung linderte das Pochen in seinem Kopf. »Ich habe gelernt, Geheimnisse zu hüten, um diejenigen zu beschützen, die ich liebe. Und du musst dieses Geheimnis auch hüten.« Mit einem besorgten Ausdruck in den Augen sah sie Han an, als suchte sie in seinem Gesicht nach etwas. »Versprich mir, dass du das tun wirst.«

Ich könnte genauso gut in den Wind spucken, statt mit Willo zu sprechen, dachte Han. Er legte ihr eine Hand auf den Arm. »Ich werde vorsichtig sein«, sagte er. »Und ich weiß, wie man Geheimnisse für sich behält.« Er hielt einen Herzschlag lang inne. »Und jetzt möchte ich dich um ein paar Gefallen bitten.«

In der Gästehütte bekam Han eines der Zimmer, die für wichtige Personen reserviert waren. Das Zimmer besaß einen eigenen Kamin an der Außenwand und zwei mit Decken und Fellen ausgestattete Schlafbänke, die breit genug waren, dass zwei Menschen zusammen darauf gepasst hätten.

Er hätte diesen Luxus gern zu zweit genossen. Unfreiwillig kehrten seine Gedanken zu Rebecca zurück. *Raisa.* Das war neu für ihn – dieses Gefühl, als hätte man ihm einen Arm oder ein Bein abgehackt.

Zwei von Willos Lehrlingen erhielten die Aufgabe, ihm in regelmäßigen Abständen etwas zu essen und Heilmittel zu bringen. Allerdings klopften sie an, bevor sie eintraten, und sie hörten nicht auf, ihn aus dem Augenwinkel zu beobachten, und verhielten sich ganz so, als könnte er sie jeden Moment in Flammen aufgehen lassen.

Es war ermüdend, aber gleichzeitig auch praktisch.

Das Amulett, das er von Dancer bekommen hatte, die Nachbildung seines Einsamen Jägers, trug er sichtbar auf der Kleidung, während er das Amulett des Dämonenkönigs unter seinem Hemd verbarg. Die Blitzkraftenergie, die sich in der Nachbildung befand, war ein schwacher Abklatsch des Originals. Es bereitete ihm Sorgen, dass Elena es berühren und dadurch bemerken könnte, dass es sich nicht um jenes Amulett handelte, das sie hergestellt hatte. Allerdings interessierte sich die Matriarchin nicht sonderlich dafür, obwohl sie sicherlich bemerkte, dass er es trug.

Dancer benutzte in der Zwischenzeit weiterhin das ursprüngliche Einsame-Jäger-Amulett, das er seinerseits wiederum unter seiner Kleidung versteckte, wenn er sich im Camp aufhielt. Anscheinend hatte er sich mit dem geliehenen Blitzstück abgefunden.

An diesem Abend kehrten Han und Dancer zur Hütte der Matriarchin zurück, um an dem verabredeten Treffen mit allen am Spiel Beteiligten teilzunehmen. Es war das erste Wiedersehen mit Raisa seit ihrer Offenbarung. Als sie den Gemeinschaftsraum der Lodge betraten, saß sie mit gekreuzten Beinen auf dem Boden und führte eine lebhafte Unterhaltung mit Averill und Elena Demonai – ihrem Vater und ihrer Großmutter, wie er sich in Erinnerung rief.

Dennoch sah sie sofort auf, als Han eintrat, als hätte sie seine Anwesenheit gespürt. Ihre Hände lagen fest auf ihren Clan-Leggins, während sie ihn mit einer Art stummen Bitte in den Augen ansah.

Han wandte den Blick ab und nahm auf der anderen Seite des Raumes Platz.

Amon Byrne und Averill Demonai verkündeten die Neuigkeiten aus der Hauptstadt. Wenn Prinzessin Raisa nicht zur Beerdigung erschien, würde man ihre kleine Schwester auf den Thron setzen. Jetzt ging es also plötzlich nicht mehr darum, ob sie an der Beerdigung teilnehmen sollte, sondern wie sie es tun sollte, ohne dabei in Gefahr zu geraten.

Also würde Prinzessin Raisa bekommen, was sie wollte. Wie es bei Prinzessinnen so üblich war.

Reid Nightwalker Demonai und die frischgebackene Night Bird waren ebenfalls da. Mehrmals spürte Han, wie Birds Blick auf ihm ruhte. Er tat, als würde er es nicht bemerken.

Nightwalker war ein anderes Kaliber. Han konnte spüren, dass der Demonai-Krieger ihn wie eine Zecke unter der

Haut empfand. Er gab sich daher alle Mühe, seinen finsteren Blick herauszufordern, so als wären sie rivalisierende Streetlords.

Die Gedenkfeier würde an der südlichen Flanke des neu benannten Marianna-Gipfels nördlich des Vales stattfinden; immerhin war es neutraler Boden, und wenn dabei überhaupt eine Seite leicht im Vorteil war, dann die Clans.

Han kannte die Stelle, denn er hatte in diesem Gebiet zusammen mit Dancer und Bird gejagt, auch wenn das schon eine ganze Weile her war. Die Flatlander hatten dem Berg den Namen Kamelrücken gegeben, während die Clans eine etwas delikatere Beschreibung für die beiden Hügel des Gipfels hatten. Jetzt würden beide Namen zugunsten von Marianna abgeschafft werden.

Die Begräbnisstätte war von den nördlichen Bergen aus über einen hohen Pass zu erreichen, was allerdings um diese Jahreszeit gar nicht so einfach sein würde.

»Bevor wir weitermachen«, sagte Averill Lightfoot und warf einen Blick auf Han und Dancer, »möchte ich, dass ihr etwas wisst.«

Sämtliche Blicke richteten sich jetzt auf den Demonai-Patriarchen.

»Bei meiner gestrigen Rückkehr in die Stadt habe ich die Demonai-Krieger, die meiner Wache zugeteilt worden waren, darum gebeten, den Garten der Königin noch einmal zu durchsuchen. Ich wollte, dass sie nachsehen, ob es irgendwelche Hinweise gibt, die die Wache von Königin Marianna möglicherweise übersehen hat.« Er wandte sich an Amon. »Womit ich keinesfalls die Arbeit der Wache insgesamt kritisieren möchte.«

»Das habe ich auch nicht so aufgefasst«, sagte Amon vollkommen gelassen.

Averill nickte und legte Bird eine Hand auf die Schulter. »Night Bird, kannst du uns zeigen, was du gefunden hast?«

Jetzt richteten sich alle Blicke auf Night Bird. Sie kniete sich hin, kramte in ihrer Tasche herum und holte einen in Leder gewickelten Gegenstand hervor, den sie auf den Boden legte. Dann entfernte sie die Umhüllung.

Es war ein altmodisches Magieramulett – ein Wirrwarr von Blättern und Vögeln in Weiß- und Gelbgold. Die schön gearbeiteten Einzelheiten waren durch die häufige Benutzung zum Teil ziemlich abgegriffen.

»Wo genau hast du das gefunden?«, fragte Averill.

»Es lag in den Rosenbüschen unterhalb der Terrasse der Königin«, sagte Bird und hockte sich auf ihre Fersen. Sie legte die Hände in den Schoß. Obwohl es Han früher einmal leichtgefallen war, Birds Gedanken zu lesen, konnte er sie jetzt kaum mehr erkennen.

»Hat das jemand schon mal gesehen?«, fragte Averill. »Weiß irgendjemand hier, welcher Fluch… welcher Magier ein solches Amulett trägt?«

Alle schüttelten den Kopf. Han verdrehte die Augen. Es war nicht überraschend, dass niemand es kannte. Die meisten von denen, die hier saßen, hatten nie etwas mit Magiern zu tun, wenn es sich vermeiden ließ.

Dancer streckte eine Hand aus. »Darf ich mal einen Blick darauf werfen?«

Bird nickte, und Dancer nahm das Amulett, wog es in den Händen und drehte es so herum, dass es das Fackellicht einfing. »Es ist ein altes Stück«, sagte er schließlich. »Wenn auch erst aus der Zeit nach der Zerstörung. Die Magie hat sich fast vollständig entladen. Und es ist kürzlich benutzt worden.« Er sah auf. »Ich vermute, wenn wir herumfragen, würden wir erfahren, dass jemand dabei gesehen wurde, wie er dieses Amulett benutzt hat.«

»Aber wen sollten wir denn fragen?«, fragte Nightwalker. »Den Magierrat? Wieso sollte er uns die Wahrheit sagen?«

»Wir werden die Amulettschmiede im Demonai-Camp fragen«, bestimmte Averill. »Vielleicht erinnert sich jemand daran, dass er dieses Amulett irgendwann erneuert hat.«

Han nahm Dancer das Stück aus der Hand und wog es in seiner eigenen. »Schwer vorstellbar, dass ein Magier dieses Amulett fallen gelassen haben könnte, ohne es zu bemerken«, stellte er stirnrunzelnd fest. »Oder dass er es einfach liegen gelassen haben könnte, falls das so war.«

Er begegnete dem Blick von Bird, und sie sah verlegen auf ihre Hände, weil sie in seiner Gegenwart Magier eines Verbrechens beschuldigt hatte.

»Wenn Königin Marianna es dem Angreifer weggerissen hat und es dadurch in den Garten gefallen ist, hatte er vielleicht gar keine Möglichkeit, es sich zurückzuholen«, sagte Elena und nahm Han das Amulett ab. »Vielleicht war dort unten jemand.«

Raisa schüttelte den Kopf. »Laut Averill hat niemand gesehen, wie die Königin gestürzt ist, und sie ist auch erst gefunden worden, nachdem Magret sie vermisst hat.«

»Das ist zwar vielleicht kein echter Beweis«, warf Nightwalker ein. »Aber es stützt das, was ich schon die ganze Zeit sage – dass wir uns nicht mit anderen Magiern zusammentun sollten, wenn wir gegen die Magier kämpfen, die vielleicht den Tod von Königin Marianna auf dem Gewissen haben. Sie geraten dadurch in eine schwierige Lage, denn sie müssten gegen ihre eigene Art vorgehen.« Einige der jüngeren Demonai-Krieger nickten zustimmend.

»Was schlägst du also vor, Nightwalker?«, fragte Elena.

Nightwalker sah sich im Kreis der Anwesenden um, als suchte er nach Verbündeten. »Ich schlage vor, dass wir morgen eine kleine Gruppe Demonai-Krieger nach Fellsmarch schicken. Einige von uns sind jetzt mit der Stadt vertraut, und Lightfoot kann uns leicht Zutritt zum Schloss verschaffen. Wir holen uns Prinzessin Mellony und bringen sie ins Demonai-Camp. Wenn wir beide Prinzessinnen unter Kontrolle haben, hat der Magierrat keine andere Möglichkeit, als nachzugeben.«

»Glaubt Ihr das wirklich?«, fragte Raisa. Ihre Stimme klang so kalt und spröde wie das Eis eines zugefrorenen Flusses. »Dass Ihr jetzt diese Prinzessin hier unter Kontrolle habt? Ich bin keine Spielfigur oder irgendeine strategisch kriegswichtige Festung, die Ihr zu erobern versucht.«

Genau da irrst du dich, dachte Han. Nightwalker denkt, dass jedes Mädchen eine Festung ist, die erobert werden kann. Du solltest deine Zugbrücke besser oben halten.

Aber vielleicht wusste sie das auch bereits, da die Prinzessin eine Weile im Demonai-Camp gelebt hatte. Han beobachtete die beiden und fragte sich, wie gut sie sich eigentlich wirklich kannten. Eifersucht flammte in ihm auf. Er wusste, was Nightwalker wollte – er sah es seinem Gesicht an.

Mit einiger Mühe gelang es ihm, sich von diesen Gedanken loszureißen und wieder auf das zu hören, was Elena sagte.

»Nightwalker hätte das etwas angemessener ausdrücken können, Enkelin, aber lehne seinen Plan nicht vorschnell ab«, riet Elena. »Damit hätten alle Versuche, Mellony an deiner Stelle zu krönen, ein Ende. Und die Gefahr für dich wäre geringer.«

»Ich habe bereits meine Mutter verloren«, sagte Raisa. »Ich werde nicht auch noch das Leben meiner Schwester aufs Spiel setzen. Das sollte dir klar sein, Elena Cennestre. Oder muss ich dich erst daran erinnern, dass Mellony ebenfalls deine Enkelin ist? Ich werde bei keiner wie auch immer gearteten Entführung mitspielen. Ich bin sicher, dass wir einen besseren Plan auf die Beine stellen können.«

Nightwalker zuckte mit den Schultern, als wäre es ihm egal, aber Han konnte sehen, dass sein Stolz verletzt war.

Sosehr Han es auch hasste, es zuzugeben, aber in einem Punkt stimmte er mit Nightwalker überein – die Zeit war reif, um nicht länger herumzuschleichen, sondern etwas Handfestes zu unternehmen.

Alle hatten ihre eigene Vorstellung davon, wie sie die Gedenkfeier abhalten würden. Lord Averill schlug vor, dass Raisa umgeben von einer Gruppe von Demonai-Kriegern zur Beerdigung gehen sollte, um sich dort zu zeigen und danach sofort wieder nach Marisa Pines zurückzukehren. Elena stellte mächtige Talismane in Aussicht, mit denen die Prinzessin vor einem magischen Angriff beschützt werden könnte. Alle stimmten darin überein, dass der Schlüssel zum Erfolg das Überraschungsmoment war – am sichersten wäre es, sie dorthin und wieder weg zu schaffen, ehe der Magierrat überhaupt irgendeinen Angriff organisieren konnte.

Han war sehr zufrieden, dass alle anderen redeten und er und Dancer einfach nur zuhören konnten, während sie die Skizze der Begräbnisstätte musterten, die Korporal Byrne angefertigt hatte. Er wollte erst mit Dancer in Ruhe über alles sprechen und dann seinen eigenen Plan vorstellen. Dann jedoch hörte er plötzlich seinen Namen, und als er aufblickte, stellte er fest, dass alle ihn anstarrten.

»Was?«, fragte er gereizt, weil man ihn dabei erwischt hatte, wie seine Gedanken abgeschweift waren.

»Wir haben alle unsere Ideen besprochen«, sagte Nightwalker. »Und jetzt fragen wir uns, was die Amulettschwinger anzubieten haben.« Der Demonai-Krieger sah von Han zu Dancer. Seine Miene war wachsam und interessiert, aber Han vermutete, dass Nightwalker nicht viel erwartete.

Han zuckte mit den Schultern. »Ich halte nicht viel von dem, was Ihr bisher aufgezählt habt.«

Elenas Lippen spannten sich an. »Verstehe. Nun … Vielleicht kannst du uns dann verraten, was du vorschlägst.«

Han sah Dancer an. »Fire Dancer und ich müssen das erst noch durchgehen«, sagte er. »Wir werden Euch morgen unseren Vorschlag mitteilen. Jetzt nur so viel … wenn Prinzessin Raisa wirklich die Königin des Reiches ist, sollten sich auch alle – eingeschlossen sie selbst – entsprechend verhalten.«

»Was meinst du damit?«, fragte Raisa und setzte sich aufrecht hin. Ihre grünen Augen hefteten sich in der für sie so typischen aufwühlenden Weise auf ihn.

Es liegt nicht an Raisa, dachte Han. Er erinnerte sich daran, wie sie in das Wachhaus von Southbridge gegangen war und sich Gillen wie eine Löwin entgegengestellt hatte. Sie war furchtlos. Manchmal vielleicht auch ein bisschen zu furchtlos.

»Ich bin nur ein Streetlord«, antwortete Han. »Oder besser gesagt, ich war mal einer. Aber man wird kein Streetlord, wenn man sich in den eigenen Bau zurückzieht.«

»Das ist uns sehr wohl klar«, sagte Averill mit scharfer Stimme. »Aber es hat bereits einen mutmaßlichen Anschlag auf die Königin gegeben, und ganz eindeutig einen auf die Erbprinzessin. Es besteht die konkrete Gefahr, dass …«

»Ich weiß«, unterbrach Han ihn. »Das könnt Ihr mir glauben. Aber stellen wir uns vor, ich wäre Streetlord von Ragmarket. Selbst in Southbridge schleiche ich nicht in der Hoffnung herum, dass mich niemand sieht. Nein, ich stolziere da rein, als würde das Gebiet mir gehören. Ich gehe einfach die Hauptstraße entlang. Natürlich habe ich meine Ragger bei mir – ich bin ja nicht dumm –, aber die Sache ist, dass meine Feinde sich Sorgen um sich machen sollten. Darüber, was passieren könnte, wenn sie mir in die Quere kommen. Sie sollten sich fragen, was ich für einen Plan habe und was ich weiß und wer auf meiner Seite ist.

Und Prinzessin Raisa? Das hier ist ihr Gebiet. Die anderen sind die Eindringlinge. Wenn sie sich aber präsentiert, als hätte sie Angst vor ihnen, ist die Sache gelaufen. Sie muss nach Fellsmarch zurückkehren. Sie muss in ihr altes Gebiet zurück und das ganze rivalisierende Pack rauswerfen. Solange sie hier ist, hat sie keine Macht.«

»Wir haben dich nicht um deinen politischen Rat gebeten.« Elena hatte die Augen zusammengekniffen. »Uns interessiert mehr, was du uns in Bezug auf Magie sagen kannst.«

Raisa sprang auf und sah die anderen an. »Er hat aber recht! Von hier aus kann ich nicht herrschen. Je länger ich mich verstecke, desto mehr Zeit haben meine Feinde, sich zu verschanzen. Wenn wir warten, kriegen wir sie nie mehr weg.«

Averill verdrehte die Augen. »Er schlägt dir genau das vor, was du die ganze Zeit schon selbst tun wolltest«, sagte er. »Dadurch wird es aber nicht zu dem, was wir *wirklich* tun sollten.«

»Wir können es uns nicht leisten, dich zu verlieren, Enkelin«, ergänzte Elena. »Wenn die Fluchbringer dich auch noch töten, wird das Geschlecht zerstört werden.«

»Dann sorgen wir dafür, dass das nicht passiert«, sagte Raisa und ließ ihren Blick durch den Raum schweifen.

»Die Demonai werden ihren Teil dazu beitragen«, versicherte Nightwalker. »Aber es wird weit schwieriger für uns sein, Euch in der Stadt zu verteidigen. Für Hunts Alone steht bei alldem hier nichts auf dem Spiel. Für uns sehr wohl. Bis jetzt haben wir von den Fluchbringern nichts gehört, was vermuten lässt, dass sie irgendetwas beisteuern werden.«

»Dancer und ich werden uns morgen mit Euch treffen, Hoheit.« Han sprach Raisa betont formell an. »Nur wir drei. Ich werde Euch sagen, was wir vorhaben, und Ihr sagt Ja oder Nein. Ihr seid die Prinzessin, also ist es Eure Entscheidung. Was Ihr braucht, ist etwas Blitzkraft – genug, um den Magierrat in Angst zu versetzen, sodass er Euch zumindest für eine Weile in Ruhe lässt. Ihr wollt Eindruck schinden. Dabei können wir Euch helfen.«

KAPITEL ZWANZIG

Lucius und Alger

Han bat Dancer, ihn zur Gästehütte zurückzubegleiten. Als sie aus der Tür der Matriarchinnen-Lodge traten, wirbelte Pulverschnee in kleinen dämonischen Tänzen um ihre Füße, und Han's Nase fühlte sich in der eiskalten Luft rau an. Sobald die Sonne unterging, wurde es in dieser Höhe selbst im Frühling noch empfindlich kalt.

Die Gäste-Unterkunft lag ein wenig entfernt vom Rest des Camps, umgeben von Kiefern. Han ging hinter Dancer über den schmalen Pfad, als er hinter sich Schritte hörte.

Noch während er herumwirbelte, packte er sein Amulett und streckte eine Hand aus. Seine Finger kribbelten vor magischer Kraft.

»Ich bin's nur, Hunts Alone«, sagte Bird. Sie hob die Hände und wich mit weit aufgerissenen Augen zurück.

Han ließ die Hand wieder sinken. »Keine gute Idee, mir einfach so aufzulauern«, sagte er.

»Das hab ich auch gemerkt.« Bird versuchte zu lächeln. »Es war noch nie leicht, sich an dich ranzuschleichen, aber jetzt bist du so schreckhaft wie ein Fellshase.«

»Meine Überlebensstrategie«, erwiderte Han. Nach einer unangenehmen Pause fügte er hinzu: »Wolltest du was?«

Bird warf einen Blick über ihre Schulter, um sich zu vergewissern, dass niemand in Hörweite war. »Ich habe mitbekommen, dass du verwundet worden bist, als du der Königin das Leben gerettet hast«, sagte sie. »Ich wollte mich erkundigen, ob alles in Ordnung ist.«

»Ist schon besser gegangen«, antwortete Han. »Aber es geht.«

»Gut«, sagte sie und sah Dancer an, dessen Gesicht keinerlei Rückschlüsse darauf zuließ, was er dachte. »Freut mich, das zu hören.« Sie machte eine Pause und scharrte mit ihren Mokassins auf dem Boden herum. Als Han nichts sagte, sprach sie weiter. »Ich habe heute frei. Könnten wir – könnte ich an euer Feuer kommen? Ich würde gern mit euch beiden reden.«

»Hat Nightwalker dich geschickt?«, fragte Dancer. »Will er, dass du uns irgendwas mitteilst? Oder sollst du für ihn was herausfinden?«

Bird blinzelte ihn an. »Nein. Ich bin auf eigene Faust hier. Wie kommst du …«

»Wir haben schon was vor«, unterbrach Han sie. »Fluchbringer-Kram. Tut mir leid.«

Und damit drehten sie sich wieder um und marschierten weiter. Han widerstand der Versuchung zurückzublicken. Er war nicht stolz auf das, was er zu Bird gesagt hatte. Er fühlte sich armselig und gemein. Aber er hatte tatsächlich etwas anderes vor – etwas, bei dem sie nicht mitmachen konnte. Und es *war* Fluchbringerkram.

Entscheide dich für die Gegner des Streetlords, und du bezahlst den Preis dafür.

Die Gäste-Lodge war leer. Die anderen Gäste wie Averill würden vermutlich bis spät in die Nacht damit beschäftigt sein, Pläne zu schmieden. Han führte Dancer in sein Zimmer und verschloss die Tür.

Dancer entfachte das Feuer neu und schob ein weiteres Holzscheit hinein. »Ich bin froh, dass ich wieder in den Bergen bin«, sagte er und legte seine warme Jacke ab. »Es tut gut, wieder am Feuer meiner Mutter zu sitzen.« Er ließ sich auf dem Teppich nieder und lehnte sich mit dem Rücken an die Kaminwand.

Han beäugte ihn neugierig. »Du wirkst verändert. Als würdest du dich jetzt besser fühlen, als Magier in diesem Camp.«

Dancer zuckte mit den Schultern. »Der Aufenthalt in den Flatlands hat mir die Augen geöffnet. Hier haben uns die Leute misstraut, weil wir Magier sind. Überall sonst haben sie uns misstraut, weil wir von den Clans stammen.« Er lächelte, als Han verwirrt dreinblickte. »Das hat mir gezeigt, dass der Fehler bei ihnen liegt. Nicht bei mir. Als ich damals herausgefunden habe, dass ich Magie besitze, habe ich mich dafür geschämt, als wäre es ein Fehler oder ein Fluch. Aber genau das hat man mir mein ganzes Leben lang beigebracht. Ich hätte fast alles getan, um diese Magie loszuwerden. Am liebsten hätte ich meinen Vater dafür getötet, dass er mir Magie vererbt hat.« Er lächelte leicht.

»Aber dann habe ich begriffen, dass es gar kein Fluch ist. Es ist eine Gabe. So wie meine Mutter die Gabe des Heilens besitzt. Ich kann Dinge tun, die andere nicht tun können. Und inzwischen weigere ich mich, mich dafür zu entschuldigen.«

Diese klare Sicht der Dinge hätte Han auch gern gehabt. In letzter Zeit kam es ihm so vor, als reagierte er nur noch auf andere und deren Pläne. Er würde nicht weit kommen, wenn er nicht wusste, was er wollte und wohin er wollte.

»Wie ich schon sagte, es tut gut, wieder hier zu sein«, sprach Dancer weiter, »aber ich wäre gern noch etwas länger auf der Akademie geblieben. Ich hab bei Firesmith gute

Fortschritte gemacht. Ich glaube, er hat sich geschmeichelt gefühlt, weil er jemanden gefunden hatte, der sich wirklich für Amulettschmieden und Blitzkraft interessiert. Er hat mir sogar einige seiner seltenen Bücher mitgegeben.« Dancer machte eine kurze Pause. »Aber du wolltest bestimmt nicht, dass ich dich begleite, damit wir über meine Pläne reden.«

»Na ja, in gewisser Weise schon. Zum Teil. Ich versuche herauszufinden, welche Waffen wir in dieser Angelegenheit zur Verfügung haben.«

Dancer nickte. »Wenn du möchtest, könnte ich jetzt das Amulett, das ich dir angefertigt habe, noch leistungsfähiger machen«, bot er an. »Es wird aber trotzdem nicht so mächtig sein wie das, das ich benutze. Das von Elena. Oder das, das du den Bayars weggenommen hast.«

»Das hat keine Eile«, sagte Han und berührte die Kopie seines Einsamen Jägers. Das Amulett flackerte ungleichmäßig. »Ich benutze es eigentlich sowieso nicht, abgesehen davon, dass ich es vorzeige.« Er machte eine Pause. »Du müsstest mein altes Amulett aber auch nicht mehr benutzen«, fuhr er fort. »Du könntest dir doch ein anderes herstellen lassen, dein ganz persönliches.«

Dancer strich über das Amulett, das Elena für Han gefertigt hatte – und das er benutzte, seit er sein eigenes in Arden verloren hatte. »Ich habe mich inzwischen daran gewöhnt. Und es ist mit Macht geladen. Kein Grund, daran was zu ändern.«

Han verstand. Wenn man erst einmal mit einem Amulett verbunden war, war es schmerzhaft, es aufzugeben.

»Ich habe Freunde im Demonai-Camp«, sprach Dancer weiter. »Keine Krieger. Kunsthandwerker. Je nachdem, wie sich die Sache mit der Krönung entwickelt, gehe ich dorthin, wenn ich hier nicht mehr gebraucht werde.«

»Ist es nicht gefährlich, zu den Demonai zu gehen?«, fragte Han. »Als Magier, meine ich?«

»Alles ist gefährlich«, antwortete Dancer und zuckte mit den Schultern. »Allerdings wird es leichter sein, wenn du dafür sorgen kannst, dass Elena und Nightwalker hierbleiben.«

Han nickte. »Ich werde alles tun, damit sie beschäftigt sind, mich im Auge zu behalten.« Er schwieg einen Moment. »Ich hatte dich gebeten mitzukommen, weil ich dir was beichten muss – ich hab mich wieder mit Crow getroffen. Auf dem Weg hierher.«

Dancer starrte ihn ungläubig an, aber Han drehte sich von ihm weg, während er Wasser aus einem Krug in einen Teekessel füllte und diesen auf die Kaminplatte stellte.

»Das meinst du nicht ernst«, sagte Dancer. »Ich glaube, du willst wirklich sterben.«

»Alles ist gefährlich«, antwortete Han und wölbte eine Braue, während er Dancer ansah. Er setzte sich auf seine breite Schlafbank und zog die Stiefel aus. »Aber ich brauche deinen Rat.«

»Hmmm. Wie wär's damit: Ich rate dir, dass du da nicht mehr hingehst.« Dancer verdrehte die Augen. »Aber irgendwie glaube ich nicht, dass du das schaffst.«

»Es ist nicht so gefährlich, wie du denkst«, beschwichtigte Han ihn. »Ich hab dir ja schon mal gesagt, dass Crow über keinerlei eigene Macht verfügt.«

»Und wie kommt er dann nach Aediion?«, fragte Dancer. »Wenn das doch sonst kaum jemand schafft.«

»Er benutzt meine Blitzkraft. Ohne mich kann er nichts tun«, erklärte Han. »Aber er weiß unfassbar viel über Magie.«

»Wer ist er denn im wirklichen Leben?«, ließ Dancer nicht locker. »Und wieso erklärt er sich nicht damit einverstanden, dich im wirklichen Leben zu treffen?«

»Wenn man glauben kann, was er sagt, dann existiert er im wirklichen Leben gar nicht. Er ist das Überbleibsel eines Magiers, der vor langer Zeit gelebt hat.«

»Das *Überbleibsel*?« Dancer sah ihn skeptisch an. »Er ist die ganze Zeit in Aediion gewesen? Und hat dich *rein zufällig* gleich am ersten Tag gefunden, als du dort warst?« Dancer nahm eine Haarsträhne zwischen seine Finger, glättete sie, teilte sie ab und fing an, sie zu einem Zopf zu flechten.

Han zog das Schlangenstabamulett unter seinem Hemd hervor und klopfte mit zwei Fingern darauf. »Nicht in Aediion. Hier. Er hat tausend Jahre lang hier drin gewartet. In diesem Amulett.«

Dancer starrte das Amulett an. Dann sah er Han an. »Er hat sich in einem Amulett versteckt? Ich weiß zwar eine ganze Menge über Zauberstücke, aber so etwas habe ich noch nie gehört.« Er biss ein Stück Band von dem Knäuel ab, das er in seiner Tasche hatte. »In Odenford gibt es viele Magier«, sagte er. »Und in den Fells sogar noch mehr. Hältst du es nicht für wahrscheinlicher, dass Crow einer von ihnen ist?« Er war mit seinem Zopf fertig und wickelte das bunte Band um dessen Ende; dann machte er sich an den nächsten.

Han gab Hochlandteeblätter in zwei Becher und goss kochendes Wasser darüber.

»Und warum weigert er sich, dir zu sagen, wer er ist, wenn er sich mit dir zusammentun will?«, fragte Dancer weiter.

»Ursprünglich hat er vorgehabt, mich zu *benutzen* – nicht, sich mit mir zusammenzutun«, erklärte Han. »Aber der Talisman, den du mir gemacht hast, hat das verhindert, wie du weißt. Und als wir uns das letzte Mal getroffen haben, hat er mir verraten, wer er wirklich ist.«

Dancer beugte sich vor. »Und?«

Han holte tief Luft und ließ es heraus. »Er behauptet, Alger Waterlow zu sein. Der letzte Magierkönig der Fells.«

Dancers Hände verharrten mitten in der Bewegung, und er runzelte die Stirn. »Also du hast dich mit jemandem getroffen, der behauptet, der Dämonenkönig zu sein und beinahe die Welt zerstört zu haben?«

Han nickte.

Dancer starrte ihn sprachlos an, eine ganze Ewigkeit, wie es Han schien. »Und du hast vor, dich weiterhin mit ihm zu treffen?«, fragte er schließlich kopfschüttelnd.

Han nickte wieder.

»Das gefällt mir nicht«, sagte Dancer mit seinem typischen Hang zur Untertreibung. »Entweder er lügt – was schlimm wäre. Oder er sagt die Wahrheit – was noch schlimmer wäre.« Er pustete auf den Becher, um den Tee abzukühlen. »Sogar noch sehr viel schlimmer.«

»Mir gefällt das auch nicht«, gab Han zu. »Aber es ist der einzige Trumpf, auf den ich setzen kann. Deshalb wollte ich, dass du mitkommst – um deine Meinung zu hören.«

»Aber wie soll ich dazu etwas sagen, wenn ich ihn überhaupt noch nie gesehen habe?«, fragte Dancer. Stirnrunzelnd nippte er an seinem Tee. Dann stellte er den Becher geräuschvoll auf der Kaminplatte neben sich ab. »Das ist es. Ich muss ihn treffen und mir selbst ein Urteil bilden.«

»Na ja …« Han dachte darüber nach. »Er kann nicht herkommen, also müsstest du mit nach Aediion kommen. Und er wird sauer sein, dass ich dich mitbringe.«

»Wieso?«, fragte Dancer. »Wieso will er nicht, dass irgendjemand ihn sieht? Was verbirgt er?«

»Er sagt, dass er Geheimnisse kennt, auf die die Bayars ziemlich scharf sind. Wenn sie herausfinden, dass ich mit ihm sprechen kann, ist es aus mit uns.«

»Wie praktisch, findest du nicht?«, schnaubte Dancer. »Wieso solltest du ihm glauben, Hunts Alone? Hat er jemals irgendwas getan *ohne* den Versuch, dich zu benutzen, um das zu kriegen, was er haben will?«

Dancer hatte recht. Han hatte völlig das Vertrauen in seine eigene Urteilskraft verloren, seit Rebecca sich als Raisa entpuppt hatte. Wie hatte er sich nur so irren können, was sie betraf? Wie hatte ihm nur entgehen können, dass er mit einer Prinzessin ausgegangen war?

Und wieso sollte Han die Regeln anderer Leute befolgen, wenn sie selbst die Regeln brachen, wie es ihnen gerade passte?

Dancer war sein bester Freund und sein Verbündeter – und es war höchste Zeit, ihn auch so zu behandeln.

»Also schön«, sagte Han. »Komm mit mir nach Aediion und lerne ihn kennen. Und dann sagst du mir, was du von ihm hältst. Wenn er lügt, können wir beide vielleicht einen Hochstapler überlisten. Abgesehen davon habe ich dafür gesorgt, dass …« Er brach ab und neigte den Kopf. »Da kommt jemand.«

Einen Moment später klopfte es an der Tür. Han stand auf und öffnete sie.

Es war Willo, mit Lucius Frowsley im Schlepptau.

Fast ein Jahr war vergangen, seit Han ihn zum letzten Mal gesehen hatte, aber der über tausend Jahre alte Mann hatte sich die glänzende Fassade ihres letzten Treffens bewahrt. Seine Haare und sein Bart waren geschnitten, gestutzt und gekämmt, und seine Kleidung war ordentlicher und in besserem Zustand als zu der Zeit, in der Han noch für ihn gearbeitet hatte.

Lucius sieht besser aus als früher, und ich vermutlich schlechter, dachte Han. Der Einsiedler war mehr als nur sein

Arbeitgeber gewesen – Han hatte ihm vertraut. Bis er herausgefunden hatte, dass Lucius über Han's magisches Erbe Bescheid wusste, ohne ihm ein Wörtchen zu sagen. Welche Geheimnisse mochte er wohl sonst noch hüten?

Eines hatte sich jedenfalls nicht geändert – der alte Mann trug immer noch eine Flasche Alkohol in der einen Hand und ein paar Becher in der anderen.

»Ich habe jemanden zu Lucius geschickt, wie du es wolltest, Hunts Alone«, sagte Willo. Sie sah von Lucius zu Han.

»Hallo, Lucius«, begrüßte Han ihn und berührte seinen Arm, damit er sich orientieren konnte.

»Junge!« Lucius schloss die Augen und lächelte. Er schien geradezu einzutauchen in die Wärme von Han's Gegenwart. Sein Gesicht legte sich so sehr in Falten, dass es aussah wie trockenes Ödland.

»Gibt es sonst noch etwas, das du brauchst, Hunts Alone?«, fragte Willo.

Han schüttelte den Kopf. »Danke, Willo.«

»Gib mir Bescheid, wenn er wieder gehen möchte«, sagte sie, drehte sich um und verließ die Gäste-Lodge.

»Ich kann dir gar nicht sagen, wie glücklich es mich macht, dass du noch am Leben bist.« Lucius hob die Flasche und wedelte bedeutsam damit. »Wir haben was zu feiern.«

Lucius hatte immer etwas zu feiern. Han legte dem blinden Mann eine Hand auf den Ellenbogen und schob ihn zum Kamin. »Hier. Setz dich ans Feuer«, sagte er. »Fire Dancer ist auch hier. Möchtest du etwas Tee?«

»Tee?« Lucius zog eine missbilligende Grimasse und ließ sich auf der Bank neben dem Kamin nieder. Er stellte die Becher sorgfältig neben sich ab. »Ich würde etwas Stärkeres vorziehen.«

»Bleiben wir erstmal bei Tee«, schlug Han vor. Er füllte

seinen und Dancers Becher neu und schenkte auch Lucius welchen ein. Dann schloss er die Hände des Blinden um den Becher und sorgte dafür, dass er ihn auch richtig festhielt, ehe Han sich selbst hinsetzte.

»Nun«, sagte Lucius und stellte den Tee zur Seite, ohne ihn zu probieren. »Erzähl mir alles, Junge. Erzähl mir alles über Odenford. Meine Jahre auf der Akademie waren die besten meines ganzen Lebens. Bekämpfen sich die Schüler der verschiedenen Häuser immer noch auf der Brückenstraße?«

»Ja«, sagte Han. »Und die Hochschulwachen verhaften sie immer noch.«

»Die verfluchten Hochschulwachen«, murmelte Lucius. Seine milchigen Augen waren ganz auf eine persönliche Erinnerung gerichtet. »Die und ihre Sperrstunde. Alger, der hat sie immer in ihre hochnäsigen Nasen gezwickt, das sage ich dir. Er war wie eine Dampfschwade, dieser Kerl. Er ging, wohin er wollte und wann er wollte, und die Hochschulwachen konnten gar nichts dagegen tun.«

»Genau darüber möchte ich mit dir sprechen«, sagte Han. »Über Alger.«

»Über Alger?« Lucius' Kopf zuckte hoch; jetzt war seine Miene argwöhnisch. »Was ist mit ihm?«

»Wie war er, als du ihn gekannt hast?«, fragte Han. »Wie hat er zum Beispiel ausgesehen?«

»Nun. Er war verdammt hübsch«, sagte Lucius. »Blonde Haare und blaue Augen – so blau wie der Indio im Hochsommer. Die Damen haben behauptet, dass man darin ertrinken könnte. Gut gebaut war er auch, und er konnte sich wie eine Katze bewegen. Ich hab mich damals auch nicht gerade schlecht gemacht, aber wenn es um Frauen ging, konnte ich nie mit Alger Waterlow mithalten.« Lucius rieb sich die Nase mit dem Handballen.

»Einmal haben Alger und ich ein ganzes Wochenende in der Tempelschule verbracht – im Schlaftrakt der Frauen. Danach hat sich ein ganzer Haufen von Geweihten dagegen entschieden, das Gelübde abzulegen.« Lucius grinste und enthüllte dabei etliche Zahnlücken, doch das Grinsen verflüchtigte sich rasch wieder. »Natürlich hat diese ganze Aufreißerei ein Ende gehabt, als er Hanalea begegnet ist.«

»Wie ist er mit den anderen Studenten klargekommen?«, fragte Han.

»Er hatte irgendwas an sich«, erzählte Lucius. »Die Leute wollten mit ihm zusammen sein. Er hat sie angezogen. Er brauchte nur einen Raum zu betreten, und schon stand er im Mittelpunkt. Alle haben ihn geliebt.«

Han rieb sich das Kinn. Sollte er tatsächlich glauben, dass der flammenäugige Dämonenkönig aus den alten Geschichten der angesagteste Kerl von ganz Odenford gewesen war?

»Alle haben ihn geliebt – das heißt, abgesehen von Kinley Bayar«, berichtigte Lucius sich.

»Kinley Bayar?«, fragte Han. »Wer ist das?«

»Erinnerst du dich nicht mehr? Er war derjenige, der Königin Hanalea heiraten sollte.«

»Oh ja, richtig.«

»Sie waren wie Öl und Wasser – Kinley und Alger. Kinley wollte immer das Kommando haben. Und Alger genauso – und wann immer er und Kinley sich gegenüberstanden, hat Alger gewonnen, und Kinley konnte es nicht ertragen zu verlieren.«

»Warst du jemals in Aediion?«, fragte Han abrupt.

»Aediion?« Bei dem plötzlichen Themenwechsel blinzelte Lucius. »Na klar. Oft sogar. Das war unser geheimer, schnell erreichbarer Treffpunkt, besonders während des Bürgerkriegs.«

Was einen Sinn ergab, sofern Crow die Wahrheit gesagt hatte.

»Dancer und ich sind auch in Aediion gewesen«, sagte Han. »Ich habe dort jemanden getroffen, der behauptet, Alger Waterlow zu sein.«

Schlagartig löste sich Lucius' verträumte Miene auf. »Alger? Was redest du da?« Der alte Mann beugte sich vor. Er war jetzt so aufgeregt, dass sein Adamsapfel auf und ab hüpfte, wenn er schluckte.

»Deshalb wollte ich mit dir sprechen«, sagte Han. »Es kommt einem unmöglich vor, aber er behauptet es, und er weiß mehr über Magie als jeder andere, den ich kenne.«

»Alger«, flüsterte Lucius kaum hörbar. Seine knotigen Hände bewegten sich in seinem Schoß, als versuchten sie, sich an dieser Vorstellung festzuklammern. »Alger lebt. Wer hätte das gedacht?«

»Nun, es ist nicht direkt so, dass er lebt«, erklärte Han. »Er behauptet, er hätte sich die ganze Zeit über in seinem alten Amulett versteckt.« Han berührte das Schlangenstabamulett, dann erinnerte er sich daran, dass Lucius es ja nicht sehen konnte. »Er beschreibt sich selbst als Geist seines früheren Ichs. Er ist kein … kein Geist im eigentlichen Sinne, aber … er kann im echten Leben nicht existieren. Nicht als er selbst jedenfalls.«

Lucius leckte sich die Lippen. Sein Gesicht war jetzt noch blasser als sonst. »Bist du dir sicher, Junge? Dass er keinen Weg finden kann?«

»Na ja.« Han zuckte mit den Schultern. »Er behauptet es.«

»Alles ist möglich, wenn es um Alger Waterlow geht«, sagte Lucius. »Wenn ich am Leben bin, könnte er es auch sein. Hat er etwas über mich gesagt?« Er zupfte an Han's Arm. »Hat er gesagt, was er will? *Sag es mir.*«

Han schüttelte den Kopf; er fürchtete schon, dass der alte Mann einen Schlaganfall bekommen könnte. »Er hat nicht viel über die Vergangenheit gesagt, abgesehen davon, dass er sich an den Bayars rächen will. Er wirkt… sehr verbittert über das, was passiert ist.«

»Das kann ich mir denken«, sagte Lucius. »Er hat allen Grund dazu.« Er wandte sich ab und griff nach seiner Flasche. Nachdem er den Korken mit den Zähnen rausgezogen hatte, schüttete er etwas von dem Zeug in einen Becher. Seine Hand zitterte. Dann leerte er den Becher und füllte ihn erneut.

»Er scheint Hanalea die Schuld zu geben«, sagte Han. »Dafür, dass sie ihn verraten hat.«

Lucius schüttelte den Kopf. Seine Augen waren fest geschlossen, und seine Hände umklammerten den Zinnbecher.

»Aber – könnte das überhaupt möglich sein?«, fragte Han weiter. »Dass er sich tausend Jahre lang in einem Amulett versteckt hat? Nach allem, was du über Magie weißt und was du über ihn weißt?«

»Jetzt hör mal gut zu«, sagte Lucius und riss die Augen wieder auf. »Ich weiß nicht, wie es möglich ist, aber wenn es überhaupt jemandem möglich ist, dann ganz sicher ihm.« Er leerte seinen Becher in einem Zug und füllte ihn erneut auf. »Süße Thea von den Bergen, Alger kommt zurück.«

»He, nun ja«, sagte Han zögernd und legte dem alten Mann eine Hand auf den Arm. Lucius zuckte zusammen und verschüttete fast den Becherinhalt. »Ich bin mir nicht ganz sicher, ob er es ist. Es könnte ein Trick sein. Ich hatte gehofft, dass du mir irgendetwas sagen könntest – irgendeine Frage für mich hättest, die ich ihm stellen könnte und auf die nur er die Antwort weiß.«

»Etwas, das Alger wissen würde.« Lucius hob die Augenbrauen und wischte sich mit dem Ärmel über die Stirn. »Lass mich nachdenken.«

Während er nachdachte, erhob Han sich und füllte ihre Teebecher nach. Bis auf den von Lucius, denn der war immer noch voll.

»Ich hab was«, sagte Lucius plötzlich. »Zwei Dinge, die nur Alger wissen kann. Erstens: der Ort, an dem er und Hanalea sich heimlich getroffen haben. Und zweitens: was er ihr als Ausdruck und Zeichen seiner Liebe gegeben hat, als sie sich verlobt haben.«

»In Ordnung.« Alger und Lucius müssen wirklich enge Freunde gewesen sein, dachte Han, wenn Lucius diese Art von Geheimnissen kennt. »Und wie lauten die Antworten?«

»Sie haben sich im Wintergarten von Fellsmarch Castle getroffen«, sagte Lucius. »Vielleicht gibt es ihn immer noch. Von Hanaleas Schlafzimmer führte ein Geheimgang dorthin.«

»Im Wintergarten«, wiederholte Han. »Und was hat er Hanalea gegeben?«

»Einen Ring mit Mondsteinen und Saphiren und Perlen. Weil er sie immer nur bei Mondschein gesehen hat«, erklärte er. »Hanalea hat den Ring ihr ganzes Leben lang getragen.« Er erschauerte. »Wenn ich mir vorstelle, wie das für ihn gewesen sein muss – gefangen in dem Amulett, während Hanalea alt geworden und gestorben ist.«

Seltsam, dachte Han. Lucius schien Crows Geschichte nicht einfach nur für möglich zu halten – es war, als wäre er bereits fest davon überzeugt, dass sie stimmte. Als hätte er seit tausend Jahren nur darauf gewartet, sie zu hören. Als wäre sie die unausweichliche Wahrheit.

»Was wirst du tun, Junge?«, fragte Lucius und unterbrach Han's Gedankengang.

»Dancer und ich werden heute Nacht nach Aediion gehen«, sagte Han. »Ich werde herausfinden, ob er wirklich derjenige ist, der zu sein er behauptet.«

»Hör zu«, meldete sich jetzt Dancer zu Wort. »Selbst wenn er es ist, und selbst wenn Lucius bereit ist, sich für ihn zu verbürgen – woher wissen wir, dass wir ihm trauen können? Tausend Jahre in einem Amulett gefangen zu sein kann einen Menschen ganz schön verändern. Vielleicht plant er, das zu Ende zu bringen, was er während der Großen Zerstörung begonnen hat.«

»Junge – weiß er, wer du bist?«, fragte Lucius. »Weiß er, dass du von seinem Blut bist?«

»Nein«, antwortete Han. »Er scheint nicht viel von dem zu wissen, was passiert ist, während er – äh – eingeschlossen war.« Han zuckte mit den Schultern. »Ich wusste nicht, ob ich es ihm erzählen sollte oder nicht.«

»Du solltest es ihm sagen«, riet Lucius. »Er verdient es zu wissen, dass sein Geschlecht nicht mit ihm untergegangen ist. Es könnte alles verändern. Er kann dir helfen. Er wird dir helfen wollen. Und glaube mir, du wirst ihn auf deiner Seite haben wollen.«

Der alte Mann stand auf und packte seine Flasche und seine Becher. »Ruf Willo«, sagte er. »Ich möchte jetzt wieder nach Hause.« Und dann sagte er gar nichts mehr.

KAPITEL EINUNDZWANZIG

Zurück in Aediion

Nachdem Lucius gegangen war, bat Han die Lehrlinge von Willo, mögliche weitere Besucher abzuweisen. Er warnte sie eindringlich davor, dass er und Dancer mit gefährlicher Magie arbeiten würden, und dann errichtete er eine magische Barriere, damit sie nicht gestört werden konnten. Danach setzten sie sich auf die in einer Ecke des Zimmers nebeneinanderstehenden geräumigen Schlafbänke.

»Willst du das wirklich tun?«, fragte Dancer. »Lucius scheint zu denken, dass Alger Waterlow zu fast allem fähig ist. Ich hatte beinahe das Gefühl, dass er Angst vor ihm hat.«

»Was in gewisser Weise nur Crows Geschichte bestätigt«, erwiderte Han. »Wenn das stimmt, was Lucius gesagt hat, war Alger mächtig genug, um sich tausend Jahre lang in einem Amulett zu verbergen.«

»Wieso sollte jemand so etwas tun?«, fragte Dancer.

»Vielleicht, weil man sich unbedingt rächen will«, sagte Han. »Oder weil man bereit ist, alles zu tun, um zu gewinnen.« Wie ich, fügte er im Stillen hinzu.

Für einen Moment saßen sie schweigend da, jeder in seine eigenen Gedanken vertieft.

»Hast du schon mal versucht, nach Aediion zurückzukehren?«, fragte Han. »Ich meine, seit dem Vorfall in Gryphons Unterricht?«

»Nein«, sagte Dancer und starrte zur Decke hoch. »Ich hab ohnehin nie viel Sinn darin gesehen. Und nach dem, was damals mit dir passiert ist, war ich nicht gerade wild auf ein zweites Mal.«

Eine weitere lange Pause trat ein. »Wir sollten anfangen«, schlug Han schließlich vor. »Ich kann dich mitnehmen. Oder du benutzt deine eigene Macht.«

»Ich gehe lieber selbst«, entschied Dancer. »Dann kann ich zurückkehren, wann ich will. Hast du vor, deinen Talisman zu tragen?« Dancer berührte seinen eigenen. Nachdem klar geworden war, dass der Talisman Crow davon abgehalten hatte, von Han Besitz zu ergreifen, hatte Dancer sich auch einen angefertigt.

Han nickte und öffnete seinen Kragen, damit Dancer den Talisman sehen konnte. »Lass mir ein paar Minuten Zeit, bevor du mir folgst. Ich möchte Crow darauf vorbereiten, dass du kommst.« Han war sich nicht ganz sicher, ob das gut oder schlecht sein würde, aber es schien ihm auf jeden Fall fair zu sein. »Ich glaube nicht, dass es – was Crow betrifft – wirklich wichtig ist, wo wir uns treffen. Er ist immer anwesend und wartet auf mich. Aber wir beide sollten uns im Glockenturm von Mystwerk treffen.«

Was ist, wenn Crow nicht auftaucht?, fragte sich Han. Dann stehe ich da wie ein Narr.

Aber das war seine geringste Sorge.

Er legte sich hin, schloss die Augen und sprach die vertraute Beschwörungsformel, die ihn durch das Tor nach Aediion führte. Als er die Augen wieder öffnete, fand er sich im Mystwerk-Turm wieder.

Es war Mitternacht. Mondlicht fiel in Streifen durch die Fenster und ließ die Staubkörnchen in der Luft flimmern.

Crow saß mit gekreuzten Beinen vor ihm. Er war ganz in Schwarz gekleidet, hatte die Augen geschlossen und hielt den Kopf gesenkt. Das einzig Helle an ihm waren seine flachsfarbenen Haare. Hätte Han es nicht besser gewusst, hätte er geglaubt, dass Crow entweder niedergeschlagen war oder betete.

Han veränderte sein Äußeres; er legte die Clan-Kleidung ab, die er bisher getragen hatte, und hüllte sich stattdessen in eine elegante Aufmachung, die auch funkelnde Ringe an den Fingern einschloss. Indem er sich ihm anpasste, wollte er Crow seine Ehrerbietung zeigen.

Crow öffnete die Augen und blinzelte zu ihm hoch. »Alister!« Er rappelte sich auf und strich über seine düstere Kleidung. Dann brachte er sie mehr zum Glitzern, versorgte sich mit Ringen und Pailletten und Juwelen, als wollte er einen fröhlicheren Eindruck erwecken. »Du lebst!« Er musterte Han's Gesicht, als würde er nach irgendwelchen Verletzungen suchen. »Bist du … geht es dir gut? Wie fühlst du dich?«

Han zuckte mit den Schultern. Crows Besorgnis überraschte ihn. »Ich lebe.«

»Dann stimmt es also, dass der Schöpfer sich auch um Narren kümmert«, sagte Crow und klang wieder mehr wie er selbst. »Du hättest dich fast umgebracht, indem du dieses Mädchen geheilt hast. Du hast dein Amulett und dich selbst entleert. Ich dachte, du wärst tot. Wieso hast du das getan?«

Han wusste nicht, wie er auf diese Frage antworten sollte – in der Vergangenheit oder in der Gegenwart. »Sie war mir wichtig. Ich musste einfach versuchen, sie zu retten.«

»Hat sie überlebt?«, fragte Crow. »War es das Opfer wert?«

»Sie lebt«, sagte Han. »Ob es das Opfer wert war, habe ich noch nicht entschieden.«

Crow lachte, und das Lachen war unerwartet bezaubernd. »Du lernst dazu, Alister. Ich habe dir gesagt, dass du wegen eines Mädchens nicht in den Krieg ziehen sollst. Obwohl du ziemlich verwegen sein musst, wenn du hierher zurückkehrst.«

»Ich bin noch nicht ganz davon überzeugt, dass du die Wahrheit gesagt hast«, erwiderte Han. »Ich habe jemanden hierher eingeladen. Jemanden, dem ich vertraue.«

Crows Lächeln verflüchtigte sich; ein gereizter Ausdruck trat an seine Stelle. »Nein. Absolut nein. Unser Handel lautete, dass du allein kommst. Niemand sonst darf auch nur wissen, dass ich existiere.«

»Unser Handel lautete, dass du mir gegen die Bayars hilfst. Nicht, dass du mich wie einen süßen Freier behandelst. Du hast kein Recht, jetzt die Regeln in Frage zu stellen.«

Crow begann, auf und ab zu gehen. »Ich versuche, dich zu beschützen. Die Bayars versuchen seit tausend Jahren, mich aus dem Amulett zu zerren. Wenn sie herausfinden, dass du mit mir reden kannst – was glaubst du, wird dann wohl mit dir passieren? Willst du stundenlang im Kerker von Aerie House gefoltert werden? Ich war da, und glaub mir, ich habe nicht den geringsten Wunsch, dorthin zurückzukehren.«

»Wenn du meinen Freund siehst, wirst du begreifen, dass es ziemlich unwahrscheinlich ist, dass er den Bayars was zuflüstert«, sagte Han. »Oder dass sie ihm zuhören würden, wenn er es täte. Aber mittlerweile ist es sowieso zu spät, ich denke, er wird …« Als hätte er Dancer allein dadurch hergeholt, dass er über ihn gesprochen hatte, wurde die Luft dicker, begann zu wogen, und dann tauchte Dancer auf. Er trug die schöne Kleidung der Clans, die üblicherweise zu zeremoniellen Anlässen angelegt wurde.

Crow machte zwei Schritte zurück. Die Augen weit aufgerissen hob er die Arme wie zur Verteidigung. Instinktiv trat Han zwischen die beiden. Dancer wirkte einen Moment orientierungslos, dann richtete er den Blick auf Crow.

»Du bist kleiner, als ich gedacht hatte«, sagte Dancer und legte den Kopf etwas schief. »Und du hast keine flammenden Augen.«

Crow wurde ein kleines bisschen größer und strahlte jetzt wie ein Pfau, der sein Gefieder präsentierte, oder wie ein Streetlord, der seine Show abzog. »Ein *Kupferkopf*? Du hast einen Kupferkopf mitgebracht?« Crow ließ die Arme langsam sinken, während er Dancer anstarrte, als wäre er der Dämon. »Nein«, flüsterte er und runzelte die Stirn. »Das stimmt nicht. Du bist ein Magier, der sich als Kupferkopf verkleidet hat.«

Dancer fingerte an seinem Talisman herum. »Natürlich bin ich ein Magier, sonst wäre ich gar nicht hier. Aber ich bin auch ein Clan-Mitglied.«

»Hayden Fire Dancer – Alger Waterlow«, stellte Han die beiden einander etwas formell vor.

Crow wirkte so angespannt wie eine Katze in Ragmarket. »Irgendwas ist an dir«, flüsterte er, den Blick fest auf Dancer geheftet. »Etwas … Verborgenes. Etwas Gefährliches. Etwas, das niemand sehen soll. Sind wir uns schon einmal begegnet?«

Dancer schüttelte den Kopf. »Ich bin erst zum zweiten Mal in Aediion.«

»*Wir* stellen *dir* die Fragen«, warf Han ein, der allmählich die Geduld verlor.

»Fragen?« Crows Blick wanderte zu Han. »Was für Fragen?«

»Du hast gesagt, du wärst Alger Waterlow, der letzte Magierkönig. Wenn das stimmt, dann sage mir, wo du dich heimlich mit Hanalea getroffen hast, bevor ihr zusammen weggelaufen seid.«

»Das geht dich nichts an«, erwiderte Crow und presste die Lippen so fest zusammen, als wollte er sie nie wieder öffnen.

»Wenn wir uns zusammentun wollen, geht es mich sehr wohl etwas an«, stellte Han klar.

»Schick den Kupferkopf weg«, forderte Crow. »Ich habe nämlich nicht den geringsten Wunsch, mich mit *ihm* zusammenzutun. Dann werden wir reden.«

Han schüttelte den Kopf. »Ich brauche ihn als Zeugen. Ansonsten verschwinden wir beide wieder.« Drohgebärden, wie er sie auf der Straße gelernt hatte. Er durfte nicht zulassen, dass Crow wusste, wie verzweifelt er seine Hilfe benötigte.

Crow zog ein finsteres Gesicht und gab nach. »Also schön. Hanalea und ich haben uns im Glashaus von Fellsmarch Castle getroffen. Es gab einen Geheimgang von ihren Gemächern aus.«

»Im Glashaus?«, fragte Han unsicher. Lucius hatte von einem Wintergarten gesprochen.

»Der Wintergarten«, sagte Crow ungeduldig und wedelte mit der Hand. »Ein gläserner Garten, das Gleiche wie ein Glashaus.«

Han musste sich alle Mühe geben, sein ausdrucksloses Straßengesicht beizubehalten, während sein Magen sich zusammenzog. War es möglich, dass Crow tatsächlich die Wahrheit sagte?

»Also schön«, erwiderte Han. »Klingt glaubhaft. Und was hast du Hanalea zur Verlobung geschenkt?«

Jetzt kniff Crow die Augen zusammen. »Wer hat dir davon erzählt?«, wollte er wissen. »Woher kommt das alles?«

Han zögerte einen Moment. »Erinnerst du dich an Lucius Frowsley?«

Crow schien mit dem Namen nichts anfangen zu können. »Frowsley?« Er schüttelte den Kopf. »Ich wüsste nicht, dass ich jemanden …« Er sah auf. »Sprichst du von Lucas?«, fragte er. »Lucas Fraser? Er war mit mir in Mystwerk. Er war mein bester Freund. Aber das ist tausend Jahre her.«

Han runzelte die Stirn. Hatte Lucius seinen Namen geändert? »Vielleicht«, sagte er. »Es ist eine lange Geschichte, aber er ist noch am Leben. Ich habe diese Fragen von ihm. Und auch die Antworten.«

»Lucas«, flüsterte Crow mehr zu sich selbst. »Ist das wirklich möglich? Ich hatte … das alles … fast vergessen. Er war so begierig darauf, ewig zu leben, aber ich hatte keine Ahnung, ob …«

»Beantworte einfach nur die Frage, ja?«, sagte Han.

Crows Augen glänzten, als er ihn ansah. »Ich habe Hanalea einen Ring gegeben – mit Mondsteinen und Perlen und Saphiren. Und sie hat mir einen Goldring geschenkt, in dessen Innenseite ihr Name eingraviert war, um sie stets auf meiner Haut zu tragen.« Er lachte verbittert. »Die Bayars haben ihn mir weggenommen, zusammen mit allem anderen.«

»Dann ist es also wirklich wahr«, sagte Dancer. Seine Hand schloss sich reflexartig um sein Amulett. »Du *bist* der Dämonenkönig.«

Crow wandte sich Dancer zu. Dann stolperte er einen Schritt rückwärts, während ein Ausdruck der Erkenntnis über sein Gesicht glitt und ein Feuer in seinen Augen zu lodern begann.

»Wo wir von Dämonen sprechen«, sagte Crow mit tiefer, bedrohlicher Stimme. »Ich glaube, du hast das Gesicht eines Dämons.« Er machte einen Satz auf Dancer zu, um sich auf ihn zu stürzen – und dann prallte er auf den Rücken, als der Ebereschentalisman ihn zurückschlug.

»Du bist ein dreckiger Bayar!«, schrie Crow, nachdem er sich abgerollt hatte und wieder auf den Beinen war. Seine Erscheinung wogte und flatterte wie ein Banner im Wind. »Hast du etwa gedacht, ich würde dich nach all diesen Jahren nicht mehr erkennen? Hast du gedacht, ich würde den Gestank von Aerie House nicht wiedererkennen?« Seine Stimme zitterte, und sein Gesicht verzerrte sich vor Ekel.

Dancer stand einfach nur wie erstarrt da und schwieg.

»Ich habe dir *gesagt*, wie wichtig es ist, meine Existenz geheim zu halten, ganz besonders vor den Bayars«, wandte sich Crow an Han. Seine Stimme klang tief und wütend. »Jetzt hast du selbst diese geringe Chance, die du überhaupt nur gehabt hast, auch noch verspielt.«

»Du irrst dich«, sagte Han, weil Dancer immer noch keinen Ton von sich gab. »Mach mal die Augen auf. Dancer ist kein Bayar. Er ist ein Clan-Geborener, er ist in Marisa Pines aufgewachsen. Ich kenne ihn, seit wir *Lýtlings* waren.«

»Töte ihn«, forderte Crow mit zusammengebissenen Zähnen. »Töte ihn sofort, oder wir werden alle unter den Folgen leiden.«

»Wieso willst du mich nur ständig dazu bringen, jemanden zu töten?«, fragte Han.

»Du bist ein Narr, Alister«, sagte Crow. »Und ich war ein Narr, dass ich dir vertraut habe.« Und damit verschwand er zischend wie ein verlöschender Funke im Nichts.

Han und Dancer starrten auf die Stelle, an der er kurz zuvor noch gewesen war.

»Es tut mir leid, Hunts Alone«, sagte Dancer mit einem tiefen Seufzer. »Ich hoffe, ich habe es dir nicht vermasselt. Ich weiß, dass du auf seine Hilfe gezählt hast.«

»Was ist nur in ihn gefahren?«, wunderte sich Han. »Vielleicht hattest du recht – vielleicht ist er wahnsinnig geworden, dadurch, dass er tausend Jahre in einem Amulett eingesperrt war.«

Dancer schüttelte den Kopf. »Oder er ist einfach nur wirklich gut darin, einen Bayar aufzuspüren«, sagte er ruhig. Während Han zusah, veränderte Dancer seine Kleidung, legte die Clan-Leggins und das Hemd ab und zog stattdessen eine Magierrobe an, deren Stolen den Jagenden Falken zeigten. Seine Haare allerdings waren immer noch nach Art der Clans geflochten und gebunden.

»Meine Mutter ist eine Clan-Geborene, Hunts Alone«, fuhr Dancer fort. »Aber hast du dich jemals gefragt, wer mein Vater war?«

»Na ja, ich kenne die Geschichte, die Elena über Willo Song an deinem Namenstag erzählt hat«, sagte Han. Seine Stimme verklang.

»Sie stimmt auch, zumindest zum größten Teil«, erwiderte Dancer. »Abgesehen davon, dass Willo immer behauptet hat, nicht zu wissen, wer es gewesen ist. Kannst du dir einen Magier vorstellen, der skrupellos genug ist, um in die Spirits zu gehen und im Wald eine junge Frau zu überfallen?«

Han musterte Dancer – die auffallend blauen Augen in dem bronzefarbenen Gesicht, die kantigen Gesichtszüge, die schweren, dunklen Brauen. Als die Erkenntnis in ihm aufflammte, zog sich Han's Kehle schmerzhaft zusammen, als steckte dort ein großer Stein, den er hinunterzuschlucken versuchte.

»Die Ähnlichkeit ist tatsächlich ziemlich verblüffend, wenn man erst einmal weiß, wonach man suchen muss«, sagte Dancer nüchtern.

»Beim Blute und den Gebeinen von Hanalea«, flüsterte Han und schüttelte den Kopf. »Dein Vater ist Gavan Bayar!« Kein Wunder, dass Dancer seine Gabe als Fluch betrachtet hatte.

»Du hast keine Ahnung, wie verlockend es gewesen ist, mich Micah und Fiona als ihr lang verschollener älterer Bruder vorzustellen«, sagte Dancer. »Beinahe wert, dafür zu sterben. Eine Zeitlang kam es mir wie die ideale Lösung vor. Ich würde als Bayar vor sie treten, und sie würden mich töten.«

Erinnerungen stiegen in Han auf – an Dancers heftige Reaktion auf Hanalea, wo sie Micah und seinen Vettern begegnet waren. Es hatte damals so gar nicht zu ihm gepasst. Dancers für einen Clan-Geborenen ungewöhnliches Wissen über Magier und ihre Bräuche. Micahs Reaktion auf Dancer, wann immer sie aufeinandergetroffen waren …

»Wissen die Bayars davon?«, fragte Han.

Dancer schüttelte den Kopf. Er lächelte schwach. »Ich glaube, Micah sieht seinen Vater in mir. Es ist, als würde er es im Unterbewusstsein wissen, es aber nicht über sich bringen, ernsthaft daran zu glauben. Lord Bayar selbst bin ich nie begegnet. Wenn *er* es wüsste, wäre ich bereits tot.«

»Was ist mit den Demonai? Averill? Elena *Cennestre*? Wissen sie es?«

Dancer schüttelte den Kopf. »Wenn *sie* es wüssten, hätten sie mich bei meiner Geburt ertränkt. Willo und ich sind die Einzigen, die darüber Bescheid wissen. Und jetzt du. Und unglücklicherweise Crow.«

Han erinnerte sich daran, wie Willo Dancer in den Tempel zu Redner Jemson gebracht hatte, in der Hoffnung, ihn von seiner verfluchten Gabe zu heilen. Sie hatte ihr Geheimnis ihr ganzes Leben lang bewahrt und versucht, für ihren geliebten Sohn einen Platz in einer Welt zu finden, die im Krieg lag.

»Wieso hast du mir das nicht schon früher erzählt?«, fragte Han, während seine Gedanken rasten.

»Das musst du gerade sagen«, schoss Dancer zurück. »Wie viele Geheimnisse hast du denn vor mir verborgen?«

»Ich wollte dich nicht kritisieren. Ich möchte nur wissen, warum du es nicht gesagt hast.«

»Ich wusste es selbst erst ab dem Moment, als sich die Gabe zu manifestieren begann«, erklärte Dancer. »Danach hätte ich es dir fast erzählt, mehrmals sogar. Aber dann haben die Bayars deine Familie getötet, und ich wusste, wie du ihnen gegenüber empfindest. Ich war mir nicht sicher, wie du reagieren würdest. Und jetzt ist da auch noch Cat. Sie hasst die Bayars – sie haben schließlich alle ihre Freunde umgebracht. Und meine Mutter – sie hat mich schwören lassen, dass ich es niemals erzählen würde.« Dancer sprach vollkommen sachlich und sah Han offen in die Augen. »Lange Zeit wollte ich selbst nicht, dass irgendjemand davon erfährt. Aber jetzt – ich bin froh, dass du es weißt. Ich bin es leid so zu tun, als wäre es unser Fehler. Als müsste ich mich dafür schämen, wer ich bin. Ich kann nicht kontrollieren, was andere Leute tun. Aber ich kann kontrollieren, wie ich damit umgehe.«

Wut flammte in Han auf. Wieso mussten Dancer und Willo eine solche Bürde tragen – die Bürde dieses Geheimnisses, immer in der Sorge, dass es herauskommen könnte, und voller Angst vor der Reaktion der Bayars, wenn sie Bescheid wüssten.

»Hat Willo einen Beweis?«, fragte Han. »Dass es Bayar war, meine ich.«

»Sie hat immer noch seinen Ring«, sagte Dancer. »Als sie bemerkt hat, dass sie schwanger ist, hat sie ihn versteckt und behauptet, sie wüsste nicht, wer der Vater ist.«

Als Han den Mund öffnete, um etwas zu sagen, hielt Dancer eine Hand hoch, um ihn davon abzuhalten. »Sie hat versucht, mich zu beschützen – vor den Bayars und den Demonai. Aber als klar wurde, dass ich die Gabe besitze, konnte sie es nicht mehr geheim halten. Ich wusste, dass es früher oder später rauskommen würde.«

»Sie hätte seinen Namen nennen sollen«, sagte Han verärgert. »Sie hätte ihn vor Gericht bringen sollen.«

»Aus unserer Sicht vielleicht«, nickte Dancer. »Aber Willo hatte große Angst vor Bayar, und sie wird diese Angst bis heute nicht los. Ihr Vertrauen ist dadurch zerstört worden, dass sie so nah an zu Hause überfallen wurde. Sie hat sich seither nie wieder richtig beschützt gefühlt.« Er machte eine Pause. »Dafür wird Bayar bezahlen.«

Han legte Dancer eine Hand auf den Arm und drückte ihn. »Du bist mein bester Freund«, sagte er. »Es kümmert mich nicht, wer dein Vater ist.«

Dancer zuckte mit den Schultern. »Ich hoffe, dass Cat genauso denkt. Ich werde es ihr sagen. Ich will auch vor ihr keine Geheimnisse haben. Nicht mehr.« Er tastete an seinem Amulett herum. »Aber wir sollten Willo nichts davon erzählen – zumindest nicht vor der Beerdigung der Königin. Sie macht sich so schon genug Sorgen, weil ich hingehe. Sie will nicht, dass ich irgendwo bin, wo ich Bayar begegnen könnte.«

»Ganz wie du möchtest«, sagte Han. Er war immer noch damit beschäftigt, all das zu verarbeiten, was er eben gehört hatte. »Es ist *dein* Geheimnis. Aber ich glaube, du solltest wirklich bald mit Cat sprechen.«

KAPITEL ZWEIUNDZWANZIG

Klare Ziele

Du musst Han Alister vertrauen, redete sich Raisa immer und immer wieder ein. Auch dann, wenn er dich hasst. Du hast keine andere Wahl.

Nun, in Wirklichkeit hatte sie eine andere Wahl. Es standen sogar mehrere Möglichkeiten zur Auswahl: Sie konnte dem Plan ihres Vaters folgen und sich gut abgeschirmt zur Zeremonie begeben und danach sofort wieder verschwinden. Oder sie konnte der Entführung zustimmen, die Reid Nightwalker so stark befürwortete.

Aber sie wollte Han ihre Wertschätzung spüren lassen, indem sie ihm vertraute – im Gegensatz zu früher. Sie hoffte nur, dass er tatsächlich die richtige Entscheidung traf.

Dabei war es nicht gerade hilfreich, dass Nightwalker nur allzu deutlich machte, wie sehr *er* Han Alister oder seinem Plan misstraute. Han hatte ihr sein Vorhaben bei einem kurzen, geschäftsmäßigen Treffen vorgestellt. Sie waren zu dritt gewesen, genau so, wie er es gewollt hatte. Und Raisa hatte den Plan befürwortet.

Danach hatten sie ihn den anderen mitgeteilt. Und die hatten ihn *nicht* befürwortet.

Nightwalker konnte unermüdlich sein. Und überzeugend.

Die Sonne war noch nicht einmal aufgegangen, und er redete schon seit einer Stunde auf sie ein, während sie sich eigentlich auf die Reise zur Gedenkfeier vorbereiten wollte.

Es ging natürlich um Han Alister und seinen Plan.

»Er ist ein Fluchbringer«, sagte Nightwalker. »Wie kannst du darauf vertrauen, dass er dir gegen den Magierrat hilft?«

»War nicht genau das der Plan?«, fragte Raisa und rieb sich die Augen. »Hat Elena *Cennestre* ihn nicht genau deshalb rekrutiert? Soviel ich weiß, sollte er die Geheimwaffe sein.«

»Ich sage ja nicht, dass wir ihn nicht *benutzen* sollten. Ich sage nur, dass wir ihm nicht dein Leben anvertrauen sollten.« Nightwalker lehnte an einer Säule in der Matriarchinnen-Lodge. Er wirkte so geschmeidig und gefährlich wie eine Fellskatze, und seine Kleidung sah aus, als wollte er in eine Schlacht ziehen. Er trug einen Umhang und Clan-Leggins mit dem Muster aus Sonnenlicht und Schatten, und an seinem Hals strahlte das Amulett, das ihn als Demonai auswies.

Nightwalker wirkte nicht im Geringsten übernächtigt, obwohl er zweifellos die halbe Nacht auf gewesen war und seinem Namen alle Ehre gemacht hatte. Auf dem Weg zum Abort hatte Raisa ihn und Night Bird gesehen; die beiden hatten sich vor der Gäste-Lodge einen Gute-Nacht-Kuss gegeben. Offenbar waren sie also immer noch zusammen.

Sie zwang sich, ihre Aufmerksamkeit wieder auf die Gegenwart zu richten.

»Han hasst den Hohemagier«, sagte sie. »Ich kann mir nicht vorstellen, dass er sich mit den Magiern verbündet.«

»Das hat er dir erzählt. Aber er hat mehr mit ihnen gemein als mit irgendwem von uns.«

Raisa setzte sich auf ihre Fersen und ließ die Hände auf den Oberschenkeln ruhen. »Du tust es schon wieder«, sagte sie. »Du behandelst mich, als wäre ich dumm. Ich habe in

Odenford einige Zeit mit Alister verbracht. Ich kenne ihn besser als du. Ich weiß, was ich tue.«

Nightwalker hob beide Hände. »Ich bitte um Vergebung, Hoheit.« Er hielt inne und räusperte sich verlegen. »Es scheint, dass ich mich immer wieder entschuldigen muss. Ich glaube, ich verbringe einfach zu viel Zeit mit Leuten, die mir zustimmen.« Er holte tief Luft. »Trotz meines Mangels an Diplomatie ist es nicht meine Absicht, deine Urteilsfähigkeit anzuzweifeln. Ich bin nur einfach um deine Sicherheit besorgt.«

Raisa blinzelte ihn überrascht an. So viel Selbstkritik hätte sie bei Nightwalker nicht erwartet. Dennoch hatte sie nicht vor, ihn so leicht davonkommen zu lassen. »Ich vermute, dass du deshalb gegen meine Schwester in den Krieg ziehen willst. Gegen eine Prinzessin des Grauwolf-Geschlechts. Obwohl du ihre Absichten gar nicht kennst.«

Nightwalker schüttelte den Kopf. »Ich wollte sie nur aus dem Spiel nehmen. Es wäre sicherer für dich, und auch für sie.«

»Es wird keine Kämpfe geben«, sagte Raisa. »Und deshalb werden wir alle in Sicherheit sein.« Sie ging ihre Kleider durch und versuchte herauszufinden, was sie anziehen sollte, um den Trauergästen die richtige Botschaft zu übermitteln.

Nein, berichtigte sie sich und legte die Fingerspitzen an die Stirn. *Was kann ich anziehen, um meine Mutter und ihr Vermächtnis zu ehren?*

Sie hatte nicht viel zur Auswahl – nur das, was die Clans ihr seit ihrer Ankunft zur Verfügung gestellt hatten. Alles andere hatte sie zurückgelassen, in Fellsmarch und in Odenford. Sie dachte an die Wandschränke im Schloss, mit den vielen hübschen Kleidern, und seufzte.

Du bist eine Bettelprinzessin, dachte Raisa, die in den Häusern von anderen wohnt und geliehene Sachen trägt.

Sie entschied sich für einen Glockenrock aus Walkwolle und eine perlenbesetzte Tunika aus leichtem Wildleder und legte alles über ihre Pritsche. Willo hatte ihr eine schöne, weiße Hirschlederjacke gegeben, deren Rücken und Ärmel mit den Grauwolf-Symbolen bemalt und bestickt waren. Die Trauerkleidung der Clans hatte nichts mit der düsteren, schmucklosen Trauerkleidung der Flatlander gemein. Die Clans feierten das Leben der Toten und ihre Verbindung mit den Lebenden.

»Warte bitte draußen auf mich«, sagte Raisa zu Nightwalker, der fast den Anschein erweckte, als wollte er an ihrer Seite kleben, bis es Zeit war, zum Marianna-Gipfel aufzubrechen. Möglicherweise lautete dahingehend sogar Elenas Befehl, angesichts zweier Magier im Camp. Oder war es seine eigene Idee?

Nightwalker nahm ihre Ellenbogen und zog sie zu einem innigen Kuss zu sich heran. Er roch nach Leder und frischer Luft.

Raisa löste sich zögernd aus seiner Umarmung. Er schien unbedingt dort weitermachen zu wollen, wo sie aufgehört hatten. Sie wusste aus Erfahrung, dass Reid Nightwalker eine sehr willkommene Abwechslung von all ihren Sorgen sein konnte, wenn sie es zuließ. Er konnte ihr helfen zu vergessen, dass Han Alister sie behandelte, als wäre sie Gift.

»Nightwalker. Geh jetzt. Ich muss mich umziehen. Wir müssen bald aufbrechen.«

Das doppeldeutige Lächeln machte nur allzu deutlich, wie gern er geblieben wäre und zugesehen hätte. Aber trotzdem verschwand er durch die Vorhänge ins andere Zimmer.

Raisa seufzte. Wann immer sie mit Nightwalker zusammen war, fühlte sie sich bedrängt – persönlich und in jeder anderen Hinsicht. Sie musste seine unnachgiebige Eindringlichkeit irgendwie kanalisieren. Er machte sie mürbe.

Sie vermisste Amons Zuverlässigkeit. Er war nach Fellsmarch zurückgeritten, um dabei zu sein, wenn die Asche seines Vaters vom Kathedralen-Tempel zur Begräbnisstätte gebracht wurde. Averill war ebenfalls wieder in der Stadt; er würde Mariannas Bahre zur Gedenkfeier begleiten. Raisa blieben die Demonai, Han Alister und Fire Dancer. Das war alles, und es würde genügen müssen. Sie hoffte nur, dass sie sie daran hindern konnte, sich gegenseitig an die Kehle zu gehen.

Raisa zog gerade ihre Stiefel an, als sie Stimmen aus dem Nebenraum hörte. Sie streckte ihren Kopf zwischen den Vorhängen hindurch und sah Han Alister und Reid Nightwalker; sie umkreisten sich wie Alphawölfe, mit aufgestellten Nackenhaaren und beinahe gefletschten Zähnen.

Han war so schön gekleidet, wie sie ihn noch nie zuvor gesehen hatte: von oben bis unten in Schwarz mit einer grauen Borte am Hals und an den Ärmeln. Sein Hemd fiel locker über seinen Körper und brachte seine verführerisch schlanke, muskulöse Gestalt zur Geltung. Das Einsame-Jäger-Amulett glitzerte auf dem schwarzen Stoff, der seine hellen Haare und die blauen Augen noch mehr als sonst betonte.

»Was geht hier vor?«, fragte sie und sah von einem zum anderen.

»Ich habe ihm gesagt, dass er nicht einfach reingehen kann, während Ihr Euch anzieht. Und er hat sich widersetzt«, berichtete Nightwalker. Seine Haltung ließ erkennen, wie viel Mühe es ihn kostete, seine Aggression zu kontrollieren.

»Ich wollte Euch nur wissen lassen, dass ich da bin.« Han warf Raisa einen kurzen Blick zu, ehe er sich wieder Nightwalker zuwandte. »Ich habe etwas zu tun und nicht viel Zeit, wenn wir nicht zu spät zur Zeremonie kommen wollen.«

»Ich bin bereit«, sagte Raisa und holte tief Luft. »Beginnen wir.«

Han sah Nightwalker weiter an und machte eine ruckartige Bewegung mit dem Kopf in Richtung Ausgang. »Raus.«

»Ich bleibe«, sagte Reid Demonai und verschränkte die Arme vor der Brust. Er stellte sich noch breitbeiniger hin, als hätte er vor, sich nicht mehr von der Stelle zu rühren.

»Wir sollten das allein tun, Eure Hoheit«, sagte Han. »Wenn ich Euch beschützen soll, ist es wichtig, dass so wenig Leute wie möglich wissen, was ich vorhabe.«

Während Han mit Raisa sprach, ignorierte er Nightwalker komplett. Nun, dachte Raisa, endlich mal was Neues. Seit sie ihm ihre wahre Identität gestanden hatte, hatte Han nur so oft und so lange wie unbedingt nötig mit ihr gesprochen. Es war, als hätte er für jedes Wort einen hohen Preis zahlen müssen.

»Ich lasse dich nicht mit der Erbprinzessin allein«, sagte Nightwalker. »Angesichts der Tatsache, dass die Fluchbringer in der Vergangenheit ständig die Königinnen beeinflusst haben, ist das zu riskant.«

Die beiden hassen sich, dachte Raisa, und dieser Hass scheint weit über den üblichen Argwohn zwischen Magiern und Clans hinauszugehen. Denn eigentlich müsste Han sich bei den Spirit-Clans wie zu Hause fühlen, da er sich von Kindesbeinen an regelmäßig hier aufgehalten hat. Und so lange ist er ja noch gar kein Magier.

Ein Räuspern riss sie aus ihren Gedanken. Sie sah auf und stellte fest, dass beide sie ansahen und auf eine Entscheidung warteten.

»Ich kenne Nightwalker seit vielen Jahren«, sagte Raisa zu Han. »Er wird heute Mitglied meiner Leibwache sein. Wenn ich ihn mit dieser Aufgabe betrauen kann, dann wird er sicherlich auch …«

»Ich will nicht, dass er dabei ist und mich ablenkt«, unterbrach Han sie. »Es ist so schon schwer genug.«

»Also gibst du es zu«, sagte Nightwalker. »Du weißt nicht, was du tust.«

»Das ist genau die Art von unwissendem Dummgeschwätz, die ich nicht gebrauchen kann, während ich arbeite«, stellte Han fest und sah Raisa mit hochgezogenen Augenbrauen an, als wollte er sagen: *Siehst du?*

»Er bleibt«, bestimmte Raisa und fühlte sich wie eine Schiedsrichterin auf dem Schulhof. »Aber seid still, Nightwalker, und lasst Alister seine Arbeit tun, sonst seid Ihr raus.«

Mit einer kurzen Bewegung seines Kinns wies Han Nightwalker auf seinen Platz. »Ihr. Setzt Euch in die Ecke und bleibt mir aus dem Weg, wenn Ihr nicht in die Fänge der Magie geraten wollt.«

Nightwalker zog ein vor Misstrauen finsteres Gesicht, aber er fügte sich.

Han ging um Raisa herum und begutachtete sie. »Bleibt stehen«, warnte er sie. »Ich werde Euch berühren müssen.«

Es klang, als hätte er sich damit erst mühsam abfinden müssen.

Han fuhr mit einer Hand unter sein Hemd, und Raisa wuste, dass er das Schlangenstabamulett umfasste. Vielleicht war das der Grund, warum er nicht wollte, dass Nightwalker dabei war. Er schien es stets zu vermeiden, dass irgendjemand sonst in den Camps das Amulett sah.

Raisa stand angespannt da; ihre Haut kribbelte in Erwartung seiner Berührung. Seine Finger zischten, als sie leicht über ihren Kopf, ihre Schultern, ihren Nacken und ihre Taille strichen. Es erinnerte Raisa an den Künstler, der das Porträt für die Münze gefertigt und zuvor den Ton betastet hatte, ehe er ihn formte.

Han machte einen Schritt zurück und rieb sich stirnrunzelnd das Kinn. Dann klärte sich seine Miene etwas, als er auf ihre Hand blickte. »Oh«, sagte er. »Ihr müsst den Talismanring abnehmen, sonst wird es nicht funktionieren.«

Raisa sah auf den Wolfsring an ihrer Hand hinunter.

»Eure Hoheit, Elena Demonai hat Euch den Ring gegeben, um Euch vor den Zaubern der Fluchbringer zu beschützen«, mahnte Nightwalker. »Jetzt wäre *kein* guter Zeitpunkt, um ihn abzunehmen. Nicht, wenn Ihr es mit den mächtigsten Fluchbringern des ganzen Vales zu tun bekommt.«

»Jetzt wäre sogar ein *sehr* guter Zeitpunkt, um ihn abzunehmen«, widersprach Han. »Sofern Ihr wollt, dass dieser Plan funktioniert.«

»Wenn wir mal Alister und das, was er vorhat, außen vor lassen, beschützt dieser Ring Euch für den Fall, dass einer der Magier bei der Gedenkfeier auf die Idee kommen sollte, Euch in Flammen zu setzen«, führte Nightwalker an. »Ohne den Ring seid Ihr verletzbar.« Er machte eine Pause und murmelte dann leise, allerdings nicht nur zu sich selbst: »Es sei denn, darum geht es.«

»Wenn Ihr den Mund haltet und mich meine Arbeit tun lasst, wird sie nicht verletzbar sein«, entgegnete Han. Er hatte die Hand immer noch unter seinem Hemd und reckte das Kinn angriffslustig vor.

»Hört auf«, sagte Raisa. Sie nahm den Ring vom Finger und steckte ihn in einen Beutel an ihrem Gürtel. »So. Ich habe ihn gleich hier, falls ich ihn brauche. Und jetzt sollten wir uns besser beeilen. Es muss fast Zeit sein, um aufzubrechen.«

Als Han sich ihr jetzt erneut widmete, fühlte es sich ganz anders an als vorher. Während er um sie herumging, murmelte er magische Formeln. Sein Gesicht war angespannt vor Anstrengung, sein Blick nach innen gerichtet. Seine Finger entfachten kleine Feuer, wo immer er sie berührte. Raisa schnappte nach Luft, als die Magie unter ihre Haut kroch und ihr Blut in Wallung brachte. Sie hatte das Gefühl zu glühen, und ihr Kopf war benommen, als hätte sie gerade ein Bad in einer heißen Quelle genommen.

Oder als hätte sie gerade jemanden sehr, sehr lange geküsst.

Nightwalker sah von seiner Ecke aus zu; er war so gespannt wie eine Bogensehne.

Und dann kamen die Wölfe. Einzeln und paarweise glitten sie unter den trennenden Vorhängen und durch die Wände hindurch, mit leuchtenden Augen und heraushängenden Zungen, bis ein Dutzend von ihnen im Kreis um sie herum saßen.

Raisa fühlte sich an den Traum erinnert, den sie gehabt hatte, nachdem Byrne im Marisa-Pines-Pass getötet worden war – an den Besuch der Wolfsköniginnen an jenem Abend, als ihre Mutter gestorben war. Sie sah die grauäugige Hanalea und die grünäugige Althea. Manchmal, für den Bruchteil eines Herzschlags, glaubte sie, sogar die Königinnen selbst sehen zu können.

Han warf einen Blick auf die Wölfe und dann wieder zu Raisa zurück. »Freunde von Euch?«

Raisa blinzelte ihn an. »Du kannst sie sehen?«

»Hin und wieder, seit wir – seit ich Euch geheilt habe«, sagte Han. »Ich hatte gehofft, dass sie heute kommen würden. Ich weiß nicht, ob das hier funktionieren wird, aber …« Er streckte eine Hand in Richtung der Wolfsköniginnen aus. Auf seinen Fingerspitzen tanzten Flammen. Das Licht wanderte in einem Bogen von seinen Händen zu den Wölfen und wieder zurück.

Hanalea neigte den Kopf und starrte Han mit einem wölfischen Lächeln an.

Wieso sollte Han Alister Wölfe sehen können?, fragte Raisa sich. Diese Fähigkeit war ein Merkmal des Grauwolf-Geschlechts, mit dem die Gabe der Prophezeiung verbunden war. Das ergab keinen Sinn.

Vielleicht hat es wirklich etwas mit dem Heilungsprozess zu tun, dachte sie. Damit, dass sie sich miteinander verbunden hatten.

Die Wölfe schlossen die Augen und legten die Ohren an. Sie reckten die Schnauzen gen Himmel und begannen zu heulen; ein trauriger Schrei, bei dem sich Raisas Nackenhaare aufstellten.

»Oh!«, sagte sie und erschauerte.

Nightwalker schoss hoch; er sah aus, als wäre er kurz davor, mit einem Satz zu ihr zu springen. »Was ist, Thorn Rose? Was hat er getan?«

»Eure Hoheit, habt Ihr jemals bemerkt, wie schwer es ist, sich zu konzentrieren und etwas richtig zu machen, wenn Euch jemand die Ohren volljammert?«, fragte Han. »Was ich damit sagen will, ist: Wenn das hier schiefgeht, liegt es nicht an mir.«

Trotz seines leichten, sarkastischen Tons glänzten Schweißperlen auf seiner Stirn und seiner Oberlippe, als kostete ihn seine Arbeit eine beachtliche Menge Energie. Oder als wäre er nervös, was das Ergebnis betraf.

Die Wölfe beendeten ihr Klagelied. Hanalea wandte sich Raisa zu und neigte den Kopf. Das königliche Rudel verschmolz mit den Schatten und verschwand.

Han zog seine Hand zurück und stand mit gesenktem Kopf da, während er kurz und flach atmete, als hätte er einen Wettlauf bestritten. Das Amulett des Einsamen Jägers tauchte sein Gesicht in Licht und Schatten. Schweiß tropfte herunter und fiel auf den Teppich.

Raisa verschränkte die Arme. Noch immer verspürte sie überall am Körper ein Kribbeln, was jedoch die einzige nachhaltige Wirkung zu sein schien. »War es… hat es funktioniert?«, fragte sie.

Han hob den Kopf und wischte sich mit dem Ärmel den Schweiß von der Stirn. »Das werden wir sehen.«

Raisa sah die Frage auf Nightwalkers Gesicht und beschloss, ihm zuvorzukommen, da ihre Chance auf eine Antwort definitiv größer war. »Was hast du getan?«

»Ich habe eine Imagination erschaffen.«

»Eine Imagination? Was ist das?«

»Ein Zauber. Ein Bild, das wir benutzen, wenn wir auf dem Marianna-Gipfel sind. Etwas, das den Magierrat und die anderen Blaublütigen beeindrucken und verwirren wird. Etwas, das Euch zu einer schwierigen Zielscheibe machen wird.« Han warf Nightwalker einen Blick zu. »Erinnert Ihr Euch? Ich hatte erklärt, dass ich eine magische Ablenkung erschaffen würde«, sagte er, als müsste man mit Nightwalker in schlichten Worten sprechen.

»Kann ich meinen Ring jetzt wieder anlegen?«, fragte Raisa und umschloss den Beutel mit ihren Fingern.

Han runzelte die Stirn und biss sich auf die Unterlippe, dann schüttelte er den Kopf. »Lieber nicht. Ich glaube, wir müssen die magische Verbindung aufrechterhalten, bis alles vorbei ist.«

Elena streckte ihren Kopf herein. »Seid ihr fertig? Wir müssen gehen, Enkelin.«

Raisa würde inmitten der Gruppe von Demonai reiten, die ihre Großmutter zur Gedenkfeier begleiteten.

Fire Dancer wartete bei den Ponys. Han zog ihn zur Seite, beugte sich zu ihm hin und murmelte ihm etwas ins Ohr. Dancer nickte und sah Raisa an.

Nightwalker kam und legte Raisa den Schattenumhang der Demonai über, der ihre helle Trauerkleidung verbarg. Als er ihn an ihrem Hals befestigte, ließ er seine Hände ein bisschen länger auf ihren Schultern ruhen.

Die Gedenkfeier für die Königin war für den späten Nachmittag angesetzt worden. Sie würden einen Großteil des Tages unterwegs sein; sie planten, sich im Gebirge zu halten und von Marisa Pines aus das Vale zu umrunden, um die Drynne westlich von Fellsmarch zu überqueren und sich dann von Nordwesten her dem Marianna-Gipfel zu nähern.

Elena und Willo ritten neben Raisa, die anderen Demonai-Krieger vor und hinter ihnen. Han und Dancer ritten nebeneinander; sie hatten ihre Hände an den Amuletten, um sie für die Aufgabe, die vor ihnen lag, aufzuladen. Raisa fragte sich, wie viel von Han's Magie durch die »Imagination« verbraucht worden war. Sie konnte nur hoffen, dass es das wert sein würde.

Wann immer Raisa die beiden Magier ansah, steckten sie die Köpfe zusammen und sprachen leise miteinander, während sie dahinritten. Dancer hatte zusätzlich zur Bettrolle zwei große Doppelpacktaschen auf seinem Pferd befestigt.

Es versprach ein kalter, klarer Tag in den Bergen zu werden; etwas weiter unten, wo die Gedenkfeier abgehalten wurde, konnte es sich vielleicht etwas mehr erwärmen. Im Osten, wo die Sonne sich über die Spirits erhob und ins Vale ergoss, verblassten gerade die letzten Sterne.

»Mutter hätte diesen Tag geliebt«, sagte Raisa zu Elena und blinzelte in das schräg einfallende Sonnenlicht. »Sie hat die Sonne geliebt, auch wenn sie die Kälte nicht mochte.«

»Hmmm.« Elena schien mit ihren Gedanken woanders zu sein; wahrscheinlich machte sie sich Sorgen um ihren Sohn Averill.

Liebe macht verletzlich, dachte Raisa. Und doch hatte sie sich immer danach gesehnt.

Am frühen Nachmittag überquerten sie die Drynne über eine hohe Brücke, die den tosenden und schäumenden Fluss überspannte. Das Wasser unter ihnen führte all den Schmutz und den Ballast der übervölkerten Stadt im Osten mit sich, auch wenn sie es hier oben nicht riechen konnten.

Wenn ich Königin bin …, setzte Raisa wie so oft in ihren Gedanken an. Und hielt inne.

Ich *bin* Königin.

In den nördlichen Spirits stiegen sie wieder hoch hinauf, wobei sie immer wieder Blicke auf das grünende Vale unter ihnen erhaschten. Raisa saugte die Aussicht auf die Turmspitzen, Kuppeln und Türmchen des weit entfernten Fellsmarch gierig in sich auf. Die Stadt glitzerte im Sonnenlicht wie die Märchenstadt eines Kindes – einer jener Orte, die sich aufzulösen schienen, wenn man sich ihnen zu sehr näherte.

Ich komme nach Hause, schwor sie sich. Heute Nacht, wenn es nach mir geht.

Nordwestlich des Vales verließen sie den Pfad, der oberhalb des Vales entlangführte, und wendeten sich wieder nach Nordosten, um hinter den Marianna-Gipfel zu gelangen und zwischen den beiden Zwillingsgipfeln dorthin abzusteigen. An der Stelle, wo sich die beiden Pfade trafen, machten sie nun eine Pause, um etwas zu essen und den Pferden etwas Ruhe zu gönnen, bevor sie sich an den langen Gipfelaufstieg wagten.

Raisa ließ ihr Pferd in der Obhut von Night Bird zurück und ging ein kurzes Stück zwischen den Bäumen hindurch zu einer Stelle, von der aus sie einen letzten Blick hinunter ins Vale werfen konnte, bevor sie die Bergflanke umrunden würden und es endgültig außer Sichtweite geriet.

Im Tal wimmelte es nur so von Leuten. Reisende bevölkerten die Straßen und nutzten ihrem Rang entsprechende Verkehrsmittel. Einige ritten auf schönen Pferden und verließen die Straßen, auf denen sie nur langsam vorankamen, um querfeldein schneller ans Ziel zu gelangen. Elegante Kutschen wetteiferten mit den schlichten Pferdewagen, in denen all jene saßen, die ein Girlie für die Fahrt entbehren konnten. Manche waren auch zu Fuß unterwegs, sogar ganze Familien, Mütter und Väter, die kleine Kinder auf den Armen trugen und sich zum Schutz vor dem Staub der Straße Tücher vor das Gesicht gebunden hatten.

Sie verstopften die Straßen, die von Fellsmarch durch das Vale bis hinauf zum Marianna-Gipfel im Norden führten. Die Bürger von Fellsmarch verließen ihre Stadt, um ihrer Königin Lebwohl zu sagen.

Raisa war berührt und überrascht. Marianna war nicht besonders beliebt gewesen, zumindest nicht bei den Menschen in den ärmeren Vierteln der Hauptstadt. Als das Gerücht aufgekommen war, dass Prinzessin Raisa übergangen und Mellony an ihrer Stelle zur Erbin ernannt werden sollte, war es zu Unruhen gekommen.

»Süße Märtyrerin«, flüsterte sie. »Es sieht so aus, als wäre die ganze Stadt unterwegs.«

»Auf jeden Fall ganz Ragmarket und Southbridge. Außerdem natürlich die Blaublütigen.«

Raisa zuckte zusammen und wirbelte herum. Han Alister stand neben ihr und sah ebenfalls hinunter ins Vale. Er konnte sich so lautlos anschleichen wie ein Clan-Krieger.

Er beschattete die Augen mit der Hand, und der Wind zerzauste seine Haare. »Vielleicht noch Westmarket. Roast Meat Hill und die Bottoms.«

»Wie meinst du das?«, fragte sie. »Woher weißt du das?«

»Ich habe Cat Tyburn in die Stadt geschickt«, erklärte Han. »Sie sollte dort das Gerücht streuen, dass Prinzessin Raisa hier wäre und vielleicht Hilfe brauchen könnte. Dass es Leute gäbe, die versuchen würden, ihr den Thron abspenstig zu machen. Oder sie zum Schweigen zu bringen. Oder in Ketten zu legen.« Ansatzweise verfiel er wieder in jene Sprachgewohnheiten, die sie ihm in ihrem Unterricht in Odenford abgewöhnt hatte.

»Was?« Sie reckte den Kopf und sah zu ihm auf. »Nachdem wir uns so viel Mühe gegeben haben, meine Anwesenheit geheim zu halten, hast du die Nachricht in der ganzen Stadt verbreiten lassen?«

Han rieb sich den Nacken. »Glaubst du wirklich, dass Lord Bayar auf die Gerüchte hören würde, die in Ragmarket herumgeistern? Oder dass der Rat der Adeligen sich in der *Krone* trifft?« Er lachte. »Die Ragger und Southies stellen für dich keine Gefahr dar, es sei denn, du läufst da mit einer fetten Börse herum. Es sind die Blaublütigen, vor denen du dich in Acht nehmen musst. Wie ich gehört habe, können das ganz schöne Lügner und Betrüger sein.« Er sah sie geradewegs an, und seine blauen Augen waren so hart und strahlend wie Saphire.

Raisa empfand seinen Blick wie einen körperlichen Schlag, aber sie zwang sich, ihm nicht auszuweichen. »Han. Es tut mir leid, dass ich dich angelogen habe«, sagte sie und legte ihm eine Hand auf den Arm. »Wenn ich noch einmal in der Situation wäre, würde ich …«

»Aber das wird nicht der Fall sein, Hoheit, oder?«, fragte er.

»Nein«, sagte Raisa, »aber …«

»Wie auch immer, mach dir keine Sorgen um Ragmarket«, sagte Han, trat einen Schritt zurück und entzog sich ihrer Berührung. »Es ist das Schulterklopfen in den Hinterzimmern des Schlosses, das dich beschäftigen sollte.« Er schien fest entschlossen zu sein, einen Bogen um die unerledigte Sache zwischen ihnen zu machen.

»Das weiß ich«, erwiderte Raisa und gab auf. »Abgesehen davon habe ich vor, heute Nacht als zukünftige Königin nach Fellsmarch zurückzukehren.«

Han warf einen Blick über die Schulter, wo die Demonai sich mit den Pferden beschäftigten. »Da werden die da aber nicht glücklich drüber sein«, stellte er fest. »Ganz besonders Nightwalker nicht. Unten in der Stadt kann er dich nicht kontrollieren.«

»Er kontrolliert mich auch jetzt nicht«, fauchte Raisa.

»Er will dich heiraten«, sagte Han und starrte zum Vale hinunter. »Nur, dass du es weißt.«

Raisa widerstand dem Impuls, sich umzudrehen und Nightwalker anzusehen. »Wie kommst du darauf?«

»Es ist nicht sehr schwer, ihn zu deuten.« Er reckte das Kinn, und das schräg einfallende Licht betonte seine leicht rötlichen Bartstoppeln.

Raisa zwang ihre Aufmerksamkeit wieder auf das Gespräch. »Nun, wenn er mich heiraten will, wird er sich hinten anstellen müssen«, sagte sie. »Ich bin es leid, nur ein Mittel zum Zweck zu sein.«

Han drehte sich wieder zu ihr um. Ein verwirrter Ausdruck huschte über sein Gesicht. »Ein Mittel zum Zweck? Wie meinst du das?«

»Alle wollen nur den verfluchten Thron heiraten. Wenn ich in Ragmarket wohnen würde, wäre niemand an mir interessiert. Ich glaube, ich bleibe lieber unverheiratet.«

»Aber du musst heiraten, oder? Damit die friedliche Nachfolge gewährleistet ist.« Er zeigte jetzt wieder seine vorsichtige, ausdruckslose Miene, aber sie bemerkte, dass seine Hände zu Fäusten geballt waren.

»Wie die, die wir jetzt haben?« Sie wartete, und als er nichts sagte, sprach sie weiter. »Ich weiß, dass du mir zustimmst. Ich muss sofort zum Schloss zurückkehren, wenn ich nicht riskieren will, den Thron zu verlieren.«

»Und du sagst mir das, weil …?«

»Weil ich deine Hilfe brauche. Um nach Fellsmarch zurückzukehren, meine ich. Ich brauche Schutz.«

Han zuckte mit den Schultern. »War das nicht der Handel? Dass ich den Magierrat bekämpfe, um den Clans und dem wahren Königinnen-Geschlecht zu helfen?« Sein unbeteiligter, spöttischer Tonfall wurde allmählich vertrauter – und ärgerlicher.

Ich habe ihn verletzt, dachte Raisa. Ich habe ihn entsetzlich verletzt und sein Vertrauen missbraucht. Ich muss irgendeinen Weg finden, es zurückzugewinnen. *Ihn* zurückzugewinnen. Ich muss mich ihm beweisen.

»Ich war nicht dabei, als diese Vereinbarung getroffen wurde«, sagte Raisa und sah ihm in die Augen. »Das ist etwas, das zwischen dir und den Clans gilt. Ich weiß, dass du immer noch Vorbehalte gegenüber der Vereinbarung hast, verständlicherweise. Ich brauche keine widerwilligen, halbherzigen und im Einklang mit dem Gesetz stehenden Bemühungen. Diese Art von Unterstützung würde mir den Tod bringen.«

»Das wäre eine Schande«, murmelte Han. Er zog die hellen Brauen zusammen und dachte nach. »Ist das nicht Korporal Byrnes Aufgabe?«, sagte er dann. »Dich zu beschützen, meine ich? Hast du nicht vor, ihn zum Hauptmann der Wache der Königin zu machen?«

Raisa nickte. »Das ist er in gewisser Weise bereits. Ich werde es bei der Krönung bekanntgeben. Aber ich brauche euch beide«, sagte sie. »Auch wenn möglicherweise nicht einmal das genügen wird.«

»Und was springt dabei für mich raus?«, fragte Han und blinzelte in die Ferne. »Ich bin immerhin ein Söldner. Was bietest du mir als Gegenleistung?« Seine Stimme klang leichthin, aber Raisa konnte den Händler unter den Worten heraushören.

»Was willst du?«, fragte sie.

Han tat so, als würde er darüber nachdenken. Raisa vermutete jedoch, dass er die Antwort schon parat hatte. »Nun, zuerst mal brauche ich einen Platz im Schloss, damit ich dich ständig im Blick haben kann. Ein hübsches Plätzchen, meine ich«, sagte er und zwickte die Augen zusammen, als könnte sie versuchen, ihn um seinen Anteil zu prellen. »Groß genug, dass Gäste dort übernachten können. Direkt neben deinen Gemächern.«

»Direkt neben meinen …?« Raisa runzelte die Stirn. »Nein, das ist unmöglich.« Es war sicherlich nicht gut, einen Magier direkt nebenan zu haben. So etwas hatte es noch nie gegeben. Selbst zwischen den Räumen von Gavan Bayar und Königin Marianna hatte sich ein Korridor befunden.

Han hob beide Hände. »Willst du meinen Schutz oder nicht? Soll ich erst durch das ganze Schloss rennen müssen, wenn du mich brauchst?« Als sie immer noch zögerte, fügte er hinzu: »Du hast mich gefragt, was ich will, oder? Und ich werde ganz sicher nur dann eine Aufgabe übernehmen, wenn ich weiß, dass ich sie erfüllen kann. Du weißt, wem man die Schuld geben wird, wenn irgendetwas schiefläuft.«

»Also schön«, willigte sie ein und fragte sich, wie Amon Byrne auf diesen Plan reagieren würde. »Aber keine Gäste. Nicht neben meinen Gemächern.« Aus Sicherheitsgründen, sagte sie sich.

Er lächelte schief. »Aber Hoheit. Ich habe viele Freunde, die noch nie in einem Schloss gewesen sind und …«

Sie hob eine Hand. »Schon gut, Alister. Ich sehe, dass das nirgendwohin führt. Ich werde mein Glück mit …«

»Du hast gewonnen«, unterbrach er sie, als wüsste er, dass er zu weit gegangen war. »Keine Gäste – zumindest nicht über Nacht.«

Für einen Moment starrte sie in sein Gesicht, und er erwiderte ihren Blick. »Schön, dann sind wir uns also einig. Wir …«

»Zweitens brauche ich eine monatliche finanzielle Zuwendung«, fuhr er fort. »Die Clans kommen zwar für meinen Unterhalt auf, aber für den Fall, dass sie sich über mich ärgern, will ich nicht darauf angewiesen sein. Ich muss Leute in der Stadt aushalten, also …« Er sah sie aus dem Augenwinkel an, als wollte er die Größe ihrer Geldbörse abschätzen. »Fünfzig Girlies, für den Anfang.«

»Fünfzig Girlies!« Raisa verdrehte die Augen. »Wen willst du aushalten? Einen Harem aus Lustmädchen?« Angesichts der Geschichten, die sie über den Streetlord Cuffs Alister gehört hatte, hätte es sie nicht überrascht.

»Was ich mit dem Geld mache, geht dich nichts an«, sagte Han. »Du musst nur entscheiden, ob es dir das wert ist.«

Raisa seufzte. »Also schön. Fünfzig Girlies. Ich spreche mit dem Verwalter, wenn wir …«

»Drittens musst du mich weiterhin unterrichten«, unterbrach er sie. »Protokoll, Kleidung, Tanz, alles, was ich wissen muss, wenn ich am Hof bin. Zweimal die Woche, eine Stunde, Minimum.«

»Wirklich?« Raisa wölbte eine Braue. »Mir scheint, als würdest du ganz gut alleine klarkommen – wenn du dir erst mal Mühe gibst, meine ich. Aber wenn du das wirklich willst, werde ich dir einen Lehrer besorgen, um …«

»Nein.« Er schüttelte den Kopf. »Du. Ich will, dass du das übernimmst, nur wir beide. Das wird uns einen Grund geben, uns regelmäßig privat zu treffen.« Da war etwas in seinem Blick, das sie ahnen ließ, dass dies die Prüfung war, die sie zu bestehen hatte.

Raisa presste die Lippen zusammen, um zu verhindern, dass unbedachte Worte aus ihr heraussprudelten. Dann nickte sie zustimmend. Es oblag der Monarchin zu entscheiden, wer ihre Gunst und Zugang zu ihr hatte und wann, und Han verlangte regelmäßigen, garantierten Zugang. Er hatte es schlau eingefädelt.

»Schön«, sagte sie. »Noch etwas kann es ja wohl kaum geben.«

»Ein Letztes noch. Ich möchte, dass du mich in den Magierrat holst«, verlangte Han.

Raisa starrte ihn an. »Ich soll was?«

»Als wir in Odenford waren und ich etwas über den Rat wissen wollte, hast du gesagt, dass ein Mitglied von der Königin ernannt wird. Und genau dieses Mitglied möchte ich sein.«

»Ich dachte, du hasst den Magierrat«, sagte Raisa. »Wieso solltest du dann ein Mitglied werden wollen?«

»Vielleicht gefällt es mir, Mitglied eines Clubs zu sein, der mich von allein nie aufnehmen würde«, erwiderte Han. »Nur, um ihn zu ärgern.«

»Aber solltest du nicht eigentlich gegen ihn kämpfen?« Raisas Stimme wurde lauter.

Han legte einen Finger an seine Lippen. »Schsch. Ich habe vor, den Rat von innen zu zerschnippeln, aber das würden die Demonai nicht verstehen. Deshalb benötige ich auch deine finanziellen Zuwendungen.«

»Wenn sie glauben, dass du die Seiten gewechselt hast,

steht mehr als nur dein Einkommen auf dem Spiel«, stellte Raisa fest.

»Das Risiko werde ich eingehen«, sagte Han. »Also – ich werde für dich arbeiten, und du bist die Königin, ja?«

Raisa rieb sich die Stirn. »Bist du dir sicher, dass du im tiefsten Innern nicht doch ein Händler bist?«, fragte sie.

»In Ragmarket sind alle irgendwie Händler«, sagte Han.

Raisa dachte darüber nach. Wenn sie ehrlich war, zog sie Han Alister beinahe allen anderen Kandidaten vor, die ihr sonst noch einfielen. Da es keine vorangegangenen Bündnisse oder familiären Verbindungen seinerseits gab, würde er sicher weniger gefährlich sein. Und sie konnte sich kaum vorstellen, dass er sich mit den Bayars zusammentun würde. »Also schön«, sagte Raisa. »Ich bringe dich in den Magierrat.«

Han spuckte sich in die Hand und streckte sie ihr entgegen.

Raisa verdrehte die Augen, spuckte sich ebenfalls in die Hand und schlug ein.

»Thorn Rose?«

Raisa blickte überrascht auf. Reid Nightwalker hatte sich völlig unbemerkt genähert. Seine dunklen Augen flackerten von Raisa zu Han. »Die Pferde haben genug gefressen und sich ausgeruht, und wir sind bereit zum Aufbruch«, sagte er. »Wir brauchen noch zwei Stunden bis zum Marianna-Gipfel.«

Han lächelte. »Wir sind fertig«, sagte er und ging mit stolzgeschwellter Brust zu den Pferden.

Reid starrte ihm nach.

Raisa fragte sich, wie viel er mitbekommen hatte.

Sie fragte sich auch, ob Han beabsichtigt hatte, dass er etwas mitbekam.

Wer war hier eigentlich der Spieler – sie oder Han Alister? Und wie sah sein Spiel aus?

In vielerlei Hinsicht hatte sie das Gefühl, kein Land mehr zu sehen. In vielerlei Hinsicht empfand sie sich ihm gegenüber als verletzlich.

Wenn ich überleben will, dachte sie, muss ich in alldem besser werden.

KAPITEL DREIUNDZWANZIG

Die Show beginnt

Es war mitten am Nachmittag, als sie den Marianna-Gipfel erreichten, der sich ein Stück unterhalb der Stelle befand, an der sich die beiden Zwillingsgipfel trafen. Die Demonai hatten einige Krieger vorausgeschickt, die das Gebiet erkunden und sicherstellen sollten, dass auf dem Weg keine unerfreulichen Ereignisse zu befürchten waren.

Night Bird war eine von ihnen. Als sie zurückkehrte, berichtete sie, dass die Armee nördlich der Begräbnisstätte eine leichte Verteidigungslinie errichtet hatte.

»Sie haben oberhalb der Begräbnisstätte Soldaten postiert, wenn auch nicht viele«, sagte sie. »Die meisten befinden sich unterhalb davon, da sie offensichtlich mehr Angst vor einer von unten kommenden Bedrohung haben. Eine riesige Menschenmenge hat sich bereits versammelt, und es kommen immer noch mehr Leute. Die Wache der Königin hat um die eigentliche Begräbnisstätte Barrikaden errichtet, aber der gesamte Berghang des Marianna-Gipfels ist bereits voller Menschen.«

»Wirklich?« Elena zog die Stirn in Falten. »Was sind das für Leute? Soldaten oder …?«

»Innerhalb der Eingrenzung befinden sich die Fluchbringer und Adeligen aus dem Vale mit ihren Soldaten«, sagte Night Bird. »Aber unterhalb davon sind es normale Bürger. Keine Blaublütigen, sondern Kaufleute und Arbeiter, einfache Soldaten und Gelehrte. Wahrscheinlich auch Räuber und Taschendiebe. Es sind Tausende da.«

Raisa warf einen Blick auf Han, der sich völlig auf Night Birds Nachrichten zu konzentrieren schien. Er hatte sein höflich interessiertes Straßengesicht aufgesetzt.

Night Bird fuhr mit ihrem Bericht fort. »Ich habe mit dem für die Wache verantwortlichen Korporal gesprochen und gesagt, dass Elena *Cennestre* und eine kleine Gruppe von Clan-Herrschern und Demonai-Kriegern schon bald aus dem Norden eintreffen würden. Ich habe ihm außerdem erklärt, dass wir nach der Zeremonie die Nacht auf dem nördlichen Hang verbringen würden, um am nächsten Tag nach Hause zurückzukehren.«

Der Platz war strategisch gesehen eine gute Wahl. Die Demonai konnten Bogenschützen auf den Höhen postieren, und sie würden sich außerdem rasch zurückziehen können, sollte es nötig werden.

»Wer war der verantwortliche Korporal?«, fragte Raisa.

»Korporal Fallon«, sagte Bird. »Mason Fallon.«

Ein kalter Schauer der Besorgnis überlief Raisa. Noch jemand, den sie nicht kannte. Der von ihren Feinden ausgewählt worden war. Sie war froh, dass Amon da sein würde.

»Wie sieht es mit der Begräbnisstätte selbst aus?«, wollte Elena wissen.

»Sie haben mehrere große Pavillons um den Scheiterhaufen der Königin aufgebaut«, erzählte Night Bird. »Einer trägt das Grauwolf-Wappen, was nahelegt, dass Prinzessin Mellony hier ist. Ein anderer trägt das Wappen der Bayars. Auf einem dritten befindet sich das lidlose Auge, auch wenn ich

Lord Demonai nicht gesehen habe. Das Grab selbst befindet sich ein Stück hangaufwärts und ist aus dem Berg herausgehauen worden. Etliche Leute laufen herum und sind mit den Vorbereitungen beschäftigt.«

»Hast du Korporal Byrne auch gesehen?«, fragte Raisa.

Bird schüttelte den Kopf. »Er dient als Eskorte der Leiche der Königin. Das Grab für den verstorbenen Hauptmann befindet sich ein Stück unterhalb von dem der Königin. Ein paar Flatland-Soldaten bewachen die Stelle.«

Also wird Hauptmann Byrne tatsächlich in der Nähe seiner Königin begraben, dachte Raisa. In den Armen ihres Berges. Und Amon würde da sein und auf sie warten. Und der Rest der Grauwölfe – Freunde, die sie seit Odenford nicht mehr gesehen hatte. Freunde, auf die sie sich verlassen konnte. Sie holte tief Luft und atmete langsam aus. Gut.

»Fallon hat gesagt, dass Redner Jemson eine Ansprache halten wird – erst für Hauptmann Byrne, dann für die Königin. Danach wird Königin Mariannas Körper den Flammen übergeben, um ihren Geist zu befreien, damit er in die Berge einziehen kann. Der Hohemagier und ein Repräsentant des Regentschaftsrates werden ebenfalls sprechen.«

»Und Prinzessin Mellony?«, fragte Raisa.

Bird schüttelte den Kopf. »Es heißt, dass die Prinzessin zu bekümmert ist, um eine Rede zu halten.«

Oder zu eingeschüchtert, dachte Raisa grimmig. Als Königin wird sie lernen müssen, zu jedem Anlass zu sprechen. Ihr Volk will aus ihrem Mund hören, was los ist.

Im Schutz des Waldes schlugen sie ein provisorisches Lager auf, dann versammelten sie sich ein letztes Mal – Raisa und Reid Nightwalker Demonai, Willo Song, Elena *Cennestre*, Han Alister und Fire Dancer.

»Thorn Rose«, sagte Elena. »Ich weiß, dass du an der Gedenkfeier deiner Mutter teilnehmen willst. Ich bin aber immer noch der Meinung, dass es am sichersten wäre, wenn du dir alles vom Bergkamm aus ansehen würdest. Wir könnten genügend Krieger als Wache bei dir lassen. Auf diese Weise bekämst du alles mit und wärst nicht in Gefahr.«

Raisa schüttelte den Kopf. »Ich werde an der Gedenkfeier zu Ehren meiner Mutter teilnehmen. Wir haben das bereits besprochen.«

Elena seufzte und rieb sich das Kinn. »Ich dachte mir, dass du das sagen würdest.« Sie legte Raisa eine Hand auf den Arm. »Dann bitte ich dich zumindest um dies: Du bist gekleidet wie eine Demonai. Wenn du schon zum Grab absteigen musst, reise in unserer Mitte, sodass du höchstwahrscheinlich nicht erkannt werden wirst.«

»Großmutter, ich muss als Erbprinzessin an der Feier teilnehmen«, sagte Raisa. »Ich muss von so vielen Zeugen wie möglich gesehen werden, damit hinterher niemand bestreiten kann, dass ich ins Reich zurückgekehrt bin. Das ist der einzige Weg, wie ich meinen Anspruch auf den Thron sichern kann.«

»Wenn du tot bist, kannst du den Grauwolf-Thron nicht mehr besteigen«, versetzte Elena. »Wir können dich nicht beschützen, wenn du dich in die Menge begibst. Ich weiß, dass du gern beweisen möchtest, dass du kein Feigling bist, aber …«

»Ich tue das nicht, um irgendwem irgendetwas zu beweisen – außer, dass ich da bin und die Absicht habe, den Thron zu besteigen«, stellte Raisa klar. »Ich tue das, um meine Mutter zu ehren.«

»Falls du deine Krönung noch erlebst, so hoffe ich, dass dir dein Starrsinn als Königin wenigstens nützlich sein wird«, knurrte Elena.

»Han Alister hat geschworen, für meine Sicherheit zu sorgen – das war dein Werk, schon vergessen?«, fragte Raisa. »Und Fire Dancer hat sich bereit erklärt zu helfen. Wir haben einen Plan ausgearbeitet, den wir befolgen müssen.«

Alle Blicke richteten sich jetzt auf Han, der leicht breitbeinig dastand, die Arme vor der Brust verschränkt. Seine glänzenden Haare wurden von der hangabwärts wehenden Brise zerzaust. Sein Einsamer Jäger glühte auf dem nüchternen Schwarz seines Gewandes.

Fire Dancer war weggegangen, um seine Packtaschen zu holen. Er löste die Riemen, schlug die Laschen zurück und holte einen funkelnden stählernen Brustharnisch sowie stählerne Handschuhe heraus, in die das Grauwolf-Emblem eingraviert war.

»Eine Rüstung?«, fragte Elena. »Du wirst eine Rüstung tragen? Das ist der Plan? Du glaubst, *das* wird dich vor magischen Flammen schützen?«

»Nein, Großmutter, aber es wird mich vor anders gearteten Angriffen schützen«, erwiderte Raisa. »Vergiss nicht, dass Königin Marianna bei einem Sturz vom Königinnenturm ums Leben kam. Und Hauptmann Byrne ist mit Pfeilen getötet worden. Wenn sie es also auf diese Weise versuchen, kann ihnen kein Magier die schmutzige Arbeit abnehmen. Sie werden rauskommen und sich zeigen müssen, wenn sie es mit mir aufnehmen wollen.«

Elena fuhr mit ihren schwieligen Fingern über den Brustharnisch, berührte den Halswulst und die schwachen Runen an den Seiten. Sie sah Raisa an, und ihre Augen funkelten. »Das ist Demonai-Arbeit. Wer hat das gemacht, Thorn Rose? Und wann? Darin steckt beachtliche Macht.«

»Ich habe es angefertigt«, sagte Dancer und stellte die Packtaschen beiseite. Er drehte sich um und sah Elena direkt an. »Es ist meine Arbeit.«

Ein verärgertes Murmeln erhob sich unter den Demonai-Kriegern.

»Du?« Elena starrte ihn an. »Aber das ist unmöglich. Du bist ein …«

»Ich bin ein Amulettschmied, Elena *Cennestre*«, sagte Dancer und reckte das Kinn. »Oder besser gesagt, ich will einer werden.«

»Wer unterrichtet dich?«, wollte Elena wissen. »Denn derjenige – wer auch immer es ist – spielt ein sehr gefährliches Spiel.«

»Hört auf!«, rief Raisa. »Wie können wir erwarten, dass wir gegen unsere Feinde gewinnen, wenn wir uns gegenseitig bekämpfen?«

Das wird von jetzt an zu meinem Leben gehören, dachte sie. Ich werde die Streitereien zwischen Magiern, Clans und dem Vale schlichten müssen.

»Magier dürfen keine magischen Waffen herstellen, Hoheit«, sagte Elena. »Damit konzentriert sich zu viel Macht in ihren Händen.«

»Das ist nicht Teil der Fægung«, sagte Dancer störrisch und nahm eine abwehrende Haltung ein. »So etwas steht nirgendwo geschrieben.«

»Es steht nirgendwo geschrieben, weil niemand damit gerechnet hat, dass jemals ein Fluchbringer in den Camps geboren werden könnte«, erwiderte Nightwalker. »Oder dass er lange genug leben könnte, um …«

»Fire Dancers Gabe stammt von der Schöpferin«, ertönte plötzlich eine sehr laute und sehr klare Stimme. »Wer sind wir, dass wir den Willen der Schöpferin hinterfragen?«

Raisa wirbelte herum. Es war Night Bird, die junge Demonai-Kriegerin. Diejenige, die immer noch Reid Nightwalker anbetete.

Verblüfftes Schweigen folgte. Dancer und Han starrten sie einfach nur an, aber am meisten überrascht wirkte Nightwalker.

»Dancers einzigartige Fähigkeiten sind im Moment vielleicht genau das, was wir brauchen«, sprach Night Bird weiter. »Vielleicht sollten wir jede Gabe willkommen heißen, mit der wir diese Königin schützen können.«

Das Erstaunen in Reid Nightwalkers Miene wich einem Ausdruck, als fühlte er sich verraten. »Night Bird, denk nach«, sagte er. »Es gibt Gaben, die man besser ablehnen sollte.«

»Und wer entscheidet darüber?«, fragte Han. »Sicher nicht die Demonai.«

»*Ich* habe darüber entschieden«, sagte Raisa laut. »Ich habe mich entschieden, Fire Dancers Gabe anzunehmen, und damit ist diese Diskussion beendet. Ihr werdet jetzt alle zur Begräbnisstätte gehen und euch zu den anderen gesellen. Han, Dancer und ich bleiben so lange hier, bis die Gedenkfeier beginnt.«

»Wieso reitet Ihr nicht jetzt gleich mit uns los?«, fragte Nightwalker. Er musterte Han argwöhnisch und machte einmal mehr keinen Hehl daraus, dass er ihm misstraute.

»Ich muss vor allen Bevölkerungsgruppen der Fells als Königin in Erscheinung treten – vor den Vale-Bewohnern, den Magiern und den Spirit-Clans«, erklärte Raisa. »Ich trage bereits Clan-Kleidung. Wenn ich jetzt auch noch zusammen mit den Clans zur Begräbnisstätte reite, sieht es so aus, als würde ich vorrangig zu euch gehören.« Sie sah das Stirnrunzeln um sich herum und fügte hinzu: »Macht euch keine Sorgen, ich habe nicht vor, heute zu sterben.«

Reid Nightwalker bestand darauf, mit einer Handvoll Demonai bei Raisa zu bleiben – für den Fall eines Hinterhalts, wie er sagte. Ob er sich damit auf Han Alister oder jemand anderen bezog, sagte er nicht. Raisa stand mit ihrer kleinen Gruppe am Waldrand; sie sah zu, wie die übrigen Demonai zur Begräbnisstätte hinunterritten. Unter ihnen war auch Bird, die von Nightwalker in diese Gruppe eingeteilt worden war.

Raisa setzte sich mit einer Ausgabe von *Das Buch der Tempelgebete und Liturgien*, das sie von Marisa Pines mitgenommen hatte, auf den Boden. Han und Dancer ruhten sich unter einem Baum aus und unterhielten sich leise. Sie berührten ihre Amulette mit den Händen, um in der noch verbleibenden Zeit so viel Macht wie möglich zu sammeln. Reid Nightwalker und seine Krieger verfolgten die Geschehnisse weiter unten. Willo, die ebenfalls zurückgeblieben war, ordnete die Kleiderbündel, die sie aus ihren Satteltaschen geholt hatte.

Raisa las mehrmals die Passagen, die sie benötigen würde. Es fiel ihr schwer, sich zu konzentrieren, während sie stumm die machtvollen Worte sprach und versuchte, sie sich einzuprägen.

Raisa hatte die Gebete zur Vorbereitung auf ihren Namenstag gelernt, aber sie hatte noch nie an einem Staatsbegräbnis teilgenommen. Ihre Großmutter Königin Lissa war noch vor ihrer Geburt gestorben. Auch Marianna hatte den Thron sehr jung bestiegen. Raisa fragte sich, ob ihre Mutter diese Aufgabe vielleicht besser gemeistert hätte, wenn sie mehr Zeit gehabt hätte, um hineinzuwachsen.

Jetzt stand Raisa vor der gleichen Herausforderung. Würde es auch für sie zu schnell zu viel Macht sein?

Da unterbrach ein Geräusch ihre Gedanken. Sie sah auf und stellte fest, dass Nightwalker vor ihr stand. »Die Prozession mit Königin Mariannas Leiche kommt gerade den Berg hoch«, sagte er. »Wir sollten jetzt gehen.«

Raisa stand auf, und Nightwalker legte ihr seine Hände auf die Schultern, beugte sich vor und gab ihr einen Kuss auf die Stirn. »Alles Gute für heute, Thorn Rose«, sagte er. Dann wanderte sein Blick zu Han und Dancer, ehe er wieder sie ansah. »Und sei wachsam.«

»Es wird alles gut werden, warte es nur ab«, sagte Raisa und sah Nightwalker fest in die Augen. Sie wollte ihn davon überzeugen. Sie wollte es wahr werden lassen.

»Ich hoffe, du hast recht«, antwortete Nightwalker. »Das hier ist schwierig für mich.« Er lächelte leicht, neigte den Kopf und wandte sich ab. Die verbleibenden Demonai-Krieger stiegen auf und ritten über die Hügelkuppe und außer Sichtweite, während Willo, Han, Dancer und Raisa allein zurückblieben.

Raisa kleidete sich jetzt für den bevorstehenden Auftritt an; sie wusste, dass der erste Eindruck der halbe Sieg sein konnte, wenn es um Politik ging.

Willo hatte einige Kleidungsstücke in verschiedenen Stapeln geordnet. Einen davon in Schwarz und Silber reichte sie Han. »Es ist nicht meine beste Arbeit, Hunts Alone, da ich nicht viel Zeit hatte«, sagte sie. »Aber ich glaube, es wird gehen.« Ihre dunklen Augen musterten ihn, als versuchte sie, seine Absicht herauszufinden.

Han nickte nur und nahm die Kleidungsstücke an sich. »Danke.« Er drehte sich um und schritt zu seinem Pferd.

Ehe Raisa sich viele Gedanken machen konnte, reichte Willo ihr eine dicke gesteppte Jacke – eine Art Wattierung für die Rüstung, die sie tragen würde. Raisa legte ihren Schattenumhang ab und zog die Jacke über ihre Clan-Gewänder.

Dancer öffnete den Brustharnisch und hielt ihn auf, sodass Raisa ihre Arme hindurchstrecken konnte. Dann verschloss er ihn und schob ihn so zurecht, dass er gerade auf ihren Schultern saß. Raisa streifte die Handschuhe über, und Dancer befestigte sie ebenfalls. Er hatte gut gearbeitet – die Sachen waren leicht und glänzten schön. Die Magie darin summte auf ihrer Haut.

Willo befestigte einen scharlachroten Umhang an Raisas Schultern, auf den in feinen, kunstvollen Stichen das Bild eines knurrenden grauen Wolfs gestickt war. »Ich hoffe, Ihr wisst, was Ihr tut«, sagte sie und sah von Raisa zu Han und Dancer. »Auf diese Weise werdet Ihr so sichtbar sein wie ein Banner.«

»Dann wird Lord Bayar wenigstens seine magischen Augengläser nicht benötigen«, stellte Raisa trocken fest. »Perfekt.« Sie fuhr mit den Fingern über die Stickerei. »Das ist wunderschön«, sagte sie leise. »Wie in aller Welt habt Ihr das …«

»Ich hatte es schon vor einer ganzen Weile für Eure irgendwann anstehende Krönung hergestellt«, erklärte Willo. Sie lächelte traurig. »Ich hatte keine Ahnung, dass ich dieses Geschenk so schnell übergeben würde.«

»Danke.« Raisa umarmte Willo, soweit das in der Rüstung noch möglich war. »Was werdet Ihr jetzt …?«

»Ich werde hierbleiben«, sagte Willo rasch, als hätte sie mit dieser Frage gerechnet. »Ich habe Marianna bereits nach Art der Alten Bräuche betrauert. Ich habe mit Averill gesprochen. Er versteht das – und ich hoffe, Ihr tut das auch.«

»Natürlich«, sagte Raisa verwirrt. »Aber …«

»Hoheit?« Han's Stimme unterbrach ihr Gespräch. Raisa sah auf und stellte fest, dass Han und Dancer bereits auf ihren Pferden saßen.

Dancer winkte kurz und galoppierte über die Hügelkuppe davon. Er würde vorausreiten und eine Stelle finden, von der aus er sowohl die Bayars als auch die anderen anwesenden

Magier im Blick haben würde, um mögliche magische Angriffe zu vereiteln.

Han saß aufrecht auf seinem Pferd; sein Gesicht wirkte so kalt und reglos und bleich, als wäre es aus Marmor. Lediglich seine lebhaften blauen Augen sorgten für etwas Farbe. Er trug den schwarz-silbernen, bemalten und bestickten Umhang, den Willo für ihn angefertigt hatte. Metallfarbene Schlangen wanden sich an den Ärmeln entlang bis zur Schulter, und auf den Stolen standen sich ein grauer Wolf und ein Rabe gegenüber. Den Rücken zierte eine Grauwolfkrone, durch die ein von einer Schlange umschlungener Magierstab ragte.

Was hat denn das zu bedeuten?, fragte Raisa sich. Han war ein Gewöhnlicher, er konnte kein Familienwappen besitzen. Allerdings kam es vor, dass sich Gewöhnliche selbst ein Wappen erschufen, wenn sie in der Gesellschaft aufstiegen.

Nur hatte Han bisher nicht den Eindruck erweckt, als wäre er einer von denen, die sich aus solchen Dingen etwas machten.

Der graue Wolf war wohl das Symbol dafür, dass er in ihrem Dienst stand. Aber wieso sollte er ausgerechnet jene Verpflichtung verkünden, die er doch als so lästig empfand? Außerdem musste er über all das mit Willo gesprochen haben, und zwar schon vor einiger Zeit. Erneut überkam sie das Gefühl, wie eine Marionette an Fäden zu hängen, die jemand anderes in der Hand hielt.

»Hoheit?«, fragte Han noch einmal. Es klang immer noch eigenartig, wenn er das sagte. Er wies mit dem Kopf zur Hügelkuppe. »Seid Ihr so weit?«

Raisa schaffte es, sich trotz des zusätzlichen Gewichts der Rüstung in den Sattel zu hieven. Das Pferd hüpfte ein bisschen, als es die unerwartete Last spürte.

»Ja«, sagte Raisa und wappnete sich. »Gehen wir.«

KAPITEL VIERUNDZWANZIG

Abschied

Han starrte vom gerade erst umbenannten Marianna-Gipfel hinunter auf die Begräbnisstätte und die Vorbereitungen, die dort im Gange waren. Er konnte einige bunte Flecken ausmachen. Das leuchtende Blau der Blaujacken tüpfelte sich um etwas herum, das vermutlich das bescheidene Grab von Hauptmann Edon Byrne war.

Han hätte seine Pläne gern vorab mit Korporal Byrne abgesprochen. Er war eine Blaujacke, die er gern hinter sich wusste.

Er hätte auch gern die Möglichkeit gehabt, Crows Gehirn vorab anzuzapfen – um seinen Rat einzuholen. Es war ein Fehler gewesen, ihn gerade in dem Moment so zu überraschen, in dem er seine Hilfe am dringendsten brauchte. Er war sich nicht sicher, ob er ihn jemals wiedersehen würde.

Han dachte daran, was seine Mam immer gesagt hatte: Wenn Wünsche Pferde wären, würden Bettler reiten.

Vom Pavillon der Demonai wehte das Banner mit dem lidlosen Auge, aber die Demonai selbst hatten sich oberhalb des Podests versammelt, wo sie wie das Braun und Hellgrün des frühlingshaften Waldes wirkten. Auch Bird war irgendwo da unten.

Sie hatte ihn überrascht, als sie sich Reid Demonai entgegengestellt hatte. Sie war schon immer willensstark und eigensinnig gewesen, und er vermutete, dass diese Eigenschaften leicht zu einem Bruch mit Nightwalker führen konnten. Es würde interessant sein zu beobachten, wie es mit den beiden wohl weiterging.

Na ja. Ganz so interessant nun auch wieder nicht. Was zwischen Bird und Nightwalker lief, ging ihn nichts an.

Über dem Pavillon, in dem sich vermutlich Prinzessin Mellony aufhielt, flatterte das Grauwolf-Banner im Wind. Der Magierrat hatte seinen eigenen Pavillon, auf dem sich das Emblem des Hohemagiers befand – Flamme und Schwert.

Der Anblick dieser Zelte erinnerte Han an feindliche Lager, die einander gegenüberstanden, fast wie jene, die er im vom Krieg gezeichneten Arden gesehen hatte. Er erinnerte sich auch an das, was Crow ihm über Wirkungen gesagt hatte: Wenn man an der Stelle, an welcher der größte Effekt eintreten wird, ein bisschen mehr Druck ausübt, war viel zu erreichen. Die tausend Jahre alten Fehler zogen bis heute ihre Risse durch die Bevölkerungsgruppen der Fells – aber sie bargen auch neue Chancen. Und Han hatte vor, sie zu ergreifen – es war die einzige Möglichkeit, hier einen Sieg zu erringen. Die einzige Möglichkeit, um das zu bekommen, was er haben wollte – wenn er sich erst einmal entschieden hatte, was das war.

Das Podest ähnelte einem farbenprächtigen Blumengarten – es war voller Adeliger in ihren schönsten Kleidern. Schließlich konnte man diesem traurigen Anlass auch einen Grund zur Fröhlichkeit abgewinnen: Schon bald würde eine neue Königin über das Vale herrschen.

Irgendjemand hatte dies organisiert, und Han musste herausfinden, wer das war – und warum.

Auf den unteren Hängen des Marianna-Gipfels herrschten die gedämpften Farben vor, in welche die einfachen Leute sich kleideten. Farben, die den Schmutz verbargen, auch wenn die Kleidung mehrmals getragen wurde. Fünftagefarben, hatte Mam immer dazu gesagt.

Es sah aus, als würde der Boden erbeben, als Tausende von Menschen versuchten, einen Platz zu bekommen, von dem aus sie besser sehen konnten. Diejenigen, die zu spät gekommen waren, mussten ein gutes Stück von der Zeremonie entfernt stehen bleiben. Cat würde unter ihnen sein und ihre ganz eigene Magie wirken.

Eine lange Prozession aus berittenen Blaublütigen schlängelte sich auf die Pavillons in der Mitte der Begräbnisstätte zu. Selbst aus dieser Entfernung konnte Han erkennen, dass sie sich ziemlich in Schale geworfen hatten. Es musste sich um jene Gruppe handeln, die die Bahre mit der toten Königin zum Berghang brachte. Die Leute auf den unteren Hängen teilten sich zögernd, um sie durchzulassen. Han war daran gewöhnt, dass bei Hinrichtungen und Beerdigungen von Blaublütigen eine festliche Atmosphäre herrschte – als Abwechslung für diejenigen, die sonst ein eher eintöniges Leben führten. Die Stimmung in dieser Menge schien jedoch grimmig und bedrohlich.

Eine schmale Reihe aus Wachen trennte die gewöhnliche Menschenmenge von den Höherrangigen etwas weiter oben am Hang.

Die Bahre der Königin wurde von einer Ehrenwache aus Blaujacken begleitet. Amon Byrne führte sie an; in den Händen hielt er die Urne mit der Asche seines Vaters. Gleich hinter ihm folgte ein reiterloses schlichtes Armeepferd, in dessen Steigbügeln ein Paar Stiefel verkehrt herum steckten.

Han warf einen Seitenblick auf Rebecca – Raisa – die Königin. Sie hätte eine Elfenkriegerin aus dem Märchen sein können, wie sie da in ihrer magischen Rüstung und wehenden Haaren auf ihrem Pferd saß. Der Grauwolf-Umhang flatterte hinter ihr in der Brise.

Eine Erinnerung kehrte zurück – Rebecca, wie sie aus einer dunklen Gasse in Odenford auf ihn zugestapft kam, die Klinge in der Hand, während hinter ihr ein Möchtegern-Angreifer hingestreckt auf dem Pflaster lag. Rebecca, wie sie gedroht hatte, ihm das Gleiche anzutun, falls er nicht aus dem Weg gehen würde.

Die Bilder schwebten so lange durch seinen Geist, bis ihm fast übel war. War das wirklich ein und dieselbe Person – die Freundin, die er kannte, und die Thronerbin der Fells?

Als er Raisa eingehender musterte, sah er, dass ihre Nase sich rosa gefärbt hatte und in ihren Augen, die auf die Bahre mit der Königin gerichtet waren, ungeweinte Tränen glitzerten.

Er wandte sich ab und unterdrückte eine Welle von Mitgefühl. Die einzigen Worte, die über den Leichen von Mam und Mari gesprochen worden waren, waren die seiner eigenen ungelenken Gebete gewesen – und auch die hatten sich fast unausgesprochen auf seiner Zunge aufgelöst. Was nützte es, einen Schöpfer anzurufen, der zugelassen hatte, dass Mam und Mari verbrannt waren?

Raisa lernte jetzt die gleichen Lektionen, die er schon vor langer Zeit gelernt hatte – darüber, was passieren konnte, wenn man sich mit einem mächtigen Blaublütigen anlegte.

Die Bahre der Königin hatte jetzt den Pavillon erreicht, in dem die Gedenkfeier abgehalten werden sollte. Der in Leinen gehüllte Leichnam wurde auf eine andere, mit Blumen dekorierte Bahre gelegt, die eigens dafür vorbereitet worden war. Korporal Byrne reichte die Urne weiter, die einen Ehrenplatz unterhalb der Bahre der Königin erhielt. Dann stieg er von seinem Pferd, stellte sich zur Ehrenwache und nahm Haltung an. Die Blaublütigen strömten auf ihre wertvollen Plätze dicht am Geschehen.

Es war so weit.

Han sah zum Himmel hoch. Sturmwolken sammelten sich hinter Hanalea und zogen in Streifen über die niedrigeren Gipfel, wie lange Arme, die sich nach der Menge ausstreckten. Der Himmel im Westen zeigte ein seltsames Grün, und über der Westmauer zuckten Blitze. Der Wind wurde stärker, fegte vom Marianna-Gipfel herunter und verriet jedem, der es vergessen hatte, dass der Frühling in den Bergen wankelmütig war.

Han's Nacken prickelte. Was auch immer man über die Grauwolf-Königinnen sagen mochte, sie besaßen tatsächlich eine magische Verbindung zu den Spirit Mountains. Er hoffte, dass das seine Arbeit etwas erleichtern würde.

Er sah Raisa wieder an, und sie nickte und reckte ihr Kinn. Der Blick ihrer grünen Augen war ruhig und ohne jede Furcht.

»Achte darauf, dass du im Sattel bleibst«, schärfte Han ihr noch einmal ein. Er wünschte, er könnte ihr eindeutigere Anweisungen geben. »Ich weiß nicht, wie die Ponys auf all das hier reagieren werden.«

Sie nickte wieder und griff nach den Zügeln, die Lippen fest zusammengepresst.

Also schön. Han zeigte mit seiner freien Hand in ihre Richtung und erweckte jene Verbindungen zum Leben, die er vorher bereits aufgebaut hatte. Sie begannen beide zu glühen, leuchteten heller und heller, bis sie wie zwei vom Himmel fallende Sterne wirkten. Raisa streckte ihre Arme aus, und Flammen lösten sich von ihren Händen und zogen in einem weiten Bogen hinter ihnen her, sodass sie wie Flügel wirkten. Auch um ihre Ponys flackerten strahlende Flammen und ließen Erinnerungen an jene Pferde aufsteigen, die der Sonnengott der Sage nach über den Himmel getrieben hatte.

Dann wurde das Trugbild um sie herum größer und breitete sich immer weiter aus, bis sie etwa doppelt so groß wirkten, als sie normalerweise waren. Das würde sie zumindest zu schwierigeren Zielscheiben machen, falls die magischen Barrieren versagten.

Und dann kamen die Wölfe – schrecklich und wundervoll, mit flammenden Augen und rasiermesserscharfen Zähnen und beeindruckenden Fellkrausen um ihre gewaltigen Schultern. Die Wölfe waren so groß wie Pferde, ihre Zähne wie Dolche.

Und sie waren echt – zumindest für Han. Zum ersten Mal waren sie ihm erschienen, als er verzweifelt versucht hatte, Raisa zu heilen, und er sich mit ihr verbunden hatte. Jetzt hatte Han sie nur in einen Zauber gehüllt – um sie größer und damit für alle sichtbar zu machen.

Diese gewaltigen Tiere erinnerten Han an Mams Schauergeschichten – an die Höllenhunde, die der Zerstörer am Ende aller Tage reiten würde.

Zweiunddreißig Wölfe liefen vor ihnen den Berg hinunter und näherten sich der Menge am Hang – all die Grauwolf-Königinnen seit Hanalea.

Als Han und Raisa die Hügelkuppe erreichten, strömte Licht über den Berghang und löschte die Wolkenschatten aus.

Wir müssen wie ein Sonnenaufgang wirken, dachte Han. Ein neuer Tag. Er lächelte in sich hinein. Er hatte sich ganz bewusst eine sichtbare Rolle in diesem Drama gegeben. Damit machte er sich zwar selbst zur Zielscheibe, aber er fand, dass es an der Zeit war, dass die Leute ihn mit neuen Augen sahen.

Zusammen mit Raisa zog er eine Show ab.

Die Menge drehte sich zu ihnen um, als Han und Raisa ihre Pferde nebeneinander den Berg hinunterlenkten. Die Demonai-Krieger, die sich höher am Berg befanden als alle anderen, hielten nach ihnen Ausschau. Die Clan-Leute starrten den Berg hinauf und beschatteten dabei die Augen gegen das blendende Licht.

Wie eine Woge strömte der Klang ihrer Stimmen über Han hinweg. »Die Wolfsköniginnen kommen, um ihre Schwester Marianna zu begrüßen!«, riefen sie, genauso wie es abgemacht war. »Die Grauwolf-Königinnen kommen!«

Die Demonai teilten sich jetzt in der Mitte, sodass ein breiter Pfad entstand. Sie sanken auf die Knie, während die Wölfe zwischen ihnen hindurchmarschierten.

Inzwischen war Han nah genug, um die Reaktion der Blaublütigen sehen zu können. Er freute sich, als er auf dem Podest Redner Jemson in seinem schönen Tempelgewand sah. Jemson runzelte die Stirn, als er zu ihnen hochblinzelte. Seine Miene verriet Verwirrung.

Auf dem Podest wimmelte es außerdem von Magiern – Han erkannte den Hohemagier Gavan Bayar sowie Micah und Fiona und ein halbes Dutzend andere.

Lord Bayar blinzelte ebenfalls in ihre Richtung und hielt sich den freien Arm über die Augen. Geblendet von Han's strahlender Magie konnte er offenbar nicht erkennen, wer sich näherte.

Die drei Bayars stellten sich jetzt zwischen Han's Gruppe und die Würdenträger. Sie umfassten ihre Amulette, als wollten sie sie benutzen und wüssten nur noch nicht, welchen Zauberspruch sie verwenden sollten.

Ein massiger Schwertkämpfer in einer aufwendigen Highland-Uniform, die mit militärischen Auszeichnungen gespickt war, beugte sich zu Lord Bayar, um ihm etwas zu sagen. Bayar schüttelte mit finsterer Miene den Kopf, ohne den Blick von Han und Raisa abzuwenden.

Hinter ihnen stand Averill Lightfoot Demonai, Gemahl der Königin und Raisas Vater, neben einem hübschen blonden Mädchen mit großen blauen Augen. Lightfoot legte ihr eine Hand beruhigend auf die Schulter, aber vielleicht wollte er auch nur, dass sie sitzen blieb. Sie schien groß und schlank zu sein und trug Diamanten um den Hals und an den Handgelenken und eine Art Kinderkrönchen auf dem Kopf.

Sie sah Raisa zwar nicht ähnlich, aber Han vermutete, dass es sich um ihre jüngere Schwester Prinzessin Mellony handelte.

Sie zumindest war beeindruckt von der Darbietung. Es sah aus, als würde sie Todesängste ausstehen.

Mittlerweile hatten sich die Blaujacken formiert. Sie standen mit blanken Schwertern in einer Reihe vor dem Podest, bildeten dabei aber nur ein schwaches Hindernis. Sie haben Mumm, dachte Han, sich Wölfen entgegenzustellen, die aussehen, als könnten sie zwei von ihnen auf einmal verschlingen.

Die Wölfe griffen jedoch nicht an. Sie stellten sich in einer Reihe vor den Blaujacken auf, ließen sich dann auf die Hinterbeine nieder und fletschten ihre großen Zähne.

Für einen langen Moment herrschte absolute Stille, abgesehen von dem Flattern der Banner im Wind. Selbst die Menge auf den unteren Hängen war jetzt vollkommen ruhig geworden, als würden alle den Atem anhalten.

»Wer seid Ihr?«, fragte Lord Bayar. »Wie könnt Ihr es wagen, unsere Gedenkfeier für Königin Marianna mit einer derartigen Zauberei zu stören?«

Raisa antwortete mit ihrer hellen, klaren Stimme. »Kennt Ihr mich nicht mehr, Lord Bayar?«

Han achtete während ihrer Worte auf Prinzessin Mellony. Mellony zuckte zusammen und wurde aschfahl. Averill beugte sich hinunter und flüsterte ihr etwas ins Ohr.

Eine große, stämmige Frau mit einem langen, grauen Zopf schob sich jetzt nach vorn, bis sie Prinzessin Mellony erreichte und hinter ihr stehen blieb. Sie legte ihr die Hände auf die Schultern, während ihr Tränen übers Gesicht strömten. »Süße, heilige Herrin!«, rief sie mit einer weit tragenden Stimme, als hätte man sie darin geschult. »Prinzessin Raisa ist zurückgekehrt! Lang lebe das Grauwolf-Geschlecht!«

»Manche mögen sich durch einen Magiertrick narren lassen … aber ich nicht«, rief Lord Bayar so laut, als wollte er die Frau übertönen. »Das ist nichts weiter als ein hübsches Zauberkunststückchen, das jedoch vor allem von schlechtem Geschmack zeugt. Das vor allem denjenigen Angst macht, die hergekommen sind, um unsere verstorbene Königin zu ehren. Bitte gebt Euch zu erkennen oder lasst uns in Frieden. Wenn nicht, werde ich Euch ungeachtet dessen, wer und was Ihr seid, vor den Rat bringen lassen.«

»Lord Bayar«, sagte Raisa. »Ich bin Raisa *ana'*Marianna, Erbin des Grauwolfthrons. Ich bin gekommen, um meine Mutter zu betrauern. Nicht einmal ein Magier mit einem Herz aus Stein würde mir das verweigern.«

Und damit nahm Han das strahlende Licht um sie herum so weit zurück, dass es nur noch ein schwaches Glühen war. Gleichzeitig lenkte er weitere Macht in seine magischen Barrieren; er war froh darüber, dass er sein Amulett in den vergangenen Tagen randvoll mit Energie aufgefüllt hatte.

Ein Gemurmel lief durch die Anwesenden wie der Wind durch Espen.

Da nahm Han rechts von sich eine Bewegung wahr. Dancer. Er näherte sich dem Rand des Podestes, die Augen auf den Hohemagier geheftet. Er verstärkte die Barrieren aus der anderen Richtung, jederzeit zum Eingreifen bereit, wenn es nötig werden sollte. Niemand außer Han konnte ihn sehen; Dancer war in einen Zauber gehüllt, und alle richteten ihre Aufmerksamkeit auf die Erscheinung, die sich direkt vor ihnen befand.

Micah stand stocksteif da; er starrte Raisa an, als wäre sie ein Geist. Er schloss die Augen und öffnete sie dann wieder, als könnte sie in der Zwischenzeit verschwinden.

Fionas blasse Augen waren auf Han gerichtet, ihr Blick tastete über ihn hinweg wie ein stählernes Schwert.

Lord Bayar hatte ein ziemlich überzeugendes Straßengesicht aufgesetzt, wie Han zugeben musste. Als sein Blick auf Han fiel, zogen sich seine Augen ein kleines bisschen zusammen, aber das war auch schon der einzige Hinweis darauf, dass der Hohemagier ihn erkannt hatte. Ansonsten verriet seine Miene nur Geringschätzung und Ungeduld.

»Erwartet Ihr wirklich, dass wir glauben, dass dies die Erbprinzessin ist?« Der Hohemagier schüttelte den Kopf, als könnte er es nicht fassen, dass Han sich zu einem derart niederen Spiel herabgelassen hatte. Er drehte sich zu Mellony um und neigte den Kopf. »Es tut mir leid, Hoheit. Es ist grausam, mit einem solchen Trick Eure Hoffnungen zu wecken. Mithilfe von Magie kann man leicht irgendetwas vortäuschen. Diese Frau ist wahrscheinlich nur ein aufgeputztes leichtes Mädchen von der Straße.«

Bei diesen Worten wich sämtliches Blut aus Raisas Gesicht, bis nur noch zwei wütende Farbflecken auf den Wangen übrig blieben.

»Lord Bayar!«, sagte sie, und ihre Stimme war so klar und

eisig wie ein zugefrorener See im Januar, und ihr Klang so tragend wie der von Tempelglocken. »Vielleicht möchtet Ihr, dass ich allen hier erzähle, wieso ich gezwungen war, die Fells gegen meinen Willen zu verlassen.«

Micah zuckte zusammen; sein Gesicht, das eben noch an Marmor erinnerte, nahm jetzt die Farbe von Porzellan an. Die Menge auf den Hängen weiter unten murmelte und bewegte sich unruhig.

Bayar schien es jetzt zu bevorzugen, seine Aufmerksamkeit auf Han zu richten. Der Hohemagier streckte eine Hand in seine Richtung aus, und Han zwang sich, nicht zurückzuweichen. »Werte Dame, Ihr werdet nach der Gesellschaft beurteilt, in der Ihr Euch befindet. Dieser *Junge* ist Cuffs Alister, ein gemeiner Dieb.«

Das Gemurmel der Menge wurde lauter. *»Alister! Das ist Cuffs Alister!«*

»Das ist Cuffs Alister?«, platzte der lamettabehängte General heraus. »Aber… seht ihn Euch doch nur an! Er ist ein *Magier*!«

»Ein gemeiner *Dieb*«, wiederholte Lord Bayar mit zusammengebissenen Zähnen, »der irgendwie Zauberei gelernt hat. Wir vermuten, dass er eine unheilige Verbindung mit Dämonen eingegangen ist, die Blutopfer als Bezahlung fordern. Mag sein, dass er sich von seinen Verbündeten bei den Kupferköpfen auch einige illegale magische Werkzeuge beschafft hat.«

Der Hohemagier schien größer zu werden und mehr und mehr Strahlkraft zu gewinnen, als würde er sich mit Han messen wollen. Er wandte sein Gesicht nicht von Han und Raisa ab, aber die Zuhörerschaft, an die er seine Worte richtete, waren die Blaublütigen hinter ihm.

»Wie einige von Euch bereits wissen, war Alister im letzten Jahr in eine Reihe brutaler Morde auf den Straßen von Southbridge verwickelt, die mittels Magie begangen wurden«, fuhr Bayar fort. »Als ich mich ihm entgegenstellte, hat er versucht, mich zu töten. Er ist aus dem Land geflohen, als Königin Marianna einen Preis auf seinen Kopf ausgesetzt hat. Jetzt ist er zurückgekehrt und hat offenbar vor, uns während dieser Zeit des Wechsels zu vernichten.« Er deutete auf die Reihe von Blaujacken vor dem Podest. »Korporal Fallon!«, rief er einem dunkelhäutigen Mann mit scharfen Gesichtszügen und blauschwarzem Bartschatten zu. »Packt ihn!«

Han wusste nicht recht, was der Hohemagier sich davon versprach. Vielleicht dachte er, dass Han mit einem magischen Angriff antworten würde, was den Bayars im darauffolgenden Chaos die Möglichkeit gäbe, sowohl ihn als auch Raisa zu töten.

Verständlicherweise stürmte Korporal Fallon keineswegs unverzüglich los. Er blickte von Raisa zu Han und machte einen zögernden Schritt nach vorn.

Raisa drängte ihr Pferd vor Han und streckte ihre Hand in einer abwehrenden Geste aus. »Halt, Korporal Fallon, sofern Ihr, wie Ihr behauptet, der vereidigte Verteidiger des Grauwolf-Geschlechts seid.«

Sie ist wirklich furchtlos, dachte Han mit unfreiwilliger Bewunderung.

Korporal Fallon blieb stehen; sein Blick ging erneut von Raisa zu Han, seine Hand lag auf seinem Schwertgriff. Er leckte sich die Lippen und schluckte schwer.

»Han Alister hat mir das Leben gerettet, Lord Bayar«, sagte Raisa. »Ob es Euch gefällt oder nicht, er ist der Grund, warum ich heute hier stehe. Ich schulde ihm meinen Dank, nicht einen Platz im Kerker. Daher habe ich ihm bedingungslose Begnadigung gewährt. Wer immer Hand an ihn legt, wird sich dafür vor mir zu verantworten haben.«

Han sah Lord Bayar in die Augen. Noch ein Grund mehr für den Hohemagier, hinter mir her zu sein, dachte er.

Bayar fixierte Han und Raisa, während seine Hand immer noch auf seinem Amulett ruhte und er die Augen zusammenzwickte, als würde er die Stärke der Barriere einschätzen, die Han errichtet hatte.

Han saß aufrecht im Sattel und hielt sein eigenes Amulett fest. Er hatte das Kinn gereckt und sah auf eine Weise von oben auf ihn herab, als wollte er sagen: *Mach schon, Bayar. Aber sieh zu, dass mich dein erster Schuss tötet.*

Irgendetwas in Han's Innern sehnte sich nach dem Angriff, gierte nach der Möglichkeit, es hier zu beenden, auf die eine oder andere Weise.

Geduld, Alister, dachte er. Greif niemals an, wenn du nicht in der Position bist, ganz sicher gewinnen zu können.

Han warf einen Blick auf Fiona und Micah, die gleich hinter ihrem Vater standen. Micahs Augen waren immer noch auf Raisa gerichtet, und Fiona starrte immer noch Han an. Ihre Brauen waren abschätzend zusammengezogen, und sie biss sich auf die Unterlippe.

Dann zog Amon Byrne Han's Aufmerksamkeit auf sich, als er sich mit zwanzig Blaujacken zwischen Han und Raisa und die Wachen drängte, die das Podest abschirmten. Mit blanken Schwertern wandten sie sich dem Hohemagier zu. Einige von ihnen kannte Han von Odenford – Garret Fry und Mick Bricker, Talia Abbott und Pearlie Greenholt. Links und rechts von ihnen bezogen die Demonai-Krieger Position und schützten die Flanken mit ihren Langbögen, die sie einsatzbereit in den Händen hielten.

»Kniet vor der Erbprinzessin nieder«, sagte Lord Averill

mit lauter und tiefer Stimme. »Und dankt dem Schöpfer, dass sie zu uns zurückgekehrt ist.« Averill ließ sich auf ein Knie nieder und neigte den Kopf, gefolgt von der grauhaarigen Frau, die zuvor so laut gesprochen hatte.

Byrnes Blaujacken sanken ebenfalls auf die Knie. Die Demonai neigten sich auf fast komische Weise etwas zur Seite, womit sie die Prinzessin anerkannten und gleichzeitig ihre Augen und Waffen weiterhin auf die Magier auf dem Podest gerichtet halten konnten.

Flüche sind langsamer als Pfeile, dachte Han.

Redner Jemson kniete jetzt ebenfalls, und sein Gewand bauschte sich um ihn herum auf. Elena sank neben ihrem Stuhl auf die Knie. Dancer kniete am Rand des Pavillons nieder, den Kopf erhoben, die Hand an seinem Amulett und den Blick auf die Bayars gerichtet. Sonst kniete niemand.

Für einen langen Moment blieb alles in der Schwebe, schien alles auf Messers Schneide zu stehen. Und dann fing es an. Es kam von ganz unten – ein rhythmisches Grollen von Stimmen, das lauter und lauter wurde und sich zu einem ohrenbetäubenden Gebrüll steigerte.

»Rai-*sa*! Rai-*sa*! Rai-*sa*!« Einige riefen sogar: »A-lis-ter!«

Han sah an den Pavillons mit den leuchtenden Bannern vorbei, sah an der Bahre mit der Königin und den Blaublütigen auf dem Podest vorbei und stellte fest, dass die riesige Menge des gewöhnlichen Volks wie aus einem Guss auf die Knie sank.

Han hatte damit gerechnet, dass sie das tun würden, aber er war trotzdem sehr beruhigt, als er es jetzt sah und hörte. Cat Tyburn hatte ihre Arbeit gut gemacht.

Und ganz langsam, wie Blätter, die von einem Baum fielen, taten es ihnen die Blaublütigen gleich. Zuerst ließ sich Prinzessin Mellony neben ihrem Vater auf die Knie sinken.

Dann einige Blaublütige, die Han nicht kannte, darunter auch der General mit den vielen Abzeichen. Danach folgten die Blaujacken, die das Podest beschützten. Eingeschlossen Mason Fallon.

Doch noch immer keine Magier. Diese drängten sich unglücklich zusammen, wie Geier, die von warmen Kadavern verscheucht worden waren.

Bis Micah Bayar seinen Umhang nach hinten schwang und einen Kniefall machte. Er neigte den Kopf, und sein Amulett baumelte nach vorn. Fiona starrte ihren Bruder finster an, als hätte sie ihn am liebsten niedergetrampelt.

Oh, dachte Han. Micah bricht mit seiner Familie? Das ist interessant.

Drei weitere Magier ließen sich jetzt auf die Knie sinken. Dann folgten die Mander-Brüder und eine pummelige Magierin mit rötlich braunen Haaren in mittlerem Alter, die ihre Mutter sein musste. Und Master Gryphon.

Master Gryphon?

Han starrte ihn an. Sein früherer Lehrer stand zwischen zwei anderen elegant gekleideten Magiern, einem Mann und einer Frau mit langen aristokratischen Nasen und schmalen unglücklichen Mündern. Und noch während Han hinsah, warf Gryphon seine Krücken beiseite, und das ältere Paar nahm jeweils einen Arm und ließ ihn auf den Boden des Podests hinunter. Dann knieten sie sich ebenfalls zu beiden Seiten von Gryphon hin und hielten die Köpfe gesenkt, aber Gryphon starrte Han an. In seinen Augen blitzte wilde Neugier.

Fragen rasten durch Han's Kopf.

Was machte Gryphon hier, wo doch das neue Semester bereits im Gange war?

Hatten etwa sämtliche Studenten und Lehrer die Akademie in Odenford verlassen, um sich der Politik zu widmen?

Han zwang sich, woanders hinzusehen. Fiona kniete jetzt auch, sodass nur noch Lord Bayar stand. Der Hohemagier sah sich um, schüttelte den Kopf und lächelte sein krokodilhaftes Lächeln.

»Bei der Gnade des Schöpfers«, sagte er leise und musterte Raisas Gesicht, als wäre er endlich bereit, sie anzuerkennen. »Seid Ihr es wirklich, Prinzessin Raisa?«

»Es scheint, als hätte ich alle im Königinnenreich überzeugen können, abgesehen von Euch, Lord Bayar«, antwortete Raisa trocken und blickte über die Menge hinweg.

Die daraufhin erneut zu brüllen begann: »Rai-sa!« und »Thorn Rose!« und »Alister!« und etwas, das so ähnlich klang wie »Tod dem Bayar!«, auch wenn dies etwas undeutlicher und schwerer auszumachen war.

Und jetzt ging der Hohemagier ebenfalls anmutig in die Knie. Der Dreckskerl, dachte Han, an dessen Händen mehr als genug Blut klebt, hat tatsächlich Tränen in den Augen. »Vergebt dem Zyniker in mir, Eure Hoheit. Wir haben bereits unsere geliebte Marianna verloren. Angesichts dieser tragischen Zeiten hatte ich mich selbst dazu gebracht zu glauben, dass Ihr auch tot sein müsstet.« Er schüttelte den Kopf. »Ich konnte den Gedanken nicht ertragen, ja, nicht einmal die Hoffnung, dass wirklich Ihr diejenige seid, die da vor mir steht.«

Was sogar ziemlich sicher stimmte.

Die Menge grölte anerkennend, und der Lärm schwappte über sie hinweg wie Wellen über ein Strandufer.

Raisa stellte sich in den Steigbügeln auf, um sich so groß wie möglich zu machen. Vom Pferderücken aus konnte sie über die Menschen auf dem Podest hinwegsehen und auch zu den vielen Leuten unterhalb des Podests sprechen. Ihre Rüstung funkelte in der Sonne, und ihr Umhang flatterte im Wind.

Sie hob beide Hände mit den Handflächen nach oben. »Erhebt euch«, sagte sie mit jener tragenden Stimme, die allmählich vertraut wurde. »Bitte steht bequem. Es tut so gut, wieder zu Hause zu sein. Ich habe diese Berge vermisst und die Menschen, die hier wohnen – Highlander und Vale-Bewohner, die Spirit-Clans und die Amulettschwinger.«

Sie schwieg für einen Moment. »Ich bin nach Hause zurückgekommen, weil ich das Gesicht meiner Mutter wieder sehen und ihre Stimme wieder hören wollte. Jetzt wird das niemals mehr geschehen. Es gibt viele schwierige Fragen, die in den kommenden Tagen gestellt und beantwortet werden müssen – und viele Entscheidungen, die es zu treffen gilt.« Raisa ließ ihren Blick auf denen ruhen, die auf dem Podest standen. »Aber heute bin ich hergekommen, und die alten Königinnen sind hergekommen« – sie machte eine ausladende Bewegung zu den Wölfinnen – »um meine Mutter zu ehren, Königin Marianna. Sie ist – über eine ununterbrochene Linie – die Verbindung zur Kriegerkönigin Hanalea, die die Große Zerstörung geheilt und die Welt gerettet hat. Eine solche Verbindung wird nicht leicht gebrochen. Der Tod einer solchen Königin rührt die Tiere auf, die unter der Erde liegen. Er rührt Fragen in uns allen auf, über das, was gewesen ist, und das, was sein wird.«

Han lauschte erstaunt, während Raisa weitersprach. Bewahrte sie solche Reden in ihrem Innern auf?, fragte er sich. Nur für den Fall? Oder schlüpften sie einfach so heraus, wenn sie gebraucht wurden?

Wie auch immer sie das machte, das war etwas, das er unbedingt lernen wollte.

Der Rest dieses Nachmittags verstrich in einer Abfolge verschwommener Bilder. Han stieg ab und half Raisa unter den finsteren Blicken der Bayars vom Pferd. Er und Amon

Byrne stiegen gleich hinter Raisa nebeneinander die Stufen zum Podest hinauf und stellten sich beiderseits von ihr auf, während Raisa erst ihre Schwester Mellony und Averill Demonai umarmte und dann die Frau mit dem langen grauen Zopf. Die anderen begrüßte sie etwas formeller, aber für jeden hatte sie ein Lächeln und ein Wort übrig – selbst für Lord Bayar mit seinem unaufrichtigen Straßengesicht.

Die Demonai standen noch immer zu beiden Seiten des Podestes und hielten ihre Langbögen locker in den Händen. Die Pfeile waren an die Sehnen gelegt, zeigten aber zum Boden, während sie die Magier auf dem Podest beobachteten. Es war weniger ein Übereinkommen als ein Patt.

Unter Jemsons Anleitung sprach Raisa ein Gebet für die tote Königin und vertraute sie ihrer letzten Ruhestätte in den Spirit Mountains an. Sie begrüßte ihre Ahnen, die Grauwolf-Königinnen, und zählte sie aus dem Stand auf. Dann bat sie ihre Ahnen – und ihre Mutter –, über sie zu wachen und sie zu leiten, während sie ihr Volk führte.

Was, so dachte Han, nicht viel Sinn macht, da Königin Marianna alles versaut hat.

Redner Jemson erinnerte an Marianna als junges Mädchen, an ihre Fähigkeit zu tanzen, die Basilka und das Cembalo zu spielen, oder ihre Liebe zur Jagd. Sie war weithin als die hübscheste und heiratswürdigste Prinzessin in den Sieben Reichen bejubelt worden und hatte eine endlose Parade von Bewerbern angezogen, die um ihre Hand angehalten hatten. Die Leute hatten gejubelt, wo immer sie aufgetaucht war – sie war der glitzernde Mittelpunkt eines Märchens gewesen, an das sie alle glauben konnten.

Und dann hatte das Märchen geendet. Königin Lissa war gestorben, und im Alter von nur fünfzehn Jahren hatte Marianna den Thron bestiegen. In Arden war ein Bürgerkrieg ausgebrochen, und die junge Königin wurde durch einen Strom von Flüchtlingen und schwindende Handelseinnahmen herausgefordert. Der Rat der Adeligen schlug eine Abschottungspolitik vor, und ihre Generäle wandten riesige Summen für Söldner auf. Wieder und wieder wurden die Steuern erhöht.

Besorgt darüber, in die Kriege im Süden verwickelt zu werden, hatte Marianna die funkelnden Prinzen beiseitegeschoben und sich entschieden, Averill Lightfoot zu heiraten – einen Bewerber aus dem Königinnenreich, der die Stärke der Spirit-Clans hinter sich wusste. Als die Magier und die Bewohner des Vales darüber klagten, dass ihre Märchenprinzessin ausgerechnet einen Kupferkopf heiratete, plante Marianna trotzig die aufwendigste Hochzeit, die es je gegeben hatte. Es hieß, dass sie einhunderttausend Kronen gekostet und die Schatzkammern auf Jahre hinaus ruiniert hatte.

Selbst in Ragmarket und in Southbridge bewahrten die Menschen immer noch Andenken an diese Hochzeit auf. Auch Han's Mutter hatte eine Kupfermünze mit Königin Marianna auf der einen Seite und Averill auf der anderen gehabt.

Irgendwie traurig, dachte Han, wenn ein so guter Redner wie Jemson nichts Besseres über einen sagen kann, als dass man eine gute Party schmeißen konnte.

Das war natürlich nicht alles, was er sagte, aber es war das, was Han's verbitterte Ohren daraus machten.

Raisa entzündete den Scheiterhaufen, und die Flammen spuckten Funken in den sturmverfinsterten Himmel. Blitze flammten über Hanalea auf, und die Wölfe hoben ihre Schnauzen und heulten – so durchdringend, dass sich auf Han's Nacken und Armen eine Gänsehaut bildete.

Während die Königin verbrannt wurde, rief Raisa Amon

Byrne zu sich. Er stand kerzengerade neben ihr, während Raisa eine Lobrede auf Edon Byrne, den Hauptmann der Wache der Königin hielt.

»Ich habe Edon Byrne geliebt und gehasst«, sagte sie. »Geliebt habe ich ihn wegen seines klaren Blicks, seiner ehrlichen Seele und seiner unverblümten Worte.« Sie machte eine Pause: »Gehasst habe ich ihn wegen seines klaren Blicks, seiner ehrlichen Seele und seiner unverblümten Worte.« Sie lächelte, als Lachen und Applaus erschallten. »Unsere wertvollsten Diener sind diejenigen, die loyal genug sind, es zu wagen, uns die Wahrheit zu sagen – nicht immer das, was wir hören wollen, aber das, was wir hören müssen. Edon Byrne war ein solcher Mann. Am Ende hat er sein Leben meinetwegen hingegeben. Wir werden ihn schmerzlich vermissen.«

Sie trat vor und sah zu den Blaujacken hinunter, die um das Podest herumstanden. »Die Byrnes sind Menschen, die wenig Worte machen und bei langen Reden leicht ungeduldig werden, und daher werde ich Edon Byrne mit einer kurzen ehren. Ich übergebe ihn der Umarmung der Spirit Mountains, und ich weiß, dass er im Tod, ebenso wie im Leben, über seine Königin und das Grauwolf-Geschlecht wachen wird.«

Ihre Stimme wurde lauter und hallte über die Gipfel. »Feinde des Grauwolf-Geschlechts sollten sich das merken!«

Han sah die Bayars direkt an.

Raisa drehte sich um und blickte wieder bergab. »Und so wird die ununterbrochene Linie der Hauptleute und Königinnen fortgeführt. Amon Byrne, tretet bitte vor.«

Amon machte einen Schritt nach vorn. Er nahm Haltung an, das Kinn nach oben gereckt, den Blick geradeaus gerichtet.

»Gebt mir das Schwert von Hanalea«, sagte Raisa und streckte ihre Hand aus.

Byrne zog sein Schwert und reichte es Raisa mit dem Griff voran. Sie umfasste ihn mit beiden Händen und hob das Schwert so an, dass die Spitze gen Himmel zeigte.

Seltsam, dachte Han. Körperlich entsprach Raisa nicht den Bildern, die er von Hanalea gesehen hatte. Die legendäre Königin war groß und blond und gertenschlank gewesen und hatte eine lange Lockenmähne gehabt. Diese Königin war klein, ihre dunklen Haare waren kurzgeschnitten, und die grünen Augen leuchteten auf honigfarbener Haut. Und doch wirkte sie wie eine Kriegerin, in eine Rüstung gehüllt, mit dem Schwert in ihrer Hand, sich Tausenden entgegenstellend.

»Normalerweise würde diese Zeremonie erst bei meiner Krönung vollzogen werden«, sagte sie. »Normalerweise würde das Schwert Hanaleas von einem Hauptmann an den nächsten weitergereicht werden. Aber dies sind keine normalen Zeiten. Königin Marianna und ihr Hauptmann sind innerhalb weniger Tage gestorben. Es scheint mir wichtig zu sein, die Verbindung zwischen dem Hauptmann und der Königin so bald wie möglich zu erneuern, damit unsere Feinde nicht denken, dass sie unsere Verluste ausnutzen können. Aus dem gleichen Grund wird auch meine Krönung so bald wie möglich stattfinden«, fügte sie hinzu. Ihr Blick schweifte über die Menge auf den Hängen und dem Podest. »Zu viele Dinge liegen vor uns, die keinen Aufschub dulden.«

Sie sah Amon Byrne an. »Kniet nieder«, befahl sie.

Byrne sank auf die Knie und versuchte dabei weiterhin Haltung anzunehmen, während sein Blick auf Raisa gerichtet war.

Raisa berührte erst die eine, dann die andere Schulter mit der flachen Seite der Klinge. »Erhebt Euch, Hauptmann Amon Byrne, Befehlshaber der Wache der Königin.«

Han sah zu den Bayars hinüber, gerade rechtzeitig, um mitzubekommen, wie Micah und Fiona einen raschen Blick wechselten. Lord Bayar neigte den Kopf zu dem General neben ihm, der ihm etwas ins Ohr flüsterte. Bayars Gesicht war vollkommen ausdruckslos.

Prinzessin Mellony wirkte angesichts all dieser Ereignisse, die aus heiterem Himmel über sie hereinbrachen, ein wenig durcheinander. Sie umklammerte fest die Stuhllehnen, und ihre blauen Augen waren weit aufgerissen. Ihr Blick wanderte von Raisa zu Amon, und dann zu Micah, als suchte sie nach etwas.

Aber Micah sah Raisa mit einem leichten Lächeln an, das voller widerstrebender Bewunderung war.

Sie wissen, dass sie ausgetrickst worden sind, dachte Han. Je mehr Raisa hier in der Öffentlichkeit erreicht, vor all den Zeugen, desto weniger kann ihr später hinter verschlossenen Türen aufgezwungen werden.

Han machte sich zwar keine Illusionen, dass sie sich dadurch wirklich aufhalten lassen würden, aber wenigstens erschwerte es ihnen ihr Vorhaben. Raisa war mit ihrer Gang in ihr altes Viertel marschiert und hatte eine Show vor denjenigen abgezogen, die sie herausfordern wollten.

Und sie hatte ihre Sache gut gemacht.

Inzwischen war der Scheiterhaufen der Königin vollständig zu Asche verbrannt, unterstützt durch die heiligen Öle des Redners. Raisa lächelte ihre Schwester an, nahm ihre Hände und zog sie sanft auf die Beine. Sie umarmte Mellony erneut, und ihre jüngere Schwester überragte sie dabei. Sie führte Mellony zu den Flammen, wo sie Hand in Hand stehen blieben. Während Han zusah, beugte Raisa sich zur Seite und flüsterte Mellony etwas ins Ohr.

Redner Jemson streute ein Pulver in die Flammen. Eine

grauweiße Rauchschwade stieg in Spiralen auf und verwandelte sich in eine schlanke, feingliedrige Wölfin mit blauen Augen. Sie schwebte herab, landete leichtfüßig auf dem Boden und ging dann ein wenig steifbeinig und mit leicht gesträubter Fellkrause zu den anderen Wölfinnen, um ihre Nase an den ihren zu reiben.

Donner grollte über Hanalea, und dann platschte der Regen in riesigen Tropfen herunter, die auf dem Podest zerbarsten. Die Wölfe drehten sich um und liefen davon, verschwanden in der regengeschwängerten Luft.

KAPITEL FÜNFUNDZWANZIG

Heimkehr

Es war ein großartiger Tag gewesen.

Es war ein schrecklicher Tag gewesen.

Nie hatte sich Raisa kühner gefühlt.

Nie hatte sie sich mehr gefürchtet.

Nie war sie einsamer gewesen.

Nie hatte sie sich mehr geliebt gefühlt.

Und jetzt war sie unterwegs nach Hause.

Der glühende Mut, der sie während der langen Gedenkfeier an Mariannas Grab befeuert hatte, war erloschen, und an seine Stelle war Erschöpfung getreten. Sie ritt inmitten ihrer Leibwache, Amon rechts vor ihr und Han links hinter ihr, und überall um sie herum waren Demonai-Krieger. Auch Reid Nightwalker und ihr Vater Averill, Lord Demonai, waren stets in Sichtweite.

Hinter ihnen folgte ihre frühere Amme Magret Gray mit den anderen Maiden von Hanalea. Sie trugen Anhänger auf ihren Umhängen, mit denen sie das Geschlecht ehrten, dem zu dienen sie geschworen hatten.

Irgendwann wird die Zeit kommen, nahm Raisa sich fest vor, da werde ich in der Lage sein, mich ohne Wachen durch die Straßen meines Königinnenreichs zu bewegen.

Prinzessin Mellony ritt neben ihr; ihre langen blonden Locken klebten an ihrer Stirn und in ihrem Nacken, ihre Lippen waren vor Kälte blau, ihre Zähne klapperten. Sie trug einen leichten Seidenumhang in Schwarz und Königsblau, der völlig durchnässt war.

Raisa blinzelte die Regentropfen aus den Augenlidern und zog ihre Kapuze über den Kopf. Wie die meisten Gegenstände der Clans stellte auch ihr Grauwolf-Umhang eine perfekte Verbindung aus Schönheit und Funktionalität dar, und die fest gewebten, geölten Wollfasern hielten den Regen ab. Dennoch klatschten ihr durch die Vorwärtsbewegung die Tropfen ins Gesicht, als sie den langen Hang vom Marianna-Gipfel hinunterritten. Das Wasser lief in Rinnsalen ihren Hals entlang und zwischen ihre Brüste.

Mellony drehte sich immer wieder im Sattel um und warf einen Blick auf Micah, als wollte sie sicherstellen, dass er noch da war. Micah ritt mit Fiona gleich hinter den Demonai-Kriegern.

Ich muss auf Mellony aufpassen, dachte Raisa. Ich muss sie von denen wegholen, die sie bisher im Griff hatten. Sie ist alles, was ich noch habe – sie und Averill.

Sie hatten nie viel gemeinsam gehabt. Bevor Raisa zum Demonai-Camp gegangen war, waren ihr die drei Jahre Altersunterschied wie eine unüberwindbare Kluft vorgekommen. Raisa war mit Amon und seinen älteren Freunden durch die Straßen gepirscht, während Mellony unter dem liebevollen Blick ihrer Mutter mit Puppen gespielt und mit ihnen Teestunde abgehalten hatte.

Als Raisa von den Demonai zurückgekehrt war, hatte sie festgestellt, dass Mellony und Königin Marianna noch enger zusammengerückt waren, und Raisa hatte sich noch mehr als Außenseiterin gefühlt.

Sie beugte sich zu Mellony hinüber. »Du siehst aus, als würdest du frieren und dich gar nicht wohlfühlen«, sagte sie. »Hast du nichts gegen den Regen mitgenommen?« Augenblicklich bereute sie ihre Worte. Sie klangen viel eher kritisch als mitfühlend.

Und genauso fasste Mellony sie auch auf. Ihre Mundwinkel wanderten nach unten. »Wer hat schon mit Regen gerechnet«, erwiderte sie. »Die Wettermagier haben keinen vorhergesagt.«

»In den Bergen muss man immer auf wechselhaftes Wetter vorbereitet sein«, sagte Raisa. Erschöpft, wie sie war, schaffte sie es einfach nicht, einen anderen Ton anzuschlagen.

»Du solltest Micah herkommen lassen«, forderte Mellony überheblich. »Wir reiten oft zusammen aus. Er weiß, wie man sich vor dem Regen schützt.«

»Nur weil er das weiß, heißt das noch lange nicht, dass es eine gute Idee ist, Magie zu diesem Zweck zu benutzen«, sagte Raisa und dachte dann schuldbewusst daran, wie Han ihren Umhang in Odenford getrocknet hatte. »Du solltest dich vor dem Zauber der Magier in Acht nehmen.«

»Das musst du gerade sagen«, gab Mellony zurück und schürzte die Lippen. »Wo du dich ganz offensichtlich selbst in die Fänge eines Magiers begeben hast.«

Das klang zu sehr nach Lord Bayar.

Das hier lief ganz und gar nicht gut.

Bevor Raisa selbst auf den Gedanken kam, zügelte Amon Byrne leicht sein Pferd und lenkte es näher an Mellony heran. Er legte ihr seine dicke Uniformjacke über die Schultern und entfernte sich wieder, um sie nicht zu stören.

Beschützer des Geschlechts.

Sie hatten die Berghänge des Marianna-Gipfels hinter sich gelassen und durchquerten jetzt das verhältnismäßig flache

Vale, wo sie schneller vorankamen und der Regen nur noch ein lästiges Nieseln war. Die feste Straße hatte jedoch ihre eigenen Tücken – riesige Pfützen, unter denen sich tiefe Löcher verbargen.

Sie muss repariert werden, dachte Raisa, wie so vieles andere auch. Wo werden wir das Geld dafür herbekommen?

»Wo bist du eigentlich die ganze Zeit gewesen?«, fragte Mellony schließlich. »Wir dachten, du wärst tot.« Sie klang, als hätte Raisa irgendeinen gemeinen Trick angewandt, indem sie noch am Leben war.

»Ich war die meiste Zeit in Odenford«, antwortete Raisa. »Ich habe auf der Akademie gelernt.«

»Du bist zur *Schule* gegangen?« Mellony wölbte ihre schönen Brauen. »Du bist weggelaufen, um zur *Schule* zu gehen?« Als wäre so etwas unvorstellbar.

Raisa sah sich um; sie wollte ungern über die Sache sprechen, wenn so viele Augen und Ohren in der Nähe waren. »Es gibt dort wunderbare Lehrer, und die Studenten kommen von überall her aus den Sieben Reichen. Ich habe so viel gelernt.« Da schoss ihr eine Idee durch den Kopf. »Du könntest auch hingehen«, schlug sie vor. »Du könntest dort lernen, was immer du willst. Ich glaube, wir sollten viel mehr Studenten dorthin schicken. Nicht nur Magier.«

Mellonys Augen weiteten sich alarmiert. »Kaum bist du wieder zurück, willst du mich *wegschicken?*« Ihre Stimme überschlug sich.

»Nein, nein«, beeilte Raisa sich zu sagen. »Nicht, wenn du nicht willst. Ich dachte nur, es wäre eine großartige Chance für dich. Nach deiner Rückkehr könntest du Mitglied in meinem Rat werden. Ich brauche Berater, denen ich trauen kann.«

»Ich liebe meine Lehrer«, sagte Mellony etwas lauter als

bisher. »Ich liebe es, am Hof zu sein. Wieso sollte ich woanders hingehen wollen?«

Und ich würde liebend gern wieder nach Odenford zurück, dachte Raisa. Das ist der Fehler, den ich ständig mache – zu glauben, dass Mellony die gleichen Dinge mag wie ich.

Sie hat sich verändert, während ich weg war, stellte Raisa fest. Früher hatte sie sich immer auf Mellonys sonniges, unkompliziertes Gemüt verlassen können. Jetzt wirkte sie verärgert und argwöhnisch und voller Groll.

Dreizehn ist ein schwieriges Alter, dachte Raisa. Sie hat ein schweres Jahr und eine kummervolle Zeit hinter sich.

»Schon gut«, sagte Raisa und berührte Mellony an der Schulter. »Komm, streiten wir uns nicht ausgerechnet an dem Tag, an dem wir unsere Mutter begraben haben.«

»Es ist deine Schuld, dass sie tot ist«, gab Mellony zurück und zuckte unter Raisas Hand weg.

Ihre Worte ließen die Flammen der Schuld auflodern, die Raisa selbst schon genug nährte. Und sie brachten ihren Geduldsfaden, der bereits äußerst dünn war, endgültig zum Zerreißen. »Wie kannst du das sagen?«, fragte sie und vergaß, leise zu sprechen.

Amon warf einen Blick über seine Schulter; er hatte die Brauen hochgezogen und presste die Lippen aufeinander. Da drängte Han sein Pferd näher zu ihr, sodass er fast neben ihr ritt. »Hoheit, ich glaube, Ihr und die Prinzessin könntet etwas Abgeschiedenheit vertragen. Ich bin zwar ziemlich erschöpft, aber ich denke, das kann ich noch bewerkstelligen.« Er berührte sein Amulett, machte eine Geste, und ein Vorhang des Schweigens senkte sich herab, der alle Geräusche um sie herum von ihnen fernhielt.

Han zügelte leicht sein Pferd und ließ sich dann wieder

etwas zurückfallen, um erneut in respektvollem Abstand zu folgen.

Mellony reckte das Kinn, als wollte sie sagen: *Siehst du? Du hast selbst deinen Magier.* Aber stattdessen fragte sie: »Stimmt es, dass er ein Dieb und Mörder ist?«

Vielleicht, zog Raisa als Antwort in Erwägung. Oder: *Wahrscheinlich.* »Früher war er das einmal«, sagte sie. »Er war Streetlord von Ragmarket.«

»Ein Magier-Streetlord«, stellte Mellony fest und wischte sich den Regen von der Nasenspitze. »Das ist irgendwie romantisch.«

»Ich bezweifle, dass er das so beschreiben würde«, erwiderte Raisa trocken. »Aber wie auch immer, er ist erst ein Magier geworden, nachdem er die Straße hinter sich gelassen hatte.«

»Was soll das heißen, er ist *Magier geworden?«,* fragte Mellony. »Magier werden geboren, nicht gemacht. Sofern Lord Bayar nicht doch recht hat und er irgendeinen Pakt mit dem Zerstörer geschlossen hat.« Sie erschauerte. »Hältst du das für möglich?«

»Wenn er einen Handel gemacht hat, dann war es ein schlechter«, sagte Raisa. »Aber ich weiß wirklich ganz genau, dass er ein ziemlich guter Händler ist.«

»Auf jeden Fall sieht er gut aus«, räumte Mellony ein. »Irgendwie … verrucht. Ich glaube, ich habe noch nie einen Mann mit derart blauen Augen gesehen. Und wie er einen ansieht – fast unnatürlich, als könnte er geradewegs durch die Kleidung hindurchschauen. Und dann auch noch so ganz in Schwarz, und die Haare …«

»Mellony«, sagte Raisa sanft. Zauberbann hin oder her, sie wollte nicht über Han Alister sprechen, wenn er so dicht hinter ihnen ritt. Es war auch so schon alles kompliziert genug.

»Du hast über Mutter gesprochen. Dass ich schuld an ihrem Tod sein soll.«

Mellony sagte lange Zeit nichts, und Raisa fragte sich schon, ob sie überhaupt noch antworten würde. »Mutter war am Boden zerstört, als du weggegangen bist«, begann Mellony schließlich. »Sie hat sich dafür die Schuld gegeben. Sie dachte, sie hätte es kommen sehen müssen und es irgendwie verhindern müssen. Sie hat kaum noch gegessen oder geschlafen, und sie ist furchtbar dünn geworden und weinerlich.« Mellony sah Raisa an. »Also, uns allen ist es ziemlich schlecht gegangen, und wir haben uns Sorgen gemacht, während du dich in Odenford amüsiert hast.«

»Ich habe mich *amüsiert?* Kannst du dir eigentlich vorstellen, wie hart ich gearbeitet habe?« Noch während Raisa das sagte, wusste sie, dass sie nicht ganz ehrlich war. Trotz allem *hatte* sie sich amüsiert.

Mellony verdrehte die Augen. »Du bist verrückt danach, hart zu arbeiten, und das weißt du auch«, sagte sie. »Du hast immer härter gearbeitet als alle anderen, ob es um die Schule ging oder um das Jagen – oder um sonst was. Verglichen mit dir haben alle anderen immer einen schlechten Stand gehabt.«

Alle anderen bedeutete zweifellos: Mellony.

Es war an der Zeit, ihr die Wahrheit zu sagen. »Hat Mutter dir gesagt, warum ich weggegangen bin?«

Mellony nickte. »Sie hat gesagt, dass du dich in Korporal Byrne verliebt hast.« Sie wies mit ihrem Kopf zu Amon hin, der gleich vor ihr ritt. »Mutter hat gesagt, dass du weggelaufen bist, weil sie darauf bestanden hat, dass du jemand anderen heiraten sollst.« Sie reckte trotzig ihr Kinn. »Und Korporal Byrne war auch in Odenford. War *das* nicht praktisch?«

»Das ist nicht wahr«, zischte Raisa, die sich getroffen

fühlte. »Ich bin nicht weggelaufen, um mit Amon Byrne zusammen zu sein.«

»Wirklich nicht?« Mellony wölbte eine Braue. »Willst du Mutter als Lügnerin hinstellen?«

Raisa presste die Lippen zusammen, um zu verhindern, dass noch mehr Worte unbedacht aus ihr herausströmten. Sie wollte nicht schlecht über Tote reden. Und doch wollte sie Mellony die Wahrheit sagen. Sie war es leid zu lügen, und sie war die Verlegenheit und das Misstrauen leid, das zwischen ihnen herrschte.

»Du hast nie den Eindruck gemacht, als wolltest du überhaupt heiraten«, beharrte Mellony. »Du hast immer gesagt, dass du noch ganz viele Jungen küssen willst, bevor du dich auf einen beschränkst.«

Nun, ja. Das hatte sie tatsächlich gesagt.

»Ich sage nicht, dass Mutter eine Lügnerin war«, erwiderte Raisa diplomatisch. »Ich sage nur, dass sie dir nicht die ganze Wahrheit gesagt hat. Ja, ich bin weggegangen, als sie darauf bestanden hat, dass ich jemand anderen heirate. Weißt du, wer dieser Jemand war?«

»Das spielt jetzt keine Rolle mehr«, sagte Mellony leicht trotzig, als wüsste sie bereits, dass sie nicht hören wollte, was Raisa zu sagen hatte. »Du bist gegangen, und Mutter ist gestorben.« Sie drückte ihrem Pony die Fersen in die Flanken und machte Anstalten, ein Stück nach vorn zu reiten, weg von ihr, aber Raisa griff ihr in die Zügel und hielt sie zurück.

»Es war Micah Bayar«, sagte Raisa. »Sie wollte, dass ich Micah Bayar heirate.«

Mellony schüttelte so heftig den Kopf, dass das Regenwasser spritzte. »Nein«, rief sie. »Das ist unmöglich.«

»Es ist möglich, weil es wahr ist«, beharrte Raisa.

»Nein«, wiederholte Mellony. »Micah hätte nie …«

»Micah wollte«, sagte Raisa. »Ich nicht.«

Mellony starrte sie an, und Tränen sammelten sich in ihren blauen Augen. »Ich glaube dir nicht«, stammelte sie, zerrte an ihrem Pferd und drängte es vorwärts, bis sie weit genug weg war, dass eine Unterhaltung kaum mehr stattfinden konnte.

Nun, dachte Raisa, so viel dazu, die Atmosphäre etwas zu entspannen.

Jemand musste eine Brieftaube nach Fellsmarch geschickt haben. Oder vielleicht waren Reiter auf frischen Pferden schneller als alle anderen zur Hauptstadt geritten, um die Ersten zu sein, die die Nachricht von Raisas Rückkehr verkündeten. Vielleicht hatte aber auch Cat Tyburn diesen Empfang organisiert. Wie auch immer es dazu gekommen war, die Neuigkeit war ihr vorausgeeilt, und als sie die Hauptstadt erreichte, waren die Straßen zu beiden Seiten von Menschenmassen gesäumt, die ihr zujubelten und mit Schals und Tüchern winkten.

Obwohl die Straße der Königinnen breit war, drängten sich die Leute dicht an sie heran und streckten die Hände aus, um ihre zurückgekehrte Prinzessin zu berühren. Amon und Han nahmen beiderseits von Raisa ihre Position ein und hielten mithilfe ihrer Pferde jeden davon ab, ihr zu nahe zu kommen, während sich die Wache enger zusammenschloss und einen Pfad zum Schlossbezirk hin bahnte.

Zu Raisas großer Verlegenheit gab es ein paar in der Menge, die die Demonai verfluchten, sie anzurempeln versuchten und sie als Kinderdiebe und Schlimmeres bezeichneten. Sie waren nicht daran gewohnt, so viele Clan-Leute auf einmal in der Stadt zu sehen.

Süße Herrin in Ketten, dachte Raisa. Irgendwie muss ich

es schaffen, alle meine Leute unter einen Hut zu bringen – die Magier, die Bewohner des Vales und die Clans. Wir haben schon viel zu viel Energie damit verschwendet, uns gegenseitig zu bekämpfen. Das macht uns verletzbar.

Verletzbar – bei diesem Gedanken fuhr sie mit der Hand in den Beutel an ihrer Taille, zog ihren Talisman, den Wolfsring, heraus und steckte ihn sich wieder auf den Finger. Es schien ihr unwahrscheinlich, dass es zwischen hier und zu Hause einen magischen Angriff geben würde, aber dennoch. Sie fühlte sich besser so.

Weiter vorn konnte Raisa die glitzernden Türme von Fellsmarch Castle über den anderen Gebäuden aufragen sehen – ein Anblick, der ihr schier das Herz zerriss. So viel war geschehen, seit sie das Schloss zum letzten Mal gesehen hatte. Schnell schluckte sie ihr Bedauern hinunter wie einen Brotteig, bevor er zum zweiten Mal aufgehen konnte. Lerne daraus, dachte sie, aber verschwende keine Kraft auf etwas, das nicht mehr zu ändern ist.

Es tat so gut, wieder zu Hause zu sein. Sie sah sich um und sog alle Einzelheiten in sich auf, die sie so lange vermisst hatte – die gewundenen Seitengassen, die Stufen, die in die Straßen gebaut worden waren, um die Hänge in den äußeren Bereichen der Stadt zu erklimmen, den nördlichen Akzent der Stimmen um sie herum, und ja, auch den Gestank von gekochtem Kohl und Holzfeuer und von dem Schmutz, der in den Abwasserkanälen floss.

Sie holte tief Luft und atmete aus, ließ die Schultern entspannt hängen und freute sich bereits auf ein heißes Bad und das gute Essen des Nordens. Währenddessen nahm sie plötzlich eine Bewegung wahr, auf dem Dach eines Gebäudes etwas weiter vorn. Eine dunkle Silhouette erhob sich geschmeidig, verharrte und zielte sorgfältig. Instinktiv beugte

Raisa sich seitlich nach unten. Sie öffnete den Mund, um eine Warnung zu rufen.

Amon fluchte und machte einen Satz auf sie zu. Da prallte etwas mit der Wucht eines Faustschlags gegen ihre rechte Brust, riss sie beinahe vom Pony und trieb ihr Tränen in die Augen.

Ein Tumult brach aus. Bevor Raisa überhaupt richtig begriff, was geschah, hatte Amon sie schon aus ihrem Sattel gehoben und vor sich auf seinen gepackt, wo er sich über sie beugte und mit seinem Körper schützte.

»Aus dem Weg!«, brüllte er mit rauer, fremder Stimme und drängte sein Pferd zum Galopp, als wäre er bereit, jeden Narren über den Haufen zu reiten, der nicht aus dem Weg sprang.

Plötzlich flogen Steine und Ziegel durch die Luft, als ein magischer Blitz das Dach traf, von wo aus der Schütze gezielt hatte. Es war Han Alister, der jeden weiteren Attentatsversuch im Keim ersticken wollte.

»Mellony«, keuchte Raisa. »Bringt meine Schwester in Sicherheit.«

Überall um sie herum flackerte es blau auf; sie atmete den scharfen Geruch von magischen Flammen ein, hörte laute Befehle und das Surren von Langbögen. Sie sprengten in die breiteren, geraderen Straßen in der Nähe des Schlosses und jagten dann durch das Tor, das zum Schlossgelände führte.

Aber auch jetzt verringerte Amon das Tempo nicht. Raisa konnte den Schlossgraben riechen und das hohle Klappern von Hufen auf Holz hören, als sie in wahnsinniger Geschwindigkeit die Zugbrücke überquerten. Sie passierten das Fallgatter und erreichten den Innenhof von Fellsmarch Castle.

Das Fallgatter rasselte hinter ihnen nach unten.

Sie war zu Hause.

Raisa hob den Kopf und drehte ihn so, dass sie sich umsehen konnte. Überall im Hof waren Blaujacken und aufgeregte Pferde. Zu ihrer Erleichterung entdeckte sie Mellony; ihre Schwester saß immer noch auf ihrem Pony, das jetzt Mick Bricker führte. Sie wirkte so bleich wie Pergament, aber offensichtlich war sie unverletzt.

Han und sein Freund Fire Dancer postierten sich im Torbogen, der zur Zugbrücke führte, und packten ihre Amulette, als müssten sie ganze Horden von rasenden Attentätern bekämpfen.

»Ruft einen Heiler!«, brüllte Amon direkt in Raisas Ohr. »Die Prinzessin ist angeschossen worden.«

Raisa tastete mit den Fingern gleich unterhalb des Schlüsselbeins über den Brustharnisch. Er war ziemlich stark eingedellt und halbwegs durchbohrt worden, aber er hatte den Pfeil des Attentäters abgehalten – sofern es einer gewesen war. Das Geschoss musste auf die Straße gefallen sein.

Raisa versuchte, sich aus Amons Griff zu winden. »Wirklich, Amon, ich glaube nicht, dass ich …«

Eine vertraute Stimme unterbrach ihre Proteste. »Hauptmann Byrne! Gebt sie mir!«

Sie gehörte Magret Gray, die bereits von ihrem Pferd gestiegen war und ihren regennassen Umhang abgelegt hatte. Magret breitete die Arme aus, und Amon tat, wie ihm geheißen. Und dann sah Raisa in Magrets vertrautes Gesicht, das jetzt tränenüberströmt war. Es zeigte viele neue Furchen, die der Schmerz gegraben hatte. Waren sie wirklich neu, oder hatte Raisa sie früher nur nicht bemerkt?

Magrets Haare waren grauer als früher, wie immer zu dem dicken Zopf geflochten, der ihr fast bis zur Hüfte reichte. Als Kleinkind hatte Raisa sich an diesen Zopf geklammert und am Daumen gelutscht, wenn sie Trost gesucht hatte.

Mellonys tränenverschmiertes Gesicht tauchte neben Raisas Ellenbogen auf. Sie sah ihre Schwester entsetzt an. »Raisa«, flüsterte sie. »Es tut mir so leid. Bitte stirb nicht auch noch.«

»So bald habe ich das auch nicht vor«, sagte Raisa. »Magret. Bitte lass mich runter. Es geht mir gut, ich habe nur ein paar blaue Flecke.«

Aber Magrets Griff zu entkommen war ebenso schwer, wie sich aus Amons Griff zu winden.

»Bringen wir sie in den Turm«, befahl Amon. »Kiefer, ich brauche ein Dutzend Wachen an der Tür. Talia, geh zur Halle der Heiler und hol Lord Vega her, sofort. Mick und Hallie, nehmt euch ein Tripel und seht nach, ob ihr den Attentäter irgendwie aufspüren könnt. Aber seid vorsichtig.«

Die Wachen marschierten in alle Richtungen davon, eine Explosion blauer Uniformen.

»Ich helfe ihnen«, sagte Averill. Seine Augen funkelten vor Wut. »Ich kenne die Straßen.«

»Nein.« Amon schüttelte den Kopf. »Je nachdem, wer hinter alldem steckt, seid Ihr vielleicht selbst eine Zielscheibe. Ich möchte Euch im Augenblick lieber in der Nähe wissen.«

Averill öffnete schon den Mund, um Einwände zu erheben, als Nightwalker ihm zuvorkam. »Ich werde gehen, Lightfoot. Meine Krieger warten gleich vor dem Schlossgelände, und ich kenne die Straßen so gut wie Ihr.«

»Der Schütze, der mich angeschossen hat, war auf dem Dach von Kendall House«, sagte Raisa zu ihm. »Das Geschoss liegt vielleicht noch irgendwo in der Nähe der Stelle, wo ich getroffen worden bin. Vielleicht verrät es uns irgendetwas.«

Nightwalker nickte. Sein Gesicht war grimmig und entschlossen. »Wer immer es ist, wir werden ihn finden, Eure

Hoheit.« Er glitt an Han und Dancer vorbei und verschwand durch den Torbogen.

Magret schritt zum Turm; sie hielt Raisa immer noch in ihren Armen.

»Magret. Lass mich runter«, bat Raisa verzweifelt. »Bitte glaub mir, wenn ich sage, dass ich nur blaue Flecken habe. Ich bin schon mal angeschossen worden und kenne den Unterschied.«

Bei diesen Worten drehte Han sich um und sah sie an; sein Mund zuckte erheitert vor Erleichterung. Es war das erste aufrichtige Lächeln, das sie seit Langem bei ihm gesehen hatte und das sein vor Sorge hageres Gesicht erhellte.

»Byrne, wir müssen dringend besser darin werden, die Königin zu beschützen«, sagte er. »Sonst kommt es noch so weit, dass sie ihren Hofdamen alte Kampfnarben zeigt, wenn sie ein bisschen zu viel getrunken hat. Und das wird unserem Ruf nicht gerade förderlich sein.«

Amon nickte, aber er lächelte nicht. »Dem stimme ich voll und ganz zu. Wir müssen besser darin werden, und das werden wir auch.« Er drehte sich zu Raisa um. »Kommt schon, Hoheit«, sagte er eigensinnig wie immer. Er nickte Magret zu. »Bring sie rein.«

KAPITEL SECHSUNDZWANZIG

Das Übereinkommen, nicht übereinzukommen

Magret Gray ließ keine Einwände gelten. Die ehemalige Amme trug Raisa in einen der Salons im ersten Stock des Schlosses. Dort nahm sie Raisa die Rüstung mitsamt der Wattierung ab, zog sie bis auf die Unterwäsche aus und brachte sie dazu, sich mit einer Decke auf ein Sofa zu legen. Auf die sich violett verfärbende Prellung über Raisas rechter Brust legte sie ein Stück eiskalten Stoff.

Der Hofarzt – ein Magierheiler namens Harriman Vega – brachte vier Gehilfen mit. Han Alister folgte ihnen in den Salon und baute sich mit verschränkten Armen neben Raisa auf.

Lord Vega sah Han finster an. »Wartet bitte draußen, während wir Ihre Hoheit untersuchen«, sagte er mit hoher, belehrender Stimme.

Han schüttelte den Kopf. »Ich bleibe«, beharrte er und wirkte dabei so unverrückbar wie ein Fels. »Hauptmann Byrne befindet sich nach allem, was passiert ist, in keiner sehr vertrauensseligen Stimmung. Ich habe ihm versprochen, nicht von ihrer Seite zu weichen.«

Und dir vertraut er?, dachte Raisa. Das ist ja was ganz Neues.

Magret stand da, stemmte die Hände in die Hüften und warf Han einen Blick unverhüllter Feindseligkeit zu.

»Eure Hoheit, bitte«, sagte Lord Vega. »Sicherlich möchtet Ihr doch nicht, dass dieser junge Mann zusieht, während wir …«

»Er bleibt«, bestimmte Raisa mit einem Seufzer und fügte im Stillen hinzu: Ich kann mich ruhig jetzt schon daran gewöhnen, dass ich keine Privatsphäre mehr habe.

Trotzdem brannten ihre Wangen, als Lord Vega das Band um ihren Nacken löste und das Mieder herunterzog. Der Magierheiler versuchte, dafür zu sorgen, dass sich sein Körper stets zwischen Han und Raisa befand, aber Han bewegte sich so geschickt, dass er die Hände des Heilers sehen konnte und dessen Zaubersprüche hörte. Sein Gesicht war wieder so ausdruckslos wie das einer Skulptur.

Vega und seine Gehilfen warfen alle einen Blick auf die Verletzung.

»Wie zu sehen ist«, sagte der Magier zu ihnen, während er nach wie vor versuchte, Han die Sicht zu nehmen, »hat das Geschoss die Haut nicht verletzt, also besteht selbst dann keine Gefahr für das Leben der Königin, wenn seine Spitze vergiftet gewesen sein sollte. Die Rüstung hat das Geschoss offenbar aufgehalten, allerdings hat die Wucht des Treffers eine beträchtliche Prellung verursacht.« Er sah Raisa an. »Ist das Geschoss aus nächster Nähe gekommen?«

Sie nickte. »Ich schätze, es waren nicht mehr als zwanzig Fuß Entfernung.«

»Dann hattet Ihr großes Glück, dass Ihr diese Rüstung getragen habt, Eure Hoheit«, sagte Vega. Er nahm Raisas Brustharnisch, wog ihn in den Händen und musterte dabei die Delle, die von dem Geschoss stammte. »Erstaunlich leicht, aber mit Magie versehen, um alles außer den stärksten Geschossen und Schlägen abwehren zu können. Ich vermute, die Kupferköpfe haben die Rüstung hergestellt.«

»Er ist clangefertigt«, bestätigte Raisa. »Ich muss mich bei Fire Dancer dafür bedanken, dass er mir das Leben gerettet hat.«

»Passt gut auf«, wandte sich Lord Vega wieder an seine Gehilfen. Er legte seine Hände auf die Prellung und sprach eine magische Formel. Han beugte sich etwas näher heran und neigte leicht den Kopf, damit er besser hören konnte. Er ignorierte Vegas finsteren Blick.

Innerhalb weniger Augenblicke ließ der Schmerz in Raisas Brust nach, und die violette Schwellung wurde kleiner.

»Danke, Lord Vega«, sagte sie und ließ die Schultern kreisen, um ihre Bewegungsfähigkeit zu prüfen. »Das ist beachtlich. Ich hoffe, Ihr müsst dadurch keine allzu schlimmen Nachwirkungen ertragen.«

»Das ist meine Berufung, Eure Hoheit«, erwiderte Vega bescheiden. »Natürlich muss ich dafür einen persönlichen Preis zahlen, aber für Euch opfere ich gern meine Gesundheit.«

Unwillkürlich sah Raisa Han an, der ihretwegen beinahe sein Leben geopfert hätte. Und es vielleicht inzwischen bereute.

Lord Vega und seine Gehilfen untersuchten auch die Verletzung am Rücken, die von dem Überfall im Marisa-Pines-Pass stammte. Wenn sie so weitermachte, würde sie schon bald genauso viele Narben haben wie Han Alister.

»Darf ich fragen, wie diese Wunde behandelt worden ist, Eure Hoheit?«, fragte Lord Vega und tastete mit seinen kühlen Fingern über den oberen Teil ihres Rückens. Der Magier war bemerkenswert gut darin, irgendwelche eingesickerte Macht aufzuspüren.

Aber vielleicht versuchte er auch nur, sich von seiner besten Seite zu zeigen, weil Han anwesend war.

»Ich bin im Marisa-Pines-Camp behandelt worden«, sagte Raisa. »Von Willo Song, einer Clan-Heilerin.«

»Es verheilt gut«, gestand Vega widerwillig zu und drückte auf die Wunde. »Auch wenn ich nicht dafür bin, sich in den Camps behandeln zu lassen, abgesehen von einem Notfall. Es ist schwer vorherzusehen, welche Wirkung die Kräuter haben, die sie dort benutzen. Und nicht nur das – wenn die Kupferköpfe sich erst einmal in eine Krankheit oder Verletzung eingemischt haben, kann es möglicherweise für einen an der Akademie ausgebildeten Magier schwieriger werden, eine treffende Diagnose zu stellen und das Problem zu behandeln.«

»Ich werde es mir merken«, erwiderte Raisa, zog ihr Mieder wieder hoch und band es im Nacken zu. Magret legte ihr einen dicken Schal um die Schultern, um sie noch etwas mehr zu bedecken.

»Gibt es sonst noch etwas? Ich glaube, ich würde mich jetzt gern etwas ausruhen.« Sie blickte auffordernd zur Tür.

»Ich komme morgen wieder, um noch einmal nach Euch zu sehen«, sagte Lord Vega. Er sah Magret an. »Du da. Sollte sich der Zustand der Königin irgendwie verändern oder es Anlass zur Sorge geben, versuch nicht, selbst etwas zu unternehmen. Lass mich sofort holen.«

»Das werde ich tun, mein Herr«, entgegnete Magret. »Danke sehr, mein Herr.«

Und damit rauschten Lord Vega und seine Gehilfen vor Wichtigkeit strotzend aus dem Salon.

»Was für ein aufgeblasener Kerl«, stellte Magret fest, als er außer Hörweite war. »Man kann hier keinen Stein werfen, ohne einen aufgeplusterten Magier zu treffen.«

Raisa lachte, während Han Magret überrascht ansah. »Magret, das ist Han Alister«, sagte sie. »Han, das ist meine Zofe, Magret Gray.«

Magret zwickte die Augen zusammen. »Alister!« Ihr Blick wanderte zu Han's Handgelenken, dann wieder zurück zu seinem Gesicht. »Der Streetlord und Mörder?«

»Magret!« Raisa hob eine Hand. »Alister ist …«

»Früher mal«, unterbrach Han sie und zuckte mit den Schultern. »Seid Ihr eine von den Pearl-Alley-Grays?«

Magret sah ihn unheilvoll an, die Hände weiterhin fest in die Hüften gestemmt. »Früher mal«, erwiderte sie. »Was hat *der* hier zu suchen, Hoheit?«, fragte sie, ohne den Blick von Han abzuwenden, als könnte der jederzeit auf sie losgehen.

»Er wird hier im Schloss bleiben«, erklärte Raisa. »Er ist … ähm … eine Art Leibwache.«

»Nein«, sagte Magret. »Er kann nicht hier im Schloss bleiben. Der nicht.« Sie starrte das Amulett an, das um Han's Hals hing, und dann machte sie einen Schritt zurück und hob die Hände wie zur Verteidigung. »Er ist zwar hübsch, das gestehe ich zu, aber er ist ein Unmensch. Wirklich, das ist er.«

Raisa sah von Magret zu Han. »Was redest du da? Kennt ihr euch?«

Han sah Magret immer noch an. »Maid Gray«, sagte er weich. »Es tut mir leid, was mit Velvet passiert ist.«

»Nenn ihn nicht so!«, rief Magret. »Nenn ihn nicht so. Sein Name war Theo. Theo Gray.«

»Es tut mir leid, was mit Theo passiert ist«, berichtigte Han sich.

Velvet. Raisa erinnerte sich an den Jungen in dem Samtumhang, der an jenem Tag bei Cat Tyburn gewesen war, als Han sie vor den Raggern gerettet hatte. Der Scharfkrautraucher, der sie hatte ausrauben wollen.

Sie sind alle tot, hatte Han gesagt. Alle Ragger sind tot, abgesehen von Cat.

»Ich hätte mir denken können, dass du ein Magier bist«, sagte Magret. »Ist die einzige Erklärung dafür, dass er auf die Straße gegangen ist. Er war ein guter Junge, bevor du ihn aus der Familie gerissen hast.«

Unbewusst war Magret in den Straßenjargon verfallen, den auch Han benutzte. Oder benutzt hatte.

»Was verbindet dich mit Velvet – oder was hat dich mit ihm verbunden?«, fragte Raisa an Magret gerichtet.

»Er war der Sohn meines Bruders«, erklärte Magret. »Mein Neffe. Meine Schwägerin ist am Wechselfieber gestorben. Ich hab ihn aufgezogen, bis er vier war. Dann ist er mit seinem Vater mitgegangen, der ihn als Straßenbettler benutzt hat.«

Eine Erinnerung kehrte zu Raisa zurück – wie sie im Alter von drei oder vier Jahren mit einem gleichaltrigen Jungen mit Bauklötzen gespielt hatte. Einem Jungen, der irgendwie zu Magret gehört hatte, obwohl sie niemals verheiratet war.

»Dann ist er auf Cuffs und seine Gang gestoßen«, erzählte Magret weiter. »Ist zu einem Taschendieb geworden, hat Scharfkraut geraucht und Sachen in Läden geklaut.«

»Er war am Verhungern«, sagte Han. »Sein Vater hat sich davongemacht, und er hat allein weitergebettelt und ab und an mal 'nen Bruch gemacht. Er hat bei den River Rats angefangen. Zu uns ist er erst später gekommen, nachdem die Southies ihr Gebiet übernommen haben.«

»Er hätte zu *mir* kommen können«, betonte Magret. »Das hätte er tun sollen. Aber du hast ihn verzaubert. Du – du – du silberzüngiger Dämon. Er ist nicht mal mitgekommen, als ich ihn darum angefleht habe.«

»Damals war er schon vom Scharfkraut abhängig«, sagte

Han. »Nicht viele schaffen es, davon loszukommen. Es ist nicht Euer Fehler, dass Ihr ihn nicht retten konntet.«

»Da hast du recht, es ist nicht mein Fehler.« Magret baute sich vor Han auf. Ihre Stimme triefte vor Verachtung. »Es ist *dein* Fehler.«

»Magret«, versuchte Raisa sie zu besänftigen. »Han ist seit mehr als einem Jahr weg von alledem.«

»Mein Theo ist durch Magie gefoltert und getötet und verbrannt worden«, sagte Magret und starrte Han immer noch finster an. »Du bist ein Fluchbringer. Versuch nicht, mir einzureden, du würdest nicht wissen, was mit ihm passiert ist.«

»Das will ich auch gar nicht«, erwiderte Han. Der Blick seiner blauen Augen war geradewegs auf Magrets Gesicht gerichtet. »Ich weiß, was mit ihm passiert ist. Er ist von Magiern getötet worden, die nach mir gesucht haben. Daher war es tatsächlich mein Fehler, auch wenn es nie meine Absicht gewesen ist.« Er gab keine Entschuldigungen von sich, ja, machte nicht einmal den Versuch, sich zu verteidigen.

Magret stand wie versteinert da. Ihr Mund war so fest zusammengepresst, als müsste sie sich Mühe geben, Worte zurückzuhalten.

»Wenn Ihr mehr wissen wollt – ich kenne da ein Mädchen … sie war damals sein Streetlord«, sagte Han. »Ich kann sie bitten, mit Euch zu sprechen.«

»Ich will deine Hilfe nicht«, antwortete Magret heftig. »Ich will mit überhaupt keiner Straßenratte sprechen. Ich will, dass du verschwindest, damit ich mich in Ruhe um Prinzessin Raisa kümmern kann.«

Sie alle zuckten zusammen und drehten sich um, als Amon Byrne am Türrahmen klopfte. »Eure Hoheit«, sagte er entschuldigend. »Tut mir leid, dass ich Euch stören muss, aber die Tür war offen, daher …«

»Komm rein, Amon.« Raisa war erleichtert, dass sich die Spannung im Raum etwas auflöste. »Es geht mir gut. Dancers Rüstung hat mir das Leben gerettet. Habt ihr irgendetwas gefunden?«

Amon warf einen prüfenden Blick in den Flur, dann schloss er sorgfältig die Tür hinter sich und trat zu ihr. Er hielt einen Armbrustbolzen zwischen Daumen und Zeigefinger. Die Spitze war sorgfältig mit Musselin umwickelt. »Nightwalker hat das hier gefunden. Dieser Bolzen hat eine panzerbrechende Spitze, die speziell dafür gedacht ist, eine Rüstung tödlich zu durchbohren. Ist in etwa so gewöhnlich wie Unkraut auf der Straße, ganz abgesehen davon, dass –« er drehte den Bolzen in der Hand herum – »die Spitze vergiftet ist. Ich möchte, dass Willo sich den Bolzen ansieht und herausfindet, ob es das gleiche Gift ist wie beim ersten Mal.«

»Gute Idee«, sagte Raisa trocken. »Es wäre interessant zu wissen, ob die gleichen Leute schon wieder versucht haben, mich zu töten, oder ob es diesmal eine ganz andere Gruppe war.«

»Um wen auch immer es sich handelt, es scheint, als habe er nur diesen einen Schuss abgegeben und ist dann weggerannt«, berichtete Amon. »Die Wachen und die Demonai sind immer noch auf der Suche, aber ich mache mir keine allzu großen Hoffnungen.«

Raisa sah Magret an. Ihre Zofe warf Han erneut einen scharfen Blick zu, schüttelte dann den Kopf und legte den Finger an die Lippen.

»Magret«, sagte Raisa erschöpft. »Ob es dir gefällt oder nicht, Han ist zu meinem Schutz hier. Er hat mir bereits einmal das Leben gerettet, vielleicht sogar zweimal. Wir müssen ihm vertrauen. Angesichts dessen, was bei Lord Bayar und dem Magierrat vorgeht, brauchen wir jemanden mit der Gabe.«

»Da wir gerade von den Bayars sprechen – Micah ist draußen«, warf Amon ein. »Er wartet seit mehr als einer Stunde und akzeptiert auch kein Nein. Er besteht darauf, dich zu sehen und sich davon überzeugen zu können, dass du gesund und wohlauf bist. Hayden Fire Dancer leistet ihm Gesellschaft.« Er lächelte schwach – das erste Lächeln, das Raisa bei ihm seit einer ganzen Weile sah.

»Ich werde ihm ein Nein geben, das er versteht«, knurrte Magret und drehte sich zur Tür um. »Dieser hinterhältige, intrigante Abschaum.« Es schien ihr zu gefallen, einen neuen Magier zu haben, auf den sie ihren Zorn richten konnte.

»Nein.« Raisa hielt eine Hand hoch, um sie davon abzuhalten. »Lass ihn rein. Vielleicht verrät er uns durch seine Reaktion etwas. Finden wir heraus, was er weiß.«

Han straffte die Schultern und wechselte einen Blick mit Amon. Raisa musterte die beiden stirnrunzelnd. Irgendetwas hatte sich zwischen ihnen verändert, irgendeine Barriere war verschwunden. Sie kamen ihr fast verschwörerisch vor. Und sie war sich nicht sicher, ob ihr das gefiel.

»Ihr habt aber doch wohl nicht vor, ihn in diesem Aufzug zu empfangen, Eure Hoheit!«, rief Magret entsetzt.

»Oh, bringen wir es einfach hinter uns«, erwiderte Raisa mürrisch.

»In Ordnung. Ich hole ihn, Hoheit.« Amon ging wieder hinaus.

»Allerdings werde ich ihn nicht im Liegen wie eine Kranke empfangen«, sagte Raisa. Sie setzte sich auf und stellte ihre nackten Füße auf den Boden. Nachdem sie die Decke enger um sich gezogen hatte, platzierte sie sich in dem Sessel gleich neben dem Sofa. Magret zog die Decke noch höher über Raisas Schultern, um sie so weit wie möglich zu verhüllen.

Han stand hinter ihr; seine Hände ruhten rechts und links von ihr auf der Rückenlehne des Sessels. Raisas Haut prickelte angesichts seiner Nähe.

»Ich sollte mich einfach wieder anziehen«, murrte Raisa. »Ich habe noch so viel zu tun.«

»Eure Hoheit, das kommt gar nicht in Frage. Sobald wir die Magier weggeschickt haben, nehme ich Euch für ein langes, heißes Bad mit nach oben«, versprach Magret.

Kurz darauf kehrte Amon mit Micah und Dancer zurück. Micah hatte einen grimmigen, wütenden Zug um die Mundwinkel, und seine Haltung war unnatürlich steif.

Als er durch die Tür kam und sein Blick auf Han fiel, blieb er abrupt stehen. Er sah von der in ihre Decke gewickelten Raisa zu Han, als könnte er seinen eigenen Augen nicht trauen.

»Was hast *du* hier zu suchen, Alister?«, fragte er. »Ich dachte schon bei der Gedenkfeier, ich sehe nicht richtig – du verkleidet als Prinz. Was hast du mit der Prinzessin zu schaffen?« Er sah Raisa an. »Wisst Ihr, wer das ist? Wisst Ihr, was er getan hat? Er ist ein Mörder, ein Dieb und …«

»*Sul'*Bayar!«, fuhr Raisa dazwischen. »Ich dachte, Ihr wärt hier, um Euch nach meinem Befinden zu erkundigen, und nicht, um meinen Leibwächter zu verleumden.«

»Euren Leibwächter?« Micah sah Han von oben bis unten an, dann schüttelte er langsam den Kopf. *»Der?«*

»Allerdings«, sagte Raisa. Allmählich verlor sie die Geduld. »Gewöhnt Euch daran oder geht wieder.« Süße Lady in Ketten, dachte sie, ich bin diese Magier so leid.

Micah schloss die Augen und holte tief Luft, dann atmete er wieder aus und riss sich zusammen.

»Wie Ihr wünscht, Hoheit«, sagte er mit einem Lächeln, das seine Augen nicht ganz erreichte. »Ich habe mich bereits daran gewöhnt.«

Er trat näher und kniete vor Raisa nieder. Als er seinen Kopf hob, schweifte der Blick seiner schwarzen Augen über sie, als wollte er jeden Schnitt, jede Prellung, jede heilende Wunde in sich aufnehmen.

»Raisa«, sagte er. »Geht es Euch wirklich gut?« Er griff nach ihrer Hand, aber sie zog sie weg, außer Reichweite. Han verlagerte hinter ihr sein Gewicht, und Raisa wusste, ohne hinsehen zu müssen, dass er sein Amulett umklammerte. Amon trat dicht an Micah heran; er hielt sein Schwert griffbereit.

»Bleibt einfach da vorn, Micah«, forderte Raisa ihn auf und hob beide Hände, um ihn auf Abstand zu halten. »Ich bin so schon schreckhaft genug. Und ich habe absolut keinen Grund, Euch zu trauen.«

Schmerz flackerte in Micahs Gesicht auf, aber er ließ seine Hände für alle sichtbar auf seinen Knien liegen.

»Natürlich«, sagte er. »Ich musste Euch sehen, musste mit eigenen Augen sehen, dass es Euch gut geht. Ihr seid nicht verletzt? Oder irgendwie verwundet?«

Raisa schüttelte den Kopf. »Nein, ich hatte großes Glück.«

»Ja, das hattet Ihr.« Micah sah Han und Amon beinahe vorwurfsvoll an, ehe er den Blick wieder auf Raisa richtete. »Ich kann gar nicht sagen, wie erleichtert ich war, als Ihr bei der Begräbnisstätte aufgetaucht seid.«

»Ach ja?« Raisas Stimme klang kühl und gleichgültig. »Ihr wart wirklich erleichtert?«

Micah zog die Brauen zusammen und legte den Kopf leicht schief. »Nun ja, natürlich. Als ich Euch das letzte Mal gesehen habe, befanden wir uns mitten in einer Schlacht.«

»Das stimmt«, sagte Raisa. »In die Ihr mich gebracht habt. Wie konntet Ihr und Fiona entkommen? Und die Manders?«

»Es ist uns gelungen, unsere Amulette zurückzuholen«, sagte Micah. »Danach war es verhältnismäßig leicht, uns zu verbergen.« Er zuckte mit den Schultern. »Um ehrlich zu sein, schien Prinz Gerard mehr daran interessiert, *Euch* zu finden, Hoheit. Er hat sich nach Westen gewandt, nach Tamron Court, während wir nach Norden gereist sind. Als ich wieder zu Hause war und festgestellt habe, dass Ihr noch nicht eingetroffen wart, wusste ich nicht, was ich denken sollte.«

»Und habt doch sogleich jemand anderen zum Heiraten gefunden«, ergänzte Raisa. »Ich hatte keine Ahnung, dass Ihr so wild entschlossen seid, Euch niederzulassen.«

»Ich bin ebenso sehr Gefangener meiner Familie und der Politik wie Ihr«, sagte Micah. »Das hat mich nicht daran gehindert, mir Sorgen zu machen, dass Euch etwas passiert sein könnte. Ich habe befürchtet, dass Montaigne Euch erneut ergriffen haben könnte oder dass Ihr in Tamron Court festsitzen würdet.«

»Mir ist tatsächlich etwas passiert«, erwiderte Raisa. »Auf meinem Weg nach Hause bin ich im Marina-Pines-Pass angegriffen und fast getötet worden.«

»Angegriffen?« Micah schüttelte langsam den Kopf, als wollte er es leugnen. Micah war ein vollendeter Schauspieler, aber Raisa glaubte, dass *diese* Überraschung echt war.

»Ja, von jemandem, der genau wusste, dass ich diesen Weg nehmen würde.«

Jetzt beugte Micah sich wieder weiter nach vorn. Er sah sie eindringlich an. »Wer war das? *Wer* hat Euch angegriffen?«

»Die Leute haben keine Uniformen getragen, aber es hat

sich herausgestellt, dass es sich um Mitglieder meiner eigenen Wache gehandelt hat«, sagte Raisa.

Micah zwickte die Augen zusammen. »Dann war es nicht …« Er unterbrach sich und atmete einmal tief durch. »Dann waren es nicht die Kupferköpfe?« Aber sie hatte den Eindruck, als hätte er eigentlich etwas anderes sagen wollen.

Nun, ich kann ebenso gut wie du Informationen zurückhalten, dachte sie. Sie schüttelte den Kopf. »Wohl kaum«, sagte sie. »Die Clan-Heiler haben mir das Leben gerettet.«

»Was ist mit … denen, die Euch angegriffen haben?«, fragte Micah, den Blick weiter auf sie gerichtet. »Sind sie verhört worden? Wisst Ihr, warum sie Euch angegriffen haben? Waren es einfach nur Abtrünnige, oder …?«

»Sie sind alle tot.« Raisa zuckte mit den Schultern. Sie beobachtete Micah durch ihre Wimpern. »Ich vermute, wir werden es nie herausfinden.«

Micah lehnte sich etwas zurück; er wirkte eher enttäuscht und erschüttert als erleichtert.

»Also«, sagte er, »innerhalb kürzester Zeit hat es zwei Angriffe auf Euer Leben gegeben.« Er sah Amon Byrne und Han Alister an. »Und wo wart Ihr beide währenddessen? Oder taucht Ihr immer erst auf, wenn die Attentäter bereits geflohen sind?«

Wieder spürte Raisa eine Bewegung hinter ihrem Rücken. Spürte die Hitze auf ihrer Haut. Sie schien in Wogen aus Han herauszuströmen.

»Ich bitte Euch, Raisa, passt besser auf Euch auf«, sprach Micah weiter. »Es scheint mir offensichtlich, dass sowohl Euer Soldat als auch Euer sogenannter Leibwächter nicht genügen, um Euch zu beschützen. Ihr dürft das Schicksal nicht weiter herausfordern. Dies sind gefährliche Zeiten.«

»Ihr wart derjenige, der mich aus Odenford verschleppt

hat«, entgegnete Raisa. »Wenn Ihr mich nicht entführt hättet, wäre ich noch dort.«

»Und für wie lange?«, fragte Micah. »Glaubt Ihr nicht, dass diejenigen, die versucht haben, Euch zu töten, es längst noch einmal probiert hätten?«

»Das werdet Ihr besser wissen als ich«, sagte Raisa. »Wie lautet der Plan von jetzt an?« Sie beugte sich vor, als würde er wirklich darauf antworten.

Micah warf Amon und Han einen Blick zu, und Raisa wusste, wie sehr er es hasste, diese Diskussion gerade vor diesen beiden führen zu müssen. »Was ich in Odenford getan habe, diente Eurem Schutz. Selbst wenn es Euch allein gelungen wäre, am Leben zu bleiben – wenn Ihr nicht hierher zurückgekehrt wärt, wäre Prinzessin Mellony zur Erbprinzessin erklärt worden und vielleicht bereits Königin.«

»Nun, das hätte Euch gut gepasst, oder? Da sie ja völlig hingerissen von Euch zu sein scheint«, sagte Raisa.

»Ich habe es nicht auf Eure Schwester abgesehen«, erwiderte er und stand auf. »Ich sage Euch nur, dass Ihr sehr gut auf Euch achtgeben solltet, Raisa. Bitte.« Er verbeugte sich. »Willkommen zu Hause, Eure Hoheit. Ich werde Euch wieder besuchen.« Er nickte Han und Amon zu. »Meine Herren. Wobei ich diesen Begriff natürlich äußerst leichtfertig benutze.«

Und damit ging er und ließ Raisa eher verwirrt als um einiges klüger zurück.

KAPITEL SIEBENUNDZWANZIG

Hinter den Kulissen

Fellsmarch Castle war wie eine eigene, kleine Stadt und kam Han unerwartet vertraut vor. Die Korridore der Bediensteten erinnerten ihn an die kleinen Seitengassen von Ragmarket, in denen man sich lange unbemerkt von anderen Menschen herumdrücken konnte. Die Audienzzimmer und Salons waren wie große, öffentliche Plätze, an denen sich die Blaublütigen trafen und herumprotzten und die Aufmerksamkeit ihrer Rivalen erregten.

Han erkundete das Schloss und seine Umgebung ausführlich und prägte sich alles genau so ein, wie er es in Ragmarket und Southbridge getan hatte.

Raisa hatte Wort gehalten und ihm die Gemächer gleich neben ihren gegeben – die ehemaligen von Magret Gray. Viele andere Möglichkeiten gab es auch nicht, da ihre Räume ziemlich abseits von allen anderen in einem der Tortürme lagen, auf dessen Dach sich der gläserne Garten befand.

Jener gläserne Garten, auch Gewächshaus oder Wintergarten genannt, in dem sich Alger Waterlow einst mit der Kriegerkönigin Hanalea getroffen hatte.

Magrets entsetzte Missbilligung schien Raisa nicht weiter zu beeindrucken, denn sie ließ ihre Zofe einfach im anderen Torturm unterbringen, was bedeutete, dass sie ein gutes Stück den Korridor entlanggehen musste. Seither streifte die Maid zu allen Tages- und Nachtzeiten wie ein großes, imposantes Gespenst mit einer Laterne und einem langen grauen Zopf durch die Gänge.

Magret zeigte nur zu deutlich, dass sie Han verabscheute – dass sie ihm die Schuld für das gab, was mit Velvet geschehen war. Das war schade, denn Han mochte die eisenharte Zofe sogar. Er hoffte, sie eines Tages doch noch für sich gewinnen zu können, aber vielleicht machte er sich auch etwas vor.

Raisa zögerte, als von ihrem Rat und dem Hohemagier der Vorschlag kam, in die aufwendigen Räume ihrer Mutter im Haupttrakt des Schlosses zu ziehen. Sie erklärte, dass ein Umzug noch Zeit hätte. Noch waren mit den Gemächern der Königin zu viele schmerzhafte Erinnerungen verbunden, als dass sie so schnell hätte dort einziehen können. Außerdem hing sie auf sentimentale Weise an ihren eigenen alten Räumen. Wie auch immer, sie zog es vor, ihre Mutter in aller Zurückgezogenheit zu betrauern, ohne den Hof damit übermäßig zu belasten. Abgesehen davon wollte sie das Appartement gern neu einrichten, wenn sich ihre Trauer erst einmal etwas gelegt hatte, und das würde sicher leichter sein, wenn sie nicht schon darin wohnte.

Sie hatte ein Dutzend Argumente parat, je nachdem, mit wem sie gerade darüber sprach.

Han bewunderte ihre politische Fähigkeit, Nein zu sagen und es zugleich so aussehen zu lassen, als würde sie viel lieber Ja sagen. Trotzdem überraschte ihn ihre Entscheidung, in ihren alten Gemächern zu bleiben. Wenn sie die Räume der Königin beanspruchte, könnte sie die Unausweichlichkeit der Krönung nochmals gegenüber jenen bestärken, die noch immer auf einen anderen Ausgang hofften.

Von außen betrachtet schien es so, als wäre jeglicher Widerstand gegen Raisa als Königin verflogen, seit sie plötzlich bei der Gedenkfeier aufgetaucht war. Han wusste jedoch, dass er im Untergrund weiter gärte. Selbst wenn Raisa ihre Krönung überlebte, konnte ein Attentäter leicht dafür sorgen, dass ihre Herrschaft nur von kurzer Dauer war.

Amon Byrne ging jetzt kein Risiko mehr ein. Von ihm höchstpersönlich ausgewählte Blaujacken standen vor Raisas Gemächern Wache, wann immer sie sich dort aufhielt, und begleiteten sie, wo immer sie hinging, auch innerhalb des Schlosses.

Han's eigene Gemächer waren im Verhältnis zu den anderen im Schloss relativ klein – waren sie doch für Bedienstete gedacht –, aber ihm selbst erschienen sie dennoch fast ein bisschen zu groß. Er verfügte über ein Zimmer, in dem er sich hinlegen konnte, und ein anderes, in dem er sich hinsetzen konnte, und dann hatte er sogar noch einen zusätzlichen Raum.

Den größten Teil seines Lebens hatte er zusammen mit seiner Familie in einem einzigen Zimmer gewohnt. Und selbst wenn es mehr als nur die drei Alisters gegeben hätte, wäre das so gewesen. Die meisten Familien in Ragmarket verrichteten sämtliche Tätigkeiten – abgesehen davon, wenn sie den Abort aufsuchten – in einem einzigen Zimmer: essen, schlafen, Hausarbeit, Wäsche waschen, sterben, Kinder auf die Welt bringen oder sich lieben.

Die Möbel in Han's Räumen waren schwer und kunstvoll wie in einigen der hübscheren Bereiche des Tempels von Southbridge. Vor allem das Bett war riesig – und einsam. Han wälzte sich darin herum und wurde von üblen Träumen geplagt.

Nachts war es so totenstill, dass es ihm schwerfiel einzuschlafen. Selbst wenn die Fensterläden geöffnet waren, konnte er meist nichts anderes hören als das Plätschern des Springbrunnens im Innenhof. Es war fast eine Erleichterung, wenn sich ein verliebtes Pärchen im Mondlicht dorthin schlich und die Stille mit seinem Geflüster durchbrach, mit Gelächter und Seufzern. *Fast*.

Abgesehen davon, dass er dabei auf schmerzhafte Weise daran erinnert wurde, was er verloren hatte.

Er versuchte, auf Abstand zu Raisa zu gehen. Er redete sich ein, dass sie nur eine von vielen verlogenen Blaublütigen sei, die ihn benutzte und wegwarf; die geradewegs über die Menschen der Unterschicht hinwegritt, die sich ihr in den Weg stellten. Er würde für sie nie mehr sein als eine interessante Abwechslung.

Aber die Wirklichkeit kam ihm immer wieder in die Quere.

Zweimal schon hätte er sie beinahe für immer verloren. Einmal im Marisa-Pines-Pass und einmal kurz vor den Toren des Schlosses. Ohne Dancers Rüstung wäre sie jetzt tot oder schwer verletzt.

Immer wieder kramte er die Erinnerung an ihren Einzug in die Stadt hervor – an den zermalmenden Schmerz, an die Leere an jener Stelle, wo sein Herz gewesen war, an die Erkenntnis, dass er erneut darin versagt hatte, jemanden zu beschützen, den er liebte.

Es war, als würde er in einer tiefen Wunde herumstochern und sich vergewissern, dass sie noch nicht verheilt war, sich vergewissern, dass er verletzlich war.

Und dass Raisa es war.

Und so hatte er sich diese unmögliche Aufgabe gestellt.

Sich selbst konnte er schützen – und wenn er darin versagte, nun ja, er war sein ganzes Leben lang bereit gewesen, dafür einen persönlichen Preis zu bezahlen. Aber wie konnte er dafür sorgen, dass Raisa am Leben blieb, wenn so viele Feinde darauf bedacht zu sein schienen, sie zu töten? Wie konnte er mächtig genug werden, um Anspruch auf sie zu erheben – um sie dazu zu bringen, ihn als Bewerber ernsthaft in Betracht zu ziehen? Wie konnte er sie dazu bringen, ihn als ebenbürtig anzusehen – als jemanden, der sich mit ihr in jeder Hinsicht verbünden konnte?

Und wie konnte er das alles schaffen, ohne sie noch mehr in Gefahr zu bringen? Willos Warnungen hallten durch seinen Kopf.

Er kannte die Antworten noch nicht, aber eines wusste er – er würde sie bestimmt keiner Gefahr aussetzen, indem er zuließ, dass sich eine Romanze zwischen ihnen entwickelte, bevor er nicht in der Position war, diese zu verteidigen.

Raisa war in vielen Dingen unglaublich bewandert, aber wie es zwischen Blaublütigen und Straßenläufern zuging, würde sie nie verstehen. Es war auch nie nötig gewesen. Sie schien nicht zu begreifen, dass der geringste Hinweis auf eine Romanze zwischen ihnen dazu führen würde, dass sich sowohl die Clans als auch die Magier auf sie stürzten.

In seinem alten Revier hätte er die Regeln gekannt. Doch wenn er hier seinen bloßen Instinkten folgte, würde das ihnen beiden den Tod bringen.

Wenn du nicht weißt, wohin du gehst, wirst du niemals ankommen, pflegte Jemson zu sagen. Immerhin wusste Han jetzt, wohin er ging und mit wem. Er musste nur noch seinen eigenen Weg finden.

Seine erste Unterrichtsstunde mit Raisa war nicht gut verlaufen. Die Anspannung war einfach zu groß gewesen – so groß, dass man sie hätte aufs Brot streichen und das Ganze als Mahlzeit nehmen können, wie Mam immer gesagt hatte. Raisa war ständig in Bewegung, ging hin und her und gestikulierte mit den Händen, als könnte sie damit die Kluft zwischen ihnen ausfüllen.

Han saß auf einem schlichten Stuhl, die Hände auf den Armlehnen, und hörte nur jedes dritte Wort. Sein geistiges Auge wanderte zu der Rosentätowierung auf ihrem Schlüsselbein, zu ihrer schmalen Taille, zu den grünen Augen, die unter dichten Wimpern lagen, zu den schwarzen Brauen, die sich von der braunen Haut abhoben.

Und es machte alles nur noch schlimmer, dass er sich an ihren frischen Geruch und ihre freimütigen Küsse erinnerte. Es war herrlich gewesen, ein Mädchen zu küssen, das es genauso zu genießen schien wie er.

Von Han's Räumen führte eine Verbindungstür zu denen der Königin, damit die Dienerin, die eigentlich dort leben sollte, direkt zu ihr gelangen konnte. Wenn Magret in Raisas Gemächern war, um sich um sie zu kümmern, verschloss sie diese Tür und rüttelte mehrmals am Tag daran – eine Warnung für den Magier auf der anderen Seite.

Han hatte das Schloss schon am ersten Tag geknackt. Und dann musste er seine ganze Selbstbeherrschung aufbieten, um auf seiner Seite der Tür zu bleiben.

Um Wasser und Essen kümmerte er sich selbst; er holte sich das Wasser von der Pumpe im Innenhof und aß entweder im Speisesaal oder nahm das Essen direkt aus der Küche mit nach oben. Obwohl er sich den Blaublütigen anpassen wollte, konnte er es nicht riskieren, Essen oder Getränke zu sich zu nehmen, die unbeaufsichtigt im Korridor gestanden oder von einem Diener gebracht worden waren. Es gab zu viele Leute, die ihn zu gern tot gesehen hätten, und zu viele raffinierte – clangefertigte – Gifte, die untergemischt werden konnten, ohne dass er es bemerkte.

In jedem seiner Räume befand sich ein Kamin. Darby

Blake, sein persönlicher Diener, stellte sich seinen Dienst so vor, dass er immer dann neues Holz holte, den Wasserkrug nachfüllte und den Nachttopf leerte, wenn Han gerade nicht anwesend war. Han musste ihn davon abbringen, denn er hatte alle Türen und Fenster mit Zaubersprüchen gesichert, um Eindringlinge fernzuhalten – Bedienstete konnten leicht bedroht, verzaubert oder bestochen werden. Also schleppte Han sein Holz selbst in einem Kasten durch den Flur und stellte den Nachttopf draußen vor die Tür, wenn er geleert werden musste.

Darby war immer für ihn da, bereit, selbst sein altes Waschwasser entgegenzunehmen, als wäre es ein Privileg oder Geschenk.

Han's Leben im Schloss war seinem Leben in Ragmarket ziemlich ähnlich – er war von Feinden umgeben, und der Tod lauerte nur einen Schritt entfernt. Es war nur vornehmer. Es gab mehrere Speisesäle, die entweder auf die Höherrangigen oder die Gewöhnlichen ausgerichtet waren. Wie Schenken. Das Essen war immer gut, und es gab immer reichlich davon, auch wenn andere im Königinnenreich vielleicht hungerten. Er konnte jederzeit, egal ob Tag oder Nacht, etwas zu essen bekommen.

Sein Wohnzimmer verfügte über einen Balkon, von dem aus er auf den Innenhof mitten im Schloss blicken konnte. Die steinernen Mauern von Fellsmarch Castle boten einem erfahrenen Fassadenkletterer und Dieb zahlreiche Möglichkeiten, sich festzuklammern und Halt für die Füße zu finden. Von den Mauern aus gelangte er aufs Dach und zu dem Wintergarten dort oben, und vom Dach aus konnte er hingehen, wo immer er wollte.

Han war erstaunt über die vielen Räumlichkeiten des Schlosses, von denen einige nur selten benutzt wurden.

Selbst nach mehreren Wochen gab es noch Bereiche, die er noch nicht erkundet hatte. Dazu gehörten auch die Gemächer, die die Bayars im Schlossbezirk für sich beanspruchten. Zweifellos hatten sie Fallen gegen Eindringlinge errichtet, seit sie wussten, dass Han anwesend war. Allerdings wollte Han erst noch mehr Erfahrung sammeln, was das Aufspüren von magischen Schlössern und die Entzauberung von magischen Formeln anging, bevor er sich ihnen widmete. Und das bedeutete, dass er einen Weg finden musste, um mit Crow zu sprechen.

Han's Nähe zur Königin und seine offensichtliche Rolle als ihr Günstling führten dazu, dass die Bediensteten unaufhörlich über ihn klatschten und tratschten. Wenn er an den Dienerinnen vorbeikam, erstarrten sie, während die Kämmerer sich gegenseitig anstießen und verstummten, wenn sie ihn kommen sahen.

Eine Mischung aus Angst, Faszination und Stolz war das, was Han entgegenschlug. Sein Ruf als rücksichtsloser Streetlord, Dieb und Messerkämpfer war ihm ins Schloss vorausgeeilt. Hinzu kamen jene Geschichten über die Gedenkfeier für Königin Marianna, die immer und immer wieder durch die Klatschmühle des Schlosses gedreht und verändert wurden.

Ein Magier aus Ragmarket? Wer hatte so was schon jemals gehört? Er war einer von ihnen – und doch auch wieder nicht. Magier atmeten die exklusive Luft auf Gray Lady ein und bewegten sich in den Kreisen der Blaublütigen. Magier heuerten Leute an, die ihren Dienern Befehle gaben, damit sie nicht selbst mit ihnen sprechen mussten.

Die Grauwolf-Königinnen waren dafür bekannt, leidenschaftlich und kühn zu sein, wenn es um die Liebe ging, und die Bediensteten vermuteten insgeheim, dass Han das nicht ungefährliche Spielzeug ihrer Königin war, das schon bald zugunsten eines neuen Tands weggeworfen werden würde.

Han schätzte, dass Wetten darüber abgeschlossen wurden, wie lange er sich wohl halten würde und ob er friedlich gehen würde, wenn es so weit war. Er hätte direkt mitgewettet, wenn er nur genau gewusst hätte, worauf.

Nur die Blaublütigen schienen von den Spekulationen nichts mitzubekommen. Die Vorstellung, dass sich die Königin des Reiches auf eine Romanze mit einem Dieb einlassen könnte, schien ihr Begriffsvermögen zu übersteigen. Was ein Segen war, weshalb er es dabei belassen wollte.

Han wollte die Bediensteten für sich gewinnen und gab sich dafür ganz besondere Mühe. Seine Mutter hatte eine Weile im Schloss gearbeitet, und er war sich nur zu bewusst, dass es im Untergrund des Schlosses ein mächtiges Netzwerk gab, über das unzählige Informationen hin und her gingen; und er war sich bewusst, wie diese Informationen einen Menschen in ein neues Licht rücken konnten.

Wenn er die Bediensteten um einen Gefallen bat, verteilte er großzügig Königin Raisas Münzen, und er entlockte ihnen ihre Namen und Geschichten, um sie sich zu merken. Er machte nur zu deutlich, dass es sich für diejenigen, die ihm Informationen zuspielten, lohnen würde. Und dass er die Belohnung verdoppeln würde, wenn jemand Informationen über ihn selbst einholte.

Er stellte allerdings auch klar, dass jeder, der versuchen sollte, in seine Räume einzudringen, einen schrecklichen Tod erleiden würde.

Han hatte nicht gewusst, dass Königinnen so viel arbeiten – zumindest diese eine tat es. Vielleicht hatte die alte Königin im vergangenen Jahr nicht so viel getan, oder vielleicht wirkte es auch einfach nur so. Raisa suchte die Verteidigungsanlagen der Stadt auf, überprüfte die Armee der Highlander und nahm an Tempelzeremonien überall in den Fells teil. Eine Besprechung folgte der anderen – mit ihren Verwaltern, mit ihrem Rat, mit den Ausschüssen, die die Pläne für die Krönung ausarbeiteten. Einige Besprechungen waren Routine, während andere mit den Projekten zu tun hatten, die Raisa selbst vorantrieb. Und nie war es leicht. Ihre Berater konnten sich nicht einmal darauf einigen, dass Wasser nass war und der Himmel blau. Zudem schien auch nicht viel Geld zur Verfügung zu stehen.

Han nahm als Raisas Leibwächter an fast allen diesen Besprechungen teil. Auf diese Weise, so hoffte er, würde er auch viel Nützliches erfahren – wer war wer und was war was. Aber sie ermüdeten ihn – es wurde nur geredet, geredet und geredet, und es kam nicht viel dabei heraus. Die meisten Besprechungen stand er nur mit größter Selbstbeherrschung durch, und er zitterte wie eine gezupfte Saite vor Ungeduld über so viel Zeitverschwendung.

Und dann kam ihm der Gedanke, wie allein Raisa eigentlich war. Es schien nur wenige Menschen am Hof zu geben, denen die Königin vertrauen konnte. Selbst ihr Vater Averill legte eine Clan-Verbundenheit an den Tag, die nicht ganz ihrer eigenen entsprach. Sie stand immer auf einer Bühne, ob bei den Mahlzeiten oder bei einem Liederabend oder in den Besprechungen mit ihren Wirtschaftsberatern.

Eines Abends gelang es ihr bei einer Ratsbesprechung, mit fast allen Streit zu bekommen.

Während Raisa und die anderen um den Tisch im Kabinettszimmer saßen, stand Han – wie immer bei derartigen Gelegenheiten – an der Wand und setzte eine möglichst unbarmherzige Miene auf.

»General Klemath«, sagte Raisa und reckte ihr Kinn energisch wie immer, wenn sie vorhatte, einen Kampf auszufechten. »Da die Verträge mit den Söldnerstreitkräften demnächst auslaufen und erneuert werden müssten, möchte ich, dass Ihr die ausländischen Truppen auflöst und nach Hause schickt.«

»Nach Hause, Eure Hoheit?« Klemath starrte sie erstaunt an. »Ich weiß, dass die Truppen teuer sind, aber sicherlich gibt es andere Stellen, an denen Kosten eingespart werden könnten. Wir leben schließlich in gefährlichen Zeiten, meine Liebe.« Er zählte jeden Punkt an seinen dicken Fingern ab. »An der westlichen Grenze gibt es Konflikte mit den Wasserläufern. Im Süden bedroht uns Arden. Die Armee könnte gebraucht werden, um der Wache zu helfen, wenn es hier im Land einen Aufstand gibt.« Er sah zur Decke hoch und machte deutlich, dass er Lord Averill nicht beachtete. »Bei den Highland-Clans herrscht Unruhe. Sie sind schon immer unberechenbar gewesen. Jetzt ist wirklich nicht der richtige Zeitpunkt, um der Armee Beschränkungen aufzuerlegen.«

»Ich glaube, Ihr werdet schnell feststellen, dass die Spannungen zwischen den Clans und den Bewohnern des Vales verschwinden, sobald die reinblütige Königin auf dem Thron sitzt und wir überzeugt davon sind, dass sie nicht mehr in Gefahr ist«, sagte Averill. »Bis dahin werden wir tun, was nötig ist, um die Grundsätze der Fügung zu bewahren und das Grauwolf-Geschlecht zu beschützen. Und solange die Angriffe auf unsere Dörfer andauern, werden wir bereit sein, uns selbst zu verteidigen. Ich möchte Euch daran erinnern, dass in vielen ländlichen Gebieten nur die Demonai zwischen den Menschen und den Banditen aus den Flatlands stehen.«

»Ich habe nicht vor, die Gelder für die Armee zu verringern.« Raisa hob eine Hand, um die Debatte zu unterbrechen. »Zumindest nicht in einem Maße, dass es uns gefährden könnte. Ich plane, genauso viele Soldaten ins Feld zu schicken wie jetzt, aber ich möchte einheimische Soldaten haben. Männer und Frauen, die den Fells gegenüber loyal sind, die das Land kennen und für seine Verteidigung hart kämpfen werden.«

Klemath wölbte eine Braue. »Wenn es einen Aufstand gibt, Eure Hoheit, solltet Ihr professionelle Soldaten haben, ohne mögliche Verbindungen zu den Bewohnern der Elendsviertel oder zu Straßendieben.«

»Nur haben Eure ausländischen Soldaten überhaupt keine Verbindung zu mir«, entgegnete Raisa.

»Aber sie tun, was man ihnen sagt«, erklärte Klemath, als gäbe er sich alle Mühe, Geduld zu bewahren. »Eine Armee aus einheimischen Soldaten könnte Euch verraten.«

Klemath ist selbst ein Einheimischer, dachte Han. Dennoch klebt er eigenartigerweise an seiner Idee von Söldnern aus dem Süden. Vielleicht will er sich nur selbst die Taschen füllen. Vielleicht steht er auf der Gehaltsliste der Söldnervermittler und will das Geld nicht aufgeben?

»Die vordringliche Aufgabe der Armee besteht nicht darin, gegen unsere eigenen Leute zu kämpfen«, stellte Raisa klar. »Dass die Fells kurz vor einer Rebellion stehen, liegt daran, dass es keine Arbeit gibt und damit auch keine Möglichkeit, für das eigene Überleben zu sorgen. Die Kriege im Süden haben die ansonsten hart arbeitenden Menschen mürbe gemacht – und sie sind faul geworden. Wäre es nicht besser, wir würden unser Geld dafür benutzen, unseren eigenen Leuten Arbeit zu verschaffen?«

»Gibt es ein Problem mit den Söldnern, Eure Hoheit?«, fragte Klemath.

»Es gibt das Problem, General, dass in den Fells Menschen verhungern, während wir Geld an Söldner und deren Vermittler in den Flatlands schicken.« Die Flecken auf Raisas Wangen wiesen darauf hin, dass sie allmählich die Geduld verlor. »Ich habe mir die Truppenlager angesehen. Die meisten Eurer Soldaten kommen aus Arden und Tamron. Man sollte meinen, dass es bei ihnen zu Hause genug gibt, wogegen sie kämpfen können.«

Klemath hob hilflos beide Hände und wandte sich an die anderen Ratsmitglieder. »Meine Herren?«

»Meine *Herren*!«, wiederholte Raisa. »Das ist ein weiteres Problem. Wieso gibt es nicht mehr Frauen in meinem Rat?«

Jetzt sahen sich alle an; jeder wartete darauf, dass einer der anderen etwas sagte. Bis auf eine einzige rothaarige Frau, die Han nicht kannte, waren tatsächlich alle Mitglieder des Rates Männer.

»Nun, äh …« Lord Hakkam ruderte mit den Armen, während er nach einer Antwort suchte. »Die Mitglieder – es geht um das Amt, nicht um das Geschlecht, wisst Ihr.«

»Ich werde das ändern«, sagte Raisa wie zu sich selbst.

»Eure Hoheit«, warf Lord Bayar mit einem nachsichtigen Lächeln ein, »bezüglich der Sache mit den Söldnern wäre es vielleicht weise, wenn Ihr auf Eure Berater hören würdet. Wir sind schließlich hier, um zu helfen.«

»Ich weiß, dass Ihr ein gütiges Herz habt, Eure Hoheit«, sagte Lord Hakkam und tätschelte Raisas Hand. »Aber Ihr seid in militärischen Angelegenheiten noch unausgebildet. Auch wenn die Söldner teuer sind, ist es gefährlich, einen so radikalen Wandel jetzt, in dieser Zeit des Übergangs zu vollziehen. Schließlich wollen wir alle, dass Ihr in Sicherheit seid.« Hakkam war zugleich Vorsitzender ihres Rates wie auch Finanzminister.

»Die Wache beschützt mich, Onkel«, erwiderte Raisa und

zog ihre Hand mit Nachdruck weg. »Ebenso wie der gute Wille meines Volkes, den ich mir verdienen werde.«

Amon Byrne räusperte sich. Als Hauptmann der Wache der Königin war er kraft seines Amtes auch Ratsmitglied, aber er sprach nicht oft. »In der Wache der Königin gibt es nur Männer und Frauen, die hier in den Fells geboren sind, und das hat sich bezahlt gemacht. Bis vor Kurzem bestand auch unsere Armee aus Einheimischen.«

»Und trotz ihrer Wache aus Einheimischen haben wir Königin Marianna verloren«, sagte Lord Bayar.

»Wollt Ihr damit andeuten, dass es Mord war?«, fragte Byrne und sah dem Hohemagier direkt in die Augen.

Bayar ruderte zurück. »Ich ziehe nur eine Möglichkeit in Betracht, weiter nichts. Ich will damit sagen, dass ich immer noch Fragen bezüglich der Art und Weise habe, wie sie gestorben ist.«

»Wirklich? Ich dachte, Ihr hättet vielleicht Antworten«, sagte Averill.

Ich auch, dachte Han. Wieso stellt Lord Bayar Fragen über Königin Mariannas Tod, wenn er doch vermutlich derjenige war, der sie umgebracht hat?

»Genug«, fuhr Raisa dazwischen und sprach dann in die folgende Stille hinein: »Jeder, der stichhaltige Informationen über den Tod meiner Mutter hat, muss darüber mit Hauptmann Byrne sprechen. Wir werden in diesem Rat nicht mit Vorwürfen um uns werfen.«

Wie ein Patt zwischen rivalisierenden Gangs, dachte Han. Und Raisa ist diejenige, die versucht, der Streetlord von allen zu sein.

Raisa wartete, und als niemand etwas sagte, sprach sie weiter. »Was die Neuordnung der Armee betrifft, danke ich für Eure Ratschläge, aber ich habe meine Entscheidung getroffen. Dabei handelt es sich um keine impulsive Entscheidung, denn ich denke schon seit geraumer Zeit über diese Angelegenheit nach. Ich verlasse mich darauf, General Klemath, dass Ihr unseren neuen Rekruten eine angemessene Ausbildung gewährt.«

»Jawohl, Eure Hoheit«, sagte General Klemath und neigte den Kopf. »Wie Ihr wünscht. Aber da so viele andere Verpflichtungen drängen, hoffe ich, dass Ihr begreift, dass dies nicht über Nacht geschehen kann.«

Der Wechsel wird so langsam vorangehen, dass er sich nicht bemerkbar machen wird, dachte Han. In einem Jahr werden nicht mehr als eine weitere Handvoll Einheimische in der Armee sein, und Klemath wird nach wie vor seine Söldner haben.

»Ich verlange nicht von Euch, das ohne Unterstützung zu tun, General«, sagte Raisa süßlich. »Da Hauptmann Byrne Erfahrung im Umgang mit einheimischen Soldaten hat, wird er Euch dabei helfen, diese Aufgabe umzusetzen.« Sie verschränkte die Finger ineinander und stützte das Kinn auf die Hände. »Außerdem hat Redner Jemson Kontakte in Ragmarket und Southbridge, wo wir, wie ich erwarte, viele unserer Rekruten finden werden. Lord Averill ist mit den Camps verbunden. Die Clans sind in der Armee unterrepräsentiert, und ich habe vor, eine Streitmacht aufzustellen, in der alle Bevölkerungsgruppen der Fells vertreten sind.«

Sie machte eine Pause und sah die anderen der Reihe nach an. »Ihr vier seid dafür verantwortlich. Ihr werdet Euch mindestens einmal wöchentlich treffen, und ich erwarte einen monatlichen Bericht über den Fortschritt.«

Jetzt flackerte Verärgerung in Klemaths Gesicht auf, die er allerdings rasch wieder auslöschte. Jemson runzelte die Stirn und sah aus, als wollte er etwas sagen, schwieg dann aber doch. Byrnes Miene drückte aus, dass er dafür sorgen würde, dass es genau so geschah, wenn es das war, was die Königin wollte.

Sie hat ihn in die Klemme gebracht, dachte Han. Die Blaujacken und die Armee hassen einander. Aber sie hat kaum eine andere Chance, wenn sie diese Sache wirklich auf die Beine stellen will.

»Was für Angelegenheiten gibt es sonst noch?«, fragte Raisa und streckte die Arme vor sich aus, während sie die Schultern rollte, als würden sie schmerzen.

»Das hier ist von der Garnison bei Tamron Crossing eingetroffen, aber eigentlich kommt es aus Tamron Court«, sagte Klemath mürrisch und reichte ihr einen Umschlag. »Der Brief ist an Euch adressiert und stammt von Gerard Montaigne, Prinz von Tamron.«

Prinz Gerard! Han versteifte sich. Er und Dancer waren in Ardenscourt auf Gerard gestoßen, als er versucht hatte, sie für seine Magierarmee zu »rekrutieren«. Wäre Cat Tyburn nicht gewesen – wer wusste schon, wie die Sache ausgegangen wäre.

Es überraschte Han, dass Raisa ausgerechnet während dieser Besprechung diese Nachricht von Klemath erhielt. Wieso nicht zusammen mit den anderen Meldungen, die von der Grenze kamen?

Es sei denn, er wusste bereits, was drinstand, und wollte sehen, wie die Königin und der Rat auf den Inhalt reagierten.

Raisa verharrte einen Moment vollkommen still, dann holte sie tief Luft und nahm Klemath den Umschlag ab. Er war aus dickem cremefarbenem Briefpapier und mit einem Wachsstempel versiegelt. Sie brach das Siegel und holte den Brief heraus.

Sie faltete ihn auseinander und breitete ihn auf dem Tisch

vor sich aus. Dann schob sie sich die Haare hinter die Ohren und neigte den Kopf, um die Botschaft zu lesen. Han konnte ihre Miene nicht deuten. Sie schien den Brief zweimal zu lesen und dabei mit dem Finger Zeile für Zeile über die Seiten zu tasten, als wollte sie sicherstellen, dass sie auch wirklich jedes Wort davon erfasste.

Als sie den Kopf wieder hob, hatte ihr Gesicht die Farbe und Beschaffenheit des gelbbraunen Marmors, der in den Steinbrüchen in We'enhaven abgebaut wurde. Sie drückte die Handballen auf den Tisch, klopfte mit den Fingern auf das Papier und starrte vor sich hin.

»Nun?«, fragte Lord Bayar ungeduldig. »Was sagt Montaigne?«

Raisa zuckte zusammen, als hätte sie sich erschreckt, und sah den Hohemagier mit ungewöhnlich glänzenden Augen an.

»Worum geht es, Eure Hoheit?«, fragte Bayar und beugte sich vor, um nach dem Brief zu greifen. »Vielleicht können wir ein bisschen Licht ins …«

»Hier, Lord Bayar«, sagte Raisa und schob ihm die Blätter entgegen. »Wieso lest Ihr nicht laut vor, damit die anderen es auch hören können?« Sie lehnte sich zurück und umfasste die Stuhllehnen mit beiden Händen.

Bayar überflog rasch das Geschriebene, dann sah er Raisa an, als suchte er in ihrem Gesicht nach Hinweisen darauf, wie sie darüber dachte.

Schließlich räusperte er sich, neigte den Kopf über den Brief und begann zu lesen.

KAPITEL ACHTUNDZWANZIG

Liebesbrief aus Arden

An Ihre Majestät Königin Raisa von den Fells

Ich schreibe diesen Brief in der glühenden Hoffnung, dass er Euch wohlbehalten vorfindet, und möchte Euch meine Glückwünsche zu Eurer bevorstehenden Krönung übermitteln.

Bitte nehmt auch mein Beileid zu dem plötzlichen und doch zeitlich so bemerkenswert passenden Tod Eurer Mutter, Königin Marianna, an. Es ist nur zu bekannt, dass die Verbindung zwischen Euch und Eurer Mutter in der letzten Zeit etwas beeinträchtigt war. Ihr Unfall, so tragisch er auch sein mag, hat ein wesentliches Hindernis auf Eurem Pfad beseitigt. Es sieht so aus, als würdet Ihr – ebenso wie ich – nicht zögern, die Ereignisse zu Eurem Vorteil zu beeinflussen. Dies bestärkt nur meine Ansicht, dass wir natürliche Verbündete sind und darüber hinaus noch sehr viel mehr sein könnten.

»Beim Blute des Dämons!«, fluchte Averill.

Dies war eindeutig keine Nachricht, die im Beisein anderer laut vorgelesen werden sollte.

Oder vielleicht doch?

Han musterte Raisa. Sie wirkte immer noch versteinert, bis auf das schwache Interesse in ihrer Miene, mit dem sie die Gesichter der anderen beobachtete.

»Tochter«, sagte Averill. »Auf diese Art von Verunglimpfung solltest du nicht eingehen. Die Vorstellung, dass du mit dem Tod deiner Mutter etwas zu tun haben könntest, ist einfach lächerlich.«

»Und doch verdächtigen mich viele«, antwortete Raisa. »Besonders außerhalb der Fells.« Sie gab Bayar ein Zeichen. »Lest weiter.«

Es wird einige Zeit dauern, die Ordnung in Tamron wiederherzustellen und das Königreich von Spionen und verräterischen Elementen zu säubern. Die Übergriffe und Exzesse des bisherigen Königs haben sowohl unter den Adeligen wie auch im gemeinen Volk die Feuer der Rebellion geschürt. Die Menschen müssen erst noch begreifen, dass diese Zeiten vorbei sind. Tatsächlich besteht die Gefahr für den vormaligen Prinzen und die Prinzessin, von ihrem eigenen Volk getötet zu werden. Ihr werdet froh sein zu hören, dass sie in meiner Festung in Sicherheit sind.

Die gegenwärtigen Wirren bietet uns die Gelegenheit, wie ich glaube, unsere Besitztümer auszuweiten. Mein Bruder Prinz Geoff hält seinen Anspruch auf das Königreich Arden weiterhin aufrecht. Er hat die Grenzen zu Tamron verstärkt und seine Armee nach Westen geführt, um jedweder Bedrohung von uns zu begegnen. Dadurch sind die Grenzen im Norden nur schwach besetzt und ungeschützt.

Nach meiner Kenntnis unterhalten die Fells eine stehende Armee von mehr als 5000 Berittenen und Fußsoldaten.

Bayar hob den Blick. »Eine bemerkenswert genaue Einschätzung, findet Ihr nicht?«

»Bemerkenswert«, murmelte Raisa.

Bayar las weiter.

Ich schlage Folgendes vor, wobei die Einzelheiten noch von unseren Repräsentanten ausgehandelt werden können:

Die Fells marschieren von Norden her nach Arden ein, und zwar mit mindestens 3000 Soldaten. Die Armee der Fells wird bis Temple Church nach Süden vordringen und dort Position beziehen. Dies wird die Aufmerksamkeit der ardenischen Armee von der westlichen Grenze ablenken und uns erlauben, aus dieser Richtung vorzurücken und die Hauptstadt einzunehmen.

»So etwas würde auch jedes zukünftige Bündnis mit Geoff unwahrscheinlich, wenn nicht gar unmöglich machen«, warf Averill ein.

Raisa nickte mit zusammengepressten Lippen. »Weiter«, befahl sie Bayar.

Wenn ich die Kontrolle über Arden habe, werde ich den größten Teil meiner Armee aus Tamron abziehen und die Tomlins dort als meine Regenten herrschen lassen, vorausgesetzt, dass es möglich ist, ihnen gewisse Realitäten klarzumachen.

Schließlich schlage ich eine sofortige Heirat zwischen uns beiden vor. Die Trauung sollte vollzogen werden, sobald unsere militärischen Ziele erreicht sind. Es wäre natürlich am besten, wenn unsere Verlobung vorerst geheim bliebe.

Nach unserer Hochzeit werden wir gemeinsam über die großen Königreiche Arden, Tamron und die Fells herrschen. Ihr könntet selbstverständlich Euren Titel als Königin der Fells behalten, einen Titel, den unsere Töchter erben würden.

Dabei müssen wir es aber nicht belassen. Angesichts der Geschichte Eures Geschlechts hätten wir einen natürlichen Anspruch auf den Rest der Sieben Reiche. Mit vereinten Kräften könnten wir diese Juwelen unserer Krone hinzufügen. Und Ihr würdet das wunderschöne glitzernde Symbol eines neuen Zeitalters des Friedens und des Wohlstands werden.

Wägt dieses Angebot sorgfältig ab. Ich glaube, Ihr werdet

mit mir darin übereinstimmen, dass eine solche Absprache bedeutende Vorteile für uns beide hat, wenn wir rasch handeln.

Ich hoffe auch, dass Ihr in der Lage seid, alle unglücklichen Vorfälle entlang der Grenze zwischen Tamron und Arden beiseitezuschieben, in dem Wissen, dass mein Verhalten von dem Wunsch geleitet war, mich mit Euch zu verbinden. In diesen Zeiten sind kühne und aggressive Taten vonnöten.

Mit besten Grüßen

Gerard Montaigne, König von Arden und Tamron

Bayar warf die Seiten mit einem Schnauben auf den Tisch. »Der neue König von Tamron hält Euch für eine Närrin, Eure Hoheit.«

Raisa verschränkte ihre Finger und legte die Hände auf den Tisch. »Glaubt Ihr das, Lord Bayar?«

»Im Verlauf dieser *unglücklichen Vorfälle*, wie er es nennt, hat Montaigne den jungen Will Mathis kaltblütig umgebracht«, sagte Bayar.

Raisa nickte. »Ich war dabei.«

»Und nicht nur das«, erhob Bayar weitere Einwände, »einige mutmaßen, dass er für die Morde verantwortlich sein könnte, die wir kürzlich hier in der Stadt erlebt haben.«

»Morde?« Raisa sah von einem zum anderen, und dann blieb ihr Blick an Hauptmann Byrne hängen. »Was für Morde?«

»In den letzten zwei Wochen sind fünf Menschen, die über die Gabe der Magie verfügten, umgebracht worden«, erklärte Byrne. »Ihre Leichen wurden in Ragmarket gefunden. Die Todesfälle wirken auf den ersten Blick willkürlich, abgesehen davon, dass es sich bei allen Opfern um Magier handelt. Einer war ein Mitglied der Versammlung, aber die letzten beiden waren Studenten, die in ziemlich schlichten Verhältnissen in Ragmarket lebten. Sie wurden in einer Seitengasse gefunden. Man hatte ihnen die Kehlen durchgeschnitten, die Amulette abgenommen und sie mit Blut bemalt.«

Dies erweckte Han's Aufmerksamkeit. Cat hatte bei ihrer Berichterstattung bereits erwähnt, dass in Ragmarket und Southbridge ein paar Magier ermordet worden waren. Als sie sich umhörte, stellte sie fest, dass offenbar niemand mit den Taten geprahlt hatte.

Wer auch immer diese Gang anführt, hat entweder Mumm oder Todessehnsucht, hatte Han gedacht, als er davon zum ersten Mal hörte.

»Wieso sollte Montaigne Magier in Ragmarket töten?«, fragte Raisa.

»Es ist nur eine Theorie«, sagte Byrne. »Aber wie Ihr wisst, Hoheit, hat Montaigne Magier verschleppt und sie gezwungen, in seiner Armee zu dienen. Allerdings hat er höchstwahrscheinlich Schwierigkeiten, an magische Waffen zu kommen. Es könnte also sein, dass er Magier tötet, um an deren Amulette zu gelangen. Oder er versucht, die Anzahl der mit Magie Begabten im Norden zu verringern.«

Bayar rollte seine Spitzenmanschetten hoch. »Manche Leute sagen, dass Gerard Montaigne dahintersteckt. Andere glauben, dass wir lieber in unserer nächsten Umgebung suchen sollten.« Er wandte demonstrativ den Kopf und starrte Averill Demonai an. Die rothaarige Magierin beugte sich nach vorn und nickte bekräftigend.

»Ganz sicher sollten wir lieber in unserer nächsten Umgebung suchen«, stimmte Lord Demonai zu und richtete den Blick gegen die Decke. »Schließlich stellen Magier einander seit jeher nach. Vielleicht haben einige zu diesem Mittel gegriffen, um so mit der Verknappung von magischen Gegenständen umzugehen.«

»Ist es nicht wahrscheinlicher, dass die Todesfälle mit den Auseinandersetzungen der Gangs zu tun haben?« Raisas Blick flackerte zu Han, dann richtete sie ihn wieder auf ihren Hauptmann.

»Könnte sein«, antwortete Byrne. »Aber die Gangs lassen Magier für gewöhnlich in Ruhe.«

»Also schön«, sagte Raisa müde, als würde sie das Problem gedanklich auf eine Liste setzen. »Kehren wir zu der aktuellen Angelegenheit zurück.« Sie musterte die anderen. »Was ist mit Euch Übrigen?«, fragte sie. »Was haltet Ihr von Montaignes Angebot?«

Zieht sie das wirklich in Erwägung?, fragte Han sich. Er hatte Gerard Montaigne getroffen, und er kaufte dem Prinzen nichts von dem ab, was er da anzubieten versuchte.

»Ich stimme Lord Bayar zu«, sagte Byrne, »unabhängig davon, ob Montaigne etwas mit den Morden zu tun hat oder nicht. Meine Vermutung geht dahin, dass er offensichtlich nicht in der Lage ist, seinen Bruder aus eigener Kraft zu besiegen, und daher auf die Armee der Fells setzt, die Geoff lange genug ablenken soll, damit er in Arden Fuß fassen kann.« Er machte eine Pause. »Unsere Verluste dabei könnten verheerend sein. Unsere Armee ist für den Kampf in den Bergen ausgebildet, wo unsere geringe Anzahl kein allzu großer Nachteil ist. In den Ebenen von Arden jedoch würden wir in die Zange genommen und überwältigt werden.«

»Nicht so hastig«, warf General Klemath ein, der sich auf seinem Platz zurechtrückte. »Wenngleich an dem, was Hauptmann Byrne gesagt hat, auch etwas Wahres dran ist, ist sein Wissen über unsere Armee und ihre Taktiken in den Ebenen doch begrenzt. Viele unserer Söldner sind in Arden und Tamron genau für diese Art von Kämpfen ausgebildet worden. In diesem Fall könnte uns also die Tatsache, dass wir die Dienste erfahrener Söldner in Anspruch nehmen, eher zum Erfolg als zum Scheitern führen.« Er lächelte überheblich, als hätte er sich gerade selbst rehabilitiert.

»Mit einer solchen Hochzeit und der damit einhergehenden starken Verbindung mit dem Süden würdet Ihr Eure Position festigen«, sprach Klemath weiter, »und diejenigen entmutigen, die glauben, dass sie gegenüber einer jungen und unerfahrenen Königin im Vorteil wären.«

Wieso gibt der General ihr einen politischen Rat?, wunderte sich Han. Welche Interessen hat er in diesem Kampf?

Lord Hakkam nickte zustimmend. »Vielleicht bietet sich hier eine Chance, wenn wir vorsichtig vorgehen. Ob der Rat der Adeligen eine Allianz mit Arden befürwortet, würde davon abhängen, ob dem Adel irgendwelche Ansprüche auf Land und Besitztümer zuerkannt werden und ob die Südländer irgendwelche Ansprüche auf Eigentum hier im Norden haben werden.«

Hakkam legte den Kopf zurück und sah die anderen von oben herab an. »Wenn wir Gerard zu Hilfe kommen, sollten wir als Sieger doch wohl Ländereien und Besitztümer in Arden zugesprochen bekommen, wie mir scheint. Das bedeutet, dass sich für viele von uns die Möglichkeit des Aufstiegs ergeben könnte sowie ein Zuwachs an Ressourcen.« Er lächelte, und seine Augen leuchteten vor Habgier. »Arden und Tamron! Man stelle sich das nur vor – Meilen um Meilen fruchtbare Felder und Reichtümer, wie wir sie in den Fells noch nie gesehen haben.«

Er ist dabei – solange er seinen Anteil kriegt, dachte Han. Alle hier lassen sich in ihrem Urteil allein von ihren eigenen Interessen leiten. Diesen Rat zu führen ist in etwa so, als würde man Katzen und Ratten zusammenpferchen und versuchen, sie davon abzuhalten, sich gegenseitig zu fressen.

»Ich bin gerade erst in Arden gewesen«, sagte Han, »und es ist dort ganz und gar nicht so, wie Ihr denkt. Seit fast einem Jahrzehnt herrscht Krieg, und daher ist das Land ziemlich heruntergekommen. Ein Großteil der Kornfelder ist zerstört worden, und man hat so viel Geld in die Armee gesteckt, dass nur wenig übrig geblieben ist, um etwas zu bauen oder instand zu setzen.«

Sie sahen ihn an, als hätte ein Hund plötzlich zu sprechen begonnen und seinen militärischen Rat angeboten.

»Nun, dann.« Hakkam faltete langsam seine Hände und rümpfte die Nase, als hätte er etwas Schlechtes gerochen. »Vermutlich sind viele der Großgrundbesitzer getötet worden, und so wird deren Eigentum nun zur Verfügung stehen und nur darauf warten, verwaltet zu werden. Außerdem wäre damit auch die Möglichkeit für vielversprechende Eheschließungen mit den besten Familien von Arden oder Tamron verbunden.«

»Das mag sein, Lord Hakkam«, sagte Averill. »Vorausgesetzt, dass Gerard gewinnt. Ich bin von seinen militärischen Bemühungen bisher nicht sehr beeindruckt. Und wenn Geoff gegen uns als Verbündete von Gerard gewinnt, werden wir wohl kaum irgendwelche Verheiratungen mit dem Süden erleben.«

Er machte eine Pause. »Hoheit, meine Meinung über Gerard Montaigne ist bereits bekannt. Er ist eine Schlange, und eine Schlange verändert ihre grundsätzliche Natur nicht, nur weil man sie hübsch anzieht und ihr einen hochtrabenden Titel gibt. Ich halte es durchaus für klug, den Blick in Bezug auf eine Partie sowohl nach innen als auch nach außen zu richten, aber als Vater und Berater kann ich nicht zu einer Verbindung mit Montaigne raten. Du würdest in seinem Bett keine einzige ruhige Nacht verbringen.«

Ein Lächeln huschte über Raisas Gesicht, so schnell, dass Han sich nicht sicher war, ob er es wirklich gesehen hatte.

Vielleicht würde auch Montaigne keine ruhige Nacht verbringen, dachte Han. Das freute ihn. Aber nur ein bisschen.

»Vielleicht können wir unsere Ziele auch sichern, ohne Eure Heirat mit dem Prinz von Arden zu befürworten, Eure Hoheit«, schlug Lord Hakkam vor. »Vielleicht würde er sich mit einer anderen Partie zufriedengeben. Meine Tochter Melissa zum Beispiel ist eine Kusine von Euch, und auch eine Heirat zwischen diesen beiden würde unsere Bande außerhalb des Königreiches stärken.«

»Es wäre ein schwerer Fehler, Gerard Montaigne zu gestatten, hier auf irgendeine Weise Fuß zu fassen«, wandte Lord Bayar ein. »Sonst schwärmen unversehens die Krähen von Malthus in unseren Städten herum und reißen unsere Tempel an sich.«

»Das wird niemals geschehen«, widersprach Lord Averill und warf einen Blick auf Redner Jemson, der wie immer mehr zuhörte als sprach. Der Ausdruck in Averills Gesicht erinnerte Han daran, dass er immer noch durch und durch ein Demonai-Krieger war.

»Kommt schon, Gavan«, sagte General Klemath und ignorierte Averill. »Sicherlich können wir dies auf eine Weise zu unserem Vorteil ummünzen, bei der wir alle in Sicherheit sind. Meiner Meinung nach sind unsere Magier Gerard Montaigne jederzeit ebenbürtig. Es ist ein gewisses Risiko dabei, aber es gibt viel zu gewinnen.«

»Pfeile sind schneller als Flüche«, murmelte Han. Wieder starrten ihn alle an.

»Alister hat recht«, sagte Byrne. »Strategisch eingesetzt könnten Magier zwar eine entscheidende Rolle bei einem Feldzug spielen. Aber wir sind diese Art von Zusammenarbeit nicht gewöhnt. Einen solchen Krieg haben wir seit tausend Jahren nicht mehr geführt.«

Diese Interessensverbindung war von ganz besonderer Art – dass Lord Averill und Hauptmann Byrne und Lord Bayar und Han Alister bei etwas übereinstimmten, war in etwa so selten wie Gold in Ragmarket.

»Ich denke, Ihr werdet feststellen, dass der Rat der Adeligen eine Allianz mit Gerard Montaigne als seltene Chance betrachten wird«, sagte Lord Hakkam. »Besonders jetzt, da er Tamron hält. Vielleicht sollten wir uns mit seinen Repräsentanten treffen, bevor wir zu einer Entscheidung gelangen.«

»Wir werden auf jeden Fall in Verhandlungen mit Montaignes Repräsentanten treten«, stimmte Raisa zu. »Das verpflichtet uns zu nichts, während wir mehr über seine Absichten erfahren könnten. Zumindest wird es ihn in Schach halten, solange er glaubt, dass eine Verbindung mit mir möglich ist. Wenn ich auch nicht wild auf eine Heirat mit Gerard bin, möchte ich doch im Interesse des Reiches alle Möglichkeiten offenhalten. Ich denke, wir müssen in solchen Angelegenheiten praktisch vorgehen, wie auch immer unsere persönlichen Neigungen aussehen mögen. Onkel, ich lege diese Sache in Eure Hände.«

Hakkam lächelte wie ein Falschspieler, der ein Opfer gefunden hatte. »Ich werde Euch über die Entwicklungen auf dem Laufenden halten, Hoheit.«

Raisa ignorierte die finsteren Mienen von Bayar und Lord Demonai und faltete den Brief zusammen, steckte ihn in den Umschlag zurück und legte ihn auf die Seite. Damit war die Angelegenheit erledigt. »Gibt es sonst noch etwas, bevor wir uns vertagen?«

Lord Bayar erhob sich. »Eure Hoheit, wie Ihr wisst, beruft die Königin ein Mitglied in den Magierrat, das in ihrem Interesse spricht. Unsere nächste Versammlung findet heute in einer Woche statt, und es wäre weise, wenn Ihr dann einen Repräsentanten hättet. Wir werden so bald wie möglich einen neuen Hohemagier wählen, um für Euren angemessenen Schutz sorgen zu können.« Sein Blick glitt über Han, als wäre er das beste Beispiel für unangemessenen Schutz.

»Wirklich?«, fragte Raisa und wölbte eine Braue. »In einer Woche?« Sie trommelte mit den Fingern auf dem Tisch herum.

Bayar hätte es besser wissen müssen. Entweder war er blind für ihre Stimmungen, oder er machte sich nicht die Mühe, sie zu deuten. »Da die Zeit knapp ist, darf ich Euch meine Tochter Fiona vorschlagen?«, fragte er. »Ihr seid zusammen aufgewachsen, und wie Ihr sagtet, wäre es nützlich, noch eine Frau im Rat zu haben.«

Eine Frau, die Raisa am liebsten geradewegs vom Thron schubsen würde, dachte Han.

Raisa verschränkte die Arme als Zeichen ihres Widerstands. »Haben die Bayars nicht bereits einen Sitz im Rat? Zusätzlich zu Eurer Rolle als Hohemagier und Vorsitzender?«

Lord Bayar nickte. »Mein Ältester, Micah, wird den Sitz der Bayars im Rat einnehmen. Ich werde natürlich weiterhin den Vorsitz führen, bis ein neuer Hohemagier gewählt ist.«

Also ist Micah der ältere der Zwillinge, dachte Han. Zusammen mit Fiona wären dann drei Bayars im Magierrat. Keine sehr gute Idee, vor allem dann nicht, wenn sich der Rat darauf vorbereitet, einen neuen Hohemagier zu wählen.

»Danke, Lord Bayar«, sagte Raisa. »Ich weiß Euren Vorschlag zu schätzen, aber ich habe meinen Repräsentanten für den Rat bereits ausgesucht.«

Lord Bayars Kopf schoss hoch, und er wischte einen Ausdruck der Verblüffung von seinem Gesicht. »Wirklich, Eure Hoheit? So schnell? Jemand, den ich kenne?«

»Alister hat sich einverstanden erklärt, diese Rolle zu übernehmen«, sagte Raisa und nickte Han zu, der nach wie vor an der Wand stand. Wieder drehten sich alle Köpfe zu ihm um.

Straßengesicht, befahl Han sich selbst und starrte zurück.

Gavan Bayar machte sich gar nicht erst die Mühe, *seine* Meinung zu verbergen.

»Eure Hoheit«, wandte er ein. »Zweifellos würde Alister eine erfrischend neue Perspektive in unsere Beratungen bringen. Aber auch wenn Ihr ihn großzügigerweise von seinen früheren Verbrechen freigesprochen habt, so wäre er doch höchst ungeeignet, Eure Interessen inmitten der Mitglieder aus den ältesten und edelsten Magierfamilien des Königinnenreichs zu vertreten. Seine schillernde Vorgeschichte hat ihn nicht auf die Pflichten dort vorbereitet.«

»Ich weiß nicht, Lord Bayar«, sagte Raisa. Ihre Stimme klang wie süßes Gift, das sie ihm in die Ohren träufelte. »Der Magierrat ist mir als Schlangengrube beschrieben worden. Es könnte sein, dass ihm in einer solchen Umgebung seine Erfahrung als Straßenkämpfer nützlich sein wird.«

Die anderen Ratsmitglieder rutschten unruhig auf ihren Stühlen herum und sahen überallhin, nur nicht zu dem mächtigen Hohemagier und der störrischen jungen Königin. Han verschränkte die Arme und gab sich gelassen; er sah jeden offen an, der mutig genug war, ihm einen Blick zuzuwerfen.

»Prinzessin Raisa, ich bitte Euch, noch einmal darüber nachzudenken«, meldete sich die rothaarige Frau zu Wort. »Es bestehen Zweifel, ob Alister die Gabe wirklich besitzt. Er ist wie aus dem Nichts aufgetaucht, und wir wissen überhaupt nichts über seine Familie. Es scheint, als hätte sich seine Macht erst kürzlich manifestiert.«

»Lady Gryphon hat recht«, sagte Bayar. »Es wird gemunkelt, dass seine sogenannten Gaben gar keine Gaben sind, sondern nur das Ergebnis von dämonischer Besessenheit, das durch Blutopfer genährt wird.«

Nur wer selbst ein Dämon ist, erkennt einen anderen, dachte Han.

»Ich bin aus Ragmarket, Lord Bayar«, sagte er und löste sich von der Wand, um sich etwas breitbeiniger hinzustellen. »Und ich bin auf ganz gewöhnliche Weise zu meiner magischen Gabe gekommen. Warum sie nicht früher deutlich wurde, nun, dafür gibt es Gründe.«

Han's Blick flackerte zu Lord Averill, der seine Händlermiene aufgesetzt hatte, und dann wieder zurück zu Bayar.

»Was meine Familie betrifft, so hieß mein Vater Danel; er ist als Söldner in den Kriegen im Süden gestorben«, sprach Han weiter. »Meine Mutter hieß Sarah, genannt Sari, und meine Schwester Mari. Sie sind im letzten Sommer gestorben. Aber das wisst Ihr ja bereits. Und jedes Mal, wenn Ihr es vergessen solltet, werde ich Euch daran erinnern. Das ist das einzige Blutopfer, das ich erbracht habe, um hier zu sein, und das ist genug.«

Seine Worte erschütterten den Rat, wie ein Stein, den man in einen Teich geworfen hatte. Han sah von einem zum anderen, doch das einzig freundliche Gesicht war das von Jemson. Und Jemson blickte besorgt drein.

Lady Gryphon räusperte sich. »Genau das meine ich, Eure Hoheit. Mein Sohn Adam ist kürzlich zum Ratsmitglied ernannt worden. Wenn Ihr seine Herkunft mit der eines Straßendiebs vergleicht, denke ich, werdet Ihr feststellen, dass …«

»Lady Gryphon, Euer Sohn war mein Lehrer in Mystwerk House«, unterbrach Han sie. »Wenn Ihr irgendwelche Fragen bezüglich meiner Qualifikation als Magier habt, schlage ich vor, dass Ihr nach Dekanin Abelard schickt.«

»Wie es sich trifft, befindet sich Dekanin Abelard bereits auf dem Weg in die Fells«, sagte Lady Gryphon. »Wir werden sie sicherlich um ihre Meinung bitten; allerdings werdet Ihr, realistisch betrachtet, als Student im ersten Jahr wohl eher begrenzten Kontakt zur Dekanin von Mystwerk House gehabt haben.«

»Tatsächlich habe ich Dekanin Abelard sehr häufig gesehen«, erwiderte Han und glättete seine Stolen. »Sie war ... eine Art Mentorin für mich.« Er hatte nicht vorgehabt, die Abelard-Karte schon so früh auszuspielen, aber im Augenblick stellte sie eine willkommene Ablenkung dar.

Bayar zog die Brauen zusammen. Micah und Fiona hatten ihn sicherlich bereits über Abelard und Alister in Kenntnis gesetzt.

»Was immer Abelard auch sagen mag, Hoheit, Ihr müsst das Risiko bedenken, das darin liegt, einen solchen Menschen in Eurer Nähe zu haben«, fing Bayar an.

Und wurde von Raisa rüde unterbrochen. »Diese Unterhaltung ist beendet. Ich habe meine Entscheidung getroffen, und Alister ist meine Wahl. Ich hatte die Hoffnung, dass dieser Rat meine Wahl mit Anstand annehmen würde. Da das nicht der Fall ist, werdet Ihr lernen müssen, damit zu leben.«

Lord Averill musterte Han; seine Augen waren zu Schlitzen verengt, als fragte er sich, was sein Söldner im Schilde führte.

Lord Bayar sah Raisa unverwandt an, und da war etwas in seinem Blick, das Han einen Schauer über den Rücken jagte. Er hätte niemals so lange auf den Straßen überlebt, wenn er eine Morddrohung in den Augen seiner Feinde übersehen hätte.

Der Hohemagier neigte den Kopf. »Also gut, Eure Hoheit. Wenn Alister Eure Wahl ist, werden wir natürlich dafür sorgen, dass er nächste Woche auf Gray Lady willkommen geheißen wird.« Er würdigte Han immer noch keines Blickes, als wäre es zu viel verlangt, auch noch seine Anwesenheit anzuerkennen.

»Ich freue mich darauf«, sagte Han mit seinem Streetlord-Lächeln. Er versuchte, die Stimme in seinem Kopf zu ignorieren, die ihm sagte: *Töte ihn, Alister. Töte ihn jetzt, bevor er es noch einmal versucht.*

»Wenn das dann alles ist, wird die Sitzung vertagt«, sagte Raisa abrupt. »Alister, Hauptmann Byrne, Lord Demonai, Redner Jemson, Ihr bleibt noch hier.«

Sie streut absichtlich Salz in die Wunden, die sie gerissen hat, dachte Han.

Die Übrigen verließen steif und schweigend den Raum.

Byrne streckte seinen Kopf aus der Tür und sprach mit jemandem auf dem Korridor; zweifellos mit einer der Blaujacken. Dann schloss er die Tür wieder und kehrte zum Tisch zurück.

Nach einem Moment der unangenehmen Stille sagte Averill: »Du hast dir heute einige Feinde gemacht, Tochter.«

»Hast du geglaubt, sie wären jemals meine Freunde gewesen, Vater?«, fragte Raisa verbittert. Sie stand auf und ging hin und her.

»Sie waren nie deine Freunde«, sagte Averill, »aber jetzt haben sie Grund zu der Annahme, dass du schwer zu handhaben sein wirst.«

»Gut«, antwortete Raisa. »Denn ich werde mich nicht handhaben lassen, und ich lasse mich auch nicht von oben herab behandeln. ›Wir leben schließlich in gefährlichen Zeiten, meine Liebe‹«, fügte sie spöttisch hinzu. »Als wenn ich das nicht wüsste. Sie müssen erkennen, dass die Zeiten sich geändert haben.«

»Es hat bereits zwei Anschläge auf Euch gegeben«, gab Redner Jemson zu bedenken.

»Vier, um genau zu sein«, sagte Raisa und spielte mit dem Heft des Dolches, den sie wie immer bei sich trug.

»Also vier«, berichtigte Jemson sich. »Ich muss zugeben, dass ich besorgt bin, Eure Hoheit.«

»Ich auch«, erwiderte Raisa. »Aber wenn wir sie zum Handeln zwingen, machen sie vielleicht einen Fehler, und wir haben den Beweis, den wir brauchen. Ansonsten fällt mir kein Weg ein, wie wir herausfinden werden, was wirklich mit meiner Mutter passiert ist.«

»Oder *wir* machen den Fehler, und Ihr werdet tot sein«, sagte Byrne. »Sie müssen nur einmal Glück haben. Wir müssen jederzeit perfekt sein.«

Genau das, was ich auch denke, sagte Han zu sich selbst.

Als hätte sie ihn gehört, wirbelte Raisa zu ihm herum und starrte ihn finster an. »Was ist mit dir?«, fragte sie. »Du hast kaum ein Wort gesagt. Was hältst du von alldem?«

Han sammelte seine Gedanken; er war überrascht, dass sie ihn um seine Meinung bat. »Ich denke, dass es vielleicht klug gewesen wäre, bis nach der Krönung damit zu warten, den Kampf mit Lord Bayar aufzunehmen«, sagte er. »Es ist wie bei einem Wespennest – stochert man darin herum, wird man gestochen, egal wie vorsichtig man auch ist.«

»Du! Du musst gerade reden«, rief Raisa aufgebracht. Sie öffnete und schloss die Hände, als würde sie sie am liebsten irgendjemandem um den Hals legen. »Glaubst du, du hast dir hier irgendwelche Freunde gemacht?«

»Oh, mich haben sie schon vorher gehasst«, sagte Han mit einem Schulterzucken. »Versteht mich nicht falsch: Ich denke, dass es richtig war, bei der Armee anzufangen. Denn solange Ihr nicht die Kontrolle über sie habt, werdet Ihr in Gefahr sein. Das ist so ähnlich, als würde man eine Gang anführen, die sich demjenigen verschworen hat, der eigentlich nur der Ersatz ist. Man traut sich nicht, ihn zu entlassen, weil sich die Mitglieder sonst gegen einen selbst wenden könnten. Ihr wisst bereits, dass Klemath wie ein Dämon darum kämpfen wird, die Kontrolle über die Armee zu behalten. Wenn Klemath und Bayar sich zusammentun, habt Ihr nichts weiter als die Wache.« Er zuckte mit den Schultern und nickte in Byrnes Richtung. »Das soll keine Respektlosigkeit gegenüber Hauptmann Byrne sein, aber genau das hatte Königin Marianna auch, und sie ist tot.«

»Thorn Rose, du kannst unmöglich eine Heirat mit Gerard Montaigne in Erwägung ziehen«, sagte Averill und warf Han einen Blick zu, als wollte er ihn auffordern, den Mund zu halten. »Bitte – sag mir, dass du das nicht ernst meinst.«

»Solange ich so tue, als würde ich das Angebot von Montaigne bedenken, bleibt er im Süden – und es treibt einen Keil zwischen Klemath und Hakkam und Bayar«, erwiderte Raisa. »Der Rat der Adeligen wird sich auf die Seite meines Onkels stellen, besonders wenn Söldner die Kämpfe ausfechten und die Krone die Rechnungen bezahlt. Lord Hakkam wird zumindest genauso viel Energie für eine mögliche Verbindung mit meiner Kusine Melissa verschwenden wie für ernsthafte Verhandlungen bezüglich meiner eigenen Verlobung mit Montaigne.« Sie verdrehte die Augen. »Bis ich die Kontrolle über diese Leute habe, muss ich sie davon abhalten, sich gegen mich zu verbünden.«

»Habt Ihr deshalb gewollt, dass Lord Bayar den Brief laut

vorliest?«, fragte Jemson. Erkenntnis trat jetzt auf sein Gesicht.

Raisa drehte den Ring an ihrem Finger und lächelte grimmig. »Klemath hatte ihn sicher bereits gelesen. Schwer zu sagen, wer noch. Das Ding ist so oft geöffnet und neu versiegelt worden, dass es an ein Wunder grenzt, dass der Brief überhaupt noch lesbar ist.«

Sie sah Han herausfordernd an. »Wolltest du was sagen?«

Unterschätz bloß niemals dieses Mädchen, ermahnte Han sich. Niemals. Manche Blaublütige werden schnell groß – so wie Streetlords.

Er räusperte sich. »Ich stimme zu, dass Ihr die Sache mit der Armee schnell vorantreiben müsst, so riskant sie auch sein mag. Sobald diese Aufgabe geschafft ist, serviert Ihr Klemath ab und setzt jemand anderen an seine Stelle, der Euch verbunden ist. Daher denke ich, dass es richtig war, was Ihr getan habt, auch wenn ich es vielleicht zu einem anderen Zeitpunkt getan hätte.«

Raisa starrte ihn für einen Augenblick an, dann nickte sie rasch. »Ja. Gut. Also schön.«

»Ich habe nicht gewusst, dass du vorhattest, Hunts Alone für den Magierrat vorzuschlagen«, sagte Averill stirnrunzelnd. »Wann hast du diese Entscheidung getroffen?«

Han fragte sich, ob Raisa sich dazu äußern würde, dass er selbst verlangt hatte, in den Rat berufen zu werden.

Aber das tat sie nicht.

»Was hatte ich für eine Wahl?«, fragte Raisa, als wäre sie auch nicht gerade glücklich mit der Situation. »Fiona Bayar wollte ich auf keinen Fall hinschicken. Auf diese Weise kann Alister den Rat im Auge behalten.«

»In einem hatte General Klemath recht«, sagte Redner Jemson. »Dies sind gefährliche Zeiten.«

»Was vorbei ist, ist vorbei«, erwiderte Raisa barsch. »Ich erwarte, dass ihr drei dafür sorgt, dass Klemath unter Druck bleibt, was die Sache mit der Armee betrifft. Ich will innerhalb von drei Monaten echte Fortschritte sehen. Geht die Söldnerverträge durch und sucht nach denen, die zur Erneuerung anstehen. Ich werde die Anweisung herausgeben, dass keine neuen Verträge in Kraft treten können, wenn nicht alle vier Unterschriften darauf sind. Wenn ihr auf Widerstand stoßt, sagt mir Bescheid.« Sie seufzte und rieb sich die Augenlider mit den Fingerspitzen. »Es tut mir leid, dass ich euch in diese Situation gebracht habe«, sagte sie zwischen den Fingern hindurch. »Ich wünschte, ich hätte jemanden in der Armee, dem ich trauen könnte.«

»Gebt mir ein bisschen Zeit«, sagte Byrne. »Ich werde Nachforschungen anstellen und Euch dann ein paar Namen nennen. Einige Offiziere sind Einheimische. Und dann gibt es noch die Möglichkeit, den einen oder anderen guten Offizier aus der Wache in die Armee zu bringen.«

»Aber genau das haben wir nicht«, wandte Raisa ein. »Zeit. Es gibt so viel zu tun, und wir haben so wenig Zeit und kaum Geld.«

Und damit entließ sie alle. Als Han an den bei der Tür versammelten Blaujacken vorbeikam, drehte er sich noch einmal um und warf einen Blick auf Raisa. Sie stand mit gesenktem Kopf allein in ihrem Kabinettszimmer und drehte den Wolfsring an ihrem Finger.

Sie macht sich mehr Sorgen, als sie zugibt, dachte Han.

KAPITEL NEUNUNDZWANZIG

Das Spiel der Bewerber

Gerard Montaigne war nicht der Einzige, der an einer Verbindung mit Raisa interessiert war. Als sich die Nachricht in den Sieben Reichen verbreitete, dass die vermisste Prinzessin wieder aufgetaucht war und zur Königin der Fells gekrönt werden würde, begann ein Strom von Geschenken einzutrudeln, sowohl von den zahlreichen Bewerbern innerhalb als auch außerhalb des Königinnenreichs. Es war ein zweifelhaftes Vergnügen. Raisa hoffte immer noch, eine Heirat so lange wie möglich hinausschieben zu können, aber andererseits waren ihre Schatztruhen fast leer, und sie wollte die Dornenrosen-Stiftung in Ragmarket und Southbridge gern weiter unterstützen.

Für alle anderen war eine unverheiratete Königin so etwas wie ein loses Ende, das so bald wie möglich abgeschnitten oder verknüpft werden musste.

Auch die Monarchen der übrigen Reiche schickten ihr Beileidsbezeugungen anlässlich des Todes ihrer Mutter und Glückwünsche zu ihrer bevorstehenden Krönung – gewürzt mit unverhüllten Heiratsangeboten. Einige schlugen ihre jüngeren Söhne vor, die einen Thron für sich suchten, während andere es gerne gesehen hätten, die Fells mit »Königreichen« zu verbinden, die so weit weg lagen wie Bruinswallow und We'enhaven.

Obwohl Raisa *ana*'Marianna noch nicht gekrönt war und Gerüchte umgingen, dass sie sich einen Dieb als Liebhaber hielt und vermutlich beim Tod von Königin Marianna ihre Hand im Spiel hatte, erklärten sich die meisten Verehrer bereit, dies in Anbetracht der mineralreichen Besitztümer des Königinnenreiches großzügig zu übersehen. Die Königinnen des Nordens, so hatten sie gehört, waren sowieso alles Hexen.

Das Ausland schien dabei nur allzu bedacht darauf zu sein, einer jungen verwaisten Königin beim Regieren ihres Reiches zu helfen. Zu Hause dagegen war man einfach nur bestrebt, sie so schnell wie möglich zu verheiraten – zumindest, solange sie vorhatte, sich mit einem der jeweiligen Favoriten zu vermählen.

In diesem Überangebot an lokalen Verehrern tauchten auch die Klemath-Brüder wieder auf.

Der führende Bewerber aus den Highlands war Reid Nightwalker. Da er Averills Wache zugeteilt worden war, verbrachte er mehr Zeit in der Hauptstadt als je zuvor, soweit Raisa sich erinnern konnte. Der Demonai-Krieger unterstrich seine Werbung mit Geschenken wie Pelzen, Lederwaren und clangefertigtem Schmuck, Düften und Aromastoffen von den Märkten. Es war offensichtlich, dass er hoffte, in Averills Fußstapfen treten und eine Königin heiraten zu können.

Raisa und Nightwalker unternahmen hin und wieder lange Spaziergänge in den Gärten, während ihnen Grauwölfe in gebührendem Abstand folgten. Manchmal ritten sie auch in die Berge, die das Vale säumten, immer gefolgt von einer Eskorte. Nightwalker übte sich im Zuhören, während er selbst nicht viel sprach, und er drängte sie auch nicht wie in der Vergangenheit, ihm mehr als Küsse und Zärtlichkeiten zu gewähren.

Im Rahmen einer politischen Heirat könnte ich es durchaus schlechter treffen, dachte Raisa. Nightwalker war zweifellos fest mit den Interessen der Fells verbunden. Er würde nicht versuchen, die Fells zu der kleinen Provinz eines weit entfernten Reiches zu degradieren. Er würde ihre Bemühungen unterstützen, die Drynne zu reinigen und den Magierrat in Schach zu halten. Eine Heirat mit ihm würde die Bande zwischen den Clans und dem Grauwolf-Geschlecht stärken.

Und es würde den Bayars ganz recht geschehen, nach all den Ränken und dem intriganten Versuch, Micah mit ihr zu verheiraten.

Alles in allem schien ihr Nightwalker die sicherste Wahl zu sein – die gleiche, die ihre Mutter getroffen hatte. Was die persönliche Seite betraf, war der Altersunterschied zwischen ihnen nicht ganz so groß wie der zwischen ihren Eltern. Er war geschmeidig und anmutig und sah gut aus. Und wenn es auch unwahrscheinlich war, dass er ihr treu bleiben würde, würde dies immerhin nicht das Geschlecht beeinflussen.

Die Sache mit Micah Bayar war eine ganz andere. Nach Raisas Rückkehr hatte er seine Aufmerksamkeit völlig von Mellony abgewandt. Mit dem Effekt, dass Mellony jetzt Trübsal blies, die meiste Zeit weinerlich und mürrisch war und Raisas Nerven strapazierte.

Du bist erst dreizehn, dachte Raisa. Und eine Prinzessin. Gewöhn dich dran.

Ich jedenfalls habe erstmal die Nase voll von irgendwelchen romantischen Verwicklungen. Mit wem ich mich auch einlasse, er ist entweder verboten oder unerreichbar oder wütend auf mich.

Zum Beispiel Han Alister. Mal war er barsch und sachlich, mal kalt und unnahbar, mal leicht spöttisch. Geschickt wehrte er Raisas Versuche, ihre Freundschaft zu erneuern, ab oder ging einfach nicht darauf ein.

Ihre erste gemeinsame Unterrichtsstunde war eine Katastrophe gewesen. Sie waren allein in ihrem Kabinettszimmer gewesen, und sie hatte drauflosgeplappert wie ein durchgegangenes Pferd, hatte sich der Politik am Hof so ausführlich und bis in alle Details gewidmet, dass es sie selbst gelangweilt hatte.

Han hatte auf dem Stuhl gesessen und die Armlehnen mit beiden Händen fest umklammert. Sein Gesicht so steinern, seine Augen so glasig, als hätte er nur die Hälfte von dem gehört, was sie gesagt hatte. Raisa war sich seiner Nähe nur zu bewusst gewesen und konnte zugleich fühlen, wie groß der körperliche und emotionale Abstand zwischen ihnen war.

Ihre nächsten beiden Stunden waren abgesagt und verschoben worden – einmal von ihm, aus einem Grund, den er nicht genannt hatte, einmal von ihr, weil zur gleichen Zeit eine Besprechung stattgefunden hatte.

Wieso will er das Ganze überhaupt?, überlegte sie. Ich bin völlig unfähig, ihm irgendetwas Nützliches und Hilfreiches beizubringen. Und ich weiß nicht, wie ich das Vertrauen zwischen uns wiederherstellen soll – oder ob das überhaupt möglich ist.

Aber eine Sache gibt es, die ich tun kann, dachte Raisa. Wenn ich Han Alister auch keine Ahnentafel verschaffen kann, dann doch wenigstens einen Titel. Und ein Zuhause, als Ersatz für das, das auf Mariannas Befehl hin abgebrannt worden ist. Vielleicht fühlt er sich ja dann sicherer – und entspannter am Hof.

Sie schob den nagenden Gedanken beiseite, dass weder ihr Vater noch die Bayars darüber glücklich sein würden.

Ich bin nicht hier, um sie glücklich zu machen, sagte sie zu sich selbst.

Während ihr die Regierungsgeschäfte harte Arbeit abverlangten, schritten die Pläne für die Krönung voran. Einladungen zum Krönungsball wurden verschickt, und von überall aus den Sieben Reichen trafen Zusagen ein. Einige der Eingeladenen waren vermutlich einfach nur neugierig darauf, was diese starrsinnige Erbprinzessin jetzt wohl tun würde, so ganz allein und ohne mütterliche Aufsicht.

Wer um sie warb und auf eine Heirat mit ihr hoffte, kam schon allein aus Angst; schließlich war es ja möglich, dass sie in aller Eile anderweitig verheiratet werden würde und einem eine gute Partie durch die Lappen ging.

Und dann gab es noch diejenigen, die sich einfach nur darauf freuten, auf fremde Kosten eine Woche der Gastfreundschaft genießen zu können. Oder vielleicht wollten sie auch mit eigenen Augen sehen, wie eine echte Hexe aussah.

Die meisten Lehnsleute aus Arden schickten eine Absage, die mit dem weiterhin andauernden Krieg begründet wurde. Dagegen kam zu Raisas großer Überraschung von König Geoff Montaigne von Arden die Nachricht, dass er zusammen mit seiner Königin und zwei Kindern erscheinen würde.

Er muss sich aber sehr sicher auf seinem Thron fühlen, dachte Raisa, wenn er Arden in diesen Zeiten verlässt. Nach Informationen der Spione des Königinnenreichs besaß Geoff die einstimmige Unterstützung der kriegsmüden Lehnsherren im Süden.

Raisa hoffte, dass er nicht wie Gerard war. Immerhin war dieser Montaigne bereits verheiratet.

Aus Tamron erhielt sie gar keine Antwort, weder von den Tomlins noch von Gerard Montaigne. Sie vermutete, dass das ein gutes Zeichen war – die Vorstellung, beide Könige von Arden hierzuhaben, behagte ihr gar nicht. In der Zwischenzeit widmete sich Lord Hakkam den Verhandlungen mit Gerards Repräsentanten.

Raisa schickte sich in etliche Kleideranproben, die von Magret durchgeführt wurden. Sie brauchte verschiedene Roben – eine für die eigentliche Krönungszeremonie, eine andere für den Ball und noch einige mehr für die unzähligen Feiern, die davor und danach stattfinden würden. Dabei war es natürlich unmöglich, ein Kleid zweimal zu tragen.

»Vielleicht könnte ich meine Kleider mit jemandem tauschen«, nörgelte Raisa. »Wir sollten nicht so viel Geld dafür ausgeben, wenn ich sie wahrscheinlich sowieso nur ein einziges Mal anziehen werde.«

Magret verdrehte die Augen. »Als wenn jemand in Eure Kleider passen würde«, sagte sie. »Und Ihr wiederum würdet in denen einer anderen Frau versinken. Eine Krönung ist etwas, das Ihr nur einmal erlebt, Eure Hoheit. So wie eine Hochzeit«, fügte sie demonstrativ hinzu.

Raisa sorgte dafür, dass Mellony genauso gut ausgestattet wurde wie sie. Sie hoffte, dass die vielen gesellschaftlichen Ereignisse ihre Schwester aufheitern konnten. Tatsächlich schien Mellony sich bei den Anproben, die Raisa nur mit Mühe überstand, köstlich zu amüsieren. Mellony liebte neue Kleider. Und ebenso wie Marianna liebte sie Partys.

Im Kathedralen-Tempel hielt Raisa ausgedehnte Sitzungen mit Redner Jemson, um die Krönungszeremonie zu proben. So wird mein Leben in Zukunft aussehen, dachte Raisa niedergeschlagen. Eine Zeremonie nach der anderen. Aber Redner Jemson war freundlich und witzig. Obwohl er die Krönung als ernste Angelegenheit betrachtete, half es, dass er sich selbst dabei nicht zu wichtig nahm.

Die Grauwölfe waren zu Raisas Leibwache abgestellt worden und würden daher während der Krönungszeremonie eine bedeutende Rolle spielen. Bei den Proben standen sie steif und feierlich da, die Stirn vor Konzentration gerunzelt. Dass sie ihre Freunde waren, machte es in gewisser Weise sogar noch schwieriger; Raisa wusste, dass sie es sich niemals vergeben würden, wenn sie an ihrem großen Tag irgendetwas falsch machten.

Raisa vermisste die lockere Kameradschaft mit den Wölfen. Obwohl sie jetzt beständig um sie herum waren, trennte sie der Standesunterschied voneinander. Es war schwer, sich in der Anwesenheit anderer zu entspannen, wenn diese sofort Haltung annahmen, sobald man auftauchte.

Amon hatte aus Odenford jenen Stock mitgenommen, den der Wasserläufer Dimitri ihr geschenkt hatte. Sie nahmen die Übungen im Stockfechten wieder auf und trainierten dreimal in der Woche im Innenhof der Soldatenunterkünfte. Es war ein gutes Training, aber noch wichtiger war ihr, dass sie in dieser Zeit mit Amon allein sein konnte, sich mit ihm unter vier Augen unterhalten konnte, ohne dass sie – wie innerhalb der Schlossmauern – mit Lauschern rechnen musste.

Vier Tage nach Han's Berufung in den Magierrat kehrte Raisa von den Ställen zurück, nachdem sie mit Reid Demonai und einer Eskorte von Wachen einen langen Ritt durch das Vale unternommen hatte. Ihre Haut war gerötet und schweißnass, und ihre Muskeln zitterten, als sich die Anspannung der vielen Stunden im Sattel löste. Nightwalker und sie hatten sich an der Stalltür mit einem Kuss voneinander verabschiedet.

Natürlich wollte er mehr. Sie wünschte nur, sie könnte ein kleines bisschen mehr Leidenschaft in sich fühlen.

Talia Abbott und Trey Archer standen vor ihrem Zimmer Wache. Raisa blieb vor ihrer Tür stehen und lächelte Talia an. »Wie kommt Sergeant Greenholt zurecht?«, fragte sie. Pearlie Greenholt, Talias ardenische Freundin, war noch nie zuvor in den Fells gewesen. Die ehemalige Waffenmeisterin von Wien House war unter dem neuen Hauptmann Byrne zum Sergeant befördert worden.

»Es gefällt ihr ziemlich gut, Hoheit«, sagte Talia mit einstudierter Höflichkeit. »Danke der Nachfrage.«

Raisa wölbte eine Braue. »Wirklich?«

Talia kicherte. »Sie sagt, es ist hier einfach verflucht kalt, und dass sie es leid wäre, immerzu irgendwelche Abhänge hinauf- oder hinunterlaufen zu müssen. Und dann vermisst sie all das frische Obst und Gemüse, das man in Odenford das ganze Jahr über bekommen konnte. Sie sagt, dass sie von den vielen Rüben und dem Kohl ständig furzen muss.«

Raisa lachte; sie wusste, dass Pearlie gekränkt sein würde, wenn sie erfahren sollte, welche Geheimnisse Talia der Königin der Fells preisgab. Aber Talia hielt sich wenigstens nicht mit Formalitäten auf.

Als Raisa wieder in ihrem Zimmer war, erwartete sie bereits heißes Badewasser auf dem Brenner, das in der kühlen Luft dampfte, aber Magret war nirgendwo zu sehen. Vermutlich hat sie wieder Kopfschmerzen und sich hingelegt, dachte Raisa. Sie gab die Anweisung, ihr ein leichtes Abendessen auf das Zimmer zu schicken, und zog müde ihre Reithosen, Jacke und Unterwäsche aus. Während sie ins heiße Wasser sank, kehrten ihre Gedanken zu jenen Angelegenheiten zurück, die sie beschäftigten, seit sie ihren Beratern gegenüber die Geduld verloren hatte.

Hatte sie die richtige Entscheidung getroffen, als sie Han Alister in den Magierrat berief?

War Han überhaupt in der Lage, ihr im Rat zu helfen, oder würde er als Außenseiter gemieden werden? Schlimmer noch – würde er wegen seines Hochmuts ermordet werden? Averill hatte klargestellt, dass er ihre Wahl missbilligte. Es war zwar das, was Han gewollt hatte, aber …

Sie musste eingeschlafen sein. Ein heftiges Klopfen an der Tür weckte sie; sie vermutete, dass jemand das Essen brachte. Sie kletterte aus der Badewanne, trocknete sich ab und zog ihren Morgenmantel an. Dann ging sie ins Wohnzimmer, aber als sich das Geräusch wiederholte, begriff sie, dass es nicht von außen kam, sondern von der Tür, die zu Han's Gemächern führte.

Sie blickte zur Tür. »Was willst du?«, fragte sie.

»Ich glaube, wir sind verabredet, Hoheit«, sagte Han von der anderen Seite.

Verabredet? Oh, ja. Es war Zeit für ihre anberaumte Unterrichtsstunde.

Beim Blute und den Gebeinen. Sie war nicht bereit, noch einen weiteren Abend lang den kalten, distanzierten Han Alister zu ertragen. Es war einfach zu schmerzhaft.

»Ich glaube, jetzt ist kein guter Zeitpunkt«, sagte Raisa und starrte auf ihre nackten Zehen hinunter, die unter ihrem Morgenmantel hervorlugten. »Können wir uns gegen Ende der Woche treffen?«

»Ich muss mit dir sprechen. *Jetzt*«, erwiderte er schroff. Nach einer Pause fügte er hinzu: »Wir haben eine Vereinbarung, oder?«

Raisa seufzte. »Ja«, antwortete sie widerwillig. »Haben wir.« Sie schob den Riegel von der Tür zurück und öffnete sie. Han drückte sich an ihr vorbei und marschierte ins Zimmer; er schien gar nicht zu bemerken, wie sie gekleidet war.

Aber sie bemerkte seine Kleidung. Ihre Schneider waren fleißig gewesen. Er trug einen blauen Seidenumhang, der perfekt zu seinen Augen passte, und eine exakt sitzende schwarze Hose.

Vielleicht sollte ich sie bitten, ihn in Sackleinen zu kleiden, dachte sie. Dann fiele es mir leichter, ihm zu widerstehen.

Er trat zum Fenster, legte seine Hände auf das steinerne Fensterbrett und sah hinaus über die Stadt. Han's Rücken war kerzengerade, seine Schultern angespannt.

Er ist wütend, dachte Raisa. Was jetzt?

»Ich habe was zum Abendessen bestellt«, sagte sie. »Hast du schon gegessen? Wir können uns beim Essen unterhalten.«

»Ich bin nicht hungrig«, entgegnete er und starrte weiterhin aus dem Fenster.

»Hör zu«, sagte Raisa, die allmählich die Geduld verlor. »Es macht keinen Sinn, uns zu treffen, wenn du …«

»Ich habe gehört, dass ich eine Burg am Feuerlochfluss besitze«, unterbrach Han sie, ohne sich umzudrehen. »Und einen Titel.«

»Oh. Ja«, beeilte Raisa sich zu sagen. »Ich wollte es dir die ganze Zeit erzählen, aber dann habe ich dich nicht mehr gesehen, seit ich die Einzelheiten ausgearbeitet habe. Die Burg heißt Ravengard. Sie ist von angenehmer Größe, aus Stein und Holz gebaut, muss aber noch etwas instand gesetzt werden. Dazu gehört ein wenig Besitz, gute Jagdgründe und Weideland. Ein paar Außengebäude. Für den Ackerbau eignet sich das Gelände nicht so gut, aber …«

»Findest du nicht, dass es eine gute Idee gewesen wäre, mir das mitzuteilen?«, fragte Han; jetzt drehte er sich um und sah sie an. »Alle am Hof reden darüber. Ich habe es als Letzter erfahren.«

»Ich wollte es dir ja sagen«, erklärte Raisa. »Ich habe es einfach vergessen. Und ich wusste auch nicht, dass es schon bekannt geworden war.« Aber natürlich war es das. Gerüchte verbreiteten sich am Hof ebenso schnell wie das Nachtjucken in Ragmarket.

»Ich dachte, du würdest dich darüber freuen. Ein Heim zu haben, meine ich«, fügte sie lahm hinzu. Sie hatte gehofft, dass der Besitz und der Titel helfen würden, die Kluft zwischen ihnen zu verringern.

»Vielleicht würde ich das auch, wenn es anders gelaufen wäre.« Er schüttelte den Kopf. »Begreifst du denn nicht? Ich wirke wie ein Dummkopf, weil ich nichts davon gewusst habe. Als würdest du einen Günstling beschenken, nicht als würdest du eine Verpflichtung einhalten.«

Raisa zuckte zusammen und biss sich auf die Lippe. »Ich hatte es satt, dass Lord Bayar dich ›Alister‹ und ›Dieb‹ nennt, darum wollte ich dir einen Titel geben.«

»Und du glaubst, das wird ihn davon abhalten?« Han schnaubte. »*Alister* und *Dieb* – das kümmert mich nicht so sehr. Zumindest stimmen diese Titel. Aber mich als dein Hündchen betiteln zu lassen, dagegen habe ich was.« Seine Stimme zitterte, und er schien einen Moment zu brauchen, ehe er sich wieder im Griff hatte.

Raisa blinzelte ihn an. Er gab sich kantig und fahrig an diesem Abend und wirbelte wieder herum, um finster auf den Kamin zu starren.

Seine Wut verwirrte sie. Sie hatte nicht damit gerechnet, dass er sich viel aus Klatsch und Tratsch machen würde.

Vielleicht fand er ja sogar die Gerüchte abstoßend, dass sie ein Liebespaar wären.

Sie trat hinter ihn und berührte ihn am Ellenbogen. Er zuckte zusammen, drehte sich aber nicht um.

»Am Hof wird immer geredet«, sagte Raisa. »Es gibt keine Möglichkeit, das zu verhindern.«

Er erwiderte nichts darauf.

»Sie reden auch über mich«, fuhr sie fort. »Es geht auch um meinen Ruf.«

»Glaubst du wirklich, es geht mir um meinen verdammten *Ruf?«* Han wandte sich um und sah sie an. »Wenn sie glauben, dass du mich begünstigst und ich dein Schönlings-Spielzeug bin, gehen sie auf uns beide los. Das Einzige, was zwischen mir und ihnen steht, ist Angst und Respekt. Ich muss eine Show abziehen.«

»Wir sind nicht mehr in Southbridge«, sagte Raisa. »Es ist hier doch nicht so, als würdest du in das Territorium einer anderen Gang eindringen.«

»Nein?« Han wölbte eine Braue. »Das denkst *du* vielleicht. Aber wenn ich in den Magierrat gehe, ist das ziemlich genau so, als würde ich nach Mitternacht mit dem Abzeichen der Ragger und einem Sack voller Gold nach Southbridge marschieren.«

»Du warst doch derjenige, der ein Zimmer direkt neben meinem verlangt hat«, versetzte Raisa. »Du selbst hast darum gebeten, einen Platz im Rat zu bekommen. Was hast du denn gedacht, was passieren würde?«

»Es geht darum, dass du mit mir nicht wie mit einem roten Tuch vor dem Magierrat herumwedeln kannst.« Er packte ihre Arme und sah sie eindringlich an. »Hör zu. Sowohl zu deinem als auch zu meinem Wohl musst du so tun, als würdest du mich hassen. Als würdest du gar nicht wollen, dass ich hier bin.«

»Ich soll dich hassen?« Raisa verdrehte die Augen; nur

allzu deutlich spürte sie seine heißen Finger auf ihren Oberarmen. »Nun, das klingt einleuchtend. Deshalb habe ich dir auch die Gemächer nebenan gegeben und dich in den Magierrat berufen.«

»Lass sie glauben, dass du es gegen deinen Willen getan hast«, sagte Han. »Vielleicht tust du es, weil Dekanin Abelard dich unter Druck gesetzt hat. Sie denken sowieso schon, dass ich für sie arbeite. Oder vielleicht erpresse ich dich ja auch. Wenn sie glauben, dass du mich gar nicht wirklich im Rat haben willst, kommen sie nicht auf die Idee, dass ich dein Spion bin.«

»Ich will aber nicht, dass die Leute glauben, man könnte mich einschüchtern«, entgegnete Raisa.

»Besser das, als wenn sie glauben, wir sind Verbündete«, sagte Han. »Wir müssen sie eine Weile ablenken, bis mein Spiel läuft. Danach spielt es keine Rolle mehr.«

Was *ist* denn dein Spiel?, dachte Raisa. Sind wir wirklich Verbündete? Worauf bist du eigentlich aus? Willst du dich an den Bayars rächen? Geht es nur darum?

»Jetzt ist es ein bisschen spät, sie davon zu überzeugen, dass wir Feinde sind, findest du nicht?«, fragte Raisa. »Nach der Ratsbesprechung, meine ich.«

Han lachte, aber es lag eine bittere Schärfe darin. »Nein, sie werden es schlucken. Trotz der Gerüchte wollen Blaublütige nicht glauben, dass du dich mit einer Straßenratte verbünden könntest. Bei der Vorstellung dreht sich ihnen der Magen um. Sie werden froh sein, wenn sie etwas anderes hören.«

Wir sind nicht alle so, wollte Raisa sagen. Aber sie wusste, dass es nichts nützen würde.

»Aber damit bist du immer noch in Gefahr«, sagte Raisa. »Wenn die Leute glauben, dass du mein Feind bist, werden sie die Jagd auf dich eröffnen. Alle – selbst meine Freunde – werden versuchen, dich zu kriegen.«

»Vertrau mir – es ist sogar noch riskanter, wenn sie glauben, dass wir beide eng verbunden sind«, widersprach Han. »Das macht niemanden glücklich. Der Magierrat beginnt darüber nachzudenken, wie er uns beide zum Schweigen bringen und Mellony auf den Thron setzen kann. Die Clans werden sich auf mich stürzen, wenn sie annehmen, zwischen uns würde etwas laufen. Dein Vater ist bereits nervös, weil du mich in den Magierrat berufen hast.«

»Aber du wirst ganz alleine sein«, wandte sie ein. »Du kannst nicht gegen alle kämpfen.«

»*Ich* werde alleine sein?« Er sah sie von oben bis unten an und verzog die Lippen zu einem leichten Lächeln. »Wer ist wohl mehr allein, du oder ich? Ich habe nicht viele Freunde, aber zumindest kann ich mich auf diejenigen, die ich habe, verlassen. Niemand schmeichelt mir, nur um voranzukommen.«

Raisa holte tief Luft; sie wollte ihm widersprechen. Dann atmete sie aus, ohne etwas zu sagen. Er hatte natürlich recht.

Han lächelte, als wüsste er, dass er einen Punkt gemacht hatte. »Ich kann selbst auf mich aufpassen. Ich habe einige Verbündete, und ich werde noch mehr finden, du wirst sehen.« Er hielt inne und musterte ihr Gesicht. Sein Blick wanderte von ihren Augen zu ihren Lippen. »Ich bin wirklich sehr sympathisch, wenn man mich erst näher kennenlernt«, flüsterte er.

Er ließ einen ihrer Arme los und schob ihr eine Haarsträhne, die sich gelöst hatte, hinter das Ohr zurück.

Raisa war ihm so nah, dass sie die Bartstoppeln auf seinen Wangen sehen konnte; Erinnerungen an vergangene Küsse wallten in ihr auf.

Sie stellte sich auf die Zehenspitzen, griff mit ihrer freien Hand nach seinem Kopf und zog sein Gesicht zu sich herunter. Sie küsste ihn, küsste ihn voller Verzweiflung und vergrub dabei ihre Finger in seinen Haaren, um ihn festzuhalten.

Er legte seine Hände auf ihre Schultern, als wollte er sie von sich wegschieben, aber dann glitten sie zu ihren Schulterblättern hinunter, und er zog sie zu sich heran. Seine Lippen prickelten auf ihren, und ein Schauer durchwogte sie bis zu ihren Zehen hinunter.

Erst einmal angefangen, konnte er nicht wieder aufhören. Er küsste ihre Lippen, küsste ihre Mundwinkel, küsste die Stelle unter dem Kinn und hinter dem Ohr, und überall, wo seine Lippen ihre Haut berührten, spürte sie seine Hitze.

Er atmete schwer, und sie konnte sein Herz unter der Seide hämmern hören.

»Süße Hanalea«, murmelte sie und packte ihn vorn an seinem Umhang. Ihr eigenes Herz pochte so heftig, dass es schmerzte. »Ich hab dich so vermisst.«

»Hör zu«, erwiderte er mit heiserer Stimme und schluckte mühsam. »Das hier ist keine gute Idee. Ich ... ich sollte besser gehen, bevor wir ...«

»Nein – geh nicht.« Ihr Begehren schwappte über sie hinweg und schwemmte alle guten Vorsätze davon. Sie schob ihre Hände in seinen Nacken, zog seinen Kopf wieder zu sich herunter und verschloss ihm den Mund mit einem weiteren Kuss, während sie ihren Körper an seinen presste.

Er hob sie hoch, trug sie zum Sofa und bettete sie darauf, auf Samt und Seide. Dann quetschte er sich neben sie und zog sie dicht an sich. Raisa riss ihm das Hemd aus der Hose und schob ihre Hände darunter. Ihre Finger strichen über Han's muskulöse Schultern und seinen Rücken, hinunter zu der Wölbung am Ende seines Rückgrats, tasteten über die Narben seiner alten Verletzungen.

Han's Lippen berührten ihre Haut, und heiße Schauer überliefen sie; seine Zärtlichkeiten ließen auch den letzten Rest an Widerstand einfach in sich zusammenfallen.

»Es tut mir leid«, keuchte er und küsste eine empfindsame Stelle hinter ihrem Ohr. »Ich wollte das nicht. Es ist nur … es ist wirklich schwer zu widerstehen, wenn du …«

Es klopfte an der Tür, und sie fuhren auseinander. Diesmal war es tatsächlich die Tür, die zum Korridor führte. In nur einem Herzschlag war Han auf den Beinen, strich seine Kleidung glatt und fuhr sich mit den Fingern durch die zerzausten Haare.

Raisa setzte sich zögernd auf. Sie konnte sich des Eindrucks nicht erwehren, dass Han es wohl gewohnt war, sich bei einer Störung rasch von seinem Rendezvous zurückzuziehen.

Es klopfte erneut. »Eure Hoheit?«, fragte eine Frauenstimme. »Darf ich Euch Euer Abendessen bringen?«

Raisa brauchte einen Moment, bevor sie antworten konnte. »Stell es einfach vor die Tür«, sagte sie. Ihre Stimme klang seltsam belegt.

Die Frau zögerte einen Moment, dann sagte sie: »Ich kann es nicht auf dem Korridor stehen lassen, Hoheit. Ihr wisst, dass es dort nicht sicher ist.«

»Ich habe keinen Hunger«, murmelte Raisa an Han gewandt. Sie hob beide Hände, um ihn zum Bleiben zu bewegen, während er Anstalten machte, seine eigenen Räumlichkeiten aufzusuchen.

Han schüttelte den Kopf. »Ich werde gehen«, flüsterte er und beugte sich so dicht zu ihr hinunter, dass sein warmer Atem auf ihrer Haut kitzelte. »Ich hatte recht. Das hier ist keine gute Idee, und es wird auch nicht wieder vorkommen.« Er bewegte sich lautlos zur Verbindungstür. »Gute Nacht, Hoheit«, sprachen seine stummen Lippen, bevor sich die Tür hinter ihm mit einem leisen Klicken schloss.

Bei den Gebeinen, dachte Raisa und fühlte, wie ihr die Enttäuschung wie ein mächtiger Felsbrocken im Magen lag. Niemand verhielt sich noch normal.

Sie stand auf, richtete ihren Morgenrock und wartete darauf, dass das Blut aufhörte, durch ihre Adern zu rasen. In den Schatten des Feuerscheins bewegten sich Silhouetten, und das Licht spiegelte sich in goldenen Augen und auf weißen Zähnen.

Natürlich, dachte sie unglücklich. Eine Gefahr für das Geschlecht. Alles, was ich tue oder möchte, ist eine Gefahr für das Geschlecht.

Sie ging zur Tür, die zum Korridor führte, entriegelte sie und trat einige Schritte zurück. »Also gut«, rief sie zu der Bediensteten draußen. Ihre Stimme klang jetzt fast wieder normal. »Du kannst es jetzt reinbringen.«

Die Tür schwang auf, und eine große, breitschultrige Frau in einer schlecht sitzenden blauen Uniform trat ein, in den Händen ein Tablett, das mit einer Serviette bedeckt war. Eine Frau, die Raisa nicht kannte. Der Blick der Soldatin wanderte rasch durch das Zimmer, dann machte sie einen Schritt nach vorn und zur Seite. Zwei Männer kamen hinter ihr zum Vorschein, beide mit Schwertern bewaffnet.

Sie stürzten auf Raisa zu, während die Frau das Tablett laut klappernd auf den Tisch stellte. Sie drehte sich um und verriegelte die Tür hinter sich, dann holte sie zwei Messer unter der Serviette hervor. Eines für jede Hand.

Plötzlich erschien Raisa alles verlangsamt wie in einem Traum, als wären ihre Füße auf dem Boden festgewurzelt.

Sie wollte schreien, aber die Schreie blieben ihr im Hals stecken. Die beiden Schwertkämpfer kamen jetzt von links und rechts auf sie zu; sie lächelten, denn sie wussten, dass sie – nachdem die Frau die Tür verriegelt hatte – alle Zeit der Welt besaßen, um ihre Arbeit zu beenden. Selbst dann, wenn Raisa um Hilfe rufen sollte.

Sie würden bei ihr sein, noch bevor sie die Tür zu Han's Gemächern aufreißen konnte, vorausgesetzt, dass sie nicht ohnehin verschlossen war. Raisa flüchtete schreiend in ihr Schlafzimmer und schlug die Tür hinter sich zu. Nur mit Mühe schaffte sie es, den Riegel vorzuschieben, bevor sie einen Satz zurück machte, als Klingen durch das splitternde Holz drangen.

Dimitris Stock stand in einer Ecke ihres Zimmers, und Raisa packte ihn und hielt ihn waagerecht vor ihren Körper, als der Türriegel nachgab.

Dem ersten Mann, der durch die Tür kam, schlug sie das Ende des Stocks ins Gesicht. Ein befriedigendes nasses Knirschen verriet, dass der Stock sein Ziel gefunden hatte; der Mann ließ sein Schwert fallen und sackte wie ein Stein zu Boden, während er sich mit beiden Händen das Gesicht hielt. Doch bevor Raisa ihren Stock wieder in Position bringen konnte, waren die anderen beiden schon im Zimmer.

Die Frau ließ ihre Messer fallen und nahm das Schwert ihres gefallenen Kameraden auf. Wieder kamen sie von beiden Seiten auf sie zu. Obwohl der Stock lang und Raisa kampfgeübt war, würde sie sich nicht gegen zwei Feinde auf einmal verteidigen können.

Raisa schrie weiter um Hilfe, stieß erst in Richtung des ersten Attentäters und dann in die des zweiten, um sie auf Abstand zu halten und so außerhalb der Reichweite ihrer Klingen zu bleiben. Wo war ihre Wache? Wo waren Talia und Trey? Sie sollten doch gleich draußen im Korridor sein. Wieso reagierten sie nicht?

Und dann tauchte Han hinter den Angreifern in der Tür auf; von Licht umrahmt hielt er die eine Hand am Amulett, die andere ausgestreckt, als wäre er der Dämonenkönig persönlich. Mit kalter, tödlicher Stimme sprach er einen Zauberspruch.

Bei dem Geräusch zuckten die Attentäter zusammen und drehten sich um.

Ein Flammenstoß zischte vorwärts und umhüllte den vorderen Soldaten. Der Mann schrie und hüpfte in einem makaberen Tanz umher, während er auf seine brennende Kleidung einschlug.

Abgelenkt von dem, was ihrem Kameraden gerade zustieß, drehte sich die Frau halb um, und Raisa nutzte die Gelegenheit, um ihr den Stock in die Kehle zu rammen – ein tödlicher Stoß, den sie von Amon gelernt hatte. Die Attentäterin sackte in sich zusammen. Als sie auf dem Boden lag, war ihr Kopf auf seltsame Weise abgewinkelt.

Der schreckliche Gestank von verbranntem Fleisch drang so unangenehm in Raisas Kehle und Nase, dass ihre Augen tränten. Sie wich zur Wand zurück und hustete heftig. Ihr Magen fühlte sich so an, als wollte er sich entleeren.

Der in Flammen stehende Attentäter rannte quer durch den Raum auf das Fenster zu. Raisa wusste nicht, ob er auf diese Weise entkommen oder einfach nur unten im Fluss die Flammen löschen wollte.

Han setzte ihm nach. Der als Blaujacke verkleidete Mann hockte sich auf das breite Fensterbrett, dann stürzte er sich aus dem offenen Fenster und fiel wie ein flammender Stern aus ihrem Blickfeld.

Raisa drückte sich gegen die Wand; sie ließ den Stock zu

Boden gleiten und begann, unkontrolliert zu zittern. Han trat zu ihr und hielt sie an den Schultern fest. »Alles in Ordnung?«, fragte er und sah ihr eindringlich in die Augen. »Hat dich einer von ihnen verletzt? Haben sie dir auch nur den kleinsten Kratzer verpasst?«

Sie wusste, dass er an Gift dachte, und schüttelte stumm den Kopf.

Han ließ sie los und stapfte durch den Raum. Er beugte sich über die beiden Attentäter, die auf dem Boden ihres Schlafzimmers lagen, und tastete am Hals nach ihrem Puls. Dann sah er auf und schüttelte den Kopf. »Versuch beim nächsten Mal bitte, jemanden am Leben zu lassen, damit wir ihn befragen können, ja?«, sagte er.

»Das musst du gerade sagen«, gab sie zurück, als sie allmählich wieder zu Kräften kam. »Menschen einfach so in Brand zu stecken, du …« Sie hielt abrupt inne, als ihr seine Mutter und seine Schwester einfielen.

»D-danke«, flüsterte sie. »Danke dafür, dass du mir schon wieder das Leben gerettet hast.«

»Nein«, sagte er plötzlich und richtete sich zu seiner vollen Größe auf. »Du warst das. Du ganz allein, verstanden? Ich war nie hier.«

Raisa starrte ihn an; sie vergaß augenblicklich, dass sie sich hatte übergeben wollen. »Was redest du da?«

»Es wird unserem Plan nicht dienlich sein, wenn deine Feinde glauben, dass ich dir schon wieder das Leben gerettet habe«, sagte Han. »Denn dann müsstest du natürlich dankbar sein, oder?«

»Unserem Plan?«, stammelte sie. Irgendwie hatte sie gar nicht mitbekommen, dass sie überhaupt einen hatten.

Han kaute an seiner Unterlippe und dachte nach, während er mit den Fingern seiner rechten Hand einen ungleichmäßigen Rhythmus auf seinen Oberschenkel trommelte. Dann holte er eine Lampe vom Tisch, blies das Licht aus und warf sie auf den Boden. Öl spritzte überallhin.

»Was tust du da?«, rief Raisa und sprang zur Seite, um zu verhindern, dass sie von den Glasscherben getroffen wurde.

Sie hörte Rufe im Korridor, und dann klang es, als würde sich jemand gegen die verriegelte Tür werfen. »Hoheit!«, rief eine Stimme, die vor Angst und Verzweiflung ganz rau klang. *Bam!* Jemand warf sich erneut gegen die Tür. »Raisa!«

Es war Amon.

Han legte ihr wieder die Hände auf die Schultern und sah ihr in die Augen. »Folgendes ist passiert: Du hast den einen Mann mit der Lampe in Brand gesetzt, woraufhin er aus dem Fenster gesprungen ist. Die beiden anderen hast du mit deinem Stock erledigt.«

Raisa schüttelte störrisch den Kopf. »Nein. Absolut nein. Ich werde nicht …«

»Bitte«, sagte er. »Bitte, bitte, tu es. Es ist fast die Wahrheit, und glaub mir, es ist sicherer.«

Es ist *fast* die Wahrheit?

Die Tür zum Korridor zersplitterte, und sie zuckten beide zusammen.

»Lass Hauptmann Byrne besser rein, bevor er sich noch verletzt«, sagte Han. Er starrte sie noch einen Moment lang an. »Du kannst ziemlich gut mit dem Stock umgehen. Das ist beruhigend. Aber ich werde nicht zulassen, dass so etwas noch einmal passiert.«

Und damit verschwand er in seine Räume, zog die Tür hinter sich zu und verschloss sie.

Raisa lief gerade in das andere Zimmer, als die Tür nachgab und vier Wachen mit blanken Schwertern in den Raum stürmten. Einer von ihnen war Amon.

Unverzüglich positionierten sie sich um Raisa herum, sodass sie sich in der Mitte eines Blaujackenkreises mit nach außen gerichteten Schwertern befand. Kurz darauf tauchten weitere Blaujacken auf und verteilten sich in ihren Zimmern.

»Es ist vorbei«, sagte Raisa erschöpft und wischte sich mit dem Handrücken einen Blutstropfen vom Gesicht. »Es waren drei. Einer ist durchs Fenster verschwunden. Die anderen beiden liegen tot im Schlafzimmer.«

»Beim Blute des Dämons«, fluchte Amon und sah sich um. Er behielt seine wachsame Haltung bei, bis er sorgfältig überprüft hatte, dass wirklich niemand mehr da war, der ihr etwas tun konnte.

Mick Bricker kam aus Raisas Schlafzimmer. Ein erstaunter Ausdruck lag auf seinem Gesicht. »Da drin liegen zwei, genau wie Rebec- wie Ihre Hoheit gesagt hat. Beide sind tot.«

Amon legte den Kopf leicht schräg und sah Raisa an. »Hast du alle drei Attentäter selbst getötet?«

Raisa zuckte mit den Schultern und überging die Frage. »Erkennst du sie?«

Mick schüttelte den Kopf. »Ich hab sie noch nie gesehen, aber ich kenne nicht jeden in der Wache. Es sind zu viele Neue da.«

Raisa ließ sich schlagartig auf einen Stuhl fallen. Jetzt konnte sie gar nicht mehr aufhören zu zittern, und Amon zog seine Jacke aus und legte sie ihr um die Schultern. Sie roch nach ihm, was irgendwie beruhigend war.

»Was ist mit Talia und Trey passiert?«, fragte sie. »Die beiden waren draußen, als ich hergekommen bin.«

»Eben waren sie nicht mehr da«, sagte Amon. »Ich wollte dich gerade fragen, ob du weißt, was sie ...« Seine Augen weiteten sich, und er wirbelte herum und bellte Befehle, schickte Mick los, nach den zwei vermissten Wachen zu suchen, und zwei andere zum Wachhaus, um Verstärkung zu holen.

Dann ließ er sich gegenüber von Raisa ebenfalls auf einem Stuhl nieder. Er beugte sich nach vorn und fing sanft, aber beharrlich an, sie zu befragen.

»Wie sind sie reingekommen?«, fragte er. »Erzähl mir alles ganz genau.«

»Ich hatte veranlasst, dass man mir mein Abendessen bringt. Dann hat eine Frau an die Tür geklopft und gesagt, dass es da wäre und sie es mir reinbringen wollte. Als ich die Tür öffnete, sind die drei Leute reingekommen.«

»Mit wem hast du über das Abendessen gesprochen? Wer wusste sonst noch, dass du es erwartet hast?«

»Ich habe es Trey gesagt«, erzählte Raisa. »Ich weiß nicht, wem er es noch gesagt haben könnte. Offensichtlich wissen es die Leute in der Küche. Ich vermute, dass er oder Talia nach unten gegangen ist und zugesehen hat, wie Barkleigh die Sachen zusammengestellt hat. Vielleicht haben sie ihm oder ihr auf dem Rückweg aufgelauert. Es war kein Geheimnis, wer hier Dienst tat. Und es war sicher auch nicht schwer herauszufinden, für wen das Tablett gedacht war.«

Amon starrte auf das Tablett auf dem Tisch.

»Es war kein Essen drauf«, sagte Raisa. »Nur Messer.«

Mick platzte zur Tür herein und sah sich sofort einer Wand von Klingen gegenüber. Als die Grauwölfe erkannten, um wen es sich handelte, ließen sie die Schwerter wieder sinken.

Mick hob beide Hände, um sie wegzuwinken. Sein Gesicht war hager und grimmig. »Wir haben sie in einem Wandschrank ein Stück weiter in einem der Seitenkorridore gefunden. Trey ist tot, und Talia ist… schwer verletzt«, sagte er. »Sie haben ihnen die Kehlen durchgeschnitten. Jaran holt gerade die Heiler, und Magret – Maid Gray – kümmert sich um Talia.«

Raisa kämpfte sich benommen vor Angst auf die Beine. »Wo ist Talia?«, wollte sie wissen und machte einen Schritt auf die Tür zu. »Ich will sie sehen.«

»Hoheit, solange die Heiler sich um sie kümmern, werdet Ihr nicht viel helfen können, sondern eher hinderlich sein«, sagte Amon, der sie jetzt wieder ganz formell ansprach. »Und ich kann Euch nirgendwo hingehen lassen, solange wir nicht ganz genau wissen, dass der Korridor sicher ist.« Er drückte sie sanft auf den Stuhl zurück.

Tränen brannten in Raisas Augen. Trey Archer war noch nicht lange bei den Grauwölfen und hatte eine fünfköpfige Familie, die er ernähren musste. Und Talia … war es wirklich erst vorhin gewesen, dass sie bei ihr im Korridor gestanden und mit ihr gescherzt hatte?

»Jemand muss Pearlie holen«, sagte Raisa hölzern.

»Ist bereits geschehen«, sagte Mick.

Raisa beugte sich nach vorn und packte die Armlehnen ihres Stuhles, als eine Woge aus Trauer und schwelender Wut in ihr aufwallte.

»Ich werde herausfinden, wer dafür verantwortlich ist«, schwor sie. »Jemand wird dafür bezahlen. Das hier wird nicht ungerächt bleiben. Die Leute sollen erfahren, dass ein Angriff auf meine Wache auch ein Angriff auf mich ist.«

Als sie wieder aufblickte, sah sie, dass sämtliche Blaujacken in einem Kreis um sie herum knieten. Einigen liefen Tränen über die Wangen.

»Heute und für alle Zeiten, Hoheit«, sagte Mick feierlich. »Ich glaube, ich spreche für alle hier, wenn ich sage, dass es uns eine Ehre ist, Seite an Seite mit unserer Kriegerkönigin zu kämpfen.«

KAPITEL DREISSIG

Verbündete

Es war noch nicht einmal ein ganzes Jahr her, dass Han zum letzten Mal in Ragmarket gewesen war, und trotzdem kam es ihm irgendwie anders vor – es schien kleiner zu sein, die Straßen wirkten schmaler, ärmlicher und verwinkelter, die Häuser schäbiger.

Vermutlich war alles noch genauso wie früher. Vermutlich war er derjenige, der sich verändert hatte.

Die Leute in Ragmarket führten ein unstetes Leben, daher überraschte es ihn nicht, dass ihm einige der Verkäufer auf dem Markt fremd waren. Auch die Bewohner der Pflastersteinstraße waren inzwischen andere. Wo sich einst der Stall befunden hatte, klaffte jetzt eine Lücke, wenngleich es die Schmiede, bei der er das Amulett von Alger Waterlow vergraben hatte, immer noch gab, über und über mit Gang-Symbolen bemalt.

Er bewegte sich jetzt mithilfe eines Zaubers über die Straßen von Ragmarket, der die Leute dazu brachte, ihm aus dem Weg zu gehen, ohne ihn wirklich zu bemerken. Es gab kaum Geschubse von Taschendieben, kaum Anmache von Lustmädchen. Er war nichts als ein weiterer Schatten in einem düsteren Teil der Stadt.

Überall gab es Hinweise auf die Dornenrosen-Stiftung – Banner priesen freie Mahlzeiten an, Tempelredner versprachen kostenlose Bücher, Heiler für die Kranken und ein Dach über dem Kopf. Der Unterricht der Redner, an dem sowohl *Lýtlings* als auch Erwachsene teilnahmen, widmete sich den unterschiedlichen Berufen und Künsten, der Religion, dem Lesen und Rechnen.

Trotz des warmen Wetters schien der Fluss weniger zu stinken als früher. Im Zuge einer der endlosen Besprechungen im Schloss hatte Raisa ein Projekt auf die Beine gestellt, in dessen Rahmen die Flüchtlinge aus den Flatlands vom Fluss weggebracht und im Osten der Stadt in Zeltlagern angesiedelt worden waren. Die Armee leitete die Menschen dazu an, Gruben für Aborte auszuheben und stabile Häuser zu bauen – als Gegenleistung wurden sie medizinisch versorgt und erhielten regelmäßig Nahrungsmittel.

Manche knieten sich auch wirklich in ihre Aufgabe hinein, Menschen, die der Trägheit und des Hungers überdrüssig waren und den Nutzen in ihrer Tätigkeit erkannten. Andere wiederum entschieden sich, nach Hause zurückzukehren und ihr Glück in den Flatlands zu versuchen, wo es leichtere Arbeit und selbst in Kriegszeiten reichhaltigeres Essen gab.

Aber egal was sie taten, zumindest warfen sie keine Abfälle mehr in den Fluss.

Auf dem Weg zu seinem alten Gang-Hauptquartier schlängelte sich Han zuversichtlich durch die Straßen und nahm zwischendurch ein paar Umwege über Dächer und durch einige vollbesetzte Schenken. Er glitt in Türeingänge, wartete ab und beobachtete, ob er seine Verfolger endlich abgeschüttelt hatte – denn schon seit seinem Aufbruch vom Schloss wurde er beschattet. Beim nächsten Mal würde er ein Wörtchen mit ihnen reden, aber jetzt hatte er Dringenderes zu tun.

Als er die Pilfergasse erreichte, war er sie endlich losgeworden. Ein Gang-Symbol prangte am Eingang zu dem Gebäude, in dem einst sein Unterschlupf gewesen war – Blitz und Stab als Warnung für andere, sich fernzuhalten.

Han ließ sich durch eine Falltür im Dach des Lagerhauses auf einen Steg hinunter. Unter falschem Namen hatte er in aller Stille das gesamte Gebäude von seinem ersten Monatsgehalt gekauft, das er von der Königin bekam. Eigentum war in Ragmarket billig zu erwerben, und er wollte nicht, dass irgendein anderer Hausbesitzer in seinen Sachen herumschnüffelte.

Er starrte drei Stockwerke tief nach unten und sah Dancer mit gebeugtem Kopf am Arbeitstisch sitzen. Seine Haut hatte wieder eine kränklich wirkende Blässe angenommen, wie immer, wenn er sich in der Stadt aufhielt. Er hatte im ersten Stock einen Schmelzofen aus Lehmziegeln gebaut, der über das Dach belüftet wurde.

Im Erdgeschoss warteten noch drei weitere Leute auf Han. Mit Cat hatte er gerechnet. Allerdings hatte er nicht damit gerechnet, Sarie und Flinn hier wiederzusehen, geschweige denn überhaupt noch einmal in diesem Leben.

Han erstarrte für einen Moment. Er war hin und her gerissen zwischen Erleichterung, Freude und der Besorgnis darüber, dass Cat die beiden ohne sein Wissen und seine Zustimmung hergeholt hatte.

Als Cat ein Geräusch hörte, sprang sie auf, ein Messer in jeder Hand. Dann, als sie bemerkte, dass es Han war, schob sie die Klingen wieder zurück und stand abwartend da, die Hände in die Hüften gestemmt, das Kinn gereckt, als wäre sie bereit, gegen ihn zu kämpfen.

Han umarmte die beiden ehemaligen Ragger; plötzlich brannten Tränen in seinen Augen. »Ich dachte, ihr wärt tot«, sagte er und räusperte sich. »Cat hat erzählt, die Dämonen hätten euch getötet.«

»Eigentlich müssten sie auch tot sein«, antwortete Cat. »Aber sie sind entkommen und haben beschlossen, am besten für eine Weile zu verschwinden. Sind mit einem Piratenschiff über den Indio gefahren.«

»Haben euch die Piraten die Zunge rausgeschnitten?«, fragte Han und wölbte eine Braue. »Nur gut, dass Cat für euch spricht.«

»Das Piratenleben is' nichts für mich«, erzählte Flinn und verlagerte das Gewicht von einem Bein auf das andere. »Hat gutes Geld gebracht, und ich bin in Carthis gewesen, aber wie sich rausgestellt hat, werde ich echt schlimm seekrank.«

Er sah gut aus – auch wenn er etwas schmal war. Aber er war größer als früher und von der Sonne gebräunt und hatte vom Setzen und Reffen der Segel Muskeln bekommen.

Tausendmal besser, als tot zu sein, dachte Han.

Sarie Dobbs hatte sich während ihres Piratenabenteuers einen beeindruckenden Drachen auf die Haut tätowieren lassen, der von ihrem Handgelenk bis hinauf zur Schulter reichte und sich dabei um ihren ganzen Arm wand. »Ich wollte ja einen echten Drachen mitbringen, aber der Kapitän hatte was dagegen«, erklärte sie. »Hatte Angst, dass er das Schiff in Brand stecken könnte.«

Han hatte davon gehört, dass es in Carthis Drachen gab, aber er war sich nicht ganz sicher, ob Sarie einen Witz machte. Er war so froh, die beiden zu sehen, dass es ihm umso schwerer fiel, ihnen die Wahrheit zu sagen. Ein Teil seiner Schuldgefühle, die er die ganze Zeit mit sich herumschleppte, schien wie eine schwere Last von ihm abzufallen, weil sie lebten. Was nichts daran änderte, dass sie gar nicht hier sein dürften.

»Cat sagt, dass du ein Fluchbringer bist.« Sarie schätzte ihn mit zusammengezogenen Augen ab. »Ich hab immer gewusst, dass da irgendwas mit Macht an dir und diesen Armreifen ist.« Sie berührte seine Handgelenke.

»Seid ihr zurück im Spiel?«, wollte Han von Sarie und Flinn wissen. »Wollt ihr eure eigene Gang gründen, oder schließt ihr euch wem an?«

Sarie und Flinn blickten beide Cat an, dann wieder Han. Sie wanden sich unbehaglich.

»Ich hab ihnen gesagt, dass sie bei uns mitmachen können«, erklärte Cat.

Han sah Cat finster an. »Wie kannst du nur solche Versprechen machen?«, fragte er vorwurfsvoll.

Cats Gesicht verdüsterte sich. »Du hast gesagt, dass ich Leute zusammensuchen soll, die uns helfen.«

»Aber nicht Sarie und Flinn. Ich will nicht, dass sie meinetwegen schon wieder in Gefahr geraten. Abgesehen davon hättest du sie gar nicht mit hierherbringen dürfen. Niemand darf wissen, wo ich wohne. Es ist nicht sicher.« Er wandte sich an Sarie und Flinn. »Ich habe eine Gang, aber die Mitglieder halten Abstand zu mir – Cat ist die einzige Verbindung. Cat und Dancer sind drin. Ihr nicht.«

Jetzt war es an Sarie, ihn finster anzustarren. »Glaubst du das echt, nachdem sie Sweets und Jonas und Mac allegemacht haben? Sweets war noch ein *Lýtling*. Ich weiß, dass du deine Familie verloren hast, aber wir haben auch noch 'ne Rechnung offen.«

»Es geht bei mir nicht nur darum, dass ich eine Rechnung offen habe«, stellte Han klar. »Ich hab andere Gründe. Und diese Gründe haben nichts mit euch zu tun.«

Sarie und Flinn sahen einander an und richteten ihren Blick dann wieder auf Han.

»Du hast immer schon Pläne gehabt«, sagte Sarie. »Größer als Ragmarket sein, größer als Southbridge, größer als jeder andere Streetlord. Wir wollen dabei sein. Wir wollen helfen.«

»Bei dieser Sache hier wollt ihr ganz bestimmt nicht dabei sein. Es ist eine bescheuerte, verrückte Idee. Völlig nutzlos. Von Anfang an dem Untergang geweiht.« Han wunderte sich immer wieder darüber, wieso die Leute so wild darauf waren, ihr Leben wegzuwerfen, um sich mit ihm zusammenzutun.

Vielleicht würden sie begreifen, wie bescheuert er wirklich war, wenn er ihnen erzählte, dass er vorhatte, eine Königin zu heiraten. Vielleicht würden sie sich dann von ihm fernhalten.

»Und wieso machst *du* es dann?«, fragte Sarie ziemlich argwöhnisch.

»Weil es was ist, das ich tun muss. Ich hab keine andere Wahl«, antwortete Han. »Ihr habt eine.«

Sarie zwickte die Augen zusammen; ihr Gesicht lief pinkfarben an, wie immer, wenn sie wütend wurde.

Sie glaubt mir nicht, dachte Han. Sie glaubt, ich will sie einfach nicht in meiner Gang haben.

»Hör zu«, schaltete sich Flinn ein. »Ich will dir was sagen. Wir waren alle bei Cat an dem Tag, als die Dämonen gekommen sind. Ich und Sarie und Flinn und Sweets, Jonas und Mac. Sarie und ich waren gerade im Hinterzimmer, und als wir gehört haben, wie sie mit viel Radau reingekommen sind, haben wir uns im Geheimversteck unterm Boden verkrochen.«

Flinn sah Han an. Seine dunklen Augen wirkten gehetzt. »Die Dämonen haben sie gefoltert. Sie haben sie immer wieder gefragt, wo du bist. Und wir haben da unten gelegen und gehört, wie die anderen geschrien und geschrien haben, bis sie gestorben sind, aber uns haben sie niemals verraten. Und wir haben nicht mal versucht, sie zu retten. Wir sind einfach weggelaufen. Und jetzt sehe ich jedes Mal, wenn ich die Augen zumache, Sweets vor mir, und ich höre seine Schreie. Deshalb sind wir wieder da. Wir konnten nicht davor weglaufen, wie weit wir auch gerannt sind.«

»Es ist nicht euer Fehler«, sagte Han. »Gegen Magier hättet ihr nicht das Geringste ausrichten können.«

»Vielleicht nicht«, erwiderte Flinn. »Aber Klingen sind schneller als Flüche. *Du* hättest es versucht. Und wir hätten es versuchen *können*. Und *du* kannst jetzt gegen Magier kämpfen, weil du selber einer bist. Wir wollen mitmachen. Wir können deine Klingen sein, deine Läufer, deine Augen.«

Han schwankte. Er brauchte tatsächlich Verbündete. Er brauchte tatsächlich Hilfe. Er hatte einen Auftrag für Cat, der sie erstmal von Dancer trennen würde. Er brauchte jemanden, der Informationen sammelte und ein Auge darauf hatte, was in Ragmarket vor sich ging.

Aber dann würde er wieder einmal Freunde in Gefahr bringen, um seine eigenen Ziele zu erreichen.

»Ich hab gehört, dass du für Prinzessin Raisa arbeitest«, sagte Sarie und wechselte die Strategie. »Cat sagt, dass diese Rebecca, die uns aus dem Wachhaus in Southbridge geholt hat, in Wirklichkeit Prinzessin Raisa war. Verkleidet. Ich vergess diejenigen nicht, die mir geholfen haben.«

»Wie auch immer. Ich und Sarie haben uns schon entschieden, bevor wir wussten, dass du noch am Leben bist«, warf Flinn ein. »Wir haben vor, eine Gang zusammenzustellen und den Hohemagier zum Schweigen zu bringen. Und so viele andere, wie wir schaffen.«

»Gar nichts werdet ihr schaffen«, knurrte Han. »Kapiert ihr das denn nicht? Ihr seid unterlegen. Die Einzigen, die draufgehen, seid ihr.«

»Dann gib uns eben eine Aufgabe, die wir schaffen können«, forderte Sarie und beugte sich so weit vor, dass ihre Nase nur noch wenige Zoll von Han's entfernt war.

Der Punkt war, dass Han sie verstand. In Ragmarket oder Southbridge brauchte man eine Gang und einen Anführer mit einem Plan, um zu überleben. Egal, was der Streetlord von einem verlangte – alles war besser, als auf sich allein gestellt zu sein.

Nach einem kurzen, angespannten Schweigen meldete sich Dancer zu Wort.

»Das hier könnte helfen.« Er hielt einen gehämmerten Kupferanhänger hoch, in den Han's Gang-Abzeichen eingraviert war – eine senkrechte Linie mit einem Zickzackmuster darüber. »Ein Talisman, ähnlich wie die der Demonai. Damit werden sie von Magiern weniger leicht bemerkt und sind auch nicht so leicht durch Magie zu beeinflussen. Es müsste sie vor allem schützen, abgesehen von einem direkten Treffer. Ich kann für alle so eins machen.«

»Also schön.« Han gab nach. »Ich werde euch das Gleiche sagen, was ich Cat gesagt habe – ihr dürft nichts nebenher am Laufen haben, sobald ihr mir geschworen habt. Wenn ihr vorhabt, mich zu verlassen, sagt ihr es zuerst mir, und dann schweigt ihr. Bis dahin tut ihr, was ich sage. Ihr könnt euch eure Aufgaben nicht aussuchen. Mein Straßenname ist Dämonenkönig. Ihr benutzt ihn auch dann, wenn ihr glaubt, dass keine Spitzel in der Nähe sind. Ihr sagt niemandem, wo sich dieser Ort hier befindet; ihr kommt nicht ohne guten Grund hierher. Ihr werdet euch mit dem Rest der Gang an einem anderen Ort treffen.«

»Wie können wir dich erreichen?«, fragte Sarie.

»Durch Cat. Oder ihr hinterlasst Botschaften unter dem Schild auf dem Marktplatz. Ich werde es genauso machen. Ihr habt einen Platz zum Schlafen und jede Menge zu essen und etwas Kleingeld in der Tasche, aber niemand wird von den Anteilen reich. Wenn ihr das nicht akzeptieren könnt, müsst ihr jetzt gehen.«

Sie gingen nicht. Stattdessen ließen sie sich auf die Knie nieder und schworen den Eid, den sie mit Blut und Spucke besiegelten.

»Was sollen wir für dich tun?«, fragte Sarie, kaum dass sie wieder standen.

»Ihr kennt Ragmarket und alle, die hier leben«, sagte Han. »Irgendjemand versucht, die Prinzessin zu ermorden – die Dornenrose –, und er wird vermutlich wieder jemanden anheuern, da er gerade drei Attentäter verloren hat.«

Seine beiden Freunde starrten ihn mit großen Augen an. »Beim Blute des Dämons!«, rief Flinn. »Wer kann denn ihren Tod wollen? Die Leute in Ragmarket und Southbridge reden über sie wie von einer Heiligen.«

»Diejenigen, die die Attentäter anheuern, sind wahrscheinlich nicht aus unserer Gegend«, sagte Han trocken. »Aber sie könnten dennoch hier nach Leuten suchen. Sprecht mit allen, von denen ihr wisst, dass sie im Geschäft sind. Seht, ob ihr herausfinden könnt, wer merkwürdige Fragen stellt und nach Auftragsmördern sucht. Sie wollen gute Leute und sind bereit, dafür eine ziemliche Summe hinzulegen.«

Flinn und Sarie nickten.

»Aber passt gut auf und redet nicht darüber. Wir haben es vermutlich mit den Gleichen zu tun, die Velvet und die anderen fertiggemacht haben.«

»Ist das alles?« Sarie wirkte enttäuscht.

»Noch eines«, ergänzte Han. »Findet raus, was die Leute über ein paar tote Magier sagen, die man mit durchgeschnittener Kehle in Ragmarket gefunden hat. Findet raus, ob irgendjemand verkündet, Amulette verkaufen zu wollen.« Er nickte Dancer zu. »Und passt auf Dancer auf. Er ist magiebegabt, und es gibt ein paar Leute, die Grund haben, ihn zum Schweigen zu bringen.«

»Ich kümmere mich um Dancers Rückendeckung«, sagte Cat und legte ihm ihre Hand auf die Schulter.

Sarie und Flinn starrten die beiden an, als könnten sie nicht glauben, was sie da mit eigenen Augen sahen. »Du gehst mit einem Kupferkopf?«, fragte Sarie schließlich.

»Habt ihr ein Problem damit?«, fragte Cat herausfordernd.

Sarie und Flinn schüttelten den Kopf.

Dancer legte seine Arbeit beiseite und rieb sich die Augen. »Je schneller wir das hier schaffen, umso eher werde ich die Stadt wieder verlassen können.«

Cat zog ein finsteres Gesicht. »Lass dir einfach ein bisschen Zeit. Wenn du dich erstmal dran gewöhnt hast, wirst du es hier mögen.«

Cat und Dancer zusammen – das ist wie ein Fisch, der mit einem Vogel spricht, dachte Han. Keiner von beiden kann in der Welt des anderen leben.

»Für dich hab ich was anderes, Cat«, sagte Han. »Und ich weiß nicht, ob es dir gefallen wird.«

KAPITEL EINUNDDREISSIG

Seltsame Genossen

Als Raisa das Krankenzimmer in der Halle der Heiler betrat – begleitet von der üblichen Schar von Wachen –, verlor die Gehilfin dort vor Furcht beinahe die Besinnung. Dann sank das Mädchen auf die Knie, sodass ihre Stirn fast den Boden berührte.

Raisa bedeutete ihr, sich zu erheben. »Wo finde ich Talia Abbott?«, fragte sie. »Sie muss vor etwa drei Tagen hergebracht worden sein.«

Zitternd deutete die Gehilfin zum anderen Ende des Saals. »Letztes Bett auf der linken Seite«, quiekte sie. »Beim Fenster.« Und dann flüchtete sie durch die Tür nach draußen.

Die Wachen blieben an der Tür stehen, während Raisa zwischen den schmalen Pritschen der Krankenabteilung hindurchging. Der Gestank von ungeleerten Nachttöpfen schlug ihr entgegen. Manche Patienten – die, die dazu in der Lage waren – stützten sich auf ihre Ellenbogen auf und starrten sie an. Leises Gemurmel wogte von einem Ende des Saals zum anderen und wieder zurück.

Einige Patienten streckten ihre Arme nach Raisa aus, als sie an ihnen vorbeischritt. »Königin Raisa!«, riefen sie. »Die Herrin ist da! Die Dornenrose! Berührt uns! Heilt uns!«

»Ich bin keine Heilerin«, sagte Raisa, während sie links und rechts von ihr Hände drückte. »Aber ich wünsche euch allen rasche Genesung.«

Schließlich erreichte sie Talia, die an die Wand gelehnt in ihrem Bett saß; ihr Hals steckte in makellos weißen Verbänden. Eine Tafel und ein Stück Kreide lagen auf ihrer Decke.

Pearlie saß neben dem Bett auf einem Stuhl; sie beugte sich über ein Buch, aus dem sie Talia gerade vorlas. Als Raisa näher kam, sah sie hoch und sprang augenblicklich auf. Ihre Wangen färbten sich rosa vor Verlegenheit.

»Hoheit!« Sie klemmte sich das Buch unter einen Arm und salutierte mit der Faust über der Brust.

»Setz dich«, sagte Raisa. »Bitte, lies ruhig weiter. Ich wollte mich nur selbst davon überzeugen, wie es Talia geht.«

»Oh, nein, Eure Hoheit, bitte, setzt Euch«, beteuerte Pearlie und deutete auf den Stuhl, den sie gerade freigemacht hatte. »Ich hole mir einen anderen.« Sie lief davon.

Raisa setzte sich neben das Bett. Sie berührte ihre eigene Kehle mit den Fingern und fragte: »Was macht deine Stimme? Irgendeine Verbesserung?«

Talia schüttelte den Kopf und schrieb etwas auf ihre Tafel, die sie dann Raisa zum Lesen hinhielt. *Ausruhen. Hoffen.*

Raisa hatte so viele Fragen, aber sie hasste es, Talia damit zu quälen. »Ich habe dir ein Buch mitgebracht«, sagte sie und reichte es Talia. »Es ist eine dieser Mondspinner-Romanzen, die du so gern liest. Ich hoffe, du kennst es noch nicht.«

Talia betrachtete den Buchdeckel, dann schüttelte sie erneut den Kopf und lächelte.

Da kehrte Pearlie mit einem weiteren Stuhl zurück, den sie auf die andere Seite von Talias Bett stellte.

Raisa nahm Talias Hand. »Ist es okay, wenn ich Pearlie ein paar Fragen stelle, damit du nicht so viel schreiben musst?«

Talia ließ die Tafel aufs Bett sinken und nickte zustimmend.

»Was sagen die Heiler zu ihrer Verletzung?«, fragte Raisa.

»Der Attentäter hat Talias Kehlkopf zertrümmert und ihre Stimmbänder beschädigt«, antwortete Pearlie; sie sprach die Allgemeine Sprache mit einem melodischen ardenischen Akzent. »Am ersten Tag hat die Gehilfin von Lord Vega sie behandelt, woraufhin sich die Wunde immerhin geschlossen hat. Die Schwellung ist zurückgegangen, sodass sie besser Luft bekommt und es nicht mehr so wehtut.« Sie sah Talia mit der Bitte um Bestätigung an, und Talia nickte. »Es fällt ihr allerdings immer noch schwer zu essen und zu trinken. Manchmal rutscht etwas in die Luftröhre, und wenn sie dann hustet, hat sie Schmerzen.«

Etwas an dem, was Pearlie gesagt hatte, erregte Raisas Aufmerksamkeit. »Seine Gehilfin? Lord Vega hat sie nicht selbst behandelt?«

Pearlie schüttelte den Kopf. »Nein. Lord Vega kümmert sich nur um die Adeligen und diejenigen, die von Gray Lady herkommen. Im Sommer hat er Gehilfen von Odenford hier, die für alle anderen zuständig sind.« Sie wandte den Blick wieder von Talia ab und wischte sich mit dem Ärmel über die Augen.

»Heißt das, Vega hat sie gar nicht untersucht?«

Pearlie zögerte. »Nein. Es war Lila Hammond, die sich um Talia gekümmert hat; sie hat sich große Mühe gegeben und es sicher gut gemeint, aber sie ist erst im ersten Jahr.« Sie berührte Talias Hand. »Wenn du nicht mehr isst, wird es dir nie besser gehen.«

Da ertönte das Geräusch von Schritten, und Raisa wandte sich um. Harriman Vega, der Magier, der die Halle der Heiler leitete, kam – gefolgt von einigen Gehilfen – hereingeströmt wie ein Schiff mitsamt Kielwasser.

»Eure Hoheit! Ich wünschte, Ihr hättet mir mitgeteilt, dass Ihr kommen würdet«, sagte er. »Ich hätte mich nur zu gern in Euren Räumen um Euch gekümmert, wenn Ihr …«

»Es war meine bewusste Absicht, diesen Besuch inoffziell zu halten«, erwiderte Raisa. Was ja prächtig geklappt hat, fügte sie im Stillen hinzu. »Ich brauche keine Behandlung, im Gegensatz zu dieser Frau hier.« Sie deutete mit einem Nicken auf Talia.

Vega ließ einen uninteressierten Blick über Talia schweifen. »Ich weiß nicht, was das Mädchen Euch gesagt hat, aber sie ist behandelt worden«, sagte er. »Sie ist untersucht worden, als sie hergebracht wurde.« Er deutete auf die Verbände um Talias Hals. »Ihre Verletzung ist versorgt worden. Wie man nur zu gut sehen kann.«

»Aber es muss noch mehr getan werden«, betonte Raisa. »Sie hat ihre Stimme noch nicht wiedergefunden, und das Schlucken bereitet ihr Schwierigkeiten. Würdet Ihr jemanden unter diesen Umständen nicht weiterbehandeln?«

Vega wedelte herablassend mit der Hand. »Vielleicht, wenn mir die Angelegenheit vorgetragen worden wäre. Aber wir haben hier Hunderte von Patienten. Wir müssen akzeptieren, dass solche Verletzungen manchmal zu … dauerhaften Einschränkungen führen können.«

Raisa umklammerte die Armlehnen des Stuhls und schluckte die erste Bemerkung, die ihr in den Sinn kam, hinunter. »Möglich, dass wir das manchmal akzeptieren müssen. Aber erst, nachdem alle anderen Möglichkeiten ausgeschöpft worden sind. Diese Soldatin ist verletzt worden, weil sie zwischen mir und einem Attentäter stand. Sie hat etwas Besseres verdient.« Sie machte eine Geste, die die anderen Patienten in dem Saal umfasste. »Wie viele von diesen Patienten könnten mit eingehenderer Behandlung richtig genesen?«

Lord Vega hob die Hände. »Das weiß ich nicht, Eure Hoheit, aber unsere Möglichkeiten sind begrenzt, wie Ihr wisst, und …«

»Das weiß ich, Lord Vega«, unterbrach Raisa ihn. Sie stand auf und legte ihm eine Hand auf den Arm. »Aber ich möchte das ändern. Ich möchte die Verantwortung für die Behandlung und Genesung der Gefreiten Abbott in Eure persönlichen Hände legen. Ihre Gesundheit steht für mich an oberster Stelle. Darüber hinaus möchte ich, dass Ihr die Weiterbehandlung ernsthafterer Verletzungen systematisch angeht.« Als sie Vegas entsetztes Gesicht sah, fügte sie hinzu: »Ich verlange nicht, dass Ihr alle persönlich heilen müsst – ich begreife, dass das körperlich unmöglich ist, aber Ihr müsst Euer breites Wissen und Eure Erfahrung einsetzen, um die Pflege dieser Verletzten anzuleiten.«

Lord Vega neigte den Kopf. »Wie Ihr wünscht, Eure Hoheit«, sagte er und plusterte sich wie ein Pfau auf.

»Wenn Eure magischen Mittel begrenzt sind, sollten wir vielleicht einige Clan-Heiler für die Arbeit in dieser Halle gewinnen«, schlug Raisa vor und wappnete sich innerlich gegen die Reaktion, mit der sie rechnete.

»Kupferköpfe?« Lord Vega zwickte die Augen zusammen. »Ich glaube wirklich kaum, dass wir so verzweifelt sind, um Zuflucht bei der Zauberei von Hinterwäldlern nehmen zu müssen, Hoheit. Und ich kann Euch jetzt schon garantieren, dass es nicht einen einzigen Magier im Vale gibt, der es wagen würde, sich in die Hände eines Kupferkopf-Heilers zu begeben oder gar einen von ihren Zaubertränken zu sich zu nehmen, aus Angst, vergiftet zu werden.«

»Das mag so sein, zumindest zu Beginn«, stimmte Raisa zu. »Aber es gibt viele im Vale, die auf die Heilmittel der Clans schwören. Ich kenne einige Adelige, die aus ihren

Kräutern und Umschlägen sehr großen Nutzen gezogen haben. Ich selbst habe Erfahrungen mit den Clan-Heilmitteln, und ich weiß, dass sie wirksam sind.«

Vegas Miene nach zu urteilen hätte Raisa ihm genauso gut vorschlagen können, Blutopfer einzusetzen, um Seelen zu stehlen. Etwas, das man den Clans häufig vorwarf.

Sie seufzte. Ein Schritt nach dem anderen, dachte sie.

»Wir werden unser Gespräch darüber ein anderes Mal fortsetzen«, sagte sie. »In der Zwischenzeit sollten wir damit beginnen, unser bestehendes System zu verbessern. Es ist eine Sache, den Adeligen herausragende Hilfe anzubieten. Aber stellt Euch nur einen Heilungsdienst vor, bei dem jeder Bürger vorzügliche Behandlung erfährt: Euer Ruf wird sich in den gesamten Sieben Reichen verbreiten. Studenten von der Akademie werden darum bitten, bei Euch als Gehilfen arbeiten zu dürfen. Die Fakultät wird hierherreisen, um sich Eure Methoden anzusehen.«

»Das wäre denkbar, vermute ich«, entgegnete Vega, glättete seine Magierstolen und schnippte ein nicht vorhandenes Staubkörnchen von dem Stoff. »Obwohl wir ehrlich gesagt keine Schwierigkeiten hatten sicherzustellen, dass ...«

»Zusätzliche Unterstützung wird es uns leichter machen, Eure Fachkenntnisse wirksam einzusetzen«, unterbrach Raisa den Magier. »Wir werden deshalb weitere fünfzig ausgebildete Heiler einstellen, die Euch helfen. Ein solcher Heilungsdienst ist von entscheidender Bedeutung für das Wohlergehen jedes einzelnen Bürgers in der Stadt des Lichts – und viel zu lange vernachlässigt worden.«

»Ja, Eure Hoheit«, sagte Vega und nickte. Er wirkte beruhigt. »Dem stimme ich voll und ganz zu.«

»Danke, Lord Vega. Ich bin schon sehr gespannt.« Raisa lächelte.

»Und noch etwas«, sagte sie, als wäre ihr das gerade erst eingefallen. »Sergeant Greenholt bekommt uneingeschränkte Besuchsprivilegien bei der Gefreiten Abbott, wenn sie nicht im Dienst ist.«

»Ich werde es veranlassen«, erwiderte Vega mit stolzgeschwellter Brust. Er blickte auf Talia herunter, als würde er sie zum ersten Mal sehen. »Hammond und ich werden Euch noch einmal untersuchen, sobald sie vom Essen zurückgekehrt ist.«

Talia und Pearlie starrten Raisa mit großen Augen an, während der Heiler davonschwebte.

»Eines muss man Euch lassen«, sagte Pearlie. »Ihr wisst, wie man Gift versüßt.«

»Genau daraus besteht zum größten Teil meine Arbeit«, erwiderte Raisa und schnitt eine Grimasse. Sie erhob sich. »Pearlie, halte mich auf dem Laufenden, was Talias Fortschritte betrifft. Ich werde in ein paar Tagen wiederkommen.«

Gibt es eigentlich irgendetwas im Königinnenreich, das gut läuft?, dachte Raisa, während sie die Halle der Heiler verließ. Gibt es irgendetwas, um das ich mich nicht kümmern muss? Der Tag hat einfach nicht genügend Stunden.

Raisa ging gerade durch die Gärten zum Schloss zurück, hinter sich ihre Truppe von Wachen, als sich jemand aus den Schatten löste und auf den Pfad trat. Raisa machte einen Schritt zurück, während überall um sie herum geräuschvoll Schwerter gezückt wurden.

Es war Micah Bayar.

»Micah. Keine gute Idee, mich derart zu überraschen«, sagte Raisa. Sie berührte ihren Dolch und warf zugleich einen Blick auf ihre Hand, um nachzusehen, ob der Grauwolf-Ring an ihrem Finger saß. »Was wollt Ihr?«

»Mit Euch sprechen, Raisa, mehr nicht«, erwiderte Micah

und drehte seine seitlich herabhängenden Hände so, dass sie die leeren Handflächen sehen konnte. Sein Blick fiel auf ihre bis an die Zähne bewaffnete Eskorte. »Allein.«

»Das ist unmöglich«, wehrte Raisa ab. »Ich bin sicher, dass Ihr das versteht.«

»Bitte, hört mich an«, sagte er. »Und denkt sorgfältig über das nach, was ich sage.« Er hob seine Stimme und rief laut: »Ich werde jetzt mein Amulett abnehmen, also stecht mich bitte nicht ab.« Langsam, den Blick auf die Grauwölfe gerichtet, zog er sein Amulett über den Kopf und legte es auf eine Steinbank im Garten. Dann setzte er sich an das andere Ende der Bank und legte seine Hand auf den Platz neben sich. »Bitte, setzt Euch zu mir. Eure Wache kann in Sichtweite bleiben, aber weit genug weg, sodass uns niemand zuhören kann. Wenn ich irgendetwas tun sollte, können sie immer noch angerannt kommen und mir den Kopf abhacken.«

Raisa zögerte; sie biss sich auf die Lippe. »Woher weiß ich, dass Ihr nicht noch irgendwo an Eurem Körper ein anderes Amulett versteckt habt?«, fragte sie.

Micah lächelte schwach. »Habt Erbarmen, Eure Hoheit. Ich könnte mich natürlich weiter entkleiden, aber es ist kühl heute Abend. Abgesehen davon scheint Ihr gegenüber jeder Form von Magie, die ich beschwören könnte, immun zu sein.« Er wölbte eine Braue.

Raisa zog in Erwägung, ihm mitzuteilen, dass ihre Wache alles hören konnte, was immer er zu sagen hatte. Und zugleich stellte sie fest, dass sie neugierig war zu erfahren, was Micah *nicht* vor ihrer Wache sagen wollte. Sie hatte das Gefühl, dass es ihr nützen könnte.

Raisa fragte sich, was Amon und Han von dieser Idee halten würden. Dann beschloss sie, diesen Gedanken nicht weiter zu verfolgen.

»In Ordnung«, stimmte sie zu. Dann wandte sie sich an ihre Wache: »Bleibt da stehen und bleibt wachsam.«

Raisa ging zu der Bank und setzte sich neben Micah, und zwar so, dass etwas Platz zwischen ihnen blieb. »Worum geht es?«

Micah musterte sie einen langen Moment. »Ich bin entwaffnet, Eure Hoheit. Ich habe keine meiner gewöhnlichen Waffen zur Verfügung.«

»Ihr seid nie ganz ohne Waffen«, erwiderte Raisa.

Er neigte den Kopf zu den Wachen hin. »Was ich meine, ist, dass ich es nicht gewohnt bin, hübsche Mädchen unter so vielen Augen zu treffen.«

Raisa erhob sich halb. »Für so etwas haltet Ihr das hier also? Wenn das so ist …«

»Bitte. Setzt Euch wieder.« Micah winkte sie zurück. »Ich entschuldige mich. Es scheint, als wüsste ich nicht mehr, wie ich mit Euch sprechen soll.«

»Ihr könntet damit anfangen, mir die Wahrheit zu sagen.« Raisa zog sich ihre Jacke fester um die Schultern. »Ich bin erwachsen geworden. Ich reagiere nicht mehr auf Schmeicheleien.«

»Ich sage die Wahrheit. Aber ich vermute, dass Ihr nach einer anderen sucht.« Er sah auf seine Hände hinunter. »Ich möchte von vorn beginnen«, sagte er dann. »Ich möchte um Erlaubnis bitten, Euch den Hof zu machen.«

Raisa starrte ihn wortlos an. Das war das Letzte, womit sie gerechnet hatte. »Nach allem, was zwischen uns passiert ist, erwartet Ihr von mir, dass ich Euch als Bewerber in Betracht ziehe?«, fragte sie schließlich.

»Ich bin es leid, mich Euch aufzudrängen. Ich bin so etwas nicht gewohnt, und es ist entwürdigend.«

»Es gibt viele Mädchen am Hof. Wieso wollt Ihr Euch unbedingt mir aufdrängen?«, fragte Raisa. »Steht Ihr unter dem Druck Eures Vaters?«

Micah sah sie einen Augenblick lang an, dann zuckte er mit den Schultern. »Ja«, sagte er. »Wenn Ihr die Wahrheit wissen wollt. Aber deshalb bin ich nicht hier. Ich habe meine eigenen Gründe.«

Raisa entdeckte einen Schmutzfleck auf ihrer Reithose, auf der Innenseite ihrer Oberschenkel. Sie leckte sich den Daumen und rieb daran, dann hob sie den Blick und stellte fest, dass Micah sie ansah. Sie schloss die Knie und legte die Hände fest in den Schoß.

»Was genau erhofft Ihr Euch davon, mir den Hof zu machen?«, wollte Raisa wissen.

Micah wölbte seine dunklen Brauen. »Was ist gewöhnlich das Ziel des Werbens, Raisa?«

»Es gibt unzählige Möglichkeiten, wie Ihr nur zu gut wisst«, sagte Raisa gereizt. »In unserem Fall ist es so, dass wir nicht heiraten können, also ...«

»Ich würde Euch bitten, das mit einer offenen Einstellung zu betrachten«, entgegnete Micah. »Ihr seid jetzt die Königin, oder Ihr werdet es bald sein. Durch die Vergangenheit waren wir tausend Jahre lang gefangen. Jetzt habt ihr die Macht, Veränderungen herbeizuführen. Die Zukunft liegt in Euren Händen, Ihr müsst sie nur ergreifen.«

Raisa neigte den Kopf. »Ah, da es Euch nicht gelungen ist, mich zu einer Heirat zu zwingen, versucht Ihr diesmal, mich zu überreden?«

»Ich möchte gern glauben, dass ich, wenn ich das von Anfang an versucht hätte, erfolgreich gewesen wäre«, sagte er.

»Ich bin nicht die einzige Person, die Ihr überzeugen müsstet«, stellte Raisa fest. »Glaubt Ihr etwa, Ihr könnt meinen Vater dafür gewinnen? Oder Elena Demonai?« Sie verdrehte die Augen, als sie sich ein dementsprechendes Gespräch vorstellte.

»Erst einmal muss ich Euch überzeugen«, erwiderte Micah. »Um die anderen mache ich mir Gedanken, wenn Ihr Ja gesagt habt.«

»Nun, ich mache mir *jetzt* Gedanken um sie«, schnappte Raisa.

»Aber sie sind nicht die Einzigen, um die Ihr Euch Sorgen machen solltet.« Micah schloss die Augen und holte tief Luft. »Begreift Ihr nicht, in welcher Gefahr Ihr schwebt?«, fragte er, die Augen immer noch geschlossen.

»Vielleicht nicht. Gibt es da etwas, das Ihr mir sagen möchtet?«, fragte Raisa und legte ihm die Hand auf den Arm. »Wer hat meine Mutter getötet, Micah? Wer versucht, mich zu töten?«

Micah beugte sich näher zu ihr und sprach ihr ins Ohr. Sein Atem bewegte ihre Haare und fühlte sich warm auf ihrer Wange an. »Ich weiß nicht, wer die Königin umgebracht hat«, sagte er. »Und wenn ich ganz sicher wüsste, wer versucht, Euch zu töten, würde ich mich der Sache selbst annehmen.«

Wider alle Vernunft glaubte Raisa ihm.

»Nun gut.« Raisa rückte von ihm weg. »Kommt zurück, wenn Ihr diese Antworten habt.«

Micah atmete verärgert aus. »Ich kann Euch nicht beschützen, wenn Ihr mich nicht in Eure Nähe lasst.«

»Angesichts Eurer Vergangenheit frage ich mich, wieso ich mich ausgerechnet in Eurer Nähe sicherer fühlen sollte?«

»Ich will nur sagen, dass es sicherer wäre, wenn Ihr ein bisschen weniger unverblümt wärt. Wenn Ihr den Eindruck erwecken könntet, als würdet Ihr Euch ein bisschen mehr anpassen. Wenn es so schiene, als gäbe es die Möglichkeit, dass Ihr … mich akzeptieren würdet. Wenn Ihr denen mit der Gabe einen Knochen hinwerfen würdet.«

»In welcher Form?«, fragte Raisa. »Indem ich Euch zum König kröne?«

Micah hob beide Hände mit den Handflächen zu ihr. »Nehmt einfach nur diese Angelegenheit mit dem Straßendieb, den Ihr in den Magierrat berufen habt. Der Rat ist erzürnt darüber. Die Ratsmitglieder empfinden es als Mangel an Respekt. Sie glauben, Ihr würdet sie mit Absicht ärgern.«

»Ist es das, worum es in Wirklichkeit geht?« Raisa zog die Augen zusammen. »Ihr Bayars wollt, dass ich Fiona stattdessen ernenne?«

»Fiona hat ihre Fehler, aber sie wäre eine weitaus bessere Wahl als Alister«, sagte Micah. »Glaubt mir, Ihr werdet nicht gut schlafen, während er sich um Eure Interessen kümmert. Er verfolgt bei alldem seine eigenen Ziele.« Er machte eine Pause. »Ihr müsst wissen, dass es alle möglichen Gerüchte über Euch und diesen Dieb gibt. Das letzte, was ich gehört habe, bezog sich darauf, dass Ihr ihn in den Adelsstand erhoben und ihm ein Anwesen am Feuerlochfluss übertragen habt.«

Raisas Wangen brannten. »Was glaubt Ihr, Micah? Hört Ihr auf Gerüchte?«

Micah schob diese Möglichkeit mit einer knappen Handbewegung beiseite. »So dumm bin ich nicht. Ich kann mir nicht vorstellen, dass Ihr irgendein Interesse an einem Straßendieb habt. Aber das alles ist nicht sehr förderlich. Er ist ein Magier. Wenn die Kupferköpfe glauben, dass Ihr mit Alister ins Bett geht, wird er mit einem Demonai-Pfeil im Auge in irgendeiner Schlucht enden. Wenn Ihr Euch mit einem Magier verbinden wollt, dann sollte es wenigstens jemand sein, der die Unterstützung des Rates hat. Alister wird von niemandem unterstützt.« Er machte eine Pause und musterte sie, als würde er abwägen, ob er die Frage stellen sollte. »Wieso ist er hier, Raisa? Was seht Ihr in ihm? Wieso hat er Zugang zu Euch und ich nicht?«

Micah streckte die Hand nach Raisas Hand aus, dann riss er sie im letzten Moment zurück, als würde er sich daran erinnern, dass seine Berührung nicht willkommen war. Er beugte das Handgelenk und rieb seine Fingerspitzen gegen die Handfläche, um die Spannung herauszulassen.

»Ihr habt ihn für den Versuch, meinen Vater zu töten, begnadigt«, sprach Micah weiter. »Aber habt Ihr Euch einmal gefragt, wer gerade all die Magier in der Stadt tötet? Muss ich Euch daran erinnern, dass die Morde zu einer Zeit angefangen haben, als er in die Fells zurückgekehrt ist? Und dass die Leichen dort gefunden werden, wo er früher gewohnt hat?«

Raisas Magen machte einen unangenehmen Satz. »Es ist leicht, mit Vorwürfen um sich zu werfen«, sagte sie. »Das ist alles, was ich seit Wochen höre. Ich werde Euch sagen, was ich den Demonai gesagt habe, als sie Eure Familie des Mordes an meiner Mutter beschuldigt haben. Bringt mir Beweise, und ich werde handeln.«

»Wir beobachten ihn«, erwiderte Micah. »Früher oder später wird er einen Fehler machen.«

Für einen langen Moment herrschte erstarrtes Schweigen.

Han hatte recht, dachte Raisa. Wenn die Leute glauben, dass zwischen uns was Ernstes ist, wird dies seinen und vielleicht auch meinen Tod bedeuten.

Sowohl zu deinem als auch zu meinem Wohl musst du so tun, als würdest du mich hassen, hatte er gesagt. Sie war sich nicht sicher, ob sie das schaffen konnte. Aber vielleicht konnte sie ein paar Zweifel säen.

»Hört zu«, sagte sie. »Alister wird kein Problem sein, wenn Ihr es mir überlasst, mit ihm fertigzuwerden. Ich jongliere gerade mit einer Menge konkurrierender Interessen. Ihn in den Rat zu bringen war Teil eines größeren Handels – das kleinere Übel. Es war der Preis, den ich zahlen musste, um ein bisschen Frieden zu bekommen.«

»Ich wusste es!«, rief Micah und schlug sich die Faust in die Handfläche. »Wer unterstützt ihn? Für wen arbeitet er? Für Abelard?«

Raisa schüttelte den Kopf. »Ich werde nichts mehr dazu sagen. Ich habe bereits zu viel erzählt. Und jetzt … wenn es sonst nichts gibt …?« Sie machte Anstalten, sich zu erheben.

Micah hielt eine Hand hoch, um sie zum Bleiben zu bewegen. »Ich habe bereits zugegeben, dass ich wünschte, Ihr hättet Fiona für den Rat vorgeschlagen«, sagte er. »Aber es geht nicht nur darum. Das ist nicht der Grund für dieses Gespräch. Ich versuche nur, Euch hilfreiche Ratschläge zu geben. Ich will nicht, dass Euch etwas geschieht. Ich will das nicht auf mein Gewissen laden.« Sein Gesicht war so blass wie Pergament, die schwarzen Augen leuchteten hart wie Obsidian.

Raisa beugte sich nach vorn. »Micah, wenn Ihr von irgendeiner Gefahr für das Grauwolf-Geschlecht wisst, ist es Eure Pflicht, mir davon zu erzählen. Oder sie abzuwenden. Oder der Wache davon etwas zu sagen.«

Micah schüttelte den Kopf und stieß einen Seufzer aus, dann erhob er sich, die Lippen fest zusammengepresst, das Gesicht trostlos. »Das ist genau das, was ich versuche zu tun – Euch am Leben zu halten. Ich habe alles für Euch riskiert – meine Familie und meine Zukunft. Alles, was Ihr tun müsst, ist nur ein bisschen … Geschmeidigkeit zu zeigen. Aber nein. Ihr werdet dafür sorgen, dass Ihr getötet werdet, und es gibt nichts, das ich dagegen tun könnte.«

Raisa zitterte; ihre Jacke reichte nicht mehr aus, um sie warm zu halten. Es hatte inzwischen – wie viele? – vier oder fünf Angriffe auf ihr Leben gegeben, seit Lord Bayars Attentäter nach Odenford gekommen waren. Wie lange würde es noch dauern, ehe einer von ihnen erfolgreich war?

Graue Schemen lungerten hinter Micah im Schatten des Gartens, zogen ihre Kreise, während ihre Augen das Fackellicht einfingen und es wie Tempelkerzen zurückwarfen.

Ein Wendepunkt. Eine wichtige Entscheidung. Aber welche war die richtige?

Es mochte sein, dass Micah auf Befehl seines Vaters hier war. Er mochte möglicherweise auch gekommen sein, um sie davon zu überzeugen, ihre Entscheidung rückgängig zu machen und Fiona in den Rat zu berufen. Er mochte versuchen, sie einzuschüchtern, damit sie tat, was der Magierrat verlangte. Er mochte hoffen, sie zum Narren halten zu können, indem sie ihn als Brautwerber ernst nahm.

All das war möglich. Aber Micah hatte ihr mehr als einmal das Leben gerettet. Aus welchem Grund auch immer schien er ein Interesse daran zu haben, dass sie am Leben blieb.

Sie war ungeduldig gewesen, sie hatte die Geduld mit ihren Beratern verloren. Es mochte sich vielleicht gut anfühlen, sich Lord Bayar entgegenzustellen, aber möglicherweise würde sie dafür einen hohen Preis zahlen. Sie musste ihre Position erst festigen, ehe sie sich weitere Feinde machte.

Sie dachte über die Kosten dieses Spiels nach. Sie würde Han Alister nicht gegen Fiona austauschen. Sie wollte keine drei Bayars im Rat, und sie hatte Han ihr Wort gegeben.

»Danke für Eure Zeit, Eure Hoheit«, sagte Micah und unterbrach ihre Gedanken. »Guten Abend.« Er machte Anstalten wegzugehen.

»Wartet.« Raisa stand auf.

Er drehte sich halb um und blieb abwartend stehen.

Eines gab es, das sie tun konnte – eine berechnende Entscheidung in einer Situation, die ein kühles Herz und einen klaren Kopf verlangte. Etwas, das mögliche Handlungen gegen sie lange genug in Schach hielt, sodass sie Zeit hatte, ihre eigene Verteidigung aufzubauen.

»Ihr habt mich überzeugt, Micah«, sagte Raisa. »Bis zu diesem Grad – wenn Ihr Euch wirklich Sorgen um meine Sicherheit macht, dürft Ihr Eurer Familie erzählen, dass ich Euch gestattet habe, mir den Hof zu machen – mit Diskretion. Dass ich verhalten empfänglich für Eure Avancen bin. Ich werde mir alle Mühe geben, dieser Geschichte in der Öffentlichkeit nicht zu widersprechen. Aber ich mache keinerlei Versprechungen darüber hinaus.«

Er neigte den Kopf mit ausdrucksloser Miene.

»Wir können damit nicht vor den Spirit Clans herumwedeln wie mit einer verfluchten Flagge. Und angesichts all dessen, was schon zwischen uns geschehen ist, versteht Ihr sicher, wieso ich nicht riskieren kann, allein mit Euch zu sein.«

»Ich akzeptiere diese Bedingungen«, sagte Micah. »Aber ich warne Euch in aller Aufrichtigkeit – ich werde mir alle Mühe geben, Eure Meinung zu ändern.«

»Und ich warne *Euch* in aller Aufrichtigkeit – früher oder später werdet Ihr Euch zwischen mir und Eurem Vater entscheiden müssen. Was immer zwischen uns passiert, Ihr werdet Euch entscheiden müssen, wem Eure Loyalität letztendlich gilt.«

»Ich habe mich bereits entschieden, Eure Hoheit.« Micah verbeugte sich, dann drehte er sich um und ging davon; seine Gestalt verlor sich in den Schatten.

Raisa stand da und sah ihm nach. Sie fragte sich, ob sie das Richtige getan hatte. Würde sie in der Lage sein, Lord Bayar davon zu überzeugen, dass sie Micah als Bewerber akzeptiert hatte, es gleichzeitig vor den Clans zu verbergen und ihn dennoch auf Abstand zu halten?

Würde sie *stark* genug sein, ihn auf Abstand zu halten?

Zurück im Schloss wartete Han Alister bereits vor der Tür zu ihren Gemächern. Er unterhielt sich mit den Blaujacken, die dort postiert waren. Cat Tyburn stand neben ihm, aber Raisa hätte sie gar nicht wiedererkannt, wenn Cat nicht gerade den Kopf zurückgeworfen und ihr kehliges Lachen ausgestoßen hätte, als Raisa dort auftauchte.

Cat trug ein Kleid – hatte Raisa sie jemals schon in einem Kleid gesehen? –, ein Rüschenkleid in sattem Apricot, das gut zu ihrer dunklen Haut passte. Armreifen zierten beide Handgelenke, ihre Haare waren am Hinterkopf zu einer Schnecke zusammengerollt, ihre Lippen in einem dunklen Himbeerrot geschminkt.

Raisa und ihre Eskorte blieben vor der Tür stehen.

Han verbeugte sich, und Cat brachte einen Knicks zustande. »Eure Hoheit«, sagte Han. »Lady Tyburn und ich hoffen, dass Ihr ein paar Augenblicke Zeit für uns erübrigen könnt.« Er neigte den Kopf zur Tür. »Allein?«

»L-Lady Tyburn?« Raisa blinzelte die beiden argwöhnisch an. »Nun – ein paar Augenblicke, ja«, sagte sie. »Ich muss vor dem Essen noch einiges lesen.«

Sie folgten ihr in ihr Zimmer und warteten, bis Mick die Tür hinter ihnen wieder geschlossen hatte.

Da tauchte Magret aus Raisas Schlafzimmer auf. »Eure Hoheit. Ich hatte Euch früher zurückerwartet. Ich habe mich gefragt, ob Ihr vielleicht ein Bad haben möchtet, bevor …« Ihre Stimme versiegte, als ihr Blick auf Han und Cat fiel. Ihre Lippen schlossen sich, und ihr Mund wurde zu einer harten Linie.

»Ich werde nach dem Essen baden, danke«, antwortete Raisa und ging die Umschläge durch, die in dem Ablagefach in der Tür lagen. »Du kannst dich bis dahin zurückziehen.«

»Es macht mir nichts aus, noch zu bleiben«, sagte Magret überschwänglich und wölbte die Brauen. »Vielleicht braucht Ihr etwas, oder vielleicht brauchen Eure – *Gäste* – eine Erfrischung.«

»Sie werden nicht lange bleiben«, erwiderte Raisa. »Sie müssen nicht verköstigt werden.«

Magret verschränkte die Arme vor der Brust. »Vielleicht ist es nicht an mir, das zu bemerken, aber es ist einfach nicht sicher, wenn ihr hier allein seid mit …«

»Du kannst dich jetzt zurückziehen, Magret«, sagte Raisa mit fester Stimme. »Ich sehe dich nach meiner letzten Besprechung wieder.«

Magret stapfte davon und murmelte dabei etwas, das so klang wie: »Fluchbringer und Diebe. Ein Königinnenreich zu ihren Füßen, und sie verkehrt mit Fluchbringern und Dieben.«

Wenigstens war sie wohlerzogen genug, um nicht die Tür hinter sich zuzuknallen.

Nun, dachte Raisa. In einem hat Micah Bayar zumindest recht gehabt – Han Alister wird von niemandem unterstützt.

»Ha!«, rief Cat und sah Magret nach. »Die meisten Leute hassen mich erst, wenn sie mich kennengelernt haben.«

»Das ist Velvets Tante, Maid Magret Gray«, erklärte Han. »Sie gibt mir die Schuld an dem, was mit ihm passiert ist.«

»Diese alte muffige Schreckschraube ist Velvets Tante?« Cat verdrehte die Augen.

Raisa ließ sich auf einen Stuhl plumpsen; plötzlich fühlte sie sich erschöpft und belagert. *»Was genau wollt ihr mit mir besprechen?«*

»Cat möchte sich für eine Arbeitsstelle bewerben«, sagte Han und stieß Cat nach vorn. »Oder nicht?«

Cat machte wieder einen Knicks und schlug dabei die Augen nieder. »Mit Eurer Erlaubnis«, sagte sie, »ich würde gern als Eure Kammerzofe eingestellt werden.«

»Du? Als Kammerzofe?«, fragte Raisa erstaunt. »Oh – bist du – bist du dafür qualifiziert?«

»Nun ja, ich habe ein Jahr in der Tempelschule von Odenford verbracht«, erklärte Cat. »Und davor war ich in der Tempelschule von Southbridge – immer mal wieder. Redner Jemson wird mir ein Zeugnis ausstellen. Er war auch derjenige, der wollte, dass ich nach Odenford gehe, damit ich als Zofe arbeiten kann. Ich kann auch Zeugnisse aus Odenford bekommen, allerdings würde das eine Weile dauern.«

»Nun. Hmm. Beeindruckend«, sagte Raisa. »Aber ich kümmere mich für gewöhnlich nicht selbst um die Einstellung von …«

»Wenn Ihr Musik mögt, ich kann ziemlich gut Basilka spielen«, redete Cat einfach weiter. »Und auch Cembalo, Mandoline, Laute und Blockflöte. Und ich kann auch ganz gut singen.«

»Cat, das klingt sicherlich so, als wenn du einiges an Talent hättest …«

»Catarina«, sagte Cat. »So lautet mein richtiger Name. Er passt besser zu dieser Stelle.«

»… aber bei dieser Art von Stellen herrscht ein ziemlicher Wettbewerb«, sprach Raisa weiter. »Wenn neue Bedienstete zu mir kommen, haben sie in der Regel bereits einige Erfahrung als Zofe gesammelt. Wieso sollte ich dich einstellen?«

»Nun, ich weiß, dass ich in dieser Hinsicht noch etwas Ausbildung benötige«, gab Cat zu. »Ich weiß, dass Ihr sonst keine Zofen aus Ragmarket einstellt. Nicht direkt, jedenfalls.«

»Aber Lady Tyburn hat andere Fähigkeiten«, warf Han ein und wölbte eine Augenbraue in Cats Richtung.

»Sei du still«, wies Raisa ihn zurecht. Sie sah Cat an. »Wessen Idee war das?«, wollte sie wissen. »Deine oder seine?«

»Nun, Cuffs hat mich gebeten, mich zu bewerben«, sagte Cat. »Und ich – ich hab das sinnvoll gefunden. Selbst wenn ein Magier hinter Euch her ist, sind Klingen immer noch schneller als Flüche.«

»Was?« Raisas Kopf begann zu schmerzen.

»Na ja, ich bin die beste Messerkämpferin in der Stadt, seit Shiv Connor tot ist«, erklärte Cat. Plötzlich blitzten lange, gefährliche Klingen in ihren Händen auf. »Da könnt Ihr fragen, wen Ihr wollt.«

»Wir dachten, Catarina könnte sowohl Kammerzofe als auch Leibwächterin sein«, fügte Han hinzu. »Zwei zum Preis von einem.«

»Wie viele Wächter braucht wohl ein einzelner Leib?«, fragte Raisa und rieb sich die Schläfen. »Meine Leibwächter stolpern inzwischen übereinander.«

»Es muss jemand in Euren Räumen sein«, sagte Han. »Nach dem, was mit Talia und Trey passiert ist, denke ich, dass es nicht mehr ausreicht, Wachen vor die Tür zu stellen. Ich kann nicht immer nebenan sein. Und bisher sind alle Angriffe auf Euch mit normalen Mitteln verübt worden. Messern, Schwertern, Würgeseilen.«

»Ich möchte es von Catarina hören.« Raisa brachte Han mit einer Handbewegung zum Schweigen. »Wieso sollte ich dich einstellen?«

»Na ja.« Cat zupfte an der Schnecke an ihrem Hinterkopf und stopfte eine Locke hinein. »Ihr habt die Blaujacken als Leibwächter, das weiß ich. Und Cuffs. Aber ich glaube, dass Ihr noch eine andere Klinge im Ärmel benötigt. Eine, die überall in der Stadt Verbindungen hat. Eine, die ihre Ohren offen hält und weiß, wer Meuchelmörder anheuert und wer zum Schweigen gebracht werden soll. Eine, die in den Straßen nicht auffällt.« Cat legte den Kopf schief. »Aber diese Person muss auch im Schloss ein- und ausgehen können. Und mit allen möglichen Leuten sprechen können. Und Dinge im Verborgenen tun können, die andere Leute nicht mitbekommen sollen.«

Raisa runzelte die Stirn. »Als da wären?«

Cat grub die Spitze ihrer hübschen Schuhe in den Teppich. »Spionieren und Klauen, wenn's nötig ist; Fassadenkletterei, wenn's sein muss; dem Richtigen ein bisschen Geld in die Tasche stecken oder zur richtigen Zeit ein Wort in das richtige Ohr flüstern.« Sie sah Raisa in die Augen. »Euch gefällt die Vorstellung wahrscheinlich nicht, Dinge auf diese Weise zu tun. Aber das ist nun mal das Gelände, auf dem Ihr Euch jetzt bewegt. Ihr habt Feinde, die mit allen möglichen Mitteln versuchen werden zu gewinnen. Ihr müsst eigene Waffen haben.«

Raisa fuhr sich mit den Fingern durch die Haare. »Im Gegensatz zu meinen Feinden werde ich nicht versuchen, mit allen möglichen Mitteln zu gewinnen. Ich habe nicht vor, einen Attentäter oder Schläger einzustellen.«

»Ich dachte mehr an eine Spionin«, erwiderte Cat.

»Cat war diejenige, die ganz Ragmarket und Southbridge zusammengetrommelt hat, damit die Leute zur Beerdigung der Königin kommen«, sagte Han. »In nur drei Tagen.«

»Wie alt bist du, Catarina?«, fragte Raisa.

Cat schüttelte den Kopf. »Weiß nicht. Ich hab allerdings meinen Namenstag hinter mir«, fügte sie hinzu. Sie verschränkte die Arme vor der Brust und hielt ihre Ellenbogen fest. »Das weiß ich genau.«

»Sie weiß, mit wem Ihr es zu tun habt«, sagte Han, wohl wissend, worauf Raisa hinauswollte. »Und sie ist viel erfahrener, als man es angesichts ihres Alters vermuten würde.«

»Es wäre mir eine große Ehre, wenn Ihr mich einstellen würdet«, sagte Cat und zog die Brauen zusammen, als würde sie sich auf ihre Worte konzentrieren. »Es wird mir guttun, meine Zeit mit etwas mehr Niveau zu verbringen. Und es wird mir helfen, ein bisschen Manieren, Politik und so weiter zu lernen.«

»Mit einer solchen Aufgabe befördert man sich allzu schnell selbst in den Tod«, sagte Raisa und dachte an Talia und Trey. »Wenn du die Straßen verlassen willst, kann ich ein Wort für dich einlegen, sodass du bei fast jeder adeligen Familie in den Fells eine Stellung bekommen könntest. Du bist klug. Mit noch ein bisschen mehr Schliff könntest du rasch aufsteigen.«

»Das ist nicht das, was ich möchte«, beharrte Cat störrisch.

»Sie hat ihre eigenen Gründe, warum sie helfen möchte«, erklärte Han. »Wenn Ihr Nein sagt, finde ich andere Aufgaben für sie. Vermutlich gefährlichere als diese hier.«

Raisa dachte nach. Wieso war Han so wild darauf, seine ehemalige Freundin in ihren Gemächern unterzubringen? Ging es wirklich nur darum zu verhindern, dass sie von Attentätern angegriffen wurde? Oder sollte Cat auch als Hindernis dienen, das zwischen ihnen beiden – Han und Raisa – stand?

Würde es ihm die Möglichkeit geben, besser über Raisas Tagesablauf Bescheid zu wissen, während er selbst mehr Freiheit hätte zu kommen und zu gehen, wie es ihm gefiel?

Sie sah Han an; er hielt den Kopf leicht schräg, während er dastand und auf ihre Antwort wartete. Geistesabwesend rieb er sich das linke Handgelenk, an dem einmal ein Armreif gewesen war. Sein Gesicht verriet gar nichts.

Wollte sie wirklich, dass Cat Tyburn ihr in den wenigen Momenten des Alleinseins über die Schulter sah? Vielleicht. Wenn es dabei half, am Leben zu bleiben.

»Na schön«, sagte Raisa. »Versuchen wir es.«

KAPITEL ZWEIUNDDREISSIG

Zum Wohle des Geschlechts

Drei Wochen, nachdem Catarina Tyburn als Raisas Kammerzofe zu arbeiten begonnen hatte, ratterte sie immer noch durch Raisas Gemächer wie ein paar Hühnerknochen in einem Samtbeutel. Niemals saß sie einfach nur ruhig da. Stattdessen steckte sie immer wieder ihren Kopf in den Wandschrank, um sich zu vergewissern, dass auch wirklich niemand aus dem Geheimgang geklettert kam, starrte aus dem Fenster, um im Garten nach Attentätern Ausschau zu halten, oder vergewisserte sich bei den Wachen im Korridor, dass sie immer noch gesund und munter und wachsam waren. Ihr ständiges Hin und Her machte Raisa nervös, aber sie versuchte, sich zu zügeln, da sie wusste, wie sehr Cat sich bemühte.

Die eigentlichen Tätigkeiten einer Zofe blieben aber zumeist unerledigt, es sei denn, Raisa bat sie ganz konkret darum, etwas zu tun. Cat hatte einfach keinen blassen Schimmer davon, was die Position, die sie innehatte, tatsächlich von ihr verlangte. Magret Gray erledigte ihre Aufgaben, wenn Cat weg war, und ließ keine Gelegenheit aus, auf die Mängel der neuen Kammerzofe hinzuweisen.

So holte Cat zum Beispiel eines Morgens das Kleid, das

Raisa bei einem Empfang der Wache tragen wollte, und legte es dann einfach über einen Stuhl. Als Magret irgendwann kam, nahm sie es, hängte es auf den Kleiderständer und ging dann leise vor sich hin murmelnd darum herum.

Raisa versuchte, sich auf ihr Buch zu konzentrieren, aber Magrets Gemurmel wurde immer lauter, während sie das Kleid glattstrich.

»Ich werde es mit dem Dampfeisen probieren, aber ich weiß nicht, ob ich diese Knitterfalten bis heute Abend rausbekomme. Es ist eine Schande, dass die Königin des Reiches sich in etwas zeigen muss, das aussieht, als hätte es die ganze Zeit in der Schublade oder zusamengeknüllt auf dem Boden gelegen. Zu meiner Zeit waren die Bediensteten noch stolz auf das Aussehen ihrer Herrin.« Und so weiter und so fort.

Raisa legte ihren Finger auf die Buchseite, um sich die Stelle zu merken, bei der sie gerade angelangt war. »Magret? Möchtest du mir vielleicht irgendetwas sagen?«, fragte sie.

»Nein, Hoheit.« Magret strich weiter den Samt glatt. »Schon gut. Ich werde versuchen, es in Ordnung zu bringen.«

»Hast du Bedenken bezüglich meiner neuen Kammerzofe?«, blieb Raisa beharrlich.

Magret wirbelte herum und sah Raisa an, die Hände auf ihre beachtlichen Hüften gestützt. »Eure Hoheit, ich frage mich, warum sie hier ist, und alle anderen tun das ebenfalls. Einige von uns stammen aus Ragmarket, ja, aber wir haben den langen Weg genommen, wir haben uns in der Hoffnung hochgearbeitet, vielleicht eines Tages der Königin und ihrer Familie dienen zu dürfen. Alle Bediensteten machen sich so ihre Gedanken, aber sie haben Angst, irgendetwas zu ihr zu sagen, weil sie fürchten, dass sie ihnen die Kehle durchschneiden könnte.«

»Wirklich?«, fragte Raisa mit täuschend ruhiger Stimme. »Seit wann ist es die Aufgabe meiner Bediensteten, darüber nachzudenken, wie ich meine Angestellten auswähle?«

Magret schniefte. »Es ist unsere Aufgabe, uns um Euch zu kümmern, Hoheit, so gut wir können. Wir möchten dafür sorgen, dass Euch gut gedient wird. Und wenn sie ihre Aufgaben nicht richtig erfüllt, bedeutet das für uns andere mehr Arbeit.«

»Sie ist mit einer Empfehlung gekommen«, sagte Raisa. »Vielleicht hat sie noch ein paar Ecken und Kanten, aber …«

»Wer hat sie empfohlen?«, platzte Magret heraus. »Dieser blauäugige Teufel, der nebenan wohnt? Oh, ja, er ist hübsch und kleidet sich nett, aber das ändert nichts daran, wer er ist. Ich habe gesehen, wie er Euch ansieht, Eure Hoheit. Als wäre er hungrig und Ihr wärt seine Mahlzeit.«

Raisas Wangen wurden heiß, als ihr das Blut ins Gesicht schoss. Sie stand auf und ballte die Fäuste. »Ich habe keine Ahnung, wovon du sprichst«, sagte sie.

»Ich weiß alles über Cuffs Alister«, redete Magret weiter. »Er hatte seine Mädchen in Ragmarket, und er hat allen das Herz gebrochen. Ob Ladys oder Wäscherinnen, das war ihm egal. Also, ich habe Geschichten gehört, wie er …«

»Magret. Han Alister hat mir das Leben gerettet«, unterbrach Raisa sie und widerstand der Versuchung, sich die Ohren zuzuhalten. »Und dabei wäre er fast selbst gestorben. Ich schulde ihm mehr Dank, als ich ihm je zurückzahlen kann.«

»Nun, er wird Euch noch bezahlen lassen«, sagte Magret. »Merkt Euch meine Worte. Der tut nie etwas, ohne das Gold abzuwägen und sich seinen Anteil auszurechnen.«

»Schon gut, du hast mich gewarnt«, erwiderte Raisa. »Und damit ist das Thema beendet. Sprechen wir über Cat… arina. Du hast absolut recht. Sie muss angelernt werden.« Sie machte eine Pause, einen Herzschlag lang. »Ich möchte, dass du das übernimmst.«

»Ich?« Magret sah sie entsetzt an. »Oh, nein, Eure Hoheit. Ich kann nicht …«

»Ich befördere dich. Ich ernenne dich zur Meisterin meiner Kammerzofen«, fuhr sie fort. »Du wirst meine persönlichen Bediensteten beaufsichtigen und dafür verantwortlich sein, dass sie alles Notwendige lernen, um ihre Arbeit so gut wie möglich zu verrichten.«

Magret presste die Lippen zusammen, damit das, was sie dachte, nicht einfach so heraussprudelte. Es war allerdings nicht schwer zu erraten, was das war.

Raisa berührte Magrets Arm. »Ich bin mir der Mängel von Catarinas Arbeit als Kammerzofe nur zu bewusst. Sie wird nie eine ausgezeichnete Dienerin werden – das ist auch nicht das, was ich suche –, aber sie kann sich verbessern. Ich bitte dich, mir zu vertrauen und dein Möglichstes zu tun. Tust du mir diesen Gefallen?«

Magret starrte Raisa für einen Moment an, dann nickte sie widerwillig. Sie öffnete gerade den Mund, um noch etwas zu sagen, als es klopfte.

»Entschuldigt mich, Hoheit.« Magret ging zur Tür.

Es war Amon. Raisa konnte seine große Gestalt hinter Magrets breitem Rücken im Türrahmen sehen.

Amon hatte um eine Audienz bei ihr gebeten. Mehrmals. Und Raisa hatte sie verschoben. Mehrmals. Ihr Instinkt sagte ihr, dass seine offizielle Anfrage nichts Gutes verhieß.

Sie widerstand dem Drang, in ihr Schlafzimmer zu fliehen und Kopfschmerzen vorzutäuschen; außerdem hatte er sie bereits gesehen.

Magret drehte sich zu Raisa um. Eine Frage stand in ihrem Gesicht. Raisa nickte müde. »Komm rein, Amon«, sagte sie.

Er trat ein, und Raisa sah, dass er seine blaue Uniform und das Schwert von Hanalea trug.

Sie deutete auf einen Stuhl bei den Fenstern. »Bitte. Setz dich«, sagte sie und nahm ebenfalls Platz. »Möchtest du etwas trinken? Ein Glas Apfelwein? Etwas zu essen?«

»Nein, danke, Hoheit.« Amon schüttelte den Kopf, dann ließ er sich nieder. Er hockte sich auf die Stuhlkante und legte die Hände auf die Knie. »Ich bleibe nicht lange.«

»Tut mir leid, dass ich dich erst jetzt empfangen kann«, sagte Raisa und wedelte mit den Händen. »Es nimmt alles einfach kein Ende, und ich wusste, dass ich dich heute beim Empfang sehen würde.«

»Ich verstehe, Hoheit«, antwortete Amon mit seiner formellen Amon-Stimme. »Ich weiß, dass wir uns fast jeden Tag sehen, aber ich hatte trotzdem das Gefühl, dass ich um eine Audienz bitten sollte. Deshalb …« Er warf einen Blick auf Magret, dann sah er auf seine Hände und den schimmernden Wolfsring hinunter.

Raisa spürte einen kalten Knoten der Furcht in ihrem Magen. Sie wusste, worum es gehen würde.

»Magret«, sagte sie, ohne den Blick von Amons Gesicht abzuwenden. »Lass uns bitte allein.«

Sie rechnete schon mit Magrets Einwänden, aber da verneigte sich diese nur und zog sich rückwärts aus dem Zimmer zurück. Magret machte kein Geheimnis aus der Tatsache, dass sie Amon Byrne durch und durch schätzte und vertraute.

»Also«, sagte Raisa, als sich die Tür hinter Magret geschlossen hatte. »Über was möchtest du mit mir sprechen?«

»Wie du weißt, ist Annamaya Dubai nach Hause zurückgekehrt«, begann Amon. »Sie wohnt vorübergehend im Wohnheim der Tempelschule, da ihr Vater an der Grenze von Arden stationiert ist.«

»Ich weiß«, antwortete Raisa. »Ich habe sie am Hof gesehen. Wie nett, dass sie über den Sommer nach Hause zurückgekommen ist. Obwohl ich gedacht hatte, dass sie in Odenford bleiben würde.«

»Sie hat gehofft, hier zu Hause eine Stellung zu finden«, erklärte Amon. Er räusperte sich. »Wenn sie etwas Geld verdienen könnte, wäre ihr damit im nächsten Schuljahr geholfen.«

»Ah.« Raisa nickte. »Wann geht sie zurück?«

Amons graue Augen fixierten ihre, bis Raisa den Blick senkte.

»Sie wird nicht nach Odenford zurückgehen. Sie hat sich entschieden, auf die hiesige Tempelschule zu wechseln«, sagte Amon. »Sie hat nur noch ein Jahr.«

»Wirklich? Das überrascht mich«, entgegnete Raisa. »Unsere Schule hier ist gut, aber die Tempelschule in Odenford ist die beste der ganzen Sieben Reiche.«

Amon fuhr beharrlich fort, als würde er eine gut auswendig gelernte Geschichte wiedergeben. »Wie du weißt, musste ich die Akademie ziemlich plötzlich verlassen, und ich werde angesichts meiner – meiner neuen Pflichten nicht mehr dorthin zurückkehren. Daher hat Annamaya beschlossen, nach Hause zu kommen, um mehr in meiner Nähe zu sein.«

Ah, sie klammert ein bisschen, findest du nicht?, hätte Raisa beinahe gesagt, ließ es dann aber bleiben.

»Ich hatte gehofft, dass du ihr eine Empfehlung für eine Position hier am Hof ausstellen könntest«, sagte Amon. »Sie war drei Jahre in Odenford. Sie hat Empfehlungsschreiben von den Lehrern der Tempelschule, aber eine Empfehlung von dir würde viel bedeuten.«

»Nun.« Raisa wedelte wieder mit der Hand wie ein gefangener Vogel. »Natürlich. Ich meine, ich habe nicht viel

Zeit mit ihr verbracht, aber nach dem, was ich gesehen habe, denke ich …«

»Ich würde mich freuen, wenn ihr euch besser kennenlernen könntet«, unterbrach Amon sie, was sonst gar nicht seine Art war. »Ich glaube, du wirst sie mögen, wenn du sie erst näher kennenlernst.«

Wie hatte Amon nur den Eindruck gewinnen können, dass Raisa Annamaya *nicht* mochte?

Ich muss ein besserer Mensch werden, nahm Raisa sich vor. Ich *werde* ein besserer Mensch werden, wenn der Schöpfer es will. Ein selbstloser Mensch. Ich weiß nur noch nicht, ob ich das schon in diesem Moment kann, bei all dem, was sonst noch los ist.

»Ich bin sicher, dass wir großartige Freunde werden«, plapperte sie drauflos und fühlte sich dabei selbst idiotisch. »Zumal sie hier am Hof sein wird und … hier in den Fells. Dauerhaft, wie es scheint.«

Amon nahm Raisas Hände, was sie vollkommen überraschte. »Rai, Annamaya und ich möchten heute Abend beim Empfang unsere Verlobung bekanntgeben.«

»V-Verlobung?«, stotterte Raisa. »Heu … heute abend?«

Einmal begonnen sprach Amon rasch weiter. »Erinnerst du dich, wie ich dir in Odenford erzählt habe, dass wir unsere Verlobung im Sommer bekanntgeben wollen, sobald ich wieder zu Hause wäre?«

»Aber *so* bald? Ich meine, du hast gesagt, dass du erst heiraten wolltest, wenn du mit der Akademie fertig wärst, und …«

»Das stimmt. Aber da das jetzt nicht mehr ansteht, gibt es keinen Grund zu warten.« Amons Griff um ihre Handgelenke wurde fester und schnürte ihr fast das Blut ab.

Sie hätte sagen sollen: *Oh, das sind ja fantastische Neu-*

igkeiten! Ihr werdet das perfekte Paar sein. Aber irgendwie verließ sie ihre Fähigkeit zu heucheln, wenn sie mit Amon zusammen war.

Stattdessen brachte sie stammelnd zustande: »Nun, was für eine … schöne … und überraschende … Überraschung! Danke, dass du mich schon vorher eingeweiht hast.«

Amon musterte ihr Gesicht. »Nun, es war kein Geheimnis. Und ich – als Hauptmann der Wache der Königin wird es von mir erwartet, dass ich die Königin über meine Heiratspläne informiere.«

»Wirklich?«, fragte Raisa. »Ist dann auch meine Zustimmung nötig?« Sie versuchte, leichthin zu klingen, aber das Zittern in ihrer Stimme verriet sie.

Sie hatte Han verloren, und sie hatte Amon verloren, Micah war eine Schlange, und Nightwalker war ermüdend. Sie fühlte sich wie die Ballkönigin, die mit einer leeren Tanzkarte abseits stand.

Amon biss sich auf die Lippe; sein Gesicht war eine Maske, die sein eigenes Elend verriet. »Ich muss heiraten, Rai«, flüsterte er und sah auf ihrer beiden Hände hinunter. »Und ich bin jetzt achtzehn. Ich denke, es könnte … leichter sein … wenn ich verheiratet bin.« Er sah sie hoffnungsvoll an. »Glaubst du nicht?«

Raisa schüttelte den Kopf. »Nichts wird das hier leicht machen«, sagte sie. »Eine Heirat wirkt so schrecklich, fürchterlich endgültig. Selbst wenn ich weiß, dass wir nicht zusammen sein können, ist es schwer, dich für immer aufzugeben.«

»Du gibst mich nicht auf«, erwiderte Amon. »Ich werde immer hier sein – das weißt du.«

Sie nickte und riss sich zusammen. Sie brachte ein schiefes Lächeln zustande. »Das weiß ich. Ich bin unvernünftig. Aber natürlich weißt du besser als alle anderen, dass ich kein vernünftiger Mensch bin. Und weil du mein Freund bist, erzähle ich dir völlig selbstbezogen, wie ich mich fühle.«

Raisa beugte sich vor und sah ihm in seine grauen Augen. »Aber in einem kannst du dir sicher sein, Amon Byrne. Ich wünsche dir alles erdenkliche Glück bei deiner Heirat. Niemand verdient mehr Glück als du – und das meine ich ernst.«

Sie löste ihre Hände von seinen, stand auf und ergriff stattdessen den Stoff ihres Rockes. »Danke, dass du mich gewarnt hast. Das wird es mir heute Abend etwas leichter machen.«

Amon erhob sich ebenfalls. »Auf Wiedersehen, Hoheit«, sagte er mit erstickter Stimme. »Danke für dieses Treffen. Wir sehen uns dann später.« Er salutierte, die Faust über dem Herzen, zog sich rückwärts zurück und verschwand.

An diesem Abend gab Raisa *ana'*Marianna einigen Offizieren der Armee und der Wache einen Empfang. Sie trug ein knitterfreies Kleid aus grünem Samt, das gut zu ihren Augen passte. Sie tanzte mit sämtlichen Offizieren und ermutigte Prinzessin Mellony und ihre Hofdamen, es ihr gleichzutun.

Mitten am Abend bat der Hauptmann der Wache, Amon Byrne, sie um den Segen für seine Hochzeit mit Annamaya Dubai, einer Schülerin der Tempelschule von Odenford und Tochter eines Offiziers in der Armee der Fells.

Das Paar kniete vor Raisa nieder, und sie hob ihr Glas, um einen Trinkspruch auf ihre Heirat und ihr zukünftiges Glück auszusprechen, und wies darauf hin, wie außerordentlich gut sie zusammenpassten. Sie nahm Annamayas Hände in ihre, zog sie auf die Beine und stellte sich dann auf die Zehenspitzen, um Hauptmann Byrnes groß gewachsener Herzensdame einen Kuss auf die Wange zu drücken.

»Danke, dass Ihr Hauptmann Byrne mit mir teilt«, sagte

sie lächelnd. »Ich weiß, dass wir großartige Freunde werden.«

Es folgte eine Reihe von Trinksprüchen, nachdem Raisa den ihren mit dem Versprechen beendet hatte, bei der für den Herbst geplanten Hochzeit zu tanzen.

Alle Anwesenden stimmten darin überein, dass es sich bei den frisch Verlobten um ein charmantes Paar handelte, und gratulierten Raisa zu einer erfolgreichen Party.

In dieser Nacht lag Raisa noch lange wach, starrte zu der hohen Decke hinauf und stellte sich vor, dass sie Han Alister im Raum nebenan atmen hören konnte.

KAPITEL DREIUNDDREISSIG

Noch mehr seltsame Genossen

Seit Cat als Kammerzofe nebenan bei Raisa war, verfügte Han über mehr Bewegungsfreiheit – und zugleich über weniger. Einerseits hatte er nicht mehr das Gefühl, als müsste er sich die ganze Zeit in seinem Zimmer aufhalten und an der Tür horchen, ob gerade wieder jemand den Versuch unternahm, die zukünftige Königin zum Schweigen zu bringen. Und wenn Raisa ihr Zimmer verließ und entweder im Schloss oder außerhalb unterwegs war, lastete die Verantwortung für ihre Sicherheit nicht mehr allein auf ihm, sondern er konnte sie auf zwei verteilen – genau genommen auf drei, wenn man Hauptmann Byrne mitzählte.

Andererseits jedoch hatte er jetzt nicht mehr die Möglichkeit, einfach so in Raisas Gemächer zu spazieren, wenn ihm der Sinn danach stand – was wiederum gut war, wenn er ihrer Versuchung auf Dauer widerstehen wollte.

Die Erbprinzessin war ohnehin nicht oft da. Je näher der Tag der Krönung rückte, desto endloser wurde der Strudel von Partys und Empfängen, in den Raisa eintauchte. Amon, Han, Cat und Dancer machten es sich zur Gewohnheit, sich jeden Morgen zu treffen, um Fragen der Sicherheit und Strategien zu ihrem Schutz während der turbulenten Festlichkeiten zu besprechen oder auch über das ständige Kommen und Gehen von Fremden im Schloss zu beratschlagen. Die Grauwölfe schoben sieben Tage in der Woche zwölfstündige Wachschichten vor ihrer Tür, ohne sich jemals zu beklagen. Sie hatten ein persönliches Interesse daran, ihre Freundin zu beschützen.

Offiziell war Magret Gray mit der Aufgabe betraut, die eintreffenden Geschenke zu ordnen, zu verzeichnen und aufzubewahren. Han jedoch überprüfte jedes einzelne auf verborgene Gefahren wie magische Fallen, Zauberei, Gift oder Ähnliches. Auf diese Weise bekam er auch einen Überblick darüber, wer der Königin den Hof machte. Viele Geschenke waren aus den Flatlands, darunter auch eine grelle Tiara von Gerard Montaigne. Han fragte sich unwillkürlich, wem in Tamron jetzt wohl der Kopfschmuck fehlte. Aber vielleicht war der früheren Besitzerin auch der Kopf abgeschlagen worden, sodass sie gar keine Tiara mehr benötigte.

Die Bayars schickten verschwenderisch kostbare Geschenke wie Schmuck und silberne Kerzenhalter. Han musterte diese ganz besonders eingehend und holte sich dazu auch Dancers fachmännisches Urteil ein. Jedoch schien keiner der Gegenstände mit Magie versehen worden zu sein. Es hätte allerdings auch keine große Rolle gespielt, da Magret Gray sie ohnehin wegschloss, ohne sie der zukünftigen Königin auch nur zu zeigen. Bei Geschenken von Magiern wollte sie kein Risiko eingehen.

Die Maid hatte für Han nach wie vor nur böse Blicke übrig und weigerte sich, direkt mit ihm zu sprechen, auch wenn er sich große Mühe gab, besonders höflich zu ihr zu sein.

Han kam der Gedanke, dass er Raisa ebenfalls etwas zur Krönung schenken sollte. Etwas Einzigartiges und Bedeutungsvolles. Aber er musste es sich natürlich auch leisten können. Immerhin war er gerade erst Eigentümer in Ragmarket geworden.

Schließlich kam ihm eine Idee. Als er mit Dancer darüber sprach, zeigte dieser sich zuversichtlich, den gewünschten Gegenstand rechtzeitig bis zur Krönungsfeier anfertigen zu können, sofern er sich sofort an die Arbeit machte. Außerdem kannte er einen Silberschmied bei den Demonai, der ihm dabei helfen würde.

Han, Amon, Cat und Dancer nahmen an sämtlichen Partys und Tanzveranstaltungen teil, die Raisa besuchte; sie erarbeiteten einen Plan, demzufolge die zukünftige Königin stets unter der Beobachtung von mindestens zwei von ihnen stand.

Unglücklicherweise bedeutete dies auch, dass Han viel Zeit damit verbrachte, Raisa mit Reid Nightwalker oder Micah Bayar über die Tanzfläche schweben zu sehen oder zuzuschauen, wie sie sich in den Salons amüsierte. Zu Han's Bestürzung sah es ganz danach aus, als hätte Nightwalker sich fest in der Stadt niedergelassen. Sollten die Demonai nicht oben in den Bergen nach Fluchbringern Ausschau halten?

Und Bayar – Han vermutete, dass Tänze mit ihm vom Protokoll vorgeschrieben waren. Und dennoch. Wie konnte sie es überhaupt ertragen, von ihm berührt zu werden?

Es gab natürlich noch viele andere Bewerber – aus der Gegend ebenso wie Fremde –, bei denen es sich hauptsächlich um Blaublütige geringeren Standes handelte, die auf eine Vermählung mit einer Königin hofften. Han prägte sich ihre Gesichter ein, fand ihre Namen heraus und ordnete ihnen aus der Flut der Geschenke dasjenige zu, das von ihnen stammte. Cat beauftragte die Mitglieder ihrer Gang, Raisas Verehrer zu beschatten, wenn sie in der Stadt waren, um herauszufinden, wohin sie gingen und mit wem sie sich trafen.

Die Klemath-Brüder waren so eifrig und beharrlich wie zwei übergroße Welpen, aber um sie machte Han sich keine allzu großen Sorgen. Raisa schien sich zwar damit abgefunden zu haben, dass sie zum Wohle des Reiches heiraten musste, aber selbst die Pflicht hatte ihre Grenzen.

Bei all seinen Aufgaben blieb ihm kaum Zeit, selbst zu tanzen. Was ihn nicht weiter störte. Der einzige Mensch, mit dem Han wirklich gern getanzt hätte, war die Frau, an der er kein Interesse zeigen durfte – weder öffentlich noch privat. In einem Schloss mit tausend Ohren wurde das Private nur zu leicht zu etwas Öffentlichem.

Dennoch bekam er unverhofft etwas Praxis im Tanzen. Han hatte zwar keine Tanzkarte – eine seltsame Angewohnheit der Blaublütigen, ihre Tanzpartner hintereinander aufzulisten –, aber *wenn* er eine gehabt hätte, wäre darauf für jeden Tanz eine Partnerin vermerkt gewesen – sofern er gewollt hätte. Es mangelte nicht gerade an hochgeborenen Frauen, die ihn näher kennenlernen wollten.

Eine der besonders Hartnäckigen war Melissa Hakkam, Raisas Kusine und Tochter des Vorsitzenden des Königinnenrates. Han konnte kaum glauben, dass sie und Raisa verwandt waren. Melissa kicherte ständig, als wäre sie betrunken, und klammerte sich wie eine dornige Rebe an Han – und natürlich war *er* derjenige, der dafür verantwortlich gemacht wurde. Ihr Vater, Lord Hakkam, starrte ihn finster an, wann immer sie ihre Arme um Han's Hals legte.

Dabei hatte er sie nicht gerade dazu ermutigt.

Die meisten seiner Kameraden von Mystwerk House waren über den Sommer zurückgekehrt, und die Mädchen, die mit ihm zusammen Unterricht gehabt hatten, schienen vergessen zu haben, dass er der Ausgestoßene gewesen war. Wobei einige von ihnen vermutlich auf Seiten der Bayars standen und versuchten, ihn in einen Hinterhalt zu locken, um ihm in den Rücken zu fallen.

Eines Nachts, als er seine Leibwächteraufgabe gerade an Cat abgegeben hatte und dabei war, sich von irgendeinem starken Blaublütigenpunsch zu bedienen, krallten sich ebenso starke Blaublütigenfinger um seinen Oberarm.

Er wirbelte herum und hätte Fiona Bayar beinahe den Punsch ins Gesicht geschüttet. Ihre hellen, glitzernden Haare fielen offen über ihre Schultern; sie trug ein schwarzes Kleid, dessen Stoff sich größtenteils unterhalb der Gürtellinie befand. Etliche kostbare Ketten bedeckten ihren tiefen Ausschnitt.

»Tanzt mit mir, Alister«, zischte sie. »Ich will mit Euch reden.«

Es war das erste Mal seit Odenford, dass sie mit ihm sprach. Das erste Mal seit der Beerdigung der letzten Königin, dass er sie wiedersah. Das erste Mal, seit er an ihrer Stelle in den Magierrat geschickt worden war.

Han nahm einen Schluck Punsch und wischte sich absichtlich mit dem Ärmel über den Mund. Der Punsch flackerte angenehm in seinem Bauch. »Seid Ihr ganz sicher, dass Ihr mit mir gesehen werden wollt?«, fragte er und sah sich demonstrativ um.

Lord und Lady Bayar saßen an einem großen Tisch zusammen mit anderen blaublütigen Magiern, darunter auch den Gryphons. Han war überrascht, als er Adam Gryphon entdeckte, seinen ehemaligen Lehrer, der in seinem Rollstuhl bei den anderen saß. Han hatte ihn bisher bei keiner der anderen Partys gesehen, und er schien auch jetzt nicht gerade glücklich zu sein. Gryphon beobachtete Han und Fiona mit vor Verwirrung zusammengezogenen Brauen.

Fiona zupfte an Han's Arm und zog seine Aufmerksamkeit wieder auf sich. »Macht Euch nichts aus ihnen. In ihren Augen spioniere ich Euch aus«, sagte sie. »Ich soll Euer Vertrauen gewinnen.«

»Ihr sollt es gewinnen?« Er wölbte eine Braue. Als wenn das je möglich wäre.

»Kommt Ihr jetzt?« Fiona machte eine ruckartige Bewegung mit dem Kopf in Richtung Tanzfläche.

Sie gab ihm wieder Befehle. Ihre typische Angewohnheit.

Nun, dachte Han. Mich interessiert natürlich, was sie vorhat. Er nahm ihren Ellenbogen und führte sie zu den Tanzenden.

Ein paar Minuten lang zogen sie schweigend ihre Kreise über die Tanzfläche.

»Nun?«, fragte Han.

»Wo habt Ihr Tanzen gelernt?«, fragte Fiona. »Ihr seid besser, als ich gedacht hätte.«

»Ich bin immer besser, als die Leute gedacht hätten«, gab Han zurück. Er achtete nach wie vor auf Abstand zwischen ihnen.

»Das habe ich inzwischen verstanden«, flüsterte Fiona. »Mir wird allmählich klar, dass Ihr … großes Potenzial habt.« Sie schwieg einen Moment. »Es war brillant, Euch in den Rat berufen zu lassen«, fuhr sie dann fort. »Auch wenn es auf meine Kosten war. Wie habt Ihr die Königin nur dazu gebracht?«

»Ich kann sehr überzeugend sein«, sagte Han. »Ihr wärt überrascht.« Missy Hakkam stand am Rand der Tanzfläche und plauderte mit einer Gruppe von Blaublütigen, ohne ihn dabei aus den Augen zu lassen. Sie schwebten an Raisa vorbei, die mit Nightwalker tanzte. *Er* hielt keinen Abstand zu seiner Tanzpartnerin. Raisa hielt die Augen geschlossen, und ihr Kopf ruhte auf Nightwalkers Schulter.

Han konnte nicht anders. Er zog Fiona näher zu sich heran und gestattete seinen Fingern, etwas Hitze zu verströmen.

Mit halb geschlossenen Augen lächelte Fiona und schnurrte wie eine Katze vor einem warmen Kamin. »Habt Ihr mein Angebot von Odenford noch einmal überdacht?«, fragte sie und schlang ihre Hände um seinen Nacken. Sie ließ ihren Kopf auf seine Schulter sinken.

»Dass ich Euch mein Amulett überlasse?«, fragte Han. »Und Ihr Königin der Fells werdet?«

»Ich habe bemerkt, dass Ihr es in der letzten Zeit nicht tragt«, sagte Fiona und sah auf seine Brust, wo das Einsame-Jäger-Amulett hing.

»Ich trage es«, erwiderte Han. »Nur nicht dort, wo Ihr es sehen könnt. Angesichts der vielen Bayars hier wäre das in etwa so, als würde ich mit einer Börse voller Gold vor einem Taschendieb herumwedeln. Und falls irgendjemand daran denkt, in meine Räume einzudringen, kann ich nur davon abraten.«

Sie lachte. »Wenn ich jemanden schicke, sorge ich dafür, dass er verzichtbar ist.« Sie machte eine Pause, und das Lächeln verschwand. »Ich habe nicht vergessen, dass Ihr mir in Aediion das Leben gerettet habt. Ich stehe in Eurer Schuld.«

Davon werde ich mir doch glatt einen Schweineschinken kaufen können, wenn ich noch ein Kupferstück drauflege, dachte Han.

Han musterte wieder den Tisch der Bayars, als sie daran vorbeitanzten. Adam Gryphon lehnte sich in seinem Stuhl nach hinten und legte den Kopf in den Nacken, während er den Blick seiner blaugrünen Augen nicht von Han und seiner Tanzpartnerin abwandte.

Oh. Richtig, dachte Han. Gryphon hat es ja auf Fiona abgesehen. Ist er deshalb nach Hause gekommen – um ihr den

Hof zu machen? Keine Sorge, Master Gryphon, ich werde Euch bestimmt nicht im Weg stehen.

»Ich bin überrascht, dass Adam Gryphon ebenfalls hier ist«, sagte Han.

»Seine Eltern haben ihn zurückgeholt, damit er den Platz der Familie im Magierrat einnehmen kann«, antwortete Fiona. »Aber es wäre besser für ihn gewesen, wenn er da geblieben wäre, wo er war. Die Gryphons machen sich etwas vor, wenn sie glauben, dass es irgendeine Chance gibt, dass er es jemals ...« Sie schloss abrupt den Mund, als hätte sie es sich anders überlegt und wollte nun lieber nicht mehr aussprechen, was ihr eben noch auf der Zunge gelegen hatte. »Vergesst Adam. Reden wir über uns. Was wäre, wenn ich Euch ein anderes Angebot unterbreiten würde? Wärt Ihr interessiert?« Sie sah zu ihm auf, die Lippen leicht geöffnet.

»Inwiefern anders?«, fragte Han. »Ein besseres, hoffe ich.«

»Natürlich«, sagte Fiona. »Das war erst die Eröffnung der Verhandlungen.« Sie schmiegte sich wieder enger an ihn.

Sie kamen erneut an Raisa und Nightwalker vorbei, so eng aneinander geklettet wie die Zecken in Ragmarket. Diesmal starrte Raisa Han und Fiona an, und ihre Brauen wölbten sich in die Höhe.

»Ich glaube nicht, dass wir das hier besprechen sollten«, fand Han. »Eure Familie und Freunde sind nicht die Einzigen, die zusehen.«

Fiona nickte. »Ihr habt recht.« Sie zog sich etwas zurück. »Aber wenn Ihr bereit seid, mich anzuhören, sollten wir uns schon bald unterhalten.« Ihre Lippen verzogen sich vor Empörung. »Die Erbprinzessin hat meinem Bruder Micah gestattet, ihr den Hof zu machen. Im Geheimen, natürlich.«

Han versuchte, sich seine Überraschung nicht anmerken

zu lassen. »Hat sie das?«, fragte er nur. Unwillkürlich suchten seine Augen die Tanzfläche nach Raisa ab.

»Achtung«, schnappte Fiona und riss ihren Arm von seiner Hand weg. »Ihr strömt aus.«

»Tut mir leid«, sagte er und brachte seine Magie wieder unter Kontrolle. »Ich bin nur etwas überrascht«, gab er nun doch zu, »nach allem, was passiert ist. Wieso sollte sie so etwas tun?«

Fiona lächelte grimmig. »Was glaubt Ihr wohl? Micah sieht gut aus und ist charmant und sehr überzeugend. Und er handelt schnell. Wenn wir also verhindern wollen, dass sie sich verloben oder durchbrennen, müssen *wir* schnell handeln. Ich bin bereit, Micahs Pläne in meinem eigenen Interesse zu durchkreuzen, aber das könnte sehr kompliziert werden, wenn mein Bruder sie heiratet.«

Kompliziert? Das kann man wohl sagen, dachte Han, dessen Magen sich zu einem Knoten verkrampfte. Es könnte sogar ziemlich kompliziert werden, wenn ich Euren Bruder umbringe.

Die Tanzmelodie endete, und sie blieben stehen. Und neben ihm, so nah, dass er fast hätte hinspucken können, sah Han, wie Micah Bayar einen finster dreinblickenden Nightwalker wegscheuchte. Micah packte Raisa am Ellenbogen, als würde sie ihm schon gehören, und lächelte auf sie hinunter, bereit, nicht nur den nächsten Tanz für sich zu beanspruchen. Sie lächelte zurück, und bei den neu einsetzenden Klängen glitten sie davon.

Micah handelt schnell, hatte Fiona gesagt. Wut flackerte in Han auf. Es war schlimm genug mit anzusehen, wie sie mit Nightwalker zusammen war. Aber Micah, nach allem, was er getan hatte? Was dachte sie sich eigentlich dabei?

Da schwebten Micah und Raisa erneut an ihm vorüber.

Micahs Hand lag an Raisas Taille, zog sie zu sich heran, und sein Kopf war so tief heruntergebeugt, dass er ihr Lügen ins Ohr flüstern konnte. Seine Lippen berührten praktisch ihre Haut.

Ich hätte ihn töten sollen, als ich die Möglichkeit dazu hatte, dachte Han und bewegte die Finger seiner Messerhand. Ich muss die Bayars ein für alle Mal aus den Reihen der Magier entfernen.

»Wollt Ihr Euch wohl endlich *beherrschen*?«, schnappte Fiona, riss sich wieder los und rieb sich den Arm. »Was ist bloß in Euch gefahren?«

»Nichts«, sagte Han und konzentrierte sich wieder auf Fionas Gesicht. »Es ist nichts.«

Fiona beäugte ihn, als würde sie ihm nicht ganz glauben. »Wir werden uns schon bald unterhalten – ich werde einen Weg finden.« Sie wich einen Schritt zurück. »Bis dahin denkt über das nach, was ich gesagt habe.«

KAPITEL VIERUNDDREISSIG

Zweifel

Magret Gray hielt Wort. Sie gab sich alle Mühe, Cats Ecken und Kanten zu glätten und ihr die grundsätzlichen Aufgaben einer Kammerzofe beizubringen. Mit Magrets Unterstützung lernte Cat nicht nur die Zimmermädchen und Zimmerjungen kennen, sondern auch Namen und Rang von fast allen, die täglich im Schloss verkehrten. Sowohl Cat als auch Magret schienen fest entschlossen zu sein, Erfolg zu haben.

Trotzdem war es nicht leicht. Raisas Meisterin der Kammerzofen war nicht daran gewöhnt, dass ihre Autorität bezüglich Fragen des Protokolls oder des Benehmens angezweifelt wurde. Und obwohl Cat in dem einen Jahr auf der Tempelschule geformt worden war und bereits etwas Schliff bekommen hatte, kam sie mit Kritik nicht gut zurecht. Immerzu wollte sie wissen, wieso und wozu etwas getan werden sollte, und natürlich auch, wer es tun sollte und was genau.

Manchmal kehrte Raisa in ihre Gemächer zurück und fand Magret und Cat vor, die sich eisig anschwiegen. Ein anderes Mal waren sie in einen so lauten Streit verwickelt, dass sie sie nicht einmal kommen hörten.

Magret schrie?

Aber Raisa hatte keine Zeit, zwischen ihnen zu schlichten. Ihre Krönung war offiziell für ihren siebzehnten Geburtstag angekündigt worden. Immer mehr Gäste strömten nach Fellsmarch, während der Tag näher rückte; allen voran Adelige und Magier aus allen Teilen der Fells. Jedes noch so kleine Gästezimmer im Schloss und in den Gebäuden auf dem Schlossgelände wurde genutzt. Gäste geringeren Standes strandeten zunächst einmal vor den Mauern und warteten darauf, eingelassen zu werden.

Einige der besonders erlesenen Gemächer der Schlossanlage standen noch leer; sie waren für jene Adeligen reserviert, die aus den Reichen der Flatlands anreisten, wie der König von Arden. Die meisten Gäste würden erst kurz vor der Krönung eintreffen und bis zum Ball und den anschließenden Empfängen bleiben.

Micah Bayar und Reid Nightwalker nahmen an fast jeder Party teil und tanzten so oft wie möglich mit Raisa, ohne dabei den Mitbewerber aus den Augen zu lassen. Auch Han war stets anwesend; Raisa sah ihn häufig an der Wand lehnen und sie und ihre Verehrer beobachten.

Dabei war es sicher nicht leicht für ihn, sich angesichts der vielen Ablenkungen zu konzentrieren. Sowohl die Hofdamen wie auch die auswärtigen weiblichen Gäste schenkten Han beachtliche Aufmerksamkeit. Ein rücksichtsloser Streetlord, ein magiebegabter Dieb, ein Mitglied des Magierrates, noch dazu umwerfend hübsch – was konnte eine Lady mehr verlangen, noch dazu von einem flüchtigen Liebhaber?

Und er tanzte *ständig* – mit Missy Hakkam, mit seinen Kommilitoninnen von Mystwerk und mit Pearlie Greenholt, da Talia immer noch nicht ganz gesund war. Stets stand er im Mittelpunkt einer weiblichen Schar. Raisa konnte nicht verhindern, dass ihr auffiel, mit wem und wie oft er tanzte und wie anmutig er über die Tanzfläche glitt, während seine goldenen Haare im Fackellicht schimmerten.

Besonders, da er nie mit ihr tanzte.

Missy Hakkam war wie ein schillernder Planet in einem Orbit, in dessen Zentrum Han stand – wenn sie nicht gerade mit einem der eher unbedeutenden Prinzen der unteren Reiche flirtete. Raisas Kusine nutzte jede Gelegenheit, um Han zu berühren und sich an ihn zu klammern, und bei allem, was er sagte, kicherte sie heftig.

Aber das war noch nicht einmal das Schlimmste. Bei einer Party zwei Nächte vor der Krönung hatte Han mit Fiona Bayar getanzt. Als Raisa mit Nightwalker um ihn herumgekreist war, hatte Fiona ihre Arme um Han's Hals gelegt, ihren Kopf an seine Schulter gebettet und sich so eng an ihn gedrückt, dass keine Hand mehr zwischen beide gepasst hätte.

Verzieht euch gefälligst in irgendeinen dunklen Korridor!, dachte Raisa verärgert.

Und dann, kurz danach, berichtigte sie sich. Nein, lieber nicht.

Während Raisa zusah, legte Fiona den Kopf leicht in den Nacken und lächelte über etwas, das Han gesagt hatte. Sie musste sich nicht weit zurückneigen, sie war so verflucht groß.

Weißt du nicht, wie riskant es ist, Fiona so nah zu kommen?, dachte Raisa. Sie ist nur hinter deinem Amulett her. Wie auch immer, ich dachte, du würdest die Bayars hassen. Weißt du überhaupt, wie man mit Groll richtig umgeht?

Traditionsgemäß verbrachte die Prinzessin die Nacht vor dem Krönungsball in völliger Abgeschiedenheit, betete zum Schöpfer und bat ihre Ahnen um Führung. Also zog Raisa sich pflichtbewusst die Tempelhose und ein lockeres Hemd an und befahl den Wachen vor der Tür, niemanden einzulassen.

Nachdem Magret gegangen war, kniete Raisa sich vor den Altar in ihrem Wohnzimmer und versuchte, sich zu konzentrieren. In Anbetracht ihrer gegenwärtigen Situation konnte sie etwas göttliche Einmischung durchaus gebrauchen. Dennoch schweiften ihre Gedanken immer wieder ab und hüpften von der Gegenwart in die Vergangenheit.

Sie musste an ihren Namenstag vor fast genau einem Jahr denken. Zusammen mit Magret hatte sie darauf gewartet, dass ihr Vater kam, um sie zum Tempel zu führen. Stattdessen war Gavan Bayar aufgetaucht, was eine ganze Reihe von Ereignissen in Gang gesetzt hatte, die immer noch nachwirkten. Morgen würde sie siebzehn werden. Zwischen ihrem Namenstag und der Krönung hatte sie nur ein einziges Jahr Zeit gehabt.

Und genau wie damals fühlte Raisa sich eingeengt. Es war, als würde wieder eine Falle um sie herum zuschnappen, als würden sich Türen schließen. Sie hatte das Gefühl zu ersticken. Sie brauchte frische Luft.

Sie stand auf und ging in ihr Schlafzimmer, vorbei an dem kunstvollen Tempelgewand, das neben dem Bett hing, vorbei an dem Kleiderständer in der Ecke mit ihrem Ballkleid daran. Sie schlüpfte geradewegs in ihren Wandschrank und schob die Kleider beiseite, sodass sie die Rückwand erreichen konnte. Nachdem sie alle Riegel und Bolzen, auf die Amon bestand, entfernt hatte, drückte sie mit den Händen gegen die verborgene Tür. Sie verschob sich lautlos.

Raisa fand den Weg durch den dunklen Tunnel, indem sie sich an den Wänden entlangtastete. Sie machte sich nicht die Mühe, eine Fackel zu entzünden. Schließlich wurde der Gang etwas breiter, und sie wusste, dass sie den Fuß der Leiter erreicht hatte, über die sie in den gläsernen Garten gelangte.

Blind griff sie nach einer der Sprossen und fing an, hinaufzuklettern.

Oben angekommen drückte sie mit beiden Händen gegen die Metallplatte, die den Eingang verdeckte, und schob sie ein Stück zur Seite. Es war bereits richtig dunkel, als sie schließlich in den Tempel auf dem Dach des Schlosses kletterte, obwohl der Mond gerade aufging.

Raisa betrat den labyrinthartigen Garten, der den Tempel umgab, und atmete die feuchte Luft unter dem gläsernen Dach des Gewächshauses ein, die stark nach Hyazinthen und Bergjasmin duftete. Über ihr erstreckte sich das riesige, sternenübersäte Himmelszelt, bei dessen Anblick sie sich plötzlich sehr, sehr klein fühlte. Zu klein für die Bürde, die sie auf sich genommen hatte.

Sie trat an den Rand der Dachgartens und blickte nach unten auf die Stadt. Magische Lichter säumten die Gassen und leuchteten in Türeingängen. Kutschen ratterten über die Straße der Königinnen, zweifellos unterwegs zu der einen oder anderen Party. Musik wehte zu ihr hoch – eine Basilka, wie es klang, die Hanaleas Klagelied spielte.

Raisa erschauerte und drehte sich um.

Sie kehrte zu dem kleinen Tempel zurück, kniete sich auf den Steinboden und begann, mit leiser, inbrünstiger Stimme mit der Königinnen-Meditation.

»Gegrüßt seid ihr, Marianna *ana'*Lissa *ana'*Adra *ana'*Doria *ana'*Julianna *ana'*Lara *ana'*Lucinda *ana'*Michaela *ana'*Helena *ana'*Rissa *ana'*Rosa *ana'*Althea *ana'*Isabella …« Sie fuhr fort und zählte alle zweiunddreißig Königinnen seit der Großen Zerstörung auf und endete, wie immer, mit Hanalea *ana'*Maria. »Hört mich an! Eure Tochter Raisa ruft euch.«

Während sie weitersprach, begann die Luft im Tempel zu schimmern und ihn in Nebel zu hüllen. Die vertrauten Schemen der Grauwolf-Königinnen traten jetzt hervor und ließen sich in einem Kreis um sie herum nieder, die Wolfsschwänze um die Pfoten geschmiegt.

Da waren die grünäugige Althea und die grauäugige Hanalea. Und die blauäugige Wölfin, die Raisa bei der Beerdigung ihrer Mutter gesehen hatte, schlank und anmutig, mit hellem Fell und kleinen, zarten Pfoten. Ihre Gestalt schimmerte licht, geradezu körperlos. Für einen Moment dachte Raisa, das Bild einer Frau erkennen zu können.

Raisa rutschte auf den Knien nach vorn. »Mutter?«, flüsterte sie mit zittriger Stimme.

Die blauäugige Wölfin zog den Kopf ein, als würde sie sich schämen, dann drehte sie sich um und verschwand im Nebel.

»Ja«, sagte Althea. »Das war Marianna. Sie hat ihre Wolfsgestalt leider noch nicht angenommen.«

»Aber…« Raisa streckte ihre Hände aus, als könnte sie ihre Mutter zurückholen. »Ich muss mit ihr reden. Ich muss wissen, was passiert ist. Ob es ein Unfall war. Oder ob…«

»Sie wird nicht in der Lage sein, mit dir zu sprechen«, erklärte Hanalea. Ihre grauen Augen blickten freundlich und traurig zugleich. »Auch in den nächsten Monaten noch nicht. Was wir tun – uns über den Schleier hinweg mit dir zu unterhalten –, ist unnatürlich. Es dauert einige Zeit, dies zu beherrschen.«

Die Bedeutung dieser Aussage wurde Raisa nur langsam klar, wie ein kühler Luftzug, der unter einer Tür hindurchstrich. »Nun, aber ich muss wissen – hat sie sich selbst umgebracht? War es ein Unfall? Und wenn nicht, wer hat sie dann getötet?« Sie sah von Hanalea zu Althea und hoffte, in den Wolfsgesichtern etwas erkennen zu können.

Die Grauwolf-Königinnen schauten einander an. Althea legte die Ohren zurück und zeigte Hanalea die Zähne. Hanalea zuckte mit den Schultern, sofern man so etwas von Wölfen sagen konnte.

»Wir haben das große Vorrecht, in den Spirits bleiben zu können«, sagte Althea. »Wir wachen über die Stadt des Lichts, statt ins Schattenland weiterzuziehen. Vorrechte sind jedoch mit Beschränkungen verbunden. Wir können den Lauf der Geschichte nicht ändern, indem wir dir Informationen preisgeben, die du ansonsten nie haben würdest.«

»Das ist nicht sehr hilfreich«, schnappte Raisa. »Mir wurde die Gabe der Prophezeiung versprochen. Aber mit einer Tasche voller Binsenweisheiten und unklaren Warnungen und Versicherungen kann ich nicht regieren. Ihr habt mir gesagt, dass das Grauwolf-Geschlecht an einem seidenen Faden hängt. Ich will wissen, wie ich verhindern kann, dass er reißt.«

Hanalea und Althea wechselten einen Blick.

»Alles, was wir tun können, ist dir dabei zu helfen, das zu erkennen, was in deinem Herzen liegt, Raisa«, antwortete Hanalea weich. »Du hast Zugang zu sämtlichem Wissen und allen Gaben; zu allem, was du benötigst, um überleben zu können. Du musst es nur nutzen. Du wirst die Möglichkeit haben, ein großes Unrecht wiedergutzumachen.«

»Was ist mit meiner Mutter?«, fragte Raisa. »Hatte sie alles, was sie gebraucht hätte? Theoretisch zumindest?«

Wieder sahen sich die Wölfinnen an, als bewegten sie sich an der Grenze des Erlaubten.

»Du musst die ganze Kraft des Grauwolf-Geschlechtes nutzen, um zu siegen«, sagte Althea.

»Es wird die Zeit kommen, da du gezwungen sein wirst, eine Entscheidung zu fällen«, ergänzte Hanalea. »Wenn diese Zeit da ist, dann entscheide dich für die Liebe.«

Da erhoben sich alle Grauwolf-Königinnen gleichzeitig, drehten sich um und trotteten in den Nebel davon.

Raisa sank auf die Fersen, den Kopf gesenkt, ergriffen von der Furcht zu versagen. Was nützte es zu wissen, dass sie gewinnen *konnte*, wenn sie nicht wusste, wie sie es angehen sollte?

Die Liebe wählen! Als wäre das den Grauwolf-Königinnen jemals möglich gewesen.

Obwohl sie im vergangenen Jahr außerordentlich viel gelernt hatte, war die Zeit doch viel zu kurz. Sie hatte damit gerechnet, noch etliche Jahre der Vorbereitung zu haben. Jahre, in denen sie von ihrer Mutter als Königin hätte lernen können.

Tränen brannten in ihren Augen. Vermutlich hat es noch nie eine so weinerliche Königin gegeben, dachte sie.

Da kam ihr ein Gedanke. Sie könnte weglaufen, wie im Jahr zuvor, als ihre Mutter versucht hatte, sie mit Micah Bayar zu verheiraten. Sie könnte am nächsten Morgen schon fast in Delphi sein und weiter bis Odenford reisen. Sie könnte in die Tempelschule eintreten und eine Geweihte werden.

Und das Grauwolf-Geschlecht würde sich hinter ihr einfach auflösen.

Egal, dachte sie entmutigt, denn was für eine Geweihte würde ich schon abgeben? Ich schaffe es ja nicht einmal, eine einzige Nacht zu meditieren, ganz zu schweigen von einem ganzen Leben.

Es ist nicht gerecht, dachte sie. Ich sollte auf Partys gehen. Ich sollte jede Menge Jungs küssen. Ich bin zu jung, um jetzt schon Königin zu sein. Zu jung, um mich mit Magiern zu messen.

Entspann dich, sagte sie sich. Es ist weit und breit kein Magier zu sehen.

Und dann brachte sie etwas dazu, den Blick zu heben, und sie sah Han Alister am Eingang zum Tempel stehen.

Sie hatte keine Ahnung, wie lange er schon da stand und sie anstarrte, aber jetzt, da sie ihn entdeckt hatte, wirkte er überrascht. Sein übliches Straßengesicht war verschwunden. Stattdessen flackerte eine wehmütige Verletzlichkeit, eine Art fiebrige und hoffnungslose Begierde in seinen Zügen.

Magret hatte gesagt, dass er einen hungrigen Blick hätte. War es das, was sie gemeint hatte? Aber wem genau galt sein Hunger?

Und dann verschwand dieser Ausdruck plötzlich und wurde durch genau das ersetzt, was er sein Straßengesicht nannte, und Raisa fragte sich, ob sie sich das alles nicht vielleicht nur eingebildet hatte.

Er kam auf sie zu, groß und breitschultrig und ganz in Schwarz gekleidet, wie so häufig in den letzten Tagen. Aber heute Nacht war seine Kleidung ungewöhnlich elegant. Edle Manschetten fielen über seine Hände, und sein Umhang war vorzüglich geschneidert.

»Hoheit«, sagte er und verbeugte sich steif. »Fast Majestät. Zweifelst du daran, den Grauwolfthron zu besteigen?«

Raisa kam auf die Beine und wischte sich die Tränen aus den Augen. »Wie kommst du hierher? Wie hast du mich gefunden? Ich sollte allein sein.«

»Ich bin von der Seite gekommen«, sagte Han und deutete auf den Rand des Daches, als wäre das eine Selbstverständlichkeit. Er sah sich umständlich um. »Ich dachte, ich würde vielleicht Micah Bayar hier oben finden«, erklärte er.

»Wieso sollte ausgerechnet Micah hier sein?«, schnappte sie.

»Gestern Abend habt ihr so eng umschlungen getanzt, dass ich schon glaubte, er würde im Flug auf dir rumklimpern«, sagte Han.

»Hör endlich mit der Diebessprache auf, ja?«, rief Raisa wütend. »Ich habe kein Interesse daran, wieder mit Micah Bayar zu verkehren.«

»Wieder?« Han wölbte eine Braue.

Raisa verschränkte die Arme vor der Brust, reckte das Kinn und antwortete nicht.

»Wie auch immer, das entspricht nicht ganz dem, was ich gehört habe«, sagte er. Er machte eine Pause, und als sie immer noch nicht antwortete, fügte er hinzu: »Ich kann einfach nicht glauben, dass du dich tatsächlich noch mal von ihm umwerben lässt.«

»Es ist komplizierter«, entgegnete sie knapp, ganz und gar nicht in der Stimmung, irgendwelche Erklärungen abzugeben. »Ich spiele Theater, und nicht für dich. Abgesehen davon, was ist mit dir und Fiona?«

Er zog die Augen zusammen. »Fiona? Was soll mit Fiona sein?«

»Euer Tanz. Ich habe noch nie zwei Menschen so eng umschlungen gesehen – im Stehen, meine ich.«

»Ich weiß, wie ich Fiona handhaben muss«, erwiderte Han.

»Das trifft es ziemlich genau«, sagte Raisa süßlich. »*Handhaben*. Wieso sollte ich glauben, dass du mit Fiona umgehen kannst, während du keinerlei Vertrauen darin hast, dass ich mit Micah umgehen kann? Das ist herablassend, Alister.«

Han schob seine Manschetten zurück und zählte die Gründe an seinen Fingern ab. »Weil er die Moral eines Sklavenhändlers aus den Flatlands hat. Weil er ein Magier ist und du nicht. Weil er ein Bayar ist. Weil kein Mädchen, auf das er seinen Blick richtet, sicher vor ihm ist.« Er machte eine Pause. »Und weil ich glaube, dass du ihm immer noch Gefühle entgegenbringst und er sie gegen dich benutzen wird.«

»Du irrst dich«, sagte Raisa ausdruckslos. Und dann standen sie lange Zeit einfach nur da und starrten einander an, bis Raisa seufzte. »Streiten wir uns heute nicht über die Bayars, ja? Bist du wirklich hergekommen, um mit mir über sie zu reden?«

»Nein«, sagte Han. »Ich wollte dich vor der Krönung noch ein letztes Mal sehen.« Er zögerte einen Moment, dann führte er sie am Arm zu der Bank beim Brunnen im Pavillon – jenem Pavillon, in dem Raisa und Amon in der Nacht gesessen hatten, als er vor mehr als einem Jahr aus Odenford in die Fells zurückgekehrt war.

Raisa setzte sich, zog die Knie an und schlang ihre Arme darum. Han nahm neben ihr Platz und starrte auf den Brunnen; in diesem Moment schien er nicht zu wissen, was er sagen sollte.

Immerhin war der kalte, distanzierte Alister – zumindest vorübergehend – verschwunden.

»Morgen Nacht wird es ein Feuerwerk geben«, begann Raisa, um die Stille zu füllen. »Am Ende des Balls. Von hier aus könnte man es besonders gut sehen.« Sie kaute auf einem Fingernagel, dann ließ sie die Hände rasch sinken. Es war sicher ganz und gar nicht gut, am nächsten Tag mit ruinierten Fingernägeln aufzutauchen.

Aber vielleicht war ohnehin alles umsonst.

»Erinnerst du dich an die Nacht, als wir uns in Odenford begegnet sind?«, fragte Han und starrte immer noch vor sich hin. »Damals hat es auch ein Feuerwerk gegeben.«

»Ich erinnere mich«, sagte Raisa. »Es kommt mir vor, als wäre es eine Ewigkeit her.«

»Ganz so lang ist es nicht her«, sagte Han.

Eine Brise kam von Hanalea herunter, rüttelte an dem Glas und trug die beißende Kälte des Schnees aus den höher gelegenen Landesteilen mit sich. Raisa zitterte, und Han legte ihr einen Arm um die Schultern und zog sie näher zu sich heran. Seine Wärme beruhigte sie, löste den bedrückenden Knoten der Sorge, der sich in ihrem Innern gebildet hatte.

»So ein Dach hat was, oder?«, fragte Han. »Es gibt einem das Gefühl, als würde es keine Rolle spielen, was da unten vor sich geht. All das, was sich den eigenen Träumen in den Weg stellt – hier steht man irgendwie drüber. Alles ist möglich.«

»Alles ist möglich«, wiederholte Raisa. Wieder sammelten sich Tränen in ihren Augen.

Was war nur los mit ihr? Sie *wollte* doch Königin sein. Sie hatte dafür gekämpft, hatte sich in die Fells zurückgeschlagen, um ihr Recht auf den Thron zu verteidigen. War sie nur weinerlich wegen des Todes ihrer Mutter, wegen all der vertanen Chancen, oder war es etwas anderes?

Stand sie davor, eine Tür zu schließen, die nie wieder geöffnet werden konnte? Ging sie einen Handel ein, den sie schließlich bedauern würde?

Entscheide dich für die Liebe, hatte Hanalea gesagt. Raisa war sich Han's Gegenwart nur zu deutlich bewusst. Wenn sie erst Königin war, wäre dies die erste Tür, die für immer verschlossen blieb.

»Das hier war übrigens der Ort, an dem Königin Hanalea sich mit Alger Waterlow getroffen hat«, sagte Han und riss sie aus ihren Gedanken.

»Was?«

»Sie sind öfter hierhergekommen und haben sich in diesem Wintergarten geliebt«, sagte Han und streckte seine langen Beine aus. »Bevor sie nach Gray Lady geflüchtet sind. Das war wirklich eine Königin, die keine Angst hatte, ein Risiko einzugehen.«

Stimmt, dachte Raisa. Hanalea ist ein Risiko eingegangen, und was hat es ihr gebracht?

»Wer hat dir das erzählt?«, fragte sie. »Diese Geschichte kenne ich nicht.« Sie zitterte wieder, als würden Geister mit ihren kalten Fingern über ihre Schultern streichen.

»Manche Geschichten werden heutzutage nicht mehr erzählt«, sagte Han und ließ zu, dass eine leichte Wärme zwischen ihnen hin und her strömte. Er strich ihr über die Haare und berührte ihren Nacken mit seinen Fingern, sodass sie eine Gänsehaut bekam.

Das macht es nicht gerade einfacher, dachte Raisa.

Nach einer langen Pause fügte er hinzu: »Du musst das nicht tun, das weißt du.«

»Was?« Raisa wandte ihm das Gesicht zu und sah ihn an.

»Du musst das nicht durchziehen. Du musst keine Königin sein. Du kannst sein, wer immer du sein willst.« Diesmal war sein Gesicht todernst.

»Was willst du damit sagen?«, fragte Raisa und wischte sich über die Nase. »Ich habe keine Wahl.«

»Man hat immer die Wahl«, erwiderte Han. »Nimm mich zum Beispiel. Ich kann alles sein, wenn ich es *wirklich* will. Wenn ich bereit bin, alles zu tun, das dafür nötig ist.«

»Tatsächlich.« Raisa wölbte eine Braue. Es klang so einfach, so wie er es sagte. »Und was passiert mit den Fells, wenn ich abhaue?«

»Niemand ist unersetzbar.«

»Wie lange würde ich wohl leben, wenn ich auf die Krone verzichte?«, fragte Raisa. »Wer auch immer an meiner Stelle die Macht erhält, selbst wenn es Mellony wäre – ich wäre ein ständiger Stachel, ein möglicher Ausgangspunkt für eine Rebellion – noch mehr Zielscheibe als jetzt schon.«

»Du musst nicht hierbleiben. Sie heißen nicht umsonst

so – die *Sieben Reiche*.« Er streckte seine Hand aus und legte sie auf ihre, als wollte er noch mehr Berührungspunkte mit ihr. »Und es gibt immer noch Carthis, wenn du noch weiter wegwillst.«

»Was bei allen Gluten sollte ich in Carthis?«, murrte Raisa. »Wieso sollte ich dorthin wollen?«

Han lachte leise. »Ich bin fest davon überzeugt, dass du auf deinen Füßen landen würdest, Hoheit. Wahrscheinlich würdest du in null Komma nichts ganz Carthis leiten.«

»Ich weiß nichts über Carthis«, sagte Raisa.

Er holte tief Luft und wagte den Vorstoß. »Ich könnte dich begleiten. Ich würde dir helfen – was immer du auch tun willst.«

Raisa blickte überrascht auf. Han's blaue Augen begegneten ihren – er sah sie eindringlich an, direkt und ohne jeglichen Spott.

Das Angebot hing seltsam zwischen ihnen. Was meinte er damit? Was schlug er ihr da vor? Dass sie mit ihm weglief? Das hatte er zwar nicht direkt gesagt, aber … spürte er ebenso wie sie, dass ihre Krönung zur Königin ihnen für immer die Chance nahm zusammenzukommen?

»Wenn ich schon irgendwas leiten muss, dann kann ich das genauso gut hier tun«, sagte Raisa. Sie massierte ihre Stirn. Wie konnte sie es ihm nur erklären – die Verbindung, die sie zu diesen Bergen hatte, zu diesem kleinen, unvollkommenen Königinnenreich mit seinen sich ständig kabbelnden Bevölkerungsgruppen?

Raisa wollte hier sein, wo die Sonne sich am Morgen über die Felswand im Osten ergoss und die Stadt des Lichts überflutete. Sie wollte hier sein, wenn im Frühling die Drynne über die Ufer trat, genährt von der Schneeschmelze in den Spirits. Sie wollte die Espen an den Hängen von Hanalea glitzern sehen, wollte auf dem bloßen Rücken eines Pferdes in Clan-Leggins und Hemd durch das schräg einfallende Herbstlicht reiten. Sie wollte im Sommer hoch oben in den Bergen Brombeeren essen, bis ihr der Saft vom Kinn tropfte, und Clan-Tänze tanzen, bis ihr Herz schrie und ihre Füße brannten.

Die Zeit, die sie fernab der Fells verbracht hatte, hatte ihre Liebe zur Heimat nur noch verstärkt. Ebenso wie die Wahl, die er ihr gerade aufzeigte.

Sie sah Han an und suchte nach Worten, aber er schüttelte den Kopf. »Schon gut, Hoheit. Ich hatte nie damit gerechnet, dass du weglaufen würdest von all… dem.« Er zeigte mit der Hand über das Schloss und die Stadt unterhalb von ihnen. »Du bist nicht so. Ich dachte nur, es könnte dir dabei helfen herauszufinden, was du wirklich willst. Wofür du zu kämpfen bereit bist. Was du dafür im Gegenzug aufgeben würdest.«

»Man kann nicht alles haben«, sagte sie.

»Ich kann. Und ich werde es. Ich werde einen Weg finden«, erwiderte Han und klang fast so, als versuchte er, sich selbst davon zu überzeugen. Seine für ihn typische Zuversicht, die er sich als Streetlord hart erarbeitet hatte, war wie weggeblasen.

Sie legte ihm eine Hand auf den Arm und sah ihm in die Augen. »Ich hoffe, du wirst… weiterhin mein Freund sein«, sagte sie. »Ich hoffe, dass mein Rang und das Zeremoniell nicht zwischen uns treten.«

Aber das ist bereits geschehen, verriet seine Miene.

Raisas Herz verkrampfte sich. Was würde sein, wenn er wegging? Wenn er sich gegen sie wandte? Wenn das hier so ein Nimm-an-oder-lass-es-sein-Angebot war? Wie sollte sie dann überleben?

Ich kann alles sein, wenn ich es wirklich will, hatte er gesagt.

»Ich habe etwas für dich«, sagte er und unterbrach ihre panischen Gedanken. »Ein Geschenk. Das ist der eigentliche Grund, weshalb ich hier bin.«

»Ein Geschenk?« Sie blinzelte ihn überrascht an.

Er warf ihr einen kleinen Beutel aus Hirschleder zu, und fast schien es, als wäre es ihm peinlich.

Im Gegensatz zu Micah war Han nicht der Mensch, der Geschenke machte. Obwohl er ihr in Odenford einmal Blumen gekauft hatte, als er sich zu einer Unterrichtsstunde verspätet hatte und wusste, dass sie wütend sein würde.

Vermutlich hatte er nie so viel Geld gehabt, um Geschenke zu machen.

»Es ist zu deiner Krönung«, erklärte Han. »Dancer hat es angefertigt, also ist es in gewisser Weise von uns beiden.«

»Aber er hat mir doch schon diese wunderschöne Rüstung gemacht«, wandte Raisa ein. »Das war mehr als genug.«

Han räusperte sich. »Na schön. Dann ist es also nur von mir.«

Sie wog den Beutel in der Hand. »Du musst mir nichts schenken.«

»Wieso nicht? Alle schenken dir etwas.« Er sah auf seine Hände. »Die Bayars haben dir so viel Glitzerzeug geschenkt, dass man damit einen ganzen Marktstand bestücken könnte.«

Raisa zog an dem Band des Beutels und steckte einen Finger in die Öffnung. Dann ließ sie den Inhalt in ihre Handfläche gleiten.

Es war ein Ring aus Weißgold, in den Mondsteine, Perlen und Saphire eingearbeitet worden waren.

»Oh!«, hauchte sie. »Der ist wunderschön. Wie bist du darauf gekommen?«

»Er ist einem Ring nachgestaltet, der Hanalea gehört hat«, sagte Han. »Es war ein … ein Lieblingsstück von ihr, schätze ich.« Er zögerte, als wollte er noch mehr sagen, ließ es aber dann bleiben.

Raisa probierte ihn an. Er schien am besten auf ihren Ringfinger zu passen; umso besser, da sie den Wolfsring am Zeigefinger trug. Sie drehte die Hand erst in die eine und dann in die andere Richtung, sodass die Steine das Mondlicht einfingen.

Sie wusste, dass sie ihn nicht annehmen sollte – es war ein zu persönliches, ein zu kostbares Geschenk. Und doch …

Die Schatten unter den Pflanzen um sie herum veränderten sich, graue Körper wurden sichtbar, leuchtende Augen, rasiermesserscharfe Zähne.

Raisa zitterte plötzlich. »Ich wusste gar nicht, dass Hanalea einen solchen Ring besessen hatte«, sagte sie. »Wie kommt es, dass du davon erfahren hast?«

»Ich – äh – habe mit jemandem gesprochen, der eine Art Experte ist, was Hanalea betrifft, und er hat ihn mir beschrieben«, antwortete Han. »Und das ist das, was Dancer daraus gemacht hat.« Er hielt inne, und als Raisa nichts sagte, fügte er hinzu: »Er hat gesagt, dass er ihn noch anpassen kann, wenn er nicht passt.«

»Das ist nicht nötig«, sagte Raisa. »Danke.«

»Aber erzähl besser niemandem, wer ihn dir gegeben hat«, riet Han ihr. »Sofern du – ich meine, sofern du dich entscheiden solltest, ihn zu tragen.«

»Ich werde ihn tragen.« Sie hob den Kopf, um ihn anzusehen. »Ich werde ihn in Ehren halten. Ich wünschte nur … ich wünschte, wir …«

Als wollte er ihre Worte aufhalten, zog Han sie zu sich heran und drückte ihr seine Lippen so fest auf den Mund, dass es ihr den Atem verschlug. Macht strömte von ihm zu ihr, ungelenkt, aber wirksam, und sie spürte, wie ihr schwindlig wurde. Der Wolfsring an ihrem Finger glühte, als er die Macht in sich aufnahm.

Raisa schlang ihre Arme um seinen Hals und schmiegte ihren Körper an seinen; sie spürte die Spannung, die zwischen ihnen herrschte. Sie grub ihre Finger in seine Haare und dachte: Ich werde ihn nicht aufgeben, ich werde es nicht tun. Ich. Tue. Es. Nicht.

Aber dann löste Han seine Arme von ihrem Körper, brach den Kuss ab und schob sie ein Stück von sich weg. Er blickte auf ihr Gesicht herunter; sein Atem ging flach und schnell, seine Augen waren die glühende Spiegelung seines inneren Kampfes.

Er warf den Kopf zurück, und sein Adamsapfel hüpfte, als er schluckte. Er holte zitternd Luft und sah sie wieder an.

»Fast mein ganzes Leben lang habe ich mir genommen, *was* ich wollte und *wann* ich es wollte, ohne an die Zukunft zu denken, da es nicht so ausgesehen hat, als hätte ich eine«, sagte Han. »Weißt du, wie schwer das hier für mich ist? Weißt du das?« Er schüttelte sie ein wenig, als könnte sie etwas dafür.

»Hör zu«, flüsterte sie, legte ihre Handfläche an seine Wange und führte sie dann unter sein Kinn. »Es spielt keine Rolle, wenn wir nicht heiraten können. Wir können trotzdem zusammen sein – wann immer es möglich ist –, auch wenn ich eine politische Heirat mit jemand anderem eingehen muss.«

Ich kann nicht glauben, dass ich das sage, dachte Raisa. Ich werde wirklich immer mehr wie meine Mutter.

Aber Han Alister schüttelte den Kopf, sein Gesicht eine starre Maske des Bedauerns.

»Aber ich will mit dir zusammen sein!« Raisas Stimme stockte bei den Worten, die sie damals in Marisa Pines nicht hatte aussprechen können. »Ich will dich nicht verlieren. Wieso können wir nicht wenigstens *etwas* haben, wenn wir schon nicht *alles* haben können?«

»Weil ich dich nicht mit jemand anderem teilen möchte«, sagte Han. »Ich werde nicht dein geringerer Geliebter sein. Alles oder nichts, Hoheit. Mit weniger gebe ich mich nicht zufrieden.«

»Aber ich muss mich mit weniger zufriedengeben«, murmelte Raisa. »Wieso kannst du das nicht auch?«

Er küsste sie erneut, lange und langsam und genüsslich diesmal. Dann erhob er sich mit einer anmutigen Bewegung.

»Du solltest besser ins Bett gehen«, sagte er und reichte ihr eine Hand, um ihr beim Aufstehen zu helfen. »Du hast morgen einen großen Tag vor dir.«

Er wartete, bis sie die Treppe erreicht hatte, dann drehte er sich um und verschwand in der Dunkelheit.

Raisa gab das Meditieren endgültig auf und ging zu Bett, aber es dauerte sehr lange, bis sie einschlief.

KAPITEL FÜNFUNDDREISSIG

Ein schlechter Handel

Die Krönung einer Grauwolf-Königin war eine Angelegenheit, die sich über zwei Tage hinweg erstreckte. Den gesamten Morgen nach ihrer Begegnung mit Han im gläsernen Garten war Raisa mit der Begrüßung der Zeugen beschäftigt – hochzeremonielle Treffen mit Vollmachtgebern und Verbündeten.

Vor der Zersplitterung der Sieben Reiche war es üblich gewesen, dass jedes einzelne Reich Repräsentanten schickte, die der Stadt Fellsmarch zur Ehrung der zukünftigen Königin Tribut zollten.

In diesen Tagen war jene Geste nichts weiter als eine Tradition aus längst vergangenen Zeiten, auch wenn alle Anwesenden ein kleines Geschenk für Raisa mitbrachten.

Den ganzen Vormittag über spürte sie nur allzu deutlich Han's Anwesenheit – er stand gleich seitlich hinter ihrem Thron, seine Miene so unleserlich wie eine zeremonielle Maske. Die Worte, die in der Nacht zuvor zwischen ihnen gefallen waren, hingen schwer im Raum und lenkten sie ab.

Sie musste zugeben, dass sie trotz seiner Worte unheimlich erleichtert war, ihn zu sehen; erleichtert, dass er nicht einfach noch während der Nacht auf und davon war, um sich ein weniger kompliziertes, weniger gefährliches Leben zu suchen.

Raisa trug den Ring, den er ihr zur Krönung geschenkt hatte. Sie war überzeugt davon, dass er es bemerkte, auch wenn er sich nichts anmerken ließ.

Über einen der ausländischen Gäste freute sich Raisa ganz besonders. Es war Lord Dimitri Fenwaeter, der Herrscher der Wasserläufer, denen Raisa auf dem Weg nach Odenford in den Shivering Fens begegnet war.

Damals hatte Dimitri gerade erst den Platz seines Vaters eingenommen, der von Soldaten aus den Fells getötet worden war.

Dimitri war in dem zurückliegenden Jahr größer geworden und fülliger, und er strahlte ein neues Selbstvertrauen aus. Er hatte ihr einen Sumpfumhang aus Leinen mitgebracht, der mit Blättern und Farnen in dezenten Nebelfarben geschmückt war.

Genau genommen war Raisa immer noch Dimitris Lehnsherrin, da die Shivering Fens nach wie vor von den Fells beherrscht wurden.

»Ich hoffe, an Eurer Grenze ist noch alles in Ordnung«, sagte sie in der Allgemeinen Sprache, lächelte und strich über das schöne Leinen.

»Wäre es anders, würde ich es Euch wissen lassen, Eure Hoheit«, antwortete Dimitri ernst. »Den Befehl über die Westmauer hat jetzt eine Frau, aber sie ist überraschend gerecht und angenehm im Umgang.« Er zog sie auf.

»Vielleicht ist sie ja deshalb so gerecht und angenehm im Umgang, *weil* sie eine Frau ist«, erwiderte Raisa.

Dimitri lachte. »Da könntet Ihr recht haben«, sagte er. »Wo wir gerade von gerecht sprechen – ich habe nicht vergessen, dass Ihr mir noch *Skyld* schuldet«, fügte er hinzu.

»Und Ihr habt auch versprochen, mir einen sauberen Fluss zu schicken.«

»Ich arbeite daran«, seufzte Raisa. »Wir sollten uns nach der Krönung darüber unterhalten, noch bevor Ihr wieder abreist.«

Als Raisa in ihre Räume zurückkehrte, half Magret ihr dabei, das formelle Krönungsgewand auszuziehen. Sie legte sich in Unterwäsche und Mieder aufs Bett, um noch vor dem großen Abendessen ein kleines Nickerchen zu machen. In der Nacht zuvor hatte sie dank Han Alister nicht viel Schlaf gefunden, und sie brauchte etwas Ruhe, wenn sie nicht riskieren wollte, dass ihr am Abend der Kopf auf den Teller sackte.

Sie war gerade dabei wegzudämmern, als ein Klopfen an der Tür erklang. Cat kam sofort herbei und stellte sich schützend ans Fußende ihres Bettes, während Magret sich leise murrend beeilte, auf das Klopfen zu antworten. Nachdem sie sich einige Zeit flüsternd unterhalten hatte, schloss sie die Tür wieder und trat an Raisas Bett. Ihr Gesicht war eine einzige Gewitterwolke der Missbilligung.

Raisa stützte sich auf den Ellenbogen auf. »Was ist, Magret?«

»Draußen ist ein Bote von Lord Hakkam. Wie er sagt, ist der König von Arden endlich eingetroffen.« Magret schnaubte und zeigte damit deutlich, was sie von respektlosen, sich verspätenden Königen hielt. »Er und sein Gefolge sind in Regent House untergebracht, und er wird heute Abend zum Diner anwesend sein. Aber er bittet um eine kurze Audienz noch vor dem Diner, um Euch persönlich zu gratulieren, da er ja die Zeremonie heute Morgen verpasst hat.«

Da geht mein Nickerchen dahin, dachte Raisa. König Geoff gefällt mir schon jetzt nicht.

Magret, die Raisas Miene richtig deutete, sagte: »Ich habe dem Boten mitgeteilt, Hoheit, dass Ihr Euch ausruhen würdet und dass der Flatland-König bis zum Essen warten muss.«

Raisa schüttelte müde den Kopf. Sie setzte sich auf und schwang die Beine über die Bettkante. Ihre Füße erreichten nicht einmal den Boden.

»Nein, ich möchte diesen Mann richtig einschätzen können, und das gelingt mir weder beim Diner noch beim anschließenden Ball. Und ich will mich mit ihm auch nicht erst um Mitternacht treffen.« Sie gähnte. »Wird die Königin von Arden auch beim Essen anwesend sein?«

Magret zuckte mit den Schultern; sie runzelte die Stirn. »Ich werde es herausfinden. Bisher war keine Rede von ihr.«

Raisa schickte eine Nachricht in den Speisesaal, dass die Sitzordnung umgestellt werden musste. Magret half ihr in das Kleid, das sie zum Diner und beim Ball tragen würde. Sie bürstete Raisas Haare und beschäftigte Cat damit, ihr verschiedenen Schmuck, Pinsel, Farben und Puder zu bringen. Irgendwann schlüpfte Cat in das rote Satinkleid, das sie sich selbst für den Tanz ausgesucht hatte. Es war an beiden Seiten hoch geschlitzt, sodass sie, wenn nötig, genügend Bewegungsfreiheit haben würde. Raisa wusste, dass ihre Kammerzofen-Leibwächterin unter dem Satinstoff Klingen versteckt hatte, wenngleich Raisa keine Ahnung hatte, wo diese überhaupt sein konnten.

Raisa beschloss, weitere Augen und Ohren für die Aufwartung des Königs hinzuzuziehen. »Hol Lord Alister von nebenan, wenn er da ist«, sagte sie zu Cat.

»Lord Alister?«, fragte Cat und grinste. Sie machte einen Knicks. »Jawohl, Hoheit«, sagte sie dann und stürzte davon.

Magret schnaubte. »*Lord* Alister? Ihr könnt ihn in Seide und Satin kleiden, aber Ihr werdet ihn niemals …«

»Still jetzt, Magret«, fuhr Raisa dazwischen. Sie streckte ihren Kopf durch die Tür, und Pearlie Greenholt nahm Haltung an. »Kannst du Hauptmann Byrne Bescheid geben lassen, dass ich den König von Arden in meinem Wohnzimmer empfangen werde und möchte, dass er dabei ist?«

Dann überlegte sie, ob es überhaupt angemessen war, einen König im eigenen Wohnzimmer zu empfangen. Vermutlich nicht, aber als Marianna noch Königin gewesen war, hatte es nur vereinzelt Staatsbesuche gegeben, und daher hatte Raisa nicht sehr viele Beispiele, an denen sie sich orientieren konnte. Abgesehen davon war es sein eigener Fehler, wenn er so unerwartet auftauchte.

Cat kehrte schon bald mit Han im Schlepptau zurück. Raisa vermutete, dass er ebenfalls versucht hatte, etwas Schlaf zu bekommen; er gähnte, seine Haare waren durcheinander, und ein Knopf an seiner Jacke war nicht geschlossen. Kurze Zeit später tauchte auch Amon auf und postierte sich an der Wand; seine Uniform saß so perfekt wie immer. Er war schon den ganzen Tag in Habachtstellung.

Raisa ließ sich auf ihrem Stuhl nieder und breitete den Stoff ihres glockenförmigen Kleides um sich herum aus. Der Stuhl befand sich auf einem kleinen Podest, sodass sie ein wenig mehr Überblick über das Zimmer hatte. Sie warteten. Schließlich verriet etwas Unruhe vom Korridor, dass der König von Arden mit seinem Gefolge eingetroffen sein musste.

Raisas Onkel Lord Hakkam trat ein; er verbeugte sich und rang die Hände. Er wirkte seltsamerweise nervös. »Eure Hoheit«, sagte er, und Schweiß glänzte auf seiner breiten Stirn. »Der König von Arden bittet um die Erlaubnis, seine Wache mit hereinzubringen.«

»Sagt dem König von Arden, dass er seine Wache nicht mit hereinbringen kann«, erwiderte Raisa scharf. »Die Fells mögen vielleicht unzivilisiert und gefährlich wirken, aber es ist hier sicherlich nicht gefährlicher als in Arden.«

»Jawohl, Eure Hoh... Eure Majestät«, sagte Hakkam. »Ich wollte nur, dass Ihr wisst, dass ich – dass ich nie damit gerechnet hätte, dass – ich war genauso überrascht wie Ihr – über das, was passiert ist. Als er – als der König eingetroffen ist, habe ich sofort einen Boten zu Euch geschickt. Ich hoffe, dass Ihr begreift, dass ich nur Euer Wohl im Sinn hatte – und das des Königinnenreichs.«

Raisa starrte ihn an. Liegt es daran, dass ich noch halb schlafe, oder ergibt das, was er sagt, wirklich überhaupt keinen Sinn? Oder verknoten ihm gar Schuldgefühle die Zunge?

Wenn sie nicht so schläfrig gewesen wäre, hätte sie vielleicht weitere Fragen gestellt.

»Bringen wir es einfach hinter uns«, sagte Raisa und spürte einen Anflug von Kopfschmerzen.

Han murmelte Cat etwas zu und nickte in Richtung Tür. Cat folgte Hakkam in den Korridor.

Nur einen Augenblick später kam Cat wieder ins Zimmer gestürzt, als wären Dämonen hinter ihr her. Sie baute sich vor Raisa auf, ein Messer in jeder Hand, und all die vornehmen Manieren, die sie kurz zuvor noch zur Schau gestellt hatte, waren mit einem Schlag verschwunden. »Er ist es, dieser bleichgesichtige, eingebildete Dreckskerl! Er ist hier!«

Han wirkte genauso verwirrt wie Raisa. »*Wer* ist hier?« Er stellte sich jetzt ebenfalls vor Raisa und griff nach seinem Amulett. Er blickte von Cat zur Tür, unsicher, ob er das Feuer eröffnen sollte.

Die Tür öffnete sich, und herein marschierte ihr Onkel Lassiter Hakkam.

Gefolgt von Prinz Gerard Montaigne, dem jüngsten der unglückseligen Montaigne-Brüder.

Raisa saß wie versteinert da und starrte ihn an. Montaigne bot einen beeindruckenden Anblick mit seinem dunkelgrünen Samtumhang, der cremefarbenen Hose und den hohen Stiefeln. Das Emblem des Roten Falken war auf seinem Umhang zu sehen, und auf seinem Kopf befand sich ein Goldreif. Raisa warf einen raschen Blick auf sein Schwert. Die Scheide war leer, also mussten die Wachen ihm seine Waffe an der Tür abgenommen haben.

Gut, dachte sie in Erinnerung daran, wie der arme Will Mathis durch Montaignes Hand gestorben war.

Raisa musterte Cat; ihre Messer waren jetzt nicht mehr zu sehen, aber sie stand nach wie vor zwischen Raisa und Montaigne, so gut ausbalanciert, als wäre sie jederzeit bereit loszuspringen. Wann waren Cat und Han denn Montaigne begegnet? Und wieso? Aber wie auch immer, diese Begegnung schien eindeutig negativer Art gewesen zu sein.

Der Prinz von Arden blieb auf der Türschwelle stehen und sah sich rasch im Zimmer um. Seine Augen zogen sich etwas zusammen, als er Han und Cat erblickte. Er erkennt sie ebenfalls, dachte Raisa.

Jetzt wanderte Montaignes Blick zu Raisa. Er neigte den Kopf leicht, wie es unter Monarchen angemessen war.

»Eure Majestät«, sagte er mit einem dünnen Lächeln. »Bitte akzeptiert meine Entschuldigung, dass ich nicht früher eintreffen konnte, um Euch als Euer Zeuge zu begrüßen.«

»Ich hatte Euren Bruder Geoff erwartet, der auf meine Einladung geantwortet hatte«, erwiderte Raisa. Es gelang ihr nur mit Mühe, einen gelassenen Ton anzuschlagen. »Ich hatte nicht gewusst, dass Ihr kommen würdet.«

»Ich bin anstelle meines Bruders hier«, erklärte Gerard. »Er kann leider nicht hier sein.«

Die darauffolgende Stille lag bleiern in der Luft.

»Ich verstehe.« Raisa verschränkte die Arme vor der Brust. Ihr Mund wurde trocken, ihr Magen verkrampfte sich. Es war absolut unmöglich, dass Geoff seinen Bruder Gerard als Repräsentanten geschickt hatte. »Sprecht weiter«, forderte sie ihn auf.

Aus dem Augenwinkel beobachtete sie, wie Lord Hakkam an der Tür stand und das Gewicht von einem Fuß auf den anderen verlagerte, als rechnete er damit, jeden Moment fliehen zu müssen.

»Ich bringe schlechte Neuigkeiten. Mein Bruder ist auf dem Weg hierher von Banditen überfallen worden, und er und seine gesamte Familie sind gestorben«, sagte Gerard ohne auch nur den leisesten Versuch, so dreinzublicken, als würde es ihm leidtun.

»Banditen?« Raisa räusperte sich. »Es tut mir sehr leid, das zu hören.« Was absolut der Wahrheit entsprach.

Gerard lächelte. »Angesichts dessen, was passiert ist, könnt Ihr Euch vorstellen, dass ich mich ungern ohne meine Wache irgendwo hinbegebe. Dennoch habe ich es als meine Pflicht erachtet herzukommen, da ich der letzte Überlebende der Montaigne-Brüder bin. Und jetzt der unbestrittene König von Arden.«

KAPITEL SECHSUNDDREISSIG

Ein gefährlicher Tanz

Raisa schaffte es, das Diner zu überstehen, ohne sich über den neuen König von Arden oder sonst jemanden zu erbrechen. Sie schaffte es, indem sie nur sehr wenig aß.

Man hatte Montaigne neben Raisa platziert, wie es einem anderen Staatsoberhaupt zustand. Er war unfähig, sich auf eine gesellschaftliche Konversation einzulassen – nicht, dass Raisa in der Stimmung dazu gewesen wäre –, und sprach hauptsächlich über Armeen und Politik und die Herausforderungen, die das Regieren von Tamron mit sich brachte, wie den Widerstand zu zermalmen und die Adeligen zur Ordnung zu rufen.

Raisa vermutete, dass er sich nicht etwa für diese Gesprächsthemen entschied, weil er sie als Gleichrangige oder Vertraute ansah, sondern weil es die einzigen Themen waren, die ihn interessierten. Oder weil er darin eine Möglichkeit sah, sie einzuschüchtern.

Er stellte auch zahlreiche Fragen über die militärische und politische Situation und Struktur der Fells, die Raisa nur ausweichend beantwortete, um dann das Thema zu wechseln. Sie traute Gerard Montaigne nicht, und obwohl er wahrscheinlich bereits etliche Spione im Schloss hatte, wollte sie keine weitere Informationsquelle darstellen.

Während des ganzen Abendessens musste Raisa sich anstrengen, ihre scharfe Zunge zu hüten. Du bist erwachsen, sagte sie sich. Und eine Königin. Du kannst deinen Launen nicht mehr einfach so nachgeben. Du musst strategisch denken und jedes Wort abwägen. Er ist hier, um Informationen zu sammeln. Es ist am besten, wenn er dich unterschätzt.

Es besteht keine Notwendigkeit, ihn wissen zu lassen, dass du ihn verabscheust. Noch nicht.

Am Haupttisch saßen vorwiegend ausländische Würdenträger, darunter verschiedene Herzöge und Fürsten aus den Reichen der Flatlands, die Könige und Königinnen von We'enhaven und Bruinswallow und ein Prinz von den Südlichen Inseln, der sich mit einem Vermögen an Juwelen behängt hatte.

Die meisten dieser Leute mag ich nicht einmal, dachte Raisa. Und ich vertraue ihnen sogar noch weniger. Unwillkürlich musste sie an die weitaus schlichteren Mahlzeiten von Wien House denken, an die lockere Kameradschaft, die sie alle verbunden hatte.

Schließlich begab man sich in den Ballsaal und bildete eine Empfangsreihe, sodass Raisa die Gäste persönlich begrüßen konnte. Die Grauwölfe hatten keinen Dienst. Raisa hatte befohlen, dass sie als Gäste und nicht als Leibwächter an der Veranstaltung teilnahmen.

»Talia!« Raisa umarmte die lächelnde Soldatin, die zusammen mit Pearlie gekommen war. Immerhin *ein* Mensch, den sie gern sah. »Es ist so schön zu sehen, dass es dir wieder besser geht.«

»Hauptmann Byrne hat gesagt, dass ich nicht mehr lange faulenzen kann.« Talias Stimme klang leise und rau, war aber dennoch gut zu verstehen. »Ab morgen bin ich wieder zurück im Dienst. Dank Eurer Hilfe, Hoheit.« Talia drückte

Raisa fest an sich und löste sich dann wieder von ihr, während Pearlie mit Tränen in den Augen zusah.

Cat war zusammen mit Dancer da. Er trug einen Clan-Umhang aus feinstem, perlenbesetzten Hirschleder mit magischen Symbolen und kleinen Talismanen darauf – eine Art magische Waffe.

Cat umklammerte Dancers Arm auf besitzergreifende Weise und beäugte unsicher die strahlend herausgeputzten Gäste. Im Gegensatz zu den Grauwölfen hatte sie heute Dienst im Ballsaal. Und sie fühlte sich unter den Blaublütigen immer noch unwohl.

Han stand allein in der Reihe. Er verbeugte sich tief, um Raisas Hand zu küssen. Sie spürte den raschen Druck seiner heißen Hand, als er murmelte: »Eure Hoheit.«

Amon kam mit seiner Verlobten Annamaya, die wunderschön aussah und in kanariengelbe Seide gekleidet regelrecht leuchtete. Und sämtliche Bayars waren da, eine Studie in Schwarz und Weiß.

Reid Nightwalker stand ebenfalls allein in der Reihe, aber Raisa vermutete, dass er nicht ohne Begleitung wieder gehen würde. Auch wenn einige Frauen im Vale nicht einmal im Traum daran dachten, mit einem Kupferkopf auszugehen, fanden andere seinen gefährlichen Ruf und sein auf exotische Weise gutes Aussehen faszinierend.

Nightwalker war einer der Ersten auf Raisas Tanzkarte, und er verlangte einen lebhaften Clan-Tanz, nach dem Raisa gerötet und atemlos und mit wackeligen Knien dastand. Es war nicht leicht, so etwas in einem Ballkleid zu tanzen.

Er holte ihr ein Glas Wein. »Ihr tanzt wie eine Clan-Prinzessin«, sagte er und nickte anerkennend. »Ich hatte gehofft, dass Ihr heute Clan-Kleidung tragen würdet.«

»Wir feiern in den Camps noch einmal, wenn die Krönungszeremonie hier vorüber ist«, versprach Raisa. »Mein Vater und meine Großmutter planen das Fest bereits. Dafür werde ich mich entsprechend ankleiden. Aber dies hier ist doch eher eine Flatland-Party.«

»Ich freue mich darauf, Euch für mich allein zu haben, Thorn Rose«, sagte Nightwalker und beugte sich dann ein bisschen näher zu ihr. »Es tut gut, jemanden mit Clan-Blut auf dem Thron der Fells zu sehen.« Er verneigte sich, dann drehte er sich um und ging über die Tanzfläche auf seine wartenden Bewunderinnen zu.

Danach jagte ein Tanz den anderen, und jedes Mal hatte sie einen neuen Tanzpartner. Es kam Raisa so vor, als erwartete man von ihr, dass sie mit jedem wichtigen Gast wenigstens einmal tanzte. Viele von ihnen trampelten ihr dabei auf die Zehen, weil sie mit den Tänzen des Nordens nicht vertraut waren.

Wie schade, dachte Raisa, dass ich nicht mit zwei auf einmal tanzen und das Ganze schneller hinter mich bringen kann.

Nach ungefähr der Hälfte des Abends war Micah auf ihrer Tanzkarte an der Reihe. Sie musste zugeben, dass es ein Vergnügen war, mit ihm zu tanzen, nachdem sie so viele Tänzer mit zwei linken Füßen ertragen hatte.

»Nun«, sagte er und sah ihr in die Augen, »es gab Zeiten, da hätte ich nicht gedacht, dass Ihr lange genug leben würdet, um Königin zu werden.«

»Dass ich es doch noch geworden bin, ist sicher nicht Eurem Vater zu verdanken«, sagte Raisa und nickte Lord und Lady Bayar zu, die den Tanzenden zusahen.

»Nein, das ist sicher nicht meinem Vater zu verdanken«, gab Micah ihr recht.

»Aber zum Teil vermutlich Euch«, sagte Raisa großzügig.

Verglichen mit Gerard Montaigne wirkte Micah beinahe ehrenhaft.

Er lächelte leicht, drückte sie etwas näher an sich heran und berührte ihren Hals mit seinen Lippen.

Raisa versteifte sich und zog sich zurück. »Vorsicht, Bayar«, warnte sie ihn. Sie konnte den Impuls nicht unterdrücken, sich nach Han umzusehen. Er hatte sie verunsichert, was vielleicht seine Absicht gewesen war. Sie fand Han nicht, aber sie sah, dass Nightwalker sie beobachtete, mit einem Gesicht so düster wie eine Gewitterwolke.

»Bitte akzeptiert meine Entschuldigung, Eure Hoheit«, sagte Micah, aber er wirkte ganz und gar nicht so, als täte es ihm leid. »Es ist nur … Ihr seid heute Abend einfach unwiderstehlich.«

»Themawechsel«, bestimmte Raisa rundheraus.

»Wie fühlt Ihr Euch?«, fragte Micah. »Als Königin, meine ich?«

»Es ist erst ab morgen offiziell, vergesst das nicht«, sagte Raisa. »Aber ich fürchte, es ist schon jetzt etwas beängstigend. Es gefällt mir nicht, dass Gerard Montaigne nur wenige Tage, nachdem er seinen Bruder umgebracht hat, hier aufkreuzt. Jetzt hat er zwei riesige Armeen und nichts für sie zu tun.«

»Mir gefällt das auch nicht«, pflichtete Micah ihr bei. »Es wäre besser für uns gewesen, wenn sein Bruder noch etwas länger gelebt hätte. Glaubt Ihr, dass die Lehnsherren sich Gerard anschließen werden? Oder werden diejenigen, die Geoff unterstützt haben, sich um jemand anderen scharen?«

»Ich weiß es nicht«, gab Raisa ehrlich zu. »Wir brauchen bessere Informationen aus Arden.«

»Wir brauchen bessere Waffen«, entgegnete Micah. »Dann wären die Informationen nicht mehr so wichtig. Wenn der

Magierrat zu dem Schluss kommt, dass Montaigne eine akute Bedrohung darstellt, weiß ich nicht, was geschieht.«

»Oh, fangt bloß nicht damit an«, sagte Raisa. »Sehen wir zu, dass wir den Rest dieses Tanzes zu Ende bringen, ohne über Politik zu sprechen.«

»Hmm. Worüber sprechen wir dann?« Er strich ihr über die Haare. »Erinnert Ihr Euch daran, wie wir uns früher von langweiligen Partys weggeschlichen haben?«

»Glaubt nur nicht, dass das heute Nacht passieren wird«, sagte Raisa. Sie hob den Kopf, und ihr Blick fiel auf Mellony, die vom Rand der Tanzfläche aus mit zusammengepressten Lippen zusah. Obwohl ihre Schwester ständig im Mittelpunkt männlicher Aufmerksamkeit stand, schien sie immer noch auf Micah fixiert zu sein.

Ich hoffe, das wird nicht ewig so gehen, dachte Raisa.

Dann tanzten sie schweigend weiter, bis die Melodie verklang. Raisa löste sich von Micah, aber er ließ seine Hände auf ihren Schultern liegen. »Was habt Ihr nach dem Ball vor?«, fragte er. »Ich kenne einen Ort, wo wir allein sein könnten.«

»Das *reicht*, Micah«, entgegnete Raisa scharf. »Ich werde allein in mein Bett gehen.«

»Oh, nun. Das ist aber schade, Eure Hoheit«, flüsterte jemand fast in ihr Ohr.

Sie wirbelten beide herum. Han Alister verneigte sich. »Ich glaube, ich bin der Nächste auf der Karte«, sagte er.

»Ihr?« Micah sah ihn von oben bis unten an, dann wandte er sich an Raisa. *»Alister* steht auf Eurer Tanzkarte?«

Raisa schaute nach. »Scheint so zu sein.« Sie war selbst überrascht, als sie seinen Namen erblickte. Er hatte noch nie zuvor mit ihr getanzt, bei keiner der Partys, die der Krönung vorausgegangen waren.

»Wieso Ihr?«, fragte Micah mit zusammengezogenen Brauen.

»Wieso nicht?«, fragte Han. Er stand da, das Kinn gereckt; seine Haltung und sein Ausdruck eine einzige Drohung. Die Herausforderung eines Streetlords.

»Was habt Ihr da auf Euren Stolen?«, fragte Micah nicht minder verächtlich. »Eine Krähe? Ich hätte gedacht, dass eine Ratte passender wäre.«

»Es ist ein Rabe«, berichtigte Han. »Bekannt dafür, dass er klüger ist, als man denkt.« Er nahm Raisas Hand und führte sie in den Tanz, während Micah ihnen hinterherstarrte. Nach den Ereignissen der letzten Nacht wusste Raisa nicht, was sie zu erwarten hatte. Aber er hielt sie angemessen auf Armeslänge von sich entfernt, als wäre dieser Tanz etwas, das er hinter sich bringen müsste – vielleicht, um Micah etwas zu beweisen.

»Versuch so auszusehen, als wärst du nicht gern mit mir zusammen«, sagte Han, während er seinen Blick über die anderen Tänzer schweifen ließ.

»Woher willst du wissen, dass ich gern mit dir zusammen bin?«, entgegnete Raisa scharfzüngig. Han starrte sie für einen Moment einfach nur an, und dann zuckte sein Mund, als unterdrückte er ein Lächeln.

Raisa kümmerte es nicht. Sie hatte es satt, von Han Alister hierhin und dorthin gezogen zu werden: heiße Küsse und schwindelig machende Nähe gefolgt von einem steifen Arm.

Es war das erste Mal, dass sie miteinander tanzten, seit sie in Odenford, oben in der *Schildkröte,* geübt hatten. Sie nahm ganz bewusst den Abstand zwischen ihnen wahr, ebenso wie seine Hände auf ihrer Schulter und an ihrer Hüfte lagen.

»Du bist wirklich nicht schlecht, Alister«, stellte Raisa fest. Erinnerungen an Odenford überkamen sie – an unkomplizierte Küsse und an eine Freundschaft mit weniger Hindernissen.

Han's Aufmerksamkeit galt jedoch ganz dem Geschäftlichen. »Montaigne hat abgesehen von seiner Wache noch etwa zwei Dutzend Bedienstete mitgebracht, die ziemlich nach Soldaten oder irgendwelchen Schlägern aussehen«, murmelte er. »Cat lässt sie beschatten. Wir müssen wissen, ob er noch mehr Leute hier hat.«

»Wo hat Cat so schnell Leute aufgetrieben?«, fragte Raisa.

»Sie hat sie in Ragmarket und Southbridge rekrutiert.« Er beugte sich näher zu ihr. »Sie sagt, ich soll dir mitteilen, dass sie Montaigne für dich töten wird, wenn du das willst. Niemand wird jemals eine Verbindung zu dir herstellen können.«

»Was?« Raisa packte Han's Kragen und zog ihn näher zu sich heran. Sie starrte ihn finster an. »Sag ihr, dass sie das vergessen kann. Ich werde keine Attentäter auf irgendwen ansetzen, schon gar nicht auf meine Gäste, so verachtenswert sie auch sein mögen.«

»Ich habe ihr bereits gesagt, dass du das so sehen würdest«, erwiderte Han und lächelte. Er nickte Missy Hakkam zu, die Raisa und Han mit einem bissigen Blick bedachte, als sie an ihr vorbeitanzten. Er wandte sich wieder an Raisa, und sein Lächeln verblasste. »Ich denke aber, du solltest es zumindest in Erwägung ziehen.«

Raisa musste zugeben, dass dieser Gedanke durchaus verführerisch war. Wenn sie in die Zukunft blickte, sah sie nichts als Ärger mit dem neuen König von Arden. »Woher kennst du Montaigne?«, fragte sie, um sich davon abzuhalten, Ja zu sagen.

»Cat, Dancer und ich hatten in Ardenscourt eine Auseinandersetzung mit ihm. Er liebt es anscheinend, Leute zu entführen.«

»Ich weiß.« Raisa rief sich ihre Begegnung mit Montaigne in Tamron in Erinnerung.

»Trink nichts mit ihm, und geh nirgendwo mit ihm allein hin«, sagte Han. »Nicht einmal im Schloss. Tatsächlich solltest du ohne mich oder Cat oder Hauptmann Byrne überhaupt nirgendwo mehr hingehen, solange Montaigne die Stadt nicht verlassen hat.« Er sah mit zusammengezogenen Brauen auf sie herunter, als suchte er nach einem Hinweis auf ihre starrsinnige Tollkühnheit.

»Ich werde vorsichtig sein«, stimmte Raisa zu. Sie musterte den Ballsaal. Montaigne unterhielt sich gerade angeregt mit Lassiter Hakkam und Bron Klemath. Annamaya Dubai stand bei Talia und den anderen Grauwölfen, aber Amon war nirgends zu sehen. »Wo ist eigentlich Hauptmann Byrne?«, fragte sie.

»Er errichtet eine Verteidigungslinie um den Schlossbezirk herum«, erklärte Han. »Nur für den Fall, dass der König von Arden mehr als nur einen freundlichen Besuch geplant hat.«

Raisa verspürte einen Anflug von Mitgefühl für Annamaya. Wenn sie Amon Byrne heiratete, erwartete sie genau dies: Sie würde sich ihr ganzes Leben lang der Pflicht beugen müssen.

Als die Melodie endete, warf Han einen Blick über Raisas Schulter, und aus seinem Gesicht wich jeglicher Ausdruck. Sie drehte sich um und stellte fest, dass der neue König von Arden sich vor ihr verbeugte. »Eure Majestät, ich glaube, der nächste Tanz gehört mir.«

Han legte ihr eine Hand auf die nackte Schulter, und sie spürte die brennende Hitze auf ihrer Haut. »Denkt daran, was ich gesagt habe, Eure Hoheit.« Und dann war er verschwunden.

Im Gegensatz zu den heißen Magierhänden und den schwitzenden Handflächen der Bewerber, die Raisa den ganzen

Abend lang gehalten hatte, fühlten sich Montaignes Hände so trocken und kalt an wie die Haut einer Echse. War es wirklich kaum ein Jahr her, seit sie sich an ihrem Namenstag von ihm und seinen Plänen, die älteren Brüder auszuschalten, die zwischen ihm und dem Thron standen, abgestoßen gefühlt hatte?

Und jetzt hatte er genau das bewerkstelligt. Raisa machte sich im Geiste eine Notiz: Wenn Gerard Montaigne Drohungen und Versprechungen ausspricht, muss ich sie ernst nehmen.

Ebenso wie auf ihrer Namenstagsfeier übersprang Montaigne auch diesmal jegliche Höflichkeitsfloskeln und kam gleich zur Sache.

»Ich bin überrascht, Euch mit Magiern tanzen zu sehen«, sagte er. »Ich hatte gedacht, dass es Euch verboten ist, mit ihnen zu verkehren.«

»Es ist mir verboten, sie zu heiraten«, berichtigte Raisa. »Aber zum Tanzen eignen sie sich dennoch gut.«

Montaigne lächelte nicht. »Sie eignen sich auch gut für militärische Zwecke. Aber es ist ziemlich gefährlich, sich mit ihnen zu verbünden, schätze ich, besonders für eine junge Lady wie Euch.«

»Magier sind seit Generationen Teil unserer gesellschaftlichen und politischen Struktur«, erklärte Raisa. »Wir glauben, dass der Nutzen dieses Bündnisses das Risiko wert ist.«

Montaigne wechselte das Thema. »Ich habe Euch vor einem Monat ein Angebot geschickt«, sagte er. »Und Ihr habt, sagen wir, begünstigend geantwortet, wie ich glaube.«

Gerard spielte auf den Vorschlag an, dass Raisa ihre Armeen gegen König Geoff schicken sollte, als eine Art Verlobungsgeschenk für ihn.

»Ich war bereit zuzuhören«, erwiderte Raisa. »Aber es scheint, als hätten sich die Umstände geändert.«

»Ja, das haben sie. Ich brauche Eure Armee nicht mehr, was unsere Heiratsverhandlungen auf ein völlig neues Fundament stellt.«

»Tut es das?«, fragte Raisa. »Nun, darf ich das dann so verstehen, dass Ihr an einer Verbindung durch Heirat nicht mehr interessiert seid?«

Montaigne schüttelte den Kopf. »Ich bin sogar sehr daran interessiert, einen Heiratsvertrag mit Euch aufzusetzen.« Er hielt inne. »Obwohl ich weniger an einer Verbindung, sondern in erster Linie an der Zusammenführung von Besitztümern interessiert bin.«

Und ich bin an gar nichts davon interessiert, dachte Raisa.

»Eure Majestät«, sagte sie. »Ich hätte nicht einmal im Traum daran gedacht, dass wir heute Abend über solche Dinge sprechen. Ich gehe davon aus, dass Ihr alle Hände voll zu tun habt, angesichts Eurer neuen Verantwortlichkeiten. Wie Ihr hoffentlich verstehen werdet, habe ich hier in den Fells noch zahlreiche Aufgaben zu erledigen, bevor ich an … äußere Angelegenheiten denken kann.«

»Ganz im Gegenteil glaube ich, dass mein Ansinnen sogar eine gewisse Stoßkraft besitzt«, widersprach Montaigne. »Ihr habt gesehen, was ich in kurzer Zeit zustande zu bringen vermag. Ich sehe keinen Grund, das Unausweichliche hinauszuzögern. Die Mittel der Fells ergänzen unsere eigenen, und sie würden helfen, unsere leere Schatzkammer aufzufüllen. Das wäre der nächste logische Schritt.«

Was für ein Süßholz raspelnder Romantiker, dachte Raisa ironisch und zwang sich, nicht die Augen zu verdrehen. Wie üblich geht es nur um dich und was für dich am besten ist. Plötzlich war sie bestrebt, Gerard Montaigne so schnell wie möglich aus ihrem Königinnenreich hinauszuschaffen.

Sie suchte nach einer Ausrede. »Ich werde sorgfältig über

das nachdenken, was Ihr gesagt habt«, erklärte sie. »Aber Ihr müsst wissen, dass es hier in den Fells Brauch ist, nach dem Tod eines Elternteils ein Jahr lang in Trauer zu leben. Dies verhindert irgendwelche voreiligen Entscheidungen, solange noch Schmerz und Kummer die Gedanken beherrschen. Ich kann in der nächsten Zeit keine Hochzeitsfeier oder irgendwelche Verhandlungen über Veränderungen der politischen Struktur in Betracht ziehen.«

Die Melodie endete, und sie blieben stehen. »Guten Abend, Eure Majestät«, sagte Raisa. »Ich wünsche Euch eine gute Heimreise.« Sie machte einen leichten Knicks zum Abschied, doch bevor sie sich abwenden konnte, hielt Montaigne ihren Arm fest und zog sie in Richtung eines der mit einem Fenster versehenen Erker an der Seite des Ballsaals.

»Ich bin noch nicht fertig«, sagte er. »Vielleicht habe ich mich Euch gegenüber nicht klar genug ausgedrückt.«

Raisa spannte ihre Muskeln an und wehrte sich – und dann waren sie plötzlich von Amon Byrne, Han Alister, Cat Tyburn und drei Grauwölfen umgeben. Micah stand dicht hinter ihnen.

»Nehmt die Hände von mir, bevor ich Euch verhaften lasse«, sagte Raisa mit einer Stimme, die wie gemahlenes Glas klang.

Montaigne ließ Raisas Arm los.

»Ich weiß nicht, welche Bräuche Ihr im Süden pflegt«, sprach sie weiter, »aber ich lasse nicht zu, dass man mich an meinem eigenen Hof grob behandelt.«

»Ich verstehe, dass Ihr über eine ganze Menge nachdenken müsst.« Montaigne tat so, als würde er die kleine Armee um sie herum gar nicht wahrnehmen. »Aber gerade Ihr solltet einsehen, dass ich mich nicht ewig in Geduld üben kann. Als Eure Mutter ein Hindernis für Euch wurde, habt Ihr

Euch ihrer entledigt. Und genauso werde ich nicht zögern, mich all derer zu entledigen, die sich mir in den Weg stellen.« Er machte eine Pause, um seine Worte auf sie wirken zu lassen. »Ich biete Euch eine Stellung und eine Stimme in einem größeren Königreich Arden – ein Angebot, das jederzeit zurückgezogen werden könnte. Ich schlage vor, dass Ihr sorgfältig darüber nachdenkt und mir so bald wie möglich eine Antwort zukommen lasst.«

Er machte auf dem Absatz kehrt und entfernte sich, ohne eine Verbeugung auch nur anzudeuten.

»Montaigne!«, rief Raisa ihm nach. Ihre Stimme erhob sich laut über die Musik und das Stimmengewirr.

Er wirbelte herum und sah sie an. »Ja?«

»Nicht nötig, dass Ihr wartet und Euch Gedanken macht. Ich kann Euch meine Antwort auch jetzt gleich geben«, sagte sie.

Ein leichtes Lächeln bildete sich auf seinen Lippen.

Er geht davon aus, dass ich nachgebe, dachte Raisa erstaunt. Er geht tatsächlich davon aus, dass ich Ja sage. Er ist es gewohnt, Frauen einzuschüchtern und sie dazu zu bringen, das zu tun, was er will. Er hat sich nie die Mühe gemacht, sie zu deuten.

Vielleicht bildete Raisa es sich auch nur ein, aber es kam ihr so vor, als herrschte plötzlich Totenstille im Ballsaal, als warteten alle auf ihre Antwort.

»Die Antwort lautet Nein«, sagte Raisa mit lauter, tragender Stimme. »Eher heirate ich den Dämonenkönig persönlich als Euch. Ich schlage vor, Ihr sucht woanders nach einer Braut. Und möge der Himmel der Frau beistehen, die Ihr erwählt.«

Zwei Flecken tauchten auf Montaignes blassen Wangen auf, aber Raisa konnte nicht erkennen, ob es vor Wut oder vor Scham war, weil sie ihn öffentlich zurückgewiesen hatte.

Er neigte den Kopf ein klein wenig, aber seine blauen Augen waren so fahl und kalt wie windgepeitschtes Eis. »Vielen Dank, Eure Majestät, dass Ihr mir gegenüber so direkt seid. Einen schönen Abend noch.«

Raisa sah ihm mit gemischten Gefühlen nach. Sie war erleichtert, dass sie die Scharade, eine Heirat mit Montaigne ernsthaft in Betracht zu ziehen, endlich beendet hatte. Aber sie wusste auch, dass er einen Weg finden würde, sie für diese öffentliche Demütigung bezahlen zu lassen.

Ich hätte zulassen sollen, dass Cat ihn tötet, dachte sie.

KAPITEL SIEBENUNDDREISSIG

Krönung

Der Krönungsball war das Fest für die Adeligen, die Magier und die Offiziere – die Blaublütigen, wie Han sie nannte. Das Volk des Vales wurde zur Krönungsfeier am darauffolgenden Tag eingeladen. Und in den Spirits würde es außerdem noch ein Fest für die Clan-Leute geben.

Selbst wenn es ums Feiern ging, war Raisas Volk geteilt.

Vor der Krönungsfeier am nächsten Tag stand die Tempelzeremonie an. Magret half Raisa in ihr Tempelgewand und legte ihr das clangearbeitete, kunstvoll bestickte Krönungsgewand über die Schultern. Es war mit Juwelen besetzt und so schwer, dass Raisa unter dem Gewicht fast taumelte.

Es schien ihr wie ein Symbol für die Last der Verantwortung, die jetzt auf ihren Schultern lag.

Als sie so weit war, kamen ihr Vater Averill, ihre Schwester Mellony, ihre Kusine Missy Hakkam und ihre Großmutter Elena, um sie zum Kathedralen-Tempel zu begleiten. Amon war ebenfalls da, ernst und herzzerreißend gutaussehend in seiner blauen Uniform. Hinter ihm standen die anderen Grauwölfe. Raisa schluckte gegen einen Kloß in ihrer Kehle an.

Han Alister trug jenen von Willo gefertigten Umhang in

Schwarz und Silber, den er auch bei der Beerdigung von Marianna getragen hatte, mit dem grauen Wolf und dem Raben auf den Stolen und der Schlange und dem Stab auf dem Rücken. Über dem Gewand hing etwas um seinen Hals, das Raisa inzwischen als sein Hofamulett bezeichnete: ein lichtdurchlässiger Stein in der Gestalt eines Jägers. Sie wusste, dass er direkt auf der Haut das Schlangenstabamulett trug.

Sein Blick begegnete dem von Raisa, und es knisterte zwischen ihnen vor Spannung, Energie, Geheimnissen. Dann erblickte er den Ring mit den Perlen und den Mondsteinen, den sie an ihrer Wolfsring-Hand trug. Er verbeugte sich tief, und seine Stolen berührten fast den Boden. Seit wann wirkte es so, als würde er an den Hof gehören?

Hatte sie sich im vergangenen Jahr so sehr verändert?

Mellony und Missy stellten sich hinter Raisa und ergriffen jeweils ein Stück ihres Gewandes. Sie würden ihr helfen, die Schleppe zu tragen.

»Nur gut, dass ich das hier nicht mehr als einmal anziehen muss«, murmelte Raisa. »Es ist unmöglich, darin zu tanzen.«

Magret hantierte an den Falten von Raisas Gewand herum, um es hier und da noch ein letztes Mal zurechtzuzupfen. Die frisch ernannte Meisterin der Kammerzofen trug ein schönes graues Wollkleid, und um ihren Hals glitzerte der Anhänger der Maiden.

»Es ist gut«, sagte Raisa und nahm Magrets Hände. »Danke für alles, was du für das Geschlecht getan hast und noch tun wirst.« Sie stellte sich auf die Zehenspitzen und küsste ihre ehemalige Amme auf die Wange, die nass und salzig von Tränen war.

Amon kam und stellte sich an Raisas rechte Seite, Han an ihre linke. Es fühlte sich gut an, sie beide dort zu wissen.

»Gehen wir«, sagte sie und hob das Kinn.

Sie schritten die langen Korridore entlang, und der schwere Brokatstoff ihres Gewandes schleifte über die Marmor- und Steinböden. Die Gänge des Schlosses lagen beinahe verlassen da – alle, die irgendwie wichtig waren, befanden sich bereits im Tempel. Allerdings standen die Bediensteten in den Türeingängen und säumten Raisas Weg. Selbst die Köche und das Küchenpersonal unterbrachen für ein paar Minuten die Vorbereitungen für das Festessen an diesem Abend, um zum letzten Mal zu sehen, wie die Erbprinzessin die Gänge entlangschritt.

Wenn sie sie das nächste Mal sahen, würde sie Königin sein.

Die kleine Prozession betrat den Innenhof und ging den Pfad entlang, der vom Schloss zum Kathedralen-Tempel führte. Han ließ eine Hand unter seinen Umhang gleiten und murmelte einen Zauberspruch. Plötzlich wölbte sich Licht über ihnen; es sah aus wie ein magischer Baum mit Rosen, aber Raisa vermutete, dass es irgendein raffinierter Trick war, um Pfeile von Attentätern oder magische Angriffe abzuwehren.

Als sie in Sichtweite kamen, jubelten die Bediensteten und winkten mit Taschentüchern von den Balkonen. »Alles Gute!«, riefen sie, »lang lebe Raisa *ana*'Marianna!«

Tempelgeweihte standen beiderseits der großen Flügeltür der Kathedrale. Sie zogen sie weit auf, als Raisa und ihr Gefolge sich näherten.

Raisa blieb im Eingang stehen und warf einen Blick hinein. Die Kathedrale war voll, alle Plätze waren besetzt. Ein Rauschen und Rascheln ging durch die Reihen, als die Anwesenden sich erhoben, um die Erbprinzessin zu begrüßen.

Mit hoch erhobenem Haupt schritt Raisa den Mittelgang entlang; Han und Amon ließen sich etwas zurückfallen, damit alle Blicke sich nur auf sie richten konnten. Im vorderen Bereich des Tempels wartete Redner Jemson in jenem zeremoniellen Gewand, das die Redner seit Hanalea bei jeder Krönung trugen.

Nur gut, dass es für alle Größen passt, dachte Raisa – so wie meines.

Wieder wurde sie von den Geräuschen und der Farbenpracht an die Zeremonie zu ihrem Namenstag erinnert. Dieses Mal allerdings war der Grauwolf-Thron auf dem Podest leer, und statt der weißen Gardenien ihrer Mutter war er mit Eberesche und Rosen geschmückt – ein Symbol dafür, dass die Zeiten sich geändert hatten. Dennoch hatte Raisa das Gefühl, dass es immer noch der Thron ihrer Mutter war.

Ein Stück darunter, auf dem ebenen Fußboden, standen beiderseits des Thrones die weniger kunstvollen Stühle, auf denen die Repräsentanten der Spirit-Clans, des Magierrates und des Rates der Adeligen saßen. Ihre Großmutter Elena setzte sich auf den für den wichtigsten Vertreter der Clans reservierten Platz, ebenso wie Gavan Bayar und Lassiter Hakkam ihre Plätze einnahmen.

Alles um sie herum schien sich jetzt wie im Schneckentempo in die Länge zu ziehen, während Raisas Gedanken rasten und ihr Geist Bilder, Geräusche, Körpersprache, Gesichtsausdrücke und Reaktionen einsaugte.

Vor dem Podest blieb sie stehen und drehte sich um. Sie ließ ihren Blick über die Kathedrale schweifen; ihre Begleiter verteilten sich zu beiden Seiten. Wieder beschwor Han einen Baldachin aus glitzernder Magie herauf – Wölfe und Rosen und das lidlose Auge, das Symbol des Clans ihres Vaters.

Die Grauwölfe stellten sich entlang der Wand auf und nahmen Haltung an. Han und Amon begaben sich auf ihre Positionen rechts und links vom Podest, als eine Art Ehrenwache. Die Plätze von Mellony, Missy und Averill befanden sich in der ersten Reihe, und Averill legte Mellony einen Arm um die Schultern.

Gleich hinter ihnen saß Magret, sehr aufrecht, mit geröteter Nase, und betupfte sich ständig die Augen.

Mellony beugte sich vor und warf einen Blick über den Mittelgang zu Micah und Fiona, die ebenfalls in der ersten Reihe saßen und ihr übliches Schwarz und Weiß trugen und stur geradeaus blickten. Ihre Gesichter wirkten wie feines Porzellan – weiß und hart und irgendwie spröde.

Da sah Raisa aus dem Augenwinkel etwas Rotes aufblitzen. Es war Cat Tyburn, die in den Schatten eines Seitengangs stand; sie trug ihr Kleid vom Ball. Anscheinend gefiel es ihr. Cat stand mit leicht schräg geneigtem Kopf da und musterte die Menge.

Weiter hinten saßen – entsprechend ihrem Rang und dem Protokoll – Gäste von außerhalb des Königinnenreichs. Die Sitzordnung war erneut verändert worden, da Gerard Montaigne sein Bedauern hatte übermitteln und verkünden lassen, dass er sofort nach Hause zurückkehren würde. Raisa wünschte sich fast, dass er da wäre, unter ihren Blicken, wo sie ihn beobachten konnte. Sie bedauerte zwar nicht, *was* sie gesagt hatte, aber vielleicht war es nicht der richtige Zeitpunkt dafür gewesen.

Hinter dem Thron und beiderseits des Altars hatten sich Raisas Ahnen versammelt, die Grauwolf-Königinnen. Wie Nebelschwaden drängten sie sich näher zusammen und lösten sich wieder voneinander, und ihre strahlenden Augen glitzerten im Licht der Fackeln und der Kronleuchter.

Raisa warf einen Blick auf Han; sie fragte sich, ob er die Grauwolf-Königinnen auch sehen konnte. Aber sofern das der Fall war, ließ er sich zumindest nichts anmerken. Er stand da und hielt sein Amulett fest, während er das Publikum nach möglichen Gefahren absuchte.

Dies ist wie eine Hochzeit, dachte Raisa. Die Braut und ihre Begleiter stehen vorne. Die Magier auf der einen Seite, die Clans auf der anderen, wie zwei Familien, die nicht gut miteinander können; das Volk des Vales wie immer gezwungen, sich zwischen beiden zu entscheiden.

Und ich? Ich heirate den Grauwolf-Thron – den eifersüchstigsten Liebhaber überhaupt. Sie hatte ihn Amon vorgezogen, und sie hatte ihn Han vorgezogen, und wahrscheinlich überhaupt jeder Chance auf wahres Liebesglück.

Sei nicht so weinerlich, schalt sie sich. Das Leben ist voller schwieriger Entscheidungen. Zumindest werde ich Königin.

Jemson trat in den Mittelgang und sah Raisa an. Er lächelte und blinzelte. »Seid gegrüßt, Gnädigste«, sagte er. »Wer seid Ihr, und was führt Euch heute in diesen Tempel?« Es war die erste der traditionellen Drei Fragen.

»Ich bin Raisa *ana'*Marianna, die Erbprinzessin der Fells«, sagte Raisa so laut und deutlich, dass sie auch noch im letzten Winkel der Tempelhalle zu hören sein würde. »Ich bin hergekommen, um den Grauwolf-Thron zu beanspruchen.«

»Mit welcher Autorität beansprucht Ihr den Grauwolf-Thron?«, fragte Jemson ernst.

»Meine Mutter, Königin Marianna *ana'*Lissa, hat sich zu unseren Ahnen in den Spirit Mountains begeben«, sagte Raisa. »Ich bin Mariannas Erbin, durch Blut und Befähigung dazu berechtigt.«

»Welches ist Euer Geschlecht?«, fragte Jemson.

Raisa zählte die Reihe der Königinnen auf, beginnend mit Hanalea und endend mit ihrer Mutter und ihr selbst – eine Aufzählung, die ihr nicht zuletzt von den vielen Tempeltagen in ihrem Leben vertraut war.

Jemson nickte. »Ich bin zufrieden, dass Ihr durch das Blut berechtigt seid, Eure Hoheit«, sagte er. »Jetzt habe ich drei Fragen, die Eure Befähigung betreffen.«

Diese Fragen waren neu; bei ihrem Namenstag hatte sie sie nicht beantworten müssen. Man ging davon aus, dass eine Erbprinzessin genügend Zeit hatte, entsprechende Fähigkeiten bis zu ihrer Krönung zu gewinnen.

»Wem gegenüber seid Ihr verpflichtet, Raisa *ana'*Marianna?«, fragte Jemson.

»Ich bin dem Schöpfer gegenüber verpflichtet, dem Geschlecht und dem Volk der Fells«, antwortete Raisa.

»Wie gebt Ihr Euch zu erkennen, Prinzessin Raisa?«, fragte Jemson. »Bei was schwört Ihr?«

»Ich schwöre bei meinem Blut«, sagte Raisa. Sie zog den Hanalea-Dolch hervor, der einmal Edon Byrne gehört hatte, und schnitt sich in die Handfläche. Dann ließ sie das Blut in das große Becken beim Altar fließen.

Jemson reichte ihr ein sauberes weißes Tuch, das sie um ihre Hand wickeln konnte. Dann hob er einen kunstvollen Wasserkrug, goss daraus Wasser in das Becken und verrührte es dann. Es war klares, reines Wasser von der Drynne hoch oben in den Spirits.

»Wer wird Euch in alldem unterstützen, Raisa *ana'* Marianna?«, fragte Jemson.

»Das Königinnenreich ruht auf drei Säulen – den Magiern, den Spirit-Clans und dem Volk des Vales«, sagte Raisa.

Jemson tauchte einen Kelch in das Becken und hob ihn hoch. Er machte eine Geste, und Elena, Lord Bayar und Lord Hakkam traten vor. Jemson reichte ihnen den tropfenden Kelch, und sie tranken alle daraus und starrten einander über den Rand des Kelchs hinweg an.

Amon und Han traten von beiden Seiten hinzu, um ihrerseits zu trinken. Dann bat Jemson die erste Reihe zu sich, und Mellony, Missy und Averill Lightfoot traten vor und tranken ebenfalls. Mellonys bleiche Wangen waren sogar noch bleicher als sonst, und Raisa wusste, dass ihre Schwester daran dachte, dass sie sich selbst bereits an ihrer Stelle gesehen hatte.

Averill lächelte Raisa an; sein Gesicht strahlte vor Stolz. Lag es daran, dass sie seine Tochter war oder dass jetzt eine Mischlingskönigin auf dem Grauwolf-Thron saß?

Micah und Fiona kamen von der anderen Seite herbei. Micahs Blick begegnete dem von Raisa, als er seine schwarzen Haare zurückwarf, den Kelch eintauchte und trank. Fiona hielt ihren Blick auf den Kelch gesenkt.

Eine Reihe nach der anderen wurde nach vorn gebeten, um vom Blut der Grauwolf-Königin zu trinken. Etwa die Hälfte der Anwesenden blieb sitzen. Bei ihnen handelte es sich um die Würdenträger aus den übrigen Sieben Reichen, die keinerlei Veranlassung hatten, Raisa die Treue zu schwören.

»Hierdurch haben wir geschworen, das Grauwolf-Geschlecht und das Königinnenreich zu bewahren«, sagte Jemson und trank selbst aus dem Kelch, ehe er ihn beiseitestellte.

Vergesst das nur nicht, dachte Raisa und sah die Bayars an.

»Kniet nieder, Eure Hoheit«, sagte Jemson.

Raisa ließ sich auf die Knie sinken, und das Krönungsgewand breitete sich um sie herum aus.

Jemson nahm die prachtvolle Grauwolf-Krone von ihrem Samtkissen und hob sie hoch. »Kraft der Autorität, die mir als Redner des Kathedralen-Tempels der Stadt des Lichts übertragen wurde, kröne ich Euch, Raisa *ana'*Marianna, Königin der Fells, dreiunddreißigste des neuen Geschlechts.« Und damit setzte er ihr die Krone aufs Haupt.

Die Grauwolf-Königinnen auf dem Podest beugten ihre Köpfe in Anerkennung ihrer neuen Schwesterkönigin und lösten sich wie Nebelschwaden im Sonnenlicht auf.

Raisa erhob sich mit steifem Nacken unter dem Gewicht der Krone; sie fürchtete unterschwellig, dass sie herunterfallen könnte. Jemson trat zur Seite. Ihre Begleiter versammelten sich hinter ihr, und sie schritt würdevoll den Mittelgang entlang, während die versammelten Adeligen applaudierten.

Vermutlich ist dies das letzte Mal, dass sich alle gemeinsam über etwas freuen, das ich tue, dachte Raisa.

Als sie den Hof überquerte, hörte sie von den Balkonen her Rufe, aber sie hatte Angst, hochzusehen und dabei ihre Krone zu verlieren. Rosenblätter wirbelten überall um sie herum zu Boden.

Als sie sicher im Schloss angekommen war, nahm sie die Krone mit beiden Händen ab und reichte sie Amon, um sie gegen die leichtere Tiara einzutauschen.

Sie stieg die prächtige Treppe zum dritten Stock hoch und ging dann den Korridor entlang, wobei sie versuchte, nicht über ihr Krönungsgewand zu stolpern. Ihre Begleiter folgten ihr wie ein hübscher Federschmuck.

Mittlerweile hatten sich Tausende unten im Hof eingefunden – Männer, Frauen, Kinder. Zweifellos waren einige auch aus purer Neugier gekommen, weil sie noch nie zuvor ins Schloss eingeladen worden waren. Aber viele von ihnen trugen Rosen an ihrer Kleidung, ein paar davon echt, andere wiederum einfallsreiche Varianten aus Stoff, allesamt helle Farbflecken auf Grau und Braun.

Als Raisa an die Brüstung des Balkons trat, brach die Menge in lauten Jubel aus. »Rai-sa! Rai-sa! Rai-sa!« und »Dornenrose! Dornenrose!«

Raisa streckte beide Hände aus, und die Menge rief: »Wer seid Ihr, und was führt Euch heute zum Tempel?«

»Ich bin Raisa *ana'*Marianna, Grauwolf-Königin der Fells«, erwiderte sie, und der Jubel begann von Neuem und erstarb erst, als sie ihre Hände hob und um Ruhe bat.

»Menschen der Fells! Eine Krönung ist Ende und Anfang zugleich«, rief sie. »Das Ende einer Zeit der Unsicherheit und der Anfang einer neuen Ära. Das Ende der Herrschaft von Marianna und der Anfang der Herrschaft von Raisa. Das Ende einer Prinzessin und die ersten Schritte einer Königin. Das Ende der Kindheit« – sie machte eine Pause und rümpfte die Nase – »und jetzt, vermute ich, erwarten alle von mir, dass ich erwachsen bin.«

Gelächter wogte durch die Menge.

»Aber in mancher Hinsicht werde ich nie erwachsen werden. So glaube ich zum Beispiel immer noch an Wunder. Aber ich weiß, dass Wunder zu denen kommen, die sehr hart arbeiten. Ich schwöre, dass ich sehr hart für euch arbeiten werde.«

Wieder brach Jubel aus.

»Ich glaube weiterhin an die Menschen der Fells. Obwohl harte Zeiten herrschen und von allen Seiten Gefahr droht, werden wir alle Feinde überwinden, wenn wir zusammenarbeiten – Bewohner des Vales, Magier und Spirit-Clans. Hört aufeinander, und ich werde auf euch hören.

Und schließlich, neben all der harten Arbeit, glaube ich an Partys.« Dieser Bemerkung folgte stürmischer Beifall. »Heute Nacht werden wir die größte Party erleben, die die Stadt des Lichts je gesehen hat. Ich werde tanzen, und ich hoffe, dass ihr ebenfalls tanzen werdet. Danke!«

Als sie sich umdrehte, prasselten Jubelschreie wie dicke Tropfen auf ihren Rücken.

Und so war es vollbracht. Raisa war die Königin der Fells – die dreiunddreißigste des neuen Geschlechts von Hanalea. Dafür war sie geboren worden – und erzogen. Dafür hatte sie gekämpft, und manchmal hatte sie gedacht, dass sie dafür sterben würde. Sie hatte eine lange Geschichte voller Tragödien und Triumphe hinter sich und ein Leben voller harter Arbeit vor sich. Es war Zeit anzufangen.

Epilog

Die offiziellen Feierlichkeiten waren längst zu Ende, doch in Fellsmarch war die Krönungsparty noch lange nicht vorbei. Die Gäste strömten aus dem Schlossbezirk in die Straßen, Blaublütige mischten sich unter Lumpensammler und Schmiede und Stalljungen. Zur Feier der neuen Königin gab es Essen und Trinken in Hülle und Fülle, und die gewitzten Bewohner von Ragmarket und Southbridge füllten erst ihre Bäuche, dann ihre Hosentaschen und schließlich ihre Tragetaschen. Wer wusste in Zeiten wie diesen schon, wann es wieder ein solches Essen geben würde?

Einige hätten natürlich auch die Krönung des Dämonenkönigs gefeiert, solange es nur genügend Bier oder *Stingo* oder *Blauen Untergang* gab.

Sarie Dobbs stand auf dem Dach des Wachhauses von Southbridge und musterte die Menge mit dem geübten Blick einer Taschendiebin. Eine Diebin hätte bei einer derart betrunkenen Menge einen großartigen Tag haben können. Aber bisher hatte es kaum Hinweise auf Ärger gegeben. Selbst die Straßenratten legten keinen Wert darauf, diejenigen anzugreifen, die die Krönung jener Lady feierten, die als Dornenrose bekannt war.

Cuffs – oder der Dämonenkönig, wie er sich jetzt nannte –, ihr Streetlord, hatte sie und die anderen gebeten, während der Feier Augen und Ohren offen zu halten, durch die übleren Schenken zu gehen und über alles Bericht zu erstatten, was die Sicherheit der Königin gefährden könnte. Er hatte sie damit beauftragt, weil der größte Teil der besten Blaujacken zusammen mit der Königin feierte.

Wer hätte das gedacht – ich und Flinn spielen Blaujacken, dachte Sarie und grinste Flinn zu, der sich auf einem Dach auf der anderen Seite des Flusses befand. Dann verschwand ihr Grinsen, als sie an den hohen Preis dachte, den sie dafür bezahlen musste – in einer Nacht wie dieser nüchtern zu bleiben.

Das Feuerwerk, dessen lebhafte Farben immer noch vor Saries Augen hüpften, war längst vorüber. Die Nacht neigte sich ihrem Ende entgegen, und selbst die hingebungsvollsten Säufer torkelten im grauen Licht der Morgendämmerung nach Hause.

Sarie gab Flinn ein Zeichen und rutschte am Abwasserrohr vom Dach hinunter auf den Boden. Sie würden noch einmal durch die Straßen von Ragmarket schweifen und dann wieder ihre Bleibe aufsuchen.

Auf ihrem Weg knurrten sie ein paar *Lýtlings* und Straßenkinder an und scheuchten sie nach Hause. In der Stiftsgasse in ihrem alten Revier sah Sarie ein Paar schöne Stiefel hinter einem Abfallkorb hervorlugen.

Abfallkörbe waren neu in Ragmarket, eine der klugen Ideen der Königin. Sie schien zu glauben, dass die Leute ihren Müll dort hineinwarfen, statt ihn einfach in der Gasse liegen zu lassen.

»He, du da«, sagte Sarie, »ist nicht gerade ’ne sichere Sache, sich hier mit so tollen Stiefeln schlafen zu legen.« Sie stieß einen der Stiefel mit dem Fuß an, doch die Art und Weise, auf die das Bein zur Seite rollte, verriet ihr, dass der Besitzer diese Stiefel nicht mehr brauchen würde.

»Flinn!«, zischte sie. »Komm her.«

Hinter dem Abfallkorb lagen zwei Leichen, eine Frau und ein Mann in der schönen glänzenden Kleidung der Blaublütigen. Die Magierstolen um ihren Hals waren blutbespritzt. Jemand hatte ihnen die Kehlen durchgeschnitten.

Flinn starrte auf sie hinunter und fluchte leise.

Sarie kniete sich neben die Leichen und tastete sie ab. Wer auch immer das getan hatte, hatte die Geldbörsen zurückgelassen. Und auch die Stiefel.

»Aber ihre Amulette sind weg«, stellte Flinn fest. Er hatte recht – sie fehlten, dabei gingen Fluchbringer ohne ihre Amulette noch nicht mal zum Abort.

Sarie und Flinn suchten die nähere Umgebung ab, fanden aber nichts.

Flinn kauerte sich neben die Leichen und musterte ihre Kleidung im zunehmenden Morgenlicht. »Sieh dir das mal an«, sagte er plötzlich und zeigte auf den Rumpf des Magiers.

Wo sich eine blutige senkrechte Linie mit einer Zickzacklinie darüber befand.

Flinn hockte sich auf die Fersen. »Nach was sieht das für dich aus?« Als Sarie nichts sagte, hielt er ihr den Talisman vors Gesicht, den Cats Kupferkopf hergestellt hatte.

Sarie sah erneut hin. Und jetzt erkannte sie es – das Gang-Abzeichen des Dämonenkönigs. Cuffs Alisters neuer Straßenname.

»Das ergibt keinen Sinn«, sagte sie nach einer langen Pause. »Er hat dieses Leben hinter sich gelassen.«

»Aber er hat eine Gang und einen Bau, und er hat gesagt, dass er irgendwas am Laufen hat«, murmelte Flinn. »Er hat gesagt, dass er uns nicht dabeihaben will, weil es zu riskant wäre.«

Sarie wedelte mit einer Hand in Richtung der beiden Toten. »Glaubst du, die hier hatten was mit dem zu tun, was mit seiner Mam und seiner Schwester passiert ist?«

»Spielt das eine Rolle?«, fragte Flinn.

»Glaubst du, er bringt wahllos Magier um?«, fragte Sarie.

»Er oder Cat Tyburn vielleicht – sie ist ziemlich gut mit der Klinge.«

Sie schüttelte den Kopf. »Er ist selbst ein Magier. Abgesehen davon ist Cuffs zu klug für so was. Und er hat selbst gesagt, dass wir die Augen wegen der Magiermorde aufsperren sollen.«

Flinn leckte sich über die Lippen. »Aber erinnerst du dich daran, was er unten in der Pilfergasse noch gesagt hat? Er wollte nicht verraten, was er am Laufen hat. Aber du weißt, dass er es als bescheuerte, verrückte Sache bezeichnet hat. Dem Untergang geweiht. Vielleicht wollte er uns deshalb nicht dabeihaben.«

»Er hätte ihnen aber die Geldbörsen abgenommen und es so aussehen lassen, als wären es Straßenräuber gewesen.«

»Es sei denn, er wollte was klarstellen«, sagte Flinn. »Warum sollte er sonst sein Zeichen unter seine Tat setzen?«

Sarie gab sich alle Mühe, aber ihr müder Geist konnte keinen anderen Grund finden.

»Vielleicht ist Cuffs nicht richtig im Kopf«, sagte Sarie stirnrunzelnd. »Erinnere dich daran, wie er war, als seine Mam und Mari gestorben sind. Ich hab noch nie jemanden gesehen, der das Unglück so angezogen hat wie er.«

»Die Blaujacken werden bald hier drüberstolpern«, sagte Flinn angesichts der fortschreitenden Dämmerung.

Sarie dachte nach. »Wir machen Folgendes.« Sie knüllte

das Ende der einen Magierstola zusammen und drückte es auf die Wunde am Hals, sodass es sich mit Blut vollsog. Dann wischte sie damit über das Symbol auf dem Umhang der Leiche, bis es nicht mehr zu erkennen war. »Gut, dass alles noch frisch ist«, murmelte sie. Sie reichte Flinn eine der Geldbörsen und stopfte die andere in ihre Tasche. »Die nehmen wir mit. So sieht's mehr nach Raub aus.«

Und dann sah sie, wie Flinn dem Mann die Stiefel auszog. »Die sind clangefertigt«, verteidigte er sich, als er merkte, dass sie ihn anstarrte. »Und sie sehen so aus, als würden sie mir passen.«

Als die Sonne sich schließlich über die Felswand im Osten schob, waren Sarie und Flinn bereits wieder unterwegs in ihren Unterschlupf. Sarie hoffte, dass es ihnen gelungen war, die Spuren ihres Streetlords zu verwischen, aber irgendwo in ihrem Hinterkopf pochte immer noch ein bisschen Sorge.

Wenn er damit weitermacht, werden sie ihn kriegen, dachte sie. Und dann werden sie ihn ganz sicher hängen.

Danksagungen

Besonderer Dank gilt meinen beiden Lektorinnen Arianne Lewin und Abby Ranger. Eure Liebe und Euer Enthusiasmus haben mich bei der Stange gehalten, auch wenn ihr Fragen stellt, auf die es keine Antworten gibt – und die meine Bücher besser machen.

Ein Dankeschön an meine lange leidenden Kritikerfreunde Marsha McGregor und Jim Robinson; die Yackers, Jody Feldmann, Debby Garfinkle, Martha Peaslee Levine, Mary Beth Miller und Kate Tuthill; an die Jugendbuchautorinnen und -autoren Julianne Montville, Leonard Spacek, Jeff Harr, Don Gallo, Dorothy Pensky und Dawn Fitzgerald aus Twinsburg, die immer wieder Teile meines Buches gelesen haben.

Danke auch meinem außerordentlichen Agenten Christopher Schelling für seine unaufhörliche Beteuerung, dass ich nicht anstrengend sei, während er meine Tiraden und mein Geschwafel ertragen hat.